高建群全集

大平原

高建群 著

陕西师范大学出版总社

图书代号：WX20N2336

图书在版编目（CIP）数据

大平原/高建群著. —西安：陕西师范大学出版总社有限公司，2021.1
（高建群全集）
ISBN 978-7-5695-2044-6

Ⅰ.①大… Ⅱ.①高… Ⅲ.①长篇小说—中国—当代 Ⅳ.①I247.5

中国版本图书馆CIP数据核字（2020）第256641号

大 平 原
DA PINGYUAN

高建群 著

出 版 人	刘东风
总 策 划	孙留伟
责任编辑	刘存龙
责任校对	雷亚妮
出版发行	陕西师范大学出版总社
	（西安市长安南路199号　邮编710062）
网　　址	http://www.snupg.com
印　　刷	北京天宇万达印刷有限公司
开　　本	880mm×1230mm　1/32
印　　张	16
插　　页	2
字　　数	386千
版　　次	2021年1月第1版
印　　次	2021年1月第1次印刷
书　　号	ISBN 978-7-5695-2044-6
定　　价	72.00元

读者购书、书店添货或发现印刷装订问题，请与本公司营销部联系、调换。
电话：（029）85307864　85303629　传真：（029）85303879

总　　序

　　文稿一旦变成铅字，一旦成为一本装帧得或粗糙或精美的书本，那它就是一个独立的存在了。它将离你而去。它将行走于世间。它将开始它自己的宿命。它或被读者供之于殿堂，视为经典，视为对这个时代的一份备忘录；或被读者弃之于茅厕；或被垃圾处理厂重新化为纸浆，以期待新的人在上面书写新的东西。凡此种种，那就看这本书它自己的命运了。

　　这时，于作者本人来说，倒是没有太大的干系了。于是他成了一个旁观者。他和这本书唯一的联系是，那书本的额头上，还顶着他卑微的名字。知道《一千零一夜》中的《渔夫和魔鬼的故事》吗？渔夫打开铅封的所罗门王的瓶子，于是一缕青烟腾起，魔鬼从瓶子里走出来，开始在世界上游荡，开始在暗夜里敲打你的门扉。渔夫这时候唯一能做的事情，是一手拿着空瓶子，一手捏着瓶子盖儿，傻乎乎地看着他放出的魔鬼，横行于世界。

　　此一刻，在这二十五卷本的《高建群全集》即将付梓出版之际，我感到我的已日渐衰老的身躯，便宛如那个已经被掏空的——或者换言之——魔鬼已经离你而去的空瓶子一样。此一刻，我是多么的虚弱而疲惫呀。

人生一场大梦,世事几度秋凉。一想到这个名叫高建群的写作者,在有限的人生岁月中,竟然写出这么多的车载斗量的文字,我就有些惊讶。一切都宛如一场梦魇!这是一笔一画写出来的呀!如果我不援笔写出,它们将胎死腹中。但是很好,我把它们写出来了,把它们落实到了纸上。

那每一本书的写作过程,都是作者的一部精神受难史。

建于西安航空学院的高建群文学艺术馆,要我给一进馆的墙壁上写一段话,于是我思忖了一个星期,最后选定将帕乌斯托夫斯基《金蔷薇》中的一段话,写在那上面。那么请允许我,也将这一段话写在这里:

> 是什么东西迫使一个作家,从事这种庄严的但却又是异常艰辛的劳动呢?首先是心灵的震撼,是良心的声音。不允许一个写作者在这块土地上,像谎花一样虚度一生,而不把洋溢在他心中的,那种庞杂的感情,慷慨地献给人类。

谎花是一种虽然开放得十分艳丽,但是花落之后底部不会坐上果实的花。植物学上叫它"雄花",民间则叫它"谎花"。

我们光荣的乡贤,以大半辈子的人生履历,驰骋于京华批评界,晚年则琴书卒岁,归老北方的阎纲老先生说:

> 相形于当代其他作家,高建群是一个马拉松式的长跑者,他以六十年为一个单元,在自己的斗室里,像小孩子玩积木一样,一砖一石地建筑着自己的艺术帝国。他有耐性,有定力。喧嚣的世界在他面前,徒唤其何。

当我听到阎老的这段话时，我在那一刻真的很感动。感动的原因是世界上还有人在关注着这个不善经营不懂交际的我。诗人殷夫说："我在无数人的心灵中摸索，摸索到的是一颗颗冷酷的心！"现在我知道了，长者们一直作为艺术良心站在那里，为当代中国文学保留着它最后的尊严。

"有些故事还没讲完那就算了吧！"这是一首流行歌曲里的话，如果这个名叫《总序》的文字，需要拿出来单独发表的话，建议用这句话作为标题。

我们这一代人行将老去，这场宴席将接待下一批饕餮客！人在吃完宴席后，要懂得把碗放下，是不是这样？！

2020年10月11日早晨6点
写于西安

前 言

我们这一代人的苦难与传奇

我是一个不谙世事的人，不善钻营的人，我能在这个世界上有一点儿立足之地，并且赢得些微的尊重，原因在于我写书。我几十年来像处在一种梦魇一样，不停地写，拼命地写。我胸中的激情像喷泉一样汹涌着。在北京《大平原》研讨会上，一位批评家说："中国作家中高建群是个例、特例，许多作家成名作即是代表作，高建群不一样，他每闷上几年就有一部新作，带给文坛一场大惊喜。"

这本书的出版，已经六到七年了，它一直以稳定的发行量，陈列于书店和书摊，成为畅销书和长销书。《西安晚报》在连载期间，我楼上的一位女邻居每看一期就大哭一场，孩子问她为什么哭，她说这写的是我们这一代人的苦难，我们这一代人的传奇呀！这本书获得政府最高奖，当张引墨编辑受我委托站在中宣部五个一工程领奖晚会的奖台上，高举奖杯的那一刻，我正叼着一支烟，坐在家里的沙发上。

关于这本书的写作有几件事需要啰唆一下。一件是《大平原》就要写作完成时，发生了"5·12"汶川大地震。我怕再有余震，将我和书稿都震没了，于是将书稿装进一个大信封里，写上十月文艺出版社的地址。这样将来人们从废墟里找到我，找到我怀里抱着的书稿，他们会尊重我的愿望，将书稿寄到出版社去。

另一件事则是，《大平原》写完以后我中风住了二十二天的医院。中午我正在吃饭，突然饭从嘴里吧嗒吧嗒往下掉，夫人一看吓坏了，说你的眼睛、鼻子、嘴巴怎么都成歪的了。这样赶快去医院。医生给我的脸上扎满了钢针。有一张当时用手机自拍的照片。如果不是怕吓着了读者，真想把照片放在这版书上去。

后来主要是用黄鳝的血涂在脸上，才去掉这身上的湿邪之气的。这样脸又恢复了过来，我又回到了人间。所以乎，当时我说我被文学这个莫名其妙的东西绑架了四十年，《大平原》之后我再不写大部头的东西了。然而，大家知道，我后来又写出了《统万城》，而最近又完成了《我的菩提树》。当搜狐网的记者问我时，我这样回答：演员在谢幕之后，如果观众的掌声足够热烈，会把他重新召唤回舞台。

今天，当以一位普通读者、一位局外人的视角再读《大平原》时，我发现这本书其实是在描写死亡，描写尊严，描写一个人如何在窘迫中、在卑微中优雅地老去。高发生老汉在死亡时说，我为什么叫高发生，我现在是明白了：世界上所有的事情都没有道理，它的发生就是它的道理。高安氏在被盖上棺材板的那一刻，儿孙们才发现她竟是一位乡间美人，可是人们多么粗心呀，竟没有在高安氏活着的时候发现这一点，并告诉给她。而高二在忧患中死去的时候说，将我埋在高安氏的膝下，就像小时候依偎在她的怀里一样，不要让我的坟地里有花，不要让我的坟头高过别人的坟头。

时间在走着，它的流程缓慢而冰冷，而不可预知，不可逆转。那情形就像钟表在走着一样，铮铮铮铮，一步一格，充满程式感。两千多年以前老子说：周礼已死，你知道吗？一百多年以前尼采说：上帝已死，你知道吗？两年多以前霍金说：科学已死，你知道吗？这些智者以先知般的犀利目光和勇气，把他们所看到的真相告诉世人。

高发生、高安氏这些人物在消失，村庄在消失，农业中国在消失。夕阳凄凉地照耀着这一块渭河冲积平原，这后稷掘起第一锨土的地方。村口的老槐树被连根拔起，装上平板车，平板车缓缓地驶出了人们的视野。这座城市的街心花园将成为这棵老槐树的栖身之处。

小说中描写的高村，当年的时候曾经被叫作西北乡，后来被叫作公社，接着又被恢复成乡，几年前它撤乡设镇，现在，它则被迅速地叫作街道办事处，堂而皇之地成为这座大都市的一部分。道路从村子中间穿过，路两旁有些滑稽地安上了路灯。我所以说有些滑稽，是觉得村子里的青砖绿瓦和这路灯有些不搭。

那亡命黄龙山时的两个村子，白土窑和安家塔，也已经从地球上消失了。几年前小说完稿出版以后我曾经去过那里，白土窑那三口窑洞还在，门口的碾盘、大柳树还在。那时我曾有一个幼稚的想法，想在这里建立一个黄河花园口扶沟县鄢陵县难民纪念馆。村口再竖几座担着担儿、推着手推车的黄泛区难民逃荒形象，再竖一块石碑，记载国民政府行政院在这里成立设置局、接纳难民的历史。

但是村子现在已经彻底地消失了，人口搬到山下去并村，这里成为农耕地。去年秋天我去过那里，望着这遮天蔽日的玉米林，我有些头晕。后来一想也好，尘归尘，土归土。那些人，那个村子，它们本来就来源于大地，现在大地只是将它们重新收回而已。

顾兰子的全家都是死在那里、埋在那里的。有一天垂垂老矣的顾兰子突然记起一件事情。她说，其实，发生老汉的父亲也是埋在那里的。当年关中平原那个大雾弥漫的早晨，发生老汉推着独轮车，车上载着小脚的高安氏，亡命黄龙山。车上还装着一个褡裢，褡裢里的东西随着车的颠动咕噜咕噜乱响。高安氏有些诧异，用手摸了摸，问这是什么东西，发生老汉面色阴沉，低头不语。原来，这褡裢里装着的是发生老汉的父亲的骨骼。上路的前一天晚上，他将它从祖坟里盗出，带着骨骼上路，而后来到了黄龙山以后，这骨骼就埋在白土窑对面的山腰间。这是这个家族传奇重要的一个细节，需要在这里补上。

　　《大平原》的主角顾兰子，仍然像一棵老树一样活着。经年经岁，她受过多少苦，她就理应享多少福。那高村里高二的墓穴男左女右，为她留了一个位置。

　　在一个秋天的时候，我回到高村，来到乡村公墓，在这些亲人们的墓茔中间立下一块大石头。石头上写着：墓志铭——这里葬埋着我们高姓人家的祖先，他们世世代代在这里出生，在这里劳作，在这里死亡。即使那些怀着征服世界的梦想，到处闯世界的人，叶落归根，依然回到这里，入土为安。谨立此终南山糙石，纪念他们。并祈列祖列宗们佑护高氏一门，人丁兴旺，永世绵延。

2016年　西安

目录
CONTENTS

第一章　渭河及渭河平原 / 001

第二章　高安氏伟大的骂街 / 005

第三章　村庄与家族 / 008

第四章　摔纸盆儿 / 013

第五章　骂街 / 017

第六章　高家渡 / 020

第七章　大舍锅 / 027

第八章　顾兰子的第一次亮相 / 032

第九章　吃舍饭 / 039

第十章　麦子黄了 / 043

第十一章　高大的婚事 / 047

第十二章　黄龙山 / 053

第十三章　顾姓一家的死亡 / 058

第十四章　败月 / 063

第十五章　顾兰子上吊 / 066

第十六章　土匪入室 / 072

第十七章　李先念将军过渭河 / 079

第十八章　高大媳妇之死 / 082

第十九章　圆房 / 090

第二十章　革命鞋 / 099

第二十一章　漂泊者回家 / 103

第二十二章　一纸休书 / 109

第二十三章　入社・盖房・生娃 / 117

第二十四章　走河南 / 123

第二十五章　景一虹 / 132

第二十六章　高老汉的"五脚踢" / 138

第二十七章　死死活活相跟上 / 149

第二十八章　茶摊上的平原 / 158

第二十九章　邻家女孩之死 / 165

第三十章　痢疤头 / 173

第三十一章　乡间喜剧 / 180

第三十二章　水涝 / 188

第三十三章　大旱 / 194

第三十四章　饥饿的平原 / 198

第三十五章　大锅饭 / 206

第三十六章　新媳妇的秘密 / 216

第三十七章　私设公堂 / 227

第三十八章　琐碎日子 / 238

第三十九章　麦收八十三场雨 / 248

第四十章　人生一世草木一秋 / 256

第四十一章　公家人高二 / 265

第四十二章　黑建这孩子 / 274

第四十三章　板荡的年代（一） / 282

第四十四章　板荡的年代（二） / 291

第四十五章　咪咪的故事 / 298

第四十六章　黑建从军 / 309

第四十七章　黑建归来 / 323

第四十八章　在肤施城 / 333

第四十九章　高二之死 / 342

第五十章　我们在这里出生，我们在这里埋葬 / 351

第五十一章　父亲的儿子大了（一） / 364

第五十二章　父亲的儿子大了（二） / 370

第五十三章　在西京城 / 377

第五十四章　在平民医院里 / 383

第五十五章　化大千世界为掌中玩物 / 389

第五十六章　男人嘴大吃四方 / 396

第五十七章　乌托邦梦想 / 404

第五十八章　三千具尸体、三千种无奈、三千件传奇 / 410

第五十九章　村庄的最后的日子（一）/ 420

第六十章　村庄的最后的日子（二）/ 428

第六十一章　第四街区 / 435

第六十二章　乡里人桃儿与城里人杏儿 / 447

第六十三章　在巴比伦世纪城 / 458

第六十四章　平原公园 / 470

后记 / 481

高建群小传 / 486

高建群履历 / 487

高建群创作年表 / 488

社会评价 / 494

第一章　渭河及渭河平原

渭河是中国北方一条平庸的河流。它的开始和结束都一样平庸。它开始在草原的尽头和陇西高原的开头，它结束于《诗经》中"关关雎鸠，在河之洲"的那个风陵渡——渭河在那里注入黄河。

最初，是一面黄蜡蜡的山崖上往出渗水。那地方是在半山腰。那水也不能叫水，只能叫黄泥巴。黄泥巴从山腰向下缓缓地移动着，一直往下走，像千万条蚯蚓向山下爬。后来，到山下时，黄泥巴不移了，凝固了，而水滴一滴一滴渗了出来，汇成一条小河。

小河在黄土高原的深沟大壑中拐弯抹角地流着。一路走一路收集着从沟沟岔岔里涌出来的泉水，有时还接纳天上掉下来的雨水。雨水在这里是极少的，年降雨量通常在二百毫米左右，这雨水通常在夏天降临，瘠薄陡峭的地面存不住水，白雨一打，地表变实了，于是水哗啦哗啦地流了下来。这叫"攻山水"，汹汹涌涌，异常暴戾。那遥远的高村地面渭河的每一次涨水其实都是这上游的攻山水在作祟呀！只是那里的人们不知道。据说黄土高原在早年的时候，它是平整的，正是由于这天雨割裂，昔日平整的高原被切豆腐一样勒成各种奇形怪状的图案，形成深沟高壑，横梁竖峁。

这里是世界上黄土层囤积得最为深厚的高原，黄土层最厚的地方是五百米。人们说，这些铺天盖地的黄土来源于一亿五千万年前的一场大风。那个年代叫侏罗纪年代。从昆仑山上吹来的大风，呜呜地刮着，将满天尘埃吹到东方，然后尘埃在这里坐定。

河流就这样向前奔流着，一边奔流一边接纳和收集着水流。它所有的目的只有一个，那就是让这条叫渭河的河流向前走。

它本来可以不向前走，而向后走的。也就是说，不是奔向平原，而是就近奔向草原，然后裹挟着藏人的牧歌和草原的花香，从一个叫玛曲的地方就近流入黄河。

但是它选择了前者。

也许是一面山崖挡住了它的去路。也许不是，而是它的宿命决定了它。它注定将是一条苦难的河流。它注定将要裹挟着它一路收集来的泥沙，在下游营造一片冲积平原，然后在平原上布满村庄，然后在村庄中造出一个大的村庄。那个村庄人们叫它千古帝王之都。一部中国的历史，有一半是这个村庄的历史。这个村庄叫长安城。如果说不算太长的人类历史中，世界西方的首都叫"罗马"的话，那么，这个村庄就是人类的东方首都。

河流现在变成一条中等水量的河流了。人们叫它渭河。它在大山中左盘右突，寻找着出山的道路。一山放过一山拦。雨季的庞大水量给它提供了咆哮和撒野的机会，而从高原向平原的过渡中的巨大落差，也令它的奔流充满了力量，令它的每一朵浪花都亢奋起来。

渭河是哀恸的，沉重的，滞涩的，沧桑的。可是话又说回来了，中国北方的哪一条河流不是哀恸的，不是沉重的，不是滞涩的，不是沧桑的呢？

它们从来没有欢快过和轻松过。对于它们来说，欢快和轻松的同义词是暴怒和暴戾，是雷霆之怒，是一河亢奋的、足以破坏和毁灭一切的、以十华里宽的扇面从平原上仪态万方地流过的浑浊水流。对于它们来说，也从来没有平静过和平和过。发过一番大脾气后，河流总算是平静了。它重归于河床，重新开始它平庸的命运。但那不是平静，是冷清，是冷寂，是冷落，是落寂，夜来渭河那咣当咣当拍打堤岸的声音，宛如我的老祖母那彻夜彻夜的呻吟声。

北方的河流哪！

在一个叫铁马金戈大散关的地方，渭河从两座大山的夹角处，猛地一跃，便冲出山的包围，进入了大平原了。公允地讲来，这平原正是河流的产物，是它在亿万年来，裹挟的泥沙在步入黄河之前，在这里形成的囤积。人们把这种平原叫冲积平原。

这平原有八百里长。宽的地方有三百里宽，窄的地方有一百多里宽。南边的高山叫秦岭，北边的高原叫陕北高原，它们将这块平原夹定。人们将这座平原以这条河流来命名，叫渭河平原。而在历史上，好事者又叫它关中平原。

为什么叫它"关中"，原来它的东西南北，被四座雄关围定。东边的那座关，叫函谷关，就是一个叫老子的写《道德经》的人，骑青牛飘然而过的那个关。西边的就是我们的大散关。"大散关"是它的名字，"铁马金戈"是过去年代的文化人，给这个气象森森的关隘，加上的一句张扬的词儿。南边的那个关叫武关，北边的这个关则叫萧关。萧关在平凉境内。据说，匈奴大单于冒顿至萧关，属下问："匈奴人的疆界在哪里？"冒顿马鞭一指："匈奴人的牛羊在哪里吃草，哪里就是匈奴人的疆界！"

如是四座雄关，将这块枣核状的平原围定，将这平原上的一代一代的人物围定,将平原上的那座千古帝王之都围定。

据说在最初的日子里,这里没有平原,这里没有千古帝王之都,这里也没有那些走马灯一样来来往往的我的家族人物。那时的平原,是一片汪洋,汪洋的四周则是沼泽地,是参天的古木,是建在白鹿原半坡的半地穴式房屋,是呆呆地望着家门前这一汪大水倚门而立的老翁,是从沼泽地和灌木丛中走出来的呆头呆脑的黄河象。

是一个叫大禹的人赶到了这条河的尽头。在那里,在那个叫风陵渡的地方,他高叫一声"蒹葭苍苍,白露为霜,所谓伊人,在水一方",说罢挥动一把老镢头使劲地挖呀挖。只听"哗啦"一声,渭河泻了。这激情的水流一泻千里,欢快地进入了黄河。两条河流汇在了一起,两只胳膊挽在了一起,它们像交媾一样,每一滴水滴都因此而痉挛起来。

这样,平原显露了出来,黑油油的泥土显露了出来。而河流,它缩成一股时而散漫时而咆哮的水流,在渭河平原的中间地带,一个相对固定的河床中开始流淌。而在河流两岸,人声嘈杂中建立起一个又一个的村庄,人们纷纷地从山腰间下来,攒着这水临水而居。

第二章　高安氏伟大的骂街

一位"伊人",站在渭河畔高高的老崖上,正在唾星四溅地骂街。这是我的伟大的祖母。在我们这地方,我叫她"婆"。她骂街的时间是20世纪30年代的最后一年,或者准确地说,是1939年农历的二月二这一天。

她那时候还不是我的祖母,是高村的一个过门不久的媳妇。她是一位乡间美人。正在骂街的她,细眉大眼,尖下巴,下巴上一颗褐色的美人痣。那美人痣随着她的嘴唇的抖动在飞快地跳跃着。头发像乌云一样,挽成一个髻,系在脑后,然后用一个银质的卡子卡起。她的上身,穿一件用老布裁剪而成的大襟袄,那大襟袄的颜色是白的,衬着她的白皙细腻的俏脸儿。一条手绢儿系在她的胸前。在骂街的途中,这只手绢不时地被用来擦唾沫或者擦鼻涕。下身是一件黑粗布裤子,那裤脚的地方,被用绷带缠住,然后显露出两个秤锤一样的小脚。

高安氏的骂街其实早在半年前就开始了。这一天只是她结束的时间。这结束的原因我们后来将要谈到。话说半年前的有一天，她早晨起来，对着镜子将头梳好，梳头的时候不时地给篦梳上吐两口唾沫，以便让头发湿润，然后将这右开口的大襟子的每一个扣子扣好，一双小脚，她缠呀缠，一边缠一边想着事情，想好了，将鞋穿起，然后用手抓着我父亲的手说："二小子，你陪你妈到村子里转一趟。我要排侃去！高村这一片天空，今天得看我出头！"

这样她就上路了。她牵着我的父亲，一个半大小子，从东堡子走到西堡子，从西堡子走到东堡子，开始骂街。她的小脚停到某一户人家的门前，骂一阵，然后再走，她的唾沫星子弥漫了高村的整个街道。

骂完以后，她的最后一道功课是来到河边，站在老崖上，依着惯性继续骂一阵。直到自己都骂得疲惫了，口干舌燥了，然后便对着河水发一阵呆。那双小脚，载着她在这平原的早晨完成了这样一项伟大的工作，现在脚踵大约也有一些乏了，于是俏媳妇走下老崖，下到二崖上，脱了鞋子，在河里把脚泡一泡。

老祖母的小脚，我在小时候见过的。十个脚指头，全部骨折了。骨折以后，全部窝回来，弯到脚心位置。她生平大约从来没有穿过袜子，而是用一块老布包着。那老布上不时有脓水的痕迹。而那双小脚，并不是在少女的年代被包成这样后，以后，就一成不变了。那小脚还时时脓肿，尤其是走路走多了以后，十个奇形怪状的脚指头像还没有长毛的小老鼠一样，红红的，胀胀的。隔三岔五，她还要剪脚指甲，要不，指甲长了会钻到脚心的肉里。

祖母在河边找了一摊清亮的积水，泡了泡脚，又摆了摆裹脚布。然后将这裹脚布稍微地晾了晾，不等它干，就仍旧用它将脚包上，然后站起。

这一天的骂街工作就算结束了，下来开始忙生活了。给牛铡草，给猪馇食，给人做饭，然后是纺线和织布。这时候，她就又变成高村一个平常而又平常的女人了。

第三章　村庄与家族

　　我的祖母的伟大的骂街，基于一件重要的事情。这件事情关系到我们这个家族能不能在渭河岸边这个叫高村的地方住下去，关系到祖母膝下的那一群嗷嗷待哺的孩子他们将来的命运，关乎高家那时还算殷实的田产和房子能不能守住。

　　高村所有的人都姓高。包括高大的柏树下那一簇簇坟墓里的先人们，或者将要出世的新生一代们，他们的头上都顶一个高字。最初，他们大约是一个人或一族人，在大禹王高歌"蒹葭苍苍，白露为霜，所谓伊人，在水一方"后不久，就从山上下到了河边，然后在这里以几千年的耐心，建立起了这个同姓同族的王国。在高村人看来，这世界分为两部分，一部分是高村的世界，一部分是高村以外的世界。

　　不独是高村，渭河平原上几乎所有的村庄，都是这种组成形式。它们是从哪里来的？不知道。是大禹王的年代吗？不知道！是历朝历代的战乱形成的吗？不知道！或者如中国北方那个家喻户晓的传说，是从山西老槐树下走过来的吗？亦不知道。

山西老槐树底下这个话题，中国民间众口一词的说法，是说这事发生在宋。北宋年代，连年战乱使得中国北方人口骤减，域内空虚，于是朝廷从山西老槐树底下迁出大量的人丁，以补北方的空虚。

但是，这个传说也许不至于只是北宋年间，那大槐树移民北宋年间有，但是，早在北宋之前，这样的移民活动就发生过。须知，就连山西境内的居民，他们大部分也是移居来的。他们的祖先是匈奴人。早在东汉年间，当时的朝廷采取"内附"政策，在山西境内设河东六郡，然后将长城线外游牧的匈奴安置在这里。著名的五胡十六国之乱，它的初始，就是一个被安置在山西离石的名叫刘渊的匈奴人发动的。

那么，让我们大胆猜想，是不是将那些匈奴人收了马匹，缚了手臂，然后牵着他们，从这山西老槐树下走了一遭，从此他们成为汉人，继而撒播到中国北方的广大区域里去了呢？如果是这样的话，那山西大槐树的移民传说，当在更早。

不过，自从五胡十六国之乱以后，中国北方的人种，他们的身上都或多或少地有了一些"胡羯之血"。这是为大家都公认的事情。在中国北方，纯粹的汉民族血统的人已经不多。白鹿原底下有个半坡遗址，那里出土的七千年前的北方人，他们的体型相貌类似于今天的南方人。

高村这个同姓同氏族的村落，是如何形成的，起于哪一年？不知道！渭河两岸那像一根藤上结出无数的瓜的同姓同氏族村落，又是如何形成，起源于哪一年？亦不知道！而广袤的渭河平原上，那些星罗棋布的同姓同氏族村落，又是如何形成的，起源于哪一年？回答说还是不知道！

是和五胡十六国之乱有关吗？或者更早，是沼泽退去，平原裸露出它黑色的泥土，河床相对固定的那一刻就来到的？或者更晚些，正是民间那口口相传的从山西洪洞大槐树下来的？

这些同姓同氏族村落散布在渭河两岸，散布在广袤的平原上，组成了中国北方农村的一道风景，成了北方农民支撑他们生存的一个堡垒，成了种族香火不灭千年延续的一个保证。

从高村顺渭河上溯二十华里，我们看到，所有的村子都是同姓同氏族的自然村。它们是上白村，下白村，弯里马村，母猪李村，樊村，胡村，刘村，赵村，南杨村，北杨村，季村，季堡，东安村，西安村，然后是高村。往渭河的下游追溯，横卧在渭河老崖上的有几个大村子，这几个大村子分割成小村，这些小村亦都是以同姓同氏族的单位居住。而再往下，又是一个一个的同姓同氏族的村落了。

在我们说话的这个年代里，这些村子都是一姓。千百年来，村子的人们以百倍的警觉提防着外姓介入。他们觉得，渭河岸边这块或者丰饶或者贫瘠的地面是他们的，他们防止着有人在他们睡觉的时刻将口中的吃食夺去。更兼之，这也是一种崇拜，对遥远祖先的崇拜，对《百家姓》中自己额头上顶着的这个姓氏的崇拜。在平原上，所有的村子除叫它们"村子"之外，都可以另外叫成"堡子"。"堡子"这两个字就充满了一种防卫心理。

眼下，高村的这一户高姓人家，遇到了一个难题。这个难题就是"断后"。我的老爷膝下无子，只有一个女儿，且这女儿显得有些笨拙。平原上的习俗，遇到这种情形了，延续香火的方法一般有两个。

一个方法，就是给女儿招上门女婿。那个村庄的那户人家，男孩多，问不起媳妇，愿意把自己的男孩招出去，给人做上门女婿。

这女婿过门以后,得改姓,他的娃娃们,也得从女方的姓氏。也就是说,这个村子将这个人淹没了,他来这里的任务只是像一匹种马一样来延续香火,而这个同姓村落依然纯粹,依然是铁板一块。

另一个办法是将外甥接来,让他顶门立户,延续香火。三亲六故中,这最亲的人,大约就是外甥了,所以没有办法的办法,请他来,当作子嗣看待。为他问一房媳妇,这媳妇再生上一堆娃娃,于是这家的香火就又有年没月地延续下去了。

如果说,那前一种情形,上门女婿还偶然地在此生中,用一下他原来的姓氏的话,村上人有时候也就睁一个眼闭一个眼,由他去吧!因为他即使蹦得再高,也已经没有根了,现在他的孩子是跟着媳妇姓着,他将很快老去,没了踪影,好像村庄里从来没有出现过这个人似的。

但是对于后一种情形,全村的人会以百倍的警觉来对待。从外甥顶门的第一天开始,他就改为与全村人一样的姓了,往事不准再提。

我的老之将至的老爷权衡再三,采取了第二种方法。即从渭河上游的一个叫鸿门镇的地方,接来了他的外甥,来给自家顶门。接着,又从邻村为这个顶门过来的小伙子问了房媳妇。那小伙子就是后来我的爷爷,而那新媳妇就是我的三寸金莲的乡间美人小脚祖母。

乡间美人迅速地为这户人家生下来一窝儿女。高大出生了,高二出生了,高三出生了,齐刷刷的三个男丁。那第四个是女儿,苦命的桃儿也在那个年代来到了人间。

这一切多么符合乡间规矩呀,这一幕乡间喜剧演得多么的圆满呀!从此以后,这户人家将成为这个大族中的一个支系,从此头顶着同一个"高"字,开始自己少盐寡汤刨食吃的岁月。

但是不然。

其实,早在高老爷子张罗着用他的外甥来顶门的时候,这种不祥的根就埋了下来。这原因就是，除了上面那两种延续香火的形式之外，在平原上，通常还有第三种形式。

这情形就是，从自己就近的族人中，挑一个侄儿过来顶门。因为侄儿和外甥一样亲，他甚至连姓氏都不需要动，就走入这个家庭，登堂入室了。

前面说过，高村通村都是一族，因此从理论上讲，这个班辈上的所有的人，他都有理由来顶门，或者再直白一些说，有理由来继承高老爷子这一份家业。

高老爷子那时候老崖上有三十亩良田，河滩里还有二十亩滩地，家里一挂铁轱辘的牛车。此外，他还有五间宽的庄子。那庄子有三间盖满了房，剩下的，空在那里，准备有力量了以后再盖。

族人们，尤其是就近的族人们，也许曾向高老爷子提出过那第三个方案。但是被高老爷子严词拒绝了，他明白所谓的顶门只是一个话头，人们眼红的是他辛辛苦苦攒来的那份家产。他坚决不能让这些家产落到他的那些族里弟兄们手里去。他决心要保卫它。

这样做的结果，就是渭河上游村子里的那个年轻人走入了高村，并开始了他后来的故事。

这个既不像农民，又不像商人，亦不像读书人的年轻人，当他担着个货郎担子，摇着个拨浪鼓，吆喝着穿村而过的时候，一定会招来许多人忌恨的目光，因为这个村子的一户富户的家业，被这个不知从哪里冒出来的外姓人得了。

但是在高老爷子在世的时候，人们还不敢造次。高老爷子拄着根南山藤木做成的疙瘩拐杖，一步一点，从东头走到西头，西头又走到东头，人们见了，纷纷打招呼。招呼罢了，人们指着他的脊背说："有一天你死了，这好戏在后头哩！"

第四章　摔纸盆儿

好戏果然在后头。终于有一天，老爷子一口气上不来，脚一蹬，头一歪，走人了。家族纷争于是从"摔纸盆儿"的那一刻开始。

平原上的习俗，老人死了，在抬埋他的时候，一顶棺木，请八条大汉用杠子抬着，棺木的后面，有无数条纤绳，女孝子们蒙着脸，穿着孝衣，手牵着这绳子，一边拽着不让这棺木走，一边移动着步子往前撵。棺木前边，则是两行男孝子领路。那男孝子中，挑出一人，或是长子，或是长孙，或是至亲的外甥，头顶上顶着一个纸盆子。别人恸哭，他可以不哭。他只把这个盆子顶好，就行了。

这叫"顶盆子"，也叫"顶门"。所谓的顶门，其实正是顶这个盆子。这纸盆子应当摔碎。出殡的队伍在行走中，前面的孝子在行走中，来到一个十字路口或三岔路口，觉得这里距家宅和墓穴的距离刚好适中，于是停下。

停下以后，所有的孝子们都知道要摔盆子了，出殡中最庄严的那一幕要开始了,于是停住脚步,按班辈、分长幼站定,就在当路上跪成两行。而那后边的棺木也停下来,后边的哀恸的女孝子们也停下脚步。

这样,在乐人们的嘹亮的唢呐声中,在男孝子们压抑的低沉的嘶哑的哭声当中,在女孝子们一板一眼抑扬顿挫仿佛唱歌一样的哭声当中,顶盆子的这个孝子,将纸盆子高高地举起,叫一声"从此后我就成了没大的娃了"!叫罢,然后重重地摔下。盆子是陶土的,青色,摔到地下,"哗啦"一声,成为一堆碎片。

啥叫"纸盆子"?其实,它不过是一个普通的瓦盆而已。这个瓦盆在此之前是放在家宅里的灵牌前的,烧纸用。如今起灵了,牌位拔了,于是这盛满纸灰的瓦盆儿,便被端起,随灵柩一起走。

高老爷子的出殡仪式也是这样进行着的,那顶盆子走在孝子前面的正是那个外乡人,我的爷爷。如果没有人从中作梗,盆子一摔,这场丧事就算走到头了。老爷子将顺顺当当地入土为安,去见他的列祖列宗们。平原上的老坟堆里将会出现一座新坟。

但是正当这个外乡人高高地举起盆子,就要往下摔的时候,孝子队伍里一片嘈杂,有的人喊着"让我摔",有的人喊着"我来摔",有的人喊着"该我摔"。人头攒动,那头顶上顶着一块白色孝布的是儿子辈,那头顶上顶着一块黄色孝布的是孙子辈,那头顶上顶着一块红色孝布的是重孙子辈。众人站出,纷纷来抢,出殡的队伍乱成一团。

此刻这个名叫高发生的年轻人从来没经过这阵势,纸盆子举在头顶,傻了。他呆呆地站在那里,眼睛红勾勾的,不知道该怎么办才好。

"瓜尿,你摔!你摔!你快摔!"

说这话的是我那乡间美人,小脚祖母。此一刻,她正在那棺木的后边,穿着孝衣,手牵引魂索,席地而哭,见了眼前这一场变故,吃了一惊。

只见她身子向后仰一仰,腰身闪一闪,一个鲤鱼打挺,站了起来。站起来，扶着棺木走了两步，然后踮着小脚，快步穿过孝子的行列，径直走到我爷爷跟前。

"你摔呀！瓜尿！快摔！"她说。

爷爷还在愣着。眼见得无数只大手小手，去抢那只高举着的纸盆子，老祖母踮着小脚，左拐右拐，从人群中蹿到爷爷跟前，然后两脚一跳，掰住爷爷的胳膊，叫一声："你倒是摔呀！"然后将胳膊一拉，于是只听"哗啦"一声，纸盆子摔下来了。盆子落在塘土地上，一个盆碎八瓣成为碎片。

安葬仪式结束不久，"头七"未过，这户人家便开始遭户族欺侮了。老太爷既死，于是大家也就没有了忌惮。老崖上田里的苞谷还没有成熟，就被人整行子整畦子地先掰了。滩地里的果木树上结了桃子，也被人卸了。菜井里种的辣子被人摘了，韭菜被人割了。家里拉车的老黄牛，偷吃了几口嘴，也被人用镰刀砍了。家里的大花狗，被人打着吃了，将一张狗皮，隔墙撂了过来。还有家里那几个半大孩子，出门与人打架，一个个被打得鼻青眼肿流鼻血，问他们为什么跟人打架，回答说村上孩子叫他们"蛮生野种"。

这些都是小事，更大的事正在酝酿，这就是族里面的几户近家，瞅上了这户人家的田产和房屋。这一日，我的乡间美人的小脚祖母，正摇着纺车，在上房屋纺线，门外人声嘈杂，揭开门帘一看，只见几个大汉，抬了一口棺木，进了院子。祖母问："这是谁家的棺木？走错地方了吧！"大汉们说，棺木是族里一户人家的，人暂时来不了，先用这棺木来占地方，号房子！说罢，不容分说，一把擢开这小脚女人，抬着棺木进了上房屋，然后找一个角落，将棺木摆好，底下再支上几块砖头。临走时，大汉们说："小媳妇，你小心地给看着，这口狠话说过了，棺木要是少一个角角，就拿你是问。老鼠咬了，虫撅了，你也逃不了干系！"说完，牙齿下了，一伙人扬长而去。

我的小脚祖母愣在那里，好久才明白这是先用棺木占地方了。她坐在院子里的枣树下，号啕大哭。哭了一阵子，哭得没意思了，于是想起找我爷爷。我爷爷此刻在哪里，她知道！

爷爷早就知道这家业守不住，于是说，让外人得了，不如让我抽大烟把它抽光吧！没了家业，就没人偷没人抢没人眼红，这高村的天下就太平了！这样他染上了大烟瘾，和村上一些懒汉二流子躲在一户闲人家里抽烟。这事我祖母知道，她只是睁一个眼闭一个眼，不把这事说破。

此一刻，家里出了这么大的一个事情，祖母只得硬着头皮，来拍这户人家的门环。

门开处，一群大烟鬼正横七竖八，躺在那里吞云吐雾，见高家媳妇来了，都吃了一惊。好我的小脚祖母，只见她并没有发怒，只是把那个尖尖的小鼻子耸了一耸，脸上做出笑容说："好香！好香！"说罢，径直走到我爷爷跟前，夺过烟卷说，让我也尝一口！尝罢，对爷爷说，走，咱们回家，回到咱们家炕头上，热被窝一坐，你一口，我一口，过咱们的神仙日子去。

爷爷懵懵懂懂，趿鞋下炕，被小媳妇牵了手，出了大门。门后，一群大烟鬼说，你看人家媳妇，这才叫厉害！祖母回头，呸呸两声，算是作答。

回到家中，看到上房地的棺木，再听祖母一番诉说，爷爷眼皮翻了翻，一言不语地蹲在地上。祖母见了，踢两脚，"你倒是说话呀！掌柜的！"祖母说。踢归踢，胆小怕事的爷爷仍是一声不吭。祖母见了，绝望地说："我三脚踢不出你个响屁来！"

就从这一刻，我的小脚祖母开始骂街。既然这家男人不敢出头，那么女人只好出头了。

第五章　骂街

自此以后，大约有半年时间，高村村头，出现了一个骂街的女人。那原先用发卡别在脑后的髻儿，弄乱了，如今一头乱发蓬松在头上。两个原来白里透红的脸蛋儿，如今凭空地抹了两团灶膛里的柴火灰，又黑又青。一件大襟青布衫子，那布纽扣从胳膊窝以下，全部解开，露出的两片衣服下摆，挽成一个疙瘩，缠在腰际。下身的变化不大，还是那身黑青布缠着绑带的裤子。脚下三寸金莲的那鞋子，现在换了，换成了结婚坐轿时那双红缎鞋。这红缎鞋穿在脚上，一颠一摆地走来，确实比那黑布鞋更为张扬。

她的手里，还提着一根盘成一团的火绳子。这火绳子是牛拽绳。如今她提到手里，在村口滋事，那意图也很明显。话头不对了，或者她恼怒了，这绳子往谁家的门楼子上一拴，就上吊到谁家了。

我的乡间美人小脚祖母，顺着高村的官道从东到西，从西到东，踏踏而来，一路排侃。她说道：

"高村的老少爷儿们听着,族里的阿伯阿叔们听着,如今这当儿说话的是高村的媳妇,安村的姑娘,叫'高安氏'的便是她。高老爷子是有一份家产,但这家产是他人老几辈打牛屁股打出来的,碗里一口锅里一口省出来的,东山日头背到西山下苦挣的。你们要眼红,你们去挣,让儿子做土匪,让女儿做婊子,只要能挣回来,也算数,别眼红人家。

"你们说这老太爷要下个蛮儿,野毛光棍飞了四十里,跑到咱们高家堡子来了。这话也对。只是这野毛光棍是老太爷的外甥,外甥顶门,天经地义,过去有,以后还有,谁也不敢保险自己家的苞谷地,就不长谎秆儿。如今他已经改了姓,他就是高村的人了,你们谁敢说不是?!

"纵然这蛮儿是'蛮'的,是野种,你们眼黑他。那一窝孩子,该是在高家的土炕上生的吧!该是这渭河的水、大平原上的五谷把他们养活出来的吧!他们头上都顶着一个'高'字,你们难道就忍心欺侮他们?你们可以对我家男人无礼,这我认了,你们欺侮我的一窝孩子,这叫造孽!

"我安家大姑娘也不是没名没姓。安村就在高村的旁边卧着,那一村的人都是我的娘家弟兄,他们在看着你们高村的人做事!我日你个三辈先人的!"

我的小脚祖母骂到酣畅处,挥舞着手里的绳索,等人上来搭腔,但是家家门户紧闭,没人敢吱声。

祖母见了,越发逞能,往地下一坐,来个连身躺,大哭起来,一边哭,一边咒男人:"你们中,有那胆子正的站出来,一个枪子,把我那窝里罩的男人灭了,从此我跟你过!"

这叫乡间喜剧。大男人见了,人人躲避。妇道人家怕惹上口舌,也尽量躲着。倒是高兴了那些乡间孩子,这古老而闭塞的北方农村，渭河形成的这个死角里，打人们记事的时候起就没有来过剧团，因此，这些围观的孩子，把这当一幕喜剧看。

气出了，泼撒了，祖母心情好了一些，正如如前叙述的一样，她最后来到渭河边，用河水抹一把脸，用唾沫星子把头发理顺，然后将大襟袄挽在胸前的那个疙瘩解开，扬起一只胳膊，用另一只手将胳膊窝里那一连串布纽扣依次扣好。

最后她回到家中。这个伟大的早晨结束。她现在又变成一个平庸的女人了。而到第二天早晨，踩着太阳冒红这个钟点，她的又一次骂街行动再重新开始。

祖母的骂街取得了巨大的成功。在她骂街的这半年中，高村逐渐安静下来，渭河畔上的这户人家，日子也逐渐好过了点。

只是那口白色的棺木还在上房里卧着，夜来白森森地怕人。祖母说："这也是咱们族里一位老者的棺木，既然他愿意放，就放在这里吧！咱们权当保管着。这东西盖子一揭，还是上好的粮仓，麦子下来后，咱们用它装粮！"

这一日，1939年的农历二月二，是我的乡间美人小脚奶奶的最后一次骂街。不是她不愿意骂下去，而是这骂街的行动，被一件事情打搅。而这件事情，将导致渭河畔上的这户人家暂时离开，亡命他乡。

第六章　高家渡

祖母看见，在坡坎下面的渭河二道崖上，人声嘈杂。顺着那崖畔，自南向北，一溜儿摆开八口大锅。是八口，祖母伸出戴着套袖的手，挨个数了数。那每一口锅前，都围着几个人，有从河里担水往这锅里倒的，有蹲在灶火口，往锅底填苞谷秆的，还有掌勺的，手拿一个大铜瓢，将那锅里的水不时地漾起。旁边，好像还有几个公家人模样的人，穿着制服，胳膊肘上戴着个白箍儿，口里吹着哨子，在指指点点。另外，还有几个穿黑衣服的军警，挎着枪，在人群周围转悠着。

高村这一块地面，是渭河"几"字形地流过平原时，在这里形成的一个死旮旯，平日里，官道上难得见几个行人，这二道崖下面，更是冷冷清清的。虽说这里好歹算一个渡口，但是从这里过河的人并不多。这个名曰"高家渡"的渡口，那只大船，主要是载高村以及高村附近的人渡河的。

祖母有些纳闷,她不知道要发生什么事情了。于是从老崖上,徘徊两步,找了个斜坡,"哧溜"一下,溜到了二道崖。那八口大锅,其实都是高村人的锅,是为牲口饮水用的。那每个锅前围的人,也都是高村的人,他们以一家一户为一个单位,在那里操持着。

有一棵歪脖子老树,树已经死了,还端立在那里。树皮的一面被人扒光,露白的地方,墨笔写下"高家渡"字样。这大约就算渭河上这个荒凉渡口的唯一标志了。那歪脖子老树,想当初,它该是长在高村一户人家的门前的,或者院落中的,渭河改道,三十年河东,三十年河西,这户人家的宅院在某一个晚上突然崩到河里去了。主人于是搬到了靠里的地方,而这棵树留在这里。河流突然改变主意,不再往东崩了,这树便幸存了下来,艄公便央过路客在这没人管了的树上,书写上"高家渡"这几个字。

那第一口大锅,就支在这歪脖子老树底下。围绕着这锅忙碌的这一家人,正是我们家的人。那手执一把大铜瓢,舀起汤,然后再高高漾下去的,是我爷爷。旁边挑着一担木桶,忽悠忽悠从渭河向上担水的是我大伯,也就是高大,那一年他十三岁。坐在灶火口里,朝着炕底那熊熊燃烧的火焰,往进塞苞谷秆的,是我的父亲,也就是高二,那一年他十岁。

"死老汉,你在干什么呢?有什么大事要发生了,动锅动灶的?莫非,是咱这高家渡,要过队伍了?"祖母跃上坡坎,来到大锅前,拿个树棍,将那火心捅一捅,掏空,这样火便燃烧得旺一点。平原上的早春,还是很冷的,况且河道里有风。这样她便一边搓着手,一边问。

爷爷回答说:"乡里人不知道城里的事,地上人不知道天上的事。只是来了几个公家人,用脚踢了踢咱这一口给牛饮水的大锅,说是要征用它,咱就把这大锅给弄到河沿上来了。听说这高家渡确要过人，但是不是过队伍，是过灾民。这锅里熬的苞谷粥，公家人说这不准叫苞谷粥，要叫舍饭。"

"哟，是起大锅，发舍饭。那么舍给谁呢？这八口大锅，能吃多少人哩！记事中，民国十八年大年馑，这二崖上就支过铁锅，发过舍饭。那次，来的是山东人。山东人一溜一串地，过了河，沿着这渭河两岸住了下来，成了一个一个的山东庄子。那么这次，是哪里人呢？该不是河南担吧！"

"不知道！公家人没有说！"爷爷回答。

祖母停顿了一会儿，又有些事情想不明白了。她问："渭河这八百里河道里，少说也有几十个渡口，那些灾民，为什么要单挑高家渡来渡身子呢？高家渡这么条破船，官道这么个塘土路！"

爷爷回答："听说，不独独是高村，高家渡往下，直到黄河边，这几十个渡口，都支起了大铁锅！"

"那得过多少人呀！他们是些什么人呢？"祖母感慨道。

大锅里的苞谷粥，已经咕嘟咕嘟地滚好了。爷爷还不停地拿着大马瓢，将苞谷粥舀起又扬下。那苞谷粥从马瓢沿上洒下的那一刻，阳光一照，像一道金瀑布。这是老苞谷，它是黄的，金黄金黄的。苞谷那香味儿，又像泥腥味，又像草腥味，又像空气中那薄荷的味儿，它现在弥漫了渭河的这一段川道。

见吃舍饭的队伍迟迟不来，祖母坐不住了，她要回家织布去，几个孩子都等着这一架子布下来，做衣服。"况且，四女子还在炕上睡懒觉！我不给她穿衣服，她自己不会穿！"祖母说完，闪一闪身子，站起来，踮着小脚上了老崖，回村子里去了。

天晌午端，太阳直直地照在头顶上的时候，人们焦急等待着的那一支饥饿大军，终于在平原的另一头出现了。

首先传来的是声音，仿佛地皮在轻轻颤抖的声音，仿佛是成百上千的人在压抑着嗓子,轻轻抽泣的声音,仿佛是饥饿的平原上的母狼,在暗夜里哀鸣的声音,仿佛是那低沉的雷声,在天边滚动的声音。那声音是缓慢的,凝重的,愈来愈清晰,也就是说越来越走近高家渡。

接着在那平原的尽头,出现一片铺天盖地的乌云。这乌云是流动着的,翻滚着的。它一会儿俯冲下来,与地平线融为一体,一会儿又飞上高高的天空,那一团黑色将天上的太阳也遮住了。

接着,从官道上,走来一支队伍。

他们有人穿着衣服,有人没有穿衣服。那没有穿衣服的,用一张席片,或者一块破布,象征性地挂在腰间,遮住自己的羞处。这些人群,明显地是以家庭为单位,结伴行走的。因为有老人,有孩子,那些青壮一点的男人,则承担着照顾老人和孩子的任务。所谓青壮,这里只是相对他们的年龄而言,他们同样是疲惫的,孱弱的,身上的那肋条子鼓出来,像排骨一样。他们穿鞋子的很少,有些人是打赤脚,有些人则穿着草鞋,或用麻葛和布条拧成的鞋。他们大约有半年没有理发了吧,乱糟糟的头发落满了灰尘。

有些家庭是推着一辆独轮车的。独轮车"咯哇咯哇"地叫着。高村的人听到的平原尽头传出的哀恸声音中,大约就有这独轮车的叫声。这独轮车上,通常装着这个家庭的全部的家当。这辆独轮车由这个家庭的男人推着。如果这个家庭有一个半大小子,那么他会在这独轮车的前面,用一根绳拽着车,给这位推车的男人助一把力。如果这户人家有个上了年纪的老人的话,通常,行走的期间,他会在家人的要求下,在独轮车的支架上坐一会儿,歇一歇脚。

大部分的家庭则连这样的一辆独轮车都没有,他们的全部家当是用一条扁担挑着。这扁担通常是桑木的,木质很软很柔韧,挑时两头一闪,扁担弯成一个半月形。扁担的一头,挑着一个花格包袱，包袱扎紧，扁担头儿从包袱中穿过。扁担的另一头，会是一个笸箩，或是一个竹筐，或是一个木笼，它是用绳子系在扁担上的。那或笸箩，或竹筐，或木笼里通常装着一个孩子。这根扁担通常是由这家的当家男人担着的，行走中的这户人家，簇拥着这男人。

另外还有些人家，他们连这样的一根扁担也没有。当家男人的身上，只背着一件花格包袱。那包袱的质地是老布的，白色的线，红色的线，青色的线合在一起，织成这一个一个火柴匣大小的方格子图案。需要说明的，这包袱皮已经旧得不能再旧了，颜色已经失槽，上面还布满补丁，所以我们说它的颜色，只是说它原来的。唉，包袱的主人，大约已经在这个世界上，流浪了有些时日了。

偶尔的，孩子会哭，或者是背在背上的，或者是抱在怀里的，或者是拽着手拖着走的，或者是躺在那笸箩之类的东西里。这些孩子是因为饥饿而哭，他们伸出小手，向世界摇晃着，向大人摇晃着。于是，母亲把她的大襟袄解开两个扣子，取出奶头，塞到孩子嘴里。但这哪里是奶头呀，既没有肌肉，更没有奶水，就像瘦骨棱棱的排骨上停了两个干枣一样。孩子大约咂出血了，母亲痛苦得头上冒汗，但是她强忍着不动。孩子最后睡着了。那男人说："将他扔了吧！等到了好地方，光景好了，你再生！"女人默默地点点头，她说："小东西，你为什么要来到这世界！你不要受罪了！你走吧。"喂了最后一口奶以后，女人别过了脸。男人抱着孩子，把他轻轻放在路旁的麦苗田里。立即，有成群的乌鸦和喜鹊俯冲上来，路旁传出一阵惊天动地的聒噪。

乌鸦和喜鹊，仅仅吃掉了孩子的两只眼睛，便被后面的饥饿大军赶走了。饥饿大军不是来救这个孩子的，而是来抢这一具小尸体的。如果这具小尸体被一户人家抢到了，那么，他的肉熬下的汤，足够这户人家再支撑住一个礼拜的行走。

这一切都是真的,在这个庄严的话题面前,叙述者不敢有丝毫的杜撰。在那场由豫入陕的灾民大迁徙中,这样的事情不在少数。

这还不是最残酷的。那最残酷的事情是"易子而食"。饥民途经的各县县志上,修志的老先生曾经以怎样悲凉而又绝望的笔调,谈起那一幕幕"易子而食"的场面呀!

人们不忍心吃自己的孩子,于是两家交换,这样锅里煮的就是人家的孩子了。

当然在饥民大军行进的时候,一部分的孩子被路经的村庄收留。像我母亲的姐姐那样。但是那样的事情好像并不多。在那个兵荒马乱的年代里,在那个吃了上顿没下顿的春二三月青黄不接的季节,当地的住家户连自己孩子的那几张嘴也填不饱呀!

队伍行进着,从大平原的另一头黑压压地压过来,像遭蝗虫一样。队伍太臃肿和庞大了,因此这窄窄的官道根本容纳不了他们。那条细长的平日走牛车的道路,只是像一个箭头一样,为他们指出高家渡,指出渭河对岸那迢遥的地方。所以队伍中的大部分人是踩着路边的庄稼地走的。

春二三月正是大平原上青黄不接的季节,去年的一点可怜的存粮已经被扫清囤底,地里的青苗要再过整整三个月才能成熟。所以,要靠这块大平原为饥饿大军提供吃食,那是勉为其难。

于是,行进的队伍,像蝗虫一样,吃尽了路边田野上所有能吃的东西。榆树皮是可以吃的,于是所有的榆树皮都被扒光,榆树白花花地裸在地上,十分怕人。榆树叶也是可以吃的,采光它。桑树皮是可以吃的,扒它。桑树叶也是可以吃的,采它。田里的那些地地菜,坟堆上的雪蒿,这些东西也都被采光了。

饥饿大军越走越近了,头前走的几拨人已经越过高村的街道,快走到老崖跟前了。在这八口大铁锅旁站的人,这时才明白,这舍饭是为这些饥民准备的呀!"

而天空那一团上下翻飞的乌云,也同时到达了高村。聒噪声更大了,震耳欲聋。原来这不是乌云,是成千上万只黑乌鸦和花喜鹊。它们所以紧紧不舍地追赶着这饥饿大军,是为了收拾大军行走中那倒毙在路途上的尸体。它们已经尝到了甜头,同时它们觉得,随着队伍继续向前走,它们去吃死尸的机会会更多。

在大锅前焦急地等待着的爷爷,支棱起耳朵,细细地听了听乌鸦的叫声,突然说:"这舍饭是给谁预备的,那些过路客是谁?我现在是知道了,他们来自豫东一个叫花园口的地方,那地方去年五黄六月间,黄河决了堤!"

"何以见得呢?"隔壁那口大锅旁的男人问。

"你听听那乌鸦的叫声,那是河南的乌鸦,不是咱陕西。陕西的乌鸦,叫起来像唱秦腔一样,直通通地,可着嗓子吼。河南的乌鸦,叫起来像豫剧的花腔,一声高来一声低,一声粗来一声细,一声长来一声短。"爷爷回答说。

爷爷又补充说:"看来这些乌鸦,是跟着逃荒的人,跨过黄河来的!"

第七章　大舍锅

逃难的人在老崖上一露头，便看见了这白茫茫十里渭河滩，看见了那像一头巨蟒一样弯弯曲曲波光粼粼的渭河，看到了二道崖上那八口正在咕嘟咕嘟滚着的大铁锅。

"吃舍饭！"人群骚动起来。饥饿的人们喊着，连滚带爬，从老崖上冲下来，将这八口大锅围定。

那几个穿中山装的人，据说是国民党行政院的赈灾专员。只见他们用手挥一挥，用南方口音喊一喊，喝令人们排队。但是，人群像一群没王的蜂一样拥上来，哪儿听他们的。没奈何，专员指着旁边荷枪的士兵说："你们倒清闲，站在一旁看笑话，你手里那东西是枪，还是烧火棍？"

士兵们得令，把枪举向天空，叫个"一二三，放"，于是，一排齐射。只见天空那黑压压的鸦群，有几只被射中了，掉下来，落进了河里，又迅速地被河水冲走了。

老百姓什么都不怕,就怕枪。一听枪声,所有的人都安定了下来,驯服了下来。人们现在开始排队,专员指挥着,让每个大铁锅跟前排一队人,一人只给舀一瓢玉米粥,吃完玉米粥,上船过河。

爷爷兴致很高。那天大约是他过继到高村以来,最开心的一天。人一开心,话也多起来。原来,他竟是一个乡村哲学家。

爷爷将一瓢金黄色的苞谷粥,高高扬起,金瀑布一般地泼下,盛满伸向他的每一个大碗。他说,这东西在我们这一处地面,叫苞谷,苞谷糁子熬成的粥叫苞谷粥。这苞谷是从西域来的,大宋年间西域回族人带过来的。它是咱老百姓的口粮,既高产又耐旱。大宋初年,中国的人口只有五千万,到了结束时,二三百年光景,人口已经一亿五千万了,啥原因,就是这苞谷粥养的呀!

说了上面这些古话,下来,爷爷动口问,问这一拨人是从哪里来到哪里去的。他说:"客官,过路客,行路人,乡党,你们这是从哪里来的呀?你们又到哪里去呀?高家渡这个荒凉偏僻的渡口,大约自有了码头以来,那渡过的人群加起来,也没有今天渡河的人多呀!"

爷爷又说:"莫不是蒋介石为阻挡小日本,派飞机朝花园口那地方扔了些大炸弹,炸开了河堤四十里,你们这是从那河堤下面,逃命出来的吧?"

逃荒的人群一哇声连连称"是"。他们说蒋介石这狗日的,啥法子不能想,想出个炸黄河河堤的馊点子。日本鬼子没淹了,倒把豫东地面的成百万的老百姓给淹了。那一块大平原村子稠,人口多,惨哪!那地方的黄河,是悬在半空中的,比陆地要高出几丈,几十里宽的河堤口子一开,黄河水哗啦一声就泄下来了。那水头大啊,黑压压地就像许昌城的城墙一样高,齐刷刷推着往前走,见谁灭谁!平原上三停的人,有一停被这水淹死了,永生地做了淹死鬼了，有一停的人，死在疫病和逃难的路上了，剩下一停人，这不，正赶路着的。

爷爷问死了多少人。

人们七嘴八舌，说死人无数，但是到底死了多少，政府没有统计，咱们也不好推断，总该有几十万吧！一个村庄一个村庄地叫水端了，一个县一个县地叫水吞了，那豫东地面有好几十个县哩！

爷爷又问："那你们要往什么地方赶呢，可怜的人！你们这样急匆匆地走着，阎王催命似的，好像前面真有一个什么好地方，在等着你们。"

人群七嘴八舌，回答说，确实有个天堂般美好的地方，在他们的前面等着，他们所以挣着命地往前走，就因为前面有那地方。那地方叫黄龙山。

一提到"黄龙山"这三个字，这一群饥饿的人们，人人的眼睛都亮了起来。他们说，政府给那里设了个中央垦区，安置这些花园口难民。政府说，那是个天堂一样美丽的地方，有现成的房子，等着他们去住，有一囤子一囤子的粮食，等着他们去吃。耕牛预备下了，犁杖预备下了，那地是黑油油的，犁杖往地上一戳，五谷一撒，就是一料好庄稼。

"世界上真有这样的好地方吗？"爷爷狐疑地说。问这话时，他的眼睛也闪出一丝火星。

"真的！真的！政府的赈灾大员都这么说。要不，我们也不会跨黄河，跨渭河，过函谷关，过风陵渡，过潼关，去往那里奔了！"人群肯定地说。

听到这话，爷爷长叹一声，直起腰来。

"哪里的黄土不埋人！"爷爷说，"说不定，我高发生下个狠心，也会跟着你们奔那个地方的！"

船一拨人一拨人地渡着，这八口大舍锅，一马勺一马勺地为大家盛粥。我们家这口锅前，奶奶烧火，爷爷掌大马瓢，高大一担一担地从渭河里担水，往这铁锅里续水，高二和高三，这两个半大小子也没闲着，他俩从家门口背来苞谷秆和麦秸草，充当柴火。桃儿刚会走路，于是像一只猫一样地蜷在高安氏的怀里，屁股蛋子坐在高安氏盘起的腿上。

我的苦命的母亲那一年六岁。她也在这一支从黄泛区来的庞大的逃难队伍中，来和我的父亲高二赴这千年之约。此刻她正在路上走着，她将在三天三夜之后，即这一支饥饿大军的行走接近尾声时到达。她姗姗来迟的原因是在逃难的路上，有一个姐姐卖给路经的一户人家了。这事耽搁了这户人家一点行路的时间。

渭河岸边高家渡这一场舍饭，发放了三天三夜。渭河的水担了多少担，无法去量，能够丈量的是我家门口顺墙而立的那一大簇苞谷秆，全都烧光了，一个麦秸垛，也烧光了。下锅用的那玉米糁子，是一条船上运来的。那时渭河上还可以行船。一条涂着红色和蓝色线条的船，在渭河这一段河岸来来回回地走着，不时地卸下粮口袋来。那船上，一个穿一身白西服的城里女人，甲板上放一个凳子，她坐着，抽着烟卷，面无表情地看着岸边。

高家渡的渡船，使的是篙。一根丈二杆上，前面是一个铁尖，后面是一个把手。船工以篙点地，叫一声"船开不等岸边人"，身子往起一跃，将篙的这头往怀里一压，篙身压住船身，船一倾斜，这船就离岸了。

人太多，船渡不过来，因此这三天三夜里，老崖底下的人群挤成了疙瘩。等船的人中，有蹲在地上抽闷烟的，有全家人倚着老崖晒太阳的，还有些妇女，到河边去洗脸和梳头的。而到了夜来，火光燃起，高家渡上更是热闹。

"穷欢乐，富忧愁，讨吃的不唱怕干球！"说这话的是一个耍猴的河南人。在中国地面流浪的河南人，耍猴是他们的一项重要的谋生手段。这个离乡背井的耍猴人，真可怜了个他，什么家当都没有了，只肩膀上卧着一只猴子。

夜来火光下，那河南来的耍猴人，把锣儿"当当当"地一敲，将猴子从肩膀上一甩，甩到空里，又用手接住，他开始耍猴了。耍过一通后，场子圆了，接着一个扎着大辫子，浓眉大眼厚嘴唇的姑娘，开始唱河南梆子。她唱得真好，博得四周一片喝彩声。这一群河南人因了这歌声，在一瞬间有了一丝温暖，差点忘了这是在异乡，在陕西境内渭河岸边一个叫高家渡的荒凉堤岸上。

我的爷爷后来曾无数次地说过，那个在西安城里唱红、在郑州城里达到功德圆满的豫剧名角常香玉，就是在高家渡那个夜晚唱河南梆子的大辫子姑娘。他赌咒发誓说"就是她"！

第八章　顾兰子的第一次亮相

正当高家的一家老小，在渭河畔的二崖上，守着一口大锅，从事那场积德行善的善举时，高家的另一个传奇人物，六岁的顾兰子，正拄着一根枣木拐杖，在这支饥饿大军的尾部行走着。她现在还不是高家的人，她将在随后的黄龙山岁月中加入，而就在这次，她还将在这高家渡的官道上，上演一幕戏剧。

那一年顾兰子六岁。母亲把她的开裆裤用线缝住，缝成死裆，然后，把她蓬松的头发用梳子梳整齐，再用两个指甲盖，把头发里那些虱子下的卵（那叫虮子）咯嘣嘣地挤死，然后将头发梳成两个小辫，小辫的根部用红头绳扎紧。"你六岁了！"母亲说。

六岁的顾兰子从来没有出过远门，她只去过一次许昌城。因此，她在描述那花园口决口时所用的比喻，总是说那水头黑压压的，像许昌城的城墙一样高，一样宽。水头翻滚着，就将她的那个小小的顾村吞没了。

她的那个村子叫顾村,这个村子又分前顾村和后顾村。顾兰子是住前顾村或后顾村的,她已经记不起了。她只记得这个豫东地面的县名叫扶沟县,而顾村距扶沟县城三十里地。

洪水涌进顾村的那一刻,全家人顺着梯子,爬到了屋顶。水头顺着村子西头那条小河渠走了一部分,这就是顾村没有顷刻陷入灭顶之灾的原因。但是这土坯房,不经泡。水头过去以后,水还在一波一波地涌过来,三天头上,房子倒了,于是全家人又一个拉一个,攀上了院子里那棵皂角树。已经七天了,这水还没有减弱的意思。这样下去总不是办法。好在这时候漂来了一块门板,于是全家人跳进水里,抓起这块门板,任水漂着他们走。黄河里的水是黄泥汤,人在水里,想沉也沉不下去,所以他们没有淹死。而那门板的作用,只是像把这一家人聚拢在一起的一个物什。

不知道漂了多少时间,也不知漂了多少里路程,最后这水成了死水了,于是他们弃了门板,踩着齐腰深的水,走到干地上。

顾兰子是在郑州城第一次吃的舍饭。那是白米饭,白花花的大米尽饱吃。这是她生平第一次吃大米饭,或许还是她生平第一次吃饱饭,所以,她记得很深。

这个河南黄泛区人家也是受了那"天堂般美好的黄龙山"的宣传蛊惑,才踏上这条道路的。最初,从黄泛区出来以后,他们在陕西和河南交界的地方住过一些时日,男人给当地一家打短工,女人给另一家奶孩子。这时候国民党来抓丁,三丁抽一,东家不想让自己的三个孩子从军,于是商量着,商量着天黑以后把这个短工捆起来,拉到乡公所去顶。这话让男人听到了,于是逃了出来。这样,这户河南人只好再走,最后走到了这支逃难大军中。

前面谈过,在路过一个村庄的时候,他们还将最大的那个孩子卖给了当地一户人家。这个女孩的身价是二斗黑豆。这二斗黑豆现在在担子的一头,而担子的另一头,一个笸箩里装着三个孩子,那是顾兰子的两个妹妹和一个弟弟。这二斗黑豆将是这户人家在去那黄龙山的迢遥道路上的全部吃食。

顾兰子已经六岁了,她能走,因此她是独自一个人走着的。路旁的所有的野菜和能吃的树皮都被采光了。但是行走间,眼尖的顾兰子竟然在不知哪个角落摘到了一枝蒲公英。母亲难得地笑了笑,她把蒲公英叶子放在口里嚼了嚼,将那汁子吐给笸箩里熟睡着的孩子们。然后将那一朵黄色的蒲公英花,给顾兰子戴上。

"等到了黄龙山,安顿下来以后,我用老婆针烧红,给你耳朵上穿两个耳朵眼。一人一个命,猪娃头上还顶三升粗糠哩,说不定,你这耳朵上,将来要戴金挂银呢!"母亲充满憧憬地说。

"我不穿,我怕疼!"顾兰子说。

顾兰子行走着。早春的平原上的阳光,照着那黄花,一炫一炫的。但是很快,顾兰子就想吃它了,瞅母亲不注意,她把那花从头上摘下来,满把手握住,塞进了嘴。

前面又要经过一个村子了。这个村子和顾兰子所经过的那些陕西村子没有什么两样,都是被一簇树罩着,四合院子,揭背厦子,那揭背厦子的褐色的厦背,从树荫中隐约露出。一条尘土飞扬的乡间牛车道,从村子的中间穿过。"高家渡,高家渡!要在这里渡渭河!"女孩听人群嚷嚷道。

这时候只见一个半大的孩子,脑后巴子剃得精光,前面留一个盖盖,手里拿一样什么东西,正两步一颠,三步一顿,跳跳蹦蹦地从老崖上上来,走上了高村的官道。

那半大小子边走边哼唧着一首平原地面流行的口歌:

墙上一枝蒿,

长得渐渐高。

骑白马，挎腰刀。

腰刀长，杀个羊。

羊有血，杀个鳖。

鳖有蛋，杀个雁。

雁高走，杀个狗。

狗有油，炸个麻糖滋溇溇。

东头来了个麦秸猴，

头发梳得光溜溜。

…………

  顾兰子并没有注意那孩子的歌声，她的目光，她的全部的注意力现在被孩子手中的那个东西吸引住了。那是一个热腾腾的蒸馍，一边冒着热气，一边还在散发着一股诱人的麦香。大约，这只蒸馍是在大舍锅底下的麦秸灰里刚刚煨过，表皮还有一层薄薄的焦黄。

  女孩以为自己是饿昏了，是眼睛看花了，她停住脚定睛细看，见那向她迎面走来的半大小子，手里确实是拿着一个蒸馍。

  在这青黄不接的二三月里，在这兵荒马乱的年代里，即便是平原上最殷实的人家，也没有这样的好吃食呀！

  那迎面过来的半大小子叫高二，也就是后来的我的父亲。那一年他十岁。

  那一天早上，高二的小脚特别地勤，抱苞谷秆抱了一趟又一趟。祖母说："我娃跑得真欢！"祖母越说，这高二跑得越欢了。最后，祖母是彻底地高兴了，她对高二说："高二，这光景不过了！你过来，我那板柜里有个白蒸馍，是过年敬灶火爷的时候，我偷偷藏下的，而今给你吃！算是奖赏你！"说罢，祖母从裤带上，解下个小钥匙给高二。

高二从板柜里取了馍。抱苞谷秆的时候,他顺便把这个馍拿来,让祖母煨在还冒着火星的麦秸灰里。待又一次抱苞谷秆回来的时候,这馍已经煨虚了,又虚又软又黄,热得烫手。

"你不要显能!躲在人背后吃!当心叫'揽干手'给叼去了!"看着高二逞能的样子,祖母担心地说。"揽干手"是平原上的人对讨吃的的一种叫法。

手拿着这个馍,高二觉得自己如今是这个世界上最富有最伟大的人物了。他一蹿蹿上了老崖,嘴里唱着歌谣,脚下踩着鼓点,摇头晃脑地一路走来。

这个馍他舍不得吃,一吃完他就又变成一个无足轻重的人了。可是不吃又抵挡不住这馍的诱惑。于是在踏歌而行中,他只把那馍放在嘴边,嗅了嗅它的香味,然后用指甲从馍上掐下黑豆粒大小的一点,放在嘴里嚼着。

顾兰子那红勾勾的眼睛也盯在那馍上,当两人擦身而过时,顾兰子也嗅到了馍那淡淡的麦香。不由自主地,或者说,下意识地,或者说,没有法子的事情,或者说,"我没有法子不这样做",这六岁的孩子顾兰子,折回头,跟在那半大小子的后边。

所有的行路人都在麻木地走着,他们没有看到孩子反常的举动。包括女孩的父母也没有发现。

女孩尾随着那男孩子,踮着脚走屏住呼吸接近他,然后,斜马叉地蹿上去,一跃,从那男孩的手里抢过馍,立即转身,跑了起来。

那半大小子刚才把馍搭在嘴边时,他是决心把它吃掉了。但是还没容他吃,斜马叉地伸出一只手,抢走了这馍。半大小子有些发愣,他看了看自己的手,手是空的,馍确实没有了。半大小子脑子"嗡"的一下,转过身去看,只见一个女孩子,红头绳扎着两个羊角辫,正向老崖那个方向跑。那女娃的手里,分明拿着他的馍。

半大小子回过头来去追。一边追一边口里仍不忘念口歌,不过这次的口歌内容变了,是这一带人给流浪的河南人编的:

  河南担,打不烂,
  打烂还是个河南担!

半大小子这样唱着。

顾兰子在前面跑着。她在奔跑的途中将那个对她的口来说有些过于大的馍往嘴里塞,但是跑得太急了,嘴里呼哧呼哧地又来不及咬,因此在奔跑中,这个馍还囫囵地在她的嘴边,三停中一停在嘴里边,两停在嘴外边。

这支饥饿大军现在都看到这人撵人的一幕了,大家都放缓了脚步,饶有兴趣地看着这一幕如何结局。

女孩毕竟小那男孩四岁。她跑不过那男孩。眼看,那男孩就要追上了。

这时候,女孩突然停了下来,她看见了官道旁边的一样东西。那是一摊湿牛粪,是刚刚过去的那辆牛车,驾辕的那头犍牛拉下的。这一摊牛粪足有老碗口那么大,正在不停地冒着热气。

顾兰子笑起来。她端详着牛粪,然后,把那个馍从嘴里取下来,一猫腰,将馍塞进了牛粪里。塞进去以后,又用双脚踩着牛粪,跳了两跳。这一切完成后,女孩一跃,双脚离开了牛粪,然后站在牛粪旁边,笑吟吟地看着这撵上来的半大小子。

高二现在追是追上了,可是那馍现在是在牛粪里,而且,经这女孩一踩,那馍现在已经和牛粪混在一起,分不清谁是谁了。"我的馍呀!我的馍呀!"高二蹲在这摊牛粪前,眼泪汪汪地瞅着这摊牛粪，他不知道该怎么办才好。

顾兰子也蹲下来，瞅着这摊牛粪。两个人四目相对，都是恶狠狠的眼光，互相看着，谁也不说话。两颗围着这摊牛粪的头，原先就勾着，离得很近，现在，像鸡鸽架一样，两颗头猛然一碰，火星直冒，两颗头大约都碰疼了，于是各自用手摩挲着。

行走的人群现在也在外面围成了圈子，看这西洋景儿。那女孩的母亲，现在俯下身子来，拉这女孩走，但是女孩歪着脖子，死活不走。

高二终于没诀了。他承认自己倒霉。他站起来，朝那摊牛粪吐了两口唾沫，然后从围观的人群中钻出来，向河沿走去，一边走一边用手背抹眼泪。他要将这事告诉我的祖母去。

牛粪前的顾兰子，见高二走了，面无表情看了大家一眼，然后挽袖子，袖子挽起以后，便伸出小手，从牛粪里将那个蒸馍捞出来，然后直起身，边走边在膝盖上擦那牛粪。

牛粪是不会擦干净的。所以这只是象征性地擦一擦。擦了一阵后，女孩将这个还算囵囵的馍，托在手心，眯起眼睛看了看，然后，往嘴里一填，大口大口地吃起来。

第九章　吃舍饭

　　这就是我的苦命的母亲顾兰子在高村舞台上的第一次演出。它成为那一次花园口逃难路上，一个口口相传的凄凉故事，成为我们家族人物聚在一起时，一个须得避过外人才说的话题。但是顾兰子否认有这件事的存在。她说，逃难路上，确实发生过这样的事情，但这是发生在别的女娃的身上的，是高村的人移花接木，将这事硬栽在了她的身上。

　　高二回到了二崖上那口大舍锅旁边。"谁欺侮你了？"正在往锅底续柴火的祖母说。高二于是一边用手背抹着眼泪，一边把刚才的那一幕讲给祖母听。祖母听了说："我不叫你显哗，你要显哗！这年头，人吃人哩，谁吃到肚子里，那就是谁的！"

　　祖母说着，突然一拍大腿，两眼放光，她说："我咋是明白了，这馍不是你的！灶火爷要我留下那个'供果'，原来正是给这河南闺女留下的呀！"

那一户人家现在也下了老崖,来到这口大舍锅前。

那家男人一猫腰,将担子放在了地面上。担子的那一头的笸箩里,担着三个毛孩子,因此放得仔细一点,先让那头着地。着地以后,那三个毛孩子都醒了,掰着笸箩沿儿,嚷着"饿"!

那家女人走过去,将三个孩子从笸箩里一个个地提出来。坐的时间长了,孩子们脚麻了,站不稳。女人于是将孩子提着,像堆一件物什一样,将他们堆在老崖根底下的阳坡里。孩子的脊背靠着老崖,脸对着阳光。那最小的孩子是女孩,还不会走,女人将孩子抱在怀里。

男人这时从花格包袱里,掏出一摞碗。这都是些青花大瓷碗。看来,这户人家已经有吃舍饭的经验了,知道碗大些,总是占一些便宜的。

男人在大舍锅前,对着爷爷的大马勺,盛了一碗,端到崖根,过来再盛一碗。这已经是饥饿大军的尾声,不用排队了,可以从从容容地吃饭,从从容容地歇脚,从从容容地搭船。

女人在哄着她的孩子们吃饭。饭太烫,所以她得凉着,用嘴在玉米粥那金黄色的表皮吹着,吹凉表皮,然后用筷子从表皮刮一口,挑起,塞进嘴里。"不要叫烫着心了!"女人告诫自己的孩子说,"烫着心的话,就不长个了,一辈子都这么高!"

男人盛了几碗饭,最后手里剩了两个空碗。这碗一个是他的,一个是六岁的顾兰子的。"兰,你自己来盛,你都六岁了,还要我烧欠(烧欠——侍候的意思)。"男人喊着,用眼睛去寻找顾兰子。他发觉顾兰子正拽着母亲的衣襟,躲在母亲身上,两只惊恐的大眼睛瞅着铁锅,瞅着坐在炕口那烧火女人盘着的膝盖上的高二。

这时我的爷爷,接着了那只碗,随着马勺一扬,金黄色的瀑布一闪,一碗苞谷粥盛满了。爷爷说:"小姑娘,你来吃。天下最厉害的是三张嘴,一张是乞丐的嘴,吃遍四方,一张是媒婆的嘴,传遍四方,一张是文人的嘴,骂遍四方。所以说你才算是吃了高村一个馍,你即就把高村这整个村子都吞进肚子里去了,谁也没话,吃得应当。谁叫我们人人来到世上,鼻子底下都带着这一张嘴巴!"

顾兰子虽然听不懂这些话,但是她明白,刚才那个风波过去了,于是她走过来,怯生生地端起碗。"慢点吃,别把心烫了。心烫了以后,就长不高了,长不高就嫁不出去了!"我爷爷说。

现在已经是饥饿大军的尾声了。那天空遮天盖地的乌鸦群,它们也曾在这渭河岸边的老崖上,河洲里,浅水边,歇息了三天,在喝足了渭河的水以后,现在也纷纷飞起,去撵人了。这渭河滩现在空荡荡的,正一点一点恢复它最初的寂寞和冷清。

这一户人家一人抱一个大碗,头埋进碗"吸溜吸溜"一阵后,将苞谷粥喝完了。喝完以后,又伸出粉红色的舌头,像狗吧啦着舌头一样,"啪唧啪唧"地,将碗舔干净。碗里边舔了,碗沿舔了,最后,还要舔一下那碗外边刚才舀饭时落下来的几星粥粒。那碗不用洗,现在是彻底地干净了。于是男人重新把碗撂起,放进花格包袱里,准备登程上路。

爷爷这时候说,这位河南大哥,耽搁你一袋烟的工夫,我问你两句话,不知道可不可以。爷爷说着,把手中的旱烟袋从嘴里取下来,将玉石烟嘴在腔子前的衣服上擦了擦,烟嘴朝外,递给那男人。

那男人接了烟袋,用大拇指按了按烟锅上的火星,端起烟袋抽起来,"啥事,陕西老哥,你说!"

爷爷说:"你们往前奔的那地方,那河对岸,那平原的尽头,真的有一座黄龙山,那山真的像人们说的是个天堂一样的地方吗?"

河南男人迟疑了一会儿,他说,大家都那样说,不容你不信。草根百姓这样说的,还不可当真。可是政府的赈灾大员,也红嘴白牙,赌咒发誓地这样说,看来,这是真的了。

爷爷又问:"那地方是只容你们这些花园口出来的河南人哩,还是天下百姓都收留?"

河南男人说,那个地方叫垦区,又叫移民区,它当是为这花园口难民设的。可是,谁的脸上也没有刻字,所以天南海北的人,想来,那里都是接收的!

河南男人说,那黄龙山山窝里,有个地名叫石堡镇,所有的难民,都先到那里登个记,然后按人头给每人发两块响洋,再给每户发一口袋籽种,就让人钻四面的山沟去了。

河南男人说到这里时,突然意识到了什么,他说:"陕西老哥,莫非你也想逃一趟黄龙山?"

爷爷哼唧了两句,没有回答。

那高家渡船上的艄公,正在喊人上船,他用篙身把个船帮敲得山响,嘴里说:"过路客,你倒是走耶不走?船开不等岸边人,我这是最后一船了!"

那河南男人此刻真的要走了,他将烟袋嘴儿在自己衣襟上擦了擦,将烟袋还给爷爷。路上不太平,匪患不断,得跟上大队伍一起走,因此,爷爷也不宜多耽搁他们的行路。

临登上船板时,那河南男人说,他姓顾,扶沟县顾村的,如果这位老哥真的去了黄龙山,就来找他,他们做个好邻居。

船开了,只几篙的工夫,船就到了河心。

突然那个六岁的顾兰子,将两只手做个喇叭状,朝河沿上喊道:"留盖盖头的那半大小子,你叫什么名字?"

这是在这儿给高二说话。于是高二回答说:"我叫高二!"

"那你们这个村子叫什么名?"

"叫高村!"

第十章　麦子黄了

这一年的秋天，高村这户人家也学着逃难大军的样子，拖家带口，离了渭河畔的高村，去了黄龙山。

那天，瞅着那最后的一船过了河，瞅着那大队伍的尾巴穿过十里渭河滩，上了对面的老崖，然后消失，瞅着天空中那翻飞的乌鸦群，飞得干干净净，空中一个也不剩了，爷爷还坐在那老崖上，呆呆地望着。从那一刻祖母就知道爷爷的心跟上那一群河南人跑了。

男人的心一旦跑了，要想拦回来是一件困难的事。她拽了拽我爷爷的衣角，说："从长计议吧！树挪死，人挪活，天底下的五谷，哪里的都养人！天底下的黄土，哪里的都埋人！但是真的要走，咱还得准备准备。这麦子再有三个月，就该黄了，咱得收。这是第一件事。高村这个烂摊子，咱得收拾，起码来说得留个人守着这家业，给咱们留一步退路。这是第二件事。所以这事急不得，得慢慢踏摸。踏摸好了，想周全了，咱再动身不迟！"

爷爷十分同意这些话，他说："高村这地方，我是不想再呆了。这里庙太小，挥不开我的青龙偃月刀！"

所谓的"庙太小，挥不开刀"这句话，大约是一句戏文。爷爷是个戏迷，这一带的戏叫秦腔，所以爷爷的那许多话，其实都是戏文里的套话。如今，在这渭河沿上，说了这句话后，爷爷觉得很是气壮，于是精神上有了一种满足感。他叹一声，回到现实，跟着我的祖母离了老崖。

田里的麦苗在一天一天长着。当初河南人的饥饿大军从高村地面经过的时候，那麦苗刚刚返青，还在地上趴着，没有动身。几场雨，几场风，再加上大平原头顶那火辣辣的大太阳一照，一夜间麦苗就起身了，醒过来，开始往上长。

清明节到了，这麦苗已经长得一拃高了，或者用高村人的话说，地里的苗子能遮住老鸹了。麦苗现在开始拔节，夜来的时候，爷爷蹲在地头，他能听到那麦苗"咔叭咔叭"拔节的声音。大平原是肥沃的，高村这一块地区，据说是渭河平原上最为平坦的一个地方。那麦根扎得深，它会伸到一米多深的地底下去，拼命地吸吮着，完成自己的这一届草木一秋。

拔了几个节以后，麦子长得就快到人的腰眼上了。它这时候开始秀穗。半个月以后，秀穗的这个过程结束了，一个个青色的麦穗露了出来，齐刷刷地举头向天，像一片绿海洋。那裸露出来的穗子开始扬花，受粉。这时候不敢吹风，尤其是不敢吹那大平原上的干风，那样，麦穗受不上粉，它将来的麦粒就是瘪的了。

受粉结束，麦粒在一天一天地鼓起来，麦穗暴起来，整个麦穗沉甸甸的，麦秆有些弯曲了，好像承受不起这沉甸甸的重量似的。这时候需要暴日头来晒，需要南风来吹。暴日头一晒，南风一吹，这麦穗就黄梢了。然后这黄色，一天加重一点，直到最后变成一片金碧辉煌的海洋。

这时候季风从遥远的东方，缓慢地，不可遏制地吹过来了，像一只大手轻抚着这平原。风过处，大平原上掀起一拨又一拨金黄色的麦浪。白天的时候，那麦浪是闪闪发光的，像无数的金箔在闪烁。那是由于太阳的原因，阳光洒在麦穗上，麦穗闪着光，而随着风摇麦穗，这金光一晃一晃的，炫人眼目。

夜来，太阳退了，代替太阳的，是停在平原上空的一轮大月亮。月亮将它的光华洒在平原上。这时候没风了，麦穗不再动，而是齐刷刷地举头向着天空。白天大地所收拢的暑气，现在开始释放了。平原一呼一吸，在尽情地吐纳着。这时候白天被逼得无法散发出的麦香，也随着这平原的一呼一吸，尽情地散发了出来。于是乎大平原沉浸在那铺天盖地的麦香中。

第一镰该开了。那第一镰通常不是小麦，而是大麦和油菜。这也许是大自然的刻意，让它们先熟，让它们腾出地块，好作麦场，然后迎接那小麦的收割和碾打。让这些大麦和油菜，先填一填人们那饥肠辘辘的肚子，先给这肚子里增加一点油水，然后人们就有力气收麦了。当然，这些早半个月成熟的大麦和油菜，也是给那些耕牛和高脚牲口加料用的，在某种程度上，它们现在的身子骨比人更重要，麦收拉车，耕地，种下料庄稼，都得靠它们。

当甘肃过来的麦客子，肩上搭着褡裢，手里横握着一把大刈镰，从官道上三五成群地经过时，高村的人就知道了，该动镰割小麦了。于是夜来，就着月光，村子里家家户户都在磨镰，四处是一片磨镰声。

丰饶的平原哪，贫困的平原哪！

麦子收割。麦子入场。麦子碾打。麦子晾晒。麦子入仓。对于平原来说，这是一个收成中等偏上的年头。对于渭河畔上的这户高姓人家来说，也是如此。

但是这户人家仅仅只放开肚皮吃完"忙罢"[①]，就不得不俭省着度日了。因为收完麦子以后，下面还有一件大事在等待着这个家庭。这就是在黄龙山之行前，要给高家大小子问上一房媳妇，然后由他俩来守高村这个烂摊子。

[①] 忙罢：类似清明、中秋一样的农家节日。麦收过罢，夏种开始，这短暂的空闲时间、喘息时间叫"忙罢"。媳妇会回一次娘家，把蒸好的新麦馍馍给娘家人送去。

第十一章　高大的婚事

高家大小子要问媳妇的消息传出,周围村子的媒婆们立即蜂拥而来。人气旺盛,这是一件好事。高家有田产,有庄子房屋,槽头上有牛,囤里的粮食也有一些陈底子,这些浮财之外,地底下弄不好还埋了几个硬货。所以,这高家的媳妇好问。只要你肯出聘礼,好姑娘有的是。

那些媒婆们蜂拥而上,大部分只是来打打彷徨,混个油嘴。我的祖母是个懂礼势的人,所谓的"有手不打上门客",所以只要有人来,立即笑脸相迎,拣好听的说。

当然也有真心来提亲的,尤其是那些从高村嫁出去的女儿们,她们分散在这一块小平原上,给娘家侄儿说上一门亲,也算是她们对生养之地的回报,所以她们最热心。

亲事很快就说定了,是距高村三里地的一个小村的姑娘。那个小村叫戏河桥。那姑娘大高家大小子三岁。而这正是我的祖母所希望的。她希望新媳妇过门，能管住性子暴烈的高大，还希望这媳妇在他们不在高村的日子里，能领住这个家。

从见面，到坐，到看房子，到拜丈母娘，到订婚，到扯衣服，到结婚，这里面有一套复杂的程序。仅就"坐"来说吧，那也要请七姑八姨，亲戚陆人到场，仿佛一次小型的乡间聚会一样。这一切都要花销，而这花销主要得由男方承担。

那个年月通常的聘礼是三十块大洋。这三十块大洋是官价，一个子儿都不能少的，少了，是对女方不尊重，那会惹得四乡八邻嗤笑。

聘礼是由人说的。两个"牙子"将手在袖筒里摸上一阵，你握三个指头，我握两个指头，你往下减一减，我向上靠一靠，这事就谈定了。

当然也有那些不讲规矩的，或者说是认歪理的，找一杆大秤来，将自己女儿一称，九十斤，那么，这聘礼就要九十块大洋。在这里，道理是这样讲的：这九十斤骨头九十斤肉，是吃娘家的五谷养下的，逮一个猪娃子养这么些年，也能卖个这价钱的。

更有那蛮不讲理的，聘礼收过，就是不嫁女儿，攥住个拳头让你猜。把你折磨到最后，你终于明白这病是在哪里害的了：他还想再榨点钱。而他这要增加聘礼的理由是这样的：姑娘长着两个大花眼，一只眼睛再加五块。

上面说的都是些社会上的事情。这些事情都没有在这桩婚事上发生过。聘礼仅仅三十块大洋，如此而已。双方都是有头有脸、有名有姓的人物，脸皮看得比什么都重。秦地古称礼仪之邦嘛，那孔夫子一生奔命，克己复礼，他复的就是这地方的"周礼"啊！

不过虽然没有花额外钱，这一场从"见面"开始，到完婚结束的婚事，还是花了高家不少的钱财。麦收时节打下的那些麦子，变卖了，卖了一些钱，家底再刨一刨，对落对落，才让这桩事情走到了头。

婚礼同时是全村人的婚礼,是这个同姓同氏族村庄的所有人的事。大家都来祝贺,有的用手帕包来几个鸡蛋,有的从手心里抠出几文铜钱。人们在这个时候都变得很善良很真诚,都把最好的祝福给这一对新人。

对于高家来说,这也是疏通感情、联系感情的一种方法,所有的高家人都赔着笑脸儿,大人小孩的嘴在这时候都特别地甜。

在这样的场合中,最忙活的就算我的祖母了。她不停地接待着客人,拣那些最好听的话给来宾说。那些比她班辈大的,她张口就叫,像叫自己"大人"一样亲切,那些班辈比自己低的,她用自家孩子的口吻称呼他们,只是在那称呼前面加一个"他"字。

整个婚礼上只有一个外人,那就是我的爷爷。他仍然和往日一样郁郁寡欢。

"见了人你笑一笑!你笑一笑怕啥,怕人看见你的牙了!"我祖母说。

见说,于是爷爷见大门口进来个人,就龇着牙,咧着嘴,冲人家笑一笑。

祖母说:"你那笑比哭还难看!你不要笑了!你到灶火口拉风匣去!"

这样,在婚礼的整个过程中,爷爷的手里抱着一个风箱的把儿,一边往灶火里填柴,一边呼哧呼哧地拉着风箱。

祖母明白,爷爷的心里,还装着那出走黄龙山的事。

瞅空子,她对爷爷说:"快了,高大一结婚,高家有了个顶门立户的,咱们就该动身了!"

自从二月里渭河老崖上的那个早晨,目送了那些远行的河南人离开,爷爷的心思就刻在那件事情上了。这半年来,他一直在叨空做一辆独轮车，准备路上推。也许，河南人推独轮车的那左颠右摆的样子，给他留下了太深的印象。他决心在远行的路上，也推一辆独轮车，然后吱吱呀呀地走州过县，穿村越寨。

婚礼举行的这个时节，那独轮车就已经做成了。它现在就立起来，靠在院子后边的茅厕里，怕人瞅见，独轮车用一簇苞谷秆围着。

那车辕是用一棵两把粗细的榆树做的。榆树中间一劈，刚好做两根车辕，而且弯对弯，直对直，十分妥帖。那车厢上几个横担，那个车前面包着轱辘的支架是用槐木做的。在平原上，槐木应当说就是上等的木材了。不过那将来要过千座桥、行万里路的车轴，则需要更坚硬的木头。这种坚硬甚至连槐木也不够，那车轴只能用枣木的。

车那个独轮，也是用几块槐木板拼在一起的。拼成一个圆状，用码钉码紧。那圆弧上，再钉上一圈铁钉。

爷爷不是木匠。在平原上，木匠是一个令人尊敬的职业。平原上的人们叫木匠"手艺人"。爷爷只是稍微地会使一点斧刨锯锉而已。他曾希望自己的三子一女中会出一个手艺人，但是这事后来还是落了空。直到我们这一代手里，我的堂弟，也就是高三的大儿子，才成为一个真正的木匠。

婚礼结束之后，爷爷抽空完成了那辆独轮车的最后一道工序。这工序就是给手把的那个把手下面，掏一个暗洞，然后把家里剩存的那几块银圆，装进那暗洞里去，暗洞外面，再用木楔塞好。

"钱是人的胆！"爷爷说。

祖母也赞成把高家这点积蓄带上，她说："穷家富路。别叫人在路上搁住了手了！"

是大平原一个平常而又平常的早晨，大红公鸡叫头遍的时候，这一户人家都起身了。新媳妇给大家煎好了荷包蛋，调上辣子，倒上酱油、柿子醋，然后一人一碗，连水带汤吞进肚里，吃完饭一抹嘴，大家上路。

爷爷把那丈二长的粗布腰带，绽开来，又扎上，扎上，又绽，这样了三次，以掩饰他心中的激动。最后，他决心下定了，一猫腰，扎个虎步，两只手垂下来，把手推车的两个把儿捉起，往上一提。

爷爷推着独轮车。独轮车上坐着我的乡间美人小脚祖母，祖母怀里抱着桃儿。高二则在前面拉纤。车吱吱呀呀地上了官道，下了老崖。

他们是坐高家渡的第一拨船走的。走时大雾已经起来，雾顺着河边飘过来，湿漉漉的像要滴水。船就要开时，高大领着新媳妇，双膝跪倒在河边，他动声问道："二位高堂还有什么叮咛？"

祖母说："老子不死儿不大！我们这一走，就没人护你帮你了，得你自己顶门立户了。记住娘的话，凡事都装个鳖，谁在你头上拉屎撒尿，你都认了！只要能守住那几亩薄田，那一院庄子，就算我们没有白疼你一回了！"

爷爷说："四时八节，没忘了代我们去老坟祭祀祖先，清明节时记得把坟全一全，寒食节时记得多烧两件寒衣，大年三十时记得把老人的魂影接回来过年！"

高大叩头，连连称"是"。

说话间，雾更大了，白茫茫的一片，像一只大网。船动了，迅速地淹没在雾中。一会儿，那大雾里传来独轮车吱吱呀呀的声音，那是他们已经上岸了。

突然一声苍凉的秦腔大叫板起了，那是爷爷在唱。那独轮车吱吱呀呀的声音好像是它的配乐似的：

  出了南门上北坡，

新坟倒比老坟多。
新坟里埋的是光武帝,
老坟里埋的是汉萧何。
鱼背岭上埋韩信,
五丈原上葬诸葛。
人生一世匆匆过,
纵然一死我怕什么?

第十二章　黄龙山

　　高发生老汉在那个大雾茫茫的早晨，离了高村，踏上去黄龙山逃难的路。俗话说"鼻子底下就是路"，只要你张口，天底下的路任你行。这一行人过蒲城，过白水，过韩城，过禹门口，过白马滩，而后，一座威赫赫的大山横在他们眼前，这就是黄龙山了。

　　这座威赫赫的大山，在渭河平原的尽头，在陕北高原的开头。它有三百华里宽，一百五十华里长。在我们叙事的那个年代里，整座山脉高大，险峻，为原始森林所覆盖。

　　在国民党政府没有设黄河花园口移民局之前，这座山基本上是一个无人区，只居住着少量的人家，和一窝一窝的土匪，整个高山峻岭，是个狼虫虎豹出没的世界。

　　它距离高原和平原都并不遥远，距离人口密集区也不算遥远，那么它是如何成为无人区的呢？这得追溯到清朝同治年间那一场骚乱。

在那个乱世年代，回民起义者顺着陕北高原的一条著名河流——洛河，一路掩杀过来。整个陕北高原，由两条河流统领，一是无定河流域，一是洛河流域。这两条河流的分水岭是柠条梁。起义者便从柠条梁而下，顺着这两道河川，一路冲杀而下。相对而言，无定河流域受到的侵害稍轻一点，洛河流域则在骚乱过后，基本上成为无人区。

乱世过后，人丁本来就已经不多了，这时候天上下起了一场红雨。红雨飘飘洒洒地落下来，淋了雨的人，不出三天就蹬腿死了。这样，这一块数百华里方圆的地面，就彻底地荒芜了起来。它与八县交界，八个县又都管不着它，因此成为一个天不收地不管的地方。

后世的人们推断说，那一场红雨叫"酸雨"，是一种矿物质被吹到了空中，然后随着雨又一块落到了地面。那么那红颜色的"矿物质"是什么呢？因为年代久远，人们已经无法知道了。

于是这一块地面，为收容后来的花园口决口的难民提供了落脚之地。当高发生老汉的独轮车踏入黄龙山区的时候，那块地面已经收容了许多的黄河花园口的逃难者。这些逃难者包括我们前面提到的那户顾姓人家。

这些逃难者在一个叫石堡镇的地方登记，然后便被分散到四周的山沟里去。到处都是无人耕种的土地，是茂密的原始森林和次生林，谁开出的荒地就是谁的。土地十分肥沃，一把种子撒下去，玉米苗便油汪汪地生长起来了。

高老汉比那些黄河花园口的逃难者迟去了半年。他同样先来到石堡镇，在这里登记。移民局现在已经改名叫"设治局"。设治局是什么意思呢？大家都不太明白。不过，设治局的人也没有太刁难高老汉一家，给他们登记造册，然后，指着墙上的一张大地图，说：这个地方叫"三岔"，三岔往上走，叫白土窑，你们就到白土窑安家吧!

高老汉提出,有一位河南扶沟的顾姓人家,是春上到的,他想和他们做邻居。设治局的人拿了个花名册看了看,不耐烦地说,你自己找吧,大约就在这三岔一带的。

高老汉又说,听说这政府还给逃难的,一人发两块大洋安家费,不知道这事是不是真的。设治局的人说,那是去年的老皇历了,移民局改成设治局以后,这项经费就没有了。

这样,高老汉叹息一声,只好作罢。他率了全家,独轮车吱吱呀呀地,一边走一边问,开始往那个叫"三岔"的地方赶。

莽莽苍苍的黄龙山笼罩在一层绚烂的红色之中,给这些离乡背井的人们以一种虚幻的感觉。那季节正是秋天,几场寒霜,将地表上的所有的绿色都染成了红色。红得邪恶而又美艳,红得令人头晕目眩。高原透亮的阳光下,显示出粉红、桃红、紫红、绛红、玫瑰红、朱砂红诸色层次。高大的橡树、背搭杨、山杜梨、榆树、槐树、臭椿树,在山顶御风而立。山腰间,白桦的鲜白的枝干挑起一树红叶,仿佛新嫁娘顶了一顶红盖头。当然,更多的是那些匍匐在地表上的木荆棘,它们密密匝匝,千姿百态,顺着山形水势,掀起一个又一个红浪头。灌木家族中,有一种叫酸刺柳的,枝头上繁嘟嘟一束一束、一串一串的果实,像红樱桃一样。而那些山地里移民们种下的庄稼,地畔上的毛毛草、蒿草,也都在这个季节里像被人涂上红颜料一样,成了鲜红色。

红叶下覆盖着一层一层的尸体。这是当那些河南人,那些黄河花园口的逃难者,在黄龙山突然一个一个地死亡,一家一家地死亡,一村一村地死亡的时候,他们才知道这一点,才明白为什么这样一块好地方,竟然空着,专为他们而留。

大自然天造地设,令天底下有这么一个好地方空着,其良苦用心,似乎正是为设一块人类的坟场,而当局像驱赶羊群一样,选择这样一块地方作为这些逃难者的最后归宿,作为这一股左碰右撞的蝗虫一样的花园口逃难大军的终结地,却也不可谓不恰当。

也许,正是汲取了那取之不竭的养料,这些红叶才会这般美艳。是的,险恶的黄龙山,宛如一只巨兽的血盆大口,正静静地满怀恶意地等待着这些闯入者。但是那时人们还不知道,这一片绚烂的美景令他们迷惑。

确实如政府所允诺的那样,有现成的房屋,有现成的农具、籽种,但这些都不是政府预备的,而是那些先他们而死的人们留下的。黄龙山的这些新住户们,在住过一段时间以后,便开始说一句民谣。这句话前半句叫"黄龙山养人",后半句叫"黄龙山又杀人"!

"黄龙山养人!"当犁杖戳开地面,种子入土,茁壮的五谷青苗生长出来时,人们会这样说。而当一种叫"虎列拉"的疾病开始肆虐,一户一户、一村一村的人在顷刻间毙命的时候,人们在临死前,又会说出"黄龙山又杀人"这句话。

"虎列拉"的学名就是霍乱。这种病一来,人们上吐下泻,早上生病,下午就没人了。据说这种病很怪,你要离开黄龙山,你就赶快抬脚走,要么,还挨上吃一顿饭,或者耕一来回地,突然,你的肚子就疼起来,头顶虚汗直冒,接着就是上吐下泻,一时三刻,这小命就没有了。

渭河岸上漂泊而来的这一户高姓人家,居住在黄龙山一个叫白土窑的地方。而那户河南来的顾姓人家,住在一个叫安家塔的地方。

这户高姓人家满打满算,在黄龙山住了十年。他们很幸运,那个叫"虎列拉"的鬼祟一样的东西,始终没有落到他们头上。这户人家去黄龙山的时候是几口人,回来时还是几口人。不同的是,回来的时候，人群中少了个男丁高二，多了个童养媳顾兰子。那高二是从黄龙山参加革命走了。这顾兰子则是在全家都死于"虎列拉"之后，来高家做了童养媳。

而顾姓人家就没有那么幸运了，他们一个一个地都染上了"虎列拉"，然后死在了黄龙山。

第十三章 顾姓一家的死亡

这个家族的关于黄龙山的故事，大约应当由我母亲顾兰子来叙述。顾兰子的眼睛里，看见过许多事。这许多事积蓄在她的眼睛里，让她的眼睛变得羞怯，变得不敢用正眼看人。当然这目光主要还是因为她早早地做了童养媳的缘故。记得杜鹏程在他的一部小说中，曾经提到"这个妇女主任有着童养媳的目光"这句话。我在阅读时，这句话在那一刻刺伤了我，让我想起我母亲那怯生生、不敢正眼看人的目光。

白土窑在一个半山上，它的左边是一条大沟，这就是三岔，那里是一个小小的集镇。它的右边是一条小河，那河叫黄连河。当地民谣说，"过了黄连河，两眼泪不干"，说的就是这条河。

一条简易的山路，从白土窑住户的窑背顶上穿过去。这条路的这一头，过三岔，过石堡镇，然后通向山外。另一头，穿过黄连河，翻过几个大峣岘，从一个叫洛川的地方上了大路。

我爷爷他们一行,这样便在白土窑安顿了下来。这窑洞是现成的,顺着一面白土山崖,摆了一长溜的黑窟窿,只要从山上砍来树木,做成门窗,再用白灰将墙壁一粉,就可以住人了。

当他们要生火做饭的时候,发现这窑洞里竟然有锅。锅已经生锈了,背到河边去用石头擦一擦,还可以用。当他们想用碾子来碾苞谷糁的时候,发现在窑洞的侧面,一棵大树下面,竟然有一盘大碾子在那里放着,好像是专门为他们预备着似的。而当他们走向山野,看见一片较为平整的土地,抡起镢头开荒时,一镢头下去,竟然刨出一个完整的犁片来。

这犁片很小,装上犁杖,叫耩子,专门在这山地里使用。想来,这犁片原先连同犁杖,是一起插在地里的。后来,犁杖的木质部分朽了,于是只剩下犁片。

"日怪!这些东西好像专门为咱们安家过日子预备下似的!"爷爷有些诧异地说。

诧异归诧异,这户人家终于在这里落脚下来了。

爷爷是在去三岔赶集的时候,与那位顾姓男人偶然碰面的。他和那顾姓男人一见面,分外亲热,有点他乡遇故知的感觉。在一个小酒馆,他们喝了几口酒以后,便谈到了两家结亲的事情。

高家的弟兄三个,老大已经婚娶,老三还小,因此,这顾兰子就以两石五斗苞谷的身价,说给了高二。两位说好,等到顾兰子十三岁完灯①以后,高家便来娶她。而在这之前,两家先结为互相走动的亲戚。

如果不是那个"虎列拉",顾兰子将在那个叫安家塔的地方,

---

① 完灯:舅舅每年正月十五,给外甥送灯笼。一直送到十三岁。十三岁的那一次,叫"完灯",表示舅舅的监护结束,这孩子已经成人。"完灯"这种习俗大约来源于中华民族初民时期的那种"成丁礼"。

长到十三岁,然后会在一个凄凉的早晨,披一匹红绸,响几声唢呐,骑着毛驴来到白土窑,成为白土窑这户人家的媳妇。

但是你不信命不由你。安家塔这个村子里,接二连三地有人死了。最后,瘟病也传到了这户顾姓人家。先是家里的几个男孩死了。裹成一个卷卷,谷草一包,被送到了山上。接着,顾兰子的母亲也染上了这病。

接到消息,我爷爷和我奶奶赶到了安家塔,"亲家母亲家母"地叫着,陪着流泪,眼睁睁地看着这个大活人离去。

顾兰子的母亲在弥留之际,突然清醒。

她颤巍巍地坐起来,捻起一根平日上鞋底用的老婆针,然后在清油灯那豆瓣状的火苗下,将针尖烧红。

"兰,你过来,我记得在逃难的路上,我说过,等落脚下了,我要给你扎两个耳朵眼。你娃要命大,不死在这里,将来也会有个穿金戴银的机会的!"

顾兰子的母亲说。

顾兰子哭着,将头凑过去,让母亲扎。

只见"噗"的一道白烟,老婆针穿过了顾兰子的耳垂。

顾兰子疼得叫了一声。

顾兰子接着又叫了一声。

前一声是因为疼,这后一声是因为看见,母亲已经双眼一闭,头一偏,死了。

一个草芥一样、蝼蚁一样的生命,就这样结束了。

所有的人甚至都懒得去哭。不是吝啬这哭声,是因为麻木了。知道染上这瘟病,就不能活了,所以大家都有个思想准备。况且,这山里成天都在死人。

只有那顾姓男人,蹲在地上,用手抓着头发,长长地叹息了一声："我带来的是浑全的一家人，想不到，他们一个一个是失殒在这黄龙山了！"

我奶奶接过话头说："她走得好！她是填饱肚子以后走的！再托生，就不是个饿死鬼了！"

顾兰子两个耳朵，只有一个扎了耳朵眼，另一个还没有扎。我奶奶捡起老婆针，叹息一声说："让我接着亲家母手里这活儿，给兰把这个耳朵也扎了吧！"

说完，抱起顾兰子的头，仍旧用刚才的那个老婆针，就着清油灯把针烧红，然后用手在顾兰子的另一个耳垂上摸索半天以后，扬起针，一把扎进去，只见"扑哧"一股白烟。

顾兰子这两个耳朵眼儿，直到她六十岁的时候，才戴上耳环。那耳环是我的妻子，也就是她的儿媳妇给她买的。

我是听顾兰子讲的。那个早已为前尘往事所遮掩的黄龙山故事，是那样强烈地震动了我，尤其是那两个老女人就着清油灯，为顾兰子扎耳朵眼的那一幕，叫我的头"嗡"的一声。我在那一刻想起"草芥""蝼蚁""卑微""贫贱"这些字眼。

母亲不愿意戴。她说像她这样的人，还能戴金耳环吗？人家会笑话她。

我坚持给她戴上。我说，这也是为了了却那两位老人的心愿呀！

母亲小姑娘一样笑了。她说，看来那两位老人的话没有说错，她这一生终于戴过一次金耳环了。

这一段话是插言，是以后的事情。那么以后的事情放在以后再说吧！

顾家的那个男人，在他的妻子死去不久，也就去世了。

走的时候，他已经不能说话。他只是抓住顾兰子的手，将小手交到我奶奶的手里，然后就头一歪，死了。

"你走好，亲家公。孩子你不用担心，就到高家做童养媳。有高家人吃的，就有她吃的。做饭时锅里多添一瓢水，就把她养活了。你放心！"

然后，草草地葬埋了这位顾姓男人，我的爷爷奶奶，领着我未来的母亲顾兰子，回到了白土窑。

第十四章　败月

"你端饭的时候,要两只手端。筷子要横放在碗上,放齐。等到给全家人都把饭端上来了,你才准吃饭。你吃饭不准到桌子跟前来,要圪蹴在地上。你一边吃饭,一边眼里要有水,看见谁的碗空了,就赶快站起盛饭。大家吃完,你也要吃完,然后收拾锅台!

"白天除了做饭,其余的时间是打猪草,煮猪食,喂猪。晚上呢,等人都睡了,你不能睡!你要纺线,一两棉花纺一个线穗子,你每天晚上要纺一个,纺好再睡觉!"

我爷爷站在白土窑的院子里,手叉着腰,这样来教育童养媳。

顾兰子跪在院子中间。她听一句点一下头。说的是什么,她似懂非懂。她只知道从此这一生她的命运和这户高姓人家是分不开了,死死活活纠缠在一起了。在听我的爷爷说话的时候,她偷眼看了一下大门口。大门口有些响动,那是背着一捆柴的高二回来了。

"这人以后会是我的男人!"她在心里说。

"不要东顾西盼！"爷爷见顾兰子乱瞅，于是喝断了一声。他平日最讨厌自己说话的时候，别人不注意听。他觉得自己是如此重要，他的唾沫星子是如此珍贵，这唾沫星子可是不能白费的。

顾兰子在偷眼看人。这个偷眼看人的毛病贯穿了她的一生。当我长大以后，当我在接受礼仪方面的教育，告诉我和人说话，和人握手，眼睛要坚定地盯着对方的眼睛，四目相对时，我都做不到这要求。后来我明白了，这是我母亲的目光，童养媳的目光，它遗传给了我。我悲凉地意识到，这叫作"偷眼看人"的毛病是无法改变的，就像你是"童养媳的儿子"这个身份无法改变一样。

顾兰子那一年十岁，她要结婚，还得等三年。到十三岁时开脸，梳头，圆房。爷爷说在这件事上，亲家把她哄了。亲家说黄毛小丫头是十一岁了。其实这十一岁的说法，也说得通。农村人把那叫"荒岁"，年对年，长余一岁。但是爷爷说，顾兰子得多吃一年粮，多穿一年衣服，在这件事上，他吃亏了。

爷爷是如何掐算出顾兰子的年龄的？小孩嘴里吐真言。他问，你先不要说你的年龄，你只说你是属啥。顾兰子回答说属鸡。爷爷掐着指头，摇晃着脑袋，"子鼠丑牛寅虎卯兔辰龙巳蛇午马未羊申猴酉鸡戌狗亥猪"地算了一阵，说，"亲家公遭下谎了！你才十岁！"

接着，爷爷又问："你是几月生的？"问这话时，他很庄重，显得这句问话很重要！

"十一月！"不知深浅的顾兰子，如实回答。

"哎呀！"一听说是"十一月"，从渭河畔走到黄龙山的这个怪老头像被蜂蜇了一下，被蛇咬了一下，一下子跳了起来。他往地上吐了两口唾沫说："你生在败月呀，兰！我们高家前世作下什么孽呀，打发你从河南跑到陕西来败我们！"

随着爷爷的这一声喊，窑洞里的人都跑了出来。见爷爷大呐二喊，大家都不知道发生了什么事。待问清了事由，大家都面面相觑。白土窑那个苍茫的地面，灰蒙蒙的天空，这一刻变得十分寂静。

"怎么办呀！"婆也被吓坏了，她脸色煞白，拐着小脚冲出窑洞，走到跪到地上的顾兰子跟前，像瞅一个怪物似的瞅着她，"怪不得，顾家全家都被你克死了！"

原来，在中国民间，有一种奇怪的说法，认为生在十一月的鸡是败月生的。当然，十二属相，每一种属相都有一个败月，那属鸡的人的败月是十一月。有一首口歌，那口歌这样念道：

"正蛇二鼠三牛头，四月虎，满山吼，五月兔，顺地溜，六月狗，墙根走，七猪八马九羊头，十月猴，满街游，十一月鸡儿架上愁，十二月老龙不抬头！"

这话大约是说，正月的时候，天寒地冻，蛇只好冬眠。二月的时候，连人都没有吃的了，老鼠更是难熬了。三月，"九九耕牛遍地走"，老牛这一阵子正是挨鞭子的时候。四月，人凭土地虎凭山，没有吃食、缺少山林遮掩的老虎，只好空着肚子满山吼叫了。五月庄稼收了，兔子少了青纱帐，只好顺着地边田埂溜了。古历六月，天已大热，狗吐着舌头，顺着墙根行走。七月天则更热，大肥猪这时候正是最难熬的月份。到了八月，秋庄稼登场了，拉车的马开始忙碌了。九月秋高草肥，该杀羊了。十月农闲时节到了，耍猴的该出游了。十一月天寒地冻，无处觅食，鸡儿只有猫在架上发愁。十二月渭河封冻了，龙王爷被压得抬不起头了。

第十五章　顾兰子上吊

"可怜的你为什么这么命苦呀！"婆踮着小脚，走过来，从冰冷的地上拉起顾兰子。婆的个子本来就小，十岁的顾兰子那时只搭到她腰间。

婆把顾兰子揽在怀里，两个人都哭了。哭的途中，婆撩起她的大襟，为这个苦命的女孩擦着满脸的泪。

"老头子！"婆扬起头来说，"你平日爱逞能，日能得一个指头剥葱哩！你看，能不能给兰娃把命改一改，回一回。我听人说，庙里的和尚，可以给人改运哩，回向哩！昨天还是个讨吃的，今天一改一回，就能当上皇娘娘了！"

"有这么一说，让我算一算吧！"

爷爷说完，掐上指头又算了一算，然后问顾兰子，十一月出生，这他知道了，那么，是十一月的哪一天出生的，子时丑时寅时卯时出生的？

这一点顾兰子却不知道。死去的爹娘也没有告诉过她。或者说告诉她了，她没有记住。所以她支支吾吾，说了半天，也没有说出个子丑寅卯来。或者她知道，她记得，只是不敢说出来。前面说出个属相，说出个生日，她做梦也想不到，就惹下了这么大一摊子事儿。

见顾兰子不知道，爷爷也就不再强求。

他又伸出鸡爪子一样的五个指头，一会儿这个指头蜷回来，一会儿又那个指头伸出去，掐算了一阵，最后说："定了整数，顾兰子，我把你的生日定在十一月二十吧！这天是个好日子，有个这个日子做生日，虽然是生在败月，但是败月不败时，这样，你的命会好一点，也不会妨到高家了！"

婆听到这话，长叹了一声："败月不败时！这最好！"

黄龙山的山高。山高天就黑得早。说完话，全家吃晚饭。农村人都把吃晚饭叫"喝汤"。大苞谷粥，一人一碗。桌上摆着的，是顾兰子从山上掏来的苦菜，和从埝畔上挖来的野小蒜。那小蒜洗了，切成节儿，生调着。苦菜则用开水焯过了，虽说少盐没辣子的，但对这户远路而来的人家来说，也算好吃食了。

家里的忙活主要靠婆，顾兰子则打下手。吃完饭，婆开始在炕头上纺线，洗碟子抹碗这些事，当然是顾兰子来做。

"我那时不知为什么一抹心思，想死。找个绳绳往脖子上一吊，双腿一蹬，眼一闭，就什么也不知道了，一了百了了。我想诉苦，找爹娘去，让他们听冤枉！"——许多年后，当顾兰子已经老态龙钟，就像一盏快要熬干油的灯一样时，她对我说。

顾兰子洗了碗筷，用洗锅水给猪馇好第二天的食。然后又到拐窑里，喂了牛。牛无夜草不肥，这一晚上，得加三回草。第一回草，通常是顾兰子来加的。加完后她这一天就算忙完了，然后回大窑里，脱裤子上炕。第二遍草，是爷爷半夜起来加的，他披着个衣服，一手提着裤子，一手给牛添料，遇到哪个贪嘴的牛，他会腾出那只提裤子的手，打一下牛头，趁裤子还没有掉下来之前，又回手将它提住。而这第三道草，也就是黎明那一道草，通常是由婆来添的。她是全家起得最早的人，起身后第一件事是倒尿盆，第二件是到厨房去燃一把火，以便告诉世界说这户人家已经起身了，第三件事就是给牛添料。

顾兰子决定要死，而且就在那天晚上死。这个决定一作出，她于是变得很平静。目光也不像平时那么怯生生了。给牛添了夜草，她回到大窑。婆还在纺线，她每天晚上要纺到二更天。全家老少的粗布衣服，冬穿棉，夏穿单，都是她这纺线车纺出来的。婆正全神贯注地纺线，没有注意她。她又看爷爷，爷爷已经睡熟了，唾沫涎水鼻涕顺着山羊胡子流下来，白花花的。他犁了一天的地，全身像散了架一样瘫在炕上，大约是全身的每个关节都在痛，因此熟睡中的他还在不断地呻吟。老百姓把那呻吟声叫呻唤。再后边，是高三，还有她的小姑子。挨着灶火眼儿睡的那位，就是半大小子高二了。高二往后山里背了几趟柴，有些累，熟睡中不停地翻身，大约是石板炕有些硌。

这是一面大炕，全家人都睡在一个炕上。顾兰子的位置在婆的脚底下，也就是如今正嗡嗡作响的纺车的旁边。那是她的位置，她将像一只猫一样蜷到那里过夜。

顾兰子站在炕边，将目光在半大小子高二的脸上停了片刻。高二的眼睫毛上，沾了些柴草屑，她伸出手，将它轻轻摘去。这一刻她注意到了高二的眼角上有一个痦子。老百姓说，明痣暗痦子，这痦子长在眼角，平日很难看见它。顾兰子现在是看到了。

关于这个痦子，许多年以后，当高二已经成为一名公家人，一名领导干部，他在"文革"的武斗中，跟着保自己的这一派往山上逃的时候，离开家前，他对妻子说，将来我被打死了，你去认尸，记得掰开眼皮来看，"明痣暗痦子"，我的眼角上长着一个痦子。

顾兰子折回头来，她没有像往日一样，往大炕的那个角落里去卧，而是蹑手蹑脚地推开了门，来到窑院。然后满院子打量，寻找一个死法。

最后她选择了院子大门上横担着的那个门框。

门框很高。对于十岁的顾兰子来说，足可以把她吊起来，双脚离了地面。现在的问题是要一根绳子。

绳子其实并不难找。靠近窗台的地方，放着牛拽绳，这是一种细绳子，苎麻拧成的，很结实，老百姓叫它火绳子。还放着一摊背柴绳，乌黑乌黑的，粗一些，这是用黑山羊毛拧成的绳子，高二背柴时用的。

这两种绳子顾兰子都试过了。火绳子太长，黑暗中，她也不知道头在哪里，越挽越挽成一团糟。顾兰子又尝试着用背柴绳。这背柴绳倒是很整顿，只是太粗，勒到脖子上，勒不死人。

顾兰子叹息了一声，她知道该用什么绳子了。

她解下了自己腰间的红裤带。

这裤带还是过世的母亲从河南的扶沟城里给她买的。五黄六月间，就要搭镰割麦了。母亲上城里去，为这夏收做些准备。临出城前，专门去那杂货铺里为她买了个红裤带。关于红裤带，她记得有一次她将它系成了个死疙瘩，用手掰，掰不开，弯下头来用牙咬，咬了半天，才咬开。正当她弯下身子，放下裤子，哗哩哗啦地撒尿的时候，一股更大的水来了。黄河水黑压压地从远处压来，碾着滚着，水头齐刷刷的，就像许昌城的城墙一样。

顾兰子解下了红裤带，将一头搭在门框上，系死，这头，再挽成活扣，好套脖子。绳子系好以后，身子矮够不着，于是到灶火房子,端了个木墩儿,用来垫脚。

垫着木墩,顾兰子往上一站,伸长腰,将那活扣往脖子上一套,嘴里叫一声:"爹呀!娘呀!苦命的顾兰子来找你们了!"说完,双脚把那木墩儿一蹬,人就悬在了半空。两眼瞪圆,舌头伸了出来。

那是陕北高原上一个平常而又平常的夜晚。苍白的月亮升起来了,山高月小。月亮停驻在那遥远的天际。黄龙山高大的轮廓,投下阴影,一半遮着这几孔烟熏火燎的、不知年月的窑洞,一半在明处,照着这一户人家这一间柴门和柴门上吊着的这个裤子溜在了脚面上的小姑娘。

顾兰子说她那一刻脑子里一片空白。她感到幸福极了。这种幸福的感觉她以前从来没有遇到过,以后也从未遇到过。如果真的那一夜就那样地走了,她肯定不后悔。

为顾兰子垫脚的是一个木墩。木墩是个圆的,它大约是树身的一截,人们伐了树,从树根裁下一节圆木来,就成了个垫儿了。

顾兰子双脚一蹬,将这圆墩儿蹬开了。这圆墩儿开始滚动,滚过窑院,最后撞到了窑门上,从而惊动了婆。

婆说她那一天晚上纺线的时候,心慌不定,眼皮老跳。还有一只苍蝇,嗡嗡嗡嗡地,老在眼前晃,打也打不走。这时候听到窑外的响动,她心里激灵了一下。又一想,想把纺车上这个线穗子纺完,再看。这样又纺了几下,眼睛一瞅,见纺车旁边的那个位置空着,她心想出事了,于是停了纺车,披上衣服,吱呀一声开了门。

门开处,只见月光明朗朗的。窑院那个简陋的榆木门上,白花花地吊了一个人。这人眼睛瞪得瓷登登的,舌头伸得很长,大裆裤吊在了脚面上,正是民间传说中的那种吊死鬼形象。

山野地面,这地方的野物,主要是狼和豺狗子,它们大约也嗅到了什么味道,有好几头,蹲在柴门外边,用爪子挠门,还有几头,居高临下,站在窑畔上,红着眼睛往窑院里看。

婆惊叫了一声。

婆的叫声惊动了窑里的人。首先是高二,他披着件衣服,手里摸了把镢头,冲出窑门。接着爷也出来了:"有什么事情发生,看把人惊炸的!"他拖着腔问。

婆这时候已经看出这大门上吊的是谁了。

"兰!兰!"她大声地说。

狼和豺狗子听到响动,跑了。全家人手忙脚乱,把大门上吊着的那个人,从绳子上解下来。

"脚下有千条路,孩子,你为什要走这一条呢?你要知道,这是一条不归路。一旦走过去,就回不来了!"婆叹息一声说。

高二猫着腰,一个猛劲,把顾兰子抱在怀里,一脚踢开窑门,然后把人平放在烧火炕上。

婆在顾兰子的鼻孔上试了试,见没气了,于是伸手去掐人中。掐了一阵,见这孩子鼻孔里咝儿咝儿地有了一些细气,脸色也慢慢变得活泛起来,不像原来那么苍白了,于是长长地叹息了一声。

婆要高二去熬些姜汤来。

抚摸着顾兰子那张小脸,婆注意到了她的耳朵眼。她说:"兰!苦命的花,苦命的草!你还没有活人哩,怎能就这样走?这两个耳朵眼可不能白扎,还要用它们佩金戴银哩!"

顾兰子回转了过来。她听见了这话,懂事地点点头,不过仍不敢用正眼看人。这天晚上,她平白无故地制造了这么一件事端,从此那目光就越发怯生了。

第十六章　土匪入室

黄龙山死过许多的人。这黄河中游莽莽的百里方圆的大山，可以说地面上躺着一层的死人。黄河花园口决口以后，逃难的人到陕西，几乎都先要到这地方来，先混住身子，吃上几顿饱饭，等年馑过了，再走。

当然走的人只是一部分，另外很大一部分，便留在这块土地上了。同时留下了窑洞，留下了狗，留下了犁杖，留下了耕牛。这样就会又有人群到这里来，同样重复他们的故事。

渭河畔上高村的这户人家，出于一种罗曼蒂克的想法，跟着河南人逃在了这里，并且在这里一直待到1949年关中平原解放。他们大约是这群人中难得的几户幸运人家，因为他们家没有死人。非但没有死人，还增加了一口，这一口人大家知道，就是童养媳顾兰子。对这户人家来说，黄龙山留给他们的唯一损失是，几个半大孩子都得了柳拐子病和大骨节病。高二、高三，还有小妹妹。顾兰子也是大骨节病,她的手指的关节现在还是畸形。

当在白土窑安顿下来后,他们遇到了一次风险。那一年,也就是顾兰子已经到了高家的那一年,庄稼取得了丰收。爷爷用驴和驮牛,驮了粮食到三岔街上去卖,结果被土匪盯上了。回来的路上,土匪一直跟到了家门口。

黄龙山的土匪多。昨天还是个老实巴交的农民,歪心眼一动,三个一伙,五个一股,背山圪崂找个山洞一蹲,就成了打家劫舍的土匪了。小土匪抢人,大土匪不抢人。大土匪往往给村子捎话,让送些盘缠到山上去。这样就把受苦人一年的辛苦拿走了。那时黄龙山最大的土匪有三股,其中一股是郭宝珊。据说他只抢富户。大家知道,郭宝珊后来成了著名的共产党将军。

三岔街上,几个土匪瞄上了高发生老汉的腰包。高老汉却浑然不知。所谓得胜的猫儿欢如虎,腰里有了几个臭钱,脚底生风,路也走得快了。土匪在后边撵,撵不上。本来想在路上下手的。一是没有撵上,二是高老汉一行有好几个人,于是土匪把时辰定在了晚上。

土匪土匪,其实也就相当于村子里的半个人一样。谁家的锅台朝哪边安,谁家的窑里有几个壮劳力,他们都知道。因此对这高发生家,他们也不陌生。

夜半时分,土匪们待这白土窑的住户都睡熟了,这户高姓人家的窑里,也传出鼾声和呻唤声,于是一个给一个搭手,翻过这石砌的院墙。

高家自从那次顾兰子出事以后,养了一只小狗。狗还没有长大,唬不住人,不过那叫声也是怪叫人讨厌的。土匪知道这户人家有狗,于是事先准备了一个糯米做的糕。

跳过墙后,狗一吱声,于是一个土匪将糯米糕扔过去。狗见了糯米糕,张口就吃。这一吃,上下嘴唇,上下牙齿,就让糯米糕给粘住了，现在，连嘴都张不开，不要说叫唤了。一个年轻土匪一扑走过去，腰间掏出个火绳子，往那狗脖子用事先做好的活扣一套，再将另一头，往大门的门框上一扔，继而接过绳头，往门关子上一拴。这样狗便被吊在了空中，四只爪子乱蹬上一阵，口吐白沫，死了。

处置了狗，一拨土匪现在来到大窑的门前，开始撬门。

这时候，窑里的人才被惊动了。婆睡觉灵醒。灵醒归灵醒，奈何劳累了一天，纺线又纺到了二更天，所以这晚上的觉也睡得很死。如今，她听到了撬门的声音，咯噔咯噔的，心里一紧，她明白今晚上是要出事了。

好个高安氏，她先将熟睡中的爷爷摇醒。摇醒以后，又在嘴上比画了一下，叫他不要作声，坐观其变再说。又示意爷爷，将炕上睡着的几个半大小子唤醒。顾兰子在她的脚底下，她伸出小脚一蹬，把这个顾兰子也就蹬醒了。

咯噔咯噔的撬门声仍在响着。

窑里，大家屏住呼吸，趴在炕上。别看爷爷平日人五人六的，像个大人物，这一阵子，全身像筛糠一样，将被子裹在身上，蜷作一团。倒是高二高三，这两个半大小子，没经过大诈，还有一些胆量。两人蹑手蹑脚，找些农具，拿去顶门，还搬来了箱子，挡在门上。

"不济事。×上的毛，挡不住个家伙！"爷爷见孩子们这样做，叹息着说了一句粗话。

土匪们拿着一个大刀片子，从门缝里塞进来，撬这窑门的关子。中国北方农村的门，通常两扇，口歌中"双手推开门两扇"，说的就是这种门。两扇门一合，然后拦腰有一个关子，穿过来，将门关死。细心的人家，还在关子的那一头，插上一个插销，这样更保险些。更有些大户人家，门关子会有三个。也就是说，拦腰一个，头顶一个，脚底下面一个。

这几个土匪，大约是些笨尻，拿大刀片子捅门关子，捅了都有一炷香的时辰了，门还没有被捅开。"那门关子上有插销！"他们说。"这门狗日的也够结实的！大约是青冈木做的！"他们又说。

窑里的人暗自庆幸。

谁知庆幸了没有多长时间，土匪们明白捅门关子看来今晚上是捅不开了，于是改用"抬门"的招数。

木匠们安门的时候，门框上，上边有一个孔，底下有一个安窝。通常，将门扇抬起来，上门轴子从上面那个孔里穿过，然后下门轴子再落到安窝里，这门就安上了，一开一合，开合自如。

土匪里大约有当过木匠的，知道这门是怎样安上去的。虽然它坚不可破，但是薄弱处却在这里。土匪们在门口嘀嘀咕咕了一阵，于是从门缝里抽回大刀片子，现在几个小伙子半蹲下来，开始抬门。

只见几声低沉的号子声响起，门开始动起来。门楣上放着的几个老南瓜，咕噜噜地滚在了地上，窑顶墙壁上的土，簌簌地往下掉。

伴随着"吱呀呀"一阵响，两扇合在一起的木门，终于被抬开，只听"呼啦"一声，冲进来了一群土匪。那时辰大约是后半夜了，月光照进来，白瘆瘆地怕人。

高发生老汉吓得尿了一炕，从此落下了个"遗尿"的毛病。几个半大孩子，刚才都还有一些火气，如今见了这阵势，也都怕得用被子蒙了头，不敢吱声，只露出两只眼睛往外看。顾兰子是头枕炕沿睡着的，她用被子蒙住了头，哇哇大哭，一嗓子刚提起来，就被婆噤断住了。

好个高安氏，只见她噤断住了童养媳的聒噪，然后一欠身子，披衣坐起。高安氏拨了拨窗台上的麻油灯，火苗扑闪了两下，屋里亮堂了一点。只见这些土匪，脸上抹着烟灰，露出两个白眼睛仁儿，面容可怕，手里的大刀片子，指向炕上，一副随时要砍人的样

子,于是高安氏微微一笑,说道:

"这窑门关着时,这窑里的东西姓高;如今这窑门破了,这东西就是各位的了!说实话,穷家寒舍,这破窑里也实在没有什么好东西孝敬。各位要不嫌弃,这里有灯——端上灯你们自己挑。看上什么拿什么!算是孝敬各位。"

大字不识一个的婆,这一阵子说起话来,字正腔圆,掷地有声。话说出,刚才的气氛和缓了许多。

"这婆姨倒有见地!"一个土匪赞叹说。

"只是,"婆这时候提高了嗓门,说道,"东西由你们取,只是不准伤人!"

土匪们倒也同意高安氏这句话。土匪们打家劫舍,其实也只是为了衣食饭碗而已。和这户人家无冤无仇的,因此也不想伤人。

这时土匪头儿说话了:"当家的,我们也就依了你。这双空中叼着吃的神仙手,今天只取财物,不敢惊扰主家各位了!"

婆听了这话,于是将灯递过来。

土匪们于是掌着灯,在这烟熏火燎的破窑里乱翻。翻了一阵子后,也没有找到什么值钱的东西。箱子盖打开,翻出几丈青布,这是婆纺的线织成的,准备过年时给孩子们裁衣服。锅台上一个铜马勺,年代久远了,锃亮锃亮的,好像也值两个钱。婆的发髻上,卡着一个银夹子,婆也顺手将它摘下,扔给土匪。

见收获不大,土匪头儿这时发话了:"苍蝇不叮无缝的蛋,猫儿是嗅着腥味儿,才一路撵来的。当家的,你手里还有一点现货,拿出来吧!"

婆说:"啥叫现货?我不懂!"

土匪头儿说:"今天三岔街上,你家掌柜的带了些光洋回来。这事难道还要我提醒不成?"

婆倒吸了一口凉风。爷爷也在炕上叫唤了一声。到这时他们才明白，土匪们是在三岔街上就盯上了，一路跟来的。

婆的脖颈底下，枕着一个枕头盒。这是一个木质的盒子，靠头的这一面做成了圆形的枕头状。这是当年出嫁时，安家村给陪的。那个小小的枕头盒里，装着这个农家女儿发家致富的全部梦想。平时全家的所有收入，一应开支，都从这个枕头盒里出来。婆睡觉时，这枕头盒从来没离开过头。

婆哼唧了两声，两行眼泪流下来。

爷爷这时候也裹着被子坐起来。"不能给！那是全家东山日头背到西山，一年的收益呀！"爷爷说。

见说，土匪头子暴躁了起来，目露凶光。

婆这时候停止了哼唧，用袖子把眼泪一擦，心一横："大兄弟，走了几十里的路，原来就为的这几块洋钱。你不提醒，我倒忘了。你这一说，我算想起了。这东西，我给你藏着哩！"

婆说完，将屁股挪一挪，那个枕头匣子露了出来。她拧转身子将枕头盒捧起，爱抚地看了看，又用袖子将上面抹了抹，然后递给土匪头儿。

"都在这里了。昨天集市上粜粮食得的，还有这几年积攒的。唉，还有我当女时娘家陪嫁的！各位大兄弟，这就是家底了！"婆说。

土匪头子接过盒子。婆的这些话，大约也叫他有些感动。但是一想到自己是土匪，重新又板起了面孔。

枕头盒儿上锁着一把黄铜锁儿，那是一把老式锁子。土匪头儿顺过刀，想把这锁儿撬开。婆说："成物不可破坏，给你钥匙吧，以后好好地待它！"说着话，从裤带上取下个钥匙，递给土匪头儿。

这一桩事儿就这样算完了。在这个陕北冬夜里，土匪们掠去了这户人家的所有值钱的东西，临走的时候，又顺手从槽里牵走了两头耕牛。他们很满意,觉得这一户人家很是通情达理。

直到土匪们出了院子,窑洞里才传出哭声。哭声最尖最利的是顾兰子,而哭得最凄惨的是高安氏。

第十七章　李先念将军过渭河

　　李先念将军过渭河的那一刻，高大正抱着一杆快枪，在渭河南岸的二道崖上站着。风嗖嗖地刮着，船渐行渐远，艄公的篙点着河底，篙把儿打在船板上。这时候世界安静极了。风不吹，河边的芦苇不动，天上的云彩也不动，连鸟儿都不出声，甚至那河流也似乎凝固不流了，只一只渡船行呀行。

　　高大肩着一杆快枪。快枪是当地老百姓的叫法，城里人叫它钢枪。这枪不是平举着的，也不是挎在身上的，而是像横担一根扁担一样，"担"在肩上的。两只胳膊也同时担在枪上，同时，右手的大拇指会停留在枪的扳机上，随时准备击发。

　　高大身材修长，在担着枪的时候，他的腰身会很优雅地倾斜着，好像很谦恭地要和比他身材矮的人俯身交谈一样。

　　我曾经两次看到过他这种肩枪的姿势。一次是从渭河下游的他的那个村子回高村，路过一片河滩地的时候，田野刚刚收割，地边埂上有一只兔子在溜。我没有看见，高大看见了。他脚步慢下来，身子优雅地侧起来。兔子们往往跳三步，停一步，这是习惯。当那兔子停下来的时候，枪响了。兔子往空中一蹦，然后落下来，死了。

一次是在家门口，那棵老槐树下。渭河涨水了，几里宽的扇面，洋洋洒洒地从家门前流过。高大眯着眼睛，朝河里看了看，河心一鼓一鼓的，高大说：水还要涨。如果这河心是塌的，水就要退了；如果河心是鼓的，它还得涨。正在自言自语中，高大的眼睛突然亮起来，脸上平日松弛了的那些皱纹，也一下子突然伸展，放出光来。他看见一只羊鹿子，正在河的对岸喝水。高大将枪斜过来，或者说，将身子拧过来，脖子一偏，瞄了很久，然后放了一枪。"河水有吸引力，因之乎，这枪要稍微抬高一点！"他对我说。我看见，在与我说话的当儿，那只羊鹿子已经中枪，平展展地躺在对岸的河滩上了。

自从高发生老汉在那个大雾弥天的早晨，推着一辆独轮车，率领一家老少去了黄龙山以后，高村平原的这一片天空，便由高大支撑着。

高大有过一次当壮丁的经历。国民党征兵，要到山西中条山去打日本人，三丁抽一，结果抽到了高大的身上。高大的好枪法，大约就是那时候练的。中条山大战，将日本人堵在了黄河那边的山西境内，不过关中平原三万子弟兵，也损失惨重。后来有一支，被日本人逼到了黄河边，于是八百关中子弟兵，投河身亡。这就是有名的"八百壮士投江"，拍成过电影的。不过八百人中，侥幸地活下来了几个，高大就是一个。他自小渭河边长大，会水。

逃回来的高大在媳妇炕上睡了三天。三天头上，扛一杆钢枪走出门。这样不久，他便成了这一带有名的刀客。城里人发一声喊，说"西北乡"造反了。这西北乡说的就是高村以及周围这一块平原。渭河在这里转了个"几"字形的大弯子，令这里成了一个死角。背地方，人来得少，适合起事。

高大肩一杆快枪的刀客形象，大约至今还在那些老年人的记忆中留存着。他在高村这个大家族中，排行老五，所以人称"五阎王"。高大做过什么厉害事吗？好像做过。当壮丁回来后，听说一个邻村人对他媳妇动手动脚，于是约这个人在路上走着。走着走着，他说，你先走，我到苞谷地里方便一下。而后从苞谷地里，斜插过去，赶到那人前面，一拧身子，只听一声枪响，那人脑袋开了花。

这桩事是一桩悬案。它到底是人们的猜测，还是实有其事，谁也搞不清楚。高大在世的时候，我几次想问他，都觉得不好启齿。顾兰子那时候在黄龙山，她当然也不知道这事。不过她说，有一天夜里，高大铁青着脸，闯进了门，结果被高发生罚着在地上跪了一夜。他们都说了些什么，她不知道。她的耳朵里只逮住了一句话，高大说：我不欺侮人，人家就要欺侮我。这句话和这件事情有关吗？顾兰子说她不敢断定。

那事也许将永远成为这个家族的一桩秘密。

不过五阎王的恶名，却从此是出去了。这一块地面上，谁家晚上小孩哭，叫一声"五阎王来了"，小孩立即噤声。

五阎王高大站在渭河边二道崖上，肩着一杆快枪，目睹李先念将军的渡船渐行渐远。这块地面叫胡家滩，距高村五六里地，算是河的上游。

有凶神恶煞的高大站在那里，人们知道有事，但不知道是什么事。李先念将军就这样过了渭河，他要去延安，参加一个重要的会议。他走了，但是给渭河边的刀客高大留下了后来的故事。

这故事我们在下面说。

第十八章　高大媳妇之死

高大媳妇的死，是这个渭河人家的一个重要的事情，一个永远的伤疤，一个人老几辈都没有释怀的仇恨。高大在寿终正寝，八十高龄后就要离开人世的时候，仍然牵挂着这件事。"韩大麻子，他怎么是地下党呢？他怎么也被评成烈士呢？他是国民党保安团长！他带人打死了我老婆！如今这世事咋成这样了！这一口气就是咽不下去！"高大在死之前，还这样喋喋不休，死了后也不合眼。

李先念将军过渭河，一件青布长衫，匆匆而来，匆匆而去。大约是走了好些天后，国民党方面才知道了这件事。一层一层地追究下来，后来追究到了地方。地方上要找李先念，李先念早就到了延安，所以能够抓住的，便是那个肩一杆快枪、以一种优雅的姿势站在渭河二道崖子上的高大。

"高大这狗日的，不但是刀客，还是共产党！"国民党保安团韩团长说。

这样，正像民间传说的那样，在平原上一个天麻糊明的早晨，韩团长带了县保安团，包围了高大的家。锣当当当地敲起来，狗叫声响成一片，枪子儿呜儿呜儿地在空中飞着。保安团来抓高大，来起高大的那杆快枪。

高家的院子，是一个五间庄子，东边盖满了房，西边还是空地。在高老太爷发家致富的设想中，西边这些空地有一天也会被盖满的。但是现在，西边的空地上长着一棵枣树，地面上长满了一种叫洋姜的植物。

庄子的前面是大路，庄子的东边是密密匝匝的庄稼地，青纱帐接天接地，一望无边。

民间的说法，当韩团长用枪托使劲地磕击大门的时候，惊醒的高大从炕上爬起，一猫腰溜下炕，见大门已经被堵死，墙头上也站满了人，于是没有出屋门，而是就势钻进了炕洞里。

中国北方农村，那住人的上房，通常会有一面大炕。民间谜语："一头老牛没脖项，有多没少都驮上。"说的就是这种大炕。北方人冬天的一大部分时间，都会在这炕上度过，连吃饭也围着炕桌。这炕有一个大得可以钻进去人的炕洞门。炕洞门所以大，是因为烧炕时，要往进填苞谷秆、棉花秆，甚至填一些树枝、树根之类。

炕洞里面是空的，然后在靠山墙的地方，会有一个用土坯砌成的烟囱，直通到房顶上去。那烟囱也可能大，也可能小，不过一直要通到房顶上去，高出屋顶半人，然后用砖头叠成花墙，半封住，半透气。

那时候高大还年轻，身手也好，虽然谈不上飞檐走壁这类绝技，但能舒展身子，从烟囱里钻出来，上了屋顶。上到屋顶以后，在这一片房屋中，几个虎跳，到了墙头。溜下墙头，就是白茫茫、莽苍苍的平原上的青纱帐了。

所以村上的人们，在谈论这个传奇人物的时候，大部分人的推断是高大金蝉脱壳，钻了烟囱。

但是还有一种更趋于浪漫的说法，认为高大这么一个要强的角色，他是不屑于钻烟囱的。他是效仿黄龙山土匪的办法，先引燃了火药，火药腾起一道白光，十步之内谁也看不见谁。只要不穿衣服，皮肤是肉色的，于这白光中就像个隐身人似的。所以这五阎王高大，是先点燃了火药，然后在一片炫人眼目的白光中，开了上房门，大摇大摆地走了出来，逾墙而逃。反正高大躺在炕上的时候，衣服也没穿多少，所以在这白光中，索性脱个精光。这样迎面走来，谁也看不见他。

关于高大的逃走，在这两种说法之外，还有第三种说法。这第三种说法是说高大当时压根就不在家，而是地下党正在距这里二里地的一个叫西壕里的地方召开会议。他听到了枪声，也听到了高村地面的嘈嘈声，以高大的心性，他立马就会回到村子，来承担事情的，但是，他是地下党，有组织管束着的，身子不自由，不能行动。

三种说法中，大约以第三种为正说。因为这是我听高大留在这世界上的一条根，我的亲爱的堂哥英说的。他是当事人之一，他经历了高大媳妇之死这个事的全过程。

但是同时也应该允许民间那些浪漫说法的存在，因为那些说法更适宜于人们理想中的高大。

高大的媳妇，正像村里人凭记忆所说的那样，是个粗手大脚的关中女人。盆子一样的一张大脸，碌碡腰，墩墩屁股。这是典型的关中女人的形象。人们说，关中地面，连畔种地的村子，互相结亲，有些还是亲戚套亲戚，这样几千年下来，女人缺了灵性，就长成这粗手大脚的拙笨模样了。

高大媳妇在炕上躺着，身子不是身子，腿不是腿，瘫成了一摊泥。韩团长用枪顶着脑门，问她男人到哪里去了，她舌头像硬了一样，嘴像撅了一样，说不出话。不是她不说话，是说不出。乡间女人，平日只知道生男生女，只知道像个哑巴牲口一样在地里劳动，哪见过今天这阵势。

见高大媳妇不说话，韩团长于是挥挥手。兵们开始在屋里找，在院子里搜。掘地三尺，细细寻找。旮旯都找遍了，院子都挖成井了，连个人毛都没有。韩团长觉得上房屋这个炕洞口很可疑，于是令一个新兵钻进去看个究竟。新兵很害怕，他先用刺刀对着炕洞口捅了好一阵，一惊一乍的。见里面没有动静，才壮着胆子钻进去。钻进去后，用手摸了一阵，啥也没有，于是钻出来复命。炕洞里满是灰，这新兵的鼻子脸儿，抹得五抹六道的。

"这狗日的长了翅膀了！他能跑到哪里去呢？"韩团长说。

跑了和尚跑不了庙。韩团长决定把高大媳妇从被窝里拉出来，吊到大门口那棵老槐树上去拷问。第一，要她说出自个儿男人藏到哪里去了。第二，一件重要的事情是"起"枪，没有快枪，就不是高大了。他想得到那支枪，况且，高大是个逃兵，这枪本来就是队伍里的。第三，即使这两样目的都达不到，他想敲山震虎，放一个人样子在这官道上，杀杀西北乡的威风。

高大媳妇胡乱地穿上了衣服，被国民党兵拖着，拉到了大门处的老槐树底下，先绑了，然后吊起。高大那时候膝下已经有一儿一女了，两个孩子，一人抱住娘的一条腿不丢。韩团长恼怒，先一脚，把男孩踢进高家门口的沤粪池里，复一脚，把女孩踢到官道对面，也就是高家对门那户人家的沤粪池里。

绑人这件事很简单。不通这一行，你觉得它很难，通了，倒是个很顺溜的事。只见一个兵爷，从高家上房的墙壁上，找来一领火绳子。将这火绳子绽开，拿在手里，用胳膊肘子当量绳的尺子，等呀等,等到两头一般齐了,然后挑了个绳子的最中间部分,两手一提,将绳子从背后越过头,搭在高大媳妇的脖子上。

捆人的兵爷是站在高大媳妇身后的。绳子搭上去以后,拽住分成两股的绳子,顺着高大媳妇的两个胳膊,一圈一圈地缠下来。缠到手腕那个位置的时候,兵爷伸出膝盖,往高大媳妇的腰眼上一顶。这样高大媳妇就像一只蚂蚱一样,头快要挨住地面,身子则佝偻成了一张弓。

那绳头儿一直在兵爷的手里攥着。见高家媳妇弯成一张弓了,兵们的膝盖继续用力,然后一边用火绳子,将高大媳妇的两只手,像捆羊蹄子一样勒在一起,挽上一个死疙瘩。

说书人把这种勒法叫"反剪双手"。在双手被反剪以后,还要尽量地把那两个已经团在一起的胳膊往上抬。兵们现在头上冒着汗珠,膝盖用力顶一下,高大媳妇的胳膊就会往上抬一下。旁边的兵爷们"一二三"地喊着口号加油。直到最后,高大媳妇的胳膊嘎巴嘎巴一阵响,已经抬到快到脖子那个位置了,兵们于是停止了用力,将绳头再穿过最初勒在脖子上的那个环儿,然后绑成一个死结。

"这叫小绑!"满头大汗的兵们说。

韩团长睒视了一眼周围黑压压的围观的人群,补充了一句:"还有一种绑法,叫'大绑',或者叫'五花大绑',下一次西北乡的人,谁再犯了王法,用它治!"

韩团长的话,说得周围围观的老百姓,人人面面相觑,人群不由得一阵后退。这一阵后退,场子空了点,恰好给这把高大媳妇往树上吊,腾了场子。

火绳子将人拴牢了,下一步就是往老槐树上吊。

火绳子拴完人以后,还剩长长的一截。这一截,正是用来吊人的。只见韩团长亲自上手,给绳头上绑了块半截砖,然后一扬手,将这半截砖头往树股上一撂,这绳子就搭在老槐树的一枝树股上了。韩团长蹦两下,抓住这从树股另一头垂下来的砖头,几个兵们见了,过来帮手。

几个兵们抓住绳头,士兵们齐声叫道:"一、二、三——起!"于是高大媳妇,就双脚离地,蹬两下,身子被吊到半空中了。

高大媳妇杀猪般的号叫起来。

韩团长先抽出武装带,朝高大媳妇抽了几下,算是率先示范。抽完了,把皮带搭在肩膀上,到官道旁边一个临时支起的茶摊上喝茶。区有区公所,乡有乡长,村有村长,一保一甲,也都有保长甲长,因此这茶水侍候,保安团走到哪里,都是会有的。

士兵们现在开始抽打高大媳妇。有武装带的,卸下武装带。没有武装带的,从谁家墙上找来个抽牛的鞭子。还有人懒得动,就近在榆树上掰个树条子。大家噼噼啪啪,劈头盖脸,朝树上吊的这个人打去,权当是占便宜。打一阵,问一阵话,然后再到茶摊前喝杯茶,歇歇手,缓过劲儿再打。

高大媳妇嘴里胡呜啦着,人在哪里,枪在哪里,她确实是说不清,还是知道,只是不说,这些没有人能说清。你不说就打。于是又一轮武装带、牛鞭子、榆树条抽了过去。

这是打牛的打法。三个人站成个圈,你往哪边躲都躲不过去,哪边都是正面。高大媳妇在树上吊着,吊死鬼一样地拧圈圈,她的脸不管转向哪一边,都逃脱不了一个打。只一会儿工夫,那张盆盆大脸,肿得更大了,墩墩屁股也比以前更圆了。

韩团长坐在茶摊上,嘴里品着老胡叶子,眼睛和耳朵却没有闲着。他在听四周青纱林的嗖嗖响动。他明白,快枪高大无论刚才在屋子里没有,这一阵子,他肯定就在四周的庄稼地里猫着。韩团长在心里说,快枪高大,你要是条汉子,看见你老婆这样遭人打,你该显显身子才对!

韩团长这是想引高大出来。扑了个空,没得到人,也没得到枪,他有些于心不甘。其实这老槐树上吊打高大老婆,只是一场戏,这戏是给高大看的!高大如果稍有些恻隐之心,稍有点血性,他该出来理这事的。

但是高大始终没有出现。韩团长眼睛里看到的,只有四周一望无际的苞谷地,铺天盖地,深不可测,耳朵里听到的,也只有那嗖嗖的风声,贼风顺着渭河的河道刮来,从苞谷花子上一掠而过,发出一阵嗖嗖嗖嗖令人惊悸的声音。

韩团长一直没有等到高大的出现。老胡叶子是世界上最浓最酽的茶,如今用一种叫挎子的器皿煮了,喝起来更浓更酽。这是平原上人们喝的茶。韩团长喝了个肚儿圆,肚子里也呼呼啦啦,这是茶在克食。茶一克食,肚子就饿了,接着,地方上又为他以及保安团弟兄们准备了简单的午餐。午餐有酒。成命在身,韩团长只是酒水沾了沾牙,就把杯子放下了。放下杯子的那一刻,他突然明白该走了,这场戏该结束了。

快枪高大拿得稳,棋高一着,始终没有出现。这阵子,倒是韩团长有点心虚。说不定,快枪高大此刻正在哪根苞谷棵子下面站着,枪口瞄着自己,准备打黑枪哩!反正今天这一番闹腾,也算是给上峰有个交代了。见好就收吧!开拔!

国民党保安团把高大媳妇在老槐树上吊了一上午,打了一上午,还是问不出个张道李胡子来。后来也就泄气了。丢下几句吓人的话,说以后还要来,不抓住个快枪高大,誓不罢休。说完以后,吹哨子列队,顺着官道,一溜烟地往东南方向走了。

高大媳妇还被吊在树上。她已经昏死过去。兵爷们开始打她的时候,她还呻唤着,打到后来,她就不吱声了,像个粮食口袋一样,任你打,只鼻子嘴里,向外吐白沫。白沫吐完了,又吐黑血。

国民党兵走了很久,村上围观的人才敢过来。大槐树下解下高大媳妇。这时的她,只有出的气,没有进的气了。一双儿女,一人抱着她一条腿,号啕大哭。

高大媳妇是在天麻糊黑的时候走的。老百姓把这叫"喝汤时分"。也就是说,是晚饭时分。死时她一手牵一个儿女,恋恋不舍,眼睛努力地向屋外瞅着,但是高大并没有出现。

这个苦命的女人走完了一生。她嫁到渭河畔这户人家以后,大约没有过过一天的安生日子,就这样离开了人世。

高大媳妇死了。一口薄棺,高大将媳妇葬到了官道旁边,一个三岔路口。然后手拖一双儿女,前往黄龙山,将这两个累赘给高发生老汉留下,然后肩扛快枪,重新回到关中地面,去寻韩团长复仇。从此,红了眼睛的高大,集刀客与地下党于一身的高大,更是成了个天不收地不管的角色。

凶死的人是不能进祖坟的,这是规矩。怕那血光之灾会惊扰了地下安睡着的老先人们,还怕这血光之灾会给活着的人带来晦气。所以高大媳妇没有进祖坟,她埋在了村东头一条斜斜路上。

那坟很快就没有了。后来,只有每年清明节的时候,她的一双儿女会踩着麦田,约莫个大概,在那路旁象征性地烧两张纸,有时还会放哭几声。

第十九章　圆房

就在高大媳妇咽气的那一刻，在三百里外那平原的尽头，高原的开头，童养媳顾兰子和高二的圆房仪式，正在进行之中。

顾兰子那一年十三岁了，高二则十七岁。按照乡俗，女儿家十三，男儿家十六，就算成人了，就可以进行那男欢女爱的事情了。

本来他俩的圆房仪式并不必那么急着操办，延挨上个两三年，男人的力气长全了，女儿家则出脱一些了，那时办最好。但是高二的心野了，急着想扔下放羊鞭子，去吃一口公家人的饭。所以高发生老汉怕夜长梦多，真的让那高二一拔腿走了，这桩婚事到时候能不能成，还在两说，因此就先下手，张罗着把这房圆了，让这婚事成了定局，让童养媳顾兰子登堂入室，变成名正言顺的高二媳妇。

当年渭河边官道上踏着口歌行走的那个半大小子高二，几年的历练，已经出脱成一个青皮小伙子了。黄龙山的这些年，他除了放羊、打柴、做务庄稼之外，还回关中去上了两年官学。那学是他争取来的。高发生老汉不让他去上,他在窑里的地面上跪了大半宿。高发生老汉半夜起来喂牛,一睁眼,见高二还在地上跪着。老汉说,不是我不让你上学,是咱家这人手拉不开,你在家干活,顶半个劳力,能填补家里,你要上学了,非但不填补家里,还要家里给出学费。

发生老汉喂完牛回来,那高二还在地上跪着。"罢罢罢,你真的一抹心思要上学,那你自己想办法去寻学费。土匪去年冬里进了窑,你知道,咱家的一点家底,都让刨走了!"发生老汉说。

得了父亲这句话,高二站起来,他决定回关中找高大去,高大已经是顶门立户的人了,他该有些办法才对!高二主意拿定,辞了黄龙山一家老小,腰里揣了两个冷馒头,星夜下山,去找高大。

高大媳妇那时还在。拜过嫂子,说明来意,高大媳妇说,我给你到西北乡地面去找你哥。找回了高大,待高二说明来意,高大沉吟了半晌。他说,兄弟想上学,不做那睁眼瞎子,这叫有抱负,这第一得肯定;第二嘛,钱的事哥腰里现在没有,或者说不是没有,而是现在还在别人腰里给存着哩;那么第三,哥现在要去耍一场赌博,把那存的钱取回来。不过能不能取回来,还在两可之间。兄弟,咱们先说好,我这一去,要赢了,那你就有学费了,要输了,那你就蜷了这个腿,回黄龙山安安宁宁地放你的羊去吧!

高大说完,袖子一甩,牵着高二的手,来到河岸上艄公住的那面大窑洞里。"你在门口站着,等我出来!"高大对高二说。

高二在这窑门口,站了大半夜,河道里的风硬,冻得他直打战,加上肚子也饿了,咕噜咕噜直响,几次到窑里去看,窑里乌烟瘴气,抽水烟的,抽大烟的,抽旱烟的,弄得个窑里像在熏獾。高二耐不住,只好又出来。想上老崖上面的家,又不敢离开。最后,见窑门口有一堆苞谷秆,他就钻进苞谷秆里,睡着了。

不知道过了多长时间,迷糊中,高二听到有人叫他的名字。眼睛还没睁,就一骨碌爬起来,只见高大就在他的面前站着,眼睛仁子红勾勾的,面色发青,鹰爪子一样的手指,攥着一撂钱。

"赢了!"高二兴奋地喊道。

高大既没有说赢,也没有说输,也没有说这钱是从哪里来的。这以后许多年中,高二常想起这事。他估摸着,以高大的心性,如果是赢下的,那他一定会逞能的,他会哈哈大笑,讲他的五马长枪。他没有说。那没有说大约就是一种回答。高二想,说不定不但没有赢,反而连老本也贴进去了,这钱,说不定是去撬谁家的门抢的,或者是烧火炕上,找哪个女人要的。

高大没有回答高二的话,他只用一种阴沉的声调说:"走吧,二掌柜,找一个好学校,上学去。高家这一代人成龙变虎,也许就看你了!"

说完这话,高大一甩袖子,趟了大步,上了老崖那面大坡,不久,听到"嗵"的一声关大门的声音,高大回家睡觉去了。

"我这是欠你的,先记上!"高二冲着高大的背影,说了一句。话没有说完,后半句就让河道里的风刮回去了。

高二用这笔来历不明的钱做学费,上了渭河对面离高村三十里的一个师范速成班。学业还没有满,发生老汉捎话来,要他回黄龙山收秋,于是他辍了学业,再回黄龙山。回到黄龙山收完秋,想再回来上学,可是窑里事多,拔不出身子,于是就此断了上学的念头。

顾兰子也在这几年的风风雨雨中,长成一个大姑娘了。脸色红扑扑的,过去的尖脸现在成了圆脸。那身体,也像麦苗见了春雨一样,一夜就拔高了一截。头上那乱糟糟的老鸹窝一样的一头黄毛,现在也变黑了,在泉边洗一洗,再抹上个皂角水,一洗,扎两根小辫子,小辫子头上再系上红头绳,像个小美人的感觉。

在娘家安家塔，娘家妈什么也没有教她。只教给一件事，就是缠脚。"缠什么脚呀！荒山野坬地，谁来看顾兰子的脚呀！"一起逃荒来的河南人这样劝。可顾兰子的娘家妈不这样看。她说她的脚大，一辈子叫人瞧不起，这顾兰子一定要给她把脚缠小，要不会嫁不出去的，即使嫁出去了，也叫旁人一辈子下眼观。

童养媳到了高家，这给顾兰子缠脚的事，得高安氏来做。高安氏先扯上两尺白粗布，然后脱下这顾兰子的鞋子。那布条，一头吃进自己嘴里，用牙关咬紧，另一头，捧着个顾兰子的脚在怀里，使足力气一层一层地缠，缠一层，勒一下，顾兰子的脚骨头咔吧咔吧直响。脚后来也肿了。硬把脚塞进鞋子里，走起路来一摇一晃的，像踩高跷。

这样缠了几回，高安氏突然翻心了，决定不给顾兰子缠了。一是她看顾兰子那脚，血糊糊的，五个脚指头，都弯回到脚心里来了，叫人看了寒碜。二是她心想，穷人家的女儿，缠这脚干什么，上山溜坬，脚大才稳当呢。何况这顾兰子已经是高家的人了，不存在嫁不出去的问题了。

"你给你家男人说，只要他不嫌弃，你就不要缠了！"高安氏说。

高二是新青年，又喝了一些墨水儿，自然也不赞成这缠脚。这样顾兰子算是被解放了，少了女儿家受的这个罪。不过顾兰子那双脚，始终没有好，脚指头始终弯曲着，路走多了就发红发肿，窝在鞋子里，十个脚指头像一群小老鼠。顾兰子那脚，也比普通的脚要小一些。人们叫那"解放脚"。

跟着高安氏，顾兰子学会了织布、纺线、做家常衣服，学会了锅上案上这些女人家该会的一应手段。她是成长起来了，开始有了笑声。当自家男人，背着一捆柴或庄稼，从沟底下摇摇晃晃地上来的时候，她迎上去，一直接到家里，并且把这柴或庄稼，从男人的背上卸下来。

秋天来到了黄龙山。这是一年最好的季节，山菊花像金黄色的浪头，一浪一浪盖满了埝畔，地畔，路畔。除了这金黄色的菊花，山上其余的一应物什，青冈树，榆树，杜梨树，杨柳树，等等等等，甚至包括各种有名无名的小草，包括迟收的庄稼棵子，都被严霜染成了红色。太阳一照，有的是血红，有的是枣红，有的是粉红。置身在这样的环境中，让人把眼前的苦难都丢到脑后了。

在这样一个美好的季节里，童养媳顾兰子和高家二掌柜要圆房了。

顾兰子没有娘家人，这大约是这一场婚礼唯一的遗憾。

但是不要紧，黄龙山方圆数百里，旮旮旯旯里都住着顾兰子的乡党，住着这些花园口决口以后逃难到这里的河南人，他们把顾兰子当作自己的女儿，把这一场婚事当作河南人和陕西人的一次婚配。

为顾兰子洗头，开脸，做婚嫁的衣服，这些事都是白土窑的河南乡党帮忙的。当这些事情做完以后，高二牵驴，顾兰子被扶上了驴背。按照发生老汉的设计，高二将牵着毛驴，从高家出发，在白土窑这个小村子绕一圈，然后再回到高家。

但是骑上毛驴上路以后，顾兰子哭了，她说她想起了安家塔娘家，婚嫁是一件大事，她想告知如今已经长眠在那里的父母兄弟姐妹们知道。高二觉得顾兰子的话言之有理。于是他们停了步子，将这想法禀告了发生老汉。发生老汉认为这想法很好，是该让亲家母亲家公知道的，虽说人不在了，但是到那坟头上告知一声，也是礼节。

从白土窑到安家塔三十里，一来一回就是六十里。这样，一对新人在圆房的这一天，就多走了六十里山路，完成了这个心思，了了顾兰子的心愿。

安家塔还是过去那个安家塔,照样鸡叫狗咬,照样人们扛着犁杖早出晚归。它并没有因为这一户人家的绝根而冷落,因为又有新的流动的河南人补充了进来。当年安家塔托孤的那顾兰子的家,如今又有人住着。他们很热情。他们说那以前的故事也听老户们说过。他们留一对新人吃饭。

荒草萋萋,秋风嗖嗖,毛驴的铃铛响着,一对新人来到安家塔半坡那一堆乱扎坟头。谁是谁,哪个坟头子上顶着哪个,顾兰子已经分辨不清了。顾兰子扶着高二的肩膀,从毛驴身上溜下来,新做的绣花鞋沾地,顾兰子双膝跪倒,哭了两声,为这死在异乡的父母兄弟姊妹而哭,为天下所有的花园口的难民而哭。哭完,磕了三个响头。高二一手牵着驴缰绳,另一手扶地,也陪着顾兰子磕。"这个地方,我以后不会再来了,爹、娘、哥姐弟妹,你们互相照应吧!"说了上面这些话以后,顾兰子站起来,拍了一下膝盖上的土,然后翻身上驴。一对新人踏上回白土窑的路。

回程显得轻松一些了。驴蹄子踏着山路,清晰有声。驴脖子上那个铃铛,呛啷作响。新郎官高二胸前那朵红花,秋日的太阳一耀,红漾漾的。川道地头上耕作的那些人,不停地发着喊声,为这一对新人祝福。这地方多的是河南人。人们把这里叫"小河南"。从洪水中逃出来的一条命,从黄龙山这种"虎列拉"的瘟病中逃出来的一条命,如今要婚嫁了,要生儿育女了,要像一个体面的人那样地活下去了,这是一件多么伟大的事情呀!所以河南老乡们都为顾兰子高兴,都把顾兰子的幸福,当作自己的幸福。

天麻糊黑的时候,一对新人准时地回到了白土窑,走进了那孔牲口窑刷新以后的新窑。一路上他们接受了许多的欢呼,这叫他们十分的感动。尤其是顾兰子更感动,孤苦伶仃的她感到了来自乡党的温暖。

窑院里充满了喜气。那孔牲口窑，如今整修一新。地面上铲去了牲口的粪便，又用黄土垫了一层，然后拍实。窑的墙壁上新抹了一层白土。白土窑所以叫白土窑，就是因为有一面山崖，是白土的，所以三小子到那里掏了一筐白土回来，负责这刷墙的工作。新窑的门框上，红纸上写了喜联。那喜联上的墨笔字是高二写的。高二是新青年，他为这喜联所写的句子，没有用那种俗套子，而是写了这么两句：

  荆树有花兄弟亲，
  书田无税子孙耕。

高二借这两句话，表达了他将来的志向。

高发生老汉那天决定给自己放一天假，什么事也不干，只穿着一身干净衣服，手背在后边，迈着方步，烟袋锅儿搭在脖子上，在窑院里转悠。

高安氏将窑院里的地面，扫了一遍又一遍，扫完了，洒上水，水干了，再扫。粗笤帚扫过了，又用细笤帚扫。直扫得这地面光堂堂的，秋天的太阳一照，像蛋黄一样铺在地上。她还将大窑里那个锅台，重新用锅底黑染了一遍，锅台黑明黑明的。白墙一衬，显得墙更白，锅台更黑。

圆房仪式举行得很热烈。来了很多的人，河南口音的，关中口音的，陕北口音的，山东口音的，安徽口音的，吵吵闹闹。白土窑地面大约许多年来，还没有过这种热闹。前来祝福的人，都从自己家里带来了最好的东西，或两只鸡蛋，或一捧瓜子红枣，或二尺白洋布，大家把这当成了一次乡间聚会，当成了同时也是对自己离乡背井生涯的一次祝福。

之所以能来这么多人,是因为这一对新人骑着毛驴,响着铃铛,从安家塔到白土窑一路招摇。

除了陕西人,除了河南人,在这祝贺的人群中,还有不少的俄罗斯人。黄龙山的旮旮旯旯里,住着不少的俄罗斯人。这些白皮肤、蓝眼睛的人,他们是从哪里来的,怎么也沦落到了这黄龙山,那时还没有人对这件事作出过解释。直到二十年后,到了1960年,苏联专家从中国撤退的时候,这些人混到专家队伍里回去了。这时人们才弄清楚他们的来龙去脉。

原来,他们是苏俄一些达官显贵的后裔。有个叫斯大林的人,在俄罗斯搞大清洗,把他们的父母杀了,把这些孩子集中到离中苏边境不远一个叫伊尔库茨克的地方,学习汉语,学习无线电技术,然后,用汽车拉了,送往中国,先从东北走,没有走通,就又从西北借了一条路,进了境。这些人是共产国际往延安送的,车到黄龙山的时候,延安方面拒绝接收,于是汽车把这些人甩在了黄龙山,成了高老汉他们的邻居。

那一天夜里,高发生老汉睡得很香。"圆房"这件事情,又叫"合铺",不比结婚,可以办得大一些,排场一些,也可以办得小一些,草率一些,高老汉把这事办得这么排场,这叫洋火,他觉得自己脸上很有些面子。

那一天晚上,新窑里的一对新人,辗转反侧,很久没有入睡。高二说:"我不想一辈子打牛屁股。我还是想出去,吃一碗公家饭,图个发展。共产党的势力大,有一天我在山上放羊,看见川道里走队伍,前不见头,后不见尾。当时我就想扔了这放羊鞭子,跟他们走!"

顾兰子热烈地说:"我支持你,绝不拖你的后腿!你去谋大事吧！我做一双千层底的鞋，送你上路！"

"那么你呢？"高二问。问这话时，他长叹一声说："你要知道，我们活得多么窝囊呀！就像三岔街上的一条狗一样，谁看你不顺眼就踩你一脚！你要生，你要死，没人管，没人问，没人心疼！"

顾兰子没有这想法，她觉得这世界已经对她够好了。她说："我要守住这个家，我要为你生一炕的娃娃！"

第二十章　革命鞋

　　顾兰子与高二圆房后几天，高大手拖一双儿女，来到黄龙山白土窑。一儿一女那时还小，高大给他们的头顶上，蒙上一层白色的孝布。见孩子披麻戴孝，高发生老汉知道老家出事了。

　　高大只说他是刀客，说这是国民党保安团造的孽，为的是要他那杆快枪。他没有提自己是地下党，也没有说李先念将军过渭河那事。共产党有一个规矩，叫："上不告父母，下不告妻子！"

　　"是那韩大麻子！这个仇要报！"快枪高大眼里火星四冒，牙齿咬得嘎巴嘎巴直响，说道。

　　"人家的势力大，我看这一口气就先咽了，十年等他一个闰腊月，有机会时再说。光棍不吃眼前亏，大小子，这一阵子，你就在这黄龙山里躲一躲吧！"高发生老汉说。

　　高大不听这话，他执意要回去。腿在他身上长着哩，他这么个大男人，要走，谁也拦不住。况且他性格暴烈，连发生老汉也畏怯他三分。既然要走，重回那是非之地，就让他走吧。

这样，高大扔下一双儿女，当窑里，就地为二老高堂磕了个头，然后独自重回关中，继续他的刀客事业。

那一双儿女哭成了泪人。高安氏踮着小脚，走过来，一手拖起一个，搂在自己怀里。孩子"婆呀婆呀"地叫着，叫得高安氏也抹起了眼泪。想起贤惠的大儿媳妇，心里汪得难受。

高安氏把顾兰子叫过来，让这一双儿女跪在顾兰子跟前。

"这是你二大的媳妇，也就是你们的新妈。以后，她来照料你们吧！"

两个孩子一个抱住顾兰子的一条腿，叫一声"新妈"。

顾兰子长这么大，还从来没有遇到这样被人重视的场合。她很害羞，害羞中赶忙答应了一声，然后俯身拖起这两个孩子。

这以后很长一段日子，白土窑很安静。虽然新添了两张嘴，可是并不显得有多少负担，米汤锅里多添一瓢水，就够两个孩子吃了。对这个千疮百孔、四壁透风的家来说，这也算不上什么太大的震荡。

倒是有一个新的震荡在等待着高发生老汉。

这就是高二已经和新媳妇商量好，他要偷偷地投奔延安了。

那时候，高二的力气已经长全，他成了这个家庭的主要劳动力，他要一走，这一方天才真正是塌下来了。

怕高发生老汉阻挡，小两口对这事守口如瓶，只是悄悄准备着。

高二比以前更勤勉了。地里的农活，他已经成了一把好手，耕地、耱地、锄苗、收秋、扬场、吆碌碡，他样样在行。到山上干活的时候，他会捎带着利用牛歇晌的时候，砍一捆柴，晚上吆着牛，背着柴回来。这样窑院里整整齐齐地码起了一垛硬柴。稍有闲暇，他还抱着一个大镢头，把前坡上的酸枣刺、狼牙刺一镢一镢地往下刨。这些柴是软柴，烧炕用的。酸枣刺、狼牙刺长着满身刺，扎手,高二就用镢头,把那些刨下来的刺棵子,团成一团,然后用镢头一点一点地砍成细末。这样新媳妇烧炕时,荆刺就不会扎手了。砍成细末以后,再将它们用镢头团在一起,砸成一个四方四正的形状,然后用绳子拴起,就背回来了。这些柴也在院子里码成一个柴垛,四方四正,像一堵墙一样。

顾兰子则将高二那些旧衣服,该洗的洗,该拆的拆,该补的补,忙着整修。大窑的柜子里有些蓝士丹尼染成的粗布,征得高安氏的同意,顾兰子用这些布,为自己男人缝了一身新。

她说过她要做一双鞋的。当上面这些事完成以后,眼看着高二离家的日子快要到了,于是顾兰子开始精心做鞋。

先收集一些破布,农村人把这叫"补拆"。把这"补拆"洗干净,晾干,然后熬一点糨糊,将那些破布片往一起贴。那一层一层贴起的破布片,叫"袼褙",而这项工作,叫糊袼褙。袼褙糊好,一片一片地贴在墙上,等它们风干。干透了,从墙上揭下来,就可以用它们做鞋底。

比画着高二的旧鞋,顾兰子先用一个白土块儿,在袼褙上画出鞋底的样子,画完以后,再用剪子铰。通常,要铰两片、三片,或五片,然后将这些片儿合在一起,上上沿儿,再用麻绳来纳。顾兰子答应过,她要给高二做一双千层底的,因此这袼褙用了五片。

上鞋底时,用一把锥子,先把鞋底纳透,再用一根针,纫上麻绳,顺着锥子,往反方向纳,这样麻绳就穿过鞋底了。过去的鞋底就是这样纳的。

在纳鞋底的时候,顾兰子以无限的爱意和无限的虔诚,给这鞋底上纳上"革命"这两个字。她不识字。她一生都不识字。虽然解放后,她进过好几次扫盲班,但是从扫盲班回来,字还是字,她还是她,谁也不认识谁。所以革命这两个字,是高二为她写下的。

绣这几个字，用的是倒钩针的方法。啥叫倒钩针？就是往前撵两针，再往后回一针，这样纳下的鞋底结实，这样即便绳头磨平了，绳子也不会绽。

那鞋帮子，用的是织贡布，一种又结实又不扎眼的洋布，这是顾兰子托了个事由，专门到三岔街上去买的。

当顾兰子坐在埝畔上，穿戴得整整齐齐的，一会儿用牙齿拔针，一会儿用顶针去顶那锥子，全神贯注地为自己男人做鞋的时候，高安氏在远处瞅着，笑成了一朵花。高家老人这时候还不知道，鸟儿翅膀已经硬了，他要出窝了。

在一个高原的早晨，太阳刚刚冒红，高二穿上媳妇为他做的新鞋，踏上了去延安的路，他将穿过三岔街，穿过瓦子街，穿过丹州城，奔向他所向往的那地方，开始他后来的人生。

男人就要远行了，顾兰子突然害羞起来。她对高二说，还有一件事情没有办。什么事儿？大事！高二不明白她的话，顾兰子说，我答应过你，要为你们高家生一炕的娃娃呢！

说完这话，顾兰子仰身躺在了炕上。

被子已经叠了，她是仰身躺在叠好的被子上的。在仰转身子以后，她伸出两只手，蒙住自己的眼睛。

这是他们的第一次。

有了这第一次以后，顾兰子才彻底地放心了。她感到自己现在真正地成了这家庭的一个成员了，她感到眼前这个男人现在真正成了她的男人了。

高二起身了，踏上了道路，一直向前走去。道路的塘土上，两行脚印留下两行"革命"字样。

第二十一章　漂泊者回家

就要改朝换代了。高村平原上那一阵接一阵的嘈杂声，是改朝换代的一种先兆，黄龙山白土窑这种过分的寂静，亦是一种先兆。欲知朝中事，先问山里人。新青年高二预感了这即将到来的变革，他搭上了最末的那班车。

在肤施城接受了三个月的培训。原来，类似高二这种向往进步向往光明志存高远的青年，有一大茬子人。培训班结业后，发了一杆短枪，高二被重新送回黄龙山，准备在这里组织群众，迎接黄龙山解放。

回到黄龙山，组织为他谋了一个差使，就是在离白土窑不远处的三岔街上收税。白天他是国民政府在三岔街上的收税员，晚上，则一个村子一个村子地走，组织农会，发动群众。他还通过关系和这三岔四周山上的几杆子土匪，也有了接触。

和高二一起分到黄龙山的，还有一位女青年，她叫虹。虹分到了另外一个乡,大约也是收税员。偶然的时候,她会在与三岔乡接壤的村子收税时,多跑两步路,到三岔街来看看高二。有几次的时候,高二还把她领回了白土窑老家,晚上,虹就和顾兰子住在一起,而高二则挤到大窑里的炕上去。

这时候在黄龙山瓦子街,曾经有过一次有名的战役。战役结束后不久,黄龙山就解放了。黄龙县政府所在地石堡镇,城门楼子上那个青天白日旗,被取下了,换成了红旗。

高二这时候武装带一扎,短枪一别,三岔街上的人才知道原来他是地下党。第一届共产党县政权成立,年轻气盛、英姿勃勃的高二,做了共青团县委书记,而那位剪着短帽盖,穿着列宁服,大脚,长腰身的虹姑娘,做了县妇联主任。

新生政权那时候为了稳固下来,需要干许多的事情。比如尽快地建立区乡两级政权,比如剿匪,比如成立农民协会,打土豪,分田地,土地还家等等。后边还有许多事情要做,但是就黄龙山区而言,这三件事当时是头三脚。

老百姓说:"头三脚难踢。"而在这头三脚中,最难踢的一脚是"剿匪"。黄龙山的土匪,老虎不吃人,恶名在外。那时这一带的土匪,大的有三杆子,也就是说有三股,中等的,有二十几条子,也就是说,有二十几股,而那小股的毛匪,人们叫它溜子,大约有二百多股。这土匪从1948年黄龙山解放开始,一直剿到1953年,才算剿完。其间发生过许多的故事,不必细表。

对于高二来说,那是一段阳光灿烂的日子。在他坎坷的一生中,这大约是他最为意气风发的几年。年轻的他以全部的热情和真诚,投入到这理想和事业中。

那时候机构简洁,吃皇粮的人并不多。因此年轻的团委书记同志以及年轻的妇联主任同志,成为这座偏远山区的著名人物,青年楷模。

团委书记脚蹬麻鞋,小腿把子上扎着裹缠,身扎宽皮带,腰里别短枪,骑一匹大青骡子,风风火火地跑遍了黄龙山的旮旮旯旯。"你的骡子屁股上也驮上个我吧!"妇联主任恰好也下乡,可以相跟着走一段路程。于是一匹骡子,载着两个人,铃铛一路响,从石堡镇街上走过。

高二喝过几年墨水,这对他眼下的工作,对他后来的命运,都有很大的影响。眼下,需要宣传,黄龙山那些大的集镇,每逢遇集,常常有一个现代青年,在墙上用笤帚蘸着石灰水,刷标语,什么"人民政权为人民",什么"土地回家,人民做主"等等,一笔大写沉雄有力,博得赶集的四邻八村的老百姓一阵喝彩。而那现代青年的后边,常常会有一个剪着短发的姑娘跟着,那头发一甩一甩,煞是好看。那姑娘是当下手,她的手里提着一个小木桶,那木桶里盛的是写字用的石灰水。

在这样的日子里,顾兰子怀孕了,她的身子开始显形。

委实说来,城里那天翻地覆的变化,对于白土窑来说,影响并不是太大。人们就像迟钝的牛,照样闷着力气干活。早晨穿上衣服下地,这一天开始,晚上脱了裤子上炕,这一天结束。改变是在进行着,不过很慢,还是水过地皮湿而已。

对白土窑来说,引起这地方最大的震荡的倒是另一件事情,那就是这些住家户们开始一户一户地撤退,往他们的老家迁移了。黄龙山解放得早,山外那些平原地区解放得晚。哪一块地方一解放,籍贯是那地方的移民,就开始收拾家当,往回赶,赶回去参加土改,分田分地分浮财。在那邮路迟钝、交通不便的年代,谁知道这些人家是怎么知道那山外的消息的。

开始是一户一户地搬,后来是一个村子一个村子地搬,那些河南庄子、山东庄子、安徽庄子,昨天还冒着炊烟,鸡叫狗咬的,今天这整个村子就空了。人去窑空,整个村子只剩下个空壳。

河南人性子野,爱挪动。黄河花园口决口后漂泊到陕西的这黑压压的一茬人,基本上都在这黄龙山待过,但是真正能安安稳稳住下来的并不多。一部分我们知道,是死了,死于这种可怕的瘟病"虎列拉"。还有一部分人,在这黄龙山里被窝还没有焐热,就又跑。西京城里修火车站,火车站以北那地方叫"道北",一个拉扯一个,黄龙山的好多河南人后来又跑到了那里,在那里搭个柴草棚子,捡垃圾,当乞丐,男人给人做小工,女人给人做奶妈,在那地方从城市贫民做起。剩下这第三拨河南人,现在也可以挪窝了。

高发生老汉性子焦,好动,好赶潮流,看见左邻右舍一户一户腾空了,心里也就萌发重返高村的想法。他让三小子回家一趟,去找高大,问问家乡的情况。三小子回来后禀报说,高村那一片平原,也已经解放,高大现在正风光着,他现在地下党的身份已经公开,是共产党县手枪队的队长,还兼共产党县委书记的贴身保镖,长枪短枪身上挂了两件,走到哪里,一呼百应,煞是威风。

高老汉听了,心中欢喜,决心二返长安。谁知话头刚一说出,高安氏反对,说是顾兰子就要生了,路途颠簸,出个事怎么办,须得等这孩子生了,过了满月,再动身不迟。

这话说得在理。于是白土窑这一户人家,暗暗地做些离开前的准备,能卖的家当,给几个钱,就卖了,两头耕牛、一头拉磨的驴,也慢慢地踏摸着买家,准备出手。如果实在卖不了了,逢三岔街赶集,到那牲口集上,换两个钱了事。

为啥说"暗暗地"?这里面有个讲究,虽说黄龙山已经解放了,那"虎列拉"瘟病,依然存在,所以你说走,你抬脚就得走,稍一迟延,那瘟病就找上门来了,上吐下泻,一时三刻就没有人了。所以黄龙山住户，忌讳说这个"走"字。此其一。

其二，那时黄龙山土匪，依然盛行，你要说"走"，难免隔墙有耳，让那土匪的眼线听到了，在你走之前，再来骚扰一次。

主意拿定，高家上下，只作准备，不去张扬，单等顾兰子十月怀胎，一朝分娩。

那年秋天，秋庄稼快要成熟的季节，顾兰子生了。白土窑里传出一声婴儿的啼哭。"是个女婴。满打满算只有一拃长，像个猫儿一样！"高安氏从炕上捞起这个孩子，说。

那一阵子高二正在西京城里的西北团校上学习班，赶不回来，他委托妇联主任虹同志，带了两斤红糖，来看产妇。

孩子满月以后，白土窑这一户高姓人家，动身别了黄龙山，开始返回家乡。高发生老汉这次有了教训，全部家当变卖的那几块光洋，不敢显摆了，也不敢往身上揣了，他那独轮手推车的把儿上，原先就掏着个洞，现在，将光洋放进去，再用木楔子将洞塞上，神不知，鬼不觉。行走起来，手推车把儿就在自己手里攥着，倒也踏实。

那窟窿钻得大了一些，高安氏从大襟袄里，掏出一团黑乎乎的膏药一样的东西，让老汉也给她放进去。那是大烟土。在黄龙山这个天不收地不管的地方，那时家家都种大烟土，用它来换些油盐酱醋。这大烟土当然不是为高发生老汉准备的，他那时候已经戒烟，这"土"是高安氏的私藏，它是一味药，治个头痛脑热、感冒咳嗽的十分灵验。莫忘了，这老太太还是半个医生。

这次回程，没有走石堡镇，去取黄河白马滩近道，而是从白土窑往西南方向走，穿过黄连河，经过洛川塬，从金锁关下关中。这一条路是大路，太平一些。

即便如此，路途上仍有几股土匪挡道。

每逢这时，高老汉便做出一副可怜相来，鼻涕一把泪一把，净诉些平生的冤枉。土匪们见这一班人，老的老，小的小，一群屎娃病老汉，穿得连讨饭吃的都不如，也就放他们一马。那时候新生政权已经成立，土匪们对此也有一些忌惮。

所以一路无事。出金锁关时，一路下坡，那独轮车子，轮子转得更欢了，正是此时这一行人的心情。那独轮车儿又叫地老鼠车儿，只要推车子的后边把手把扬起，前面的车头就一个劲儿往前拱，像老鼠拱地一样，所以叫地老鼠车儿。高发生老汉推车，车上坐着个小脚高安氏，高安氏怀中抱着刚满月的小孙女，顾兰子迈着一双解放脚，苍白着脸儿跟在后边，再下来是背着褡裢的高三。高三往后，是四女，四女后边，我们知道，是高大的那一双儿女了。

出了金锁关，进入关中平原，眼前豁然一亮。高发生老汉，提一提嗓子咳嗽两声，算是叫板，而后，苍凉的大秦之声起了。他唱的仍是亡命黄龙山时唱的那个老调调：

  出了南门上北坡，
  新坟倒比老坟多。
  新坟里埋的是光武帝，
  老坟里埋的是汉萧何。
  鱼背岭上埋韩信，
  五丈原上葬诸葛。
  人生一世匆匆过，
  纵然一死我怕什么？

歌声豪迈、坚定，充满自得之色，高发生老汉对即将到来的新生活，充满了一种焦渴的期待情绪。

第二十二章　一纸休书

说话间高发生老汉回到高村，已是三年时间。三年间外边的世界在天翻地覆，高村的世界也在天翻地覆。

首先是土地还家。家里分了一块老崖上的好地，又分了一块渭河边上的滩地。崖上的地，老汉让他长满麦子，长满苞谷，两年三熟。河滩的地，原先就长着些胳膊粗的榆树，老汉给这榆树的空隙里，再栽一些桃树，桃树结果早，三年就可以吃到嘴里了，地面上，再种些花生。花生喜欢沙地，渭河漫水了，这花生还可以照样有收成。不是高发生老汉有学问，是这渭河畔上的人家，世世代代都是这么做务的。

高家的成分被定为贫农。这成分有许多等级，最好的成分是贫农，依次是下中农、中农、上中农、富农、地主等等。当然，还有个比"贫农"这个成分还要好的，那叫"雇农"，它通常是指给地主扛活的长工，评判它的标准是"上无片瓦，下无立锥之地"。

高村把"雇农"这个成分，给了一户给地主扛活的长工。这长工姓王。从理论上讲，长工可以回原籍去分地，也可以在自己扛活的这个村子落户。王长工选择了后者。这样，高村这几千年来清一色的同姓村，有了第一个杂姓。

全家人都说，家里的成分被定为贫农，这得感谢高发生老汉的抽大烟。几十亩上百亩良田，就是让他用烟泡吹掉的。幸亏没有地了，要不，背上个不好的成分，这得给后来的这一大家子人，带来多少麻烦哩！大家说，这是高老汉这大半辈子，干过的一件最赢人的事情！

高大这个时候已经从这个家中出走。

不知道什么原因，他那县手枪队队长的差使，只干了一段时间，就辞职回家，脱下二尺五，重新穿上农民的衣服了。他自己的解释是，不爱江山爱美人，他瞅下了一房媳妇，要搂着她，去过那逍遥日子。渭河下游的一个村子里，一位富户死了，分田分地分财产，高大赶到那里，分了这富户的漂亮媳妇和一院庄子，就移居到了那里。

高大是以"入赘"的形式移居那里的。因为只有这样，那个同姓村落才能接受他。所谓"入赘"，就是说是做上门女婿，将来有了孩子，这孩子得随娘姓。这样，才不至于令这个同姓村子出现杂姓。高大当时是答应了，但是后来又变卦，当孩子一个接一个地出生时，那姓都随了他。也就是说，高家的一支，就这样又在渭河下游蔓延开来。高大是个强人，遇事强出头，他这样做，旁人不敢吭声。

高大走时，高村村口上，两个孩子，一人抱住高大一条腿，嘴里"大呀""大呀"地叫着，不让高大走。高大硬了硬心肠，先飞起一脚，把男孩踢在路左边，又飞起一脚，把女孩踢到路右边，然后撩开两条长腿，自顾自走了，再也没有回头。

我们的顾兰子回到高村以后，经过这平原的柔风细雨的洗礼，已经出脱成一个丰满和成熟的女人了。她的脸上挂着满足的笑容。她仿佛一个在旋涡里搏斗了很久，现在终于攀上了岸的水手，那眼神中虽然还时有惊恐，但已经镇定和从容得多了。高村的人们时常看见一个妇女，在田间地头，在屋里屋外忙着，一个小女孩拽着她的大襟袄的后襟，像尾巴一样跟着她。这妇女就是顾兰子。

顾兰子在努力着，让自己成为一个高村的女人，一个平原上的女人。当年那两个羊角小辫，现在已经改成了剪发头。和公家人的短帽盖不同的是，这剪发头的一边，用一根夹子夹起，这一绺头发另成一撮。这是平原上那些已婚妇女那时的头饰。

这三年中，她害过一场病。这病很奇怪。她的脖子上，平白无故地肿起一个疙瘩。这疙瘩一天一天地长着，最后像一个碗一样地扣在她的脖项和腔子的连接处。平原上的医生不知这凭空长出的东西是什么，他们没有见过。其实，这是黄龙山岁月留给顾兰子的纪念，它叫瘿瓜瓜，黄龙山的水土的原因。在那里，每个自然村都有不少这脖子上扛一个大瘤子的人，其间以妇女居多。

平原上的医生不知道这是什么病。他们用火针扎，用艾绳灸，用燃着的白酒烤，用针来刺。针刺以后，有一些脓血流出来，后来加上针灸，这疙瘩慢慢地消了，缩成一团，最后只给这脖子上留下不明显的一点瘢痕。平原上的医生自作聪明，说那叫"老鼠疮"。

顾兰子的肚子，在圆过一次以后，这次又圆了。这期间，高二回过几次高村探亲。这是高二探亲的一项成果。农村女人不比城里女人那么金贵，农村孩子也不像城里孩子那么金贵，这孩子说生就生，无论是田间，还是地头，或者锅台边上，或者碾道窑里，女人裤带一松，孩子就生下了。

顾兰子没有忘记新婚之夜，她给高二的承诺。她承诺过要给高家生一炕的娃娃的。可怜的女人这时候还不知道,一场厄运正等待着她。

眼见得高二媳妇的肚子一天天显形,世界上最高兴的人是高安氏。头一胎生下来个女孩,这叫她不免有些遗憾。这一次,高安氏断定说,是个男孩。高安氏说:"顾兰子的肚子,是个尖的,这是叫那男娃的鸡牛牛顶的!高家传宗接代的人来了,让我先为他的到来烧一炷香去!"

这样,双身子的顾兰子,在这一段时间里成了这一家的宠物,地是不能叫她上的,怕弯腰窝了那肚子里的孩子,家里的一应家务,也尽量让她少干,拉拉风匣,烧烧开水,坐在二门口去择择菜,这些轻活她可以稍微干一些。顾兰子说一句想吃酸的,高安氏赶快打发孩子到老崖上去,摘一把酸枣;顾兰子说一句嘴里没味,高安氏在打理饭菜时,偷偷用筷子头蘸一滴香油,调到顾兰子的面条碗里。

这是高村平原一个平常而又平常的日子。顾兰子坐在家门口那棵著名的老槐树下,正缝缝补补,给有一天出世的那孩子做衣裳。掐指算来,临盆的日子会在这年冬天最冷的时间,因此,现在顾兰子做的是一身小棉袄。

一切都要用旧的,这样孩子穿上才会舒服,才不会长痱子,所以顾兰子把自己的一身旧棉衣拆了,洗净,裁小,现在给孩子做成棉衣。那装棉衣的棉花,也是用旧的最好,因此顾兰子也是用的她的旧套子,只是用手,将那套子撕得蓬松一些。

这地方眼界高。搭眼望去,东边是一望无际的青纱帐,西边是高高的老崖,老崖下一个坡儿,过几里滩,就是渭河水。当年支大舍锅时,这渭河水在老崖根上,如今,它已经改道到快到对面的老崖根了。三十年河东,三十年河西,这大约是个规律。村上的老年人说,那河水现在又该开始往这边崩了。

做着衣服的顾兰子,唱起口歌:

> 我妈嫌我清鼻(涕)多,
> 把我卖给窑窝坡。
> 窑窝坡,恶狗多,
> 三嫂擀面我烧锅。
> 我把锅——烧煎咧,
> 三嫂把面——擀端咧!

这歌没有任何实际的内容,它只是口歌而已。在这块平原上,男人有男人的歌,女人有女人的歌,孩子有孩子的歌,老人有老人的歌。而顾兰子唱的这首,是那些世世代代相传的女人唱的歌。

这时一阵嘈杂声打断了平原上的寂静,也打断了顾兰子的歌声,原来,是城隍庙里放学了。三三两两的孩子,嘈杂着,从顾兰子跟前走过去。孩子们也在唱歌,他们唱的是那富有时代气息的进行曲,"雄赳赳,气昂昂,跨过鸭绿江"。

该做饭了,顾兰子将缝成一半的小棉袄叠好,放回针线笸箩里,又从手指上卸下顶针,然后扶着树,站起来,准备回家做饭。在这块平原上,小学生的放学时间,就是女人们开始做饭的时间。上炕剪子下炕镰,每个女人都是这样子的。

这时几个小学生走到顾兰子跟前,其中一个给顾兰子敬了个队礼,然后把一个纸片包着的东西递给顾兰子。"你的信,兰姨!"小孩说。信在那时候还是个稀罕之物,农村人家,很难得有信的。信件通常是由邮局送到乡上,乡上送到学校,再由学生带回来。

这是来自黄龙山的信。是自家男人寄来的。信过去时常有,几个月半年就有一封,不过这次的信有些特别,特别在哪里呢?就是有些厚,有平时两封的分量。顾兰子有种不祥的预感。她是个睁眼瞎子,认不得字,把信对着阳光透了透,就小心地放进针线笸箩里,谢过小学生,回家做饭。

等到吃罢饭,洗完锅,顾兰子在围裙上擦了擦手,瞅高发生老汉在那里坐稳当了,便去针线笸箩里,将那封信拿出来。

"大,黄龙山来信了!——平安家信!"顾兰子将信在围裙上再擦一擦,防止路途上沾上土了。而后,两手握信的两头,端给发生老汉。

发生老汉每当见有高二来信,便是一脸的得意之色。这次也不例外。"平安家信!这狗日的来信报平安了!他还记得这个家!"高老汉接过信,横了一眼信皮说。

发生老汉先不急着看信。他燃上一锅旱烟,用火镰打着,先有滋有味地吸上一口,再吸一口。势扎得差不多了,见顾兰子在旁边,眼巴巴地看着他,于是腾出手来,戴上老花镜,扯开信皮,让顾兰子掌着一盏清油灯照着,他则摇头晃脑,扯着公鸭嗓子,像私塾里背课文一样,一字一顿念起来:

父亲大人台鉴:

  见信如面。孩儿这里叩首了。古来忠孝不能两全。孩儿公干在身,不能报哺育之恩,每每念之,不胜唏嘘。每月所捎之一点零钱,乃是津贴所省,寄回高村,聊补家用。孩儿今天来信,只为一事,即孩儿与顾兰子的事实婚姻一事。童养媳制度,乃封建之残渣余孽,民间之陈规陋习。目下正是宣传婚姻法、实施婚姻法之运动高潮,我乃国家干部,须从自身做起,己不正,焉能正人?故此,特提出与顾氏兰子解除婚约。兰子愿住高村,愿回河南,愿守空房,愿另嫁他人,悉听自便。孩儿端了公家人的饭碗,身不由己。乞父母高堂海涵,并告知大哥、小弟知道这事。言不尽意,就此搁笔。不肖高二。年月日。

高发生倒核桃倒枣儿一样,滔滔如泻,一路念出。他光顾着炫耀自己的口才,欣赏儿子的文笔,那信的内容,倒是没有从他的脑子过。

信已念完,见顾兰子在旁边,面如死灰,像被雷击了一般,高老汉这才想起分析这信中的内容。他一目十行,将这信又浏览一遍,末了,大叫一声:"狗日的老二,心瞎了!"

那高安氏在旁边,倒吸两口凉气,骂道:"我早知道有这么一天的!这瞎东西!"高安氏这时候想起了那个虹姑娘。

高安氏搂住顾兰子说:"兰,你不要害怕!咱们不认这个儿,认媳妇!从此你就住在咱家里,做咱家的人!看谁敢把你撵出去!"

顾兰子轻轻推开高安氏的手,她趋前一步,跪下来。顾兰子跪在高发生老汉膝下,说:"大,还有一封,你继续念!"

这一封是休书。毛笔字写的。信很短。高老汉摸摸索索,真的又从信封里摸出这休书来。念不念呢?他看了看高安氏,又看看顾兰子,不知道是念好呢,还是不念好呢?

"念!"顾兰子两眼熠熠发光。

高安氏在旁边说:"既然兰子叫念,那咱就念吧!他都敢写,咱还有不敢念的!唉,瞌睡总得眼里过,长痛不如短痛。念吧!"

"休书!"高发生老汉清了清他那公鸭嗓子,开始念。这次声调低多了,也没有了那刚才的激情与自得。"叫我嘴咋能张开哩!叫我这张老脸往哪搁哩!"老汉伸出一只手,象征性地一左一右扇

了自己两耳光,叹了口气,念道:

休 书

　　高二与顾兰子的婚姻,既带有童养媳性质,又属于没有进行过合法登记的事实婚姻。

　　基于《中华人民共和国婚姻法》之某条某款之规定,高二同意与顾兰子解除婚姻关系。孩子咪咪的去留,由顾兰子自己决定。以后双方婚否自便。另:对顾兰子这些年的操劳家务,给予高度评价。高二。年月日。

休书念完了。

四周是一种死寂般的静默。平日围绕在这高家院落那棵枣树下的欢歌笑语,如今没有了。人人面面相觑,不知道说什么才好。

"孩子,你是个双身子!看在孩子的分上,你千万不要动气。那样会伤了孩子的胎气!"高安氏说。她不敢看顾兰子的眼睛,脸对着顾兰子,眼睛看着自己的胸前,说。

顾兰子突然哭起来。第一声,像开水瓶的瓶盖腾起来一样,胸部"嘭"的一声。这一声叫起,接着就惊天动地地哭起来。

哭声中,她扶着自己的膝盖站起来,伸手从高发生老汉手里拿过那份休书,然后车转身子,捧着肚子,向自家屋里跑去。

"快去哄哄你二嫂子!她有身孕!"高安氏指拨四女,去撵顾兰子。

没等四女到跟前,顾兰子已经进了房门。她"嘭"的一声,把门关死了。任凭四女在外边叫门,始终没有开。

第二十三章　入社·盖房·生娃

　　顾兰子把自己关在厢房里，关了三天三夜。这三天她滴水未进，眼睛直瞪瞪地瞅着屋顶，看那椽杩眼。三天中间，任凭外面地陷天塌，她都不管。三天过后，她平静了下来，那神色，大约是已经接受这个现实了，或者说已经接受这个打击了。只见屋门"吱呀"一声，顾兰子走了出来。

　　顾兰子先打了一盆水，洗了把脸。洗脸后，给灶火里添一把柴，拉动风匣，要给自己做点吃的。高安氏见了，上去帮忙，她只让顾兰子拉风匣就行了，案上锅上的事，由她忙乎。一会儿工夫，一碗热腾腾的面条就端上来了。高安氏狠了狠心，从鸡窝里取了个蛋，打进锅里。这叫"荷包蛋"。

　　瞅着顾兰子吃饭，高安氏赔着小心，在一旁说："娃呀，你可千万不能往坏处想。脚下道路千万条，哪一条都可以走，但是有一条不能走，这一条走了，就回不了头了。娃呀，你还没有活人哩！

别人不爱你,你得爱自己,你得珍惜你自己!"

顾兰子停住筷子,认真地说:

"妈呀,你老人家就放七十二条心吧!我不会寻短见的。新社会这么好,我还没活够哩!我睡在炕上,左想右想颠倒想,都想好了,等把肚子这块累赘生下来,我就走,离开高村。"

"你去哪里呀,好娃哩。世界虽然大,可你两眼墨黑呀!"

"我都想好了——回河南!扶沟老家那个顾村,一村子人都姓顾,都是我的本家,近门子的也有。我投靠他们去。能赶上分地,就分些地,赶不上的话,两个肩膀抬一个嘴,走到谁家,吃到谁家!"

"这倒也是个没有办法的办法!"

"不要怨他。大家都不要怨他。我不怨,你们谁也不要怨。他是个好心眼的人,又有文化,他该有大的前程的。金瓜配银瓜,西葫芦配南瓜,自从虹姑娘在白土窑一出现,我就明白他的心已经走了。我迟早得给人腾地方。唉,人在事中迷,尤其是这一类事情,由不得他!"

顾兰子说这些话时,大约有些言不由衷。她的眼圈红了,用袖子揩一把泪。

顾兰子的话,让高安氏宽慰,宽慰之余,也叫她有些吃惊,她想不到,平日从不在人前高言一句,整天像个哑巴牲口只知道干活的顾兰子,竟有这样的心智!

"先不急,孩子!事情还有余地,走一步再说一步吧!等到高二回来,为娘的当面锣,对面鼓,再劝一劝他!"

顾兰子凄惨地笑一笑。

连高安氏也觉得自己的话,实在是没有分量。她有些害羞。

这时候大门一阵响,风风火火地闯回来个高家三掌柜,从而让这婆媳俩,中止了谈话。

高大走了，高二也走了，在20世纪下半叶这几十年中，渭河畔上这户人家的天空，甚至高村平原这一片天空，将由这个叫高三的男人撑着。世事轮流转，现在该他出头。

高三成为新生政权在农村的积极分子，群众基础的一部分。在就要开始的农村合作化进程中，从初级社，再到高级社，再到人民公社，包括后来的"大跃进""四清""社教"，他都是积极分子、骨干。他曾经长期担任大队干部，一直到最后去世。他的真诚、热情、宽厚，在这块小小的平原上，熬得了好乡俗。

那一年，他响应政府"深挖土地"的号召，从自己家老崖上的那块地翻起。地翻得太深，将底下的生土都翻出来了。高安氏到地里去送饭，她嘲笑说："娃呀，你这不是翻地，是打井。咱俩打个赌，今年的秋庄稼，肯定好不了！"眼下我们说顾兰子这个事情的时候，时令已经是深秋了。高安氏的话果然说准了，老崖上的那一地苞谷秆，长得稀稀拉拉，秆上抱着的苞谷娃，也比别人家的小了许多。高发生老汉站在地头上哭丧着脸，估算了一下，说能收个五成，就不错了。

眼下，高三这小子风风火火地回来，又为啥事哩？原来，他刚到乡上参加了个农村积极分子会议。中国农村将要发生一件大事。现在只是动员，随后将要一步一步地实施，这事情就是"入社"。

在土地还家三年以后，决策部门决定效仿苏联"集体农场"的经验，让农民以自愿入社的形式，将土地、耕牛、农具重新归拢到一块，成立一个农业生产合作社的组织，开始社会主义大集体的岁月。农民入社时的土地、耕牛、农具将被折合成股份，参加一年一度的分红。

这场运动将迅速地推展开来，触角将触及农村的每一个角落。当然也包括高村。所谓的"入社自愿，退社自由"这个宣传口号，仅仅也只是一个故作姿态的口号而已。潮流者浩浩荡荡，顺者昌，逆者亡，这场被称作"农村社会主义建设新高潮"的运动，迅速在各地推开。

高发生老汉其实早就听说过这件事情了。距高村十五里地有一个集镇，他赶集时听人说过。虽然知道这股风迟早要来，但是现在小三将这个消息带给这个家庭，仍然引得他深深地震动。得到土地的喜悦还没有平息，现在又要失去它。那一天晚上全家都很沉重，这种沉重丝毫不亚于黄龙山那封信。

第二天，高发生老汉先到老崖上那块地看了看。这是一块"装水地"。啥叫装水地呢？平原上的地，看起来都很平，其实是大平小不平，浇地的时候，有的地是跑水地，水咣当咣当地从这头走到那头，虽然当时好浇，但是是水过地皮湿而已。有的地是装水地，水缓慢地流着，每个庄稼苗跟前停一下，水头缓缓地往前走，地拼命地吮吸着，这一趟浇下来，顶住那跑水地浇三遍。

怀着一种复杂的心情，高老汉在地头上割了几把草，然后离开，去看他滩里的地。

勤快的农民，他只要下地去，手里永远是不会空的。他的肩膀上会背一只笼，手里拿把镰刀或小镢，夏天的时候，捎带割几把牛草或羊草，冬天的时候，用小镢搜腾一点苞谷茬、棉花秆，或者路旁的干牛粪，拿回家里烧锅。

他从老崖上下来，顺一条斜斜路，向渭河边走去。他的地很远，足有两三里路，就在河边，都快要抵住对岸的老崖了。这里是渭河下游，渭河走到这里的时候，河床又拐了个弯，因此扯得更远了。

花生已经刨了。那些小桃树明年将要挂果。民谚说"桃三杏四梨五年，要吃核桃得十五年"。高老汉走到桃树跟前，感慨地望着这胳膊粗的小桃树。前一段时间来看它们时，他嘴里还直流涎水，想到明年就可以吃桃了，现在他觉得它们很陌生。有一些小桃树的三角杈上，架着些土块，这是去年小桃树越冬时，他给架的。据说，冬天里怕这小桃树冻了，架些土块在树上，树感觉到了压力，负重的它冬天里就能耐冻一点。高老汉从树杈上拣起一块土块，他现在觉得自己冬天里的举动很可笑，它们现在已经不需要他的呵护了。

最后，高发生老汉把目光停留在那些榆树上。

他决定在入社前，将这些榆树砍倒，给自己盖三间门房。这些榆树已经有两把粗了，可以做椽了。

盖房是一个农民一生中最大的一件事。一个农民，其实一生只干两件事，一是盖房，二是给儿子问媳妇。人们除了填饱肚子以外，锅里省，碗里抠，攒下一点积蓄，通常都用到这两件事情上，有人曾感慨地说，一个人一生倘若不用盖房，那是一种福气。

高发生老汉早就有盖房的想法了，黄龙山归来，腰里有几个积蓄，这两年，又省下了一点。他之所以迟迟没有乍舞这事，是因为拿不定主意，是先给三小子问媳妇呢，还是先盖房？这下好了，入社这件事，促使他下了决心。

高老汉将自己的想法说出，博得了全家的赞同。这样，老崖上的这户人家，从这时起人人开始激动起来。首先请一些本家来帮忙，伐倒这河边的树，拉回来，去皮，让它先干着。接着又从老坟里，刨来几棵柏树，将来做檩。梁没有，老汉绕着村子，转了几圈，瞅好几根做梁的材料，跟主家把价钱谈妥了，开始伐树。盖房还要有一些木板，将来做门，做窗，做房顶上篷的绽子，老汉绕着门口那棵老槐树，转了三匝，不忍下手，最后还是放弃，这板材他想另外的办法。

秋庄稼收罢，麦子种到地里以后，一直到年关，这一段时间叫"冬闲"。高村上下，大家一齐帮手，木匠盖房，泥水匠垒墙上瓦，铁匠打铆钉，眼见得不到一个礼拜的工夫，三间大瓦房立在老崖畔上这户人家的前院了。

上房梁需要举行一个仪式，还要响炮庆祝。那房梁上，通常还会用红纸写上"安房大吉"字样。这是请"房神"入驻。农民们认为，世间万物，那里面都有个"神"佑护着，房子一旦盖好，成了成物，就该请一个神来护宅了。

这一天，房梁上了，鞭炮响过。这表示这座房屋就算成了，剩下些细节，慢慢拾掇。高老汉设宴，请大家吃饭。席间，老汉是太累了，迷迷糊糊地正吃着就丢开了盹，用老汉自己的话说，是梦见周公了。这时，从上房里传出婴儿的哭声，哭声将高发生老汉惊醒。

"掌柜的，兰生了，是个长鸡牛牛的！"上房门一响，高安氏站在台沿上，喜道。

"这孩子就叫'建'吧！纪念新盖的这座房子！"高发生老汉说。

第二十四章 走河南

那一年倒春寒。春天来得很晚。到了六九头上，渭河的冰才化了。开河时节，冰凌流下来，在渭河高村段搭起一座高高的冰桥。夜来，冰碴子拥在一起，挤挤撞撞，发出震耳欲聋的声音，平原上几十里外都能听到。

顾兰子是在六九头上走的。按照她的想法，孩子过完满月，她就动身回河南。可是天太冷，冻得人不敢出门。高安氏既担心顾兰子，也担心吊在奶头上的孩子，一劝再劝，所以顾兰子的行程，也就推迟了一些天。

这三间大瓦房，掏空了老崖上这户人家的所有积蓄。攒了好些年的这一股邪劲，这一下子也就全发了。高家人将重新捂紧口袋，再慢慢地熬日子，恢复元气。

面对顾兰子的离开，高家老爷子曾经有过一个说不出口的想法，这就是让顾兰子给高家老三做媳妇，这样，找不下媳妇的高三,就算有个交代了,而且,还会省下一大笔财礼钱。当高发生老汉吞吞吐吐,把这个想法说给顾兰子的时候,顾兰子惨然一笑说:"这事能做吗?"说话时一脸凝重。见顾兰子这样说,高老汉也就放弃了,他象征性地扇了一下自己的嘴巴说:"那么,就当这话我没说。"

顾兰子要走了。全家人商议的结果是,大女儿咪咪留给高家,正在吃奶的那个名叫"建"的孩子,由顾兰子带走。顾兰子回河南,举目无亲,两眼摸黑,加之大人孩子路途上也需要照顾,所以委派高发生老汉作为代表,务必送顾兰子一程,直到找到扶沟县,找到顾村,把顾兰子交给她的顾姓本家,方可弯身回来。

这一天的天气真好,太阳一早就从平原东头升起来了,像个红坨坨。顾兰子走前,从她的花格包袱里,取出整整齐齐的一摞鞋,一双一双,用一根麻线绳子连起,合扣着,防止倒混。这鞋子是她在怀孕的日子里,不能下地干活时,坐在烧火炕上做的。高家上上下下,老老少少,人人都有。包括那个已经入赘到外村的高大,包括那个卖了良心的高二。她说这是她给这个家庭留下的一点作念,她感激这块平原收留了她,感激老崖畔上这户人家收留了她。

车轮启动了,"咯哇咯哇"的声音,响彻了高村上空的这一片平原。这是一辆牛车,槐木车轮,枣木车轴,榆木车辕,平原上的一件老古董。它最初是一户地主的,后来分给了农民,现在则入了社。这车,是农业社专门派的,年底从高家的劳动工分中扣除租车费用。

不大的车厢里挤满了人。车"咯哇咯哇"地叫着,顺着渭河往上走,他们将要走将近二十里路,到陇海线上,在一个叫弯李马的村子,搭乘火车。高村的老老少少都来送行,为这个苦命的顾兰子,拾起袖子揩一把眼泪。

渭河在车的右边缓缓地流动着,唱着它的千年不改的歌声。车子的"咯哇咯哇"的声音,从这些平原上的村子中间穿过。这些村子有樊村,胡村,刘村,赵村。那个"胡村",就是李先念将军过渭河的那胡家滩。他们还穿过一条细细的水流,那条河叫"戏河",是渭河的一条支流。

弯李马车站到了。车站建在一座老崖的下面。这大约是当时陇海线上最小的一个车站。现在这个车站已经取消了。在陇海线"裁弯取直"中,裁掉了弯李马这个湾子,铁路线从老崖上面通过了。

顾兰子从小姑子桃儿的怀里,接过孩子,准备上车。高发生老汉背着顾兰子的花格老布包袱,脚扎裹缠,鼻子上架着二轱辘眼镜,一副出远门的样子。三小子手脚灵便一点,去那个简陋的候车室买票。一同来的,还有咪咪,那个在黄龙山出生的孩子。那一年她三岁。

咪咪大约预感到了什么。她挣脱高安氏的手,过去拽着顾兰子的袄后襟,不让上车。见状,高安氏挪动小脚,走过来,拉住咪咪。

"咪咪,我新教给你的那首口歌,你学会了没有?学会了!好!那你给妈妈唱一遍!"

三岁的咪咪于是松开衣襟,站在铁道旁边,摇晃着扎着羊角小辫的小脑袋,两手叉腰,开始唱:

咪咪猫,上高窑,
金蹄蹄,银爪爪。
逮住老鼠是好猫,
不逮老鼠是孬猫。

听着咪咪的尖声尖气的歌唱,顾兰子再也噤不住了,她背过脸去,"哇"的一声哭了。

这时候小三手里捏着两张车票,出了候车室,来到铁路边。小三子的出现令这场面没有继续下去。

顾兰子在高发生老汉的陪同下,上了火车,在她背后,高安氏朗声说道:"兰,好孩子!什么时候你想回高村,你就回来。你回来,那新盖的三间大瓦房,就是你的!"

正在上车的顾兰子回过头来给一个泪脸。她点点头表示感谢。

火车只在这个小小的车站,停了大约三分钟。停留以后,它现在"吭哧吭哧",一声长笛,又要启动。隔着窗户,顾兰子向窗外招了一下手,示意他们回去。然后,火车就过去了。眼前只剩下这个冷清的小车站,和卧在地上的两条铁轨。

高村这一行人,直到看到火车走得不见影子了,再重新坐上牛车,弯身回来。高安氏对咪咪说:"路过戏河桥的时候,我到河滩上拣些石子去,等今年新麦子下来了,给你打石子馍吃!"

列车"咣当咣当"地响着,过潼关,过洛阳,过郑州,驶向豫东大地。顾兰子将在一个叫许昌的地方下车,然后改乘汽车,到达扶沟,到扶沟城以后,找一架牛车,拉着她去寻那个名叫"顾村"的地方。

那一年顾兰子二十一岁。她不会认字,但是会算数,她掐指算来,从六岁离开家乡,到现在(1954年)已经十六年了。这十六年中经历了多少的事情呀!列车上,这位黄泛区的女儿在努力地回忆着往事。

那像许昌城城墙一样高的黑压压的水头,席卷着向村庄压来。命运就是在那一刻改变的。一些人上了房顶,后来在洪水的浸泡下,土墙慢慢地塌了,房子跟着倒了,这一家于是被洪水吞掉。有的人家甚至连房顶也没能爬上去,就被洪水连房子带人一起推走了。他们家是怎么逃出来的呢，顾兰子努力地想，怎么也想不起来。直到后来他们千辛万苦，找到顾村，找到一户门前有一棵大皂角树的人家时，顾兰子才突然想起，他们全家是趴在这棵皂角树上的，直到后来这水头过去，水势慢慢地弱了，变成了死水，他们全家才从皂角树上一个一个地爬下来，找到水面上漂着的一块门板，然后，孩子坐在门板上，大人在水里凫着，推着门板，走了不知有多少路程，才见到了陆地。

水面上漂满了死人、死牛、死猪、死羊、死狗、死鸡。随着水慢慢地减少，这些死尸后来漂到低洼的地方，就不动了，留了下来。那一年的太阳真毒，一轮大太阳，在头顶上悬着，照着这苦难的豫东大地。死尸经太阳一烤，散着刺鼻的臭味。臭味弥漫在豫东大地上空。

走到陆地上的时候，全家人在地上躺了很久很久，然后爬起来，跟上那些逃难者一起走。逃难的人群议论说，这场大洪水，是国民党炸开了黄河花园口，来挡日本人的。仿佛为了验证这句话似的，这时他们的头顶出现了国民党"青天白日满地红"标志的飞机。飞机在他们的头顶盘旋了一阵，就掉头飞走了。

顾兰子一家跟着逃难大军，先到郑州城，在那里沿门乞讨。在郑州城延挨过一些时日之后，又往西走，到了洛阳。在洛阳城又延挨了一些时日，这时黄河已经结冰了，可以走人了。逃难的人群一个传一个，说国民党政府在陕西一个叫黄龙山的地方，设了移民设治局，到那里去或许可以逃一条活命。于是这蝗虫一样的逃难大军，扶老携幼，又从黄河的浮冰上颤颤巍巍地走过，到了陕境。

如今，当列车"轰隆轰隆"地从黄河大桥上穿过的时候，我们的顾兰子记起，他们全家曾经在河的这边，一个叫澄城的地方住过三个月。那时一家地主要收一个短工，于是顾兰子的父亲便脱离了队伍,将全家安顿在澄城县城外的一个破砖瓦窑里,自己去给那户地主扛活。

那么,为什么没有能在那个叫"澄城"的地方落住脚呢?顾兰子努力回忆着,后来她想起来了。一天晚上的时候,父亲担水,从这户地主的窗前经过时,听见里面正在议论他,他脚步放慢,这样耳朵里就逮了几句。原来,这户地主并不是真心雇他做短工,而是想让他顶替自己的儿子去当兵。国民党"三丁抽一",所以这户人家的三个儿子中,必须有一个人去当壮丁。那乡公所晚上就要来抓人。父亲听了这话,紧走两步,上了台阶,将水倒进水缸里,然后放下水桶,一溜烟地跑回了家,叫全家人赶快收拾,离了这鬼地方,继续跟上官道上的逃难大军走。

这样他们又走了一段路程以后,便走到了渭河边,走到了高家渡,走到了那个支着八口大舍锅的地方。而对于六岁的顾兰子来说,她则是走到了那个一颠一颠、顺着官道走来,念着"墙上一枝蒿,长着渐渐高"的口歌的男孩跟前。

当列车"咣当咣当"地从许昌府穿过时,顾兰子又突然想起,她的一个姐姐,被卖到这里了。逃难的路上,父亲以二斗黑豆的价钱,把姐姐卖给许昌府里的一户人家做了童养媳。姐姐叫什么名字,顾兰子已经记不起了,那户人家姓什么,顾兰子却记得:那家姓韩!而那个地名,叫许昌府太康县北二里王庄。

就这样列车一路走来,载着顾兰子一直向东,一直走到许昌城。然后在这里,正像高发生老汉事前所设计的路线那样,他们在这里下了车,然后搭乘长途班车,前往扶沟。

呵呵,每一条道路都引领流浪者回家。

和顾兰子当年一起逃到陕西,一起逃到黄龙山的那蝗虫般的逃难大军,在解放以后,他们大部分的人都返回来了。大约每一个返回者，都像这今天的顾兰子回乡一样，这样一边行走，一边回忆，直到最后找到自己那个村子，找到自己的户族本家。是的，每一条道路都引领流浪者回家，每一条回家的道路上都弥漫着酸楚和深深的积年的疼痛。

在扶沟城里，照顾这母子二人安歇下来，高发生老汉于是走到街上，四处打问，询问这扶沟境内，有没有这顾村。高老汉是个走南闯北的人，在这问事方面，最是特长，先尊称一声"老汉爷"或者"掌柜的"或者"同志哥"，出门三辈低，高老汉懂得这个理，尊称完了，然后把自家的烟袋锅子，在袖子上揩两把，把玉石烟袋嘴擦净了，递过去，这时才开始说话。

这顾村其实并不难找。它离扶沟城不过十里地。踏摸清楚了，高老汉回到旅社，叫起顾兰子。顾兰子抱着孩子，高老汉背起花格粗布包袱，出了扶沟城，直奔顾村而去。

本来按照高老汉的设计，在这扶沟到顾村这一段路程中，需要雇个牛车才对。现在看来，这段路程不算长，撅上屁股走上半天工夫，就能走到。况且高老汉偷偷地捏了捏自己的口袋，怕自己回程的盘缠不够。这样，租牛车这事也就免了吧。

黄河花园口决口已经十六年了，那铺天盖地、滚滚而来的一地黄汤，已经流过去十六年了，但是，沿途所见，这个被公家人称作"黄泛区"的地方，仍然是一片苍凉破败。大水退去之后，在田野上留下了一个又一个的积水洼，农民们耕地的时候，犁头在这些积水洼旁边绕一个弧形。而那被水漫过的大地，上面盖了厚厚的一层沙子和盐碱，那盐碱是白色的。远远望去，白花花的一片，像大地披了一件孝布一样。村庄，那些古老的豫东平原上的村庄，也是断壁残垣，有炊烟从那断壁残垣间冒出来，算是给这块平原带来一点生气。

他们找到了顾村。

原来,顾村是个大村子,通村的人都姓顾。村子大了,于是分成两个自然村,一个叫前顾村,一个叫后顾村,这情形,正如渭河平原上的高村,分为东高村、西高村一样。

高发生老汉领着顾兰子,顾兰子抱着孩子,从这前顾村村口的第一户人家问起,一户一户地问。这办法虽然笨一些,但是可靠。高老汉知道顾兰子父亲的名号,他相信只要说出来,总会有知道的人的,这样,就会顺蔓摸瓜,一直找到顾兰子的户族本家。

更何况这高发生老汉嘴甜,走到每一户人家,他都会先诉说一番苦难,诉说完毕,最后说:"这么大个村子,能不能腾出屁股大的一块地方,让苦命的顾兰子落脚?她一个女人家,腔子上又吊着一个吃奶的孩子,能有个圪蹴的地方就行!"

就这样一直从前顾村问到后顾村,从西头问到东头。人们说,大约会是东头那门口长着一棵大皂角树的一家吧!这样,他们就奔着那棵大皂角树而去。

当走到大皂角树跟前时,顾兰子的眼睛亮了。她记得,这就是她的家。小的时候,母亲常常到这皂角树上,摘些皂角来,把那青色的皂角,在捶布石上用棒槌捶碎,然后用那白色的皂角沫,为她洗头。母亲一边洗着,一边用篦梳刮着她头发上的虮子。

"掌柜的!开门!"高发生老汉轻轻地上前扣一下门。

门开处,一个穿着白褂子的青年农民走出来。这是顾兰子的户族中,还没有出五服的伯叔哥。

"哥!"顾兰子怯生生地叫了一声。

青年农民将他们让进了屋子。

这位伯叔哥接纳了顾兰子。因为这院庄子原来就是顾兰子家的。伯叔哥以为这户本家已经绝户,成了黑门,骨头都留在黄龙山了,所以搬过来住。想不到还留有顾兰子这条根在世上。伯叔哥很真诚,他热烈地欢迎苦命的堂妹回到桑梓之地,他说请高老伯放心,有他吃的,就有顾兰子吃的,一家写不出两个"顾"字。

这样,高发生老汉就将顾兰子留在了顾村,自己独自一人返回,他从自己口袋里,将那些揉得像牛肉串串一样的钱,掏出来,摊到桌子上,取出勉强够自己回程路费的,剩下的留给了顾兰子。

"你啥时想回来,你就回来!长住也行,短住也行!在高村给自己招个人,人老几辈地住下去,也行!你妈说过,那三间新瓦房是给你盖的!"高发生老汉临走时,真诚地说。

顾兰子回应:"嗯!我记着!"

高发生老汉长叹一声,踏上了回程的路。顾兰子将他送到村口,她看那消失的背影隐没在豫东平原的夕阳中,觉得老人家的腰已经有一些佝偻了。

第二十五章　景一虹

就在顾兰子启程前往扶沟城的那天，高二也离开了黄龙山，调到一个条件稍微好一点的邻近县份，仍然是做团县委书记。不过，他在这个县份并没有待多久，就又调到肤施城去，先在行署大院里待了一阵，接着调到《肤施日报》做记者。

他年轻，有才华，对新生活充满热情和憧憬。在基层工作的那些日子里，他从不敢让自己哪怕有一天的虚度。"人最宝贵的是生命。生命每个人只有一次。人的一生应当这样度过：当回忆往事的时候，他不会因为虚度年华而悔恨，也不会因为碌碌无为而羞愧。在临死的时候，他能够说：'我的整个生命和全部精力，都已经献给了世界上最壮丽的事业——为人类的解放而斗争！'"这是一本叫作《钢铁是怎样炼成的》书中的一段话，是书中的主人公保尔·柯察金的内心独白。

在繁忙的工作之余，高二每天晚上都要拨亮麻油灯，坚持为城里的《肤施日报》写一篇稿件。在写了半年之后，终于有一个"豆腐块"见报。经过编辑的润色，那篇名曰《老鼠吃掉一头牛》的小文章见报了。文章中的事情是高二的亲眼所见。他到偏远的子午岭山区的一户农家走访，这户人家费了好几年的力气攒了一点钱，但是不舍得把这钱往银行存，于是在自家窑洞里挖个窑窝，有点钱就放进去。等到估摸着攒够买一头牛的钱了，将那窑窝打开，发现窑窝里满是老鼠。他攒的钱成了一堆粉末，一群没长毛的小老鼠，正在这堆纸屑上卧着。当时正好报社宣传"有钱存银行，既支援了国家建设，自己又可以得到些利息"的活动，这篇小文章可以说正当其时。

那是一段多么美好的日子呀！共和国进入它的快速成长期，我们的高二也进入他的快速成长期。高二在短短的一年时间中，完成了一个"三级跳"，从偏远山区进入肤施城这座高原名城。

有一个女人始终在激励着他。这个女人就是景一虹。保尔·柯察金那些火辣辣的句子，就是虹姑娘背给他的。那时这本书大约还没有在中国出版，虹姑娘看的是俄文版。

景一虹出生在西京城里一户大户人家。正上女子师范的时候，因为逃婚，只身奔赴陕北，投身革命。她和高二在速成干部培训班成为同学，然后又一起来到黄龙山。她热情、单纯，对生活充满了热爱和憧憬。在五四青年节的联欢晚会上，当她穿着一身白色的连衣裙，头上的辫子挽在一起，扎一个蝴蝶结，站在台子上嘴唇一张一合，进行独唱表演时，台下的高二简直看呆了。那白色连衣裙有两个红色的宽襻带，系在肩上，胸前是竖行两道，背后是"X"交加。在唱歌的时候，当她一甩头，背转身的时候，高二才敢正眼看一下那"X"形的红襻带。

他们出双入对，一起下乡，一起参加石堡镇的各种群众聚会，在那些日子，高二总是像大哥哥一样地照顾着她。高二没有一丝别的想法，因为他明白自己已经是有家室的人了。但是，有一件事情，令他们终于再也不能分开。

他们去肤施城开会，仍然骑着那匹大青骡子。会议结束的时候，往回走。这时遇到了匪情。土匪钻在山林里，打黑枪。有一枪打中了骡子，骡子倒下了。他们明白，不敢再往前走了，前面的山口子上肯定还会有土匪堵着，于是决定在路边找一个地方，躲起来，第二天天亮后，路上行人多了，再走。

找了半天，他们在路畔上，找到一个牧羊人平日避雨用的小土窑。那一夜，景一虹就在窑里边睡了。高二从地里搂了些干草，为她垫在身子底下，让这有些娇贵的城里姑娘，尽量睡得舒服一点，而他自己，端着短枪，在窑门口守了一夜。

睡梦中的姑娘说，外边冷，你到窑里来。"窑太小了！"高二苦笑着。姑娘很感动。第二天，眼见得路上有了行人，当他们登程上路的时候，姑娘说："高二，你有一颗金子般的心！你是一个可以终生相守的人！我真羡慕顾兰子！"

这件事过去不久，就是新婚姻法宣传。这一天，妇联主任同志找上门来，帮助高二学习新婚姻法。她对高二说，其实他和顾兰子的婚姻，并没有约束力，他们是事实婚姻，而这种事实婚姻，政府是不承认的。因此，高二现在还是自由的。他可以有两个选择，一是解除这种关系，长痛不如短痛，勇敢地去追求自己的幸福，二是继续维持这个婚姻，但是，必须到当地政府去割结婚证，注册登记。

说完这些以后，妇联主任同志明确地表达了对高二的爱慕之情。她说，如果高二愿意进行第一种选择，那么她等着。说完这些话，满脸通红的妇联主任同志，在高二脸上亲了一口，就一揭门帘，匆匆地跑了。

我们的高二陷入了深深的痛苦中。委实说来,这件事在他的一生中,带给他的痛苦的成分多于那可怜的一点甜蜜。记得他们曾有过一次耳鬓厮磨,那是当顾兰子重新出现以后,景一虹不得不离开她亲爱的人的时候。景一虹宽衣解带,把高二拥到自己床上。"亲爱的人,我把我的第一次给你!从此咱们就成了陌路人了。我唯一能做的是,每年过年的时候,给你寄一张贺年卡。如果有一年你没有收到卡,那就说明我不在人世了!"景一虹喃喃地说。

在高二的记忆中,那一次床笫之欢似乎并不快乐。他们之间好像仅仅是在完成一次义务,一次感情在淤积了许多许多时日以后,让它得到一次释放,让彼此对自己的感情和身体有一个交代。

那天,妇联主任同志造访以后,高二捧着新婚姻法那个小本本,看了很久,终于决定给遥远的高村平原写一封信,给他的可怜的童养媳顾兰子写封"休书"。这事得硬着心肠来做。高二的文笔应当说是很好的,写起讲话稿来,写起通讯报道来,文思泉涌,一挥而就。但是那天,这短短的两封信,他写了一个通宵。写了又撕,撕了又写,他的办公室兼卧室里扔满了纸团。直到天明时,他才写好。写好后已经封了口了,又觉得应该让妇联主任同志过目一下,于是他又把口打开,拿去让景一虹看。

景一虹说她不看。这是私信,她不能看。高二说,权当是让妇联主任同志把一把关,看信中的说法,有没有不符合婚姻法的。这样,虹姑娘才接过信,看了,她说信写得很好,句句在理。她还说,信既很清楚地表达了意思,又没有过多地刺激对方,因此,显得很有水平。

在说话中,他们都小心翼翼地避开了"顾兰子"这个名字,而用"对方"这个字眼代替。他们都明白,所谓的"没有过多刺激对方"这句话是假的,它肯定会深深地伤害对方,会在那遥远的高村平原，掀起一场风暴。

高二在让景一虹看过信以后，就把信交给通讯员，让寄出去了。他在那一刻掉下两滴泪来。

这以后的日子正像我们所知道的那样，高二很快就离开黄龙山了。年轻的他正张开翅膀，开始他的飞翔。好男人是好女人培养出来的。他的所有的努力其实是做给一个人看的。他要叫虹姑娘知道，他多么的优秀。高二很明白，他是配不上虹姑娘的，他只有更努力地工作，来让虹姑娘高兴。他们的感情在迅速地发展着。如果没有受到什么事情打搅的话，有一天水到渠成，他们将走到一起。他们都明白这一点，并等待着那个并不遥远的日子。

高二已经在《肤施日报》上班三个月了。这一日，他以记者的身份，正在给报社举办的各县通讯干事通讯员学习班讲课。《肤施日报》建在城东的一座山的山腰间，底下是一条河流。

这山是一座佛家的山。报社将自己的印刷厂放在半山腰那个最大的佛洞里，排字车间放在毗邻的一个小些的佛洞里。山腰间平缓的地方，修了一溜平房。那平房是会议室，此刻，高二正在讲课。

正当高二讲到"我的案头劳动，和我父亲在田野上的劳动，并没有本质区别，也许，后者更令人尊敬"，这时，门外传来一片喧嚣之声。高二皱了皱眉头，他刚想叫人出去吆喝两声，这时，山门底下看门房的传达，风风火火地闯了进来。

传达说："门外来了个装束有些古怪的关中老汉，裤角上扎着裹缠，腰里袎个丈二长的白粗布腰带，鼻梁上架个二轱辘眼镜，头上蒙着个白羊肚手巾，他口口声声地说，要见他的儿子高二！"

"就他一个人？"高二问。

"不！"传达答道，"他还领了个小个子年轻女人，那女人一手拖着一个孩子。她不说话，只是跟在老汉后边！"

高二听了，身子一下子从头凉到脚，刚才讲课时的那种崇高感，一下子跌落到地上。他下意识地离开教室，来到门口，只见一个老汉，前面走着，那分明是高发生老汉，后边拖着一儿一女的那位，分明是顾兰子。

高二登时脸色煞白。

第二十六章　高老汉的"五脚踢"

我们的顾兰子在那陌生的顾村,并没有能待多长时间。用她自己的话说:"我来时,建还吊在奶头上,我走时,建已经能扶着炕围子,一步一步地挪脚了!"

顾村的人对顾兰子很好。所有的人都是逃荒出去,侥幸活下来的难民,九死一生的他们把顾兰子当成了自己的女儿。谁家做下什么好吃的,总惦着顾兰子,通常端一碗饭,跑半个街,请她尝。那位伯叔哥也对顾兰子很好。顾家成了黑门,成了绝户,他应该就是顾兰子最亲的亲人了。他有责任安抚这颗破碎的心。虽然笨嘴拙舌,他不会说,但是顾兰子能看得出来。在顾兰子在顾村居住的日子里,还有几个人来向她提亲,说孤儿寡母的这样过,总不是个办法,得有个长远打算才对。

顾兰子谢绝了乡亲们的好意。她说她想一个人过一阵子,把有些事情想清楚了再说。她说她的膝下有一个孩子,现在什么事情都不考虑，当务之急是把这个叫"建"的孩子一天天拉扯大，一天天"磨"大。

在顾村的日子里，随着安定下来，顾兰子开始强烈地怀念那块高村平原，怀念平原上那户人家，怀念高二。当拉开距离，当冷静地思考了一段时间后，她终于明白，她的命运已经和那户人家，和那个叫高二的叫人爱不能恨不能的人物，命运深深地纠葛在一起了。她此生都离不开他们。她的生活在那边。

这样，顾兰子抱着孩子，来到顾村旁边的那所小学校，她央请教书先生为她写一封信到高村去。在信中，她表达了自己上面的那些想法。她说：高二是她的！她这一辈子就要像一张皮一样贴到高二身上，他走到哪里她就跟到哪里。他永远是她的！当然，在信中，顾兰子也没有忘记报告膝下这个孩子的情况，她说，这里老百姓有一句话，叫作"三翻六坐七爬八站九能能"，建这孩子正应了这话，三个月就能翻身，六个月就能坐起来了，七个月满炕爬，八个月，人扶住已经能打站站了，九个月头上，人丢开手，他能站在地上打"能能"了。

这封信适时地寄到了高村，到了高发生老汉的手里。信中的每一句话都打动了高老汉。自从送走顾兰子以后，他一直觉得这事做得不对头，在人面前脸上无光，抬不起头。现在，顾兰子捎信给了他，他明白自己不能再无动于衷了。他毕竟是一家之长，该他出头的时候他要出头。

信中报告的那名叫"建"的孩子的情况，也是促使高老先生下决心的一个原因。于是，在征得高安氏同意以后，老人家亲自捉笔，给顾兰子写了一封信，要她带着孩子回来。高老汉在信中说，待顾兰子回来以后，他将要亲自带着他们母子，去趟肤施城，教训教训高二这个不肖子孙，并且把顾兰子母子，强塞进高二的宿舍里去。

这样，在接到高发生老汉的信函以后，顾兰子便带着孩子，重新扒汽车，扒火车，一路风尘回到高村。这次返程是顾兰子母子二人。记得，当火车行进到洛阳城的时候，车站旁边有卖烧饼的，孩子看见烧饼，嚷着要吃。顾兰子于是把孩子托付给邻座，自己下车去买。刚买下烧饼，火车开动了，顾兰子叫喊着，从后边的门上来。上来后一个一个车厢找，很久没有找到。她以为遇见人贩子，把孩子拐跑了，于是便哭起来。突然，她的哭声引来了小孩的哭声。那是建。原来，她是把车厢号记差了。顾兰子扑过去，一把抱住建。"孩子，妈再也不离开你了！"——这是顾兰子后来已经到了风烛残年的时候，她给已经成为大人的建，说过的一件事。

在高村，稍稍地做了一些准备以后，高发生老汉便鼓起余勇，要做他平生最伟大的一件事情。

行头是少不了的，因为要出远门，并且还是要去见儿子，要去见儿子单位的许多公家人。因此这高发生老汉，要高安氏为他拾掇行头。圆口布鞋。家做的布袜。那裤脚，一定要用裹缠子扎起，这样自己利索，别人看起来也利索。大襟黑棉袄。腰间缠一个丈二长的粗布腰带，那腰带最初大约是白色的，现在已经糟成灰色的了。鼻梁凹上架着的那个二轱辘眼镜，是不可或缺的，一半的风度得靠它。头上顶一个白羊肚子手巾。不过关中农民扎羊肚子手巾的扎法，和陕北农民不同，陕北人是往前扎，系成一个英雄结，关中人是往后扎，像个"偷地雷"的。所以难怪《肤施日报》的传达，一见高发生，就一口咬定来了个关中老汉。

这一身行头收拾停当。好个高发生老汉，手背在屁股后边，迈着个八字步，在这个长着枣树的高家院落转了两圈，觉得感觉良好，凭这一身行头，足可以把肤施城给震了，足可以叫这些公家人不敢小瞧自己，足可以叫那个胆大妄为想吃洋荤的高家二掌柜，在他面前魂飞魄散，于是乎吆喝顾兰子，领上孩子登程上路。

一路上免不得鞍马劳顿，这里不说。

到了肤施城，打问清楚了，那《肤施日报》在一个名叫清凉山的地方，而这高二却也算个小城的名人，知道他的人为数不少。这样高发生老汉便领了顾兰子，先找到这清凉山，越过那个"大肚能容容天下难容之事；开口便笑笑世上可笑之人"楹联的山门，一步一挨，上得山来。

高发生老汉前面气昂昂地走着，像个就要斗架的公鸡。那顾兰子一手拖着一个孩子，跟在后面，有些畏怯。高老汉见了，训斥道："那高二又不是个老虎，你怕他干什么。有我高老汉给你壮胆，你就把胆放正吧！"顾兰子听了这话，觉得自己也实在是没出息，人怕人其实是怕自个儿哩，刀都架到你脖子上来了，你还不起性！

想到这里，顾兰子也就觉得胆壮一些了。于是趋前两步，紧紧赶在高老汉身后，也算是给他壮威。

前面说了，我们的高二那一刻正云里雾里，进行着他的演说，正当他讲到"我的案头劳动，和我父亲在田野上的劳动，并没有本质区别，也许，后者更令人尊敬"时，外头一阵骚动，高老汉打上山门来了。

高老汉看会议室门口站着的这个公家人，脚上穿着翻毛皮鞋，身上穿着件半新不旧的列宁装，一支钢笔别在上衣口袋里，头上留着一边倒的偏分头，那脸也比他记忆中的儿子的脸要白一些。所以最初他没敢认。直到那人煞白着脸，怯生生地叫了一声"大"时，高老汉这才确定，眼前这个公家人，正是他家二小子。

"高二，好你个龟子驴球的，我本来想见面后，先给你一捆（耳光），好叫你知道啥叫三个多两个少，好叫你知道啥叫黄河不是一条线，好叫你知道啥叫'糟糠之妻不下堂'，现在这地方人多眼杂,这一耳光就先免了。你的号子在哪里?等到了你的号子,咱再说话不迟!"

高发生老汉思考了一路的开场白,到这里面对高二时,像念秦腔道白一样,慨然说出。

这劈头盖脸一顿骂,说得高二愣在那里,不知如何应对。这也难怪,事出突然,纵然他再是灵便,一时半刻也反应不过来。

见高二愣在那里,高老汉觉得这头一脚算是踢出去了,而且踢得如此的漂亮,于是心中不免有些得意。他抬头看时,见那顾兰子一手拖着一个孩子,傻傻地站在那里,像个看戏的观众一样,于是有些气恼,便叫道:

"顾兰子,你是来唱戏的,不是来看戏的。你站在那里,像个两姓旁人似的,这是你的事,高老汉这只是为你出头而已。孟姜女千里寻夫,秦香莲韩琦杀庙,《血泪仇》中'手拖儿女两泪汪',你就权当这说的是你的事。赶快过来,孩子认爹,你认丈夫!"

高老汉一番话,提醒了顾兰子,于是顾兰子趋上前来,怯生生地叫了一声"高二"。叫罢以后,高二和顾兰子都觉得脸上面光光的,有些尴尬。急切中,顾兰子把两个孩子拖过来,叫他们叫"爸"。

女人在这一刻,她天性中那一种聪明,简直是叫人叹为观止。那顾兰子,在将两个孩子递到高二手里的同时,两只手同时腾出,然后,在两个孩子的屁股蛋子上狠狠地拧了一把。

这一把大约拧得太狠,两个孩子都哇哇大哭起来。他们的手被高二攥着,眼睛看着顾兰子,不知道今天这到底是怎么了。

旁边乐坏了一个高发生老汉。他觉得有孩子这一声哭,这个场面算是圆了。

学员们听见教室外面乱糟糟的,小孩哭,大人叫,不知道是怎么回事,纷纷跑出来看热闹。高发生老汉觉得,这头一脚是踢出去了,得见好就收,儿子还得在这报社上班,他还有很大的前途,因此这事不能让外人知道,影响儿子的前程。于是他摆摆手,对围上来的人说:"亲人久别,相见时难免哭泣几声。没有你们的事,你们该忙什么就忙什么去吧!"

几句话支走了众人。确实正如这关中老汉所说,妻子来寻找丈夫,儿女来寻找父亲,农村人进城,这是再正常不过的事情了。于是大家也就不再深究。只有几个女学员,平日见了高二的英气勃勃,每有爱慕之心,今天见他已经有了妻子,且这妻子拖儿带女,于是对这名记者,生出几分不满。

高老汉第一脚踢开了,下来踢第二脚。这第一脚是动嘴,第二脚却是动手。来到肤施城的这天夜里,高发生老汉要对他的二小子动家法,用私刑。

高老汉说的"号子",其实就是宿舍。高二的宿舍在这半山腰几间平房下面那个崖畔上,或者说,是在这上山的道路的旁边。那里还有个小佛洞,高二和另一位记者,住在一个佛洞里。这天见高二来家人了,于是那记者下乡采访去了,这样这一孔佛洞,今夜就成了高老汉施展权威的地方。

吃罢饭,山里的天黑得早,眼见得天黑了,窑里的电灯亮起,高老汉示意儿子,去伙房里打一盆水来。水打来了,放在脚底。这时他把那花格包袱打开,在里面摸索了一阵,摸索出一根鞭子。

这是农家的那种打牛的鞭子,它大约跟着高老汉有些年月了。那鞭子,是由牛身上最具韧性的那一部分,即牛板筋做成的。当年做它时,趁这牛板筋还软,将它撕成条儿,然后编织,在编织的途中,顺便挽上了一串的麻花疙瘩。那牛鞭的柄儿,是一根磨得发红发黑的栒子木,这大约是黄龙山的产物。

高老汉将这鞭子，在手里捋了捋，然后将柄儿朝外，将它浸在了那盆水里。"跪下来！"与此同时，他低沉地但是不容人抗拒地说。高二跪下来了。老汉这时装了一袋子旱烟，用火镰打着，倚着门槛，眼望着山脚下的河水，一明一暗地抽烟。

高老汉过足了烟瘾，而那浸泡在水里的牛鞭，也已经发软发胀。高老汉这时磕了烟灰，将烟袋锅挂在脖子上，过来从水盆里拾起鞭子。

"撩起衣服！"他说。

高二撩起衣服。

"褪下裤子，把尻蛋子露出来！"他继续说。

高二松松裤带，把裤子往下抹一抹，露出屁股。

"手拄住地，把尻蛋子抬起来！"他接着说。

高二两只手像作揖一样，双手拄地，头深深地埋下去，屁股挺起来。

高老汉见摆布停当了，于是趋前两步，挥动鞭子，咳嗽一声，开始打。

鞭子一声一声落在高二裸露的脊背和挺起的屁股上。鞭子最初打下去，是一道白印，接下来不久，便成了一道红印，红印过去不久，就成了绛紫色。这样只一阵的工夫，高二的脊背和屁股，便血迹斑斑了。

原来这牛鞭子打人，却也有一些讲究。那鞭子需经水浸，浸透了，牛鞭落在身上，贴肉，且不发出响声。那鞭子上的一串麻花疙瘩，打起人来，疙瘩会往肉里钻，叫你生痛，但却又不至于伤及筋骨。

高发生老汉打了一阵，然后说："你回不回头！你要回头了，现在给顾兰子回话！"

高二不吭声，只把脖子拧起。

"老汉我吃的咸盐比你吃的面粉都多,老汉我过的桥比你走的路都多。人活一世,草木一秋,难呀!披一张人皮,难呀!顾兰子这么好的媳妇,你说蹬了,就蹬了不成!活生生的一个当代陈世美!"

见高老汉这样说,高二分辩道:"陈世美是陈世美,我是我,你不要往一块拉。这没有可比性。如今是新社会了,我的事情得我自己做主!"

"你还嘴硬!"

高老汉于是又是一阵鞭子打下去。

原来这高二,也是个刚烈脾气,吃软不吃硬的角色,白天见了顾兰子母女,他一阵心酸,有了回心转意的意思,这晚上高老汉的一番皮鞭,反而惹恼他了。他任凭皮鞭抽下去,硬是拧着脖子不说软话。

这样,高老汉的鞭子也就无法停下。

高老汉挥鞭,却也是一种传统。想当年,他父亲就是这样一顿一顿把他打大的。到他熬到这个年岁以后,一直想找个机会使使威势,这次算是找到机会了。而那高二,在许多年以后,也这样挥舞着鞭子来打"建",他大约觉得这也是对自己的一种补偿。

顾兰子领着孩子,开始的时候,蜷缩在高二的铺上,捂着眼睛不敢看。后来看高二皮开肉绽的,而高老汉仍没有歇手的意思,她心疼起自个儿男人了,于是溜下铺来,先是跪在高老汉跟前,央他歇手,见高老汉骂骂咧咧,并不理她,于是转身,又向高二跪下,要他说句软话,算是给老人家一个台阶。谁知高二也不理她。可怜的女人,于是一个人哭起来。

这样,这孔窑洞里,就一直折腾到了半夜。那高二咬紧牙关,就是不松口。而高老汉的手脚酥软,口中大口大口地喘着粗气,那鞭子实在是没有力气再举起了,于是扔了鞭子,抹起袖子,伸出手

指指着高二的额颅,骂道:

"好你个狗日的老二,你就这样给老子跪着,跪他个有明没黑,跪他个地老天荒。啥时候,你回心转意了,给顾兰子回了话,再给她写封保证书,保证这一辈不再有二心,那时你再起来!"

这样说完以后,高老汉说要烫脚睡觉。顾兰子赶紧把那盆凉水倒掉,重新打一盆热水给他。高老汉脱下布袜子,用脚试了试水,最后泡了一阵脚。顾兰子将毛巾递过去。高老汉将脚擦干。而后,这老汉待气息平息一阵后,便坐起来,稳步到后窑,身子一蜷,和衣躺在同志的那张铺上了。一会儿工夫,后窑里传出鼾声。

高老汉一觉醒来,天已大明,睁眼看时,见自家二小子仍直挺挺地跪在地上,没有敢揆老人家的令。老人家看了,不免得意。再看那顾兰子,仍旧是端着那个脸盆,用热毛巾在轻轻敷着高二的脊背,一边敷一边掉眼泪。

老汉躺在床上,一边起身,一边发话道:"起身吧,老二!大知道你心里已经悔过了,只是嘴里梆硬。顾兰子是个金子般的好女人,打着灯笼都难找的好女人,能跟她过一辈子,是你前世修来的福气。活人难哪!"

老汉絮絮叨叨,开始讲起他的那些五马长枪,讲起亡命黄龙山的那些事情,讲着讲着,无限感慨,竟有两滴浑浊的老泪掉下来,滴到腔子上。

高老汉的第二脚已经踢完,现在是第三脚。那第一脚是动口,第二脚是动手,这第三脚则是怀柔之策,诉冤枉,哭恓惶,以此来感动高二。

委实说来,眼见得高二血迹斑斑,全不见了白日第一面见到的那个白面书生模样,这高老汉也是心痛不已。他平日一直以这个儿子为骄傲,老崖畔上这户人家,这一辈手里能成龙变虎的,就看眼前这个人了。

得了高老汉的令,高二这才以手扶地,款款站起。顾兰子过来,拉他一把,高二拧着脖子,隔开顾兰子的手。

下来便是顾兰子做饭。原来这窑洞的后窑里,有个锅台,刚好可以做饭。顾兰子一生,别的什么不会,就是会做饭,会拆洗衣服,会做鞋。

吃罢饭,高老汉说,本来还有第四脚,如今这第四脚,就不踢了。这第四脚是什么呢?那就是让顾兰子拖着孩子,去找这《肤施日报》的领导,公家人得公家人来管,不是?!

高老汉继续说,这第四脚完了,按他原来的"策",还有第五脚。这第五脚很简单,农村妇女常用,叫"一哭二闹三上吊"。请那顾兰子,取下红裤带来,在你这窑洞前面的门楣上,上一回吊。顾兰子黄龙山时上过一次的,有经验。那时管叫你小子,良心一辈子不得安宁,你还要在人前混哩,混你个鬼吧!

高老汉这一番话,直说得个高二满头的米汤。高二正处在"快速成长期"的阶段,平日最重声誉,最顾脸面,他明白这第四脚第五脚踢出去,他就算完了。

于是高二说:"大呀,这事就依了你了,以你的意见为意见。你厉害,我惹不起。"

高老汉说:"那就把顾兰子和孩子,交代给你了。你不要推辞。我跋山涉水走北路,就是眼看着,这一家人能团圆在一起!"

高二长叹一口气说:"留下吧,依你!"

高老汉听罢这话,肩上千斤的担子一下子卸了,人一松弛,那昨天气昂昂的一股劲头,这下全没了。"委屈你了,高二!"他在心里这样说。话到嘴边,却变成这样的话:

"顾兰子,我这就把你交给高二了。自家男人,你要把他看紧！保证书我看就不必写了，有了这个口头保证，也行。顾兰子好闺女，陕北民歌有一句词儿，叫'荞面饸饹羊腥汤，死死活活相跟上'！这歌你每天念它三遍才好。如今，你们成了一家人，我倒有了点儿两姓旁人的感觉了！好好过日子吧，孩子！我要回去了！"

　　高老汉说完这些话以后，就收拾起鞭子，独身一人登程回平原上去了。

第二十七章　死死活活相跟上

那一年高二二十五岁，顾兰子二十一岁。他们将在半山上这孔石窑里，居住上五年，然后到1958年"大跃进"时，高二响应政府干部家属回乡参加"大跃进"的号召，将顾兰子母子重新送回高村平原。

高老爷子那一番闹腾，叫高二终于明白了，自己虽然穿上了公家人的四个兜，但是，他永远无法割断与高村的联系，他永远只是一个误入城市的乡下人。或者吧，用景一虹临分手时那句充满抑郁口吻的话来说："高二，你骨子里永远是一个农民，即便你将来成为著名记者了，充其量也只是一个著名农民！"

景一虹也调到了肤施城，在市妇联做干事。高二身上发生的那一场变故，她并不知道。年轻的姑娘，那一天上身穿了一件列宁服，下身穿了一件西装裙，短发梳成当时流行的那种革命头，一路走来，过了河里的列石，到报社来找高二。今天是礼拜天，她估计高二会在家里。

高二的宿舍的门前，门槛上拴着一个小女孩。虹姑娘觉得有些奇怪，她走到小孩跟前，问这小朋友是谁，这窑里住的高二，他在家吗？小女孩有些怯生，她不说话，白眼睛仁盯着眼前的来人，看了半天，然后鼻孔扇动两下，念了一句口歌："向阳街，十八号，你的名字我知道，脚穿皮鞋手戴表，屁蛋子上涂的雪花膏！"

这口歌念得有些无礼。景一虹笑一笑，不去跟她计较。正在这时，窑里有人搭话了。景一虹一挑门帘进去，只见高二的铺上，盘腿坐着一个妇女，那妇女，臂腕上搂着一个孩子，面前放着一个针线笸箩，正在缝补什么。景一虹叫了一声，愣住了。

"你是顾兰子！"景一虹拍着脑袋想了一想，明白这铺上坐着的是谁了。

对景一虹来说，这一切有些突然，她是一点思想准备也没有。原来她今天来，是约高二一起去爬山，看山桃花，想不到在这里遇见顾兰子。老实说，她有些尴尬。

作为顾兰子来说，却是有思想准备的。她知道既然来到肤施城，迟早会跟虹姑娘见面，那见面后该怎么应对，她在心里都想了一千遍了。

"哦，原来是他虹阿姨！几年不见，虹姑娘，你出脱得更是一表人才了！"顾兰子真诚地说。

农村妇女说话，为了表示对别人的尊重，往往借自家孩子的称呼来称呼对方。所以顾兰子在这里称呼景一虹为"他虹阿姨"。

说话间，顾兰子停下了手中的针线活儿，挪动屁股过来，拉着景一虹坐在炕边，然后用两手摩挲着景一虹的手，迟迟不丢。

"孩子他爸下乡采访去了，得几天才能回来。我正愁这肤施城里人生地不熟的，连个拉家常话的人都没有，他虹阿姨，你莫不是听说我来了,来看我?"

听着顾兰子的话,景一虹不知说什么才好。她点点头,算是同意顾兰子的这话。在点头的同时,她也就把自己的手,从顾兰子的手中费力抽开。

"门槛上拴着的那位,叫咪咪,四岁了!她是黄龙山白土窑出生的。他虹阿姨,你还记着吧,当年生她时,你还骑着匹高脚骡子,来送过两斤红糖哩。真是有苗不愁长,没苗泪汪汪,你看,她如今都这么大了,会淘人了!"

顾兰子说话间,下了炕,到门槛上去解了那系在咪咪腰间的带子。咪咪解放了,凑过来。"窑洞底下就是崖,怕她摔下去!哎,咪咪,快叫虹阿姨!"

"虹阿姨!"咪咪叫了一声。

景一虹应承了一句。看见眼前这瘦骨棱棱的黄毛丫头,她有些感慨。当年,这小丫头离开黄龙山时,就有病,后来高村来信说:咪咪好了。农村人说"好了",有时候有"死了"的意思,那意思是说,这下好了,永远不再受苦了,永远地脱离这苦难了,她是到好地方去了。记得接到高村来信,高二曾经有几天心情不好,并且把这事告诉了她。后来高二回家探亲,回来后告诉她说,是信中没有写清楚,这孩子还活着。那还是黄龙山时期的事。

想到这里,景一虹把咪咪揽在怀里,看她鼻涕涎水的,于是从列宁装的口袋里,掏出个手绢,为她擦拭。

顾兰子又叫那名叫"建"的孩子,叫一声"虹阿姨"。那孩子也叫了一声,说的却是河南口音。原来这孩子当初学话,是在河南学的,在那地方,大家都这样说,所以不显得怪,在这肤施城,这样说话,就显得有些怪了!

顾兰子也觉得有些不好意思。她对景一虹说:"我带着建,回了一趟河南。原来想，就此走了算了吧！谁知道，我离不开高村这一户好人家，我离不开高二。虹姑娘，你说这做女人难吧！"

做女人是很难，虹姑娘点点头。

景一虹是何等聪明的女人，那顾兰子的只言片字中，她已经知道是那封休书，引得顾兰子回了河南，然后又翻心了，然后又撵男人撵到了这里。

景一虹没有细问这些事情，她明白自己该走了。在走之前，她又礼节性地问了高发生老汉和高安氏的情况，这是一位下乡女干部问她的房东的情况，如此而已。对于虹姑娘的问话，顾兰子也做了如实回答。她说二老身体还都好，高安氏照样一天可以纺一斤线，发生老汉照样一顿可以吃两个杠子头蒸馍。她来肤施城，就是发生老汉送来的，奔波一天，也不显得太累。

只有在这个没有危险性的话题上，她们才能谈得轻松一些，活泛一些。而在后来的年月里，在她们一生那为数不多的几次接触中，这个话题甚至成为她们唯一的话题。

景一虹告辞。她说她得走了，工作上还有点事情，她想回办公室加个班。这时顾兰子才记起，还没有给虹姑娘倒水，于是张罗着，要到后窑里去滚开水。景一虹说算了吧，又说，等高二回来，告诉他，我来过了。

景一虹往出走的时候，顾兰子说，高二是个单帮子人，没个帮衬，个性又飙，他虹阿姨，遇事你得多帮助他。他有不对的地方，你就莫要把他当外人。顾兰子这里算是求你了。景一虹匆匆点头，连声称是，然后就逃跑一样匆匆离去。景一虹下得山来，走到河边，过列石的时候，扭头看去，见顾兰子站在自家窑门口，一手拖着一个孩子，还在朝她张望。

这就是女人之间的谈话，不打雷不下雨，不显山不露水，该说的话就都说了。外人听起来，根本听不出来她们在说什么，还以为这是在拉家常，还以为她们是最亲的姊妹。

顾兰子把这些话说了，心里始觉安定。她其实一直渴望见到虹姑娘，由她把这消息告诉她，免得高二去说，免得高二为难。

她明白自己已经把这个男人牢牢地系在自己的裤带上了。她有这个把握。她很明白，高二和景一虹，才是般配的一对，尤其是刚才见到景一虹，这种感觉就更强烈了一点。想到这里，她觉得高二有点屈，但是，这是没有办法的事情。来到肤施城以后，第一个担心过去了以后，当高二已经接纳了她以后，她便有了第二个担心，担心景一虹不会善罢甘休。于她，她不怕，她一个大字不识的家庭妇女，怕谁？！她是担心那心高气傲的女子，会给自家男人难堪。

所以顾兰子最后说出的"我这里算是求你了"一句，真真算是发自肺腑。她乞求妇联主任同志，放过高二，放过她，天下男人这么多，以景一虹的才学、相貌，她该是不愁找不下男人的。

送走景一虹后，顾兰子继续把咪咪拴在门槛上，防止她掉下门口的悬崖，然后开始拆洗。来到肤施城以后，顾兰子将高二的被褥，统统拆洗了一遍，他的一应衣服，也都给过了一遍水。那被褥上，有些虱子、虮子，这是高二下乡采访借宿老乡家时，混下的。顾兰子将这些虱子，一个一个捉了，放在指甲盖上，两个大拇指指甲盖一挤，将虱子挤碎。红红的血染了两指甲盖。那些暂时闲置着的被褥中，也有虱子，不过这些虱子饿得只剩下一点干皮了。对于它们，顾兰子也不能放过，这些干皮，经人的身子一暖，就会苏醒过来，较那些活虱子，这些干皮虱子吸起人的血来，更贪。

抓完虱子，顾兰子烧了一锅开水，将这被罩床单，放到水里煮了一回。煮过后晾干，再装进棉花，缝好。这样，顾兰子才放心了。

那些高二的衣服，顾兰子也统统洗了一遍。洗净晾干后，还能穿的，缝一缝，补一补，让高二继续穿，不能穿的，将它改小给孩子做成衣服，那些实在已经褴褛不堪的，顾兰子也没有舍得撂，她将它们铰成碎片，糊袼褙，将来用这袼褙做鞋底。

对于高二正在穿的那几件衣服，洗净以后，顾兰子又用面水子，将它们浆了一遍，然后趁将干未干之际，将衣服叠了，放在捶布石上，用棰捶过一遍。男人是人面前的人，他得穿得齐整一点，才好。这种浆的办法，还是在高村时，高安氏教给顾兰子的，家织的老布，都有"浆"这一道程序。

这样，高二顾兰子一家，便在这孔窑洞里居住了下来。生活在进行着，有故事的时候毕竟少，没故事的时候毕竟多一点。这五年中，大家相安无事，平淡地打发着自己的日月。

前面说了，这孔窑洞里还住着一位姓张的记者。这张记者是河北人，他后来也从家里接来了妻小，这样两家人五年中，就合住在这孔窑洞里。这真是一件不可思议的事情，但这是真的。那个年月，大家都凑合着生活。好在这间佛洞虽然窄，但是长一些，所以在窑洞的中间，挂一个布幔，用这布幔象征性地把两户人家隔开。高家住前窑，张家住后窑，最难办的事情是张家人如果起身得早的话，他们得蹑手蹑脚，从高家人的炕头走过，然后才能出门。

咪咪到了上学的年龄了。她开始上学。

一天放学回来的时候，报社编辑部正会餐，吃的好像是羊肉包子。大人们在万佛洞前面的阳坡上，围了一圈吃饭，孩子们发一声喊，去找自家大人。咪咪看见高二也在那里蹲着，于是受了影响，也畏畏怯怯，向高二跟前凑。"这是谁家孩子？"大家问。高二低下头去，说句"不知道"。后来这孩子磨蹭到高二跟前，眼里瞅着那羊肉包子，低声叫了声"爸"。高二有些发窘，也有些恼怒，他扬起手来，给了这小女孩一耳光子。小女孩哭起来，这时顾兰子听到哭声，跑上埝畔，拉走了咪咪。

咪咪上学以后，门槛上这根绳子，现在用来拴建。顾兰子上班以后，怕建四处跑，跌下悬崖，于是就用这根绳子，把他拴住。

顾兰子是到报社的印刷厂去上班。这是高二为她找下的差事。那时没有正式工临时工这一说，顾兰子这一去，就算是工人。顾兰子的工作是数纸。别看她不识字，但是心窍很巧，拿起一刀纸来，十个指头一拨拉，一五一十，十五二十，三下五除二，这一刀就数完了。这纸上机器，印报纸。

建腰间系着这根绳子，两手爬在崖畔上，眼睛瞅着崖畔下的河流，度过了他的童年，直到离开肤施城，绳子才被解下。

建目睹了河上那座著名的革命桥的建设全过程。河滩上堆满了石头，满川道里响彻着叮叮当当的凿石声和石匠们凄凉的歌声。这些石匠，一部分是从肤施城附近一个叫莲花寺劳改农场调来的犯人，一部分是从陕北各地招募来的农民。在陕北，每一个男人都是石匠，只是专业的是细石匠，业余的是粗石匠。这叮叮当当的凿石声和石匠们的号子声，是建的人生的第一课，那一幕凄凉的人生图景一直伴随着他后来的人生。他称那是狄更斯式的情节。

除了看河滩上的建桥之外，建大部分的时间，是仰头看石窟洞门口那尊佛家的雕刻。这是一位女菩萨，安详地横卧在那里，俊美，雍容。后来的研究专家们说，这是北魏时期的作品，这架佛山，这个佛洞，是敦煌石窟向云冈石窟、龙门石窟过渡时的一个跳板。而对那女菩萨，专家们也给了她很高的评价，说她比赵飞燕胖一点，比杨贵妃瘦一点，正所谓"增之一分则显肥，减之一分则显瘦"。

建每天爬在那里，看着这女菩萨，心里想着上班的母亲。这样，在他的童年时期，顾兰子与崖壁上的这个女菩萨，谁是谁，他甚至都有些分不清了。在他长大以后，有一天他惊讶地发觉，他喜欢过的女人，其容貌，其气质，都酷似这崖壁上的女菩萨。他因此请教一位心理学家，心理学家说这叫"感情假借"，是一种"恋母情结"。

说话间到了1958年，这一年"大跃进"，国家发出号召，要干部家属下乡，参加"大跃进"，大炼钢铁。这文件到了《肤施日报》后，第一个报名的是高二。高二倒没有外心，他只是积极而已。他这一生，每逢有这种事情，他总是第一个响应。这样，那一溜平房的门口，很快就贴出了一个光荣榜。光荣榜上，第一名就是顾兰子。

这样顾兰子就领着她的孩子们，辞了肤施城，辞了高二，重回高村平原。在那窑洞里居住的时候，顾兰子又生了一个男娃，这正应了当年她给高二的承诺，她要为高二生一炕的孩子。要不是因为后来有病，她大约还会生的。所以这次，顾兰子回家，领的是三个孩子。

顾兰子在高村，并没有能待多长时间。那时高村这一块平原上，处处生火，处处冒烟，土炼铁炉堆满了平原。高家三掌柜自然是积极分子，他将家里一应铁器，都捐献了出来，来做炼铁的"引子"。而那炼铁的铁矿石，据说是含在沙子里的。这样，顾兰子便随村上的一群女社员女劳力，去戏河里淘沙子。

回到家乡支援"大跃进"，这叫顾兰子喜欢。能和那些农家姊妹们在一起，也叫顾兰子心情愉快。她们大都不识字，和她们在一起顾兰子反而感到自己成了个人物。

那淘沙子的地方是在戏河和渭河的交汇处。这一天，顾兰子端起个搪瓷脸盆，正在淘着，那脸盆被水冲走了。脸盆打着漩儿，在河面漂，顾兰子在后面撵。其实这戏河的水并不深，最深的地方也就是齐人腰身，但是要命的是，顾兰子撵了几撵，没撵上，那脸盆漂到渭河里去了。

河水与河水交汇处，往往会有一些旋涡。那脸盆漂到旋涡上面以后，便晃晃悠悠地原地打转，不漂了。不知深浅的顾兰子，这时伸手去抓脸盆，结果一失足掉进了渭河。

顾兰子被救上来以后，大病一场。那时正是冬天，水刺骨地寒，加上她刚生过孩子不久，身子骨太虚。没奈何，高二只得回来，把顾兰子重新接到肤施城去看病。老大要上学，她得跟上走；老三还在奶头上吊着，也得带上他。至于老二建，他就留在了高村，高二把他托付给了高发生老汉和高安氏。

这样，这个叫"建"的男孩，便在高村留了下来。由他讲述那高村后来的故事。

第二十八章　茶摊上的平原

20世纪60年代的第一年。高家门口那棵老槐树,在经历过许多的世事沧桑以后,依然枝叶婆娑,像一位老人一样,蜷缩着腰,伫立在官道的旁边,伫立在高家渡的老崖上。它在早春的时候,开了一树的白花,这白花香了半个平原,崖下那流淌着的河流,又将这香气漂向下游的村庄。在努力地开过这一季花以后,它大约有些疲惫,树上现在有叶子长出,形成一个花盖,而那些白花在败过之后,开始结槐荚。

春闲时节,地里没有农活。一个留着山羊胡子的老汉,在大槐树下支了个茶摊。他从家里,找了把旧了的、没有着过漆的小木桌,摆在老槐树底下,又用手拿脚踢,赶过来一群小木凳、交椅等等,围着这木桌摆了一圈。然后在茶摊边,支了个小火炉,用一个叫"挎子"的东西,在咕嘟咕嘟地熬茶。

这茶叫"老胡叶子",是平原上的人们经常喝的一种茶。那大约是茶叶里面最粗糙的、最廉价的一种，粗枝大叶，发黑发红。这老胡叶子，是四女的婆家过年节时送来的。四女还小，正在上中学，但是按照这里的乡俗，已经给她找好了婆家，等到年满十八岁，到了法定结婚年龄，再结婚。

烧水用的柴，是柏木树根。当年盖房时，从老坟里伐了九棵树，做檩，那柏树伐了以后，树根还留在老坟里，老汉要三小子使些蛮力，把那九个树根依次刨来。树根堆到大门口以后，再用老镢头将这些树根破成碎片，碎片摊在阳阳坡上晾晒，风一吹，水汽下去了，就可以烧了。

那熬茶用的水，也是老汉支使三小子在渭河里担的。渭河在这个年代，它已经重新地又回到了老崖底下。而那条渡船，也就在这老崖底下停着。

高发生老汉，这一生一直有个伟大的梦想，这梦想就是有一棵老槐树，老槐树下有一个茶摊，一个白胡子老汉，鼻梁凹上架一架二轱辘眼镜，脸上哈哈大笑，在这槐树下迎接那官道上过往的客官。老汉和这客官谈古今，论世事，喝酽茶。老汉什么也不为，仅仅只是一个自我陶醉而已。

平原上很静。静得有一根针落下来，都能听见。最静的时候其实是有声音的，那声音"汪儿汪儿""呜儿呜儿"地在空气中响着，在你耳边响着，在你脑子里响着。声音罩满了平原。为什么有这种声音哩？不知道。不过这"汪儿汪儿""呜儿呜儿"的声音，更增加了这铺天盖地的寂寞。

老汉很孤独，老汉眼巴巴地注视着官道，希望有人来，成为他这茶摊上的第一个客人，但是很遗憾，官道上是那样寂静，根本没有什么物什来扬起黄尘。老汉只得捧起个茶杯自己喝，直喝得自己那肚子像鼓、像蜘蛛的肚子一样圆起，肠肠肚肚都在"咕噜咕噜"

作响，才终于听到一阵自行车的响声。

来的是个走乡串村阉猪阉羊的。那时候这个叫"自行车"的东西还是个稀罕之物，高村平原上，大约就只有这么一辆。所以只要听见自行车响，大家就知道是那个红鼻子骟匠来了。

那响声也不是铃响，而是自行车响。这大约是世界上最破旧的一辆自行车了，没有护泥板，没有脚踏，没有闸，说是辆自行车，还不如说是一个三脚架，前面安着个车头，底下架两个轱辘。老乡们形容那车是"除了铃不响以外，全身都在响"。

那车头上有一根铁丝，挑起一绺红布。这是骟匠的标志。这自行车径直冲到了茶摊跟前，差点撞翻了茶摊，那车头上铁丝挑起的，除了一绺红布条，还有血糊糊的两颗羊蛋，这是骟匠今天的实绩。当那两颗羊蛋，径直冲到高老汉眼前时，高老汉有些恼怒，也有些泄气。刚才那种崇高感一下子减弱了许多。高老汉又伸出巴掌，在鼻孔上扇了两扇，赶一赶那羊膻气。

高老汉请这骟匠饮茶。平原上，亲戚套亲戚，这骟匠论起来，还是高村的外甥，因此高老汉不高兴归不高兴，还得耐着性子服侍。看着那茶水"呼噜呼噜"进了骟匠的肚子，高老汉有些心疼。

好容易耐走了骟匠，接着来的是一个货郎担儿。货郎担儿细皮嫩肉的，两个裤腿挽到膝盖上，露出白花花的精腿把子。他担着担子，一闪一闪地来到了这个村子。货郎担子却是大姑娘小媳妇喜欢的人，因此，当他在高老汉这茶摊上喝水时，不时有大姑娘小媳妇在自家门口探一探脑袋，然后捏着两个毛毛钱出来，买双洋袜子，买瓶雪花膏，扯上二尺鞋面等等。寂寞的高老汉，希望这货郎担子多在他的茶摊旁停一阵，但是，货郎担子匆匆地饮了两杯茶以后，挑起货郎担儿，又去走村串户了。他不是不贪恋这个茶摊，而是做生意要紧。

货郎担子走了以后，接下来，官道上走来的，是一个剃头担子。这是一个河南人，年岁和高老汉差不多。他穿着一件黑棉袄，棉袄很旧很旧了，上面沾满了油渍，脚下也是布鞋布袜子，那裤角也用裹缠缠起。他的肩上，扛着一个长条矮凳，矮凳的一头，拴着一块磨刀石。

剃头担子来到茶摊上喝茶。他口里不停地念叨着这茶有劲，是会喝茶人泡的茶。这话叫高老汉听了高兴。剃头担子的口音也叫他高兴。他说河南那地方，广着哩，这河南人比起陕西人，也能吃苦得多，担子一担，鼻子底下是大路，就满世界地闯了。高老汉这样说，有点卖派自己去过河南的意思。后来细问，这剃头匠竟是河南扶沟人，于是高老汉越发高兴了。"那地方我去过！有个前顾村，有个后顾村，你知道吗？"高老汉卖派道。

剃头担子喝足了茶，抽足了高老汉的旱烟，作为回报，他提出来要免费为高老汉剃一次头。

"头可以剃，但是钱是不能免的！这是你的生活！"高老汉说。

高老汉这头，平日是三儿子给剃的。三儿子将割麦用的镰刀，在磨石上磨呀磨，磨得锋利无比了，再用指头蛋儿轻轻篦一篦，或用指甲盖轻轻弹一弹，觉得可以用了，于是让老汉将头发楂子闷湿，他在上面刮，上面被刮得青一道红一道的，刮得一道白口子一道红口子的，三儿子手软了，高老汉说，庄稼人哪有这么金贵，权当是给你试手哩。

今日个，茶摊前面，老汉要开一次洋荤，请专业的剃头匠来理。

高老汉要老婆子赶快打一盆热水来，他要剃头。高安氏正在织布，听了这话，不敢怠慢，于是停了手中的机子，用手将织布机上那关子松一松，算是给线绽一下劲，一会儿上机子时，再把线上紧。停了机子，拿一条毛巾，又从树上摘了两个皂角，砸碎，算是肥皂,然后出了大门,端给高老汉。高老汉打上皂角沫,将那花白头颅洗了一遍,盆里留下一汪黑水。高老汉见了,叫高安氏再滚一盆热水来。这样洗了三盆水,那水才不发黑了。高老汉又翘翘山羊胡子,示意老婆子将她腰间围的那围裙卸下来,他要当剃头时的罩布用。高安氏起初不明白他的意思。高老汉叹息说:灵人一点就透!这件小事还要我费口舌嘛。说罢自己去扯了高安氏的围裙,披在自己肩上。等到坐定以后,高老汉又说,拿一张报纸来,他要看,剃头这一段光阴,莫让虚度了。莫奈何,高安氏只得又回到屋里,拿出三小子从大队部拿回来的报纸,递给高发生老汉。"还有啥事?"高安氏问。"没有了!去织你的布吧!"直到把个高安氏摆唪够了,高发生老汉剃头的前奏曲,才算结束。

高发生老汉正襟危坐,剃头匠开始剃头。这剃头匠果然是行家,一刀子从脑门上反削过去,削到头顶,又一顺溜滑下来,这剃刀就到脑后把子上了,而高老汉那头顶,出现一条官道一样的平坦大道。剃头匠这时,顺着那条白印子,用剃刀顺楂往四面刮。三下五除二,只一刻的工夫,高老汉变成了一个光葫芦。

这才是粗剃。剃完第一遍,剃头匠说,我再给您老刮一遍,于是吐两口唾沫在那磨刀石上,将剃头刀子象征性地蹭两下,然后反身过来,用五个手指抓住高老汉的光脑袋,再细刮一次。直刮得个高老汉满身舒泰,嘴里不由得念叨道:"剃头洗脚,顶住吃药!"

剃头匠来了兴致,又开始刮第三遍。这一次是倒刮,即逆着头发楂儿刮。剃头匠说,这样刮一遍,泻火!

在剃头的途中,我们的高老汉,没有忘记用两手端着报纸,装模作样地看报。这看报是想告诉官道上的行路人,这老汉是个识文断句的人。

那报叫《老百姓报》,是西京城里几个文化人办的一份面向农村的四开小报。那张报上登了些新口歌，是渭河对岸一个叫王老九的农民老汉写的。高老汉念道：解放门，大大开，翻身农民走进来。高老汉又念：张玉婵，张玉婵，上炕剪子下炕镰。高老汉再念：秦丞相，大恶霸，相桥为王坐天下！念罢，高老汉觉得不以为然，觉得自己如果要动起这个心思来，肯定比这王老九写得要好。口歌里提到的那张玉婵，那秦颂丞，高老汉都认识，那秦颂丞在土改时候，被镇压了，那张玉婵则是个农村妇女，在渭河下游河对面的一个村子里住。

报纸的角落里还有一首诗。这诗高老汉佩服。诗说："天上没有玉皇，地上没有龙王。我就是玉皇，我就是龙王。喝令三山五岳开道，我来了！"高老汉觉得，这诗的气魄很大，有点像他的脾气。

当我们的建后来成长为一个大人，并且有了成年人的思考以后，他常常想起他的爷爷，这个高村平原上的传奇人物之一。他试图为高发生老汉身上那种奇怪气质找一个缘由。最后他想，老汉是过继来的，他来自离这里二十里地的一个叫鸿门镇的地方。因此，他大约是从楚汉相争的鸿门宴上走失的一个士兵。

高老汉的头终于剃完了。而他对报纸的阅读也告一个段落。剃头匠现在要走。高老汉从他的腰带里，摸索了一阵，摸索出两毛钱来。剃头匠不要。高老汉说："钱是一定要给的，我家二小子在城里当记者。他那手稍一撩，钱就来了。老二把那钱不叫钱，叫稿费！"见高老汉真的要给，那剃头匠于是不再推辞，刚才是背过手去，用手背隔，现在则手反过来，用手掌接了。

那剃头匠走了。平原上又恢复了宁静。高老汉将那围裙扯了，将二轱辘眼镜重新架到鼻梁上，背着手，颇为满足地围着这茶摊，摇摆身子，踱了一阵方步。

高老汉这时候记起，刚才他剃头的时候，好像孙子黑建在眼前晃悠了一下。这是高二在带走了顾兰子母子后,留给高村的一个累赘。寂寞的老头,叫了一声"黑建",然后用手托起茶壶:"有一个谜语,你能猜得出吗,黑建?'一个树,五股,上面卧了个白虎'!"老汉扬声说话,说了半天,不见有人反应,只好遗憾地把茶壶放下。

这时头上有雨水掉下来,星星点点的,洒在老汉的光头上。高老汉接了一滴在手中,用舌头舔了舔,有些咸,不像是雨水。于是老汉手搭凉棚,再向树冠望去,只见一个半大小子,站在树杈上,开裆裤叉开着,手里端着个鸡牛牛,正朝他笑。

高老汉有些恼怒。他抱起树身,拱了两拱,想爬到树上去。可是很遗憾,他已经过了上树的年龄了。于是他在树下转了两圈,想寻个东西,扔上去打这孩子。转了两转,没有可手的,于是回到屋子去,找来找去找了一把扬场用的木锨。可是,当高老汉倒提木锨,回到树下,扬起头来满树寻找时,树上早空了,哪有那孩子的身影。

这时老崖上传来孩子愉快的歌声。那是一片菜籽地。那个叫"黑建"的孩子,正在菜籽地里一颠一颠地扑蛾儿。

"我中午罚你饿一顿饭!"高老汉冲着孩子的背影,虚张声势地说。

第二十九章　邻家女孩之死

　　建在我们说话的这一年，六岁多。他在高村出生。三个月头上，随母亲走河南。在河南扶沟待了大半年以后，又辗转去了肤施城。肤施城里，在窑洞门口那个门槛上，拴了五年以后，重回高村。
　　高村的人叫他"黑建"。这原因是他生得黑。在肤施城的时候不明显，到了这平原上，河道里的风一吹，平原上的日头一晒，一张脸黑得发亮，只那两个眼睛仁和一口牙齿，是白的。大家说，建这皮肤不经晒，一晒就黑。大家还说，高村平原上的人，也黑，但是是黑褐色的，不像建这么黑得发明。大家找原因，说原因也许在顾兰子身上，这是遗传。这一块平原，都是邻村跟邻村结亲，难得有远路的女人嫁给这里。不过话虽然这样说，那顾兰子其实也并不黑。
　　这是一个苦难的时期。公家人把这叫"三年困难时期"。黑建将要在这一块平原上，和苦难一起成长。许多年后，当已经成为公家人的黑建，重返高村时，望着眼前这腾烟的河流，望着门前那棵老槐树，望着那已经变得陈旧的三间瓦房，他热泪涟涟说："我曾经长久地爬在大地上，我经历过苦难，我看见过苦难。从此以后，我只能用农民的腔调说话，用农民的哲学来思考问题。无论从此命运把我抛到哪里，居家何方，我将永远是这村子里一个叫'黑建'的孩子。那地方的天阴天雨，水旱水涝，丰年歉年，将永远牵动我的心。"

六岁多的小男孩黑建，趁高发生回屋拿木锨的空儿，"哧溜"一声，溜下老槐树，然后跑到老崖沿上的油菜地里，去扑蛾儿。

天不收地不管的一群农家孩子，正在这油菜地里扑蛾儿。男孩子们扑着，两个女孩，穿红着绿，站在地边上等。蛾儿扑下了，女孩子用细细的线绳，把蛾子拴起来，然后捉住线的另一头，让蛾子绕着自己飞。

黑建也来加入男孩子中间，脱去上衣，露出个被平原上的苞谷粥灌大了的大肚子，去一颠一颠地用衣服扑蛾儿。孩子们唱着口歌：蛾儿蛾儿落一落，我给你娶个花老婆。黑建也跟着唱。

那地边上候着的两个女孩儿，长得花花草草的那位，叫瑶瑶，长得较为笨拙的那位，叫匣匣。瑶瑶两个狐狸眼，尖下巴，尖鼻子，两个颧骨上停两朵红晕，她是邻居的女儿，独独女。那匣匣的官名叫"省匣"，她是对门的女儿，父亲好像在省城当工人，抗美援朝时，高村出了个兵丁，后来抗美援朝归来，政府给在省城安排了个差事。

黑建挺着个大肚子，满菜籽地跑，两手把衣服举起来，赶上蛾儿了，身子往前一趔，衣服往下一扑。他先扑了第一个蛾子，于是很得意，跑过来，给了匣匣。黑建决心再扑一个更大更花的，给瑶瑶。他又一颠一颠地向菜籽地跑去，踩得油汪汪的菜籽苗东倒西歪的。他的大肚子，系不住裤带，跑颠中，裤子一不小心，就溜到了胯骨上。所以黑建在跑颠的同时，不时地腾出手来，提一把裤子。

这时候，高家三掌柜高三，赶着那辆牛车，晃晃悠悠地从官道上从东往西走，给生产队的地里送粪。老崖底下有个二道崖子，二道崖子沿着河往下，还有一块地，没有被水崩到河里。高三是给那块地里送粪。高三看见一群孩子在踩油菜苗，于是停了牛车，从车上卸下那根长长的鞭子，摇晃着，起来追赶这些孩子们。高三那鞭梢，在空中划过一个一个的响鞭，嘴里念叨着："三天不打，上房揭瓦！"

油菜地里的孩子们，四散而逃。大家站在远处，鞭梢够不着的地方，齐声唱道："远看一地萝卜花，近看猪毛搅豆渣！"这口歌说的是高家老三那癞疤头。高三听了，虽然气恼，但也无可奈何，重新屁股一抬，上了牛车的车辕，鞭梢一挥，吆着车走了。

孩子们散了，百无聊赖的黑建，现在沿着老崖走。家里的那只黑花狗，刚才是跟在高三后边的，现在则跟在他后边。走着走着，那狗不走了，原来它嗅见了臭味，黑建看见，瑶瑶和匣匣正蹲在老崖上拉屎。那只黑花狗离开建，跑过去，蹲在两位小姑娘跟前，吧嗒着嘴，流着涎水。

黑建嫌自家的狗有点贱，他"吆儿吆儿"地把狗叫到自己跟前。"我也会拉屎，吃我的屎吧！"他对大花说。说完脱了裤子，努着劲拉。黑建拉出了两个干屎橛儿。狗嗅了嗅，一点也不臭。这不是粮食屎，而是红苕屎，野菜屎，榆树皮屎。狗不喜欢吃它们。大花狗嗅了嗅，鄙夷地望了黑建一眼，又去蹲在那两个小姑娘身边了。在等待了一阵以后，大花终于吃到了两位小姑娘拉的粮食屎。大花狗吧嗒着嘴巴，回味无穷，很满意。屙完屎，两位小姑娘又撅起屁股，让大花把她们屁股壕里的屎也负责地舔干净了，这才结束。

第二十九章　邻家女孩之死

随后,大家离了老崖,重新回到官道上,在那里玩"过家家"游戏。官道上的硬土,在牛车的车轮一遍又一遍碾过之后,会碾出一些很细很细的土面,人们叫它"塘土面面",三个小孩子,如今就蹲在这车辙上,用塘土面面在堆房子玩。

这时候高三跟着那辆牛车,晃晃悠悠地从那老崖的坡上探出了头。高三那一天很有兴致,他坐在牛车的车辕上,抑扬顿挫,正在唱着《下河东》里面的句子。这大约是一折有名的秦腔戏,唱得最好的人是河对面一个叫任哲中的秦腔名角,我们的高三最喜欢任哲中在开唱前那一段大叫板。

"来将何人,报上名来。我赵玄郎降龙棍下,不打那无名之人哪!"高三学着,摇头晃脑,拿腔捏调,自己颇为得意。

平原上空荡荡的,官道上空荡荡的,这牛车又是轻车熟路,所以这赶车人高三,也就放松了警觉,只顾自己高兴畅快。当车行到半路里高老汉那个茶摊时,高三突然听到,牛蹄子底下有孩子的哭喊声,他吃了一惊,赶紧一揽牛的缰绳。牛车正走着哩,这一揽,牛车的车轱辘,离了车辙,在路上打了个弯,停下来。

那喊声正是黑建发出的,此刻他正趴在那车辙上,堆一个城堡。他和这两个女孩子,也是玩得太专注了,没有看见那牛车过来,也没有听到高三的那歌唱。当牛的蹄子踩着黑建的脸面时,他扬头一看,才看见那正向自己轧来的车轮。

牛车的车轮,像刀子一样残。它是由槐木一片一片地拼成的,那槐木本身就十分沉重。槐木拼好以后,又用卡钉、铆钉将车轮钉过一遍。这还不算,那轮子两个圆圈的轮廓,乡村铁匠用生铁片将它们齐齐砸过一遍。所以那轮子十分尖利,从地面上碾过去,像刀子削过一样。更何况这轮子上承载的,是整个牛车那笨重的车身。

那轮子本来是从黑建身上碾过去的。如果碾过去了,这世界就少了个黑建。但是，由于高家三小子这往怀里一拽牛缰绳，那车打了个弯，车轮碾上了路中间蹲在地上的瑶瑶。

瑶瑶正在路中央，盘腿坐着。两条腿压在屁股底下，两只脚露出来，脚心向上翻着。她张开双手，各握住一只脚，然后伸长脖子，看黑建砌城堡。

牛车轮子拐了一个弯，绕过黑建，碾过来，从瑶瑶的身上拦腰轧过去。瑶瑶惊叫了一声，惊叫声还没有完，就断气了。瑶瑶旁边的匣匣，大哭起来。

高三从他的英雄梦想中早就吓醒。如今他面色煞白，他明白出事了。牛车在转了一个半圆后停下来，高三跳下牛车，见邻家女娃瑶瑶倒在血泊中，他钻到牛车底下，拖出瑶瑶。"你站住！你站住！"高三把瑶瑶立起来，瑶瑶又倒下去了。又立起来，又倒下去了。接着，瑶瑶口里吐出一股黑血，人死在了官道上。

那一阵子高发生老汉正在他的茶摊上自个儿喝茶。"屙下了，出大事了！"高老汉一改往日的方步，赶向官道。随后，村子的人都来了。随后，瑶瑶的父母也闻声赶来了，官道上于是哭声一片。

这是生产队的牛车出的事，所以这事生产队要管。同时，这车把式是高三，所以，老崖上这户人家也要管。事情在经过半个月的折腾以后，最后终于得到了死者父母的谅解。生产队出了一些钱，高家出了一些钱，算是作为弥补。

农村有许多能言善辩的女人，她们有着一肚子的歪道理，两片嘴唇能把死人说活。高安氏大约就是这样的女人。别看她平日不显山露水的，但是事情来了，要摆平这事儿，还得她出头。

高安氏在屋子里收拾得利索了，然后迈步出门，到瑶瑶家回话。走到门口，镇定了一下自己，然后老着面皮，叩门环。瑶瑶妈开了门，什么话也没有说，算是给了个冷脸。冷脸也得受，谁叫自己儿子做下鳖事了。高安氏咳嗽两声,见瑶瑶妈不让座,于是自己迈动小脚,一趔身子,炕沿上坐了。

落座后,高安氏赔着小心说:"瑶瑶娃妈,事情已经出了,这也是她娃的命。咱不说她的。而今,咱不顾死人,咱要顾活人,咱要自个儿爱自个儿。她大嫂子,你可不能往瞎处想,这有盐没辣子的光景,咱还得过呀!"

瑶瑶妈听了,不同意这话:"高家婶子,你这是站着说话不嫌腰疼。事情没搁给你,要是不是瑶瑶,而是你家黑建,我看你这一阵儿,恐怕早就让事情给压得趴下了!"

这话说的也是实情。高安氏听了,不知道说什么才好。

瑶瑶妈脸色乌青,额头上一年四季有个紫黑色的火罐印儿。农村人把火罐不叫火罐,叫瓯罐,因此把那印迹,叫瓯罐印儿。瑶瑶妈两手操在胸前,身子倚在房门上,手指往外指了指:"你抬脚走人吧,高家婶子。你如果能把这死人说活,我就听你的。说不活,你就是再费唾沫星子,也不济事。你抬脚走吧,从此以后咱们两家,谁也不进谁家的门,你们家要是有人进来,我让我家大黄狗咬断他的腿!"

见瑶瑶妈这么说,高安氏是越发不能走了。她明白自己这一走,从此两家就结下死仇了。

见高安氏不走,瑶瑶妈于是真的唤狗来咬。只见她"吃儿吃儿"两声,一只黄颜色的细狗,扑上来,要咬高安氏。好个高安氏,这时抖起精神来,扶着炕沿,撩起一只捣蒜锤儿一样的小脚,向狗踢去。狗挨了一脚,缩回到瑶瑶妈的身边去了,龇牙咧嘴,准备第二次进攻。

高安氏这时提了提气,朗声说道,瑶瑶妈,官道上轧死的,那不是你家瑶瑶,你知道吗?瑶瑶妈说,尸首还在院子里摆着,怎么不是？！高安氏说，那不是瑶瑶，是讨债鬼，她是孤魂野鬼，来你家讨债，如今讨了六年，觉得债还清了，于是找个茬子，离开这家，又去害别人家去了！瑶瑶妈说，你胡说！

在那遥远的乡间，孩子们时常夭折，通常一户人家，生个十个八个孩子，能养活的，也就三个五个。每一个夭折的孩子的离去，当然会给这户人家带来悲痛，于是，人们就用上面高安氏这样的说辞来欺骗自己，来宽释自己的痛苦。

在高安氏说话的当儿，门槛响处，妇女队长又领来了一群能说会道的农家妇女。她们见话撵话，撵到这一处了，于是这时纷纷接过高安氏的话头来说，每个人都红口白牙，说这瑶瑶是一个讨债鬼，是来要账的，她迟早要离开的，她的离开是这户人家的幸运。

到了最后，所有的妇女的谈话，都变成了对那个不幸的小女孩的声讨。

大家都这么说，直说得个瑶瑶妈也半信半疑了。这时候，瑶瑶的父亲进了屋子，他是个老实得不能再老实的农民，他不知道是对大家的话深信不疑呢，还是知道事情已经发生了，多说也是无益，只见他进了屋子，拍了一把瑶瑶妈的大屁股说："这尻蛋子敦实着哩，还能生！明年，你再给咱生一个！"

听了这话，高安氏知道这疙瘩是松动了，于是趁着人多，悄悄地溜了出来。出来以后，发现自己的贴身子的那一层衣服，都湿透了。

漂亮女孩瑶瑶，埋在一个三岔路口。记性好的读者大约还记得，高大的那个媳妇，就是埋在那里的。如今，这瑶瑶就埋在她旁边。因为是横死的，不能进祖坟，所以只能埋在路边。

人们给这漂亮女孩的坟头上，揳进了许多的桃木橛儿。每揳进去一个桃木橛儿，人们还会口口念词，说上一段威胁的话。希望用桃木橛儿，将这个讨债鬼死死地钉在地上，让它不要在平原的夜晚，再出来游荡。而在葬埋她的时候，家家门口，都用麦秸草燃起一个火堆，防止这孤魂野鬼顺路拐进自家。等到葬埋了以后，送葬队伍每往回走一截，还要燃起一堆火，阻止这女孩的魂影儿跟回来。而当走到三岔路口时，那火堆会燃上三堆，那是希望这小女孩儿的魂影儿假若没有被桃木橛儿钉死，那她再重新回来祸害这个村子时，走到这里会迷路，从而跑到邻村去。

当高村的人们夜来灯笼火把，在一种压抑的气氛中进行这一场事情时，作为事主，瑶瑶的父母始终傻呆呆的，沉默不语，不知道他们是真的相信了大家的说法呢，还是也用这种说法来欺骗自己。

第二年的时候，这家院落里传出一声男婴的哭声。这一声啼哭减弱了漂亮女孩瑶瑶之死带给父母的悲痛、带给高老汉一家的内疚以及带给全村人的忧伤气氛。于是那个穿着红衣服的小女孩，便渐渐被人们忘了。只是瑶瑶妈额颅上那紫黑色的瓯罐印儿，一直到死都没有消退下去。

第三十章　痢疤头

瑶瑶的死亡让高发生老汉有些时日抬不起头。见了人，脸上面光光的。觉得是自己儿子做下了短头。"人活低了就按低的来！"这句农村人常说的话，现在轮到高老汉来说了。好在老崖上的这户人家，在村子，在四周方圆，乡俗甚好，大家也就没有多少话头要说了。更何况，这事又不是车把式高三故意的。

低着头活了一阵子人以后，随着这事慢慢变淡，发生老汉的头也就慢慢抬起来了。这事给他又增加了一份阅历，知道生死路上没老少，既然活着，那就把每一天活好。

高老汉的茶摊，还在有滋有味地摆着。原来他这茶摊，我们知道，纯粹是一项义举，一项乐善好施的行动，是高老汉脑子里不知道哪一根神经不对了，从而引发出的一种罗曼蒂克的举动。但是，随着这高家渡的渐渐兴隆，随着这官道上行人的不断增多，这个茶摊，给高发生带来了一个巨大的好处。

这好处就是"尿"。

大凡客官,在渡口等船的时辰,从官道上经过的时候,往往都要停下来,在这大槐树下喝茶。这既是为了解渴,又权当是歇脚。高老汉性子好,几句"老汉爷"叫的,就兴奋得满脸摸不着鼻疙瘩了。这些客官们感到很惬意,于是屁股像贴在板凳上一样,贪恋着迟迟不走。直到喝成个肚儿圆,才恋恋不舍地离开。乡下人肚子里的油水不多,不搁尿,所以这肚儿圆了,就要撒尿。少的撒一泡,多的撒三泡。而高老汉,也就为了客官方便,给那三间大瓦房的东头,放了个尿瓮。瓮的半边埋进土里,半边露出地面。

从这个意义上来讲,高发生老汉把官道上过来的每一个客官,都当成了自己的一个尿素制造厂。

从茶摊到尿瓮,也就是十步远近。因此,当客官撒尿时,那尿水滴进瓦瓮的"撒撒拉拉"的声音,会清晰地传到高老汉的耳朵里,而那发酵了的尿骚味儿,也会随着声音溅起。每逢这时候,他就支棱起耳朵听着,抽搐着鼻子嗅着,脸上笑成了一朵花。

渭河里有的是水,三小子有的是力气,把水担上老崖,变成茶水,茶水再变成尿,而尿是最好的肥料。村上人都以羡慕的目光看着这高发生老汉,说他真会算计,他家的自留地里的庄稼,今年会是全村最好的。而高老汉说,这是屈说他的,那一泡尿,仅是他的副产品而已,当初设这茶摊,他并没有想到这一层去。他说这纯粹是因为这个茶摊聚了人气的结果。

庄稼一枝花,全靠粪当家。每隔三五天,等这尿瓮里的尿,攒下大半瓮了,高老汉会用一把长勺子,把尿舀出来,然后担上两桶尿,来到自留地里,一勺一勺,把尿泼向麦苗。他家自留地里的麦田,比别人家的高,比别人家的黑。

下来又有几件事情发生,这几件事情也都与茶摊有关。

高家老三长了个癞疤头,这事我们已经知道了。那天,菜籽地里,一群孩子念口歌,叫着"远看一地萝卜花,近看猪毛搅豆渣",就是村上人为高家老三编的口歌。

高三那头,小时候是一头的烂疮。烂疮好一阵,烂一阵。好的时候,疮被疤封住了,不流脓了。烂的时候,那疤破了,于是白的脓、黑的脓、红的脓,便从疮里迸出,臭气难闻。高三那头发,有一部分,从烂疮的缝隙里挣扎着长出来,这头发是黑的,而那头上更多的地面,则被烂疮遮着,白花花的一片痂。所以,"远看一地萝卜花,近看猪毛搅豆渣"这句口歌,倒也形象。

那天高家老三正在抡起个大镢头,破柴。他又从老坟里刨出个柏木根来,给发生老汉的这茶摊当柴烧。高三鼓起神勇,抡圆镢头,高家大门口柴屑四飞。这一刻坐在发生老汉的茶摊上的过路客,是一个老乞丐。

老乞丐本来是准备过河的。他走到老崖上以后,渡船刚走。艄公叫一声"船开不等岸边人",将篙头往岸边一戳,跳起身子来将篙把往怀里一压,船就离了岸。这船过河得一段时间,到了对岸,等人又得一段时间,所以老乞丐只好站在老崖上,边张望边等。这时,茶摊上高老汉喊叫两声,邀他过来喝茶。老乞丐就过来了。

老乞丐褴褛的衣服,被河川里的风一吹,像一身的小旗帜在飘。那圆口布鞋上,那扎起的裤脚上,沾满了尘土,这尘土表明他来自很远的地方。

乞丐在喝茶的途中,突然说:"你老人家,年轻的时候,有过几天荒唐吧?"这话问得突兀,也问得奇怪。高村这地方,离西京城不远,高老汉年轻的时候,也逛过几次西京城,记忆中,他跟西京城里的"暖脚婆",也没有过什么瓜葛,因此此刻听了这话,有些不高兴。

"何以见得？"发生老汉说。

老乞丐说，那正在挥汗如雨破柴的那位，是你家小子吗？在得到肯定的回答后，老乞丐说，是不是这原因，我不敢肯定，不过孩子那头，是可以治的。见老乞丐这样说，发生老汉收回了刚才的敌意，"可以治，怎么个治法？"

老乞丐说，那烂疮好了又发，发了又好，病在头上，病根却不是在头上。说白了，他是身上有毒，这毒隔三过五，就得找个地方发出来。有人是从身上发，长疮，有人是从眼睛发，长疔疮，有人是从鼻子发，流鼻血，有人是从嘴里发，害牙疼。那些是轻的！劈柴的这后生，一身毒，冲到脑顶，就只好由脑顶发了。

高发生听了这话，倒也折服。他说，今天我莫非遇到高人了？过路客，老人家，你说孩子这病，有没有个治法？孩子都长得人高马大了，到现在还没有说上媳妇，这都是让那一头烂疮害的！

老乞丐说，我这里是有一个偏方，不过不知道能不能用。

高老汉听了，一阵欢喜，赶紧把旱烟锅子咂两口，然后把玉石烟锅嘴在自己袖子上揩干净，殷勤地递给老乞丐。

老乞丐说，那毒气得让它自个出来，它要不出来，痂今儿个结了，明儿个照样破。咋样叫毒出来呢，不知道你家有狗没有。如果有狗，叫狗来舔。舔上几回，这毒气就传到狗身上去了，狗成了个癞皮狗，而这后生的痢疤头，也就好了。痢疤一好，那头发就自然长出来了！

"狗这东西，灵醒得很！那头棒臭棒臭的，它肯伸出舌头来舔？"发生老汉提出疑问。

"人为财死，鸟为食亡！那狗贪吃一摊屎，便什么也不顾了。要叫狗来舔，我们山里人，滚上一锅米汤，将这米汤浇到人头上，来引狗；你们平原人，米少，有的是苞谷粥，反正不管是啥吃食，只要能把狗哄得伸出舌头去舔，这事就成了！"老乞丐说。

"这好办！"发生老汉一拍大腿说。

这事也就宜早不宜迟，说办就办。当下，高发生老汉吆喝老婆子，赶快去熬苞谷粥，吆喝黑建，到老崖畔上、田野上、村子四周去寻大花狗，又让正在破柴的高家三小子，先停了手中的活儿，去洗个头，定定神，做好迎接这场事情的精神准备。

高老爷子号令一出，茶摊前忙成一团。一会儿工夫，黑建手提一个兔拐，把那只黑花狗撵回来了，如今两手搂住狗的脖子，在茶摊上坐定，等候老爷子的调遣。高安氏听说要给三小子治癞疤头，自然是满心欢喜，那两只小脚像鼓点儿一样敲着地，一会儿，就把一大锅苞谷粥熬好了，先给那老乞丐，接着给一家老少，一人盛了一老碗，剩下的，放在盆里，端到门外茶摊上，凉着。高三的头，也已经洗过，那头洗过以后，少了一些臭味。

高发生老汉喝过苞谷粥以后，将碗一搁，说道："三掌柜的，今儿个咱给你治病，你要挺住。你能不能娶下媳妇，给咱高家延续香火，你能不能这后半辈子有头有脸地活出个人样，就看今天了！"高三听了这话，摸不着头脑，不知道今天如何捣弄他，心里有些怕。发生老汉说，你不用管，我怎么吩咐，你怎么做就是了！

发生老汉叫高三坐在那里，不要动，然后让高安氏将苞谷粥端来，两手掬起这稀汁，往高三头上抹，待抹得均匀了，下巴上山羊胡子翘一翘："黑建，吆喝叫狗上！"

那只名叫大花的狗，平日总是欠吃。自从那天在老崖上，吃了漂亮姑娘瑶瑶、匣匣的粮食屎以后，这些天都没嗅到这粮食的滋味了，如今见家里人吃饭，香气四溢，那涎水早就流了满地了。它原来以为自己只是个看客，现在见黑建搂住它的脖子，蹲到这高三前，让它去舔那苞谷粥，于是由不得喜出望外，赶紧挪动身子，走过去，伸出舌头来舔。第一口，觉得有些味道不对，第二口，舌根麻了，任你是什么味道，也就不在乎了，毕竟是这青黄不接的时节，能吃到粮食，它是极为满足了。

狗双爪挂地，站在那里，一张黄瓜嘴吧嗒着，粉红色的舌头在高三的头上像犁地一样，一道一道地犁过。舔到欢畅处，大花的尾巴，在空中欢快地摇动着。

倒是高家三小子，受不了这挦揪。随着狗那粉红色的舌头在他头上飞快地窜动，高三杀猪一般地嚎叫起来。他感到头上像有一万只蚂蚁在挦揪，那种说疼不是疼说痒不是痒的味道，弄得他全身像筛糠一样，一种过电一样的感觉从头顶直窜到脚心。

"我不了！我不了！打死我我也不了！"高三两手捂着个头，站起来一脚踢翻了狗，然后转身向田野跑去。

"你给我回来！"高发生老汉叫道。叫罢，高发生老汉从大门口，卸下了门槛，然后挥舞着，去追高三。按说，以高老汉的步伐，哪能追上那个手脚灵便的高三，不过，追了一竿子远以后，老汉摔倒了。可怜的老汉仰起头来，叫高三："三小子，你听话！活一世人，难哪！你如果是孝子，就给大一个面子，回去咬着牙，将这事做了！"这话说得叫人伤感。高三听了这话，心软了，只得回头，过去扶起发生老汉，重新回到这老槐树下的茶摊前。

高安氏给高三头上，再涂一次苞谷粥。

这次是全家起营。高发生老汉两腿在地上扎个马步，将那高三的癞疤头，死死地夹在交裆里。高安氏挽起袖子，不停地用马勺往高三头上浇汤。那大花负责舔头，黑建用手抓住大花脖子上的项圈，负责管束狗。

直到那大花的肚子，吃成了个滚圆，直到那一盆苞谷粥，见了盆底，直到这高家老老少少，全都汗水湿透了衣服，这高三癞疤头的第一次治疗，才算结束。

高家渡传来了篙敲船帮的声音，那位老乞丐得走了。高发生老汉千恩万谢，说了一篓子的好话，那老乞丐只淡淡地笑着，就猫着腰走了。河边又传来艄公"船开不等岸边人"的喊声。

就这样让大花舔了几次以后，奇迹般地，高三头上的痢疤，慢慢地结痂了，不流脓了。痢疤在好了之后，一头黑油油的头发长了出来。除了偶然有几处头发根沤坏了，不再生长头发，而长成几块亮斑以外，高三现在的头，和普通人一样，甚至比一般人的头发还要好一些。

但是大花，从此成了个癞皮狗。可怜的畜生，一直到死，它的身上都只有稀稀拉拉的几根毛。

第三十一章　乡间喜剧

高三的那颗头，大花狗一日三舔，就这样持续了半个月。高三后来再没有让发生老汉将头夹到交裆里去，而是主动唤狗来舔，他说狗的舌头所到之处，他有一种极度受活的，仿佛被揭去一层头皮的感觉。

奇迹就这样在高三的那颗头上出现了，有头发楂子的地方，头发疯狂地生长出来，那么黑，那么亮，头发楂子被脓疮吞掉的地方，好成几个亮疤，不过长长的头发一遮，便什么也看不见了。

为了弥补那过去的损失，高三让头发长得很长，并且将长长的头发向后背起，这叫"大背头"。乡下人没文化，不知道这叫"大背头"，他们看那头发一甩一甩地高高背起，酷似西京城里那需要仰视才能看到顶的洋楼，于是把高三这头，叫"洋楼"。

高三顶着个"洋楼"，脖子直直地，一走一颠那洋楼一闪，煞是气派。尤其是刚洗完头以后，那皂荚水把头发洗得黑明黑明的，高三再用高安氏的那篦梳,将头发整齐地向后梳起,村上的婆娘女子见了,喝一声彩,喝罢彩便编出口歌。原先那口歌叫"远看一地萝卜花,近看猪毛搅豆渣",现在这口歌则叫"跌倒蝇子滑倒虱,虼蚤见了发忙迫"。这口歌是形容这头发光滑鲜亮,苍蝇、虱子、虼蚤之类见了,怕跌倒在头发上,于是赶快逃走。

高三的"洋楼"一闪,婚事也就动了,东村的,西村的,前村的,后村的,不断有人前来提亲。原来的时候,高三像个杨木桩子一样,在那里栽着,大家其实都看得见,只是下不了这个决心,如今有一家提亲,别人见了,觉得这确实是个好茬口,于是争先恐后,把这高家的门槛都快踢破了。

这样高三的婚事很快也就成了。

不过这新人不是东村的,也不是西村的,不是前村的,也不是后村的,她却是个"南山猴"。啥叫"南山猴"?关中人自大,觉得自己生活在平原上,出门不用上坡,搭眼一望也眼界开阔,这关中平原也是个风调雨顺的富庶之地,所以看不起外乡人,将那南山上下来的人,叫"南山猴",将那北山上下来的人,叫"北山狼",将那河东过来的人,则叫"河南担儿"。

高三这媳妇,也是从这茶摊上得的。

一男一女兄妹二人,从南山上下来,要经高家渡到河的北岸去。走到渡口时,船刚走,兄妹二人便在那老崖上,剜观音土吃。发生老汉见了,吆喝他们到茶摊来,又让高安氏烧一锅苞谷粥让他俩喝。喝了一大老碗后,两人似乎还有一些欠,发生老汉让老伴再盛一碗。高安氏说:"给一碗是恩人,给两碗就成仇人了!"说罢这话,不肯再盛。发生老汉见了,也就只好作罢。

吃罢饭后喝茶。发生老汉生性好奇,爱打问事情,动口一问,才知道这两位是兄妹,商洛山中的,那男的说,商洛山遭了年馑,饿死了不少人，而活着的人，连抬埋死人的力气都没有了，所以人饿死后，就在那摆着。他这次带妹妹出来，就是想给找一户好人家，逃个活命。他听人说，渭河以北，有滩地，地广人稀，日子好过一点，所以想到那边去，鼻子底下一张嘴，给妹妹寻一个好茬口。

发生老汉问，你是已经踏摸好了下家了呢，还是像个绿头苍蝇一样，去碰运气？那男的说，不敢说踏摸好了，但也不至于是瞎碰，河北地面有个商州女先嫁到那里去了，我们这是去找她，让她帮助。发生老汉见说，沉吟半晌，后来说道：

"既然还没有找到好茬口，那么，我这里倒有一个茬口。这地方叫高村，如果能给这女子在这里找一个，也算成全一桩好事。老百姓说，隔山不算远，隔河不算近，省了过这一条河，湿这一回鞋，于你们也好！"

这一男一女听了，心中欢喜，于是问，真有这样的好茬口么，只是不知道人家愿意不愿意要南山猴。高发生老汉这时一拍巴掌说："你们瞧，那'茬口'来了！大路上吆着牛、扶着耩子的那位，就是！"

这时，只见高三，刚刚耕地回来，吆着牛，扶着耩子，从南北方向的那个斜斜路，正雄赳赳、气昂昂地而来，头顶上那个"洋楼"，像大红公鸡的鸡冠一样，一走一闪。

原来，进步青年高三，这是给生产队去种棉花回来。上级推广棉花种植，在这里做试点，高三是去播种去了。他手里扶着的，那叫耩子，是一种比犁铧轻便一点的农具。耩子头是三角形的，戳破地皮，后面有人跟上溜种子。如今，地种完了，高三是吆着牛回生产队的饲养室。行走中，套在耩子头上的三角铁被取下来，防止打破了，它被仰面朝天套在耩子的那个木架上。

那高三从南北路上过来,径回饲养室卸牛去了。

"就是他!"这一男一女见了,十分欢喜。那女的说:"我没意见。找个地方能圪蹴下,把这张嘴混住就行。"那男的见妹妹这样说,自然高兴,也就说:"我妹妹是愿意了,只是,这关中人欺生,不知道那小伙愿不愿意,不知道他的父母高堂愿意不愿意!"

这时高发生老汉,一拍大腿说道:"实话给你们说吧,这是我家三小子。家有百口,主事一人。千声打锣,一锤定音。这高家的事情,我高发生老汉说了算!"

"真能算数?"

高发生有些恼了,他说:"你们打问打问去。我高发生老汉说起话来从来是'塘土地里吐唾沫,一口唾沫一个坑',做起事情从来是'十字路口摔一跤,端南正北'!"

高三的一桩婚事,就这样定了。

发生老汉将这事说给高安氏,高安氏心里有些犯嘀咕。高安氏说,当年高二那媳妇,也是大路上碰的,但是顾兰子一家,是老实本分人,是知根知底。如今高三这媳妇,是哪里人,她家的门楼朝哪个方向安着,她家的门风如何,有没有狐臭,这些我们都不知道。如今咱们家条件好一些了,应该在四近方圆,找一个本地姑娘才对。

高安氏这话,也有一些道理。原来这关中地面,欺生。大凡有点能力的人家,娶妻嫁女,都是四近方圆的,村子跟村子,亲戚套亲戚。那年月,只有那些地主富农人家,成分不好,问不下媳妇,或者光景实在不好的,问不下媳妇,才到南山北山去"引"媳妇,或者如果家中有女儿,用女儿去换亲。

高安氏犯嘀咕的,还有另一层原因。她说,她端饭的时候,细瞅了那姑娘一眼,见她那脸,似乎是"开"过的。啥叫"开脸"?

原来北方地面，嫁女时，要请来族里的大娘大婶大嫂，用两根线，在脸上"绞"，绞去脸上的汗毛。汗毛被细致地绞过以后，脸显得漂亮、干净，女儿家也仿佛一下子长大了。开了脸以后，姑娘才能上轿。所以高安氏觉得这姑娘是开了脸的，怀疑她结过婚。

但是这些理由，对高发生老汉来说，都不是理由。他自恃走南闯北，见过大世面。他说外路人有什么不好，咱关中人长得粗糙，尤其是女人，尿盆脸，碌碡腰，墩墩屁股，就是因为千百年来近亲结婚、近亲繁殖的缘故。至于说这姑娘好像结过婚，发生老汉说，她见这姑娘细皮嫩肉的，瘦骨棱棱的，哪像个结过婚的样子。即使她结过婚，现在来到了咱家，睡到了咱老三的炕上，她就是咱老三的媳妇，咱们管得了婚后，管不了婚前。

高安氏听了，嘴里嘟嘟囔囔，还要争辩。发生老汉见了，生起气来，他顺手摸起自己屁股下的小凳子，朝高安氏扔过去。高安氏头一偏，凳子角划破了高安氏的额颅，鲜血直流。高安氏捂着个头，不敢再吱声了。

"公鸡司晨，母鸡抱窝。老婆子，你去织你的布，纺你的线，做你的饭去吧！跟你说这事，是高抬你，给你打个招呼，你当真是找你商量。儿女大事，这主意得我拿！"

高发生老汉虚张声势地说。

这就等于给高安氏说了。接着，发生老汉又将这事，说给三儿子。三儿子卸下牛具回来，见了这商州女子，十分喜欢，见她脸上细皮嫩肉的，白是白，红是红，一双大眼睛，双眼皮不停地扑扇，红嘴唇儿，尖下巴，那高三的心中，早喜欢上了。虽然她脸上一脸菜色，面黄肌瘦，但更增加了人的怜爱之意。如今见发生老汉这么一说，自然乐意。加之这老三，三弟兄中，是个最孝顺、最没有主见的人，在家里的事情上，一向是听父母高堂的，在后来当大队干部以后,又一向是听上边的,所以这事,一说就成。

婚事就这样定了。

接着,婚事也就这样办了。择个良辰吉日,换了生辰八字,举行婚礼。在这青黄不接的年月,在这高村平原上大年馑即将来临的时候,高三的这婚事,办得自然简陋一些,但是过程还是得走一走的。从城隍庙小学校里,借来了些桌凳(让小学生放假半天),在高家院落这枣树底下一摆,让农村的大厨做几样荤素,再将亲戚陆人一请,这就算结婚了。

如今是新社会,得割结婚证。那男青年说,等到秋后,他从商洛山上搬来妹妹的户口,那时就到公社去割结婚证不迟。男青年的话,却也在理。村上有几户从南山北山引来的媳妇,都是这样做的。为啥要等到秋后,这里有一个原因。农业社分麦分秋、年底分红,是以劳力结算、人口结算,所以到秋后搬户口,这嫁到山外的女子,可以多在娘家参加一次年终分配,算是在最后为娘家作一次贡献。

三小子这桩婚事,办得漂亮,事事都称心,事事都顺利,唯一叫高发生老汉心疼的只是,高家藏的那二斗麦子,用作了聘礼。

那二斗麦子,原来是放在发生老汉的棺材里边的。几年以前,发生老汉得了一场大病,眼看人不得活了,二儿子高二,便托人从黄龙山,买了一副棺木板回来。这棺木板叫"十六绺"。棺木板有讲究,四块的叫"四页瓦",八块的叫"八大扇",十二块的叫"十二方",十六块的叫"十六绺",当然还有那二十四块的,叫"二十四条"。做棺木,用四个整块来做一副棺木,当然最好。不过那样的棺木农村人是睡不起的。这"十六绺",虽说次一点,但是它的质地是最好的木头柏木,所以高发生老汉能睡上它,也是一件荣耀的事情。高村平原上,能睡上柏木棺木的人,并不多,或者说几乎是绝无仅有。这棺木花了高二两个月的工资,他的力气也算使尽了。况且高老汉在黄龙山生活过,睡着这棺木,品味着那黄龙山的岁月,一定十分惬意。

于是高家请了村子里最好的木匠,在院子里那棵枣树下支了个摊子,开始打棺。木匠将那些柏木的刨花儿,拢在一起点着了,熬茶,熬胶,于是那柏木的香味儿,弥漫了半个高村平原。棺材打好了。谁知道棺材打好以后,这高老汉正被往里面装的时候,又活了过来。

于是这棺材便在那新修的三间瓦房里放着,成了闲物。放得久了,人们发现这棺木有个用途,就是贮放粮食。小麦放在里面,既不怕发霉,又不怕老鼠咬,真是个好地方。所以高家人,就把那棺木做了粮食囤。新麦下来了,把棺材里的旧麦取出来,人们吃它,新麦再放进去。就这样年年倒换。

高老汉之所以心疼,是因为这二斗麦子,平日是不准动的。农村人经年馑经怕了,所以就像老鼠一样,贮一些余粮来,遇到年馑,家里揭不开锅,再动它。所以这二斗粮食,是救命粮。

抚摸着棺材盖儿,高老汉想,碌碡都吃到半坡里了,只能往上拽,心疼归心疼,这二斗麦子还是给人家吧!何况,二斗麦子做聘礼,在平原上,也并不算过分;又何况,自留地里的麦苗长得那么好,不出三个月,新麦子就该下来了;再何况,用二斗麦子换一个大活人,也值得,人家在娘家,吃了几个二斗麦子,才能长成这一副坯子、这一身骨肉的。

这一番想罢,高发生算是拿定主意了。他喊来高三,两人各把住棺材的一头,手抓紧,高叫一声起,棺材盖打开了,棺材里面黄澄澄的麦子露了出来。高老汉捧一把麦子在手里,又让麦子从手指缝里漏下去。他的眼睛里闪出了泪花。

"拿条细口袋,装粮!"高老汉说。

那二斗麦子被装进口袋里,扎好口儿。那个被称作"南山猴"的商州客,猫腰,扛起口袋,横搁在双肩上,然后告辞高村,摇摇晃晃地往商洛山中去了。他把妹妹留在了这里。他说妹妹叫刘巧儿。

夜来,高三和刘巧儿的新房里,传来了哭声。这是女人的哭声。这个商州女子为什么会哭呢?这个秘密直到一年半以后,大年馑过了,才揭开。而这个秘密的揭开,与那个半大小子黑建有关。

第三十二章 水涝

高三的"痢疤头"一变成为鸡冠子一样的"洋楼"时，平原上的人都说，高三像个领导。高三有了媳妇之后，走起路来步子变得扎实，说起话来话语变得平实，做起事来变得有模有样有板有眼。平原上的人都说，高三更像个领导了。

老百姓有一句话，叫作"众人口里有毒哩"。这话是说，是不是这样倒在其次，只要大家都这么说，众口滔滔，这事就成了。

公社领导见大家都这样说，猛然觉得高村的高三确实是个人才。那时恰逢大队干部改选，于是提议高三做副大队长的候选人。群众大会上，大家齐刷刷一齐举手，高三几乎成了满票。人群中，只有一户人家没有举手，这户人家没有举手，有它的原因。它就是瑶瑶家。不管怎么说，票数过半，这样高三就成了副大队长。

从当选那一天一直到三十年后高三去世，他都是高村平原上的一个重要人物，政府在这块地面上的一个代表。他善良、真诚、宽容，任劳任怨。当他去世的时候，他家的一面墙壁上，贴满了各种奖状，这些奖状记录了平原上一位农民、一位基层农村干部的一生。从土地改革到互助组，初级社，高级社，人民公社，再到"总路线""大跃进""三面红旗"，到"四清"运动，社教运动，"文革"，最后到改革开放，包产到户，土地承包三十年不变等等，他在这些运动中都是积极分子，都是当时的政策的最真诚的拥护者和实践者。而最为难能可贵的是，在从事这些事情的时候，他是如此真诚，如此无私，如此饱含政治热情，如此的对美好未来抱有深信不疑的憧憬。

他永远是副大队长，一直到去世。那些野心勃勃的正职，走马灯一样换了一个又一个，只有他从来没有换过，这块平原需要他骑着那辆名曰"凤凰单闪翅"的破旧自行车，一次一次、一年一年地走过。那样这里的人们会觉得踏实一些。

我们说话的这时候，高村平原上的麦子正在生长着，截至那时，气候还没有出现什么异常的情况。麦苗从冬眠中起身，然后返青，生长，到清明节时可以盖住老鸹，接着拔节，秀穗，出穗，扬花，等等，一切都很正常，甚至一直到麦黄收割，一切都是正常的。

这时候"大跃进"运动大约已经到了尾声。平原上的大炼钢铁热也已经停止。那一刻，平原上的青壮劳力全部被征集起来，去到离这里三十多里的戏河上游去修一个水坝。这项工程由高三带领。平原上的人们有些健忘，大家后来不记得是麦子收到了场里，堆成麦垛以后，天开始下雨的呢，还是麦子连收割这一道工序也没有做，就被连阴雨全部沤烂在了地里。

也许是两者兼而有之吧！在小男孩黑建的记忆中，那些麦子是被收割回来，在场里堆成一个一个的垛子，后来在连阴雨中烂掉的。他之所以记得,是因为这麦场,就是他逮蝴蝶的那片菜籽地。平原上的土地金贵,所以给那来年准备做麦场的地块,人们会种些油菜、大麦之类,这两种植物恰好比小麦早熟半个月,所以来年待它们熟后,先行收割了,然后把那地块,用耩子犁一遍,用耱耱一遍,用牛套上碌碡轧实,就成了打麦场了。

但是在高发生老汉的记忆中,那麦子压根儿就没有收回来。他的这记忆,大约与他家自留地里那麦子没有收回来有关。我们知道,那一小块地里的麦子,是平原上长得最好的,因为它是茶摊上的尿灌大的,可以说每一株麦苗都灌注着发生老汉的心血。它较别的地块的麦苗,要黑许多,高许多。发生老汉估算,它收割后,收成会较别的同等地块,高出三成以上。然而,这肥料上得多了,也有害处,那就是麦苗容易倒伏,成熟时迟迟不熟,贪青。

"贪青"这个洋名词,是发生老汉听三儿子说的。那高三,领着人来到这个地块时,望着绿汪汪的麦穗,急忙下不了手。"这麦苗贪青,它还得半个月光景,才能熟哩!"高三说。

高三在三十里外,领着青壮在参加大会战,村里捎来话说,麦子熟了,要大家赶快回来割麦。这时,戏河大坝的修筑正在关键时刻,大坝务必在夏季雨水来临之前、山洪暴发之前修好,如果大坝不能合龙,那山洪来了,不但这半年的工程会毁于一旦,山下平原上的村庄,也有危险。工程总指挥不放大家走,大家于是哭成一片。这时高三走上去,给工程总指挥跪下,他说龙口夺食,请恩准给三天假,让社员们先从地里把麦子收回来再说。总指挥无奈,只得同意了。于是高三领着大家,连黑搭夜赶回高村收麦。

回到高村的青壮劳力,加上在家留守的屎娃病老汉,全村人呐喊着"龙口夺食"这个口号,整整忙了三个白天三个夜上,终于将大部分的麦子收割回来。麦子割倒,扎成麦个子,牛车拉,驴驮,人背,独轮车推,大家把麦子运到场里,堆成一个挨一个的麦垛子。

麦垛子堆好后,青壮劳力只得赶回去参加会战。高三说,等会战一结束,就回来扒开麦垛,晾晒,碾打,入仓。

但是后来这些程序都没有进行。青壮劳力们刚走,只见从终南山的山腰间,升起一朵云来,那云乌黑,狰狞,越升越高,慢慢地弥漫了整个平原。平原上刚才还是晴天红日头,一下子变得幽暗起来。

高村平原上的老百姓有一句民谚,叫作"骊山戴帽,长工睡觉",意思是说,骊山顶上有乌云升起,就要下雨了。说话间,"咔嚓"一声雷,铜钱大的一滴雨落下来,接着,哗啦哗啦,就像天河决了口一样,就像老天这个大穹庐破了底一样,瓢泼似的大雨落了下来。这雨一下,就是七七四十九天。

整整七七四十九天中,高村平原像被泡在了水中一样,低的地方成了涝池,高的地方成了泥滩。那些房屋,一座接一座地倒了,没有倒的房屋,屋上的瓦渗饱了水,不再渗了,于是雨水越过瓦,从屋顶上流下来,外边下大雨,屋子里下小雨。

最可怕的是堆在场里的四十几个麦垛子,也都全部泡在了水中。压在底下的,发热,发霉,沤烂;搭在上面的,雨水泡得长出了芽来。至于那些还没有收回来的麦子,它们那麦秆端立在地里时,麦粒泡涨了,穗子里就开始长芽儿。最后在急风暴雨中,又全部趴在了地上。

整整四十九天,天空一直是乌黑的。用高安氏的话来说,就像有一口大铁锅,扣在这平原头顶上似的。

高安氏迷信,她燃起一炷香,拿起镰刀、剪子往雨里扔。她跪在大门口说:"老天要灭这一块地方的人了!我平时叫你们不要作孽,你们不听!看看,惩罚来了!"

这几年,经过"大跃进"、大炼钢铁的折腾,高村平原上,家家户户的家底都空了。人们本来希望,这一茬新麦下来,能有个弥补,现在,全完了。

整整七七四十九天头上,正当高村平原的人们已经绝望了,忘记了白天是个什么样子、太阳是个什么样子以后,突然之间,风停了,雨住了,打雷闪电没有了,一轮又大又圆又红又亮的太阳爷,出现在碧蓝碧蓝的天空,出现在高村平原的头顶,出现在高发生家那棵老槐树的树梢。

然后是赤橙黄绿青蓝紫,一条绛①像一张弓一样出现在天空。绛的一头搭在终南山上,一头搭在高家渡这一带的渭河里。

渭河涨水了。

其实在这七七四十九天的暴雨中,渭河一直在涨着,河心像肚子一样地鼓起,水流慢慢地漫往河滩。但那是小涨,是由于这一带下雨而引起的。河流突然暴涨了,这说明在上游也落了雨,而且是大雨。

人们脚底下的地皮,在微微颤抖着,仿佛地震一样。村子里的水井,本来就不深,现在突然浑浊起来,水位升高了许多。渭河川道里,像闷雷一样,有一种轰轰隆隆向前滚动的声音。最后,水头出现了。水头像屋檐一样高,有十里路那么宽,像一堵墙一样,向前碾去。

那水头上,堆满了高大的树木、房梁房檩、完整的棺材、船只、活牛、活羊等等,因此看起来是黑乌乌的。那大树上盘了许多的蛇,它们在哀鸣着,扬着头向天空吐着蛇信子。那棺材上,趴着一个活人,活人在凄凉地叫着:"救命的爷呀,救命的爷呀!"听任他叫,高村老崖上,站了许多的人,可是没有一个人敢下水救

---

① 绛——彩虹,这里是民间的叫法。

他。后来，只见一个大浪，将棺材打散，当那人再抓住一块棺材板的时候，棺材板上的铁钉扎住了他。那人便随着木板被浪头高高抛起，又被卷入波涛中，救命声从此停了。

高村的所有的人，河岸往里五里路程上的人，大家都赶到了河岸上，站在老崖上看着这一幕。水头过去了，水头后面是汹涌不退的大水。十里渭河滩白茫茫一片。河水抵在了这边老崖上，又抵在了那边老崖上。那水位简直可以与老崖一样平了，或者用乡亲们的话说："可以圪蹴在老崖上，撩起河里的水洗脸了！"

往年渭河也涨水，但不如这一年的水大。平原上的人们，他们烧饭用的柴，大约有一半就是这条河流提供的。一旦涨水，就有柴火棒漂下来，水把这些柴火打到岸边来，家家户户的男人们，于是站在岸边，手里挥动着一个笊篱一样的"柴杈"，在河里澄，在河里捞。人们把这捞下来的柴火叫"河柴"。有经验的人，甚至能分辨出哪些河柴是"泾河棒棒"，哪些河柴是"灞河叶子"，从而推断这一次的涨水，是来自渭河的哪一条支流。

但是渭河这一次的涨水，实在是太大了。渭河只要再努一把劲，水就会漫上老崖，从而把整个村庄吞没。所以这次，人们只呆呆地站着，没有心情去捞那满河的河柴。人们盘算着，如果这水流再大一点的话，如何逃命。有许多老人，他们现在在这老崖上，不是站着，而是单腿跪下来，或者整个身子趴下来，眯起一只眼睛，向河心里瞄。

他们说："如果这河心还是鼓的，像大肚婆一样地鼓，那这水还要涨；如果这河心是凹的，那就说明水快要退了！"

三天三夜之后，在高村平原上人们惊恐不安的等待中，河心慢慢地凹了。接着，它一点一点地瘦了，直到最后，重新变成一股细流，缩回那旧河床里了。河岸上站着的黑压压的人群，这时候才松了一口气。

第三十三章　大旱

一涝十八旱。在经过那场七七四十九天的呼噜白雨之后，高村平原上，接着就是一场旷日持久的大旱。这旱灾一直从天空出现彩虹的那天中午算起，到第三年的种麦时节才落雨。如果说那场大雨是一个七七四十九天，那么，这接下来的大旱就是十个七七四十九天。

大雨过后，太阳像一个大火球，悬挂在高村平原上空。平原的每一块土地，都被灼热的太阳光晒得石头一样僵硬。种子被勉强地戳进地里，或者青苗刚长出来，便被灼热的阳光晒蔫，晒死，或者根本就没有出土，捂在地里成为黑籽。

那条曾经仪态万千地从村旁流过的河流，现在变得如此孱弱，如此瘦小，它疲惫地流淌着，在半是干涸的河床里。水很浅，很弱，仿佛要断流了似的。高村的那些勤快的男人，中午在生产队的地里干完活，歇晌的时候，头上顶一个老笼，从水浅的地方蹚过河去。听到生产队的上工钟声，再扛着一老笼草，蹚过河去上工。

河流变小,地表水也就降了,平原上那些浅些的井,开始变得干涸,人们只好到生产队饲养室门口那口深井里去打水。而地里的墒情,也在太阳的暴晒下,在地表水的下降中,逐步变成黄墒,变成干墒。

靠仅有的一点墒情,那一年的苞谷长得稀稀拉拉的,大约只收了三成。平原上的人们,把苞谷结棒子叫苞谷抱娃,他们说,那一年苞谷抱的娃,像小孩子的鸡牛牛那么大。

幸亏有一种吃食叫萝卜,帮助高村平原的人们,在那年的冬天以及第二年的春天,不致饿死。这萝卜是高三领着社员们种的。渭河大水过后,高三给公社申请,从外地调拨来了一些萝卜籽,然后他领着社员们,挽起裤腿,在大水漫过的泥滩里一挥一挥地撒萝卜籽。想不到这年庄稼没收,但是萝卜收了。地冻萝卜长。这萝卜一直长到三九天,把地皮都挣裂了。高村平原的人们,将萝卜拔出来,生调着吃,切成条儿焯熟以后调着吃,熬成大烩菜吃,剪成片子晒成萝卜干吃。

黑建记得,他背上书包去城隍庙上第一堂课时,高安氏就是从棺材里,掏出一把萝卜干,塞进他书包里。

但是不管怎么说,大年馑还是不可遏制地来了。公家人把这叫"三年困难时期",或者叫"六一、六二年困难时期"。

首先给这块平原带来强烈震荡的是那官道上络绎不绝的逃难人群。如果说当初那一兄一妹两个商州客,是这次大逃难队伍的先声的话,那么现在,大批的逃难队伍到了。他们将要从这里渡河,到渭河以北去,或者走得更远,到黄龙山。我们的半大小子黑建,见这事好玩,便约了几个同年等岁的孩子,从家里偷了个老碗,从树杈上掰了个讨饭棍,然后跟着逃难的队伍,混到了船上。高发生老汉见说,冲到老崖上去,大声呐喊,吆喝那渡船回头,然后从那船上,找到黑建,打了两个耳光,拧着他的耳朵回到家中。

整个大平原上人心惶惶的。这块平原上的老年人,经历过民国十八年那一场大旱。那场大旱,平原上的人,十停中死了七停,"人吃人,狗吃狗"的传闻不绝于耳。根据高三从上面得来的消息,这一场大旱,要超过民国十八年那一场大旱。高三还悄悄地说,上边有内部消息说,东边的河南省,饿死了三百万人,西边的甘肃省,饿死了一百五十万人,而秦岭那边的四川省,人数还要多些。

高发生老汉已经没有心情再守他那个茶摊了。他让黑建帮忙,将那些桌桌凳凳都收了,然后一个人圪蹴在老槐树下发呆。

高安氏信迷信,自从那道五颜六色的彩虹在大平原出现以后,她开始吃素、吃淡,农村人把这叫"忌口"。高安氏嘴里喃喃地,在回忆着她的大半生,忏悔自己。她说:"老天要灭这一块地方的人了!那么,从我灭起吧!我罪孽深重!可是,放过孩子们吧,他们还没有活人哩!"说这话时她流下了眼泪。

面对大年馑,上边一天一个指示,而这些指示,便由高三忠实地传达给社员。有时候,指示是夜里来的,于是高三披衣起身,拿着一个手电筒,去拍每户人家的门环。

上边说,榆树皮可以吃,可以用它碾成面,熬末糊喝。只是,这榆树皮末糊烫心,得晾凉了才能喝。于是高三领着社员们,几天工夫,将平原上的榆树全部剥成了白瘆瘆的光杆儿,将那榆树皮全部吃进了肚子里。

上边说,柳树叶可以吃,只是这柳树叶苦些,得用开水焯了吃。于是高三领着社员们,开始打柳树叶。这些柳树叶吃下去,人们的脸色发青,连肠肠肚肚都是青的了。

上级说,苞谷芯儿可以吃,将其碾碎,在锅里炒一炒,可以炒成干炒面。于是高三便领着社员们,挨家挨户翻腾。平原上的人们，家里灶火旁，往往会存一些苞谷芯儿，雨天的时候，用它生火。现在，碾子咯哇咯哇地响，这些苞谷芯儿也很快地吃完了。

苞谷芯儿吃完，上级又说，苞谷秆也可以吃，于是高三又领着大家，把苞谷秆用铡刀铡短，放到碾子上碾碎吃。

人们像蝗虫一样，红着眼睛，将平原上一切可以填饱肚子、可以哄肚子的东西都拿来吃了。

半大小子黑建，在回忆自己的那一段经历时，热泪涟涟地说："我那时候为什么那么能吃呀！我总是饿！我的大肚子怎么填也填不满！"

当平原上所有能吃的东西都被吃干净以后，上级发来了可怜的一点救济粮。高三在领着大家分发救济粮的同时，又带着几个年轻人，骑着自行车到远处镇上，买了几坨油渣。1961年的二三月里，高村平原的人们，就是吃着这油渣度过的。

这是粗油渣，不是细油渣。说它是油渣，不如说它是棉花籽的那一层内皮。棉花籽要榨油，先用粉碎机将那一层外壳粉掉，下来榨一遍，去掉棉花籽的内壳，最后榨一遍，去渣，出油。最后榨一遍的那是细油渣，那油渣在那时是买不到的，就连这粗油渣，也只能买到那么几坨。

第三十四章　饥饿的平原

黑建提着个草笼，拿着个小铲儿，跟着新媳妇去挖野菜。春二三月，平原上空荡荡的，冷清清的，田野上的麦苗，面对又干又冷的天气，还趴在地面上，迟迟地不起身。找不到野菜，他们只在自家的老坟的坟头上，挖了几棵小蒜、几钵雪蒿，这些都是越冬的植物，它们还没有被旱死。

田头上倒有一种越冬植物，长得绿汪汪的。新媳妇说那叫"猫儿雁"，毒性很大，不能吃。将那猫儿雁秆子一折，会流出乳白色的白汁，那白汁滴到人身上，滴到哪儿，哪儿就发红发肿。

最后，新媳妇领着黑建，来到老崖下那个有着"观音土"的地方。

"观音土"是一个在平原上流传很久很广的传说。传说某一年遇到了大年馑，平原上的人们都快要饿死了，这时候，人们发现，每天早上，有个穿白衣服的女子，从老崖那个坡上上来，穿过官道而去。大家觉得很奇怪：我们一个个都面黄肌瘦的，这个白衣女子咋还是那么白白净净、富富态态的呢？于是，有好事的人半夜鸡叫起来，躲在老崖背后看。结果发现这女子是来河边老崖上吃一种土。后来一传十，十传百，说高家渡老崖上，有一种白土可以吃，于是大家疯了一样，都来河边抢这种土吃。靠吃这种土，平原上的人们熬过了年馑。这白衣女子是观世音菩萨呀，她是来救人命的呀！因此他们把这土叫"观音土"。

这个古话平原上的老人都会讲。而作为黑建来说，他是听高安氏讲的。高安氏在讲完这个故事后，长叹一声说，五谷杂粮是天下最好的东西，人的肚皮天生就是吃粮食的。那观音土再好，毕竟是土呀！人吃它，是用它填饱肚子，哄得肚皮不饥。那东西可不敢多吃，吃多了，肚子会胀成一面鼓，想救都救不活的。

高安氏警告说，不准家里的人到老崖上剜这种土吃。所以新媳妇说是挑野菜，其实是个托词，她是想避过高安氏，抽身出来，到这老崖上剜观音土吃。

渡口上栽了一棵枯树。枯树的皮刮了，请人写上"高家渡"三个字，一条两三丈长的木船，就在枯树的下面河道里，用缆绳拴着。那面有着观音土的老崖，就在这枯树的下游不远处。

那片老崖是黄土崖，这黄土和平原上的黄土没有什么两样。在黄土层的中间，包着一层红色的胶泥，这胶泥大约有三尺厚，然后在胶泥的中间，包着一层黑色的土，这土大约一尺厚，这黑土就是观音土。

观音土是黑色的，沁成一块一块，一粒一粒，有点像沥青。不过，比沥青的颜色要浅一些，尤其是露在外面的部分，日晒雨淋，会变成灰白色。它又有点像锅巴，颜色像，沁成一块一块的形状也像。老崖上的观音土，大约有许多人挖过，所以这一尺多厚的土层，已经深深地嵌进崖面里面去了，得钻进去掏才行。掏下一块，过。在这里坐着,太阳照在身上,很暖和,眼界也很宽,可以将平原上的好些村庄,都收入眼底。

一群老汉圪蹴在墙根,一边晒太阳,一边齐声在念一个口歌。这口歌是上辈子传下来的,不是他们创作的,不过这口歌的内容,和他们现在的情形却很相似。

"九九八十一,老汉顺墙立,虽然不冷冷,可害肚子饥!"

念着口歌,大家大约都觉得这肚子里有些饥肠辘辘,于是不念口歌了,现在他们谈论如何个死法。人越老越怕死,越怕死越把死这个话题,经常挂在嘴边。

高发生老汉说,猫这动物是个大聪明。它约莫自己快要死了,就独自一个跑到没人处,用爪子刨成坑坑,往进一躺。它就这样一点不惊扰世人,悄悄地走了。

发生老汉的话得到了大家的响应。一个老汉说,北山里有一个县城,县城里有个要饭吃的。好些天,人们不见他出来要饭了,于是到他住的那个窑洞里去看。只见,那窑已经用砖头严严实实、整整齐齐地封上了。人们扒开砖头一看,只见这老乞丐死了。原来,他死之前,每天要饭回来,都顺手从路旁拣一块半截砖。待这砖头把窑的洞口封齐了,他就死了。他用这居家的窑洞做了自家的墓窑。

老汉的这些话,引起大家的不胜唏嘘。

另一个老汉说,早些年间,那时还是旧社会,咱这平原上,出了一个大地主。这地主巧取豪夺,给自己占地。临死的时候他把这一块平原差不多快要占完了,他家的地,骑上马儿跑一天,还跑不到头,下马儿拉一泡屎,还是在他的地头。他的墓打好了,他要人抬他去看。见了这墓穴,地主突然在这一刻明白了一个道理,这道理就是:其实一个人的一生,只要有能把自己舒舒服服平躺下去的那么一小块地，就足够了。

关于死这个话题，这群高村平原的老汉拉了很多。最后，像往常一样，他们的谈话往往由高发生老汉做一小结。

高发生老汉说：死这件事情，以后变得容易了，你们知道吗？他说，以后就用不着抹脖子、割手腕、跳河跳井跳崖，或者抽根绳子在歪脖子树上上吊了。你们且听我说，咱们这一块平原，要通电，县马车队正在往这儿拉电杆子哩，听说电这个东西，人手一摸，就死了。以后咱们要想死，躺在烧火炕上，将那个电线头一摸，一点罪都不用受，就龇着牙笑着，走了！

高老汉这话，大家都相信，因为他家三儿子是半个公家人，还因为县马车队的大车，拉着电线杆子，果然出现在平原的另一头。

再有趣的话题，也有个拉完的时候，先是一家的毛孩子来叫大人吃饭，于是有一个老汉先走了。接着，老汉们就一个一个地扶着墙根站起来，然后猫着腰，袖着手，摇摇晃晃地回家了。现在，东墙根阳阳坡里，只剩下高发生老汉一个人。

见只剩下自己一个人了，高发生老汉决定要把那件重要的事情做了。躲了初一，躲不了十五。这事情一定要做，而且就得在今天做。

高发生老汉先将腰间那丈二白布腰缠，取下来，折成截，搭在脖子上。腰缠已经很旧很旧了，变成灰色，成了布绺絮絮。搭好腰缠，然后把那个大裆裤，抹下来，抹到腿弯。没有穿裤头，或者说这一代的庄稼人从来不穿裤头。所以当这大裆裤抹下来以后，就露出高老汉尖尖的像刀削一样的两个屁股蛋子了。

抹下裤子，露出屁股，高老汉现在用手扶着墙，蹲下来扎个马步，开始拉屎。他已经好长时间没有拉屎了，他感到油渣已经在他的肚子里结成了疙瘩。他明白如果再不把它们拉下来，他真的就要死了。

高老汉蹲在那里,使劲往出努。他感到吃奶的劲都使上了,可是底下纹丝不动。高老汉听人说,拉不出屎的时候,将"人中"那个穴位使劲捏,肠胃就会蠕动,贲门就会张开。现在,我们的发生老汉也这样做了,可是,底下还是没有一点响动,倒是肚子开始疼起来,那肠子,大约是搅到一块了,出奇的疼。

高老汉身上虚汗直冒,汗水把棉袄里子都湿透了。脸色黄蜡蜡地怕人,头顶上也一直冒虚汗。高老汉明白,他得叫人帮助了。于是他张口叫了一声"老婆子"。叫罢,又觉得他现在这个样子,叫高安氏看了,丢人,于是改口,开始叫"黑建"。

"黑建!黑建!你死到哪里去了!你快来救我!"高老汉扯起公鸡嗓子,大声地吆喝起来。

他的瘦瘦的脖子,随着每一句吆喝,都青筋暴起。

黑建搭着笼,循着这叫唤声,哼着歌儿过来了。来到东墙根,他看见发生老汉像一只斗架的公鸡一样,脖子伸得很长,精屁股顶在东墙根上,两手抱着膝窝,口里在大口大口地喘着气,不停地呻吟。

"爷,你这是怎么了?刚才你还好好的,怎么一下子成这样子了!"

"爷要死了,黑建!阎王爷嫌我活在这世上,糟蹋五谷,要收我回去了!那收的时辰就在今天。黑建,你要是再迟来半袋烟的工夫,这世上就没有你爷了!"

"爷呀,你可不能死呀!你要一死,以后这世上,谁来打骂我、管教我哩!"

"还是黑建懂事。其实爷也不想死。不过爷要不死,你得给爷做一件事情。"

"啥事情?"

"掏屁股!"

"我不会掏!"

"这好掏!你要学豺狗子!这豺狗子和狼和狗都是表亲。它要吃一头牛,牛那么大,放不倒,于是乎它就转到牛尻子后头去,趁牛不注意,一爪子塞进牛屁股里,然后把牛的肠肠肚肚就拉出来了。牛一跑,肠肠肚肚呼啦啦地落了一地,这牛就死了!"

"你说让我学豺狗子,给你掏屁股?"

"是的!你现在就伸出手来,五个指头并成一个爪子,嘴里喊着:我不是人,我是一个豺狗子,然后给爷掏!"

"那,你把屁股从东墙上掉过来,我要掏了!我不是人,我是豺狗子,我现在在掏牛的屁股!"

"好!"

"爷,我掏不动,你的干屎橛子,比石头还硬,把我指甲都掰了!"

"没关系,使劲掏,乖孩子!"

"爷,我掏出来了一块,黑得像黑膏药一样,硬得像料礓石一样。你看不看?"

"我不看!你再掏!"

"爷,我又掏下来了一块,像羊屎蛋儿!"

"再掏,往深地掏!"

"爷,我又掏下来了一块,这一块不那么硬了。它比羊屎蛋儿大,像牛屎蛋儿!"

"乖孩子,你的手小,你把袖子挽起来,往深地掏。噢,这里还有一个硬疙瘩,抓住它,往出拉!对了,就这样!"

"那你把屁股往高地撅!"

突然,高发生老汉正说着,感到全身一阵轻松,身子像打摆子一样打战,他的肠肠肚肚,轰轰隆隆一阵响雷。然后,像拉了一声警报器一样,"呜——",他的一摊稀屎,从肛门中夺路而出。

那高老汉尖尖的屁股,此刻正对着黑建的头,因此,当稀屎喷出时,黑建来不及躲闪。只见,伴随着那警报器的叫声,像一场倾盆大雨一样,星星点点的稀屎,劈头盖脸,向黑建脸上洒下来。

高发生老汉长长地出了一口气。他提起裤子,连走路的力气都没有了,虚弱地蹲下来。

高安氏这时候系着围裙,两手摩挲着,走到东墙根,来唤这爷孙俩吃饭。

眼前的这一幕她看到了,她笑了起来。一边笑一边抹眼泪。"你哭了,婆!"黑建说。高安氏说,婆没哭!婆这眼不好,叫迎风落泪眼。

高安氏打来一盆水,叫黑建把脸洗了。叫黑建把衣服脱下来,完了让新媳妇到河边去摆。然后,又走到高发生老汉的跟前,将他扶起来,把大裆裤提起,绾好,又从高老汉脖子上取下那腰缠,"你自己袊!"她说。

然后,他们就回家吃饭去了。

"你要上学,黑建,你不能再这样野下去了!明天我就把你送到城隍庙小学堂。唉,一代一代的平原人,都是这样过来的!黑建,你不能一辈子死守在这里,一辈子打牛屁股,你要走出去。男人嘴大吃四方!你要学几个狗爪爪字,你要走出去!"

高发生老汉在喘着气往家里走的时候,这样对黑建说。

第三十五章　大锅饭

许多年后，黑建已经成为一个成年人，并且具有了成年人的思考以后，他回到故乡。他站在渭河边，望着眼前这腾烟的河流，这不知道从什么地方来又流向什么地方去的河流。"故乡啊，我亲爱的故乡！"他轻轻地叫了一声，在叫的同时突然两行热泪流了下来。

"我看见过苦难，我经历过苦难，但是，我永远不抱怨生活。相反，我应当永远地怀着感恩戴德的心情，感谢这块平原在那个困难的日子里收留了我。这种阅历是一笔财富，它将够我终生受用。"

"我感到自己在吸吮着苦难的乳汁，一天天成长。这成长的力量是无坚不摧的！"

"我学会了哭泣，并且明白了哭泣也是一种生存方式，是人类宽释自己的一种最好的法子。"

"我看见了人们怎么和命运抗争。是的，我看见了！我看见了这些社会最底层的人，这些最卑微的人，这些如蝼蚁如草芥般的生命，怎样在伟大的生存斗争中，在那无所不至弥漫整个天空的大饥饿面前，表现出的亲情，表现出的尊严，表现出的镇定，表现出的那种泰然处之的情绪，表现出的全部的英勇！"

黑建已经记不得了，高村平原上的大锅饭时代，是从什么时候开始的，又是如何结束的。但是，在大年馑中，肯定有过一个大锅饭时代。他记得的。

黑建的户口在城里。高村这里，只是借住。因此，在吃大锅饭的问题上，关于黑建应当不应当算一个人数的问题，曾经召开过一个社员大会。黑建就坐在高安氏的膝盖上，高安氏则用双手搂着他的腰。

记得会议是在饲养室门口的空地上召开的。会议的第一个议题是，上边发下来的救济粮。这救济粮不多，它就放在生产队的保管室里，用来做大锅饭。这事其实是告诉社员们，这个年馑还是有人管的，叫大家不要惊慌。会议的第二个议题是，要不要杀一头老得已经不能拉犁了的牛，从而用牛肉给大家补一补身子。记得在这个议题提出，大家开始议论时，副大队长高三先后念了两段毛主席语录，第一段是"牛是农民的宝贝"。高三用这段话，表示了对这头也许将要被宰杀的牛的敬意。接下来高三又念了第二段语录，这一段叫"在世间，人是第一个宝贵的"！念这一段，是希望大家同意宰杀这头已经不能再使役的老牛。也许是这第二段语录起了效果，大家一齐举手，同意宰牛。

第三个议题是关于黑建的议题。当这个议题提出后，高安氏偷偷地在黑建的大腿上捏了一把。这一把很重，黑建哇哇大哭起来。他的哭声引起了全场社员的注意。"有咱们一口饭吃，就该有黑建一口的。大小是个命！"一个社员说。"熬起苞谷粥来，锅里多添一瓢水，就有这黑建吃的了！"另一个社员说。第三个社员，不同放在手中，这土很酥，立刻四散开来，成为一块一块四方四正的颗粒，那颗粒有苞谷粒那么大。观音土很油，很黏，放在手心，太阳一照，油汪汪的，用指头蛋一捏，甚至都可以捏出油来。

新媳妇顾不得自己穿着花衣袄，跪下来，半个身子钻进老崖里，开始用铲子掏着吃。她的嘴巴吧嗒着，一边吃一边回味，一股黑乎乎、油腻腻的涎水，顺着嘴角流下来，她也顾不得去擦。

"这东西能吃？"黑建问。

新媳妇答："能吃！它就是观音土！"

于是，黑建效仿着新媳妇的样子，也钻进老崖里，用铲子挖起来，把挖下的观音土填进嘴里吃起来。一会儿工夫，他觉得自己满嘴流油，觉得肠肠肚肚在欢快地歌唱。

如果没有人喊叫，他们大约会一直这样吃下去，一直会吃到高安氏所说的那样肚胀而死。然后在死的时候，骄傲地摸着自己的圆滚滚的肚皮说："老天作证，我是撑死的，不是饿死的！"他们之所以这样说，是因为平原上有一个说法，饿死鬼托生以后，来世还是个填不饱肚子的饿死鬼，而撑死鬼，它多么荣耀呀！它来世会是衣食无虞的。

正当黑建随着新媳妇，在老崖底下大嚼大咽这叫观音土的东西时，老崖上面，传来了高发生老汉大呐二喊的叫唤。他在叫"黑建"的名字，叫声很急迫，好像有什么大事发生一样。黑建赶紧应承着。他提着草笼先走了。新媳妇说她还要在地里转悠一阵，看能不能再寻一些菜。

高发生老汉自从吃了粗油渣以后，有好些天没有拉屎了。他有些害怕。这时节是春耕还没有开始的农闲时节，高村的一群老汉，穿着烂棉袄，袖着手，在高家那三间瓦房的山墙根上，靠着墙晒太阳。

那地方背靠河，面朝东，且有一条南北乡间小路从庄子旁边通意前两个的说法,他说:"×娃不管娃,娃跑了不撵娃,这高二顾兰子,也真心硬!"第四个社员则说:"这一场大年馑来得猛,北山那边也遭灾了。农村人是仓老鼠,这屋里挖抓一把地里挖抓一把,就能将就地过了,城里人没个挖抓,他们更难!"

最后还是投票表决。高三带着乞求的目光,环绕一下四周,然后说:"同意咱那大锅饭,把黑建也算一个人数的,请举手!"话音刚落,满场的手都举了起来。

"孩子,跪下来,磕个头!谢谢乡亲们!"高安氏把黑建从膝盖上放下来。

黑建跪下。

三岁记到老。黑建那一年已经七岁了,所以这一幕他记得很清。

至于这大锅饭是如何开始的,基于什么原因,他就记不准了。是在那七七四十九天的呼噜白雨之后就开始的吗?好像不是。因为还有个吃榆树皮、吃苞谷芯儿、吃粗油渣的岁月,而这些吃食是各家各户用自己的锅熬的。那么是在大年馑已经行进到中途,家家都囤底朝天的日子开始的吗?好像也不是。

因为在吃大锅饭以前,生产队曾经组织过一次宣传,叫"吃公共食堂,提前进入共产主义!"

记得,高三领着人,挨门挨户收走了各家煮饭的铁锅。各家各户的铁器,本来就已经不多,大炼钢铁的时候,记得高三曾经领人来收过一次,只给每户留下来一口铁锅和一些农具。这次,则把这铁锅,也从锅台上扒走了。

那时上级的口号是"不准一户的烟囱冒烟"。为落实这个指示,高三整天在这高村平原上跑着,监督各户。有时甚至半夜从被窝里爬起来,到村子里去巡视一遍。因为有些狡猾的人家,会在家里藏个小锅,棺材或者什么物什里藏一点粮食,然后半夜的时候偷偷爬起来做饭。

大锅饭就这样开始了。

那做大锅饭的地方,就设在曾经召开过社员大会的饲养室前面。饲养室里有三口大铁锅。这三口大铁锅是平日用来烧水饮牛的,现在用它做了大锅饭的饭锅。炊事员则是大家推选出来的农民。而那大锅饭里的饭,永远只是一种,那就是用救济粮熬下的苞谷粥。

终于能吃到粮食了,在大年馑的年代,这是一件多么叫人兴奋的事情呀!尽管这大锅饭,一天只有两顿,而一顿只有一瓢,尽管这苞谷粥,用高安氏的话说,稀得能照见人影儿,但毕竟有粮食吃了。粮食落进肚子里,与野菜、油渣、观音土落进肚子里,那感觉是不一样的。这一点肚子知道!

大锅饭,已经吃了好些时日了。

老崖上这户人家的大锅饭,是高安氏领着黑建去打。高安氏从家里翻腾出来一个瓦罐,有一抱粗细,一尺来高,她让高三给这瓦罐的耳子上系上火绳子,打个结。这样,每逢生产队的那个吃饭钟的钟声敲响,高安氏便提着瓦罐,荷着锄头,从"半路里"赶到饲养室门口去排队。黑建那时候已经上学,他则背着书包,从城隍庙里赶回来,在排队的地方找到高安氏。饭打下来以后,将那个锄把,从火绳子上穿过,然后黑建在前,高安氏在后,抬着瓦罐,晃晃悠悠地回到家。

打饭需要排队。高村的婆娘女子、老婆老汉,用瓦罐排成一个长队。大师傅拿一个马瓢,将那金黄色的苞谷粥舀起,举高,然后马瓢一斜,于是一道金瀑布流下来,直冲瓦罐落下。那苞谷的香味叫在场的每一个人都不得不深深吸一口气。"几张嘴?"掌瓢的大师傅会这样问。"五张嘴",或者"八张嘴",或者"十三张嘴"。在得到这样的回答以后,掌瓢师傅便根据几张嘴,给这瓦罐里舀几马瓢。

舀饭的时候,给谁舀的稠了,给谁舀的稀了,给谁在舀的时候,马瓢在锅底斜了几下,给谁在舀的时候,马瓢在端起那一刻,掌瓢的故意抖了一下,从而洒了一点,这些都成为话题。因此,发放大锅饭的那个地方,常常是吵成一片。

这里也是孩子们的天下。那些放学归来的孩子,那些还没有上学的孩子,会把这三口大锅围得严严实实,然后手把锅沿,在等待着。等待锅里的饭舀完以后,去抢着吃那锅巴。平原上的人们,把那叫"锅蹴蹴"。记得有一次,生产队长的孩子没有抢到这"锅蹴蹴",于是抓了一把土,扔到那锅里去。

我们的黑建也是孩子,但是他从来不去抢那"锅蹴蹴"。他明白,自己的户口不在这里,大锅饭能把他算一个人数,每顿给他一马瓢,已经是高抬他了。因此他不敢再有别的奢望,他觉得在别的孩子面前,他低人一等。然而孩子毕竟是孩子,有时候,在排队等待的时候,黑建会挣脱高安氏的手,挤到这大锅前的孩子堆里,看一看,然后咽着涎水,默默离开。

瓦罐抬回来以后,家里再照人头分。每次都是高安氏掌勺儿,她不偏谁不向谁,将个饭勺在瓦罐里搅呀搅,搅得稀稠均匀了,勺一侧棱,舀下去。

高发生老汉在得到他的一份后,往往是带着呼噜,一口气喝干。喝干以后,红勾勾的眼睛,瞅着瓦罐发呆。"贫了一辈子!吃着碗里的,想着锅里的!"高安氏训斥道。训斥归训斥,每次,训斥完了,她还是拿起勺子来,很细心地为老汉再盛上半碗。

老汉这次,是不舍得那么快地将苞谷粥从喉咙眼里咽下去。他将这粥含在嘴里,吧嗒着嘴慢慢地品味,品味很久,才让这粥从喉咙眼里流下去。然而不管怎么慢条斯理,这半碗粥总是有喝完的时候的。

喝完以后,高发生老汉还要伸出青拘拘的舌头,两手捧碗,头埋进碗里,将那碗细细地舔上一遍。"学会舔碗,这不是丢人的事。丰年歉年,都要这样做。即使是家里粮食多得大囤满小囤流,也要舔碗!这叫美德!"高发生老汉在舔完碗以后,这样教训黑建。

这样黑建也学会了舔碗。他捧着个碗,吧嗒着嘴巴,粉红色的舌头在碗里头转了一圈后,又会抿住两片嘴唇,将碗沿舔一遍。舔到最后,他甚至变成了专家,他可以将整个头都埋进老碗里,但是鼻尖上不会沾一星饭。

黑建记得,后来三年自然灾害过去,回到城里以后,第一次吃饭,当喝完米汤以后,他捧起个碗,开始舔。高二嫌丢人,开始高二还忍耐着,但是,黑建在舔得高兴时,嘴吧嗒了起来。黑建如果能看见父亲的脸色,说不定他会停止。但是黑建的整个人头是埋进那洋瓷碗里的,他看不见。这样,终于忍无可忍的高二,抡圆胳膊,狠狠地打了黑建一耳光。这一耳光叫黑建明白了一个道理,世界上的事情,放在这个地方是对的,是美德,放在另外的一个地方就是错的,是丢人现眼。

家里一共是八张嘴。除了上面说到的那三个人以外,还有高三,还有四女,她的名字叫桃儿,还有新媳妇,还有高大入赘到渭河下游以后,留在高村的那一儿一女。两个孩子现在都在上学。八张嘴围着一个瓦罐,那情形,就像还没有生出翅膀的黄嘴圈麻雀,守在窝里,张开嘴,等母亲喂食一样。

那高三,常常在一碗苞谷粥喝到一半的时候,趁高安氏不注意,飞快地将粥倒进新媳妇的碗里,然后装模作样地在碗沿上胡噜两下,放下筷子去上工。高安氏气得翻他两下白眼。

那高安氏的饭,通常剩下半碗。稀粥本来稀得可以照见人影,

第三十五章 大锅饭

可是到了晚上,就沁了,凝固成了一团。这时候,高安氏就盘腿坐在枣树下用麦秸做的蒲团上。她将碗放在膝盖上,两手不捉,竟然可以放下。通常,她给那粥团上,撒上一层红辣椒面,然后捉起筷子,将粥划成一些小块,这样一块一块地吃。但是,通常高安氏只是象征性地吃一点,大部分的粥,都被旁边站着的黑建吃了。

"黑建,说一句河南话,我给你吃一块!"高安氏说。

高安氏记性好,她还记得第一次见黑建,那黑建说的是河南话,穿的是用老布做的花格子棉袄棉裤。那是顾兰子领着黑建返回陕西时候的事。

关于这大锅饭,黑建有着许多的记忆。当他后来成了成年人,并且具有了成年人的思考以后,他在一次又一次的回忆中,淡忘了那其间的悲惨的图景和苦难的感觉,而仅仅保留了其间温馨的成分。人的一生会经历许多事的,阅历是一种财富,上苍让你经历这些事,肯定有它的道理的——黑建这样说。

但是有一件大锅饭期间发生的事情,黑建终生不能忘记。这件事就像一根鞭子一样,每回忆一次,便鞭挞他一次。

黑建在前,高安氏在后。这是平原上一个平常而又平常的黄昏,高安氏和黑建,从公社食堂打了一瓦罐苞谷粥回来,用锄把抬着,从饲养室往"半路里"走。

黑建在前面,用两手捉着锄把儿,因为高安氏叮咛过他,不管任何情形下,这锄把儿不能丢手,所以这个七岁男孩,两只手把锄把儿攥得死死的。

高安氏在后面,她不但要抬瓦罐,还要腾出一只手来,捉住那系着瓦罐的火绳子,不致使这瓦罐前后晃荡。

太阳刚刚落下,一片火烧云停驻在那西边的天空下,停驻在渭河对岸的老崖上。火烧云把这清冷的平原,把平原上这些简陋的房屋和光秃秃的田野，涂上一层玫瑰色的虚幻感。

"黑建，你不要东眼西迈！你的眼睛往脚底下瞅！"高安氏见黑建呆呆地望着那片火烧云，于是这样教训他。

事情也许就出在高安氏的这句话上。现在，黑建低头走了。但是，当他低头走了一阵后，看见在脚的前面，有一个屎巴牛[①]，屎巴牛的旁边，还有一摊牛粪。这只屎巴牛，大约是从那摊牛粪里钻出来的。这是一只公屎巴牛，通体乌黑，背上背一个硬盖，头上顶着一把推土机那样的铲子，肩胛上还有一道硬硬的、锯齿般的棱角。此刻，屎巴牛正倒转身子，屁股朝天，推着一个粪球在走。

这时候从那个南北路上，高发生老汉赶着牛，扶着耩子过来了。看见了这抬瓦罐的婆孙两个，老汉扬起鞭子打了一下疲牛，牛于是加快了步子。

这季节，春耕已经过了，高老汉的耕地，是返耕，即那些越冬过来的麦苗，已经旱得七死八活了，难得有收成了，生产队于是决定把它们犁了，用耩子戳开这坚硬的土层，给土层里撒一些春苞谷种子。苗子能不能出，是另外的问题，先把种子搢进去吧，给人一个指望。

饥肠辘辘的高发生老汉，猫着腰，头上顶一个脏毛巾，匆匆地吆着牛。他已经耕完地了，这是顺着这南北斜斜路，去饲养室门口卸了耩子，然后回家吃饭。

那只屎巴牛推着粪球在走，听见黑建的脚步声，停下来。

黑建多想停下来，去捉这屎巴牛。这个高大威猛的屎巴牛，真漂亮。他可以把它装在书包里，用一根线牵着，明天拿到学校里，去炫耀。但是黑建不敢弯腰。他遗憾地跨了一步，从屎巴牛身上跨过去。

[①] 屎巴牛——又称粪壳郎，学名大约叫蜣螂。

第三十五章　大锅饭　213

高安氏在后边,不知道这路中央卧着一个屎巴牛,屎巴牛旁边还有一摊牛粪。黑建只听见他的背后"哎呀"一声,他赶紧用两只手攥紧锄把。可是已经没有任何意义了。黑建扭头看时,只见高安氏一个尻子蹲,坐在了地上。

那瓦罐磕到地上以后,已经四分五裂了。黄蜡蜡的苞谷粥,流了一地。那高安氏的手里,还攥着火绳子,只是绳子的头上,已经没有瓦罐,而只剩下瓦罐的几个耳子。

不知道这高安氏,她那颤巍巍的秤锤一样的小脚,是踩在了屎巴牛身上,还是踩在了牛粪上。

发生了这天塌地陷一般大的事情,经多识广的高安氏,现在也吓呆了。她坐在地上,用两手捂着脸,哭起来。

这一幕被正在斜斜路上走着的发生老汉,结结实实地收到眼里。

只见发生老汉大吼一声,丢了手中的耩子,挥动鞭子,从斜斜路上疯了一样地赶来。

"是我不对!是我不对!"高安氏忙不迭地回话说。

不容分说,高发生老汉在路边站定,然后运足力气,挥动牛鞭,朝高安氏的脸上、头上、身上没头没脑地打去。

"死老婆子,你想要全家人的命呀!"高发生老汉一边打,一边吼叫。

黑建在一旁看傻了。他先是去搂高发生老汉的腰,想拽住他。可是高老汉在气头上,怎么拽也拽不住。于是他翻转回来,抱住高安氏的头,让这鞭子落在他身上。

"让你爷打吧!气出了,他就没事了!打不疼的,你看这鞭子,是越来越没劲了!"高安氏说。

黑建说:"婆,等我力气长圆了,谁打婆,我打谁!"

高安氏说:"好孩子,等你长成大人了,这世上就没有婆了!"

正像高安氏所预言到的那样，高发生老汉的鞭子，越来越没有劲儿了。一个干老汉，犁了一晌的地，早就折腾得浑身稀软的了，现在又猛烈地挥了这一阵鞭子，终于，他累得张着大口，喘着粗气，拄着鞭杆蹲在了地上。他把这叫"缓气"。

那头耕地的牛，现在也赶过来凑这个热闹。它拖着耩子，走过来，伸出舌头去舔那地上洒着的苞谷粥。

发生老汉见了，又是一阵气。他站起来，挥动鞭子赶走了牛，然后蹲下来，顾不得气喘，开始拣那些大些的瓦罐片，吸溜起上边的稀汁来。

最后，他站起来重新将耩子扶起，看也没有看高安氏一眼，就摇晃着身子，到饲养室去卸牛了。

那一天晚上月光很白，全家人都没有吃饭，大家在院子里枣树下坐着，仰望天空，看月亮，数星星，从始到终没有一个人说话。那高发生老汉依然脸色乌青。后来，高安氏从棺材里，摸出一把萝卜干来，给每人发了两片。

"去，给你爷送去！"当发到发生老汉跟前时，高安氏不愿意去送，她把萝卜干给了黑建。黑建怯生生地叫了声"爷"，将萝卜干递过去，高发生老汉用手背一隔，不接，表示他还在生气。高安氏示意黑建，将萝卜干给爷填进嘴里去。黑建做了。高发生老汉还想搬扯，嘴不听他的，他那没牙的嘴开始嚅动起来。

夜里，饿得睡不着，高安氏牵着黑建，在渭河边的老崖上，站了很久很久。渭河像一条白色的带子，一艘白轮船，船舱里亮着灯，正从河的下游逆水而上。听人说，这是一条测量船，在渭河与黄河的那个接茬处，也就是禹王爷当年开河口的那地方，正在修一座大水坝。

第三十六章　新媳妇的秘密

在经历了三料庄稼基本上没有收成之后，在经历了十个七七四十九天的大旱之后，老天爷终于扛不住了，它开始下雨。

首先是一串干雷，在高村平原的上空轰鸣着。人们抬头看一看天，天和往日一样，发干发白发亮，不见有一丝云彩。雷声是越来越响了，人们终于发现，在平原的尽头，在东地平线上，堆着一层不太显眼的云层，那雷声就是来自那里的。接着，起风了，风从平原上扫荡过去，枯枝败叶被风扬起，高家门口那棵老槐树，树股和树股在风中摩擦着，发出"咔咔咔咔"的响声，老坟里那些高大的柏树，呼啸起来。风中，在东地平线上停驻的那一块不显眼的云彩，慢慢地向西、向高村平原上蔓延了过来。那云越来越黑，像墨汁一样迅速地摊开。接着，第一滴雨落下了。

第一滴雨打在瓦房上，干透了的瓦片发出"呛啷"的声音。第二滴雨打在官道上，"扑哄"一声溅起一片塘土。第三滴雨打在渭河的水面上，平静的水面爆起一朵水花。随后，大雨滂沱，洒向干渴的、坚硬的田野。

平原在这一刻欢腾起来。人们走出家门，站在雨中，听任大雨把自己全身淋个精湿。高安氏站在雨中，张开手，接一滴雨星在手中，"老天爷哪，你终于睁开眼了！"高安氏说。说这话的时候，高安氏深信是她的祷告起了作用，她的"忌口"起了作用。她从大雨落下的那一天起，便又开始吃盐，吃荤。

高发生的腰也直起来了。站在雨中，他像一个孩子一样开心地笑着。他一蹦三尺高，扬起脸，翘着山羊胡子，用手指着天空，骂道："老天爷，你狗日的有本事，再给老子扛上一年半载不下雨。你知道，这场大旱，让人们流了多少眼泪呀！"骂完，他好像想起了什么，伸手去拉同样在雨中的高安氏的手，想说个套近乎的话。可是高安氏不领情，她用手背开了老汉的手。

高三那辆名叫"凤凰单闪翅"的自行车，似乎也比往日欢快了许多。高村平原一共有七个自然村，他骑着自行车，从每个村子的街道上过了一遍。他大声嚷嚷说，公社说，这一场雨，是大面积降雨，降雨过程是两到三天，各家各户，务必将自己家的水道捅开，将大门口走水的水路挖好，云云。

城隍庙小学堂也为了庆祝这一场大雨，破例放假半天。这样，孩子们便赤着脚跑向了平原，在雨中撒野。那些野孩子中有我们的黑建。

让高村人引以为自豪的是，在这场百年不遇的大年馑中，高村平原上没有饿死一个人；非但没有饿死人，整个自然村，还有十几个孩子出生。由于那时正是吃油渣的岁月，所以这些孩子叫"油渣孩子"。这些油渣孩子中就有新媳妇所生的孩子。那孩子叫"年馑"，这个有纪念意义的名字，是高发生老汉给取的。而年馑在一些年以后,在高村平原这块地面,成为西京高新区的一个街区之后,他做了街区的管委会主任。

那是以后的事情。以后的事情放在以后再说。而此刻,在这滂沱大雨中,高村平原处在一种激动和骄傲中。一想到东面的河南省,饿死了三百万人,西面的甘肃省,饿死了一百五十万人,秦岭那边的四川省,饿死了的人还要多,那么,高村平原的骄傲,是有理由的。

民谚说:"呼噜白雨三后响!"大雨整整下了三天三夜之后,才停止。雨停了,昔日那灰蒙蒙、凄惨惨的天空,现在变成湛蓝色的了,而枯黄的、灰败的大地,现在出现一簇簇新绿。高村平原的一切,因为这场雨都开始有了灵性。甚至连那牛的叫声,狗的叫声,鸡的叫声,都少了许多惊恐,而变得祥和起来。

而大锅饭,也在这个时候停了。救济粮发到各家各户,人们开始自己生火做饭。非但大锅饭停了,就连饲养室里的牛,也被分到各家各户。牛还是队里的,这叫"代养"。

平原的那一簇簇绿色中,最先绿的是苜蓿。苜蓿是多年生植物,它的老根在地底下盘着,虽然干旱,但是老根没死。一场透雨过后,老根苏醒了,开始生芽,几天的工夫,高村的东岗上的那一片苜蓿地,一片翠绿。

"黑建,有一句话叫'吃死胆大的,饿死胆小的'!你有没有胆量,今天晚上,咱们到岗子上去偷苜蓿!"桃儿说。在得到肯定的答复之后,桃儿又说:"那好,晚上你睡觉灵醒一点,我用脚把你一蹬,你就起来!"

桃儿和黑建,随两位老人住在那三间瓦房里。

三间瓦房,将中间用一面大墙隔了,隔成两半。东边的一半,顶上架着一个顶棚,底下盘着一面大炕。那顶棚,是用九根柏木檩搭的,这柏木是盖房时从老坟里挖下的。大炕则占了太多的位置,所以地面上,只放了个小小的黑灰色的板柜。这板柜有些年月了,它是当年高安氏嫁过来时,娘家的陪嫁。

三间瓦房西边的一半,过去盘着一个锅台,靠里的地方停着那副棺木,靠门的地方,放着一架木质的织布机。这是过去的摆置,如今,生产队将三头牛交给高老汉"代养",因此这瓦房的西半边,便做了牛圈。不过锅台依旧是支着的,因为这面大炕是连锅炕,冬天的时候,做饭时顺便把炕也就烧热了,而夏天,则将火眼头一堵,让烟火直接从烟囱出去。这地方既然做了牛圈,那么织布机,棺材,还有一些杂物,便搬到上房里去。那上房如今由高大的一儿一女住着。那上房就是"快枪高大"当年钻烟囱的地方。母亲没有了,父亲又走了,这地方该他们住。

大炕上,火眼头那个地方,是发生老汉的位置。墙上,掏了个窑窝,这窑窝里通常放一个碗,碗里是高安氏白天拣来的土疙瘩,晚上发生老汉吐痰,就吐在这碗里,天明时候,高安氏会去将其倒掉,再拣些土疙瘩放在碗里。那窑窝里,除了这痰碗,还放着一个水烟袋,这水烟袋已经好长时间没有动过了。除了水烟袋,还有一副石头眼镜,这眼镜我们很熟悉,它是发生老汉的行头之一。晚上睡觉时,发生老汉会将眼镜放进布鞋里,用两只鞋一扣,他说这是用脚汗来养眼镜。

靠炕沿这边,是高安氏的位置。高安氏事情多,这样上炕下炕方便。加之她每天晚上都要纺线,一纺就到半夜,而那纺线车子要放在炕头。高安氏的脚底下,就是黑建了,他和婆合伙一个被子,"打对"睡。"打对"是老百姓的土话,意思也就是打颠倒睡。

那四女子桃儿,就睡在两位老人中间。

到了半夜,有人轻轻地敲窗子,这是桃儿约好的村上姊妹叫她。

桃儿伸出脚,将黑建蹬醒。桃儿穿上衣服下了炕,黑建贪睡,还在迷糊着。"我先走了,记得,岗子上!"桃儿说完,开门走了。

黑建穿上衣服,溜下炕,挎着个草笼出了门。出了门后,那些婆娘女子早就跑得没有踪影了。黑建有些害怕,不想去了,可是又怕桃儿笑话,于是壮着胆子,从田野上插斜,直奔东岗而去。

天有些黑,一弯朦胧月,躲在云的背后。黑建小跑着,像有人在后边追赶似的,头发都竖起来了。前面有一块墓地,高大的柏木将它黑色的剪影投在平原上,那树冠上,白天的时候,总有两只猫头鹰,半睡半醒。想到这里,黑建有些害怕。可是又一想,这是我家的墓地,那坟里埋着的是自家的先人,他们不会把我怎么样的。这样想着,安心了一点。可是当黑建又一次举起头向墓地看时,看见那坟顶上,有一团火光。

那火光一明一暗,又一明一暗,后来不再暗了,而是变小了一些,而且左右摇摆起来。黑建吓坏了,拔腿想跑,可是想起高安氏说过,这叫"鬼路灯儿",坟头上常有这东西,遇见它,千万不能跑,一跑,它就撵你来了,这时你应该做的是,面对着它,倒着走,一边倒退一边向它吐唾沫。

倒退着走的时候,黑建听见了说话声。这说话声是坟头子上传来的,絮絮叨叨,是两个人在说话,一个男人,一个女人。男人的声音很倔,女人则在不停地呜咽。

男人说:"赶快走,不早不晚,今夜正是时候!趁三掌柜不在,你赶快回家抱上孩子,咱们现在就动身,等天明,就扇出它十几里地了。高村的人想要撵,也没有个撵处!"

那女声说:"我不能就这样,一声招呼都不打,就像个贼一样地偷偷走了!高村的人待我不薄,高家的人待我有恩。至于怎么走,我还没想好,但是,绝不是这么个走法!"

那男人听了，有些恼怒，他说道："莫非你爱上高家三掌柜的，想甩了我，跟他过一辈子。哦，是的，那高三是个大队干部，人面前的人，他那洋楼一闪一闪地，婆娘女子见了，谁不爱！"

"你胡说！"那女声听了男人这话，也有些恼怒，嗓音高了，她说道："实话告诉你吧！一个炕上睡了都快两年了，那高三，至今还没有沾过我的身子。他是正人君子，世上打灯笼也难遇上的一个好人！"

"我不信，你在编谎！"

"信不信由你。唉，新婚之夜，我把所有的裤子都穿在身上，一共七条，还把红裤带挽成了一个死疙瘩。晚上，我不解裤带，一个人躲在炕角哭。高三有些纳闷，他说，你这是怎么了？我说，我不敢说，怕你打。高三说，我这手长这么大，还从来没有打过人哩，你有什么难处，但说无妨。于是我大哭起来，我说，我是有男人的人了。这样，我说了逃荒的经过。我说，在我们南山一带，常常有这样的做法！我不是第一个！高三听了这话，吭哧了半晌，说，我们这一带村庄，也常遇到这一种事情，想不到，今天这事让我摊上了！"

"他没有打你？"

"没有打！他后来也哭了，哭完以后，拉了床被子，自顾自地睡去了！"

"日怪，事后他也没有给家里人说，撵你走？"

"没有！我也觉得奇怪。他没有撵我走，也没有给人说过。两个人独处时，他铁青着脸儿，从来不说话。但是在人面前，他却装得我们像恩爱夫妻一样！"

那男人听到这里，沉默了。他大约猛吸了一口纸烟，于是烟火突然一明，又一暗。

黑建听到了这些说话。在那男人刚开始说话的时候，他就蹲下来，脸贴着地面，往坟头上看。这是高安氏教给他的黑夜里往远处看的办法。

月亮从云朵中出来了，照耀着这一块坟地。平原上变得明晃晃的。黑建看见，那声音传出来的地方，他家的老坟里，有一男一女。坟头子上有一个柏树墩，是早些年伐了树以后，留下来的，那男的，就坐在柏树墩上，刚才那一明一暗的火，其实是他在点烟，在抽烟。他明显是外乡人，高村的人那时候是不抽纸烟的，他们抽旱烟。

那女的坐在男的的膝盖上。他们拥抱在一起。那女人的头埋在男人的怀里，看不见她的脸。但是她是谁，黑建这时已经确切地知道了。黑建在这一刻，突然为另一个男人感到委屈，因为他想起了三叔高三将半碗苞谷粥倒给她的情形。

黑建憋不住了，他想大喊一声，但是，当他的喊声刚到了喉咙眼的时候，他听见那女人笑起来，这笑声制止了他。因为在黑建的记忆中，新媳妇自从到高村以后，还从来没有这样开怀大笑过。笑得那么甜，那么彻底，那么善良。

黑建长叹了一声，决定退出来，不打搅这一对正在幸福中的人。"太多的事情都让我遇上了，让我的童年遇上了！"黑建后来这样说。

黑建赶到了岗子上。

岗子上是高村最偏远的一块地，在村子的东边，三十亩。这块地与东边那个村子的地连畔。地势有些高，浇不上水，所以种了些耐旱苜蓿。在后来平原上"平祖坟"的运动中，在"让死人为活人腾地"的口号下，平原上的老坟都平了，这里便成为高村的乡村公墓。但在这时候，这里还没有成为坟地，而是一地碧绿的苜蓿。

当黑建猫着腰，开始抉苜蓿的时候，他发现，他的身前身后，都是人头。整个苜蓿地，靠近地畔的地方，都是人。大家谁也不说话，只猫着腰，或者蹲在那里，两手抉苜蓿，屁股往前委。黑夜里，抉苜蓿的沙沙声响成一片。

黑建一边抉苜蓿，一边找姑姑桃儿。他找见了桃儿了，桃儿的笼里，已经有大半笼了。"这样抉，黑建！"桃儿悄声说。桃儿告诉黑建，将笼放在身前，推着走，腾出两只手来，两手并用，一路抉过去。桃儿嘲笑他说，你太文雅了，这是偷苜蓿，不是在自家地里摘，看你一手挎着笼，一手抉苜蓿的样子，文文雅雅，哪像个贼！

在那苜蓿地的东头，有一个木塔。村上人不知道它是公家人修下干什么用的，因为从来没有见用过。有人说，那是气象塔，顶上装着机器，测天气预报的，有人说，那是导航塔，给天上的飞机指路的。

生产队看苜蓿的守夜人，给那塔旁边搭了一个茅庵，茅庵旁边燃了一堆篝火，他正披着一件大氅，怀里抱一杆土枪，蹲在篝火旁打瞌睡。

黑建照着桃儿教给他的办法，一边推着笼走，一边双手并用抉着苜蓿，这样慢慢地到了苜蓿地中间。他不是惯偷，惯偷永远只是在地畔上巡摸，一旦有响动，拔腿就跑。

黑建离那堆篝火很近了。他觉得守夜人披的那件棉布大氅很眼熟，好像在哪儿见过。后来想起了，这是爷高发生老汉的棉大氅。这时，那个守夜人往火堆里加了些棉花秆。放下棉花秆之后，就趴在地上，用嘴吹火。火苗呼啦一声旺了，照亮了那守夜人的脸。这守夜人是高三。

黑建见是高三，心头一热。他忘记了自己是干什么来的。他直起身子，冲着篝火，怯生生地叫了一声"三叔"。

守夜人被惊动了，他荷着枪，直起了身子。这一看，他吓坏了，只见满地黑压压的都是人头，于是他举起了土枪。

高三在放枪之前，嚷道："牛是农民的宝贝，这一地苜蓿，是留给育牛的。牛吃后不乏了，才好犁地。你们这些狗日的，跟牛来争食吃！"

高三说完，举起枪。火光一闪，他开枪了。

这一枪大约是朝空中放的。枪一响，就像惊了满地的兔子一样，整个苜蓿地里大人叫娃娃哭，乱成一片。人们现在是用不着猫腰了，大家纷纷直起身子，往村子方向跑，胆大的，笼还提在手里，胆小的，连笼也不要了，逃命要紧。

枪声响起以后，黑建最初被吓傻了，呆站在那儿，这时听到地畔那边，桃儿在厉声地喊他"瓜尿，快跑"，于是他灵醒过来，扔了草笼，弯转身子就跑。

黑建就是这样一口气穿过苜蓿地，穿过田野，跑回家里的。鞋什么时候跑掉的，他也不知道。直到上了炕，钻进高安氏的被窝里了，他的心还跳个不停。他身边，桃儿已经回来，脱衣服睡下了。

高安氏被惊醒了。她见黑建一身的汗水，像从河里捞出来一样。"你咋了，是做噩梦了？"高安氏问。黑建含糊地答应了一声。高安氏于是把黑建顺过来，一把搂在怀里。

第二天中午的吃饭，老崖上这户人家，吃的是苜蓿菜麦饭。这是桃儿偷来的苜蓿，洗净，拌上苞谷面，蒸成的。整个屋子里弥漫着一种苜蓿的香甜味儿，一种泥土的淳厚味儿。

吃得最高兴的人，是高发生老汉，他说在这样的年馑中，能吃上这样的好东西，那叫口福。他还说，高村平原上，把这种吃食叫麦饭，但是在黄龙山，它叫菜疙瘩，或者叫"叉叉"，而在陕北更北，与蒙地接壤的地方，这种吃食叫"苦软"。

高三晚上守夜，他起得迟。端起一碗苜蓿菜麦饭，他有些迟疑。他看了妹妹桃儿一眼。桃儿的脸挺得平平的，不看他。高三想了一下，端起碗，将饭吃净。

吃罢饭，瞅着屋子里只剩下高安氏一个人了，黑建说："婆呀！有一件事情，我憋不住，想给你说！"

高安氏说："小孩肚子里藏不住隔夜屁，这我知道。你要说话，那好吧！等我收拾完锅灶，咱们到老崖上去透透风。"

这样，黑建一边给屋里的那头老牛搔痒痒，一边等高安氏洗涮完毕。他们来到了老崖上。

"有什么话，你就说吧！你一个小人儿，能说出个什么重要的话。"高安氏说。

"婆呀，有一件事，憋在我心里难受，我想说给你听。昨晚上，在咱家老坟里，我见到新媳妇了，她和一个男人在一起，缠缠绵绵的。那男人，你知道是谁，就是那个商州客！"

"我知道！你不说，我估摸也是这么回事。孩子，你不知道，他们才是真夫妻，结发夫妻，而和你三叔，那是假的，样干子。唉，当初在你爷的茶摊上，我一见那女的开过脸，一见她走路的那走势，我就知道她是结过婚的了！"

"这是咋回事哩，我不明白！"

"唉，说来说去，都是年馑把人逼的！那南山里爱遭年馑，年馑一来，常有这做法，让媳妇到平原上来，逃一个活命。如果有孩子，这年馑中，就等于逃出来两条命。女人也把嘴糊住了，那孩子也生下来了，年馑一过，他们再逃回山里去，又是浑全的一家人！"

"婆呀，你是说，那新媳妇来到咱家时，肚子里就怀着孩子！"

"是的，肚子里抱着犊儿！"

见高安氏那样肯定，黑建突然觉得，新婚之夜，高安氏一定去听过门。在高村平原上,好像常有这样的事,新婚之夜,婆婆不放心,去听儿子和儿媳的门。这事叫"听门"。当然,这不是一件体面的事,但是心近不由人,有些老太太担心儿子,担心儿媳妇,到时候还是会去听。

"你听过门?"黑建问。

高安氏没有言语。没有言语就表示默认了。

这么说,在这一年多快两年的时间中,缄默不语的高安氏是最明白的一个人,她什么都知道了,但是不说。想到这里,黑建觉得这世事,真有一些叫人害怕。

"你咋不说出呢?咱们把那新媳妇撵走!"

"我张不开口!你看那姑娘,瘦骨棱棱,一把干骨头。我几次想把这层窗户纸捅破,都不忍心。"

"那怎么办呢?我听他们在坟堆上说,准备跑哩!"

"我一直在看,看这场戏演下去,到最后如何收场。"说到这里,高安氏叹息一声说,"年馑结束了,我想,这场戏也快收场了!走着看吧!"

"说一千,道一万,谁也不可怜。这世上只可怜了一个人,那就是我三叔!"

"说得对,最可怜的是他。这孩子心眼好,禀性高贵,他宁愿把天下的苦都让自己一个人背上,只要别人好过。唉,百人百性,高家人老几辈,修来了这么一个土圣!"

第三十七章 私设公堂

事情终于有了结局,这层窗户纸终于捅开。事情就发生在偷苜蓿这事过去后不久。

瑶瑶妈上镇上赶集回来,没进自己的门,先来到老崖上这户人家的门口。瑶瑶妈头上顶着瓯窝印儿,用手拍得门环啪啪响,嘴里幸灾乐祸地嚷道:

"不好了,不好了!你家新媳妇,怀里抱着个孩子,让一个商州客拐跑了!"

此一刻,高家院落里,高发生老汉和高安氏,正在枣树下铡草。高发生张开双腿,站成马步,压铡子。高安氏把麦秸一绺一绺地理顺,然后一条腿跪起,另一条腿,膝盖上拴了个麻袋片,两手揪住麦秸草,那膝盖一入一入,往铡刀口里塞草。

都是六十往上快七十的人了,这活本来不是他们干的。可是高三忙迫,整天不沾家,家里人口倒是不少,别的人也派不上什么用场，而那三头给生产队"代养"的牛，得把它们侍候好才行。所以这两个老者，自己动手。

高发生老汉耳背，听瑶瑶妈一说，有些不相信。自从有了瑶瑶那事情以后，这两户人家，平日言语过往很少。现在，高发生听了，吃了一惊，叫瑶瑶妈再说一遍。他说，邻家大妹子，你嘴里不要胡曰曰，你说不清的话，就撕破你的嘴！

瑶瑶妈急了，赌咒发誓说，那新媳妇，是和我一起赶集去的。但是走到半路上，一个商州客圪蹴在路旁等她。他们好像事先约好了似的，相视一笑。新媳妇支开了我，让我先走。我岂是凡人，能看不出他们的名堂。走两步，我回头看，只见这一对狗男女，没去集镇，而是拐了个弯，上通往商州城杨郭镇的路上去了。

发生老汉这时才有些相信。

他朝院子里看了一眼，院子里空荡荡的，一个人影也没有。

"那新媳妇，真的是赶集走了？"发生老汉问。

高安氏答道："是赶集走了！镇上三六九逢集，新媳妇说，她要去镇上扯几尺鞋面来，这话说得谁也没办法拦她。你忘了，还是给你告的假哩！"

发生老汉想起来了，那新媳妇确实向他告过假，"那年馑呢？她咋把孩子也带走了！"

"孩子我不让带。我说抱着个累赘，多费事。新媳妇说，她要顺便上镇卫生院去，给孩子种牛痘。这事，也是你点头的，我拦都拦不住！"

高发生老汉，这一下子热腾腾的身子，从头凉到脚，他明白这事是真的，家门出丑了。

老汉亮起嗓子，开始喊高三。喊了半天，不见应声。这时才记起，高三骑着他那辆"凤凰单闪翅"，到县上开"三干会"去了。

老汉于是又喊黑建，喊了半天，也不见应声，这时记起黑建正在城隍庙里念书。老汉顿时没了挖抓，急得在院子里团团转。自己想猫身去撑，一想，凭自己这身板，一走三趔趄，哪儿能追上。这样想着，突然急中生智，有了法子。

老汉让高安氏赶快到屋里，寻一个洋瓷洗脸盆，他自己，则从柴火堆里，扳了一个树股。然后找一身干净衣服穿了，腰间那丈二腰缠，紧上一紧，裤角的裹缠，扎上一扎，自然，也忘不了，戴上那二轱辘眼镜。收拾停当了，老汉提着个破脸盆"咣咣咣咣"地敲着，走上村头。

"父老乡亲们听着。我家门不幸，出了丑事。高村上下，族里户里，远门近门，都是一家。发生老汉在这里磕头了。各家各户，有男丁的，出男丁，没有男丁的，女裙衩也可以，赶快拾起家伙，去撑那奸夫淫妇，为咱高村，挽回一点颜面！"

这叫"动户"。

旧社会的时候，常有这种"动户"的事情发生，如今新社会了，不兴这个，因此这种事情，在高村平原好久没有发生了。

高老汉拿着这破脸盆，咣当咣当地从东村敲到西村，从南头敲到北头，只见一会儿工夫，就集合起了一群人。好些社员正在地里劳动，听到响动，也赶回来了。发生老汉大包大揽，对社员说，你们尽管去，工分的事，我给我家老三说，给你们记双倍的。

大家听了事情原委，也都义愤填膺，觉得这事情，是全村的事情，这耻辱，是全村的耻辱，于是摩拳擦掌，争先请命。发生老汉见了，心中也觉安慰，他挑了几个腿脚麻利的，几个家中有自行车的，让他们去，剩下的人，则在家里等消息。

一群人浩浩荡荡离了高村堡子，沿着大路，直奔商州城杨郭镇方向而去。

骑自行车的人腿快,在大山与平原接壤的地方,他们追上了这一对行路的男女。几个小伙子,赶到男女前面,将自行车往路中间一横,先拦住去路,然后走上来,一顿拳脚,把那南山客放翻了,接着用绳子反剪双手,最后拿出一个事先准备好的麻袋,将这人装了,扎好口以后,放在自行车后座上。

那新媳妇,大家没有给她太多为难,女流之辈,不禁打,再说,她怀里还抱着孩子。只是有那好事者,朝她脸上吐了两口唾沫,算是鄙视。然后,车子后座上将这娘俩驮着,一起往回走。

回程的路上,碰到了那些步走的。大家也就合兵一处,气昂昂地直奔高村而来。

家里,发生老汉让放学回来的黑建跑一趟公社,让公社的人给高三打电话,就说家里出了大事,叫他火速回来。想了一想,又盼咐高大的那个留在高村的男孩,顺渭河往下走,到下游那个村子,把高大也请回来,这是个大事,而那个高大,大家知道,是个吃钢咬铁的主儿,老虎不吃人,威名在外,老汉要借他使势,向他"请策"。

安排妥帖了,老汉回到家里,大门开圆,自己将那个已经好久没有使用了的茶桌,往枣树底下一支,酽茶泡上,然后抽着烟,喝着茶,静候村上的一班子弟兵凯旋。

高安氏比他还急。她不是惦记新媳妇,而是怕伤了那个孩子,那是一条命,高村的油渣、高村的苞谷粥养出的一条命。孩子没罪。那些笨手笨脚的男人们,难保不把他伤了。

高安氏坐不住,在村口张望。这一天后半晌的时候,自行车铃声欢快地响着,人们嘈嘈着,子弟兵们回来了。

高安氏颠着小脚跑过去,从新媳妇怀里夺过孩子,口里"年馑,年馑"地叫着,解开大襟,把孩子搂在胸前。

两个罪人现在跪在了发生老汉跟前。

发生老汉拽了拽自己的衣襟，清了清嗓子，开始问话。他觉得这样威严还不够，气氛还没有渲染起来，就又从脖子上取下烟袋，一下，两下，三下，在茶桌上狠狠地敲了三下，算是当惊堂木用。发生老汉这个动作，是从老戏上看下的。

这一下用力过猛，把烟袋杆也闪断了。事后，高老汉心疼了很久，他说这烟袋杆是梅子木做的，黄龙山岁月留下的一个作念，他当年在黄龙山时，一个樵夫送给他的。

那个男人被从麻袋里放出来后，目光狼狈，头发凌乱。他跪在茶桌前，那双手依然被反绑着。他的腰有些佝偻，其貌不扬。他就是当年茶摊前称自己是新媳妇的哥哥的那位，也就是黑建在坟地里看到的那位。

平原上的人都说，南山的水土，养女不养男。那地方的女人，高高挑挑，白白净净，伶伶俐俐的，一个赛一个。那地方的男人，个子矮，罗圈腿，佝偻腰。那腰为什么佝偻呢？大家说，那地方山多，出门就要爬山，这样腰得向前猫着，一闪一闪地走，天长日久，就成佝偻腰了。

佝偻腰望了新媳妇一眼，就开始说话了。原来他外表上看起来不起眼，说起话来却口齿伶俐，头头是道。他说先让他抽一支烟吧，定定神再说。

他的烟在上衣口袋里。高老汉示意了一下，于是围观的村民中，有人走过去，为他掏出一根烟，点着。只见那佝偻腰，猛吸了两口，然后把烟吐掉。

男人开始说话了。他说出了一个令所有在场的人都大吃一惊的真相。他说，这个女人叫什么名字？你们不知道吧！告诉你们，这女人叫史桂花，是我的老婆，我的明媒正娶的老婆，我们割的有结婚证。我们的婚姻受法律保护。年馑过去，山里的秋粮下来了，我这次就是接她回家。

那男人的话,吓了所有在场的人一大跳。围观的人群轰的一声,大家议论开来。而最吃惊的,是茶桌前那正襟危坐、一脸严肃的高发生老汉。

高发生老汉坐立不安,有些惶恐起来。"不会有这种事吧,哪能哩!"他自言自语地说。自言自语完了,放在明处的话,却是这样说。

"南山客,你狗日的满嘴拌屁。世上哪有这样的蹊跷事儿?你分明是拐卖良家妇女,却要编出个大谎来,使个障眼法糊弄我们!"

发生老汉有些虚张声势地说完,又求助似的望着新媳妇,"新媳妇,年馑他妈,你是咱高家人,亲不亲,渭河水把你养了小两年。你倒说说,这是咋回事?"

"是的,大,这是真的!他说的那些话,没有一句虚拟!"新媳妇这时接过话茬,说。

新媳妇说,之所以到平原上来,是他们两个晚上钻到被窝里,想出来的计策,主要还是为了那肚子里的孩子。她还说,最初他们也没有想在高村落脚,只是在这茶摊前,高老汉话撵话,一步步撵的,才最后成了这个结局。其实,论起前因后果来,他们还是上了高老汉的钩竿,一步踏错,步步踏错的。因此,这事要怪,得怪高老汉,他是主要的责任者。

"你个小女子,平日大气都不敢出,看来是装的!你红口白牙,一番说辞,这事,倒成了我的不是了!"

"是这样的,大!"

"好狗日的,你们把我要了一回!秦腔戏《荀家滩》里说,'一不小心上了娃娃的当',看来这上当的不止王彦章,代代都有,谁都有!"

"不是我们要你,是叫年馑逼着!"那男人压低嗓子说。

双方正在僵持着。这时门环"啪啦啪啦"几下拍动,只见一个高身量男人,单薄身子,长条脸,肩上横担着一支快枪,枪筒上挑着两只兔子,笑吟吟地进来了。

我们久违了的快枪高大,这时出现了。自从辞了县手枪队队长,入赘到下游那个村子以后,他跟高村的来往,少了许多。只是有一阵子,想起了,顺着渭河往上走,来看一回老娘。以他的禀性,很快地在渭河下游那个村子,做了大队支书。这个支书一直做到社教运动时下台。他肩上的那杆快枪,也一直以那样的姿势横担在肩,成为一个固定的形象。这枪为什么解放后一直不收,平原上的人们不知道原因,大家推测说,也许他当年护驾李先念将军有功,上级特批的,或者是他在担任大队支书的同时,还兼着民兵连长,所以有枪吧!

高大这么一个聪明人,儿子撵过去一番诉说,他就知道是怎么回事了。他不急,扛着枪,顺着河沿走,打了两个兔子,才走到高村,上了老崖,进了家门。

见高大回来了,发生老汉的气焰又起,他说:"长兄如父,这事情该怎么办,我退堂了,你来审!"

快枪高大听了,淡淡地说:"事情该怎么走,还让它继续走,我在一旁听着就是了。大,主事还由你主。我听说,老娘不忌口了,于是顺便从滩里打了两个兔子,容我把这兔子,先剥了吧!"

高大说完,脸色品起,不再和凡人搭话。他将那两只兔子,在枣树上吊起,开始剥皮,剐肉。那支快枪,从肩上取下来,斜倚在树身上。

看来这事还得由发生老汉继续出头。

发生老汉将茶桌一拍，桌上的茶壶跳起来，呛啷一阵响。老汉咳嗽两声，提高嗓门，说道："说一千道一万，我不准这贱货走。你摸摸自己交裆里长了几个×，嫁了东家，又嫁西家。你跟我儿子拜了大堂，行了大礼，你就是我高家的媳妇。我要让我家大花狗，把你看牢，让你活着是高家的人，死了是高家的鬼！"

新媳妇听了这话，呜呜地哭起来。

那男人却不认高老汉这个大诈，他说："你少拿大球吓唬瓜女子。那两条腿在史桂花身上长着哩，你能看住了？实话告诉你，你们没有割结婚证，没有搬户口，你们才是犯了王法了。再说，你私设公堂，限制人身自由，更是犯了王法。待我抽出身来，还要到地方上去告你哩！"

这话说到了厉害处。发生老汉听了，倒吸了两口凉气。他求助地望着旁边正在忙活的高大，希望他出头。但是高大依然淡淡的，依旧在那里捵皮，剐肉，忙着拾掇兔子，好像这事与他无关一样。

高发生老汉没了主意。他脑子转了转，有了个法子，只见他微微一笑，问道："你们真的是割了结婚证？空口无凭，拿给我看看。你们该不是诈我们的吧？"

"我们都割了两年了。这不，你松开手，我给你取！"那男人说。

松了手脚以后，那男人解开裤带，原来他裤头里，有个暗兜。农村人出门，常给这裤头里缝个暗兜，这里安全。只见那男人，将手塞进裤裆里，摸索一阵，摸出一张叠得整整齐齐的纸片。"你瞧，这是结婚证！"男人说。

发生老汉抬抬手，要过结婚证，睁大老花眼，细看，见那果然是一张结婚证，上面有杨郭镇公社的红砣砣，有年月日，还有这一对男女的官名。

发生老汉看了半晌，伸出手，一绺一绺，将这纸片撕成碎片，然后骂道:"哈哈,你们狗日的想耍我,给活人眼里塞棒槌。这哪里是什么结婚证,你身上装了几片擦尻子纸,拿到这里充结婚证,诈我们!"

这叫农民的智慧。谁说过,中国最狡猾的人是农民!

不料那男人见了,并不着急,他笑着说:"老汉爷你失算了!你忘了结婚证是两张,男的一张,女的一张,你撕了这张,那张,还在我家箱子底下压着哩!即便,你老把那张也撕了,公社割结婚证的人那里,还有个底子哩!"

高发生老汉听了这话,真的是没诀了。

高发生老汉将一腔怒气,迁向高三,可是高三上县里开"三干会",还不见回来,于是转而迁向高大。他站起身子,袖子一挽,指着还在忙活的高大骂道:

"你要得大,混成个人物了。回到家里,像个死人榱子,一言不发。这是你三弟的事,你得管。叫你回来,就是向你请主意,问'策',事情到了这一步,这摊场,你来收拾!"

只见高大,这时已将那两只兔子剐完。他将兔子交给高安氏,让她去做。又接过高安氏打来的一盆清水,擦上洋碱,将两手在水里洗干净了,在空中抖擞两下,又在祆襟上抹一抹,然后站起来说话。

那高大,确实是个经多识广的人,说起话来头头是道。只见高大说:

"大呀,古话说'知人知面不知心,知州知县不知村。同走同行同问路,各人东西各小心',东西通衢大道,来来往往许多客,他们谁是谁,安的什么心,有什么企图,咱该防的都得防。你把这一对青年人,引到这茶摊上来了,这是你的不慎,你把那女孩子,不打听明白,就给老三做了媳妇,更是大错。不过事情已经是这样了,这其实也是一件大好事,那位年轻人说得对,千错万错这是年馑的错。我为啥说是大好事呢，大年馑中，咱渭河水救了两条命，这不好么！"

高大继续说："大呀，咱家老二是公家人，我和老三，这算半个公家人，你哩，就成了公家人的老爷子了。所以咱们办事，得按政策条文。他们割的那个结婚证，上面有公章哩，咱们得认。人家那是合法婚姻，受法律保护。咱们遇了这事，是有些吃亏，有些窝囊，可是大丈夫一口气，能忍咱就忍了。这里，权当放两个年轻人一马，让他们走路！"

高大的话，落地有声，头头是道，说得大家心服口服，众人也觉得这高大真是人才，真后悔让他入赘到了别村。大家也就议论说：那两个南山客，也是可怜人，不是没吃的，也不会出此下策！

"你叫我这张老脸，往哪里放哩！以后还见不见人！"高发生老汉哭丧着脸，叫道。

高大说："咋见不得人哩！你做了一件大好事，大年馑中救了两条命，荣耀还来不及荣耀哩。好老人家，事情要回头想，颠倒想，你权当是收留了一个干女子，帮她度了一段饥荒，这样想，不就对了？"

说到这里，高大面对地上跪着的那一男一女，说道："你们两个如果有心，记着这高村平原的情分，认个干大。这一认，就算干亲了，平日记着的话，常常走走，记不得的话，那就算了，高村也不稀罕这个！"

说完这话，高大使个眼色，让这地上跪着的一男一女，赶快挪动两步，给发生老汉磕头。

好个高大，不愧是个"支书"，老爷子叫他收拾局面，他嘴里没说，其实一直是这样做着。这一下跪，认个干亲，既是给这一对年轻人一个台阶下，也是给发生老汉一个台阶下。

两个年轻人何等聪明，听了高大这话，一扑身子爬过去，先额颅撞地，连磕了三个响头，然后，一人抱住高发生老汉的一个膝盖，嘴里"干大，干大"地叫起来。

高发生老汉别看嘴上梆硬，其实是软面情的人，吃软不吃硬的主儿。生平中，大约还没人这么亲昵地跟他说话。他的气有些消了，面色也和缓起来。

那天晚上，月亮升起来的时候，高发生老汉终于松了口，放这两个年轻人上路。

上路前，新媳妇张开双臂，要高安氏怀里的孩子。高安氏不给。高安氏说："在我家炕上生的，就是我家的孩子！"新媳妇见了，哭起来，她说："这是我生的第一个孩子呀，头生！"双方正争执着，那男人一旁说话了，他说："史桂花，这孩子咱就送给干大家吧，只要你家具在，不愁再生下的！"新媳妇听了这话，止住了哭声。

那两个山里人就这样走了，从此再没了消息。直到后来到了年馑上学的年龄，才重返高村，接走了他。

高三是在晚上半夜时分，才赶回来的。他听母亲高安氏讲了事情的整个经过。最后他说，高大的处理办法是对的，如果他在家，也只能这样做。

第三十八章　琐碎日子

新媳妇这件事,给发生老汉以沉重的打击。他明显地衰老了,见了人,不轻易地招呼,自己一个人蹲在大门的门墩上,一坐就是一响。除了经管生产队那三头牛以外,他闲事不管。他把那牛不叫牛,叫"头谷",这是平原上的老叫法。

高村平原上,这些大字不识的老农,在他们的口中,常常会吐出一些深奥的名词来,比如说"请策",其实这是问主意的意思,但"请策"二字说出来,便有一种庄严感,一种奇怪的韵味。这样的字眼,常常会从发生老汉口中蹦出。又比如说"敬视"这个字眼,它类似于重视,但好像又比重视多了点庄重。

受到影响,那高安氏嘴边,也不时蹦出这些字眼,比如她训斥黑建,叫了一句"东眼西迈"。黑建后来才明白,这是"东张西望"的意思,可是用前者说出,明显地韵味十足。

不知道老人们的这些字眼,是传下来的古话哩,还是平日听戏文,从秦腔戏里逮下的。

高发生老汉蹲在门墩上,样子很吓人。像睡着了吧,又像没有睡着。他大张着嘴,一会儿出气,咝儿咝儿地,一会儿又昏天黑地地打着呼噜,那鼻涕唾沫,顺着腔子流下来,把前襟都湿了。黑建见爷爷像死了一样,过去摇,摇了半天,也摇不醒。高安氏说,你爷那是"丢盹",阎王爷在叫他哩!

直到高三问下新媳妇,发生老汉的情绪才弯转回来。

那个叫史桂花的女人一走,来高家说亲的人,又多了起来。那件事并没有给高家带来负面影响,倒是让四邻八乡觉得,老崖上这户人家实诚,讲理,那情形正如高大所说,饥荒年间,养了个干女儿,如此而已。

不久,媒人说媒,便在渭河上游的一个村庄,给高三找了个媳妇。那姑娘人才、模样样样好,只是有一样,成分不好,所以还没有婚嫁。那户人家没有条件,只说找个成分好的就行。高家是贫农,这样高三就成了合适人选。那家的姑娘,以前也常见高三。高三骑着自行车,洋楼一甩一甩地,从她家门前没少过过,其实这姑娘心中,也早已中意了。

这样,高三的婚姻就算成了。

就连婚期都定了。这时却出现一个问题,那就是聘礼怎么办。嫁女要收聘礼,这是天经地义的事情。那个年月,聘礼不多,二百四十元,不过这二百四也不算少,那年头的钱值钱。二百四该是最低价了。如果是双眼皮,如果脸蛋上再有两个酒窝,如果娘家对这桩婚事不满意,故意搬扯,那么还要加价,往三百六上奔。

没有法子,高发生老汉老着脸皮,给远在肤施城的高二打了封信,叙了点兄弟情谊,请他帮助老三。信打出去后,好长时间不见响动。这婚期不能再耽搁了。发生老汉于是从"丢盹"中醒来,把眼光对准正上中学的四女子桃儿。

这样，他们便匆匆给桃儿找了一户人家，聘礼不多不少，只要二百四。聘礼拿来，封都没有打开，就让媒人给高三媳妇家送去了。这样，皆大欢喜，高三的婚礼如期举行。

最苦命的是桃儿，她那时刚上镇上的初中，又入了团，风华正茂，前程似锦。她在学校住，星期三下午、星期六下午回家背馍。瞅一个时机，等她回来了，高发生老汉堵住大门，让桃儿跟一个陌生的男青年见了面。桃儿说，我要上学呀！发生老汉说，学你尽管上，现在先订婚，等到中学毕业了，再完婚不迟。

桃儿是个没有见过世面的女孩子，哪有主意。她的婚姻就这样定了。可是没有等到桃儿毕业，骆村那边，听说这桃儿学习又好，人又活泛，中学正在推荐保送她上高中，那时候，农村学生一上高中，就开始吃商品粮，到时候，这吃上商品粮的桃儿，肯定会把自己儿子蹬了。这样一想，就天天到学校里去闹，逼着桃儿结婚。

桃儿回到家里，搂着高安氏哭。高安氏说，农家女儿，迟早都得走这一条路的。我当年，就是为给娘家的那个驼背弟弟下聘礼，三十块大洋进了高家门。桃儿，权当为你三哥着想，你就受一回这难场吧！

这样，牛车吱吱呀呀地响起来，高家的女儿桃儿，坐着牛车走了。她大哭三声，向这三间大瓦房，向老槐树告别，向父母高堂告别，嫁到了五里外的骆村。

桃儿到了骆村，没有住多久，就又回到了高村。她看不上自己的窝囊丈夫，看不上骆村这户人家。到了骆村的她，当了妇女队长，开了眼界的她，不再惧怕任何人，她一个人跑到公社里，敲开公社书记的门，诉说自己这包办婚姻。公社书记也甚是同情，于是唤骆村那边过来问话，骆村那边，平头百姓一个，哪见过什么世面,听说公社传他,那青年叫一声"见官三分灾",就拾起身子跑了,半年不见回来。公社书记说,不回来也好,缺席办案。就这样下了一纸通知,宣布那桩婚姻无效。这样,桃儿重新回到了高村。

骆村那边,见公社书记这么大的官说了话,也就认了。于是他们传来话说,人没有了,他们认,只是事情要想摆平,这二百四十块聘礼,需得归还骆村。恰在这时,高二从肤施城捎钱回来了,这块补丁恰好可以补这个窟窿,于是将这钱还给骆村那边,从此两家,再不起话头。

桃儿学生时代的这桩婚姻,因为短促,村上人几乎都忘了,记得最清楚的是黑建。因为那聘礼,是高安氏拉着他,去给骆村送的。大家都嫌丢人,不愿意去,桃儿更是见谁提起,跟谁就急。"我去吧!"高安氏说。

高安氏用手帕将钱包了,拖起黑建的手:"跟婆跑一回骆村!"黑建记得,那骆村是个小村子,一条东西街道,街道两侧,两排南北庄子,桃儿嫁的这家,在北边这排庄子。高安氏嫌走前门进去,招风,于是牵着黑建的手,绕到屋后。看见有一户人家,穷得连后院墙也没有,那后院墙,是用一束束苞谷秆围起,来充当的,苞谷秆外面,有个露天的茅坑,高安氏用手一指说:"就是这家了!黑建,你记着,进了这家,你不许说话,不许笑,我使个眼色,叫你走,你就走。走的时候头要调端,不要往后看!"

高安氏领着黑建进了屋子。双方都冷淡极了。高安氏从手帕里掏出钱来,蘸着唾沫点上一遍,点完以后,放在桌子上。"你再点点!"高安氏说。那家大约是户主吧,于是就又蘸着唾沫点了一遍。"对的!"他说。接下来,高安氏说,到桃儿屋里再看一遍!进了屋里,见了屋里的寒酸劲,高安氏鼻子一酸。她从柜子里,挑了几件桃儿的换洗衣服,趁那人不注意,将两张结婚证,塞给黑建让他藏好，然后，用一个白布包袱，将衣服包了。"再叫你最后一声'亲家'吧！"高安氏强笑着告辞，仍从后门退出。

回到家里，高安氏将结婚证交给桃儿。桃儿正在拉风匣做饭，她看都没看，就将那东西扔进灶火里烧了。高安氏后来说，结婚证上的年龄，是假年龄，桃儿那一年只有十六岁。

自从结束大旱的那一场三天三夜的透雨之后，生产队组织劳力，先给有了墒情的田地，种了些六十天豌豆、小日月糜子等能够快速成长的庄稼，先让大家把口糊住，接着便开始种正茬庄稼。渭河平原上，正茬庄稼一般是两年三料，或者叫两年三熟。深秋时节种麦子，麦子要在地里过冬，来年农历五月中旬，麦子收割。收麦之前，为了抢季节，在麦子的空隙中用一根削尖的木棍，在地上戳个窟窿，放上苞谷种子。收麦子时，那苞谷苗已经半拃高了。割麦时麦茬削得高一点，这样不伤苞谷苗儿。麦子割过以后，平原上一片开阔，苞谷苗也就迅速地长起来了。这时用锄，将那些白花花的麦茬砍掉。这一是给地松土，二是麦茬恰好可以给苞谷苗做肥料。随后，苞谷苗拔节，长成一人多高的苞谷棵子，形成平原上的青纱帐。收苞谷的季节在深秋。苞谷娃一掰，苞谷秆一砍，就又种麦子了。

大旱之后的第一茬正经庄稼是小麦。种麦时节下了一场雨，麦苗分蘖时，又下了一场雨，麦苗越冬后起身时，再下了一场雨，可以说风调雨顺。乐得个高安氏，站在地头，拍着手，孩子一般地说："麦收八十三场雨，看来，今年的麦子要丰收了！"

啥叫"麦收八十三场雨"？原来，农历八月，地要墒情让麦子下种，这时候有一场雨，最好；十月的时候，麦苗已经拱出地面，需要积蓄水分，开始准备越冬，准备在冬眠之前分蘖，这时候能有一场雨，更是再好不过了；第三场雨，是来年三月，那时节，麦苗正起身,得一场雨,将它唤醒,然后再供足养分,让它生长,拔节,秀穗,扬花,黄梢,成熟。所以农家有"麦收八十三场雨"之说。

有苗不愁长,没苗泪汪汪。眼见得麦苗坐住,眼见到麦苗一天天生长,眼见到平原上的季节又进入了千百年来那有规有矩、有程有序的日子,人们的心里变得瓷实了,有盼头了,尽管要彻底地翻转身来,还得等麦收,等大囤小囤装满以后,但是毕竟,那是指日可待的事。

就在种子落土到麦熟收割的这一段时间,老崖上这户人家,还发生过两件事情。事情都不大,可以说是大年馑的余波,也可以说是在即将到来的丰收之前的最后两个绊磕。这事一件发生在高发生老汉身上,一件发生在半大小子黑建身上。

先说高发生老汉这件。

那一天合该有事。早晨起来,高发生老汉左眼跳,他问高安氏,这左眼跳,是啥意思。高安氏说,左眼跳财。停一会儿,高发生老汉的右眼又跳了,他说,这右眼跳,是什么意思。高安氏回答说,右眼跳灾。隔一会儿,老汉的两只眼睛都开始跳,他问高安氏,这又是什么讲究。高安氏没好气地说:先跳财,后跳灾,你老东西明智,今天不要出门,当心闪了腿;不要往那屋檐下站,当心瓦片落下来打了头;不要往树底下站,当心鸟雀屙在头上。

发生老汉是个犟尿。听高安氏这么一说,他拧着脖子说,我偏要往屋檐下站,看哪个瓦片落下来。老汉说着,真的站在屋檐下了,站得端橛橛的,望着天空。半天工夫,瓦片也没有掉下来。平白无故地,又没喜鹊踏它,瓦片怎么会掉下来呢?接着,发生老汉又说,我今天偏要行一次远路,看哪处的石子,敢闪我这老腿。说罢,他向高安氏要钱。

原来,发生老汉蓄谋已久,他早就想上小镇去,吃一碗葫芦

第三十八章 琐碎日子

头去。前些天，几个老汉坐在一起磨闲牙，一个老汉说，西京城的春发生葫芦头泡馍馆，在小镇上开了个分号。城里人吃饭，就是讲究，把牲畜那大肠头儿，煮熟后配上作料，成了一道名吃。发生老汉听了这话，问了价钱，默记在心。小镇上三六九逢集，高老汉要去，把时间定在今天。

高安氏见说，把自己身上所有的兜儿翻遍，凑起两毛钱来。发生老汉将两毛钱展在手中，烧着脸说："得五毛，最便宜的普通春发生，就得五毛！"无法，高安氏只好翻箱倒柜，最后连怀里的孩子年馑脖子上的那个五分钱硬币也摘下来，凑够五毛。拿了钱，高老汉收拾行头，上路了。较之当年，行头没变，只是手上，多了个用作拐杖的棍子。

下来再说黑建这件。

前脚刚送走了死老汉，后脚闯进来个半大小子黑建。

只见黑建，脸上抹得白一道黑一道的，是那眼泪冲的。眼泪流在脸上，又用袖子一抹，袖子上有黑，便成了这样子。他的头发乱糟糟的，眼睛哭得红肿，声都哭成"沙沙"的了。一只脚上挂着鞋，一只脚上没有，大约是跑掉的。

"黑建，你不在城隍庙里好好念书，跑回来干什么？"高安氏说。

黑建听了，又哇的一声哭了，哭得那么委屈。

高安氏不再说话，伸出胳膊把黑建搂在怀里，让他尽情地哭。哭了大约有一袋烟的工夫，黑建的哭声弱了。高安氏这时把黑建的泪脸扳过来，问："给婆说，出了啥事，谁欺侮你了？"

"婆呀，打死我，我也不去上学了！"

"到底出了啥事？"

原来，一个学期已经完了，黑建还没有交学费。那学费是一块钱。农村小学校，这种先赊上到学期完之前再交的事情，多得很。

但是一般来说，到了这学期结束，就都交了。他们那个班里，现在就黑建一个人没有交。

当初上学时，高发生老汉拧着黑建的耳朵，口里说着"不要东眼西迈"，拎着高安氏给做下的新书包，把黑建拉到城隍庙。"钱先赊上，那校长是我门里兄弟，你管他也叫爷！"发生老汉说。所以黑建上学的第一次学费，就这样赊着。黑建记得，过年的时候，高安氏领着他，去走一门干亲。那家他叫"大姑"的人说：黑建，磕一个头，我给你五分压岁钱。黑建见这事能做得，于是趴在地头，吭哧吭哧，一连磕了三个响头，第四个头刚磕下，那个叫"大姑"的人慌了，赶快把他拉起来。话既然已经说出了，大姑很心疼地，从身上摸摸索索，摸出两毛钱，塞到他手中。这两毛压岁钱，黑建一直舍不得用，上学时，他用这两毛钱，四分钱买了一张粉连纸，锥成两个本子，一个算术，一个语文，六分钱，买了三支普通铅笔，剩下的一毛钱，狠了狠心买了一支红蓝铅笔。

话说这天，也就是高发生老汉想吃顿洋荤，拄着拐杖走镇上这天，黑建早早地来到学校，打扫完卫生，便坐在自己的土台上。老师来了，是西村的人。老师盯着黑建，盯了半天。黑建明白老师为什么盯他，他羞愧地低下头来，不敢看老师。这时候，老师咳嗽了两声，清了清嗓子，然后问道："同学们，一学期快要结束了，咱们班，还有哪位厚脸皮的，没有交学费，你们知道吗？"同学们听了，都齐声回答："知道！"老师又问："那么，这位厚脸皮的同学是谁呢？"同学们听了，齐声回答："黑建！"

老师停顿了一下，以便再给黑建增加一点压力，然后他说："同学们，大家都跟我学，现在，咱们来羞他！"说完，老师伸出二拇指，弯过来，在自己的脸上一刮，嘴里"嘘"的一声，在"嘘"的同时，那二拇指伸直，接着整个胳膊伸展，直挺挺地指向第一排第一位坐着的那个小男孩黑建。

"嘘——"全班所有的同学,在这一刻都学老师的样子,先在自己脸上刮一下,随后手指伸展,胳膊伸向那个不知所措的男孩。

面对着这一个个快要戳到自己脸上的手指头,黑建的脑袋"轰"的一声,他好久才明白了眼前是怎么回事。他在那一刻受到了一种最深的伤害。他这一生注定将接受许多屈辱,这是第一次屈辱,因此伤害也最深,因此记忆得也最真切。

黑建站起来,强使自己不要让眼泪流出来,然后背起了书包,逃到田野上以后,他才放声大哭,就这样一直跑回家。

听了黑建的叙述,高安氏脸色显得异常的苍白,她的眼睛里放出一种异样的光。高安氏这一生经历过许多事,那许多事都比这件事严重,但是这件事带给她的震动和打击是最大的,因为这伤害的是一个七岁孩子的心。

高安氏想一想,牵起黑建的手,走上高村的街头,她从东头到西头,南头到北头,开始挨家挨户地借钱,最后,一分一厘,凑够了一块钱,把它交给黑建。

高安氏是用"变工"的方式,来还这些钱的。这是她在借钱的时候,给人家这样讲好的,所以这更准确的叫法,不叫"借钱",叫"预支工钱"。那时在高村平原上,这种事情常有。

她是将人家的棉花拿过来,纺成线穗子,再把线穗子还给人家。一斤棉花,通常可以纺十个穗子,一两一个。一斤花可以顶一毛线。这就是说,高安氏要还完这一块钱,得纺上十斤花,或者换言之,得纺一百个线穗子。

平原上手脚最快的妇女,纺一天,可以纺三个线穗子。高安氏那时候已经老了,整七十的人了,手脚慢,加上还要照顾年馑,所以一天紧赶慢赶,只能纺一个。

这就是说，高安氏要将这一块钱给还上，得用上一百天。

第二天早晨，黑建起得很早。他来到城隍庙，依旧先把黑板擦干净，把教室的地扫了，然后坐到自己的土台上，等着城隍庙那口钟响，黑建个子最小，所以他坐第一排第一位。

老师走进教室的时候，看见第一排第一个位置，那个叫黑建的男孩，手背在后边，眼睛不看他。男孩那土台上，放着个书包，书包上整整齐齐地放着一沓毛票。

第三十九章　麦收八十三场雨

高发生老汉去镇上吃"春发生"的事，前面只是开了个头，好戏还在后面。记得前面，高安氏说过"两眼一齐跳，先是跳财，后是跳灾"这话，我们得把老人家这句话，给个落实。

发生老汉去镇上赶集，太阳刚过午，就回来了。他不但自己回来了，还吆回来一只大母羊。那母羊，全身一灿白，大肚子鼓囊囊的，大约快要生了，两只后腿中间夹着两个大奶头，一走三扑啦，前面脖子上挂一个铜铃铛，呛呛嘟嘟一路响。

牵着这母羊，一路招摇，从高村街道上穿过去，发生老汉好生得意。有人问起价钱，发生老汉故意卖个关子："你猜。"人们伸出两个指头"两千"，发生老汉说，你往下说。人们又伸出一个指头，外加一只手："一千五。"发生老汉说：再往下说。人们又伸出十个指头："一个整数。"发生老汉笑着说：我谅你们也猜不着，实话告诉你们吧，等于白捡的，只三百块！众人听了，都说这老汉有财运。

　　铜铃铛一路音乐，到了自家门口，先唤老婆子，赶快泡一壶酽茶来，消消口渴腿乏，又唤黑建，赶快给这大母羊去割草。嚷了半天，没人吱声。那一刻高安氏正领着黑建，满堡子借钱哩。发生老汉见没人搭声，只得自己忙活，先把母羊在大门口老槐树上拴了，挪动几步，到地畔上拔几把草，给羊扔上，然后自己沏了壶老胡叶子，坐在老槐树下，一边饮茶，一边让气喘下来。

　　高安氏牵着黑建，借完钱，还没有走到家门口，高老汉从镇上买了一只大母羊的消息，口口相传，已经进了她的耳朵。高安氏有些疑惑："老东西哪来的钱呢？"接着又第二个疑惑："老东西这一辈子，做过几件赢人的事呢？该不会是又让人给捉弄了？"

　　待走到老槐树底下时，那里围了不少的邻居，在听高老汉唾沫四溅的排侃。自从"新媳妇"那件事以后，发生老汉是灰了一段时间，这下，头是又抬起来了。

　　"现今的羊价，不知道中了哪门子邪，一只小羊羔，就得五百，母羊哩，不给十个指头，不跟你说话，至于这带肚子的母羊，两千，三千，有人敢要这个价，有人就敢出这个价。我这只带肚的大母羊哩，多少钱？三百！"

　　见高安氏来了，老汉更是嘴头子上来了劲。他抿一口茶，继续说："这叫什么呢？这就叫太阳今天照到我老高家的门楼子上来了，叫'好运气不在打啼起'，叫'鸿运来了，挡也挡不住'！"

　　那一阵子的羊价，大家也都知道。有一个官道，有一个渡口，河对面也有一个集市，所以这大门口来来往往的牵羊的也很多，所以高老汉说的那些话，都对，都在理，都值得大家相信。

　　高安氏站定，她有些疑惑："老东西，又不沾亲，又不带故，人家凭什么就这么便宜地卖给你！"

发生老汉说:"大家都说我憨,今儿个我才发现,世上原来还有比我憨的人!是的,既不沾亲,又不带故,但是人家硬是把羊绳子往你手里塞,你不接都不由你!"

高安氏又问:"老东西,你身上哪有钱,干球打得胯骨响,干老汉一个。我记得,你早上上街,还是从我这里,搜腾出五毛渣渣钱上路的。那三百块羊钱,你是怎给人家出的?"

高老汉答道:"老婆子,这你就放一百二十条心吧!羊钱我是赊着的,立了个字据。羊羔下来再还,这么大的肚子,肯定是双羔。一只一卖,还这赊钱就绰绰有余了,另一只,八成是个母的,咱留着,让它再产羔。母羊产羔,是一年两茬,过不了几年,咱要给咱的这些四方打圆的亲戚陆人,一家送一只咱的羊。先给你娘家侄儿送。"

这些话,把个高安氏是逗笑了。笑罢之后,她还是觉得这事蹊跷,心里老犯疑惑。

到了下午,村上赶集的人陆陆续续回来了,说起羊价,高安氏的疑惑,果然有理。原来集市上,今天羊价大跌,像变戏法一样,一只羊羔,只卖到五毛钱,还没有一只芦花公鸡的价高。像高发生老汉买下的那只母羊,撑死,也就值个二三十块。

听到这消息,高安氏五雷轰顶,好像疯了一样,回到家里一把拽住高发生老汉:"老东西,你的羊到底是从哪里来的,你给我实说。还有,今儿个那镇上的集,你到底去了没有?"

高发生老汉听了,也傻眼了。他这时老老实实地承认,他没有去过镇上。他走到半路上时,遇上了个卖羊的,大约还是个半生不熟的人。"这头母羊,好下手!"望着羊的肚子,他赞美一声。那人说:"老汉爷想要,就给个价吧!"发生老汉说:"要是想要,只是,腰里不宽展!"那人说:"乡里乡亲的,腰里不宽展,就先赊上，羊羔下来了，再还！"发生老汉说："这多不好意思！"那人说："这话见外了！"又说："老汉爷你说话吧，给个价，就卖！"话撵话，撵到这里了，发生老汉只得伸出一只手来，手伸出，想了半天，蜷回来两个指头，留下三个指头："三百，咋样！"

发生老汉心想，三百块钱，连个羊羔都买不下。他这"三百"一出口，这桩路旁的说话也就算结束了，然后各人行路，互不相扰。谁知那人一听，伸出手来，一把抓住发生老汉正在指手画脚的这只手，然后用他的手，把这手掌一拍，叫一声"成交"。

事到如今，发生老汉只有就范。当下，二人走到路旁一个叫庙底的村子，找了个共同的熟人，立据成交。高村离小镇十五里，走到这庙底，还有十里，高老汉手里牵着个羊，觉得没有再去赶集的必要了，于是折身回来。

听完发生老汉的叙述，高安氏一屁股坐在地上，脸色乌青，骂发生老汉道："老不死的棺材瓢子，你把我们娘们儿害到何年何月呀！这羊债，你怎还人家呀！你老汉是把睡不着觉的事弄下了！"

发生老汉做了鳖事，站在那里，赤红个脸，低着头一言不发。

母羊不久就产了羊羔。果然是两只，一公一母。发生老汉把那只公的，给了配种的，让配种的再给母羊把羔配上，这个账他会算；那个母的，他给挂了个铜铃铛，铃铛一路响着，他牵着小羊去送给了安村。

高发生老汉买羊这个荒唐事儿，只对一个人利，那就是小年馑，他是喝着羊奶长大的。

字据既然立了，那羊钱是得还的。母羊产羔不久，那人就背着个褡裢，手拿字据，前来要账。发生老汉想躲出去，没有躲及，让人堵在院子里。老汉好面子，他说你那两个钱，搁给别人是钱，搁给我发生老汉，小事一桩，拿脚踢哩！我家二儿，在城里挣大钱哩，啥时想用钱了,把那机器一开,哗啦哗啦,钱票子就从机器里吐出来了。当下说好,宽限些日子,等高二钱一汇到,就还给人家。

三百块钱在那年头也不算个小数目。支走了讨债的以后,发生老汉急得在屋里团团转,他觉得不好意思给老二再张口了,可是不张口又不行,这事,只有老二有力量解决,想来想去,把正在炕沿上写作业的黑建,叫住:

"黑建,咧狗爪爪字,你该认了有二三百个了吧!"

黑建答道:"差不多,包括拼音字母,包括阿拉伯数字!"

"会写个家信,说个来回过往的话了吧!"

"有些字会写,有些不会写!"

"爷考你一下。来,给肤施城写一封信,报个平安!"

"都说啥哩,我不会说。"

"你不会说我说。你从生字本上撕上一张纸,记就是了。不会写的字,空下,完了问你姑姑桃儿!"

这样,发生老汉口授,黑建捉笔,以黑建的口气,给肤施城写了一封家书。信中说到家里买了一只母羊,三百块,钱赊着,请高二寄回钱,帮这个忙,解这个急。信中还描绘了这只母羊将给这个家庭带来的种种美好前景,这前景正如高老汉回到村子后所排侃的那样,至于这羊价的大跌,这受了一场捉弄,高老汉说,千里寄书,报喜不报忧,这些就免谈了吧!

信寄到肤施城,难为了个高二。据说,从那时起,高二每月从工资里扣五块钱,来还这羊债。直到"文革"那一年,账才还清。

不管怎么说,生活在进行着,田野里的麦苗在生长着,日子在倒换着脚步,一天一天往前撵着。

哦,贫瘠而又丰饶的渭河平原啊,遍布灾难而又充满温馨的渭河平原啊。南面的高耸入云的秦岭,北边的莽莽苍苍的陕北高原,将你围定,形成这号称"八百里秦川"的葫芦状平原,一条古老的河流,咏叹着从其间穿肠而过。那尘土飞扬的官道上,车马喧嚣,千百年来,有多少行路客走过。那星罗棋布,散满大平原的平庸的村庄,人们蚂蚁一样在其间穿插,无名无姓地出生,又无香无臭地死亡。而那广袤的、一望无垠的田野哪,你经历过几度草荣草枯,花开花谢。在你宽阔的胸膛上,在你条条河流的交汇处,千百年来人们设州造府,演绎着一个个故事,而西京城,这雄伟的帝王之都,是谁说过,一部中国的历史,大约有一半,是这座城池的历史。

有一个声音,它轰鸣着,"汪儿汪儿"的,像大地本身一样,厚重低沉,又像天空本身一样,高远辽阔,这声音弥漫在这大平原,千百年来,一直轰鸣不已。你感觉到它的存在吗?每一个平原人大约都会说,它是存在的,大约从一个叫后稷的人,在这块土地上掘第一锨土时,它就出现了。

那个戴着二轱辘眼镜,拄着拐杖,滑稽地在平原的官道上迈着八字步的高发生老汉,那个将一双小脚锥在地上,穿着大襟袄,手搭凉棚站在老崖上向远处瞭望的乡间美人高安氏,那个从遥远的中州平原走来,在这里落地生根的顾兰子,那个横担一支快枪的一代枭雄高大,那个"男人嘴大吃四方"的公家人高二,那个在这块平原上像一个家园的最后守望者的高三,还有,我们的被命运之手抛来抛去,而最后,将要回到家乡的平原,怀着变革的意愿,将这里改变成高新区第四街区的黑建,以及年馑等等人,他们说,他们都听见过那声音。

他们说,或者在某一天清早,一觉起来,他们听到这或从大地深处,或从天空远方传来的轰轰隆隆的声音。或者是在正午,太阳当顶,照得人额颅发烫,昏昏欲睡时,或者是在黄昏,当落日像一个橘黄色的大车轮子,停驻在渭河上游,停驻在西京城那斑驳的城垛时。——个平原人的一生，总能几次听到这声音，他们说。他们还说，这好像是这条故乡的河流的咆哮之声，但好像又不是！

麦子黄梢了。

大平原上的麦子黄梢了。

麦收八十三场雨。有这八十三场雨，这一年的麦子，八成就能吃到嘴里了。那三年的大年馑，地里基本上没有收成，从而也给土地积攒了肥力，积攒了地气。谁说过，地歇三年，那土可以当肥料使哩！

看呀，南风起了，整个平原像一个波涛翻腾的大海，那被风一扬一扬的金黄色的麦浪，就像大海的波浪。那一段日子，太阳是金黄色的，大地是金黄色的，天空是金黄色的，就连游历在大平原上的空气，也是金黄色的。就连人们瞅东西的眼珠，也都变成金黄色的了。大地像喝醉了酒一样，平原上的人们像喝醉了酒一样。

在那金黄色的日子里，高安氏整夜整夜睡不着，她牵着黑建，彻夜彻夜地在这些麦浪中漫游。"我们有了吃的了！我们没有被饿死！"高安氏喃喃地说着。她热泪涟涟，惹得黑建也热泪涟涟。

接着，大平原上响起一阵阵磨刀的声音。这是磨镰刀的声音。镰刀刃和镰刀架子，是分开的。人们将镰刀刃子卸下来，顺过磨石，往上面淋两把水，就屁股一撅，开始圪蹴在那里磨镰了。"沙沙沙沙，沙沙沙沙"，这音乐声从各家各户的院落里传出，弥漫开来，布满了大平原。

那平原上的第一镰，通常是从大麦和油菜开始的，这原因是它们早熟，还有个原因是让它们赶快腾出个麦场来，让正料庄稼我们的麦子登场，当然还有第三个原因，那就是让这被高发生老汉称为"头谷"的牛呀，马呀，骡子呀，驴子呀，有点精饲料，它们的身体在这时候甚至比人的身体还要重要，驮麦，碾场，夏播，将来都要靠它们的。

第一镰是从一块变成了琥珀黄的地块开始的。接着,哪一块变成琥珀黄了,收哪块。那高三,骑着辆"凤凰单闪翅"的自行车,整天在这块平原转悠着,他就盯着这事。论起割麦,可以说平原上的每一个男人和每一个女人,都是割麦的好手。尤其是女人,她们如果高兴起来,一个人一天可以割一亩三分地的麦子,在这一点上男人望尘莫及。那农民诗人王老九的诗中说:"张玉婵张玉婵,上炕剪子下炕镰",这里说的"下炕镰",说的就是割麦子。

一群生产队的妇女,排成一个梯字形,一路打走镰割过去,大片大片的麦子就应声倒地了。运麦子的男人们,见了一阵阵喝彩。啥叫"打走镰"?就是这割麦的妇女,挥动镰刀,一路削过去,麦子纷纷倒地,那倒地的麦子,女人并不用另一只手去捉,而是让它顺茬倒下,然后女人用她的脚,加上一条腿,带着这些倒下的麦子往前走。走上三五步,带不动了,可以捆成一个麦个子的麦子也就够了,于是女人抽出两把麦秸,一挽,扎成个麦个子,立起。

男人们这时吆着牛车,跟在女人后边,站在地上,用木杈叉起麦个子,往车上装。装满鼓堆山满的一车,然后运到场上去碾打。

高安氏将一簸箕新麦,簸了簸,拿到碾子上压成扁糊糊,然后回到家里,将锅子添上水,将这新麦拍成几个长条形的饼子,贴进锅的四周。拉了一阵风匣后,她将锅揭开,然后,用袄襟撩起一个焦黄的馍子,送到门口正丢盹的发生老汉手里。

"老东西,接住!快告诉肚子说:第一镰新麦下来了!"

第四十章　人生一世草木一秋

这以后不久，顾兰子只身一人，回了趟高村。她这次来是专程接黑建到城里去上学的。亲人们相见，自然有说不完的话题。那年头，大家都受了许多苦，乡下人苦，城里人也苦，所以大家都没有对这刚刚过去的大年馑，说太多的感想。其实，顾兰子看了一眼这光光荡荡，四壁空空，像被大水冲了一样的房子，她就明白这几年的艰难了。"谢谢你们照顾了建。我得把他带走了。我是睁眼瞎子，不认得字，我要叫他接受最良好的教育！"顾兰子说。高安氏见她一进门就往院子的四处瞅，知道她牵挂着黑建，就说："黑建在城隍庙里上学哩！那城隍庙，如今改成高安小学了。那黑建，已经会写信了，几个狗爪爪字，写得四方四正的！"

这话提醒了顾兰子。顾兰子避过人，解开裤带，从裤衩的那个暗兜里，掏呀掏，掏出一个信封："大，妈，这是高二让我捎给家里的。黑建写的那信，高二收到了。这是羊钱。那只母羊，就是枣树底下拴着的那只吧？"

顾兰子没有提这钱是高二从单位上支的，单位上每月要从他工资里扣。她只说，高二要她把这钱亲手交到两位老人家手里。说完，她把那个信封，双手捧着，递给高发生老汉。

老汉有些不好意思，觉得钱有些烫手。他接过信封，没有打开，也没有带走，而是装着不介意的样子，把信封信手搁在高安氏的那个板柜上。直到顾兰子抽身离开，去城隍庙里看黑建去了，他才一扑过去，抓住信封，然后打开，呸呸两口，往指头蛋儿上蘸些唾沫，然后一张一张地数起来。

顾兰子说她等不及了，要去城隍庙。说完，她从田野里，斜插过去，向高安小学走去。看看后边没人了，于是一路小跑起来。

那一天正上二年级第十八课，课文的标题叫《抗日英雄小铁锤》。坐在第一排第一位的黑建，正在和全班同学一起，齐声朗读课文："小铁锤，十五岁，个子矮矮的……"这时候，教室的门打开了，阳光斜射进来，一个留着剪发头，穿着件毛蓝对襟衫子，淡灰裤子，脚穿襻带织贡呢布鞋的中年妇女，一手扶门，站在门口。

"建！"她叫一声。

"黑建！"她又叫了一声。

黑建有些疑惑地，扶着那个用作书桌的土台子，站起来。他真的不认识眼前这个女人，或者说，这几年来，他经历得太多，关于肤施城，关于顾兰子，他早已丢在脑后了。

"你是谁？你找我有啥事？"朗诵声已经停下来了，因此，黑建这一句问话，显得声音很大，很刺耳。

在那些大年馑的日子里，在那些地狱般的白天和黑夜中，在每一次挣扎着要闯过一次活命关的时候，黑建都会想起顾兰子，并在嘴里轻轻地呼唤着她的名字。但顾兰子真的出现在他面前的时候，他却一下子很难认出她，在感情上很难接受她。

校长这时候来了。他也是高村的人，发生老汉的一个门里兄弟。他走上去，在黑建的头上轻轻拍了一把："你妈来接你来了。回城里去吧。城隍庙太小，庙小挥不开刀！"

顾兰子背起黑建的书包，千恩万谢地向校长告别，然后牵着黑建的手，走上了田野。

晚上喝汤的时候，高发生老汉说："黑建，你叫'妈'！"黑建说："我不叫，你想叫，你叫！"发生老汉说："你不叫，看我打你！"黑建说："打死我也不叫！"发生老汉听了，吐出脚下的鞋子，抓起来，真的要过来打。高安氏见了，护住孩子，说："隔生了！先不急着叫，慢慢熟唤了，他自己会叫的！"发生老汉听了，这才作罢。一旁的顾兰子，眼中溢满了泪花。

顾兰子在高村，只待了短短的三天，走了几门老亲戚，然后就回肤施城，那里还有一家子人，得她经管。走的时候，是高三骑着他那辆"凤凰单闪翅"，将这母子俩送到火车站的。顾兰子坐在车子的后座上，黑建则手抓车头，坐在前面的梁上。

行前，黑建躲在高安氏的怀里，不愿意走。他说他要和爷，和婆，在这高村平原上生活一辈子。高安氏笑了，她说："叫婆叫婆，越叫越薄。黑建呀，高二和顾兰子，才是你的最亲的亲人呀！我和你爷都一把年纪，成了棺材瓢子，没有几天活头了，你走吧，男人嘴大吃四方，外边的世界大着哩！"

高安氏说完，拉住黑建的手，把他交给顾兰子。

在黑建离开高村平原以后，高发生老汉和高安氏，又在这块故乡的平原上，生活了将近二十年，直到20世纪80年代前后过世。

他们都死在八十四岁上。老百姓有一句话说："七十三，八十四，阎王不叫自己去。"意思是说，这七十三岁，八十四岁，是两个门槛。

高村平原上的老人们,每当到了这两个门槛的年龄,便做好死亡的准备,而且,大部分的老年人,确实都是在这两个年数上死的。

两人相隔三岁,因此,虽然都是八十四上走的,但一个比另一个早走了三年。那早走的是高发生老汉。在经历了"四清"、"社教"、"文革","文革"后改革开放初期的年月后,老汉去世。死在70年代末。而高安氏,她跨过一个年代,死在80年代初期。

估摸着自己快要死了。发生老汉要人把他的棺木,腾净,里面存放的小麦,挖出来,用它磨成细面,以便在丧事中,招待那些前来祭奠的人。

棺木掏干净以后,老人让他的几个儿孙,将棺木抬到院子的阳光下,晒一晒。在晒的时候,他就搬一个小凳,坐在旁边,抚摸着棺木光滑的板面,嗅着棺木那柏木的香味和粮食的香味。

在平原上,一个人,如果能睡着一口柏木棺去世,那是一种最高的荣誉。别的杂木不行,只有柏木。因为在地底下,有一种叫穿山甲的动物,那物什能用锋利的爪子和吃钢咬铁的牙齿,将所有的杂木棺材钻透,然后吃掉死者的脑子。但是遇见柏木的气息,它就退却,避开了。在以往的平原上,能睡得起柏木棺材的人是很少的。顶多,人们从老坟里,伐一棵柏树来,然后用几块板子做棺木的前档和后档。因为穿山甲通常是从档口这个薄弱处侵入的。

这柏木棺材,是高二从黄龙山给他买来的。老百姓说,老子欠儿子一个媳妇,儿子欠老子一副棺材,这种代代相依的父子关系,在他们身上又重新演了一回。

那顾兰子在大年馑结束,领走黑建以后,后来到了1968年麦收过后,还领着几个孩子,回高村住过几年,服侍二老,尽尽自己的孝心,直到孩子们后来都飞了,她才最后离开,继续跟着她的高二。她说她永远记着这块平原,记着二老对她的恩情。

第四十章 人生一世草木一秋

那副棺木在阳光下，闪烁着金黄色的光芒。它像老崖上的这户人家一样，也经历过许多事。

而就在黑建他们离开平原以后，它还发生过一件事情。

事情是这样的。戏河上游的那个水库后来终于修成，在一年秋天，苞谷地需要灌水的时候，水库开始放水。水顺着干渠，支渠，毛渠，通过各个分闸口，流向了平原。但是，水不管怎么流，也没有流到这块高村平原上来，原来，上游的那些村庄，也同样干旱，于是他们在用足了自己的配额之后，仍然用各种方法在偷水。

高村平原上的人们愤怒了，大家纷纷要高三带着他们，到上游去护水。高三有些怵火，他知道这一去，弄不好会闹出人命的。高三到公社跑了几回，公社说这事他们也管不了。没有办法，高三回来，将这事给发生老汉说了。发生老汉说，孩子，人的一生，该做几回恶人的话，得做。我的腿脚不听使唤了，你叫人，抬上这口棺材，顺着干渠走一遭吧！

这样，高村动起户族，一群精壮劳力，拿着镢头铁锨，抬着发生老汉这副棺材，呐喊着一路浩荡，从干渠流经的那些村庄中穿肠而过。所过之处，家家门户紧闭，大声都不敢出。这样走过一遭以后，那渠水，哗哗地流下来了。

在柏木棺材浓烈的柏香和粮食香的味道中，高发生老汉有些头晕。他让人给自己穿老衣，因为他担心自己一死，硬胳膊硬腿的，这老衣就不好穿了。

这老衣里三层，外三层，一共穿了七身。高大的媳妇，高二的媳妇，高三的媳妇，一个给做了一件。还有一件，是四女子桃儿做的，她嫁到了三里外的一个村子，有了个幸福的家庭。还有两件，一件是高大那个留在高村的女儿做的，她也已出嫁；另一件，是高二的女儿咪咪做的，她后来插队回到故乡，然后从这里出去参加工作。

六件衣服都是在里面穿。那最外面的一件，是从小镇上买的。那是一件灰色的袍子，穿上它，令人想起秦腔戏中那些过去年代的人物。

穿好衣服，见儿孙们都在跟前，老人喘着气说："我这一生，很惭愧，不如一个人！"大家笑着问他，不如谁？发生老汉说："我不如毛主席！我和毛主席同一年同一月同一天出生。他多了不起呀，影响了这个大世界！而我呢，只影响到这块平原，这个家庭！"

高发生老汉最后的话是："高老太爷为啥给我取这个名字，叫'发生'，我琢磨了一辈子，到这一刻才突然明白了。'发生'这个名字是说：世界上所有的事情都没有道理，不过既然它发生了，那发生就是它的道理！"说完，他闭上了眼睛。

人们只是几声哭声，接着就噤住了。红白喜事，红白喜事，那白事实际上也是喜事。一个人，能活到那个年龄，能安详地死在自家炕头上，能在那么多爱你的人的注视下离去，这不是喜事，又是什么呢？

在盖上棺材盖的那一刻，二儿子高二走上前去，把发生老汉平日最爱的那个二轱辘眼镜，用手绢擦拭了一下，为躺着的他端端正正地戴上。那是一副石头镜，是当年高二在黄龙山参加工作后，用自己的第一次薪水，在地摊上买的。

那眼镜是用两个乌青的圆镜片做成的。用一个"几"字形的铜鼻架，将两个镜片连起来，没有眼镜圈，所以看起来很古朴。那眼镜的铜腿子，是三截的，可以折回来。眼镜腿子的一头，用铆钉铆在镜片的外沿，另一头，是两个铜板一样的卡子，它们的作用是夹住头，不让眼镜脱落。那腿子大约不太好用了，因此，发生老汉生前，用一根细绳子，把两个腿子连在一起。当戴上眼镜之后，那条细绳从老汉光光的后脑把子上勒过。

第四十章　人生一世草木一秋

在将这给高发生带来无限风光无比骄傲的十足风度的二轱辘眼镜，戴在他眼睛上的时候，高二在那一刻有些惭愧，因为在当年买下这副石头镜不久以后，他就知道这石头镜是假的，它只是两片人造水晶。

高安氏是在发生老汉走了三年以后，才撒手离开人间的。

晚年，她比发生老汉要活得充实一些，活跃一些。发生老汉到了晚年以后，一只眼睛看不见了，耳朵聋了，因此，他一晌一晌地坐在那里，一动不动，像个树木桩子一样，就是乌鸦落在头顶，他也懒得去打。问他话，问三声，才听到答应。吃饭的时候，饭来了，他一句话也不说，伸手去接，吃完一碗饭，如果要吃第二碗的时候，他也不说话，只用筷子在碗的中间部分一等，表明他还要半碗。当他一个人独处的时候，他在呆呆地想什么呢？没有人能知道，或者是什么也不想吧。

高安氏却一直到去世之前，耳不聋，眼不花，手脚灵便。她唯一的不方便是坐在地上的时候，起不来。当年黑建还在家里的时候，她就是这样了。通常，如果要起来，是这样的：她先把盘着的两只脚，从屁股底下抽出来，然后，两个膝盖并拢，同时，用两只手扳住膝盖，最后，她抱住膝盖，身子一前一后，一俯一仰，摇呀摇，黑建则在背后，帮着她摇。就这样闪上一阵后，说声"起"，黑建在背后猛推一把，高安氏就两只小脚一站，人立起来了。而在黑建走后，这件工作是由后来慢慢长大的年馑担负着。

四女子桃儿，后来找了户好人家，嫁到公社所在地的村子。男人是西京城里一家大企业的工人。他开机器，把耳朵震聋了。高安氏说，耳朵聋了，好呀，不听闲话不生闲气，只知道干事。这人本分，桃子与他相依为命，生下一堆孩子。平原上的人们，把这种男人在外面工作、女人在地里劳动的人家，叫"一头沉"。

高大留在高村的那个女儿,叫月儿。她也嫁了一户好人家。那男人,是个高身量的、喜欢说笑的小伙子,他本来在田野里劳动,后来不知道怎么成了一个做宴席的大厨。这一块平原上,谁家过红白喜事,总能看到他的影子,听到他的笑声。

她们都对高安氏很好,用心地呵护着,爱着她。夏天的单,冬天的棉,都是她们给做的。桃儿的丈夫在城里工作,手头宽裕一些,因此常常给高安氏的口袋里,塞点零用钱。月儿的丈夫在忙完事情之后,事主谢大厨,会给他拿些白馍和蒸碗回家。月儿就夹一个菜馍,走二里地,给婆送来。那月儿的丈夫,每遇空闲了,还拉着一辆架子车,把高安氏拉到骊山脚下的那个著名温泉,去洗一回澡。

最孝顺的人数高三。皇帝爱长子,百姓爱小儿。在弟兄三个中,他是最受父母宠爱的,这大约不光因为他小,还因为他弱一些的缘故。爱要用爱来回报。在高安氏快要走的那半年中,忙碌的他,每天晚上都睡在高安氏的炕上,陪了整整半年。

高安氏死在一个早春的日子。

她知道自己不行了。让高三给遥远的肤施城,翻一个电报去,就说"母亲病危,让肤施城那户人家,赶快回来"。电报翻出去以后,她让人把自己抬到靠大门的地方,然后穿上老衣,眼睁睁地瞅着官道,瞅了三天三夜。不见官道上有响动,于是她说:"我等不及了,我得走了。告诉高二,告诉顾兰子,告诉黑建,我等了他们三天!"说完这话,她溘然长逝。

发生老汉去世时,肤施城一家是赶回来的,他们和老人见了最后一面。高安氏去世时,那一年是倒春寒,大雪封山,所以肤施城一家延挨了几天,耽误了日子,当他们赶回来的时候,高安氏已经入殓。

高二抚摸着棺木,请求将棺木打开,让他最后再看老娘一眼。

棺材板揭开了。高安氏衣冠周正,静静地躺在棺木里,如此安详,如此美丽。她的头上挽着一个高髻,髻上插着一根银簪,青布的大襟袄,大裆裤,裤脚一如生前那样,用裹缠缠起。那两个秤锤一样的小脚上,穿着绣花的布鞋。而她的头顶,枕着一块用绣花布包着的青砖。她的嘴里,则含着一枚五分钱硬币。那是买路钱,希望她一路走好,能安详地回去,不要被什么东西拽住。

她多么的美呀!她是真正的高村平原上的乡间美人。瓜子脸,尖下巴,下巴上有一颗美人痣。鼻子尖尖的,小小的,细眉细眼。如今,静静地躺在那里的她,一张小脸像白纸一样苍白。

在场的所有的人,这时候才意识到,他们多么的粗心呀,原来这些年来,他们是和一个乡间美人生活在一起,一个锅里搅稀稠。他们很遗憾,当她活着的时候,高发生老汉大约从来没有认真地看过她一眼,而这些儿孙们,他们也都忙碌,为嘴忙碌,为各种世俗事务忙碌,他们同样没有把眼光从寻常事务中哪怕挪开一刻的工夫,来看一下他们的这位长辈,这位亲人。

高二哭起来了。

所有在场的人都开始哭。

哭声起了。哭声告诉左邻右舍,告诉这个世界,平原上,一位老人死了。

哭得最凶的,最悲伤的是顾兰子。

棺材盖儿被重新合上。乡村木匠过来,将它四个角儿用四根大铁钉钉死。这时掌事的高叫一声:"众孝子列队,起灵了!"

第四十一章　公家人高二

高二当年在肤施城的报社里，并没有待多长时间。以他的激情和才华，他渴望着进取，渴望着冒险，渴望着"自信人生二百年，会当水击三千里"。这是那个时代的人的特征，而对于出身寒门的人来说，尤其如此。

他在报社待了五年，做到报社领导这个级别，当然是副职。后来"大跃进"年月，报社要办一个造纸厂，解决纸张的自给自足问题。这样他便到造纸厂做了厂长。造纸厂建在一个盛产麦秸草的县份。他在那里干了三年。三年后，"大跃进"发热期间建起的这些工厂纷纷下马，造纸厂也就遣散员工，结束使命。

这时候，他有一个前往西藏的机会，当然也是去做记者，援助当地的报社。恰在这时，顾兰子有病，无奈的高二将顾兰子从老家高村接到造纸厂，在县城为她看病。援藏这个事，报社于是派了另外的记者去。而高二，则到另一个县份，去做宣传部长。

那个县也是一座高原名城，叫尉迟城。只是如今混背了，成为一个县级城市。这个城的名字和唐朝的一位大将有关。传说，尉迟敬德在这个县境的一个叫"黑水寺"的地方，"单骑救主"以后，唐王朝后来在这里设立州治，让尉迟将军做了这里的州官。尉迟将军很用心，便在这洛水之南，西山之北，造起这座辉煌州城。城建得差不多了，只剩西山脚下的那宝塔，还未封顶。尉迟见自己像变魔术一样，在这陕北高原荒僻之地，营造出这么一座辉煌州城，心中喜悦，于是从西京城里，接来老母亲观看。

尉迟将军陪着老母，顺着城墙顶转了一圈，然后问母亲感觉如何，可有还不够完善的地方。母亲见问，于是说，好是好，只是，这城还缺一样东西。尉迟问还缺什么。母亲说，城的四角，还缺四个铁环。尉迟不解其意。母亲说，有这四个铁环，待你告老还乡时，找一根绳子，将这铁环一串，好把城给咱背回家去。

尉迟将军听了这话，半晌没吭声，那万丈雄心，登时退了。尉迟城也就修到这里为止。那象征州治的宝塔，没有封顶，也就就此作罢了。

高二在这尉迟城里，其实也没有能待上几年，1964年"四清"，1965年社教，他都被抽出来，参加运动。他年轻，思维敏捷，充满热情，又有文化，写得一手好字，嘴皮子上又能来，所以抽调干部，他总是最合适的人选。这些所谓的"四清"、社教，大都是一个县去整顿另一个县，这样，他便又在这些县份，以肤施城为圆心，辗转过好几个地方。

这个时期，他把家安在了尉迟城。在城里租了两间民房，安顿下这个家。月租是两块钱。顾兰子领着孩子们，在这里居住，一直住到1968年夏天，重回到高村为止。当年顾兰子来高村接黑建，就是从尉迟城出发的。后来接来黑建，也是接到这里。所以，黑建在这尉迟城，度过他的少年时代。

他的工资是七十六元八角，十七级，这是1955年由配给制转工资制时定的。那时这工资还是不低的。这因了他是新中国成立以前参加革命的缘故。但是到60年代以后，以他的资历和年龄，这工资已经不算高了。关于工资，高二的支配是这样的：每月工资下来，将五十元交给或寄给顾兰子，剩下的二十多块，是他这一个月的开支。遇到特殊情况例外，比如在还羊债的那几年中，他每月扣除五元，只给顾兰子寄去四十五元。

截至目前，公家人高二的仕途还是平坦的，但是在不久之后，他受到了一次打击。接着，又受到一次打击。如果说第一次打击他受的只是皮肉伤，并没有伤到筋骨的话，那么第二次打击是致命的，那个长长的阴影遮盖了他的后半生。

不过，话又说回来了，生活不打击你，又打击谁呢？这个外露的人，这个自负的人，这个只知道埋头进取，而从不知道后退和防备的人。在生活这本教科书面前，他还欠缺很多。"你永远只是一个著名农民！"景一虹的话说准了，这句咒语一样的话跟随了他的一生。

第一次打击是由那惹是生非的老爷子高发生老汉引起的，老爷子那时候还在世。他专程前往陕北，是为一件事情，就是要钱。"四清"运动在君临到肤施城的同时，也君临那块渭河边的高村平原，高大是支书，是这次"四清"运动的重点。工作组查明，高大同志在担任支部书记期间，挪用或贪污公款四百元。四百元是一个不小的数目，高大同志是怎么贪污或挪用的呢？按他自己的交代，这是他给两个儿子置办婚事花掉的。两个儿子同一年结婚，一个农村干部，他掏净口袋也拿不出这笔钱来，于是只好挪用一下公款。

发生老汉的那一身行头，一在这个正在进行"四清"运动的陕北县城出现,立刻引起了所有人的注意,民兵小分队当即断定这是一个逃亡地主,因为家乡正搞运动,所以外逃避风。一问话,他的咬文嚼字的满口戏文,更叫人疑心。

"公家人高二,可在你们这个县公干吗?劳驾禀告他一声,就说高老太爷来了!古人说'出郭十里相迎',你们这县城太小,跑上十里,就到邻县县境了!就且让这高二,在大门口迎接我就是了!"

见发生老汉这样说,民兵小分队嘴上应着,然后把高老汉领到工作组所在地。

前半晌,这个公家人还是专政别人的,到了下午,风云突变,他自己成了被专政对象。那天,他正在台上,领着大家学习文件,台子底下,口号声突然响起来了。口号喊:"揪出漏网地主的狗崽子高二!""外调内查,重新给高二划定成分!"台上的高二,听了这口号,愣了。好在他还能压住阵脚,于是硬着头皮,将文件念完,叫一声解散。

那天晚饭是会餐,席间,活跃了个高发生老汉,苦闷了个公家人高二。老汉夸夸其谈,谈自己的五马长枪,丰富阅历,工作组别的成员只是倾听,偶尔做一引导,比如"你抽大烟,那大烟是什么味道",比如"你的家里原来有那么多地,得雇几个长工才行",诸如此类。旁边高二,数次打断他的话,老汉不知世事险恶,反而嫌高二多事。

于是高二,也就索性不去管他,让老爷子去满口曰曰。高二自己,抱起一个酒瓶,只顾喝闷酒。

高二是喝得有点高了。席间,他感到头重脚轻,于是上了一趟厕所。县城那个时候的厕所,一间干茅坑,茅坑上有几个蹲窝。蹲窝与蹲窝之间,搭几个青石板而已。高二脚下趔趄,冷风一吹,酒上了头顶,进了茅坑,去踩那青石板时,一脚没有踩稳,便连人带青石板，一块掉进茅坑里去了。

高二生性好强，他从来不说这些，掉进茅坑这事，是他的儿子黑建，听那次一块参加"四清"的人说的。却说那高二掉进茅坑里以后，旁边另一个茅坑上蹲着的，就是工作组组长同志。组长见高二掉进茅坑了，别过脸去，看也没有看一眼。他自顾自地拉完屎，然后揩完屁股，系上裤带，撒腿走了。好像据说，组长出去后，又进来过几次人来撒尿。这几个人想了想，觉得应该和高二划清界限，就都自顾自走了。

高二自己挣扎着，从茅坑里爬出，然后回到宿舍擦拭了一下，换身干净衣服，又来到宴席上。好强的他，坐在那里，又象征性地吃了几筷子菜，然后领着高发生老汉，回到他的宿舍。

那夜，老爷子就在高二的单人床上睡了。高二在地上搭了个地铺。他问老汉，到底是咋回事，你说清楚，说完了，赶快抬脚走人，这地方人斗人，斗得都成红眼了，你老人家行行好，不要再惹乱子了。

发生老汉说，我这次来，光我来的这事本身，就说明这事情的严重性。这忙只有你能帮，你不帮，你哥可就被扔到监狱里去了。

老汉说，那四百块钱，说的是个活话，叫贪污或挪用，这话是说，如果能退赔了，那就是挪用，一件大事立即成为一个小事，充其量，你哥那支书，不做就是了。如果不能按期退赔，那小事就变成了大事，听说监狱里已经腾空了，在等人哩。

高大咋能捅下这大一个窟窿，这叫高二不解。四百块钱不是一个小数目。老汉说，是问了两房媳妇，踏扎下的。高二说，高大只有一个儿子，那两房媳妇又是咋说？老汉说，高村这边留下一条根，这你是知道的，到那边后，寡妇也留下一个前房的男孩，高大不管，谁管？

看来，这一身水是出定了。

一来这是兄弟情谊，正如发生老汉所说，你不照应谁照应哩；二来高二也是想打发老爷子快走，省得留在这里丢人现眼，又惹口舌是非；三则呢，明天他会怎么样，那工作组组长的态度，实际上已经告诉他，他的处境很不妙了。

高二没钱。那一刻他正在上手表发条。这是一个瑞士名表，是他和景一虹分手时，景一虹送给他的。高二长叹一声，将这只手表，从腕上取下来，交给老爷子："这只表，值四百块钱的，只往上，不往下。你回去时路经西京城，将它卖了，回去把四百块钱交给'四清'工作组！"

发生老汉接过表，小心地收拾起来。

第二天，完成任务的发生老汉，登程上路。正如高二所教给他的那样，到了西京城的典当行里，拿表换了钱，然后家也没回，径直奔向渭河下游那个村子，把钱交给工作组了事。

这样高大便得以无事，只是支书免了，歇了几年，后来又复出。可怜的是高发生老汉这一次高原之行，却给这个家，也给高二带来了一系列事情。

高发生老汉那边抬脚刚走，这边高二便被单独谈话，隔离审查，要他交代自己的成分问题，并问还有什么事情隐瞒未报。原来，昨天晚上，正当高二与老爷子谈话时，那边工作组长，正在向上级请示汇报。因此这高二的隔离审查，是请示过上级的。他想要回旋都没有余地。

高二被隔离审查后，工作组立即派人，尾随高发生老汉，来到高村外调。高三也是当权派，那时也已靠边站，工作组在村子里走访了几户，举行了几次谈话，后来将老崖上这户人家，定性为"漏划富农"。那时节，"四清"工作组之间好像都是相通的。工作组之间经过不知什么渠道沟通以后，后来在"四清"、社教结束，重新划定成分中，这户人家便被划为"漏划富农"。乡下人把这叫"捞成分"，意思是说，这条鱼漏网了，现在把它捞回来。

"富农"这个成分就意味着，这户人家一夜间就变成了被专政对象，高发生老汉成了"地富反坏右分子"，而高大、高二、高三以及等等人，则成为"黑五类"子弟。这在当时是一件很严重的事情。

"成分"这件事，直到"文革"结束后，高大、高二、高三三兄弟携手努力，才把这个案子翻过来。

这就是高二受到的第一次打击。

后来虽然没有对高二再作更深的追究，让他继续以工作组组员的身份工作。但是，负面影响是存在的。当他参加工作组时，他的履历表上"成分"一栏，写着"贫农"这两个字，而在"四清"结束工作组离开这座小城时，他不得不极不情愿地在履历表上填上"富农"这个字眼。

"老爷子，你把人害苦了！"高二说。

"四清"运动结束，回到尉迟城，与顾兰子和孩子们团聚后不久，高二又得出行，参加社教运动。那次"四清"，他去的是肤施城以南的一个县份，这次社教，他去的是肤施城以北的一个县份。

行前，县委副书记找高二谈话。副书记说，十分的可惜，本来，高二是作为提拔对象，去"四清"工作组的，准备运动结束后，回来就做副县长。现在，由于成分问题，这事被搁置下来了。本来嘛，成分问题，只要说清楚了，也就没有什么了，出身不由人，表现在自己。问题是，这成分问题，高二同志应当尽早地向组织交代，须知，隐瞒的性质是更严重的。但即便如此，组织对高二同志还是信任的，要么，为啥这次组织社教工作团，又抽调高二参加，并且还担任该团的一定的领导职务？

副书记的谈话，既有原则性，又充满了人情味，这叫高二感动。他表示到了那个叫"吊儿庄"的地方以后，一定要努力工作，协助工作团主要领导，圆满完成这次社教任务。

就像一个高明的魔术师在耍魔术，耍遍般数，最后才亮出自己的口袋底一样。副书记在绕了几个圈子以后，把最重要的话，放在最后来说。

副书记说，工作团要去的那地方，是他的家乡，据说，他的堂哥在那里做大队支书。对于遥远的家乡，书记同志说，他是有感情的，政务繁忙，参加革命后，很少回家看一看，这叫他很内疚。工作团在吊儿庄期间，如果有空，他会回去看一看，既看看社教团的同志们，也看看父老乡亲，公私二得。书记最后说，据说他的哥哥，在吊儿庄做大队支书，好像因为给儿子结婚，贪污或挪用了几百元公款，你们去了，该处理就处理，该退赔就退赔，千万不能因为我的原因，就徇私情，从而给党的工作带来损失，在群众中造成不良影响。

这叫正话反说。

高二如果是个聪明人，听了这话，他就明白应该怎么去做了。可惜他道行太浅，心眼太实。副书记说着，他只听着，唯唯诺诺，始终没有说出一句叫副书记放心的话来。这叫副书记有些失望，觉得这次谈话，没有达到预期目的，觉得他看高二这个人，也有几分走眼。

如果是灵醒人，副书记一张口，他就知道是什么意思了。那么他会说，书记同志，你就放心吧，这事我会盯到底，并且处理好的。原则性与灵活性，是我们党群工作的一件法宝。原则当然是得讲的。但是，具体问题具体对待，咱们也得讲灵活性。这次运动，咱们要谨防一种倾向掩盖另一种倾向，这另一种倾向就是，到了一个村子,"有枣没枣打三竿",这样,肯定会误伤到一些好人。

高二没有这个道行,所以他充其量只是一个"著名农民"。

社教工作团开着大卡车,打着大红旗,来到几百里外的吊儿庄的当晚,该庄大队支书上吊自杀。

自杀这件事本身就等于一切都有了结论。这叫畏罪自杀。叫自绝于党,自绝于人民。大队支书自杀这件事在《社教简报》上一登,成为当时肤施城辖下的一件大事。

既然大队支书自杀了,那么接下来,吊儿庄社教工作团的任务就只剩下了一件事,那就是定性、处理。在从事这些事情的时候,高二一个人静下来的时候,似乎有些惴惴不安。他想起县委副书记同志的临别赠言,想起他那有些阴沉的语调。也许只有到了这个时候,他才悟觉出了书记冠冕堂皇的语词中那潜在的含意。

这是高二受到的第二次打击。这次打击在酝酿了二十年的时间后才开始实施,并致高二于死地。

副书记同志,是在《社教简报》上,看到当大队支书的哥哥畏罪自杀的。"畏罪自杀"这四个字深深刺痛了他。写这篇精彩报道的人是高二。他用红笔重重地一勾,记住了这个名字。

第四十二章 黑建这孩子

半大小子黑建,在高村平原上小学二年级的时候,被顾兰子接到了尉迟城。那一天正上语文书的第十八课,正当黑建朗诵到"小铁锤,十五岁,个子矮矮的"的时候,一个留着剪发头,穿着毛蓝色对襟上衣,脚蹬襻带女鞋的中年妇女,推开教室的门,向里探着头,口里叫着"黑建"的名字。那一刻,平原上的阳光梦幻般的斜射过来。于是,这阳光,这中年妇女,这第十八课,便定格在黑建的脑子里了。

黑建在这尉迟城,一共待了八年,在这里度过自己的小学时代和中学时代,并且在这里参加了"文革"。他的口音,也就成了这里的口音。当他后来走南闯北时,人们问他的口音是哪里的,为什么既不同于陕北,又不同于关中,黑建笑着说,在陕北和关中交界的地方,有个小县城,你到那里去听一听,那里的人们就像我这样说话。

黑建和高二之间，一直不融洽，一直处在一种敌对状态中。这种敌对在尉迟城是这样的，在肤施城是这样的。也就是说，一直贯穿了从黑建出生到高二去世的那些漫长年月。

顾兰子说他们父子是"没有见过面"的仇人。

骄傲的高二希望黑建能像一个他的办公室主任一样地尊敬他和揣摩他的心思。骄傲的黑建在饱受了世间的屈辱以后，对这个世界充满了仇恨和反叛，他认为我的苦难是你们的罪恶，他用一种于连·索黑尔式的高傲维护自己的自尊，反抗一切权威的东西。

他们的第一次冲突正是从我们所知道的舔碗开始。

忙碌的高二为安置全家，在靠近那个未竣工的宝塔下面，租了两间民房。那是一座上房，共有五间，主家住三间，腾出两间出租。这两间房，用一间的面积，盘了一个大炕。大炕下面，支一个炕台。这就是这个家的全部。顾兰子当年陪嫁的那两只箱子，在炕的一侧。那地方顺着锅台，用砖头砌了个背墙，另一头再砌个砖柱儿，上面横一块木板，两个箱子架在木板上。木板下面恰好有一个旮旯儿，这地方就是黑建睡觉的地方。

吃饭的时候，就坐在炕上，这是陕北人的习惯。炕的中央的地方，放一个炕桌，然后全家人围着炕桌，呼噜呼噜，碟子碗儿一阵响，这一顿饭就算完了。

当来到尉迟城，吃第一顿饭的时候，黑建还没有学会盘腿。见黑建两个膝盖蜷曲着，窝在那里难受，顾兰子悄悄地给他盛了一碗饭，叫他端到门口，坐到台沿上去吃。

陕北的吃食，和关中的迥然不同。关中人是用苞谷在碾子上去皮，碾成小颗粒，来熬粥的，陕北人则是用小米熬粥的。黑建那一天喝的，就是小米粥。这小米粥，当年在肤施城的时候，他没少吃，但是，自从有了大年馑这一场经历以后，重新喝它，他觉得这东西十分香甜，回味无穷，一喝一嘴油。

喝完一碗后，黑建咂巴着舌头，感到回味无穷。他向左右看了一下，觉得自己现在该做这顿饭的最后一道程序了。他将手箍住碗底，将整个的一个碗完全地扣在自己脸上，开始伸出舌头舔碗。

较之高村的土瓷碗，这洋瓷碗似乎不太好舔一点。但是黑建不怕。他得过发生老汉和高安氏的真传，他知道怎样让这听话的舌头，在碗里像犁地一样挨着犁过，而不漏掉一点，知道怎么让舌头在舔动的同时，那握着碗把儿的手并不闲着，而是配合着舌头，不停地旋转，知道怎么在埋头舔碗的同时，不致有一点的米汤，粘在鼻尖，知道怎么在舔完碗的内壁之后，再舌头嘴唇并用，从碗沿上最后旋转一圈。

这舔碗大约会有一种口淫的感觉。直到许多年后，黑建才猛然意识到这一点。

而在那一刻，我们的黑建处于一种舔碗的享受中。他在这一刻大约觉得自己又回到了高村，回到了那些无拘无束的野孩子们中间。

这时候，高二已经吃完了饭。

高二点起一支烟，站在门台沿上。眼前这个穿着褙了的补丁衣服，瘦得只有一把骨头的野孩子的动作，叫他脸面发烧。他想制止，但是出于一种骄傲，懒得张口。

这时邻家出来了，下院里的邻家也吃完饭，出来透风。先是一个人惊讶一声，接着大家就都围拢上来，像瞧稀罕一样地瞧着黑建舔碗这一幕。

"这是谁家的孩子？"

"部长家的！"

"刚从老家接来的！"

黑建仍然把头深深地埋进碗里，在"吸溜吸溜"尽情地舔碗，他正深深地沉浸在无限幸福之中，高二的一脸愠色，他没有看到，围观的邻居们的议论纷纷，他也没有听到。

"止住！"

高二终于忍耐不住，他大叫一声，伸开手掌，胳膊抡圆，朝门台沿上蹲着的这个孩子，劈头盖脸，一大巴掌扇来。

这一巴掌打得太重了。黑建被打下了台阶，滚了几滚，才停住。那只洋瓷碗，幸亏是搪瓷的，没有被摔碎，它也滚下了台阶，呛呛啷啷响着，落在院子里一个碇扇的旁边。

黑建站起来，揉了揉脸。他的脸上火辣辣的，有五个指头印儿。他不明白这是怎么回事，那个瘦骨棱棱的身子，支起一颗小小的头，小小的头上，有两个出奇的大的、不成比例的大眼睛。现在这两只大眼睛，就翻着眼白，不解地望着高二。

顾兰子正在拾掇洗刷，听见响动，跑了出来。

顾兰子跑过去，伸出手，护住黑建，然后带着哭声说："好孩子，快给你爸回话，就说你错了，下回再不敢了。"

黑建推开顾兰子的手，阴沉地说："我不回话。打死我也不回话。我不明白，我错在哪里了？！"说这话的时候，他的眼睛仍然瞪着，并且将脖子拧起，头不屈服地偏向一边，脖子上的青筋暴起。

高二这时大约还在气头子上。他见顾兰子来搅和，于是将怒气又转向顾兰子："你滚远！这个家，你说得起话吗？"

这是一句分量很重的话，或者说很伤人的话。顾兰子听了，并不反驳，她看了右邻左舍一眼，离开黑建，转身去捡那洋瓷碗，然后，回去又收拾锅台去了。

高二转向黑建，他说：

"这一顿先给你攒下，下次再犯错了，两顿并作一顿打！"

说完，他将烟头扔了，夹起公文包去上班。

这样的打,黑建挨过许多次。可以说在尉迟城最早的几年中,黑建似乎是在挨打中度过的。而舔碗的这一次被打,黑建之所以记得,仅仅因为这是第一次。

还有一次挨打,黑建也记着。那是一件打火机的事。打火机在那个年代,还是一件稀罕的东西。高发生老汉用火镰,用艾蒿卷成的火绳子,或者黄表纸卷成的火纸。那后两样东西,不抽烟时,那火是暗火,要抽烟了,发生老汉翘起胡子一吹,它们立即变成了明火,老人家于是赶紧把烟袋锅凑上去。而副大队长高三抽烟,用的是洋火。"洋火"那东西,"文革"时候扫荡"封资修",改名叫"火柴"。

高二的抽烟,从黄龙山参加工作时就开始了,这个习惯伴随了他的一生。无节制地抽烟,再加上浓得发苦的酽茶,间或还有醉酒,这极大地毁坏了他的健康,让他惹上肺心病,过早地过世。

高二常说,他的抽烟,是在黄龙山收税时学的。"来,公家人,抽口烟!"摆摊的人这样说。高二摆摆手。那摊贩硬把烟袋塞到他嘴里。高二没有办法,只得吸了一口,结果呛得大声咳嗽起来。"咳嗽第一声,第二声就不咳嗽了,你就知道这烟的香味了!"那摊贩说。

高二就这样学会了吸烟。从此一生烟不丢手。这抽烟,实际上是一种排遣压力的办法。记得在"四清"运动中那个惴惴不安、等待宰割的夜晚,黎明时,他的宿舍里就扔了一地的烟把儿。抽烟对于抽烟的人来说,到最后,实际上是一种心理需要,而不是生理需要。在无所依傍的时刻,至少还可以点燃一支烟,陪你度过这段时光。而当你神经紧张到接近崩溃的时候,你被一支烟打搅,神经得到放松,得到宽释。

这天早上,黑建在光光的炕席上,捡到一件东西。那小东西上面有齿轮，还散发出一种汽车的味道。黑建长这么大，还从来不知道什么叫玩具，于是，他把这个小东西当成了一件玩具，然后装进口袋里，背上书包上学去了。

中午放学的时候，走到尉迟城的街上，黑建想起了这小东西，于是拿出来给同学们炫耀。大家都不知道这是什么，于是轮流地拨弄它。打火机最后又传到了黑建手里，他不知道怎么一拨弄，这东西着火了，手一松，又灭了。

于是这打火机，便在同学们中间传来传去。大家都觉得很稀罕。还有胆大的同学，将这火苗打着，往自己嘴里一含，学魔术师的动作。

所有的人在那一刻都对黑建崇拜极了，没想到这个其貌不扬的同学竟然有这么一件神奇的东西。而作为黑建来说，他还从来没有这样被重视过，这使他有些不好意思。

这时候从街的对面，走过来一个干部。那人留着三七分头，分头剪得很短，三分的这边，贴在鬓上，七分的那边，有些蓬起。这正是当时共青团干部通用的头形。他的身上，上身穿了一件月白色的列宁装，短领，扣子扣得严严实实，胸前的口袋上别着一支钢笔。他的脚上，穿着一双土黄色的翻毛皮鞋，腕上有一只表，腋下夹着一个公文包。

那人在行走中，脚步突然放慢了。他的犀利的目光打量着这群正在嬉戏的孩子，目光最后落在了正一明一暗地拨弄打火机的黑建身上。

那个小县城，在那个年代人很少。街上只有稀稀拉拉的几个人，满城的人，几乎都认识。

这个男人加快步子，径直向这一群孩子走来，一边走一边在把一只胳膊抡圆。所有的孩子在那一刻都被吓住了，不知道这个男人迁怒的目标是谁。

黑建也停止了拨弄打火机。他硬着头皮，向来人笑一笑。这个人是高二，他的亲爱的父亲。

"我说我的打火机跑到哪里去了！原来，是被你偷走了！"

高二吼道。

不容分说，他从黑建手里一把夺过了打火机，然后，伸开手掌，结结实实地给了黑建一耳光。

"回到家里再找你算账！"高二说道。说完，用打火机点上一支烟，快速离去。

同学们都被这一幕吓坏了。看到那人拐弯，进了县人委大院，不见踪影了，他们才敢问黑建，这个可怕的人是谁，他为什么这样做。

黑建摇摇头，表示自己也不认识他。然后，他离了人群，一个人回家去了。

从此以后，他一生拒绝一切机械的东西。在尉迟城时，家中有一个钟表，他从来不去上发条。当全家人都在嘲笑他连这么简单的事情都不会做时，他说，我真的不会，当一接触到机械的东西时，我的手就发抖，心里就打战。

而到后来，当电脑这个东西，作为最基本的手写工具，开始风行的时候，黑建试图学习，但最终还是没有学会。当有人告诉他：你没有学会是因为你拒绝它，你在心里暗示自己不要学会它。黑建认为这人说得很对。

不管怎么说，只要有一日三餐供养，黑建这个古怪的孩子，在不可遏制地成长起来。二年级，三年级，四年级，五年级，六年级，一直到考上县城的中学。

有时候夜深人静的时候，顾兰子会轻轻地抚摸着黑建的头。这个孩子的身上，有某种像石头一样坚硬的东西，这种东西叫她害怕。她对自己说，这是一个人物，如果将来做好人，他会是一个大好人；如果将来做坏人，他会是一个大坏人！想到这里，顾兰子觉得自己生出的仿佛一个怪物。

如果顾兰子再往深里想一想，她大约会明白，高二的暴戾与他们的婚姻有关。自从在十多年前肤施城的那个上午，高发生老汉将这娘儿俩塞进那孔两家合住的窑洞后，高二这些年来，一直试图在心理上挣脱他们。但是他无法挣脱，而且越挣扎越紧。他其实早就认命了，而不认命又怎么办呢？他曾经试图像一个城里人那样地生活，但是永远不能，那遥远的高村，总有事情在打搅他，而眼前晃动着的这个性格古怪、永远在蔑视他的孩子，则像影子一样叫自己随时记起自己是个农民，叫他想起那亲爱的人儿如今不知道在干什么。

如果黑建那时候不那么骄傲，如果黑建知道作为一个公家人那身肃整的列宁装下面的心其实十分的虚弱，如果黑建知道在这尉迟城的岁月亲爱的父亲曾承受过两次打击，那他大约会软下来，去主动沟通。

但是没有。亲人们就这样彼此伤害着对方，直到后来的"文革"开始。

第四十三章　板荡的年代（一）

"四清"、社教结束之后，"文革"就开始了。仿佛天空响了几声闷雷，接着便是倾盆大雨一样。那"四清"运动、社教运动只是前奏曲，只是天空在酝酿着风暴。

这是一场席卷全国每一个角落的，触及每一个人灵魂的，改变了每一个人生命轨迹的事件。风暴从北京开始，接着就蔓延全国，陕北高原这个偏僻的角落，自然不能幸免，而我们故事中的这些人物，也自然不能幸免。

对这些普通人来说，对这个偏僻的角落来说，"文革"与其说是从《五一六通知》开始的，从北京大学第一张大字报开始的，还不如说是从红卫兵全国大串联开始的，从毛泽东在天安门城楼接见百万"文化革命"大军开始的。

这是一个十年的板荡岁月。要回避这段历史是很困难的，因为它构成了共和国历史的一部分，构成了几代人的记忆的一部分，构成了我们的故事中这些人物命运的一部分。

首先是工作组进校，接着是学生串联罢课，继而是工人罢工，后来，是全国自上而下，经过串联和沟通，形成势不两立的两大派组织。接下来便是夺权，全国各级政权在一夜间全部瘫痪，而由临时性质的"文革"小组代管。后来，武斗开始，武斗逐步升级，由一地一域的小规模武装冲突，逐步演变成跨地区的兵团作战。最后，军队介入，"三结合"革委会成立，全国山河一片红。"文革"也就进入收官阶段。

上面只是简单客观地勾勒出它的一个大致的轮廓。在这期间，还发生过许多的事情，如果细细讲来，那就是另外一本书的内容了。

如果你问一个农民，什么是"文革"？他会说，是一群打着小红旗、戴着红袖箍的年轻学生，从村子边的田野上穿过，徒步串联去北京，接受毛主席检阅。那些学生善良极了，他们还在他家里，吃过一顿派饭。如果你问干部，什么是"文革"？他会说，是抄家，剃光头，戴高帽游街，牛棚，下放。每一个阶层都会有自己的解释。他们的解释是局部的，不足为凭。但是，当这些人的解释综合在一起，便构成了全部。

我们的高二在社教结束，从吊儿庄撤出的时候，路经肤施城，这样，他便顺便到报社，去看望了一下老领导，老朋友。这种走动是极有必要的。肤施城的人们，这时记起了这位当年的团县委书记，当年的名记者。这样，当他的手续在从社教工作团转向尉迟城的时候，被截留了下来。他将出任肤施城的文教局长。

对于高二来说，那一段等待的日子是快乐的日子。而高二的脸色就是这个家庭的晴雨表，因此对这个家庭来说，那也是一段快乐的日子。

星期天早晨，高二和三个孩子，醒来了，头枕在炕边，不起床。这叫"睡懒觉"。忙活了一个星期，今天松弛一下。顾兰子在灶火做饭，饭做好以后，然后大家起床。

往常的这样一个星期天，黑建睡不住，会早早起来，帮助顾兰子烧火。那柴火叫狼牙刺，是黑建利用寒假，从尉迟城附近的山上砍来的。这个地方的人们，祖祖辈辈就烧这个。狼牙刺是一种灌木，上面长满了刺，砍柴时，得先把这刺棵子用镢头砍下来，然后凑成一堆，再用镢头砸成细末，这样烧时就不扎手了。顾兰子说，这狼牙刺烧的，是她用棉袄换下的。因为砍这狼牙刺，背这狼牙刺，黑建一冬得一件棉袄。

黑建这天早晨没有起来，是因为尿炕了。底下是光席片，他得用肚子，把席片暖干，免得高二发现，又招打。黑建先用肚皮暖了暖，席片快干了，这时又翻个身，用屁股暖。头顶是天花板，天花板是用旧报纸糊的。仰面朝天睡觉的黑建，在看着那些旧报纸上的文字。这时，他看见了旧报纸上《老鼠吃掉一头牛》的黑字标题。"老鼠怎么能吃掉一头牛呢？"黑建自言自语地问。由于从炕到天花板，有一段距离，那小字他看不清。

这大约是黑建来尉迟城以后，说得最有水平的一句话。

这句话溅起了高二的自豪感。他告诉炕上睡着的孩子们说，这文章是他写的，就是因为这篇文章，他调到了报社。高二心情很好，他问黑建今年多大了，黑建说十二岁了。高二蔑视地说，战国有个小孩叫甘罗，十二岁就做了宰相了，三国时有个大将叫周瑜，十六岁就被拜为天下兵马大都督了。这些话说完，高二还哼了一句秦腔：甘罗十二为秦相。

百无聊赖，高二忽然问到，"文革"就要开始了，你们都有什么想法。问完这话他自己先说："我听毛主席的，'你们要关心国家大事，要把"文化大革命"进行到底'！"高二说完，按年龄排序,接着是大女儿咪咪说,咪咪那时正上中学,是校花一级,青春焕发,美丽动人,这咪咪热烈地说:"天下者,我们的天下,国家者,我们的国家,社会者,我们的社会。我们不说,谁说;我们不干,谁干!"咪咪说完,轮到黑建,黑建说了两句列宁的话:"革命群众在非常时期一天所受到的锻炼,顶住在平常时期的一年!"最后轮到老三了,老三是个男孩,正上小学五年级,他说了两句毛主席诗词:四海翻腾云水怒,五洲震荡风雷激。

炕台上正在做饭的顾兰子,面对这一炕的文化人,羡慕极了。她不识字,能为识字的人做饭,她觉得很荣幸。

饭做好了,顾兰子喊叫一声"起身",然后揭开锅,立刻一股暖融融的热气,罩满房间。

第一个应声而起的是黑建,因为他屁股底下的那片尿渍,已经暖干。

这样的日子毕竟不多。或者说在黑建的记忆中,仅仅只有这么一次。随后,高二就动身去肤施城,赴任去了。

按照高二的想法,他到任以后,工作摆顺了,就回来接顾兰子和孩子们,去肤施城居住。但是,由于"文革"的开始,这个想法并没有实现。非但没有实现,到了1968年的夏天,顾兰子娘们,反而离开尉迟城,重返高村。

雷声轰鸣着,"文革"的红色风暴终于来到了这座小城。在尉迟城,第一次将大字报贴上街头的是黑建。

顾兰子给了他五角钱,让他去打煤油。那年头点灯用的是煤油。顾兰子说,煤油两毛五一斤,你可以买一斤,然后把两毛五分钱拿回来,你也可以把钱花完,一次买二斤。说完,递给他一个煤油桶。

黑建来到县供销社,买了一斤煤油,然后用这剩下的两毛五分,买了五张白粉连纸。然后来到学校里,写好大字报,并给空白处写上"保留五天"字样，将大字报贴上街头。

然后，小学的毛泽东思想红卫兵成立。没有公章，他们去县民政局开了个介绍信，然后到街上的刻印社刻了一个。没有办公室，他们给小学校长的办公室门口贴了一个勒令，限他二十四小时腾出办公室，这样，校长办公室做了红卫兵总部。没有袖章，他们从街头走过的那些串联的红卫兵的袖筒上，描下一个仿毛体"红卫兵"三字，夜来，把这三个字刻在一个塑料硬片上，中间镂空，然后，找来黄广告色、鸡蛋清、汽油，将它们掺和在一起搅匀，用顾兰子罗面的细钢丝箩一隔，便把字印在了红布袖章上。这些事做完，他们打着小红旗，戴着袖章，排成一队，喊着"破四旧，立四新"的口号，走上街头。

黑建那时还小，只有十三岁，所以在他的记忆中，关于"文革"，他记得他主要的事情就是在写大字报，开始是小字，后来是大字，再后来，用排笔书写，一张纸上只写两个字。

礼拜天，尉迟城遇集，街道上挤满了人。一群小学生走上街头。第一个孩子，拿着扫帚，负责给墙上刷糨糊。那孩子先从桶里蘸满糨糊，然后给墙上刷一个方框，方框中间，再画一个"×"。这恰好是一张纸的位置。接下来这个孩子，将一张白纸，往墙上一贴，再拿一个干扫帚，上下左右一扫，这张纸就算贴实了。纸是横贴的。第三个孩子，就是黑建。跟在黑建后边的还有两个，一个提一桶墨汁，一个提一筒倒竖放着的毛笔。

黑建抓起一把毛笔，七八支并在一起，一把手握了，然后蹲下来，一张纸上两个字，一路写过。黑建个子小，赶集的老乡们只见一溜墙写过去了，不见写字的人。

公主咪咪参加了串联的队伍。

她先是到肤施城去串联。看到满街上，都贴满了"打倒高二"

的标语，姑娘有些害怕。她到高二的办公室去找，看门房的老头说，高二在体育场。小姑娘于是又赶到了体育场。她看见，高二的头被剃成了光头，脖子上挂了个牌子，正在接受批斗。

姑娘看见，在震耳欲聋的口号声中，一个头戴军帽、年轻英俊的男红卫兵，走上台去，先是领着大家呼了一阵口号，接着走上前去，伸出左手，把高二的勾着的头扶起来，然后伸出另一只手，胳膊抡圆，只听"啪"的一声，一记响亮的耳光打在高二脸上。

高二被这一耳光打得身子一个趔趄。他摇晃了几下，重新站好。一股血从嘴角流出来，他用袖子擦拭了一下。

高二看了这青年红卫兵一眼，然后重新把头低下去。

批斗继续进行。

小姑娘咪咪，从来没有见过这阵势，她哇哇地哭着，冲到台上，要去拉她的父亲下来。

这时候文教局的一个干事见了，拦腰把咪咪抱住。他认识咪咪，接高二到肤施城去赴任，就是他来家里接的。这个好心的人把咪咪送上长途汽车站，塞进车里，看着车开走了，才离开。

咪咪那时候已经懂事。回到家里，见到顾兰子，她并没有把看见的这一幕告诉母亲。她怕顾兰子担心。

接着，咪咪又跟上大门口川流不息的大串联队伍，开始徒步去北京串联，接受毛主席的检阅。顾兰子从口袋里，翻出五块钱，让她带上。红卫兵串联，坐火车，坐汽车，吃饭，睡觉，都是不要钱的，每个地方都有红卫兵接待站。

那一阵子，这个家庭的所有人，都被卷进这场风暴中。

高二在肤施城接受着批斗和游街，咪咪去串联，串联回来后又参加了中学的红卫兵宣传队，黑建在那里手提毛笔激扬文字，指点江山。小三则跟在黑建后边充当跟屁虫，成立了红小兵战斗队。

而顾兰子,这个家庭妇女,也无限真诚地投入进去。她常说,她这一辈子,什么事情都不会做,只会做饭。那时串联的红卫兵,赶上饭时了,吃大灶,不是饭时,便到县城各户人家去吃派饭。有些徒步的大学生,半夜时间,才赶到这个接待点上,这接待站的人领着他们来敲顾兰子的门时,顾兰子立即起身,洗手做饭。

"你们是谁家的孩子呀?父母放心你们出来吗?"顾兰子一边念叨着出去串联半年了杳无音信的女儿,一边这样问这些大学生。

骄傲的高二,在运动的初期,受到了很大的冲击。"冲击"这个词儿真好,那些游街批斗,开声讨大会,剃光头,戴高帽子,挂牌子等等这些,用"冲击"这个词儿,就一句轻松地说过去了。

骄傲的高二,忍耐住了这一切,并且也没有感到什么特别的屈辱。因为这是群众,而群众永远是正确的,更何况,许多当权派也都像他一样,在接受着煎熬,相比之下,他还是比较轻的。

但是有一件事,深深地刺痛了高二那颗骄傲的心,这件事就是那一巴掌。咪咪站在肤施城体育场上,所看到的那一记响亮的巴掌。

如果这巴掌是世界上任何一个人打来的,高二都能容忍,都能平心静气地接受。但是这一巴掌,是一个叫景红卫的孩子打的,而景红卫是谁呢?他是景一虹的儿子。

你为什么打我?你凭什么打我?那是上一代人的故事,那是上一代人的传说,那是上一代人的感情纠葛,与你没有关系!

在高二的心目中,一直有一块最温柔的地方,那地方,顾兰子从来没有占领过,孩子们也从来没有进入过,就是这日理万机的繁忙工作,也从来没有侵入过那块神圣之地。那是给景一虹留着的,她是他心目中永远的女神。

如果说小小的心可以作一座坟墓的话,当年,在埋葬他的爱情的时候,他把这个天使般的人物也一起埋葬了进去。许多年来,当工作稍有闲暇的时候，他就会想起她。他想打一个电话，问一问她现在的情况，而把电话都拿起来了，他又翻心了。"何必自寻烦恼呢？"他对自己说。

而在夜深人静的夜晚，当他沉入梦乡之后，他有时候会梦见她。她还是老样子，穿一身白色的连衣裙，肩上搭着红色的宽襻带，她从坟墓中冉冉走出，用她褪色的嘴唇向他微笑，她撩开两条长腿，边走边俯身采摘着路旁的紫色花朵。

委实说来，这些年来，高二努力地、忘我地、拼命地工作，他内心的动力，也有一部分来自这个女人，他想向景一虹证明，他是最优秀的。

是的，这一巴掌如果是来自任何一个人，高二都会把它像抹去屋檐下的蜘蛛网一样轻轻抹去，最多苦笑两声，但是这一记巴掌是来自景一虹的儿子的。

这一巴掌，是代表景一虹打的，从而代表了景一虹对这样懦弱的男人的全部蔑视吗？

这一巴掌，是第二代人打的，是第二代人对上一代人的那种罗曼蒂克，那种剪不断、理还乱的感情纠缠的一种讨伐吗？这讨伐既是对男人，也是对没有在现场的女人！

或者，上述两种情况都不是，他只是一位红卫兵小将，出于崇高的目的，在完成批斗"走资派"大会上，一道程序，一单节目，一处亮点。

在那时候，批斗会上，红卫兵小将打走资派一个耳光，或者换句话说，走资派接受红卫兵小将一个耳光，是一件正常而又正常的事情。所以这件事很快就过去了。运动需要向纵深发展，高二需要接受新的考验。

群众组织分化为两大派。从一个小小的单位，到系统，到县市,到省,到全国,群众组织间互相沟通,到后来,全国范围内形成了两大派组织。人们习惯地把以学生为主要力量的这一派叫"造反派",以产业工人、农民为主要力量的这一派叫"保守派"。

在高二局长的这个小小的系统中,两派都轮着开批判会,批斗高二,两边又都轮着拉拢高二,要求他表态,看哪一派是革命群众组织,哪一派是反动组织。

如果是一个道行较深的领导,他大约会采取骑墙的态度,哼哼唧唧,不做表态。或者表态说,你们都好,或者表态说,你们都不好。这样,虽然暂时受一些皮肉之苦,但是红卫兵小将的视线很快就会转移的,因为这世界上有那么多的热闹在等着他们。

高二太傻,或者说是批斗会上那一巴掌,把高二给打蒙了,从而让他偏向了另一方。不知道高二说了什么,还是什么也没有说,总之,肤施城的街道上,出现了大幅标题,内容是可以改造好的走资派高二表态,支持他们的组织。这个消息一出,很自然地,他便受到另一派更为猛烈的批斗,那批斗时的语气也更为强硬,叫作"打翻在地,再踩上一只脚"。这一派的领袖人物,正是那个中学生景红卫。

这一派看到这情况,于是组织人冲进会场,把高局长抢出来。他们的理由是:"走资派是共同资源,你们可以批斗,我们也可以批斗。你们已经批斗了好长时间了,现在该轮到我们了!"这是一个很好的理由,高二就这样被抢出来了。

这一派抢出人来,立刻召开大会,宣布判处死刑。所谓的"判处死刑",只是当时的一种语言,象征性行动。这意思是说,走资派高二已经被我们彻底打倒,成了死老虎,以后别的群众组织,没有理由再批斗了。

批斗会结束,他们叫高二快跑,以后如果没有他们的招呼,高二不要再到局里来,不要再在肤施城露面。

第四十四章　板荡的年代（二）

咪咪跟着大串联的队伍，走了半年的时间，磨破了几双鞋，最后终于走到了北京。毛泽东一共在天安门的城楼上接见了十一次红卫兵，咪咪很幸运，赶上了最后一次接见。接见完毕，像所有的被接见的红卫兵都会做的那样，她站在金水桥边，以天安门为背景，照了一张相。照片上的女孩子，齐耳短发轻轻飘起，脖子上围着一件红格子围巾，围巾包住半个头。身上穿着仿制的绿军装，那年头这叫"红卫服"。脚下穿着她最喜欢的那双白网球鞋，胳膊上戴着红卫兵袖箍，手捧一本六十四开的红皮语录本，那语录本紧紧地贴在心脏的地方。她的脸上有一种肃穆的表情，一种无比虔诚的表情，一种随时准备殉难的圣女的表情。那一年她十六岁。

咪咪串联回来，顾兰子一片欢喜。接着高二也回来了。尉迟城里这个小小的窝，一家人出现了暂时的团聚。咪咪回来后，即被学校的红卫兵宣传队吸收，参加演出，在宣传队排练的歌剧《白毛女》中担任女一号白毛女。第一场汇报演出，轰动了小城，全家人也都去看，就连高二也戴着个帽子，用围脖遮住脸，去看了。演出十分的成功，博得阵阵掌声。唯一不足的是，演到尾声山洞里喜儿与大春相会那一场戏时，正当咪咪唱到"我不死，我要活！"时，猛烈地一甩头发，结果头上那用白马鬃做成的假发，掉在地上。观众还在愣着，咪咪见了，又站在山洞的石阶上，前腿一跨，做个造型，然后跑回后台去了。观众见了，还以为这甩掉头发的一幕也是剧情需要，先是一愣，接着报以热烈的掌声。

从阵营来说，咪咪、黑建、小三子是一派，高二是一派，因此在这短暂的相聚中，家中也常常展开辩论。那时这种情形很多，有时夫妻之间，因为彼此观点不同，于是离婚。好在在这个家中，后来高二做出了妥协。这妥协就是，作为领导干部，在肤施城的时候，他支持那一派，而回到尉迟城时，他支持这一派。

接着武斗就开始了，先是棍棒相加，接着在拥有武器以后，便是像模像样地两军对垒，机枪步枪大炮作战。

群众组织拥有枪支弹药的过程也很有意思。军队支持哪一派，于是双方说好，约定个时间抢军械库。上级有规定，对于革命群众的过激行为，只能劝阻，不能开枪。尉迟城的咪咪这一派学生组织，就是这样得到枪支的，而敌对组织，因为他们有大量的农民介入，每个农村大队，都拥有民兵连，这样他们本身就拥有武装。

两派在县城较量过几次以后，咪咪的这一派，被赶出县城，前往一百多里外的子午岭山区去打游击战。咪咪的宣传队全体队员，也一同前往。

而在高二这边，肤施城来人找他，要他回去，他也就很快回去了。来找他的这个胖胖的、温和的人，我们认识，他就是咪咪在肤施城串联时，保护她，并送她回来的那个人。他现在是一派群众组织的头头,是高局长的"保皇派"。

高二为什么已经脱身出来,又要去蹚这一汪脏水去呢?这里面有个原因。

还是过去年代的冤仇。"文革"也触及早已被高二丢到脑后的吊儿庄。据来接高二的人说,那上吊自杀的大队支书的儿子,如今也是造反派,他背着一支半自动步枪,在肤施城四处寻找高二,扬言:"在哪里见到他,就就地打死在哪里!"根据这个人的推断,那人现在大约正在这前往尉迟城的路上。

"你需要保护!而保护革命领导干部是我们的责任!"来人说。

这样高二便糊里糊涂地,跟着来人走了。

顾兰子的心被分成了两半。一半担心去了肤施城的高二,一半担心去了子午岭的咪咪。父女们还是两派,顾兰子真不知道该支持谁。她在前半晌为丈夫祈祷,希望他的那一派胜,后半晌又为女儿祈祷,希望她的那一派胜。

这样的局面并没有能延续多长时间。

三个月后,一天黄昏,灰头土脸、衣衫不整的高二,突然回来了。原来,刚到肤施城,他的那一派就被赶出了城,于是他随着武斗队一起,围绕着肤施城周围打游击。在背了三个月枪、经历了几次小的战斗之后,他突然意识到自己正在犯错,正在犯浑。"我为什么要这样做呢?我是一名领导干部,怎么能跟上这一群没名堂的瞎跑,干这些没名堂的事。'文革'总有一天要结束的,到时候'秋后算账',那时我怎么办呢?"

高二怕了。这样他脱离了武斗队,回到尉迟城。

高二在家中,仅仅只住了几天。这时候不断有消息说,子午岭那边的咪咪他们一派组织,正不断地与肤施城的同一派联系,约好前后夹击,共同攻打尉迟城。顾兰子是咪咪的妈妈,她听来的这个消息应当说是可靠的。看来,尉迟城是不能待了,高二和顾兰子商议以后,决定高二回老家高村平原避避。

这一天早晨,高二换上一身农民的装束,头戴草帽,离开尉迟城,那时已经没了班车,他顺着咸宋公路,趟开大步,向西京城方向走去。他走了大约有三个小时以后,从他走的方向,枪声大作。

那个传来枪声的小镇叫红茶坊。

枪声从中午时分响起,一直响到天傍黑,才算结束。

到了第二天黎明,枪声又在尉迟城响起。西山半山腰的机枪,嗒嗒嗒地叫着。一片片土黄色的武斗队,赤脚越过洛河,向城里进攻。

这里的居民,跑过胡宗南,知道应当闭门不出,并且用一块大杜梨木案板,挡在窗户上,防止子弹打入。顾兰子见房东这样做,于是便和黑建,也把自家案板,揭下来堵住木格窗子。

城里的这一派开始溃退。其时,运动发展到那个阶段,大部分人都已心怀鬼胎,悔其当初。现在唯一支持他们硬着头皮干下去的理由只有一个,那就是将来成立的"三结合"革委会,由自己这一派掌权,这样才能避免秋后算账,任人宰割。

西山半山腰碉堡里的那个机枪手,当年是国民党老兵,现在是城关镇的民兵连长。他就住在黑建家这个院子里。事后他说,他的机枪子弹根本没有往学生身上打,而是全部打到了河里。而象征性地射击一阵后,他就扛起机枪,从后山跑了。

但是在那个叫红茶坊小镇的那一场战斗,却是一场真正的战斗。几十辆大卡车车头上架着机枪,顺着公路而来。汽车来自西京城那个方向,快到小镇时,恰好是个下坡,于是汽车熄灭,顺着盘山路,一路滑行直到街上。那一派正在吃饭,结果机枪一路扫过,见人就打。

我们的顾兰子的一颗心都碎了。

她现在担心的是高二。因为高二是沿着公路下关中的,那敌对组织的几十辆荷枪实弹的汽车,正是迎面过来的。按时间推算,高二和这车队,恰好碰个面对面。

顾兰子到尉迟街上打听,街上吵成了一窝蜂。人们纷纷嚷道,昨日一仗,红茶坊街上死满了人,街道上、水井旁、河道里,都是尸首。那尉迟城的孩子们,也都一个约一个,要去那里捡死人的手表、钱物之类发点洋财。

顾兰子听了,赶快折回家来,对黑建说:"你随那些孩子去,去翻尸首,看有没有你爸高二。你爸身上有个记号,就是他的左眼的眼角,有个暗痣子。这暗痣子,平日眼角遮着,看不见。所以你得把眼皮掰开来看!"

顾兰子真是个好女人,那高二左眼角有个暗痣子的事,还是当年高二在黄龙山,要去投身革命时,行前告诉她的。说自己如果为革命牺牲了,面孔模糊不清,凭这个记号来找他。想不到这句话,我们的顾兰子记了这么多年。

黑建到红茶坊街上去了一趟,回来报告说,一共有六十七具尸首,他齐齐地翻了一遍,每个尸首的眼角,也都掰开看了,没有高二。

顾兰子听了,叹息一声,拿来肥皂,叫黑建去洗手。没有高二的消息,她仍然眉头紧锁,一脸愁云。

红茶坊武斗的第三天,洛河发了一场大水,那条横穿茶坊的洛河支流,也发了水,这些麦个子一样的尸首,便被河水冲走了。

大约过了一个礼拜,尉迟城遇集,一个农民装束的人来到顾兰子家。他先朝门口透了透,见没有人听门,于是压低声音说,高部长在他们家里,他要他捎个话给家里,让全家放心。

顾兰子问安全不安全,来人说,万无一失,这个小村子,全村都是一姓,生人根本进不了村子。为了以防万一,晚上的时候,村子里还有人守夜。

顾兰子的心,这时候才算放了下来。

原来那天,高二确实与迎面过来的车队,差点碰上。说来说去,也是他命大,行走中,突然天空飘来一片云,云从头顶上过的时候,飘下了一阵雨。公路旁边,恰好有一个石崖,高二就停了脚步,去石崖底下避雨。刚坐定,点支烟要抽,突然看见公路上,一辆接一辆,过来了几十辆汽车,那汽车车头上,架着机枪,机枪用铁丝固定着,射手趴在机枪上。

高二见了,大吃一惊,赶快把烟摁了,趴在石崖根上,大气都不敢出。直到这几十辆汽车过完,高二明白,公路是不敢走了,于是从这老崖旁边的一个石缝子,攀上去,到了山顶。陕北高原的山,山顶上却是平坦的塬。塬里的田地里,生长着麦子。高二不敢走路,于是顺着麦田走,只求走得越远越好。最后走到一个村子。那村干部却认得这是县上的高部长,于是把他领到家里,保护起来。

嗣后,高二便在那个山旮旯待了几个月,直到各地的革委会相继成立,全国山河一片红,两派的武斗队被勒令交出枪支,混乱局面得到控制,这才离开那个村子。

当他重新回到尉迟城时,顾兰子第一眼竟没有认出他来。高二穿一件对襟的白布衫子,衫子已经发褶得变成褐色的了。大裆裤,白裤腰的部分,用一根麻绳系着。头上剃成了一个又青又灰的光头,一根旱烟袋子,搭在脖子上。

高二说那个树疙瘩做的烟袋锅子,是他放羊时,从老崖上掏的椿木根做的。还说在这一段,他学会了耕地。

他倒是胖起来了,脸色黑红黑红的,平日的尖下巴,现在成了个圆脸。

班车已经开通,高二回肤施城去,从单位上领了补发的工资,回到家里。家里一年多了没有得到高二的工资，谁知道顾兰子和孩子，这么长时间是怎么熬过来的。

高二将工资分成两停，一停给顾兰子，算是家用，另一停，他让顾兰子陪着，上街买了几匹布，然后把布交到裁缝铺。

裁缝铺里，高二站在那里，掐着指头，把他住过的那个小村的大人小孩，齐齐数了一遍，让裁缝用这些布匹，给每人做了一身衣服。

了了这个心思，高二辞别家人，又去肤施城，他去后不久，就被送进五七干校里去了。

叙述者只是如实道来，讲述这个叫"文革"的东西，它在这个偏远地区的发展经过。他没有增之一分，也没有减之一分，纯粹的客观叙述而已。他无法绕开这些，因为那是一个年代，还因为那些人物，他们的命运的转折，他们的人物造型的完成与这个年代息息相关。

第四十五章　咪咪的故事

随着那一阵阵枪响，咪咪这一派也就回到了县城。但是好日子并没有过多久，军队介入，县革委会成立了。虽然两派的头头，都在革委会中担任了副职，但是这并没有能避免"秋后算账"，他们被滑稽地放在一个学习班里，接受检查，说清楚。这些人后来大都有悲惨的命运，他们为自己的年轻付出了代价。

摇摇晃晃地，走来了骑墙派，当年一问三不知、一脚踢不出个响屁来的人们，尤其是领导干部，这时候成为大家都能接受的人物，他们变魔术似的，突然成为主角。

"当一股潮流来了的时候，不是走在前面的那拨人，代表着真理，也不是走在后边的那拨人，代表着真理，而是，走在中间的那拨。如是说来虽然很悲哀，但这是屡试不爽的事实。"一个叫吴宓的老学究，在解释中国人的"中庸之道"时，这样说。

这时候知青上山下乡运动开始了，咪咪也报了名。她被分配到尉迟城最偏远的山区。顾兰子开始为她收拾行装。咪咪要去的地方，正是当初学生组织被赶出县城后，他们待过的地方。那地方在子午岭的深山。

仅仅去了半个月，咪咪就哭着回来了，那里的偏僻寂寥叫她无法忍耐。她发现自己什么也不会干，发现在那个陌生的环境里，她什么也不是。骄傲的公主有一种被贬落人间的感觉。咪咪对顾兰子说："那里的人们，不知道为什么喜欢吃洋芋皮儿？"顾兰子问是怎么回事。咪咪说，她到老乡家吃饭，那洋芋蛋儿，是经常的吃食。她吃洋芋，还勉强可以下咽，但是那洋芋皮儿，很粗糙，上边甚至沾着土。老乡说，你吃不惯洋芋皮，就把它剥下来吧！盘腿坐在炕上，咪咪将洋芋皮剥下来，放在炕桌上。每次吃完饭，房东大嫂便将这些洋芋皮儿捡起，填进自己嘴里。"我喜欢吃这东西，有味儿！"房东大嫂说。

顾兰子听了，训斥咪咪说，你不知道生活的艰难！房东大嫂哪是喜欢吃洋芋皮，她是舍不得扔掉呀！

顾兰子建议咪咪，回老家去插队，那里毕竟是平原，眼界开阔一些，离西京城也近，那块平原，还有咪咪许多的亲人，他们会照顾她的。

咪咪同意了。顾兰子说，你给肤施城的父亲，也打一封信去，看他怎么说，你把地址写成"五七干校"，他现在在五七干校里。这样，咪咪就写了封信给高二，并得到了高二的支持。

房东的大女儿，在红茶坊街上的食堂里当服务员，她和那些过往的司机熟唤，于是挡了一辆大卡车，咪咪坐上，离开了尉迟城。

咪咪走的时候，把黑建拉在一边，从怀里掏出一个崭新的笔记本，说："黑建，我求你一件事，你不要给人说！"黑建问："什么事？"咪咪说："你的字写得好，你给这笔记本上，写上几个字。"咪咪说着,把本子摊开,翻到第一页,然后又把钢笔帽拧开,把笔递到黑建手里。

"你写!"咪咪说。

黑建问:"写什么字呢?"

"你知道的!你写!"

"我真不知道写什么!"

"你怎么这么笨呢?"

咪咪是真的恼了。

瞅着咪咪脸上飞过的那一团一团的红云,目光灼灼,那陶醉的表情,黑建突然拍了一下自己的脑袋。他明白咪咪要他写哪几个字了,或者换句话说,姐姐在向肤施城告别,向学生时代告别,向红卫兵时代告别时,她要将这个笔记本作为纪念品,送给谁了。

咪咪要把这个笔记本,送给宣传队的队长,她的"大春"。在那个叫《白毛女》的歌剧中,咪咪扮演喜儿,这位高年级的男同学,扮演大春。她一直崇拜着这位男同学,那些难忘的日子,他们一起度过,而尤其是在流亡子午岭的那些日子里,这位宣传队队长就像大哥哥一样地呵护着这些女宣传队员们。他挥舞着那把用作道具的大刀,每天晚上守候在这些女宣传队员的窑洞门口。黑建在本子的扉页,端端正正地写上:

　　大春同学留念
　　革命友谊
　　地久天长
　　永远牵挂着你的喜儿
　　　　　　1968.11.9

看着黑建这样写，咪咪满意极了。她夺过本子，合上，用本子打了一下黑建的头，算是对他的感谢，然后，像喝醉酒一样，拿着本子向街上跑去。那位高年级同学，此刻正在县城附近的"学习班"里"说清楚"，她要把本子给他送去。

当咪咪疯一样地跑出去的时候，在一旁一直默不作声的顾兰子，这时流下了热泪。

这是又一代人的故事，这是又一代人的传奇。

早在尉迟中学的大礼堂，演出那场《白毛女》时，看见台子上的女儿那英姿飒爽的样子，顾兰子就突然间想起在遥远的年代里，在黄龙山石堡镇的老戏台上，好像是一个节日，高二和景一虹演出《小二黑结婚》的情景。在那个戏中，高二扮演小二黑，景一虹扮演小芹。

尉迟中学的那场戏，全家都去看了，高二当时也在家，他也去了。当顾兰子看戏的途中，突然想起那些往事的时候，她不由自主地看了旁边的高二一眼。而恰在这时，高二也看了她一眼。他们都明白对方这时在想什么，但是不愿意去揭那老伤疤。后来，晚会结束的时候，高二说了一句："咪咪长得像我！"

闲言少叙。

咪咪就这样回到了高村，回到了这块故乡的平原上。

回去以后，她不停地写信，说希望顾兰子他们也回来。恰在这时，远处的河南省有几户城镇居民，提出了个"我们也有两只手，不在城里吃闲饭"的口号，口号提出后，很快地便成为上边的一项政策。在知识青年上山下乡的同时，也动员城镇居民下乡。

这股风自然地吹到小城，居委会做了动员以后，顾兰子便有了想法，想带着孩子们，回高村平原去。她捎话让高二回来，商量这个事，没想到，高二满嘴赞成，这样，顾兰子就报了名。对于居委会来说，这是求之不得的事情，因为上边对于城镇居民下乡，有完成指标。这样不久之后，尉迟城街头，当年黑建贴第一张大字报的地方，有一张红纸光荣榜贴出。光荣榜上第一名，就是顾兰子。

后来，当孩子们费尽周折，一个一个又艰难地从农村重返城市时，他们会埋怨顾兰子当初这个决定的草率。

其实，这个家庭的主宰是高二。如果高二不点头，那么他们后来就不会回来，那么他们的人生会是另一种走法。但是高二点头了，或者说积极地促成了这件事。

那咪咪的先期回来，那"我们也有两只手，不在城里吃闲饭"的运动，只是表面的原因，而更深一层的原因是，正在"五七干校"接受批斗的高二，还没有"解放"的高二，自信心受到极大打击的高二，那时候对自己的前景，有一种万念俱灰的感觉。

"你们先回去吧！也许，过一段时间我也会回来！祖祖辈辈的人，都是在那里老的，算上一个我，也不为多！"

在借了一辆大卡车，将顾兰子和两个男孩子送上车的那一刻，高二扬着手，说出了这样一句话。

顾兰子看见，高二的头上，已经像落了霜一样，有了一层白发，脸上，因为在"五七干校"劳动的缘故，晒得乌黑，蜕了一层皮。

这样，顾兰子便和孩子们，在故乡的平原上，生活了几年。然后三个孩子，像鸟儿翅膀长全了一样，一个一个飞走，而最后，剩下她一个人的时候，她又重返肤施城，回到高二身边。

我们接着说咪咪的故事。是的，这是又一代人的故事，又一代人的传奇。

当再过一些年，到了六十岁的时候，咪咪有一次照镜子，她会在那一刻痛彻地意识到，其实她的故事和她的传奇，已经在学生年代结束，她的激情已经被红卫兵时代耗干。

他们是"文革"的产物,或者换一句刺耳的话说,是"牺牲品"。

在熙熙攘攘的城市的大街上,你会遇到许多这种年龄段的人的。他们的身上不知道有什么地方,和常人不一样。他们像一堆烧透了的灰烬一样,不再对任何的政治发生兴趣,他们对任何事情都心不在焉,他们在行走的时候常常举头望天,但是明知道天上什么也没有。

但是在有时候,为一件微不足道的事情,一件事不关己的事情,他们突然会表现出令人难以理解的激情和固执。

比如咪咪,在顾兰子在西京城住院的时候,医院锅炉的水龙头坏了,开水四溅。打水的提着热水瓶围成了一圈,谁也不敢到跟前走。只见咪咪,用一条毛巾裹在手上,冲上前去,于水花四溅中,去关那水龙头。黑建在旁边,骂道:"你管那干什么,把你烫伤了,看病时医院照样收你的钱!"

咪咪不听,她还是去关。那劲头,好像不是关一个水龙头,而是去殉难似的。在这一刻,黑建想起那个女红卫兵的形象。

咪咪出生在黄龙山白土窑。她出生的时候,是她的叫声像猫的叫声呢,还是她小小的一点儿,像个侉了皮的小猫,或者说,出生时,一只猫咪跳起来,一不小心打翻了背墙上的青油灯,随之发出"咪咪"的叫声。关于她的名字的由来,老人们有时候这样说,有时候又那样说,不知哪种说法更真一点。

咪咪满月的时候,黄龙山白土窑居住的这户人家,举家迁回关中平原,高发生老汉推着独轮车儿,高安氏坐在车上,高安氏的怀里,抱着咪咪。顾兰子他们,跟在后边。

那时咪咪在害一场大病。回到高村,眼看就活不成了的她,却意外地好了。发生老汉于是给高二发去一封信,一是报旅途平安,二是说咪咪好了。

在高村平原人们的口语中,"好了"还有另一层含义,就是说这孩子"死了"。好了,是的,到了好处了,回到好地方去了,从此脱离了苦难了。大约就是这个意思吧。那时,还在黄龙山的高二,在接到这个平安家信后,他以为这个"好了"就是这个意思。于是他回信说:"'好了'好!"

这一次,重新回到高村平原上的咪咪,很快就引起了所有人的注意,因为她是那样的出众。

这一块平原,是一个永远弥漫着大秦腔那慷慨悲凉、粗犷豪放之音的土地。那声音是如此深入地渗透到平原的每一寸土地的深处。记得我们在前面,曾经谈到那响彻平原,低沉、喑哑但是又充满力量的嗡嗡之声,最初我们曾经怀疑它是渭河那千年不改的吟唱,但是此刻,我们认为,它更可能是这种大秦之音,几千年了,这块土地埋了一茬一茬唱秦腔的人,如今他们密密麻麻一层,在地底下安睡时大约还大张着口。

虽然由于"文革",地方剧目受到了压制,这块土地还是在顽强地唱着秦腔。不过这秦腔,是以改头换面的形式出现的。那叫"改良秦腔",或者叫"京剧移植的秦腔",也就是说,秦腔那西凤酒一样浓烈的走板中,加上一些京剧那花哨的尾音。

那时候,每一个大队都有一个宣传队,而大家终于发现,原来一个活生生的《红灯记》中的李铁梅,就藏在高村堡子里。这样,咪咪开始在大队宣传队里,当李铁梅这个角色,接着,县剧团也发现了她,知青咪咪被县剧团招工,她去饰演的仍是那个李铁梅。

咪咪的婚姻,也在这个时候得到解决。

尉迟城里的那个高年级同学,后来咪咪一直没有和他联系上。或者说吧,咪咪的一生从来都是被动的,她从来没有想到过和人家主动联系。她只听说,学习班结束以后,这个同学回到了农村,他的家在那个子午岭最深的山里,而翻过山去就是甘肃境内,因此他在甘肃那边的一所小学校里,做了个民办教师。再后来,听说又有变动,至于到哪里去了,她就不知道了。

倒是有几个同学,给她来了信,向她表示了爱慕之情。这些信,天知道他们是从哪里打听到她的地址的。这些信,有的到了咪咪手里,有的则没有到咪咪的手里。

没有接到的这些信,据说是被顾兰子压下了。

顾兰子那时候已经做好准备,准备在这块平原上一直生活到老。她有一个自私的想法,这想法就是在高村附近,给自己结一门亲戚,好来回走动。她没有娘家,想用这门亲戚,来弥补自己感情上的这种缺憾。虽然老崖上的这户人家,有许多的老亲戚,你从大年初一走到正月十五,一天走三家,也走不完,但是顾兰子想要有一门自己独有的亲戚。

这样的对象很快就有了。邻村的一个青年,在外地当兵。媒人拿来了一张照片,那年头所谓的彩照,是将照片拍好后,染上颜色的。照片上的青年,一身军装,两个红脸蛋儿,眉清目秀。咪咪就这样从县城赶回来,和这张照片订了婚。

复员军人回到了农村。咪咪看不上人,不愿意结婚。复员军人整天到剧院里,缠着她。咪咪打电话给肤施城的高二,问他怎么办。高二说:"既然你答应了人家,那就不要食言。咱们高家人做事,塘土地里吐唾沫,一口唾沫一个坑!"这样,咪咪大哭一场,嫁给了复员军人。

咪咪在秦腔艺术上,并没有能取得什么成就。她是一个艺术上的失败者。因为秦腔是一门本土艺术,是从大地本身自然而然地生出的一种植物,而咪咪基本上没有在渭河平原待多长时间。因此,她永远无法走入那种民间感觉。这样,随着一批新学员的招入,咪咪便改行了，在县城的一个闲单位去上班。

复员军人的工作问题，这时候仍然没有得到解决。这时候无助的咪咪，想起了肤施城的高二，于是她领着复员军人一起，前往肤施城，寻求父亲的帮助。

高二那个时期，正是他从政生涯中最辉煌的一个时期。他担任肤施城的副市长。看到咪咪，他自然高兴。而咪咪提出的要求，也并不算过分。仅仅是为了亲爱的女儿的缘故，这个忙他也一定得帮。更何况，当初咪咪结婚，是请示过他的。在这件事情上，他理亏。

恰好在这时候，位于陕北高原与关中平原接壤处的一家煤矿，要招一批挖煤工人。市委书记主持常委会，将招工指标截留了一部分，给每个常委一个指标，指标给你了，你给自己的子女，亲戚陆人，或者给自己手下的工作人员，司机，那是你的事。

高二兴冲冲地把招工表给了咪咪。

但是复员军人不填这个表，拒绝到煤矿。这也难怪他，平原上长大的孩子，自然比山里长大的孩子要娇贵一些，更何况，这煤矿工人的名声也不好听。复员军人说："当兵的叫死了没埋的人，挖煤的叫埋了没死的人！你们高家不要我，就直说，不要叫我去送死！"

那个时节正放一个叫《人生》的电影，电影中农村青年高加林的形象叫人感动。晚上放电影的时候，市委书记坐在中间，他的这边是高二，那边是一位客人，也就是这部电影的编剧。

瞅个空儿，高二说："张书记，这个指标我还给你，女婿不愿意去，那么这事就算了吧！"

市委书记听了，往电影屏幕上一指说："那就把招工指标，让给电影上的高加林吧！咱们自己孩子的事，过后再想办法。"

原来，"文革"时期，这位市委书记同志，当时是一个县的县委书记，而这个《人生》的作者，是县城中学的红卫兵领袖，他保过他的。

作家这次来肤施城,也是为弟弟招工的事。那电影中的高加林的故事,正是以弟弟为原型写的。而正像电影中所表现的那样,高加林在故事结束的时候,又回到了农村,高叫一声:"我亲爱的土地呀!"叫完以后,他来到肤施城,而哥哥也从西京城回来,在这里相见。

当然,弟弟并不叫高加林,他叫另外的名字。而高加林这个名字,完全是作家自己的人生体验。

在县城中学的操场上,在20世纪60年代初一个寒冷而又饥饿的夜晚,陕北高原上,一位中学生热泪涟涟地仰望星空,因为他听政治老师说,当天晚上,一个叫加加林的苏联少校,要驾着宇宙飞船从陕北高原的上空飞过,飞向月球。许多年后,这个中学生在成为一个作家后,将他成名作的主人公,叫作"高加林"。

那是另外的故事,这里不说。

那个招工指标被让出去以后,"高加林"很快就填了表,然后到金锁关煤矿报到去了。他将在那里继续他的人生故事。而在肤施城,书记同志让劳动局再查一查文件,看能不能找到政策依据,为高市长把这件事办了。

政策依据很快就找下了。有一项政策说,插队女知青在回城三年以后,工作三年以后,与农民丈夫结婚三年之后,可以由本人提出申请,解决其丈夫的城镇户口问题,招工问题。

这样,复员军人的户口和工作得到了解决,这是一个皆大欢喜的结局。

这样,这个当年心高气傲的女孩子,便在高村平原与西京城接壤处的那座县城,稳定地居住下来,生儿育女,为生计奔波,为柴米油盐奔波,完成着世世代代平原女人都经历过的那一生。

那位复员军人还是不错的。他们倒也恩爱。唉，大多数人都是这样活着的，那有着轰轰烈烈的人生的人又有几个呢！

"唉，人是瞎活！"顾兰子说。

当咪咪接近六十岁的时候，一群在西京城里的尉迟中学的同学聚会，咪咪也参加了。同学们说他们费了很多努力，才把眼前这个衣着俭朴、没有什么特征的中年妇女，和当年那个神采飞扬、脚下总穿着一双白跑鞋的咪咪联系起来。

"那时候，你多么的高傲呀，走起路来头仰在天上。高傲得我们不敢接近你！"同学们说。

"那不是高傲，是粗心，是总觉得，前面还有什么东西在等待着自己！"咪咪说。

第四十六章　黑建从军

　　给我一本书吧，让我熟读到一直成为英雄！

　　　　　　　　　　　　　　　　—— 饶阶巴桑

　　继咪咪之后，以这块平原作为跳板，接着走出去的是黑建。

　　黑建回到高村后，在社办中学上完高中，然后在70年代初那个寒冷的冬天，穿上军装，当兵去了。

　　那时珍宝岛的枪声、铁列克提的枪声，刚刚平息，这个国家正处在一种紧张的战备状态中，而漫长的四千多公里的中苏边界，尤其紧张。接兵的，正是来自西北边陲的一支边防军部队，他们含糊其词地说，希望每一个申请应征入伍的青年，都做好迎接艰苦和危险的准备。

　　大队革委会副主任高三说："黑建，你决心去当兵吗？"

　　黑建说："我去！"

于是高三噙着旱烟袋，顶着他那几十年一贯制的洋楼，骑着自行车，到公社说情去了。

他的那自行车，如今花八块钱，重新换了一个完整的车把，也就是说，不是"凤凰单闪翅"了。当年那个走遍平原的"凤凰单闪翅"，是高村平原的人们给车子起的绰号。那车子只有一个把手，另一个把手，摔坏了，因此高三骑这车子的时候，一个手抓着把手，另一个手抓着没有把手的那边车头。

当年那辆车子，原本是邻家的。村子里大约只有一辆自行车，虽然破旧极了，却是一件稀罕。人们如果有急事要用，得找这位邻居去借。邻居有时高兴了，借给你，不高兴了，就不借。

那一次，高三有急事出门，要到县上去开会，只得硬着头皮去借。邻居倒是没说什么，给自行车打足气以后，推给他。谁知在县上开会的时候，那支在地上的自行车，被风吹倒了，吹倒后手把磕在地上，断了。

高三回来后还自行车，还不下。高三一恼，就把这辆自行车给自己留下了，然后东挪西借，凑了几十元，在西京街上的旧货市场上，重新买了一辆，还给人家。

从此，风里来雨里去，高村平原那泥泞的乡间小路上，便时常看见高三那骑着一个把手的自行车的身影了。村子里同年等岁的人，便跟他开玩笑，叫那车子"凤凰单闪翅"。

公社对这位几十年如一日忠心耿耿、任劳任怨的农村基层干部的意见是极为重视的，他们答应给接兵的去打一声招呼。

为黑建当兵这件事，咪咪也从县城赶了回来。她赶到公社时，体检已经结束，接下来的那个项目叫"目测"。一群体检合格的农村青年，正在社办中学的操场上走圈圈。咪咪见黑建衣着寒酸，于是从身上脱下一件红毛衣，叫黑建到厕所去换上。这样，当黑建从厕所里走出,重新回到这转圈圈的队伍中时,由于那件毛衣的衬托,他立即显得精神了许多。

虽然外边仍然是那件寒酸的粗布衣服,但是红毛衣从领口上、从袖口上露出来,在这一群穿着粗布衣服的灰色人群中时,显得很扎眼。

黑建甚至引起了接兵的军官的注意。他站在这个转圈队伍的核心,朝黑建多瞅了几眼,最后甚至走过来,问了他的名字。

入伍通知书下来了,这是1972年12月14日的事。

通知说,黑建政治面貌清楚,体检合格,批准入伍,请于两天后,到公社武装部报到。

在入伍通知书发布的同时,黑建也在公社武装部,领到一套军装。军装没有帽徽领章,那得到部队驻地后,再配发。

当收到入伍通知书,黑建当兵这件事已经确定下来之后,顾兰子让咪咪到公社去给远在肤施城的高二打了个电话,告知他这件事。高二在接到电话后,丢开手头的工作,在第三天,也就是黑建已经在公社集中,就要登上大卡车的那一刻,坐着小车直接赶到了这里。

那一次,这一块平原,为那个遥远的边陲,为剑拔弩张的中苏对峙,共送去了六十多个子弟兵。

黑建要走了,平原上冬天的风吹着,干冷干冷,公社门前是一片哭声。因为在前一天晚上,为新兵放过一个叫《南征北战》的电影,那电影里麦个子一般一个个倒下去的士兵,那弥漫在电影里的血腥气氛,刺激了这些家属们的神经。

"打仗的时候,你不要冲在最前面,那样敌人的子弹会打死你;也不要拖在最后面,那样督战的自己人会打死你!"高三找了一个机会,把这话说给他的侄儿。

咪咪买了些晕车药,让黑建带上。她已经打听清楚了,黑建这一次要走遥远的路程,遥远到超出所有高村人的想象。

顾兰子则从大门口的官道上,包了一包土,装进黑建新发的那个黄挎包里。她对黑建说,你每一次喝水的时候,要捏一撮黄土面面,放进水里,让它沉淀了,你再喝,这样走到新地方,你就不会换水土了。

当黑建登上大卡车的车厢,大卡车开动的一刻,他看见车下面站着的所有亲人们,都在向他招手。他还特别注意到了,高二在向他招手的同时,脸突然别到一边,然后,一滴浑浊的眼泪流下来。

这是他平生中,唯一一次见到这个骄傲的男人也会掉眼泪。

拉着新兵的大卡车,一辆接一辆,在西京火车站集中。原来,这支部队这次从关中平原的两个县境,接了六百多名新兵。他们将在火车站集中,然后被装上一列拉货的铁闷子车,驶向西北方向。

在这之前,这列铁闷子车大约是从新疆往口内拉马匹的。因此那铁闷子车里,地上堆着一些马粪,还有一摊摊的半干的马尿。新兵们在列车开动之前,先做一件事情,就是清除这破木板上的马粪、马尿。清理干净了,然后铺上谷草,再用新发的被子床单,将谷草压住。那床单是铺在铺上的,那被子,则打成一个背包,倚着车厢板儿排成一排,新兵们坐在背包上,两手放在膝盖上。

"咣当,咣当",这列火车缓慢地开动了,车沿着陇海线,向西北驰去。

在最初的一两天中,它始终是沿着一条河流上行。列车一会儿沿着河床走,一会儿钻进山洞,而出了山洞以后,又见这条河流了,这次是有一座桥跨在河上,于是列车鸣叫着,"咣当咣当"地从桥上驶过。过了桥,大约又得钻山洞了。这个山洞钻出来,大约会有一条较为宽阔的河川、一座城市,而那簇拥的山头也退到了远处,于是列车便在这川道里前进。

这条一直伴着他们行走的河流,就是黑建家门口的那条渭河。

这样他们便穿越了陇东高原,进入河西走廊。

外面是死气沉沉的单调的风景。祁连山戴着白色的头盔,忽然远了,又忽然近了。近处要么是狭长的干河谷,要么是布满鹅卵石的黑戈壁。点缀在风景中,给这死气沉沉的景观带来一丝变化的,大约只有太阳。太阳在早晨的时候,很红,很大,它出现在东方的白雪皑皑的峰巅,给人一种新奇的感觉,随后,它就像一副不胜寒冷的样子,脸色渐渐变得苍白,要么是很勉强,在天空照耀着,尽一下职责,要么是干脆钻入雾霭中,不见踪影。

太阳在黄昏再重新显露一下身姿。像早晨初出时一样,这时候又是很红,很大,然后缓慢地融入西边天空那空荡荡的地平线上去了。这时候在戈壁滩上,在大大小小的拥拥挤挤的鹅卵石之间,偶尔会驰过一辆大轱辘车,或者叫青海高车。木质的车轮极大,车厢极小,拉车的大约是一头牛,或者是一匹马,车轮缓慢地转动着,驾车的人像一个小黑点一样,隐在车厢里。车向苍茫的远方驶去,那又大又红的落日做它的背景,一会儿,它就驶远了,或者说黑建的火车将它抛在后边了。

落日的最壮美的一刻,大约是它停驻在嘉峪关的那斑驳的楼头时。远处仍然有雪山,而且更高,更寒冷,血红的一轮落日,停驻在一座拔地而起的巍峨楼阁上,暮色中,苍茫的戈壁滩正中,一道斑驳的古长城横穿而过。长城已经被风雨剥蚀得只剩下薄薄的一层了,高高低低,弯弯曲曲,像一溜静卧在荒野上的骆驼。

铁闷子车厢里只有几个很小的窗户,窗户又很高,这窗户,大约只有马伸长脖子,才能勉强看到窗外。新兵中,那些个头最高的人,需要脚底下垫上背包,才能勉强看到外边。

所以要看风景，得到车门口去。那里有两扇铁门，大约是年久失修了，车门合不严，透有一条缝隙，阳光有时候会从缝隙中射进来，照在这些新兵们有些茫然的脸上。为了防止这铁门在列车行驶时滑开，它是被一根铁链锁着的。行进中，"咣当"一声，缝隙合住了，又"咣当"一声，缝隙张开了。

这铁门的缝隙不光能朝外欣赏风景，还可以用来向外撒尿。

第一个新兵想撒尿，"报告"了一声。大胡子接兵排长犯了难，这铁闷子车厢哪来的厕所呢？他指了指这个透着一丝阳光的缝隙说，就从这儿尿出去吧。

说完，他自己先站在缝隙口，解开裤带，撒了一回尿，算是尝试。尿毕，他转过身，一边系裤带，一边说："感觉不错，能尿的。把自己的鸡牛牛打硬，手捉住，对着这缝隙，就可以尿了。只是——"

他强调说："一定要用手抓住，千万不能把鸡牛牛塞到缝隙里去。这狗日的火车，一走三咣当，那缝隙，一阵合住了，一阵打开了。你们一不小心，叫那铁门夹住。不要当了一回兵，兵没当成，那东西没有了。到时候，我没法向你们的父母交代！"

那一个喊"报告"的新兵，走到缝隙口，学大胡子排长的样子，站在那里撒尿。

新兵们好凑热闹，见这个新兵撒尿，背包上坐着的一个排的新兵，纷纷从膝上抬起手，高举头顶，"报告"，"报告"，大家争着喊。排长见了，就叫新兵们到门口来，排成一个队，一个接一个地撒。

排长说："反正道路还长着哩！大家不要急，一个接一个，慢慢来。"

有的新兵，走到缝隙口，一阵倾盆大雨，淋漓欢畅。有的新兵，生性内向，不习惯这种尿法，努了几努，努不出来。后边又有人催，只好噘着嘴，又回到背包上。

黑建就属于尿不出来的那种。

尿憋得膀胱难受，可是站在那缝隙口，任你把鸡牛牛摇硬，任你屏着气硬努，就是一滴尿也尿不出来。原来，黑建自小有尿床的毛病，怎么治也治不好，后来在尉迟城，晚上睡觉的时候，膀胱又憋了，于是开始做梦。梦见自己想撒尿，可是街上老有人，后来找到一个墙角，瞅瞅四下没人，于是一泡大尿，洋洋洒出。正尿着，屁股上重重地挨了一巴掌，黑建醒来，才发现这是在做梦。再看那炕上，已经流成一条河了。不过高二这一巴掌，却也管用，从此黑建这尿炕的毛病，就算治了。

现在在这火车上，对着缝隙口撒尿，黑建就是这种感觉。

他对自己说，尿吧，这做法是正当行为，可是手上那东西，就是不听使唤。他身上不停地打着尿颤，就是一滴尿也尿不出来。于是只好提起裤子，把缝隙口让给下一位。

这时又有人打报告说，要"拉屎"。

拉屎这件事，算是难坏了大胡子，他朝这个像个铁匣子一样的铁闷子车厢瞅了瞅，摇摇头，然后说："夹紧，车一会儿就停了，停下来以后尽管拉！"

大胡子还说，已经是当兵的人了，说话要讲文明，以后不能叫"撒尿""拉屎"了。他说，从现在起，"撒尿"叫"小便"，"拉屎"叫"大便"。

火车在大胡子说过不久，果然在一个岔道上停下了。

原来，那时的兰新线是单行线，因此，这辆装着新兵的火车，见到迎面过来的所有的火车，都要避到岔道上去让路，就是背后来的火车，只要开得快一点，它也得给让路。

"咣当"声突然停止了,车门"咔嚓"一撞,又一分开,火车停了下来。

大胡子这天是值日排长,只见他脖子上挂个哨子,跳下车,顺着火车跑,边跑边喊:"大家下来大便!记住男左女右,男兵在火车的左边,女兵在火车的右边,不要搞错了!"

大胡子"喔喔"地吹着哨子,一路跑过以后,各个铁闷子的车门也就"咣当咣当"打开,立即,铁路线上满是黑压压的没有佩帽徽领章的新兵。

原来,这列西进的火车上,还有不少的女兵。

一个姓梁的新兵,是个农民,分不清左右,他不知怎么搞的,钻到女兵的那一边去了。他刚蹲下,被女兵们发现了,女兵们惊慌地喊起来,这个新兵一见,赶快提起裤子,从火车底下钻了过来。

大胡子见了,很生气,他说:"这笨脑子,等下到连队之后,让他放猪!"

就这样走走停停,停停走走,在兰州兵站,发了棉衣棉袄,在嘉峪关兵站,发了皮大衣,皮帽子,大头鞋,皮手套,在乌鲁木齐兵站,发了毡筒。

大约是四天五夜或五天四夜之后,火车走到乌鲁木齐,前面再没有铁轨了。新兵们下了火车,改乘汽车,然后一直向北驶去。

一辆大卡车上,坐一排人,也就是说坐三十六个人,再加上接兵的,一共三十七个。三十七个人,把背包放成四排,然后人坐在背包上。这四排,两排是靠着车厢板的,另两排,挨着放在中间,人则背靠背坐着。一个小小的车厢,人们又穿着毡筒、皮大衣,因此这四排人,相对而坐时,穿着毡筒的腿脚互相叉开,掺在一起。

卡车顶上,蒙着一块帆布,这帆布的一个用途是挡住那正在飘舞的漫天飞雪,另一个用途则是为了保密。

黑建坐在车上,呕吐了。咪咪给的晕车药,他将一些给了别人,一些给自己留下,但是这晕车药吃了,仍不济事。他是感冒了。大胡子排长说,体质太差,体检时,离一百零八斤的最低标准,还差二斤,"你怎么适应那零下三四十度的严寒呢?"他皱着眉头说。

穿着毡筒的双腿被牢牢卡住,不能动弹的黑建,眼见得就要将翻腾出来的汤汤水水吐到对面人的脸上时,急中生智,从自己手上取下了皮手套,然后一阵大吐,吐进皮手套里。

这样,坐一天车下来,黑建的两个皮手套,便被吐得满满的了。吐进皮手套的东西,结成冰,这样,一天下来,两个皮手套成了两块冰坨。那大约是在克拉玛依吧,一走进兵站,黑建做的第一件事情,是将皮手套放在火墙上暖着。第二天早晨,冰坨化了,这时才能把秽物倒出来,而那手套,准备这一天再用。

下一站名叫布尔津。走到这里的时候,车队变小了,有一部分卡车,拐了个弯,向东驶去,大胡子说,他们那是到中蒙边界,而咱们这是到中苏边界。

晚上,当黑建又将他的冻成冰坨的皮手套,往火墙上放时,他看见兵站的墙壁上,贴着一张地图。黑建一边念叨着"布尔津"这几个字,一边在地图上找。最后,他终于找到了,结果吓了一跳,那"布尔津"三个字,已经都压到地图上那粉红色的国界线上了。

"哈哈,还得往前走一站,到哈巴河。到哈巴河,新兵连训练三个月,然后还得往前走,把大家分散到各边防站去!"大胡子进来查铺,看见黑建看地图,这样说。

在住过四回兵站之后,黑建手里的两个冰疙瘩,在倒过四次之后,这支车队到了哈巴河县城。黑建他们,在县城里接受了三个月新兵连训练,然后在一个大雪纷飞的日子,奔赴各边防站。而黑建去的地方，就是有名的白房子。

那一年的雪真大，厚的地方有一人厚，薄的地方也能搭到人腰。前往友谊峰的喀纳斯湖那地方几个边防站的新兵，是骑着马，坐着爬犁子，或者踩着滑雪板去的。黑建的白房子，是在戈壁滩上，他们请了几辆兵团人的推土机，"斯大林一百号"在前面推雪，大卡车则跟在后边。

在他们行进在国境线上的时候，界河那边，探照灯、信号弹、照明弹、曳光弹、穿甲弹，打得黑漆漆的冬夜如同白昼，而那噼啪噼啪的枪响声，在雪原上引起久久的回声。

到边防站了，班长塞给每人一匹马。班长说，在这里你首先得拥有一匹马，没有马，你就不能算一个完整的人。你的马其实是你双脚的延长部分。

就这样，这个平原的儿子黑建，走入了白房子，成为一名士兵。后来他常常说：这是生活在我高中毕业，猝不及防的情形下，突然塞给我的一本大书。

这是中苏四千多公里的漫长边界线的一截。这支部队辖内有五个边防站，它们是阿赫吐拜克边防站（白色的沙山），克孜乌雍克边防站（红柳），额尔齐斯河北湾边防站（白房子），扎木拉斯边防站（它的哈语译意不详），白哈巴边防站（白色哈巴河），这五个边防站，管辖着自友谊峰往下，这数百公里的中苏边境。而白房子边防站的辖区，南边二十公里，是红柳边防站，北边一百公里，是另一支部队管辖的吉木乃边防站。

茫茫荒原上的这一队白房子士兵，在这里度过了一段充满凶险的时期，军区副司令来这里视察，这位战略家站在队列前训话说："总参制定的战略方针是'抵抗一阵，撤退两厢'，也就是说，放弃新疆，在嘉峪关一带设防。你们这个孤零零的边防站，你们的任务，有三条：第一，通风报信，也就是说，在第一时间，把敌人越过边境，举行大规模进攻的消息报告给上级；第二，抵抗一阵，以便为后方提供尽可能多的战备总动员时间；第三，杀伤敌人的有生力量。"

这位首长说："退路是没有的，你们的后边是荒无人烟的古尔班通古特大沙漠，是语言不通的少数民族地区，所以，你们必须做好牺牲的准备。要叫指战员们明白，这种牺牲是值得的！"

这位首长大约是个文化人，读过几本书，他用《钢铁是怎样炼成的》的作者的一句创作谈，为他的战备动员作结：

"成为英雄，这是我们每个人的职责，只有懒汉懦夫才不想成为英雄，而这样做的结果是一无所获。巨石挡道，流水受阻，如不燃烧，必将熄灭！——生命之火万岁！"

就这样，黑建在白房子待了五年。

五年中好像没有发生过什么事情，但又是几乎每秒钟都有可能有事情发生。黑建就这样在这里巡逻，站岗，放哨，呆了五年。黑建说，那情形，就是西方历史掌故里的那个"达摩克利斯之剑"一样，一根头发丝上系着一柄宝剑，这宝剑就悬在你的头顶，它随时有可能掉下来，但又不掉下来，它就这样折磨着每一个人的神经，直到你麻木。

在黑建沉沉的记忆中，最紧张的事情，大约发生过两次。

一次是1973年3月14日，苏联一架武装直升机顺额尔齐斯河越入中国境内，在境内纵深二百公里的一个叫哈龙沟的地方迫降，继而被牧民用套马绳套住螺旋桨，继而被赶来的分区骑兵连抓获。

那一天中午正是黑建在瞭望台上值班，能见度很好，也许最合理的解释是，直升机的驾驶员是在从阿拉木图起飞之前，喝了些酒，所以在顺边境线巡逻时，误把额尔齐斯河当成了界河。

本来就紧张的边境形势，骤然紧张得像快要爆炸一样。苏方在距白房子一公里的界河对岸，集结了大量的坦克和装甲车。那最紧张的一天，它们连续发了三次国家通牒，最后一次通牒的话语是"由此不可避免地引起的一切严重后果，由中方承担"。苏方的要求是，遣返三名机上人员，送还飞机。

黑建是6940火箭筒射手。

这是因为他有点文化，所以来到白房子后担任这个角色。这种6940火箭筒，是根据1969年珍宝岛缴获的苏式火箭筒改制的，口径四十厘米，所以叫"6940"。它与老式的火箭筒的最大区别，是弹头前面是一个六角形，这样，当弹头碰到坦克的装甲板上的时候，不论碰到哪个地方，它都可以有一个棱面直接面对。

黑建在那一段时间里，趴在界河内侧的一个碉堡里。

他的头剃成了光头，这样一旦受伤便于包扎。他把自己的几件旧衣服，装进包袱皮，用针线包缝好，然后在上面写上"高村——顾兰子收"的字样，然后放在班上的储藏室里。

不独黑建，所有的白房子的士兵都是这样做的。戈壁滩上挖了些战壕，战壕每隔一段，有一个碉堡。除了炊事员，所有的士兵都剃着光头，趴在战壕里，而他们也都有一个小包袱，放在储藏室里。打这小包袱的意思就是说，一旦他们战死了，这是他们的遗物。

黑建趴在碉堡里。碉堡有一个前后是菱形、左右是四方形的射击孔，他的6940火箭筒就架在那射击孔上。火箭筒前面，安装上长长的火箭弹，他本人将火箭筒扛起，按照教科书上的做法，单腿跪着，瞄准镜对准目标，一只手托起火箭筒的前半部分，手指放在扳机上。

在这之前的实弹射击中，黑建曾打过这种火箭弹。火箭弹是从前面安装的，因为弹头的直径远远超过四十公分。射击有三种姿势，卧射、跪射和立射。这三种姿势黑建都试过。射击时，弹头打着旋转，像一阵风一样从地面上掠过，遇到目标，它先不爆炸，而是弹头拼命地向目标里面旋转，后面的风扇的尾翼脱落，弹头钻进去了，然后爆炸。

在火箭弹发射时，会产生一种巨大的爆炸声，如果是卧射，人会从地面上被抬起来，抬上一尺多高。那火箭筒的背后的喇叭口，会喷出一道几十米的火光，烧焦地面，而那巨大的爆炸声，会把人的神经震坏，耳朵震聋。

在那碉堡里，在那急切地盼望着投入战斗的日子里，黑建一边逮虱子，一边擦拭炮弹。碉堡里呆得太久，身上的皮大衣都生虱子了，逮虱子，这也是消磨时间的办法。另一种消磨时间的办法就是擦拭炮弹。

按照那个和6940火箭筒放在一起的《使用手册》上的说法，一个射手，当他发射到二十二颗火箭弹的时候，他的大脑，他的神经，就会因为承受不了这二十二次的剧烈震动而爆裂。

但是我们的黑建，还是给自己的碉堡里，擦拭好二十二颗炮弹。"爆裂就爆裂吧！但求一死，这一切也就结束了！"黑建叼着一支劣质香烟，神色古怪地说。

唉，大约在这个平原上的古老家族的身上，一代一代，都会出一些这种有些夸饰的、崇尚一种英雄情结的人物。在黑建那古怪的微笑中，我们想起堂吉诃德式的乡间骑士高发生老汉，想起高大，想起高二，想起高三。

在黑建趴在碉堡里，手指放在6940火箭筒的扳机上，向界河对面的坦克群瞄准的时候，在黑建一遍又一遍用枪油擦拭着那二十一颗火箭弹的时候（另一颗此刻正在火箭筒上），在黑建已经做好死亡的准备，只求一个结束的时候，他在这一刻，完成了一次升华。

"从此我不再惧怕任何的人和事,因为我已经是一个死过一次的人了!"黑建后来常常这样说。

坦克和装甲车后来终于没有越过界河。由于双方的克制,这场自珍宝岛事件、铁列克提事件之后最严重的一次边界事件,后来以和平的方式得到解决。

三名武装直升机上的人员,后来被中方释放。中方的外交辞令是,出于人道方面的原因,允许他们回去与家人团聚。

至于那架武装直升机,它先由一个老练的中国驾驶员,超低空飞行,将飞机从阿勒泰飞到乌市,然后在乌市装上火车运到北京。如今,这架武装直升机在一家军事博物馆陈列,和那辆珍宝岛缴获的坦克陈列在一起。

警报解除了,四千多公里的漫长边境线,绷紧的神经松弛了下来。

在白房子的碉堡中,黑建将火箭弹,从火箭筒上取下来,抹上黄油,装进一个纤维钢的圆桶。地上摆着的那二十一颗,也都涂上黄油,装进圆桶。然后再将圆桶,五个一颗,装进弹药箱里,盖好,以备下次使用。

黑建走出碉堡时,兵团的那个绿衣邮差,骑着马过来了。

邮差递给他一封信,这是从那遥远的高村来的。黑建打开信,信中有一张照片。这是咪咪写的。她告诉弟弟说,她有孩子了,是个女婴。黑建于是把照片捧在眼睛前去看。碉堡里待得太久了,眼睛有些不好使。

黑建将照片捧在手中看。在中亚细亚灿烂炫目的春日阳光下,照片上的婴儿,两只大眼睛在笑。那眼睛像咪咪。

"亲爱的孩子,光为了你的平安降生,我所做的这一切也是值得的呀!"

黑建抹了一把眼泪,对照片说。

第四十七章　黑建归来

另一次则是一个大人物的逝世。那时间是1976年的秋天。

黑建领着他们班，正在菜地里干活。菜地距白房子大约两公里。边防站一代一代的人开垦这块沼泽地，到黑建的年代，这菜地已经有三十亩大小了。菜地四周用刺棵子围起，然后引来喀拉苏干沟的水来浇灌。这刺棵子，是这个地方的叫法，这里又叫它铃铛刺，得名的缘由是树上长了许多的铃铛，秋天的时候，风一吹，铃铛摇响，整个草原充满了音乐。这叫刺棵子，或铃铛刺的，我们记得，高二砍过，黑建也砍过，在那地方，它叫狼牙刺。

那一年的菜长得很好。种在地埂上的向日葵，那铺天盖地的黄花已经开败，现在一个个沉甸甸的花盘，垂下来。菜地里还长满了矮株的西红柿，这是一位河南籍的士兵，探家时带回来的新品种，他叫它"北京梨"。地里还长着些西瓜，这西瓜也已经成熟，黑建决定，等到八月十五和国庆节这"双节"的日子里，把西瓜摘下来，边防站会餐。当然，地里长得最多的是大白菜，它们直橛橛地栽了一地，这些大白菜成熟后将被冬贮。在漫长的冬季里，白房子主要靠这些大白菜和冬宰的羊肉挨过那几个月。

黑建正在给菜地浇水。正当他拄着砍土镘，直一下腰时，看见从白房子的方向，一个人骑着马，旋风一样地向菜地方向奔来。走近了，黑建认出这是马倌，是他们那次同乘一辆火车来的一个红脸膛的士兵。那马倌的白鼻梁子马，直冲到黑建跟前，然后马倌一勒马叉子，马打个趔趄，脖子弯回来，停住。

"出大事了，连长叫你们不要种菜了，马上回去！"马倌说。

黑建问："出啥事了？这菜马上就收了！"

"毛主席——你知道吗？毛主席他老人家死了！"

这确实是天大的事情。那时对每一个中国人来说，头顶上好像都顶着一个天，这个天就是毛泽东。许多人都不会相信他会死的，人们已经习惯了有毛泽东的生活。

黑建叫大家把手中的劳动工具收在一起，放进喀拉苏干沟旁边那个窝棚，锁好，然后士兵们排成一队，穿过戈壁滩，回白房子去了。

大家突然觉得自己就像孤儿一样，人人佝着头，脸色铁青。在黑建沉沉的记忆中，那一天的天空，十分苍白，有小风从戈壁滩上微微吹过，整个天空没有太阳的踪影，那情形，给人一种世界末日的感觉。

"父亲死了！"这是黑建对自己那一刻心情的概括。

回到边防站，全站人员已经全副武装，排成队列蹲在篮球场。队列前面，孤零零地放了一架手提收音机，那收音机里，正在播送《告全国人民书》。

黑建他们，迅速地回到班里，扛上武器，加入队列中。

黑建这时候，已经不再担任火箭筒射手，他成了一种同样是反坦克炮的82无后坐力炮炮长。黑建全班，抬着这门炮，加入队列。

听完广播，做了简短的战备动员之后，全体白房子的士兵，除炊事员以外，都荷枪实弹，钻入地道。

较之前些年，这个时候，白房子外围的工事设置，已经有了很大的改变。它更像一个简易的要塞。

绕着白房子那个黑色碱土围墙，士兵们修了一圈水泥工事，并在水泥工事的上面，用推土机推来沙土，这样，便筑成了一座环形的沙山，将白房子围定。

在沙漠里是不能打地道的。士兵们先把地面刨开，然后用水泥木板，像箍窑洞一样箍起地道，并且留下岔口，并给边角筑些碉堡。水泥凝固后，上面再堆上沙土。这样一旦有战事，人钻入地道里，可攻可守。而这种大张旗鼓、轰轰烈烈的边境防御工程的建设，也是向对方示坚守的决心。

黑建在白房子的那些年，大约有一半的时间，是修这个工事。

那是一段凄风苦雨的日子。总参电令，边境一线进入非常时期。据说，"非常时期"这个字眼，只在抗美援朝战争时期使用过。

那些日子，先是刮了三天的大风，阴风惨惨，接着，又来了三天的沙尘暴，飞沙走石。沙尘暴过后，天开始下雨，一会儿大雨，一会儿小雨，一会儿又有一个简短的停歇，就这样一直下到追悼会召开，下到后来的国庆节，才算停歇。

追悼会也是在地道里召开的。

弯弯曲曲的地道里，很黑，隔一节点一根蜡烛。白房子的士兵们，顺着地道，一个挨一个，站了有一里长。也就是说，顺着这弯弯曲曲的地道站着，人人臂戴黑纱，听着那收音机里传来的北京追悼会的号令声，走完追悼会的所有程序。

追悼会结束，炊事员来送饭，穿着大雨衣，说外边正在下雨。

那时候，每一个中国人，大约都在自己居住的那个地方，参加追悼会的。

追悼会结束以后，黑建他们，还在地道里又待了些日子，直到大约到了国庆节过后的第三天，"非常时期"才宣告解除。白房子的士兵们，才一个个蓬头垢面，从地道里爬出。

说话间五个年头到了。

在一个暮春的日子，全体集合，在白房子前面列队，听连长宣布"复员命令"。当黑建的名字被念到的时候，他在那一刻才明白，"义务兵"这三个字所包含着的全部意义，那意思是说，作为一个公民，你有义务去服一次兵役，或者说，服兵役是你的一次义务。

黑建在队列中，卸下帽徽领章。到这一刻，他的麻木了五年的神经，才突然清醒，他打量着周围这些熟悉而又陌生的景物，十分吃惊自己怎么能不思不想，在这里整整待上五年，这五年中没有半步的移动。他在那一刻突然强烈地思念故乡，思念亲人。亲人们被他从记忆深处唤出，一个个栩栩如在眼前。

在卸下帽徽领章的同时，他顺便摸了摸脖子。这颗头还完好地在自己的脖子上长着，这叫他深感幸运。在幸运的同时也产生一阵后怕。从进站的第一天，连长就说了，咱们这是脑袋别在裤带上度日子，每天早上起来，你们先摸一摸脖子，看脑袋还在不在上边长着。

命令宣布后，部队从哈巴河派来了一个兽医，为大家发放医疗补助费。"你有什么病，三班长？"许兽医说。黑建回答："我全身每一个关节都在疼，还有，在一次骑马时，我摔下马来，磕掉了一颗大门牙！"许兽医说："关节炎的医疗补助是八十元，一颗牙齿的医疗补助是五十元，咱就高不就低，就按关节炎的补助给你补吧！"临出门时，许兽医又说："这关节炎一到内地，就好了！你不要担心！"

离开边防站的日子到了。最后那个晚上，会完餐以后，黑建把他的背包打好，放在营房门口，然后抱着一支枪，一直睁着眼睛，等到天明。不独黑建，所有的离开的人都是这样子的，大家在心中默默祷告说：就这一个晚上了，千万不要出事。

　　第二天一早，仍然是一辆大卡车，像他们来时一样，把大家一个一个装在车上，所有的要走的老兵，都全身发软，哭成一团。大家哭得上不了车，是那些又一茬的新兵，提胳膊抱腿抬屁股，把这些复员老兵一个个抬上大卡车的车厢的。

　　大卡车开动了，白房子渐渐退出了人们的视野，它重新为一片铺天盖地的荒凉所淹没。

　　这样，这一群来自渭河平原的青年，便像他们来的时候那样，先坐汽车，再坐火车，后来在西京城下车以后，像雨水渗入大地一样，各人又回到各人那偏僻的贫瘠的村庄。

　　在火车上，当清点人数的时候，大家发觉，当年乘坐那一辆铁闷罐车去新疆那几百号人，基本上都回来了。当然有些人早回来了一两年，而有些人晚回来了几年，但是，基本上都平安回来了。

　　没有回来的人只有三个。第一个，就是在铁闷子车上第一个打"报告"喊叫要撒尿的那个红鼻子；第二个，则是那个分不清左右，跑到女兵那一面去解大手的老梁；这第三个是谁呢？他有些面目不清，或者说，黑建只见过他一次面。

　　那第一个撒尿的士兵，是距高村十五里的小镇人。平原上的人，把那镇上的人叫"街肋子"。这个人长着一个大红鼻子，那鼻子一年四季都是红的，自然，喝了两口酒后，或者遇上感冒了，揩一下鼻涕，就红得更厉害。他是和黑建一起走进白房子的。到了白房子的第三年，那年秋天，他们班坐个小船，到大河对岸的南湾去打马草。中途休息的时候，红鼻子说，他可以横渡这额尔齐斯河，问大家信不信？大家说他吹牛。红鼻子见大家轻视他，有些不高兴，后来，当大家又挥动大刈镰，开始打马草时，他一个人溜到河边，只穿了个红裤衩，跳进河里。以红鼻子的水性，这横渡大约是不成问题的，但是当他游到这边岸边时，恰好是额尔齐斯河与界河的交汇处。那交汇处大约有些漩涡，或者是水太凉，他抽筋了。总之，打马草的人站在岸边，眼睁睁地看着红鼻子被卷入水中，再也没有露头。这条名叫额尔齐斯河的大河，它的尽头是北冰洋。后来，在额尔齐斯河的下游，在距离北冰洋还有一段路途的地方，大鼻子一丝不挂，全身发胀，摊在河滩上，那个大鼻子变得出奇地白。苏方做了一口棺材，为他穿了一身苏军的呢子衣服，用直升机把他送到口岸。可爱的红鼻子死时是二十二岁，白房子向上级报了非战斗减员。

那个分不清前后左右的老梁，是高村往下渭河流入黄河那地方的人。到了连队之后，他果然当了猪倌。他的边防站，在喀纳斯湖往上，属于中蒙边界。老梁有一次放猪时，看见几头边防站的牛越过了界河，在对面的一片草滩上吃草，老梁就挽起裤腿过了界河，前去赶牛，结果，被蒙军三个潜伏哨抓住。老梁后来被蒙上眼睛，装进吉普车里，送到乌兰巴托。在那里关了两年以后，老梁被放了，于是便在这座城市里流浪。

后来，老梁找了个蒙古媳妇，这媳妇为他生了三个孩子。到了90年代初的时候，中蒙关系解冻，别人给他出主意，让他给中国驻蒙古大使馆写个信，说说他的事。老梁于是叫人代写了，寄走。三个月后的一天晚上，全家人正在吃饭，来了几个人，问清了老梁的身份，把他装进一辆吉普车里，蒙上眼睛，拉到吉木乃口岸，取下眼睛上蒙的黑布，屁股上踢了一脚，让他越过会晤桥，回到中国境内。

当年老梁失踪后，活不见人，死不见尸，边防站就给上级报了个"烈士",烈士名分批下来以后,就通知家里,发放抚恤金,门楣上挂"革命烈士"的牌子。

老梁回到边防站,事隔差不多二十年了,大家都不认得他。话说回来,即使认识,又能怎么样呢?这样,老梁被按"复员"处理,送回老家。回到老家以后,先看见大门上,挂个"革命烈士"的牌子,见了哥哥嫂嫂,一问,才知道父母因为伤心过度,都已经过世了。老梁临离开家前去当兵的时候,匆忙中,家里曾经给找了一房媳妇,新婚之夜,老梁不敢动媳妇,只就着月光,偷偷地摸了一把媳妇的头发。那媳妇见老梁已经成为革命烈士,自然也就改嫁走了。

哥哥嫂嫂说,我弟弟已经做了烈士,你不是我弟弟。老梁这二十年,汉话也快丢光了,笨嘴拙舌说不清楚。见说下去也是无益,就又离开家乡,先到西京城流浪,后来又到乌市流浪,最后,他三转两转,又回到当年越界的那个界河边,一个人号啕大哭,哭这人生的恓惶。

这时候一位将军,坐着吉普车从界河边经过。听了老梁的诉说,他心里很难过。老梁这事,他知道,当年渭河平原上的这一茬兵,就是他接的,而处理老梁的那些善后事宜,好像也是他处理的。将军把老梁请上车,拉回他家,让女儿帮老梁先重温汉话,学得能说些来回话了,就把他介绍到分区大院去做军工。

老梁这就算否极泰来,安定下来。大家见老梁还是单身,就说合着,为他找了个媳妇,一年后,这媳妇生下了个女孩。

这就是"华侨老梁"的故事。

那另一个越界的士兵,大约姓"尤",或者说姓"游",又或者说姓"由"。他大约是那一趟火车上的人,又大约不是,因为又有人说他是河南人。黑建对他的记忆不深,好像只见过一次,那一次是他随分区司令到白房子视察。

记忆中,他身高大约一米七二,瘦长脸,身材很单,服装整洁,显得很利索。他的脸色黝黑,脸上大约涂了些海蚌油,因此油光光的,不像别的人那么粗糙和憔悴。给黑建印象最深的是,他的军衣的领子上,衬了个用毛线织成的蓝色衬领。

他是自己跑过去的,从与白房子接壤的吉木乃越境。

他跑过去后,眼睛上迅速地被蒙上黑布,送往斋桑,接着又送往阿拉木图,最后送往莫斯科,在莫斯科城外的一座克格勃训练营里,被训练成一名克格勃特务。

在1991年的中东两伊战争中,有一个著名的国际特务,绰号叫"沙漠之狐",这就是他。

这以后不久,在一次偷越中国边境时,他被中国边防军打死在冰冷的戈壁滩上。

这个小尤的故事,是黑建听一个一块去当兵的老乡说的,那个老乡晚回来了些年,他在部队上的工作,就是掌握一个红名单黑名单,红名单是咱们派往境外的人,黑名单是对方国家派往中国的人。他说,那小尤是黑名单上第一人。

那个掌握红名单、黑名单的人,后来转业以后,据他说,有三年的时间,他不能随便走动,须得将脑子里的那些人名忘掉以后,才算解脱。

每一个人都有自己的命运。或者说,当年那一铁闷子车的人,都有自己的命运,而那三个人,那是他们的命运。

他们和我们的叙事没有任何关系。他们之所以进入我们的视野,完全是因为和书中的一个人物有过匆匆一面的缘故。我们粗疏的笔墨,也只能勾勒出那些故事的大概,因为还有许多更重要的事情,等待我们去走近它和记录它。

黑建在那一年暮春时节归来。

你好啊，亲爱的城市，你好啊，亲爱的平原，在没有我们的日子里，你好吗？在那些边防线上的日日夜夜里，你曾多少次地出现在游子的想念中，游子的梦魇里。

当我们作为游子，在远方游历的时候，我们给心灵的一角，安放下故乡的牌位，疲惫时躲在里面叹息，委屈时躲在里面哭泣。那里收容下我们疲惫的叹息和委屈的哭泣。

像当年出发时一样，这些复员军人们从西京火车站下车，然后从这里搭乘班车，回到各自的村庄。

西京城的天气，已经很热了。街上的行人都穿着单衣，女人们则是裙子和高跟鞋了。一队学生唱着歌儿从大街上走过，好像是为庆祝五一劳动节，去进行校际篮球比赛。街上过往的人们，都以异样的目光，盯着这一群从火车站里涌出来的，穿着不带领章帽徽的军装、背着背包的家伙。

黑建迈着骑兵的罗圈腿，在街上一瘸一瘸地走着。他穿着一身棉军装，十分臃肿，而两条腿的膝盖部分，更是臃肿，那里有着指导员送给他的两个皮护膝。当他行走的时候，一只胳膊总是下意识地垂在后边，并且在行走时，猛然一停，朝后看一下。这是看他的马在不在。当突然明白，自己现在已经是一个老百姓了，他笑笑自己，接着往前走。

他脸色黝黑，满面愁容。他的黝黑是由于中亚细亚冬日阳光的双重照射的缘故。那阳光射在脸上，这是一次照射；阳光射在雪地上以后，反射到脸上，这又是一次照射。黑建的脸本来就黑，这双重阳光的照射，令他的脸色黑得发亮。

当黑建张开嘴微笑时，我们看见，他口中的一颗大门牙没有了。在当骑兵的日子里，他一共掉过四次马，这是某一次掉马的留念。

黑建终于注意到了，一街两行的人们，都在看他。我有什么特别的地方吗？他想。路过一个橱窗时，恰好有一块大玻璃，于是这迈着罗圈腿的人，停下来照一照自己。

他看见一个面色黝黑、缺着一颗门牙的大兵，正在傻乎乎地朝着他笑。他还注意到了那一身臃肿的棉衣，和这个城市的轻松气息、初夏的感觉多么的不协调。而到最后，他终于明白，他的归来并没有鲜花和欢呼声，他以为自己很重要，他以为由于自己站在那里挡住敌人的枪眼，从而给后方带来了安宁，其实，这只是他自己的想法，自己的一厢情愿，人们根本没把他当一回事，他其实什么也不是！

黑建突然从他的长达五年的那种崇高的感觉中，跌落了下来。

找了个厕所，他在厕所里脱下棉衣棉袄，抹去那上面的罩衣，罩在身上。"当我离开白房子的时候，那里还很冷，戈壁滩上的积雪还没有化完。而我们的大卡车，是从哈巴河冰层上、布尔津段额尔齐斯河的冰层上，开过来的！"黑建自言自语地说。

黑建在厕所里，把背包打开，把那棉衣棉袄，打进背包里，然后离开厕所，重新上路。他找到市郊车站，搭上车，天黑的时候，回到了高村。

"哈哈，黑建，你回来了！当了几年兵，你耽搁了两个娃娃！"

当黑建走到高村的村口时，迎面过来他的一个小学同学。那同学，就是当年曾经用手指指过黑建的一位。如今，他手里拖着一个娃娃，肩膀上架着一个娃娃，看见黑建从军回来了，这样说。

第四十八章 在肤施城

复员军人黑建,在高村待了几天,就动身去肤施城。在他从军的这一段时间,高二又将顾兰子和孩子们的户口,办回了城里。因为这一段时间上边又有了个政策,老百姓把这政策叫"捞"。政策说,1958年大跃进时回农村的,1961、1962年困难时候回农村的,1969年"我们也有两只手,不在城里吃闲饭"运动中回农村的,只要本人申请,都可以"捞"回来,重新成为城市户口。

这么说来,顾兰子其实又成为城里人了,她可以去肤施城跟随高二,继续去做干部家属,顾兰子所以迟迟未走的原因,是因为她这几年在高村生活得很愉快,她暂时还不想离开。

当顾兰子在城里的时候,她大约是世界上最没用的人。她不识字,她缺少社交能力,她由于经济不能独立,所以在这个家庭中没有地位,但是在高村,当生活在一群农村妇女中间时,顾兰子却显得是最能行的了。她毕竟走过许多地方,见过许多世面,她的嘴上,也能来。其实,这是一个十分聪慧的人,极有悟性,可惜她的一生,被高二压着,被颠来倒去的各种文化背景搅得六神无主,举步维艰。

当她真正像一个农民一样生活时,像一个村姑一样生活时,她有一种如鱼得水的感觉。她每年养四头猪,上半年出槽两个,下半年出槽两个。也就是说,当两头大猪快要出槽时,她又去镇上逮两个猪娃喂上,大猪出槽,钱拿到手里了,小猪也就成长起来了。她喂猪有她的一套办法,除了给猪吃泔水、吃饲料之外,还给猪吃羊奶。为此,顾兰子专门喂了一只奶山羊。顾兰子所以没有离开高村,其实也与这猪还没有出栏有关。可是,当两头大猪出槽了,又有小猪续上,所以,她的行程是一推再推。

顾兰子没有离去的另一个原因,是由于还种着二亩承包地。这地有她的,还有两位过世的老人的。农村有一项讲究,叫作"死了的不收,生下的不给",这意思是说,土地承包三十年不变,这三十年中,死了的人的承包地,不去收它,生下的,或者嫁过来的媳妇,不给他们分地。这个讲究细究细想起来,也是有道理的,因为生生死死,嫁嫁娶娶,天天都有,年年都有,如果随时变动,那就乱套了。

渭河平原两年三熟,而这几年也风调雨顺,顾兰子将地里打下的麦子,自己吃,麦子装得大囤满小囤流,敞开肚皮吃也吃不完,那玉米,则作为猪的饲料,磨碎了,掺了野菜、庄稼秆儿,煮熟了给猪吃。

那时候种地从种到收,也都不需要人去劳作了,出两个小钱,机器就在地边轰鸣着,你说犁地,那拖拉机给屁股后边换上一个犁铧,你说收割,那拖拉机给屁股后面换一个收割机。而顾兰子将猪养大了,也不用费事去镇上卖,那西京城里的收生猪的,整天开了

"蹦蹦车"，在这块平原上转悠。

所以顾兰子在高村，虽然家里没有男劳力，生活得并不费事。

顾兰子希望黑建能留下来，继承这一院庄子，娶个农村媳妇，做个平原上的农民。黑建不同意，他说，世界大着哩，我得走！顾兰子给远在肤施城的高二打电话，高二这次站在了黑建一边，他对顾兰子说，你不要害娃，听了你的话，等到有一天他老了，他会恨你的。

那高三，也十分支持黑建的想法，他说，户口都已经迁到城里了，哪有吃回头草的，不要学我，一辈子守着这块平原、这条河，看着老天爷的脸色吃饭。

高三这时候，还在做副大队长。老崖畔上的这户人家，这时一户已经分成三户。那情形，就像越冬以后的麦子苗，要分蘖，一枝分成几枝一样。

这样，黑建就走了几户老亲戚，向他们报告自己回来的消息，然后，就背着背包，从高家渡那里渡过河去，坐火车先到金锁关，然后再坐汽车，去肤施城。

行前，他脱下脚下的毛皮鞋，送给叔父。这叫高三很高兴。高三说，乡长就有这么一双毛皮鞋，他背着手，从平原上走过，咔噔咔噔地，不知道是皮鞋响，还是地皮响。

黑建来到肤施城，拜见父亲。

高二不在办公室，一位胖胖的办事人员说，南山发生火灾，山林着火，副市长同志到那里指挥灭火去了。这一去是一天一夜，黑建只好在办公室等着。一天一夜后，一辆风尘仆仆的吉普车停在门外，高二回来了。这时又有电话，东川发生水灾，一座水库裂缝，河道里发了大水，高二又得动身，去那里排险。

高二看了看腕上的表，对黑建说："给你三分钟，谈谈你的情

第四十八章 在肤施城

况吧！"

在黑建的眼中，当年那个英气勃勃的团干部高二，已经没有了，当年那个夹着公文包，穿着翻毛皮鞋，衣着讲究的高二，也已经没有了，他现在的装束，现在的作风，正像他见过的许多老干部的装束和作风一样，简洁、朴实、随意。

高二的头发已经灰白，头上的头发还是三七分，但是三分这边，剪短的头发稀疏地贴在鬓边，七分那边，当年像公鸡冠子一样骄傲地奓起的头发，如今已经驯服地紧贴在头顶。他穿了一身人民装，这衣服是灰白的，有些发褐，大约是因为刚刚扑完火，那肩膀上、袖口上，还有几个火烧的小洞。他穿着一双布鞋，灯芯绒鞋面，千层底，一看就知道是顾兰子做的，因为黑建在白房子的时候，顾兰子每年都要寄给他这么一双。

黑建谈了他在边疆的经历。因为只有三分钟的时间，他不能谈那么多。他只说他在部队，五次获得所在部队的通令嘉奖，他的指导员说，这是他带兵以来，带过的最好的一茬兵，而黑建是这一茬兵中，最优秀的一个，他还汇报说，临离开部队时，在全团欢送大会上，他代表复员军人发言，朗诵了一首诗，那是他自己创作的，叫《向八一军旗告别》，朗诵时底下哭声一片，要走的人、新来的人，都哭了。

副市长同志坐在办公桌前，叼着烟，胳膊支在办公桌上，一只手扶着下巴，他矜持地听着，好像在听办公室主任汇报工作。

他显然对黑建还是满意的，不过脸上不表现出来。当黑建后来听好几个人说过，高市长经常听广播，关心中苏关系变化，高市长还经常对人说，他的大儿子在边防站时，黑建很感动。每当听到这话时，他就记起当年从公社坐上大卡车，就要出发时，高二那背过身去流泪的情景。

"你想到哪里去,报社吗?不过,报纸在'文革'时候停刊了,它要复刊,还得一段时间。这样吧,报纸虽然停刊了,但是它的老底子,印刷厂还在,你去那里,好吗?"

高二说完,把黑建的事,托给那个胖胖的干事,然后从宿办合一的房子里间,换了一身干净衣服,那辆风尘仆仆的吉普车,还在门外等着,没有熄火,高二给干事叮咛两句,大步跨上车,走了。

"你的大门牙,补一补!"吉普车已经开动了,高二又摇下玻璃,从车窗里探出头说。

那个胖胖的干事,黑建却依稀认得,他就是当年来尉迟城,接高二去肤施城赴任的人,也就是"文革"中武斗开始时,又来到尉迟城,动员高二去跟上他们武斗队跑的那个人。

这个人对黑建说,你父亲是个好人,心肠好,跟着他的这些老部下,大都是"一头沉"干部,老婆孩子在农村,你父亲把这当成自己的事情,给很多人把困难解决了,我就是其中的一个。

由这个人领着,从武装部到民政局,从民政局又到劳动局,从劳动局又到工业局,用了一天,把手续办完,第二天,这个人又把黑建送到印刷厂。

印刷厂的厂长姓景,是个高挑身材,穿着一件低领列宁服的女同志。当胖胖的干事,将大信封装着的档案,和一张一张的介绍信,放到她的办公桌上的时候,她有些不高兴,她说,劳动局这些人,真不像样,连个招呼都不打,就给企业塞人。能看得出来,她有些不想要。

见景厂长有些不想要的意思,胖干事有点着急,他凑过去,对着景厂长说:"高市长本来要亲自送来的,你知道,东川发水了,他刚下乡回来,在办公室里待了三分钟,又连轴转,去东川了!"

"这是老高的孩子?"景厂长愣了一下,问道。

"是的,大小子黑建!"

景厂长听说是高二的孩子,仅仅愣了一下,又重新板起面孔,她把介绍信一张一张地看过,又把档案袋子拆开,也看了,一边看着,一边埋怨:"这个老高也真是的,他再忙,也得打个招呼才对,起码,有个电话吧!"

胖干事不知道他刚才亮出高二,是起到好作用哩,还是不好的作用,他有些紧张。

"这样吧,档案先留下来了,我们完了开个支部会,再议一议。我的意思嘛,人先留下,试用期三个月,试用期完了,再说!"

胖干事听了,赶快点头。作为他来说,他觉得任务就算完成得很好了,起码,作为他,可以把这事撂过手了,回去给高二有个交代了。想到这里,一边提起公文包,起身,一边嘴里说着"谢谢",丢下黑建,一个人离去。

送走胖干事,景厂长合上门,然后转过身,笑吟吟地看着黑建。

"你应当认识我的,黑建!当年,我在你家里吃过好多次饭。噢,黄龙山那时候,你还没有出生。不过,你还见过我的,那一年,我到清凉山上去看老高,你记得吧,你用一根绳子,被拴在门槛上,你还编了一首儿歌骂我!"

黑建有些惶惑,他觉得景厂长可能认错人了,他还觉得,眼前的这个女领导,和刚才处理事务时的女领导判若两人。

景厂长看见黑建的惶惑,她笑了,说:"刚才是场面上的话,现在是私话。不过说实在的,劳动局要给复员军人,得跟单位协商一下才对,还有,你父亲老高,他该说一声的,他明知道我在这里!"

"我真的曾经编过儿歌骂过你吗?"黑建还是有些惶惑地说。

"是的,我记得很清楚,你说得拿腔捏调地:'向阳街,十八号,你的名字我知道,脚穿皮鞋手戴表,脸上搽着雪花膏!'"

听见念这句儿歌，黑建也笑起来。只是他努力回忆，实在记不起曾有过这一幕，那时他确实还太小。

也许是记起了当年的自己，也许是回忆起了那些遥远年代的事情，这位景厂长脸上放出光来。她拉着黑建的手，坐到那条长条椅上来，然后脸对脸，端详着黑建，弄得他都有些不好意思了。

景厂长又问起顾兰子的情况，这一问，才叫黑建确信，景厂长并没有搞错，她确实认识黑建的，而且她和这个家，十分熟悉。

黑建介绍了顾兰子的情况。他说他回到高村的时候，见到母亲，她好像喂了两头猪，快出槽了，出了槽，就不再捉小猪了，要来肤施城，为父亲做饭。

"顾兰子命苦，娘家人一个都没有了，你们做小的，要好好待她！"景厂长叹息说。

景厂长还问起高安氏和高发生老汉的情况，问这话时，一丝笑意又挂在了脸上："黄龙山时，我下乡，没少在你们家吃过饭。"黑建告诉他，两位老人都活了很大的年纪，然后像平原上那些老树一样，终于有一天，大限到了。他们死得很安详，现在在家乡那铺天盖地的紫色苜蓿花里躺着。

景厂长问了很多话，几乎把黑建家的人都问遍了，甚至包括那个瘦弱的小女孩咪咪，她也问到了。但是，黑建注意到，她始终没有问高二的情况，大约，她对高二没有给他打招呼这事，还耿耿于怀。

最后，景厂长叫黑建以后就不要到灶上吃饭了，到她家里去吃。黑建说，还是到灶上去吃吧！景厂长说，那也行，不过咱们说好，每个礼拜天，你都到家里来，阿姨做饭给你吃。说完，景厂长还从自己的钥匙链上，卸下一把家里的钥匙，交给他。

黑建告别的时候，看了一眼厂长办公室的门牌，那上面写着"景一虹"三个红字。

是的,这就是那个景一虹,顾兰子一生的敌人,高二心目中的一个一生的幻影。

每一个人都有自己的命运。景一虹也有她的命运。她先后嫁过两个男人,这两个男人都死了。这就是为什么她的孩子,都随她姓"景"的缘故。在黑建见到她的时候,她那时正是单身,一个人拉扯着一群孩子。据说她后来又找了个老伴儿,但那是很久以后的事了。

这样,黑建便在这家印刷厂落了脚,并且在这里度过三年的时光,直到三年后,《肤施日报》成立,他才从印刷厂,调到报社编辑部。而景一虹,也很快离开了。她那时大约已经找了老伴儿,于是调到老伴儿的单位。

每当回想起这三年的岁月,黑建心中便泛起一种温情,夸张地说,他对这位景阿姨,怀着一种感恩戴德的心情,甚至可以说是一种儿子之于母亲一般的感情。

而委实说来,黑建能明显地感觉到,景一虹对自己的疼爱,甚至超过对自己的那几个儿子。在那三年中,几乎每一个礼拜天,黑建都是在景阿姨的家中度过的。后来直到顾兰子从老家来了,他们在肤施城里有了个家,这样吃饭的次数才减少了一点。

有一次,景一虹穿了一件新做的蓝呢子上衣,很挺,两个肩膀平整地竖起,再配上她那剪得很短的头发,加上两条长腿,黑建不由得赞叹道:"景阿姨,你真有风度!"

"是吗?"景一虹问。

"你父亲当年也这样说我!"景一虹不待黑建回答。

黑建想不到,他的这一句话,竟让景一虹如此兴奋,她的脸上洋溢着一种小姑娘的表情。那一整天,她都穿着这件衣服,在厂区里转来转去。

黑建不想弄明白,在老一代人身上,究竟发生了哪些事情。是的，他不想弄明白，甚至连想也不愿意多想，那是上一代人的传说。

自离开印刷厂之后，黑建和景阿姨，便见面很少了。以致有时候在肤施街头碰见时，景一虹会埋怨他："黑建，我在什么地方得罪你了，我不明白！"她的话说得黑建不知道如何回答。

那时候顾兰子已经来到肤施城。有几次，当黑建说到景一虹的时候，顾兰子便沉默了，脸上显出不悦的表情。这叫黑建隐隐约约猜度出，她们曾有过什么过节。顾兰子是一个弱者，顾兰子是他的生身母亲，如果说，真要站一下队的话，黑建想，我应该站在顾兰子这一边的。所以为了怕顾兰子不高兴，他就走动得少了点。

在肤施城的街头，当有一次偶然地见到景一虹，当认真地看了景一虹一眼时，黑建发现，她也已经老了，无情的岁月和坎坷的经历，在她的身上也刻下了深深的痕迹。虽然她的身材依然很好，走起路来，步履依旧轻盈，但是你看她那双眼睛，那双像深潭一样的眼睛，只有在无数个长夜中以泪伴枕的女人，只有胸中装着千般愁苦、无限幽怨的女人，才有这样的眼睛。

后来黑建再一次见到景一虹，那已经是十几年以后的事了。

那是在高二的葬礼上。葬礼进行中，一个穿着一身黑衣服，头上也被黑纱巾包严，只露出两只眼睛的女人，来到灵堂前，她大哭一声："老高，你给我连个招呼都不打，就独自一人走了！"说完，瘫坐在地上。

第四十九章　高二之死

　　老百姓有一句话，叫作"小石头也绊人"，正当高二在他的副市长的岗位上，风风火火的时候，一颗小石头绊倒了他。这一绊，令他终止了自己的从政生涯，最后则在一种郁闷的、世态炎凉的境界下死去。

　　事情很小，小到高二只需给那张调令上，签个名，写上"高二"这两个字，这场祸就可以避开了。行政上的事情，只要你上到那个台阶上了，不动不摇，那就谁也奈何不得你，顶多有人如果要动心思，费一些努力，把你调到一个不甚重要的岗位上去就是了。

　　属下有一个局长，提出申请，要从陕北北部的边远山区，将自己做教师的外甥调进肤施城来。城市在那个时节，正在滚雪球一样地扩大，每天都不断地有人涌进来。因此这个局长的申请，也不算过分。可是高二，我们知道，他有许多老部下，这些老部下不知道为什么，对这位局长很反感，他们怂恿高二说，这个字不能签。

你要知道，局长同志谋这个事情，谋了多长时间，费了多少脑筋，如今就差这一步了，结果让高二拦住。局长说，我要告你。高二说，我两袖清风，任你告。局长说，我真告了。高二说，我愿意奉陪。局长说，高市长兢兢业业一生，想不到最后为这事要栽跟头了。高二听了，置若罔闻。

那时"文革"已经结束好久了，当时有一项运动叫"回头望"，意思就是说，清查那些当年清查时漏网了的"三种人"，这项运动在各地展开，并且专门成立机构，抽调人力，煞有介事地进行。

这局长，"文革"时，是"五七干校"的校长。当年这些老干部住进"牛棚"后，需要经常地写自我剖析材料，向组织汇报思想，尤其是最后一次，被解放时，这材料要求写得更加详尽，剖析得更加深刻。后来"文革"结束，"五七干校"撤销，这些材料被认为是逼供信的产物，文件要求必须销毁。

高二当年住干校，自然也不止一次写过这样的材料，况且他是个文化人，文采也要飞扬一些，尤其是绘声绘色地描述了自己随武斗队跑那三个月的经过。他获得解放，重新工作，他也就将这材料的事，丢在了脑后。

俗话说"人心险恶"，想不到这位局长，在干校撤销时，并没有按上级文件要求，将这些老干部们被解放时写的自我剖析材料毁掉，而是打成一个卷儿，背了回来，然后压在自家箱底。

这些材料都是谁的，他又用它派过多少用场，这里不清楚。只是这一次派用场，我们知道了，他将高二的"自我剖析材料"取出来，再附上一封检举信，然后寄给清查领导小组。

清查领导小组组长，我们却认识，他正是当年尉迟城的副书记同志。十年等你个闰腊月，现在这个高二算是犯在他手里了。白纸黑字，那材料，可是你自己写的。一个领导干部，跑到武斗队背了三个月枪,仅此一条,就可以把你"挂"起来了。

快极了,快到令所有的人都目瞪口呆,副市长被免职,闲置起来,到一个生产队劳动。而给他做的结论也很奇怪:够不上三种人,但按三种人处理。这是1983年5月的事。

而到了1983年9月,清查工作结束,上级部门来组织复查时,发现高二这件事情是一件错案,要求重新调查,重新处理,到了这一年年底,平反文件下发。

这个平反文件也写得很奇怪。文件说,按照上级的规定,"牛棚"里整出来的黑材料,不能作为"定性"的凭证,鉴于此,原来的"定性"收回,而原来下发的那个文件,也予以收回,撤销,销毁,并建议恢复高二的职务,云云。

文字的精妙与弹性,这里可见一斑。不说整人整错了,只说收回原来的文件;不说你没有罪过,只说这个凭证无法采信;不说恢复你的职务,只说建议恢复;不说平反,只说撤销原来的结论。这每一句话都把制造这个事情的人脱得干干净净,而这每一句话都给高二的复出留下许多变数。

但就这样一个文件,它旅行了整整六年,才从这座大楼的一个办公室旅行到另一个办公室。

也就是说,其实从五月份的第一个文件下发到九月份的第二个文件下发,第一个文件收回,高二的被降职,只有这三个月的时间,三个月以后,他便得以平反了,但是,他不知道,全社会也都不知道,这个第二个文件不知在哪个抽屉里,在谁的手中,压了六年,而直到六年之后,高二到了退休年龄的这一天,这份文件,才同另一份离休文件一起,通知高二。

你抓不住任何人,你永远也不知道这一切到底是怎么回事。世事的险恶,政治的杀人不见血,高二,你现在该感觉到了吧。

一下子从天上掉到了地下。高二这一次所受到的打击之大，是可想而知的了。

　　他的头发一夜间白了许多，也稀疏了许多，脸上骤然间也皱纹密布。他的牙齿也一颗一颗地掉光，直到六年后，牙齿全部掉完，从而在街头，让一个庸医配了一副假牙。牙齿不合适，平日只能戴着，做做样子，一遇吃饭，便硌得牙床生疼，没有法子，吃饭时候只好取下来。他的腰也有些佝偻下来，从而显得身材比往日矮小了一些，身体也消瘦得十分厉害。平日本来就不太讲究衣着，这时，那身朴素的褪了色的人民装，就一直穿在身上。

　　下台的第一天，体委便来了个年轻人，来要那支过去送给副市长打猎用的小口径步枪。年轻人说，上级要检查，这是他们运动员的训练用枪，得收回去，检查完了，再给市长送回来。高二说，不要叫我市长，我已经不是了，那枪，也就不要送回来了。年轻人听了，连连答应，拿起枪就跑。

　　下台的第二天，剧团的那个画布景的画家，来要他过去送给副市长的那幅棉絮画。他说，市上要举办一次展览，他们相中了这件作品，所以要把这件作品拿去参展。高二说，画在墙上挂着，你拿去吧！那人大约有些不好意思，拿走画后，过了几天，又还回来一幅小些的棉絮画，仍然挂在墙上那个地方。

　　高二下放或者说蹲点的那个村子，在肤施城的郊区。那时土地已经承包在户，他也不知道自己到底该干什么才好，于是将村子的一座荒山承包下来，开始在山上植树。

　　高二永远是高二，即便在这样的情况下，他的万丈雄心，依然未退。他计划利用自己的余年，将这座荒山，栽满树木。前头是什么，他不去管它，老百姓说，前头的路是黑的，高二截至今日，也总算是明白了这一点。这一时期，一抹心思，全放在这荒山上，决心栽一山树，为后世留下一点作念。

每天早晨，天没亮，高二便让顾兰子准备好干粮，然后背上，乘坐去郊区的第一辆公共车，到山上植树。晚上天黑了好一阵子了，顾兰子都将饭在锅里热了几回了，脚步声扑扑踏踏一阵响，高二拖着疲惫的双腿回来了。

这样的时间持续了六年。

六年后的一天，高二接到通知，要他到市委组织部去一趟。几年不见，大院里的人，已经不认得这个农民装束的没牙老汉了。高二脸挺得很平，也不跟任何人打招呼，径直走进一间办公室里。一个年轻人，正在办公桌前坐着等他。

年轻人请老高同志坐下，然后拿出一份文件。

这份文件，正是我们已经知道的，六年前下发的那个类似平反性质的文件。年轻人面无表情地宣读完了，又隔着桌子递过来，让高二看了一眼。接着，又伸出手，将文件要过，锁进抽屉。"这东西要存档。老高同志，你知道有这回事，就行了。你看，组织还是公平的，有反必平，有错必纠！"

年轻人说完，又从另一个抽屉里，拿出另一份文件，这是高二同志的离休通知。年轻人说，现在，我可以称您"高老"了，按照文件规定，您老已到离休年龄，组织安排，您老到某局担任顾问，维持原级别，各种离退手续，他们局会来人办理的。

年轻人说完，又像前一次一样，将文件隔着桌子递过来，请高二过目。见过目完了，又伸手收回，锁进那另一个抽屉里去了。然后停止了说话，眼睛也不再看高二，露出公事公办、事已办完的样子。

这样，高二起身，握手，然后离开这间办公室。

高二是在这次谈话后的第三个年头，或者说离休后的第三个年头，去世的。

医生的报告单上说，死于肺气肿引起的肺心病，到最后，心力完全衰竭，肺功能完全丧失，结果不治而死。

这种病，大约是这个家族的一种遗传病，当年高发生老汉走时，也是因为气上不来，走几步路，就得停下来，待平息了再走，最后一口气上不来，人从此就走了。高二后来的情形，也是这样，从窑洞门口到大门口，只是十步的距离，到后来，他得停上两三回，才能挨到门口，用手扶住大门。而我们的黑建，后来有了点年纪以后，医生诊断说，也是肺气肿。

不过高二的病，当然与他的阴郁的心情有关，与他无节制地抽烟有关。后来的日子，纸烟已经满足不了他了，他开始抽黑棒子卷烟。顾兰子说，你少抽两口吧，抽了咳嗽。高二见说，于是停下来，结果，咳嗽得更厉害了。于是高二说，我是抽烟不咳嗽，不抽烟咳嗽，和别人不一样。顾兰子见这么说，也就不吱声了。

关于高二的病，顾兰子却认为，这与高二早年在黄龙山，过早地出力，过早地下苦有关。十三岁的他，背着一捆硬柴，山一样高，从半坡上晃晃悠悠地下来了，他这人从来就不知道惜力，干什么都是泼出命做，结果早年落下了个"半声咳嗽"。顾兰子认为，医生所说的肺气肿，正是老百姓说的那种"半声咳嗽"。

高二在离休后，曾试图重新回到过去的那个圈子去，但是被弹了回来。肤施城组织了一次老年门球大赛，也给高顾问发了个请柬。高二于是就去参加了，结果得了个第一名。市上的比赛结束以后，省上也要组织比赛，肤施城也就成立了老年门球队，要去参赛。高二是第一名，这样也就成了老年门球队的队员。

第二天早上就要去西京城比赛了，高二那天晚上很兴奋，吃了两片安眠药才睡着。天不明，他就把顾兰子喊起来，做饭，整理行装，自己则对着镜子刮胡子，安假牙，到八点钟的时候，高二一身运动服，遮阳帽，肩上背着门球杆，准时到了市体育场门口。

这时一辆面包车停在门口，已经陆续有老干部在上车。高二刚准备上车，这时体委主任走过来了，拦住高二。体委主任是高二的老部下，他望着高二，面有难色地说："高市长，这次比赛，名额有限，去不了那么多人了。可是取下谁都不合适。您老念在这个老部下的难处上，这次就不去了，等下次，一定安排您去！"

高二见说，愣了一下，明白过来。

他装着无事的样子，挥一挥手，说自己也正不想去哩，想在家里多陪陪你嫂子。说完，握一下手，转身向回走去。走了几步，有些要栽倒的样子，于是扶着街道上的墙壁，一步一摇，向家的方向挨去。

高二是在农历的二月初二那天走的。

肤施城的老百姓们都说，二月二，龙抬头，如果高市长能熬过二月二，那么他就不会死了，起码是这一年不会死了。但是，到了那一天早晨，高二的病情已经恶化。头一天，肤施城骤然下了一场雪，刚刚回暖的气候，突然又遇上了"倒春寒"，而不巧的是，这家医院停电了，高二住的病房，放的是电暖气，没有了电，电暖气也就开不了了，于是病房里冰窖一样冷。

高二的脸，由于喘不上气来，拘得乌青。他想走了，不想再受苦了，于是示意顾兰子和儿女们走到身边，开始安排后事。

他说，他活了一辈子，正直地活了一辈子，他没有害过任何人，他也不欠任何人的债，所以，他可以轻松地走了。

他说，不要为我哭泣，我生平最见不得哭泣的人。

他说，我没有为子女们留下任何遗产，叫他们自食其力。

他说，如果我死了，请把我运回高村平原，埋在我母亲高安氏的膝下。

他说，我的坟头要做得小一点，比父母的坟头小一点，也比村上同年等岁的那些乡亲们的小一点。

他说，不要让我的坟头上有花。

最后他说，请把他从医院里接回家去，他要死在自家的炕头上。一个人，能最后安安稳稳地死在自家炕头上，是一种幸福，是修了一生才修来的福分。

高二的话，令所有在场的人，唏嘘不已。

子女们不同意现在就离开医院，尤其是黑建，他希望做最后的努力。医学在有时候是无能的，他现在已经知道了这一点。但是，出于对父亲的负责，他希望医院再尽尽力。

这时候顾兰子提着一个痰盂，给高二接尿。在高二这住院的半年中，一直是由她值白班，由孩子们值夜班，作为她来说，她已经尽到了一个结发妻子在这种情况能够做到的一切。她陪高二，走过了这最后的日子，以及这最后的日子之前，那六年的屈辱岁月。

顾兰子在接尿的时候，眼泪流了出来，她对孩子们说，你父亲恐怕不行了，活不过中午了，你看看他的下身。

顾兰子的一生，手里抬埋过无数的死人。在遥远的黄龙山年代，她抬埋过自己的二老，以及兄弟姐妹，后来，又抬埋过高家的老人，她的经验，加上老辈子一代一代传下来的经验，告诉她，人如果要老，是从那个地方先老的。

而那个地方，它变成了什么样子的呢？原来，它完完全全地缩回身子里去了，仿佛像一个女器。只有那两个蛋蛋，像两颗干了的橄榄核一样，软软地耷拉在那里。

于是大家听了，也就不再坚持，病房里，大家手忙脚乱，黑建将高二背上，一个小护士，高举着盐水瓶子，大家将高二送上车，直奔家中。

回到家中，将高二平放到炕上。其实这时候高二已经死去。因为刚才他那拘得发青的脸，现在平静了，不再发青，而是变得像一张白纸一样苍白，他刚才那痛苦地扭曲的身子，现在也不再扭曲，而是平稳地舒服地躺在那里。

　　那个盐水瓶里的点滴，实际上已经不再滴了。随同他们一起来的护士，只象征性地在窗户的插销上，将那瓶子挂了一下，然后说，人已经走了，趁着身子还没有凉，给穿衣服吧！说完，从高二的胳膊上卸下针头，拿起盐水瓶子，飞快地走了。

　　这时候，街坊邻居中，有许多人来了。而其中有几位老太太，是顾兰子的朋友，她们请顾兰子节哀，然后凑过来，叫着"高市长"，为这位死者穿老衣。

　　而顾兰子，这时候一个人坐在炕头，大放悲声："老高呀，你把我整整扣了一辈子，害了一辈子，今天，终于解脱了！"

　　黑建记得，一些年前，高发生老汉咽气的时候，高安氏也说过同样的话，而今天，他又听到这话，他想，这大约是那些农村妇女，在告别自己丈夫时，都要说的一句话。

　　原先，高安氏说这句话的时候，黑建理解，这话的意思，大约正如它字面上所表示的意思一样，但是现在，黑建突然明白了，这话实际上是有着它更深的意思。

　　那意思是说，我守住了这个男人，并且把他一直守到了老，从此，他就永远是我的了，任何人也夺不走他了。

第五十章　我们在这里出生，我们在这里埋葬

　　高二去世，肤施城的报纸，在第二日一版的右下角，写上寥寥几十字，加个黑框，算是讣告。讣告登出，肤施城的百姓，高二生前的领导、同事、部下，纷纷前来吊唁。

　　高二的家，闹中取静，住在城里的一家小院里。当年顾兰子还没有来时，高二住在办公室里，算是"宿办合一"。后来顾兰子三返肤施城，开始时，就在高二办公室住，后来，房产局找到一块地方，盖了些窑洞，辟出个小院，市上几个领导，便搬到这里。这里当年是个重要的地方，人称"常委院"。如今几位领导，调走的调走，离休的离休，而新的年轻一代领导，早就住进大楼里去了。因此这地方，现在冷落寂寥，成为一座普通的院子，院子那大蓝门也油漆褪色，露出灰败的气象。不过这一条街上的人们，平日叫惯了，仍然叫它"常委院"。

　　一共是两孔窑洞，辟出其中的一间，做了停尸房。地上铺了个

凉席，高二便在这上面躺着。头上枕着块青砖，全身包括头部，用一张白门帘子盖定。那满口假牙，当时情急之中，忘了给装上，后来要装上，已经不好装了，于是也就将那假牙放弃。如今的高二，已经平静，平静得就像家乡那条发过大水后，一身邪劲出完了，结束了跌宕，结束了咆哮，结束了奔流，从而重新回到河床的疲软之水那样。他已经没有了痛苦，很安详，很松弛。

院子里的柴炭房，稍做整休，作了灵堂，从而接受那些前来吊唁的人们的最后致意。街坊中几位老人提出，要不要叫唢呐手，黑建想了想说，算了吧，以高二的性格，他肯定不想惊扰四邻的，如果真的要叫，等灵柩歇到了高村，在那平川旷野上，再事张扬。

老百姓有一句话，叫作"老子不死儿不大！"这话是说，老子活着的时候，仿佛有棵大树在头顶上罩着，儿子有个依靠，所以凡事事事省心，不必自己出头，不必自己硬着头皮担承。

而我们的黑建，当高二咽气的那一刻，立即便有了这种感觉。觉得头顶上的天，突然塌了，眼前的山，突然崩了，自己突然在这个世界上，成了孤儿。

天下人大都如此，而对黑建来说，这种感觉犹深一层。两个骄傲的人遇到一起，平日又极少沟通，所以在黑建的印象中，这个人是强大的，是坚硬的，只有在守护父亲的那些日子里，他才在一步一步的走近中，觉得他其实十分虚弱，他是在用生命的最后一点力气，维持着自己的骄傲。

到最后，他多么的需要帮助呀！或者给他转院，离开气候寒冷的肤施城，或者自己以一个记者的身份，去调查一下那一纸公文为何行走六年的秘密，但是，黑建没有这样做。这使他后来每当想起这事时，就感到自己对不起高二。

他只能为自己寻找使心灵得以安宁的理由。这理由后来黑建找到了，理由是，长期以来，在高二这棵大树下，他被"歇"住了，性格变得很懦弱，思维变得很被动。还记得尉迟城里那些一记又一记无故的耳光吗？这些耳光叫黑建学会了逆来顺受，学会了忍气吞声。

这样地想起以后，黑建的腰杆在一瞬间直起来。顾兰子的聪慧，高二的激情，这河南人的血液和陕西人的血液，合二为一，开始猛烈地在黑建的身上澎湃起来，弥漫全身。

过去的那个黑建，到现在结束。一个新的黑建的形象，从现在开始。老百姓说："老子不死儿不大！"黑建十分同意这句话。不过黑建给这句话的后面，又加上一句话，这句话就是：

"啊，啊，这个世界，你们看见了吗？父亲的儿子大了！"

黑建叼着一支烟，眼睛半闭着，像一个阴谋家一样嘴角带着一丝隐约的笑意，开始站起来，处理高二的丧事。

他请人将父母亲的合影照，拿到照相馆，将高二的那一部分，洗成大相片，然后加框，做成遗像。先将灵堂布置完毕，接着，又请来木匠，开始在院子的一角，为高二做棺木，说好三天时间棺木必须完成。继而，又和高二现在所属的单位商量，说好由单位出一辆大卡车，三天后的早晨，该车准时从肤施城出发，直奔高村平原。

络绎不绝的吊唁的人们来了。

现在，高二对这个世界，已经是个一点用处都没有的人了。所以，那些前来吊唁的人，他们是真诚的，他们为一些老感情而来，他们有理由接受这户人家最高的敬意。

高二的子女们，站在灵堂前，并排站着，两手垂下来，接受这些人的吊唁。各个阶层的人都有，如果来人上一炷香，鞠一个躬，他们便在这结束后，向来宾还一躬，这叫"还礼"。如果来人是作一个揖，他们也就还一个揖，如果来人是磕头，他们也就磕头，磕三个响头，以示谢意。

这样的事情持续了三天。

前来吊唁的人,往往手中捧着一卷布,这布在此刻叫"幛子"。因此这吊唁,也叫吊幛。开始幛子是绽开搭的,小院里呈三角形拉了一道绳子,幛子就搭在绳子上,后来接的幛子越来越多,就只好将它们叠起来搭上。这些幛子令这家院落有了一种丧葬的气息。

有一位老人,很老很老了,拄着一根拐杖,挪着步子进了院子,黑建赶快走过去,将老人搀住。老人用拐杖敲着地,一步一步,挨到高二的遗像前,对着遗像看了看,然后取下帽子,连鞠了三个躬。鞠完躬后,他还不走,又盯着遗像看了看,轻轻说:"高二同志,有一句话,在我心中憋了三十年,我一直想说。我对不起你!当年"四清"时,我也有难处。当时,我也在接受审查,吾身难保吾身。但是,这不是理由。我今天来,就是来说这话的!"

老者说完这句话,把帽子戴好,把拐杖从胳膊腕上取下来。拐杖声笃笃地响着,老人摆摆手,谢绝了黑建的挽留,又一个人离去了。在说了这句话后,他走得好像轻松了一些。

这就是当年那个"四清"工作组的组长。老人也在这之后不久,于那年的7月去世。

一辆黑色的小轿车,从街道上驶过来,停在大蓝门的外边。车门开了,一个高身材的、穿一身黑衣服的女人从车上走下来。女人用一条黑纱巾,将头和脖子蒙严,只露出两只深潭一样的眼睛。女人行走间一个趔趄,于是伸手扶住了大蓝门,开始大哭。

"老高呀,你怎么一声招呼都不打,就独自一人走了!你好狠心呀!"两行眼泪,从这女人的深潭一样的眼睛里迸出,再加上那哀恸的哭声,令人听了,撕肝裂肺。

院子里有很多来吊唁的人,听到这瘆人的哭声,大家都停了说话,互相用眼光探询着,问这人是谁,后来大家都摇了摇头,表示谁都不认识她。

顾兰子听见了这声音。她没有出窑洞,隔着门,她喊:"黑建,扶你阿姨到窑里坐!"

黑建这时,正在棺木旁指挥着木匠们打棺。其实,他也听到了哭声。此刻,他正三步并作两步,往大门口赶。

他扶住来人,然后几乎是拖着她,一步一步,拖到灵堂前。到了灵堂前,她停住了,伸出手来,用袖子将那遗像相框上的玻璃擦了擦,以便看得更为真切一些。

黑建说:"阿姨,你节哀!他终于获得解脱了,我们应当为他高兴才对!"

来人挣脱黑建的手,她一屁股坐在灵堂前的麦草上,又开始哭泣,嘴里仍一迭声地叫着"老高"。

黑建在她旁边,也坐着,他不知道自己如何来劝慰。

就这样哭了半个小时。面对这个哀哀号哭的女人,黑建想,一个男人,在他大行的时候,在他百年的时候,能有女人在他灵前这样真诚地痛哭,仅仅这一点,他来这世上一遭,也是值得的了。

哭声停止了。来人说:"盐里没有我,醋里没有我,我得走了!"

她好长时间起不来。黑建拽住她的双手,终于将她拉起。

黑建请她到屋里坐。她好像没有听见似的,径直向门口走去。在扶着来人向大门口走去时,黑建偶然回过头来看时,看见顾兰子隔着门,正在朝这边看。

"他阿姨,你走好!"顾兰子招呼了一句,算是送行。

细心的黑建注意到了,顾兰子在说这句话时,嘴角上隐约地浮出一丝笑意。这笑意让黑建打了一个冷战。

那阿姨始终没有回头。

黑建扶着的手,感觉到她全身在颤抖。黑建在那一刻,心里想：也许他此刻扶着的这个人，才是最大的弱者。

来人钻进了汽车。

车开走了，立刻消失在城市中。这个人的离去，就像她的出现那样仓促和突然。

而在许多年以后，黑建已经调回西京城，并且在那里工作好多年了，有一次他到肤施城来调研。晚饭的时候，他突然想起要见一个人，于是他说，两瓶茅台，只喝一瓶，另一瓶留着，我要去看一个人。

那夜的月光真好，打了好几个电话，他才知道这位阿姨的住处，于是踏着月光，他去敲门。门开处，一位白发苍苍的老人，在沙发上枯坐着。"我是黑建，我来看您！"他说。

那一时刻他强烈地感觉到，高二正在无所不知的高处，看着他，微笑着，赞许着他的举动。是的，那一夜月光真好，整个肤施城笼罩在白光中，如梦如幻。

接着又有吊唁者来了，黑建赶快迎接。

三天三夜之后，吊唁结束。

高二的尸首，开始往棺木里装。这叫"入殓"。陕北的风俗，死者是不能见太阳的。因此等到天明以后，瞅太阳还未升起之际，黑建抬头，小三子抬脚，左邻右舍、亲戚陆人一起用力，将高二抬起。头先出门，脚后出门，这也是规程。出去以后，轻轻搁进棺木，四边再用被子塞紧，以防路途遥远，颠簸晃荡。而后，将棺木钉死，一伙人再用力，将棺木放在大蓝门外边的大卡车上，再用绳子扎紧。

高村平原上，已经有电报打回去了，那边也已知晓，正在打墓。

平原上那个时候，已经提倡火葬，但是也还允许土葬。所以高二的丧事，也就安顿了不做过分张扬，以免惹来不必要的麻烦。高二毕竟是公家人，这样做似乎有些不合适。

而这一路行来，亦须注意，毕竟要穿越几个城市，所以无事就好。人们在车上将这棺木用绳子扎紧，棺木外边，又用一块帆布盖了。帆布外边，再胡乱地从柴炭房里，捡些干柴，架在上面，以便遮人耳目。

这样，太阳刚刚从东山冒红，大卡车就离开肤施城，出发了。

顾兰子坐在驾驶室里，三个孩子，坐在车厢上押车。高二那个遗像，取下来，黑建举着，站在车前面。那遗像回到高村后，还要用。

大卡车离开时，大蓝门外面，密密麻麻聚集了许多人，人群塞了半条街道，大家为高二送行。大家都说这是一个大好人，祝他一路走好。出城时，街道两侧的人们看见车上的遗像，仍有人不断挥手致意。

出了城，黑建悄悄收起遗像。

现在这大卡车，鸡不鸣犬不惊地悄声向平原驶去，和路途上行驶的车没有任何两样。如果细心的路人，稍微注意的话，这车只有一个地方和别的车不一样，就是两个前车灯的后边，各系着一条细细的红布。这是司机为了辟邪，悄悄系上去的。

大卡车向平原上驶去。遇到三岔路口，撒一把纸钱，算是买路钱；遇到过桥，撒一把纸钱，是给那河神；遇到一个大的山头，到了山顶，撒一把纸钱，算是祭那山神。就这样一路走来，走了一整天再加半夜，走到高村村口。

高村平原却也有一个讲究，说的是归来的人晚上不能摸黑进门，担心惊了村子。所以这载着高二的灵车，只好在村口过夜。直到第二天天亮，一轮太阳从平原的东地平线上喷薄而出时，大卡车才发动起来，缓缓进入村子。

顾兰子下车，领着孩子们，走在车的前面。黑建捧着遗像，一步一挨。眼见得到了大门口了,顾兰子终于大放悲声:"掌柜的,你睁开眼睛看看,咱们到家了。"

高村平原上,善良朴素的高三,这时已经去世。老崖上这户人家,现在出头的是高大当年留在高村的那条根。他现在也已人届中年,身上秉承了父亲高大的智慧和早逝的母亲的善良,成为这块地面上一个新的人物。他的名字叫英。

在高二的灵柩到来之后,家中的一切,英已经一律备好。首先打发族里四个精壮,前往岗子上去打墓箍墓。接着在老屋里搭起灵堂,继而请族里的一群孩子,头顶孝布,身穿号衣,前往四邻八乡,告知那些老亲戚们这高二的死讯,这叫奔丧。最后,请来一个执事,由这执事掌管这丧葬期间的内外一应事务。

这一切都安排妥当了,英便捧起一把茶壶,蹲在大门口,眼睛瞅着官道,单等灵车归来。

等到灵车到了,英微微站起,大哭三声,这叫礼节。

礼节毕了,英上前去,双手接过高二遗像,转身送到了新设的灵堂上,放好,转身又招呼高村一群子弟,从大卡车上往下搬灵。棺木搬下来以后,在灵堂里放好,然后,英跪下来,率领族里子弟,点上三炷香,行三磕六拜九叩首之礼。

高三的妻子,一位农村妇女,这时过来,将顾兰子接走,叫她到她家去安歇。她说,这事你就不用管了,交给孩子们。

这边,英领着一群子弟,礼毕之后,见黑建劳碌得已经不成人形,于是说:"弟,灵柩既已回到高村,你的任务就完成了,这里一切有我。农村的习俗,你也不懂。千斤的担子,现在由我来担承。你到我家里,先睡上一觉去吧!"

说罢,从裤带上解下钥匙,交给黑建。

这样,疲惫不堪的黑建,一颗悬着的心也就放了下来。他感到温暖，感到这大约就是人们常说的亲情。黑建跟着一个毛孩子，来到英的家，那毛孩子给黑建将蜂窝煤炉子捅旺，又坐上一壶水，然后虚掩上门，离去。而黑建一会儿也就进入了梦乡。

老崖上这户人家，到这个时期，已经分支成四五户人家，各自独过。现在高二的灵柩归来，亡人是他们共同的先人，所以这几户人家，现在都集中到老屋里来，听候英的调遣。

高村前面我们说了，通村是一姓，大约当年都来源于同一个祖先。所以那些没出五服的，出了五服的，这时候也都统统赶来。在过去的年代里，高二是这块平原上出的一个人物，是高村的骄傲，他们觉得自己有责任为他送行。

而高村之外，在这方圆十平方公里的平原上，一代一代嫁出去的女子，是一种形式的亲戚，那些女子嫁到高村的人家，又是一种形式的亲戚，现在因为高二的原因，他们也都纷纷来高村集中，所以这几天，这块平原上那些大路小路上，披麻戴孝的络绎不绝。

这一阵子，住在渭河下游的高大还活着。他也挂了一根拐杖，顺着他熟悉的道路，溯渭河而上，上了老崖，来到高村。

他用拐杖敲着高二的棺木，说："日怪，咱这老弟兄三个，不按顺序走，是倒着走的。老三不像话，他倒是轻松，屁股一拍，就走了个清闲，现在，你这老二，也走了，留下个我，在这世上受罪！"

四女子桃儿，这时也赶到了，她先哭三声，算是礼节，哭完以后，对高大说，大哥你不孤单，还有桃儿陪着你！

高大这时候一门心思，要打开棺木，再看看亲爱的弟弟一眼。大家阻拦他，担心这灵柩一路颠簸摇晃，那里面的情形，看了会令人伤心，尤其是这高大，这么一大把年纪了，怕他看了后受不了这个刺激。

众人见劝他不下，正在为难，这时英过来了。这场白事，他是大拿，一切由他说了算，只见他走过来，噤断两声，高大这才断了这个念头，由桃儿陪着，去大槐树底下喝茶。

于是这场红白喜事，便有条不紊地进行。

那执事将一张红纸，贴在墙上。红纸上写好各司其职的各类人员，井井有条，明明白白。谁是总管，谁是炉头，谁是红案，谁是白案，谁是茶水总跑，谁是迎来送往的主拿，谁是采买，谁是帮办，谁是灵堂守夜总招呼，谁是打墓箍墓主负责，红纸上都写着姓名；如果是几个人一起干一项事情，还标明哪位是第一责任人。

黑建昏天黑地，不知睡了多长时间，被英捅醒。

英说有一件事情，别人无法代替，得你亲自去办。这事情就是到墓地里，为打墓的送饭。这是一项规程，以示孝子对于打墓人的尊重和谢忱。

这样黑建便匆匆地抹了一把脸，由人领着，前去送饭。

这送饭的担子，也无须黑建去担，他只需跟着走就是。那担担儿的，是一位瘦瘦的青年，他是高三的老大。他会唱秦腔。灵堂上那个秦腔自乐班子，就是他请来的。

来到坟地，卸下担子，黑建叫起那几个正在地下打墓的青年，双手捧上饭菜。而后，他跳进墓坑，看了一看。这时墓实际上已经打好，正在箍砖。

一个深井，深约一丈二，到了这一丈二处，然后一南一北，再掏进去两个拐窑。男左女右，那北边的拐窑，是为亡人高二安息用的，南边的拐窑，打好后，用砖箍好后，现在先空着，那里是顾兰子百年之后的安息之所。

现在这块岗子地，是高村的乡间公墓。自从平原上组织平坟，高村各个分支的祖坟平掉以后，村上便统一在这个地方，建立了公墓。虽然是乱扎坟，但是各家各户还是各自凑成一堆，分开埋着。

老崖上的这户人家，顶着东头地畔的，是两座坟，一座是高发生老汉的，一座是乡间美人高安氏的。两位当家人正襟危坐，像他们生前一样。接下来，先走的高三，坟头在西南，紧挨着两人膝下。现在正打着的这座高二的坟，挨着高三，在中。旁边北边还有个空地，那是给高大留着的。他将来回来不回来，那是他的事，这庄基地先给他留着。

黑建从坟里回来的时候，见镇长也来吊唁，于是上前，握手感谢。

镇长叫年馑，这是一个我们熟悉的名字。他是老崖上这户人家的一门干亲。他说因公因私，他都应该来这一趟。他还说，高二也许是葬在这高村平原上的最后一个人了，因为高村平原这个地名已经取消，它现在成为西京高新区的第四街区。不过他的话，并没有引起在场的人们的注意。

起灵前的那个夜晚，那三间大房的烧火炕上，挤满了三四代人。有些人物我们熟悉，还有些人物是这些年成长起来的，这些新人，我们不熟悉。大家聚在一个炕上，谈着那些遥远年代的故事，而对于那些老年人来说，他们谈论得最多的话题是，下一个要走的，会是谁！

烧火炕热得发烫。谈论的人们一边谈话，一边不停地挪动屁股。只有在这时候，这样的气氛中，人们才把目光和心思从眼前的俗事上拔出，从而进入一种情感的交流，一种对共同知道的往事的追忆，一种乡村哲学家一样的思考。

只有这样的丧葬，这种红白喜事，才能给人们提供这种机会。

第二天早晨太阳刚刚冒红的时候，起灵了。

八个后生抬起棺木，起身。棺木前面，男孝子一人牵着一根绳，像拉纤一样，拉着这沉重的棺木，向岗子上走去，棺木后边，女孝子们排成两行，带着唱秦腔一样的拖腔，放开嗓子哭泣。再后边，高村平原上，五服之内的男孝子女孝子，跟随行进。那些头戴白的，是儿孙辈，那些头戴黄的，是重孙辈，那些头戴红的，是辈分又小一些的。

棺木下葬，入土为安。一阵铁锨飞扬，墓穴填满了，接着变成一个土包。

英领着众子弟，绕着高二的坟茔，正三圈，反三圈，又正三圈，绕过这九圈后，然后烧香，磕头，最后恋恋不舍地离去。

黑建叫住高三的孩子，他说，耀，你的秦腔唱得好，你就唱一段，给你二大听吧。有一段秦腔折子叫《苟家滩》，是你二大平日常哼哼的，你会唱这一折吧？

于是，在高二的墓前，这孩子清清嗓子，长脖子一伸，脖子上青筋暴起，一声尖利的叫板，那苍凉之音就起了：

　　出了南门上北坡，
　　新坟倒比老坟多。
　　新坟里埋的是光武帝，
　　老坟里埋的是汉萧何。
　　鱼背岭上埋韩信，
　　五丈原上葬诸葛。
　　人生一世匆匆过，
　　纵然一死我怕什么！

这苍凉悲壮、粗犷豪放的大秦之音，在这块开着紫色苜蓿花的岗子上，久久地回荡着，在这广阔平原的上空，久久地回荡着。

它令人们暂时忘掉了这亲人离去的痛苦，忘记了这世事的艰难和生存的不易，从而处在一种短暂的快乐中。

当孝子们从岗子上往回走的时候，不少人脱下身上的白色号衫，抹下头上的孝布，这时，他们的步履变得比来时轻松了一些。还有一些勤劳的男人，一边走一边顺手拔一把草，回去喂牛喂羊。而那些嫁到别村的高村的女儿们，她们则穿过田野，直接从坟地里，去回她们现在的村庄。

第五十一章　父亲的儿子大了（一）

平原上多了一堆新土。这是做了一回公家人的高二的坟墓。土是新的，黄崭崭的，由于是从地底下新翻出来的缘故，现在还冒着热气。

一切正如高二的遗言所安顿的一样，他被埋在了他亲爱的故乡的土地上，他埋在了高安氏的膝下。他的坟头也做得很小，三平方米方圆吧。现在是新的，是虚土，所以坟头大一点，如果有几场雨的拍打，几场风的吹拂，坟的浮土坐实了，它就和村里别的亡人的坟头没有什么区别了。

唯一不能按高二遗言所示的是"不要让我的坟头上有花"这句。这句凄凉的话黑建无法实现它。因为在葬埋亡人的时候，要在他的坟头正前方位置，插许多的用柳木棍缠成的纸花。那每一根柳木棍都是一个孝子，因此这柳木棍插了许多，像坟头上开满了白花。而在这新坟变成旧坟、变成老坟之后，野草会漫上来，野花会开在其间。而尤其是，这正是那块岗子地，当年黑建偷苜蓿的那地方，现在这里虽然不种苜蓿了，但是地底下还有些残留的老根，因此不时地会有苜蓿发出来，并且头顶一朵朵淡蓝色的小花。

当送走了所有的人，坟墓前空荡荡的只剩下黑建一个人的时候，他躺了下来，全身松弛了下来。"这就走到头了！"他说。这话有两个意思，第一个意思是说，三尺地表下的那个人，他的一生走到头了；第二个意思是说，作为人子的黑建，他的养老送终、入土为安的这件事走到头了。

黑建轻轻地抽泣起来。

这一抽泣，便再也收刹不住，以致最后变成了号啕大哭。眼泪流出来，滴在脸上，又滴在这新坟的土上。一会儿工夫，他的脸上便沾满了泥土。

也许是因为已经松弛了的缘故，他惊天动地地哭着，哭了很长时间。他在恸哭中想着许多的事情。直到最后，感觉到心情好一些了，才爬起来，拍了拍衣服上沾着的土，又用袖子抹了一把脏兮兮的脸，然后折身向村子的方向，蹒跚着走去。

"老百姓有一句老话，叫作'老子不死儿不大'！头上的一片天空去掉了，从此得自己独力支撑、独力面对这个世界了！"走在从坟地通往村子的道路时，黑建这样对自己说。

河南人的血液和陕西人的血液，在我们的黑建身上交汇，就像两条河流交汇在一起一样。它们奔流着和澎湃着，搅和着黑建不能平静地度过此生。他注定将会成为一个人物的。在这渭河平原的百年沧桑中，这个家族的第一代由高发生老汉出头，第二代是高二出头，如今，第三代登台了。世界的这一刻，高村平原的这一刻，该黑建出头。

获得性具有遗传性。这话意思是说，你并不仅仅是你，你并不单单作为一个你存活在这世界上,生活在21世纪的阳光下,你的身上有你的家族的DNA遗传,你的父辈、祖辈,以至更为遥远的一些祖先的遗传获得,现在都用你承载着的。简言之,你不单单是你,你是你们这个古老家族打发到21世纪阳光下的一个代表,你是你们这个古老家族用了几代、几十代的力量积蓄和超常耐心,来完成的一次突然爆发。这个爆发以后,地力用尽了,这个家族将重新变得平庸,重新积蓄地力。也许许多代以后,地力攒够了,那时会再来一次爆发。但是那时的事情,我们就不知道了。

黑建的故事,从渭河畔上那户人家盖那三间大瓦房开始,从在大平原那个寒冷的冬天,天麻糊黑的时候,一个婴儿呱呱落地开始,从口里咬着最土的河南话,用手扶着黄泛区扶沟那个地方的一面土炕的炕沿,蹒跚学步时开始。

在那被称作"三年困难时期"的日子里,他在渭河平原上度过。他也许应当被饿死,但是没有被饿死。他是如此的孤苦无告。他看见过苦难,他看见过死亡,他在那一刻是如此的和大地贴近,和社会最底层的草根百姓接近,这种早期教育让他的一生中,都怀有一种深深的平民意识,叫他明白了填饱肚子、不致饿死其实是人生的第一要事。而那无尽的贫穷和卑贱,培养出了他一颗勇敢的心,去应对世界,去应对那从门里窗里涌进来的人生遭遇。

他还有一个从军的年代。那是生活在他猝不及防的情况下,塞给他的一本教科书。边塞的恐怖气息,白房子的寂寞孤寥,古尔班通古特大沙漠的蛮荒与辽阔,叫他学会了迟钝和忍受。我们记得,当敌方的坦克群呈一个扇面,向白房子争议地区逼近时,他给他的碉堡里准备了二十二颗火箭弹,按照教科书上的说法,一个火箭筒射手,当他发射到第二十二颗火箭弹的时候,他的心脏就会因为这二十二次剧烈震动而破裂。但是,这位叫黑建的年轻的士兵,还是毫不犹豫地给自己准备了二十二颗。

由于双方的克制，推进没有继续，因此，我们的黑建的二十二颗火箭弹，也就没有派上用场。事后他苍白着脸说，进攻幸亏没有继续，要么，新时期文坛也许会少了一位不算太蹩脚的小说家的！为什么这样说呢？

原来，当黑建骑着马，站在这欧罗巴大陆与亚细亚大陆交汇之处，注视着眼前这漫无边际的空旷苍穹时，心不由得动了一下，眼泪突然不知不觉地从眼眶中溢了出来。"你知不知道有一种感觉叫荒凉？"他自言自语地说，这种荒凉不仅仅是因为此一刻身处地域的荒凉，更是因为在他的匆匆一瞥中，他看到了几千年来的人类一路走来的心路历程，充满着荒凉。

这样，从从军的年代开始，从白房子岁月开始，一股罗曼蒂克的情绪便突然钻入黑建的脑子里了。他开始在一个小本上记下自己的感想，人们把这种行为叫文学创作，认为这是处在青春期的每一个男女都曾有过的举动。而对于黑建来说，除了青春期这个因素之外，另一个因素则是性压抑。

黑建公开发表的第一首诗作，是写给他的母亲的。他的母亲我们知道，那就是苦命的顾兰子。当黑建写这首诗的时候，顾兰子正在那遥远的高村平原上劳动。

> 巡逻队夜驻小小的山冈，
> 晚霞给他们披一身橘黄。
> 远方的妈妈，如果你想念儿子，
> 请踮起脚尖向这边眺望——
> 那一朵最美最亮的云霞，
> 是巡逻兵刚刚燃起的火光。

> 巡逻队行进在黎明的草原,
> 草原像一个偌大的花篮。
> 远方的妈妈,如果你想念儿子,
> 请抓一把香风捧在胸前——
> 那花香为什么沁人肺腑,
> 是巡逻兵把生命给了春天!

　　诗作的发表出于一种偶然。1975年那个多雪的冬天,因为突然间大雪封山,一位坐着吉普车的将军被困在了白房子要塞里。夜半更深,将军推开燃着油灯的营房的门,看见一个哨兵,刚刚下哨回来,枪还在火墙上烤着,不断地有水珠从枪的铁质部分渗出来,那此刻的士兵,正就着油灯,趴在桌子上,在一个手掌大的小本上写什么。"你在写什么呢?小战士,让我看一看好吗?"老兵说。

　　黑建那时候是多么的猥琐,多么的胆怯呀!他害羞地用手捂住小本,甚至不敢抬眼去看这个老兵。老兵死活要看,黑建就是不给。"我写得太潦草了,等我明天誊一遍,再给您看!"黑建说。黑建的紧张引起了老兵的疑心,他说,他这次下基层,就是来调研基层指战员的思想状态的,因为与白房子毗邻的那个边防站,三年了,年年都有士兵越过界河投敌。所以,他一定要看这个小本子,他不怕字迹潦草,因为他和文字打了一辈子交道了,再难认的字也能认出来。这样,哨兵将小本交了出来。

　　老兵翻那个小本子的时候,黑建开始坐下来擦枪。这地方零下四十五摄氏度以下的严寒,一班哨下来,钢枪冻得发脆,结成个冰疙瘩,枪栓都拉不开了。下哨回来,得把枪靠在火墙上,让枪慢慢地热,待铁里面的水,一滴一滴地从枪上渗出,水出完了,枪干了,才能用擦枪布来擦,擦干净以后,然后上油,这样枪才不至于生锈。黑建现在就干这件事。

就着油灯,翻着小本子,老兵的脸色渐渐变得严峻起来。他说,他想不到在如此荒凉的古尔班通古特大沙漠北部边缘,在如此险恶的白房子要塞,竟然有文学冲动,竟然有人在这里写作。

老兵要走了这个小本子,他说他要找一个地方去发表。

第二年秋天的一天,秋阳灿灿,牧草摇曳,铃铛刺摇动着铃铛,草原上布满了音乐,云雀在又高又远的天空翻飞,鹰隼长唳着从空中斜刺地掠过。兵团的那个绿衣邮差,骑着一匹老马,站在边防站的黑色碱土围墙外面喊叫。邮差的手里扬着一个磨损得快要散架的大信封,信封里装着几本杂志:黑建的处女作发表了。

第五十二章　父亲的儿子大了（二）

脱下军装，回到内地以后，正如我们所知道的，黑建先在印刷厂干了两年多，后来"文革"结束，《肤施日报》恢复，这样他便子承父业，来到编辑部工作。每一家报纸，不论大小，它都有一个发表文学作品的副刊，黑建便在这家报纸，做起副刊编辑。

在繁忙的编辑生涯中，除了应付日常工作以外，他一直在创作。文学这个魔鬼一样的东西，一直在缠着他。或者换言之，当初骑一匹黑走马，站在欧亚大陆之交，注视着荒凉空旷原野的那一种情结，一直伴随着他。他无法使自己停止下来，就像一个陀螺一样，一旦旋转开来，被灵感的鞭子抽打着，便只能越转越快，而无法自行停止。

文学是和青春、激情相伴而生的。它是青春和激情的产物。一个人，如果他身上有股邪劲，那么他注定要迸发的。如果不迸发，那么他注定就会被憋死。那情形，正像出天花一样。据说在那没有牛痘的年代，每个人的一生都注定要出一次天花的，非出不可。如果生前不出，那么当他死后，被葬埋以后，当身体变成累累白骨以后，那白瘆瘆的白骨的表层，还会生出一次斑斑点点的天花来。

虽然已经离开白房子有些年月了，但是有一个惨烈的白房子故事，一直揪着黑建不放。他时时想起那个故事。那故事里的人物，脸上带着凄楚的微笑，额颅上顶着命运的印戳，时时出现在他白日的遐想中和夜来的梦境里。而每一次的想起，实际上就是一次圆满这个故事、将这个故事艺术升华的过程。直到后来有一天，真的变成了假的，假的变成了真的，在黑建那沉沉的记忆中，真假已经分辨不清。果子成熟了，要从树上掉下来的。黑建明白他得把它写出来，从而把这个重负、这个十字架转嫁给世界，转嫁给读者，这样自己才能够继续活下去。

这个时候黑建已经婚娶，妻子是个工程师。有一段日子，妻子到西京城里做工程去了，孩子则放在了顾兰子那里，当黑建孤身一人的时候，那种白房子感觉，那种北方情绪又来叩击他了，于是晚上下班以后，他摊开稿子，点燃上一支烟。

他双目赤热，面色绯红，趴在稿子上任笔飞驰。他感到不是自己在创作，而是手中的笔听命于一种窗外的声音。窗外是什么呢？繁星满天，远山如黛，他觉得一个白胡子老头，正站在高处，嘴唇不停地抖动着，那是在向他口授，而他，只是一个被动的记录者而已。

黑建的《白房子传奇》一经发表，便产生了巨大的影响。用他自己的话说：一夜间名满天下。文坛以欣喜的心情，接受一位行吟歌手般的创作者进入他们的行列，称黑建是一位善于在历史与现实两大空间里从容起舞的歌者，是一位从陕北高原向我们走来的略带忧郁色彩的行吟诗人。评论家说，《白房子传奇》给我们以许多关于小说艺术的思考，小说最初是讲故事的，在经过几百年的努力之后，它大约和人类开了一个玩笑，又回到讲故事这个始发点上了。

报社显然已经不适宜待下去了。如果是高发生老汉，他大约会说，庙已经太小，挥不开我的青龙偃月刀。我们的黑建要内敛一些，或者说碰钉子碰得多一些，所以同样的意思，他是用这样的话来表达的："这世界上，除了忙忙碌碌的报社之外，还有没有一个地方，叫我能混住身子，圪蹴圪蹴呢？"

这样他便来到肤施城的一个艺术单位。在这里，时间充裕，他便开始了他的陕北史诗的营造。

陕北高原这块奇异而又炽热的土地，这块产生英雄与美人、史诗与吟唱的土地，给我们的黑建以震撼和刺激。严格地讲来，对这个平原的儿子来说，辽阔豪迈的陕北高原，才是他真正意义上的故乡，而尤其是在报社这些年中，他身背一个黄挎包，踏遍了陕北高原的山山峁峁、角角落落，那情形，正像一首浪漫曲唱到过的那样：我是你怀抱里长大的羊羔羔呀，走遍了高原尝遍了草。

黑建搜集到许多的故事。这些故事日夜撞击着他的心，叫他不得安宁，不能平静。终于有一天，他明白了，生活为什么偏偏垂青于我，将这一幕幕惊世骇俗的历史大奥秘展现给我，而不是展现给别人呢？噢，它是选中了我，它从芸芸众生中发现了我，它要我肩负起一个苦涩的使命，即把那些历史大奥秘展现给世人去看，把那些历史大断面剖析给世人去看。

黑建开始写作，开始他的飞翔。他魂不守舍，觉得自己像一架失控的航天器一样在谵想中飞行，航天器可能安全降落，也可能坠毁，也可能一去不回。在写作的途中，仿佛魂灵附体一般，真实的存在和艺术的虚构，在他已经分辨不清，他唯一能做到的，是每天像个行尸走肉一般地吃喝拉撒睡，然后把自己交给那无边的谵想中。

"我是把自己当作祭品,为缪斯献上了!"黑建说。

在陕北,逢年关的时候,人们都要抬上猪头羊头,或者整只猪整只羊,扭着秧歌,去为山神土地献供,这种习俗叫"献牲"。而我们的黑建,此一刻的黑建,他献上的祭品是他自己。

那种写作《白房子传奇》时的感觉又回到了黑建身上。

什么是最好的艺术创作状态呢?那状态就是,那时你已非你,你只是一个被动的抄写员而已。夜来,中天高挂半轮月,曾照洪荒第一年,那曾经照耀过人类混沌初开蛮荒时期的月亮啊,现在照耀着21世纪的你,这时,一个白胡子老头,在你的阳台的窗外,悬在半空,他在喋喋不休地向你口授,讲述一个个石破天惊的故事。而此刻的你,只是机械地记录而已。是的,仅仅只是机械记录,因为你感到,那件东西,其实在你之前就已经存在于这个世界上了,而作为你来说,只是简单地把它们复述出来而已。

正当我们的黑建,叼着一根劣质香烟,在那狭窄的斗室里,像个阴谋家一样,一砖一石地堆砌着自己的艺术帝国时,就是在这个时候,父亲高二病了。

高二病了很长时间。从头一年的夏天开始,他就不停地咳嗽,脸色乌青,身子瘦得不成人形,走起路来,走几步就要停下来扶着墙喘一阵气。他最初在巷口里的一座街区医院里治疗,那医院的医生是景一虹的妹妹。已经快要走到生命尽头的高二,在治疗的过程中大约会感到一种温馨,并且会回忆起许多关于黄龙山时代的事情。

随着入冬,病情加重,这样,高二只好转院了。他来到当时肤施城最大的一家医院里治疗。离开家的时候他说,这次出门,恐怕就不会再回来了。那时他已经有所预感。

这样，黑建只好夹起稿纸，拿上一把圆珠笔，来到医院里，一边照看父亲，一边继续写作。圆珠笔是一百支，五十支红的，五十支蓝的，感情激荡的场面，用红笔写，理智和平静的叙述场面，用蓝笔写。

而高二的一日三餐，是顾兰子来送的。这时她已经有些年岁了，她竭尽全力，尽一个女人的本分，为她的高二做最后的事情。

黑建的高原史诗的三分之一篇幅，就是在高二的病房中完成的。

高二住在一个单间病房里。病房很大很空，除了一张床，和一些病房所一应具备的陈设之外，还有不少的空间。房间里有两个方凳，是为病人家属探亲时预备的。黑建找了房间的一个角落，将这两个方凳，一个横着放倒，自己坐，一个正放着，在上面摊开稿纸。他就这样在病房里待了半年。

那时他像做梦一样。他不知道自己是在作品的人物和故事中，还是在现实的人物和故事中。在写作的途中，他会突然地从稿纸上抬起头来，瞅上高二一眼，看病床上的父亲需要不需要照顾。比如说盐水瓶吊完了没有，比如说上不上卫生间，比如说是不是病情有所加重，需要叫医生，等等。

每次他抬起头来时，都要愣上半天，才会回过神来，明白自己是在病房里，然后对着病床上的人瞅上半天，才会想起这是他的正在受苦受难的父亲。

最难挨的事情是不能抽烟，高二得的是肺气肿，肺心病，病房里是绝对禁止抽烟的。这个家族似乎有肺气肿的历史，黑建记得他的爷爷就是肺气肿，现在又轮到他的父亲，而将来的他也免不了要走这一条路。

而我们知道，黑建的作品，几乎就是用烟熏出来的。

"抽一支烟吧！没关系，医生不在！"病床上的高二，看到黑建痛苦的样子,有些于心不忍,他摸摸索索地,从枕头底下摸出个打火机来,无力地扬起手,这样对黑建说。

黑建站起来,他走到床边。当接着父亲递来的打火机的时候,他的手有一些哆嗦。这一刻他记起当年在尉迟城,因为一只打火机,他挨父亲一耳光的那件事。因为从那件事开始,他此生从此拒绝一切机械的东西。

在接过打火机的那一刻,他看了父亲一眼。

这个平日如此高傲的人,眼神中有一种乞求的成分,那眼神是乞求黑建忘掉那个打火机的事。已经这么多年了,难为高二还记得这件事。

黑建接过打火机,这举动表明那件事已经过去了。

他点燃了烟,觉得应该到楼道里去抽。而当抽烟的时候,故事中的那些人物又在呼唤他,于是黑建只好叼着烟,折身回来,重新坐在小凳前。

当高二终于撒手长去,当高二的灵柩回到高村,当高二后来成为这高村平原上的一堆土的时候,黑建的高原史诗已经完成。他是背着厚厚的一个大信封,来经管这整个丧事过程的。大信封就随身带着。

那大信封像一团火,像一个炸药包,黑建用订书机,将这信封死死地订紧,防止那里面的人物和故事走出来。丧事一完,他趴在父亲的坟头上,大哭了一场,然后,背着信封,到北京交稿去了。

有这一场大哭以后,缠绕了他许多年的梦魇才慢慢醒了。醒了的、重新回到人间的黑建,这时候才发现父亲高二是真实地死了。

他在这一刻甚至有一种可怕的想法,是他妨死了父亲,是这个家族在完成这一次飞翔的时候,需要付出代价。

从坟头旁边站起来的黑建,用手拍了拍衣服上的土,用袖管抹了一把脸上的泪,他觉得自己在这一刻成长起来了,他觉得自己的身上充满了力量。

他对坟头说:"安息吧,父亲!"

他对这个世界说:"父亲的儿子大了!"

他又加重语气说:"这个世界,现在让我们来作战一场吧!"

第五十三章 在西京城

像当年扔出《白房子传奇》一样,这个写作者将这个大信封扔给编辑,扔给读者,扔给阅读,扔给社会。

高原史诗无疑获得了成功。人们认为,这是中国的《百年孤独》,是一位艺术家对陕北高原的一次庄严的巡礼。权威的评论家认为,历史像一条河流一样,它的奔流是有一定之规的,那就是有一个河床,而作者在高原史诗中所做的努力,就是试图为这河床寻找"框位"。还有评论家,又重复了他几年前关于《白房子传奇》所说的话,即作者是一位从黄土高原向我们走来的略带忧郁色彩的行吟诗人,一位周旋于历史与现实两大空间且从容自如的舞者,一位善于讲庄严的"谎话"的人。

在完成了高原史诗以后,黑建明白,他该往省城,也就是西京城挪动挪动了。他需要一个更大的空间来呼吸。肺气肿大约是一种家族病,高发生老汉就死于肺气肿,高二也死于肺气肿,而作为黑建来说，这些年由于无节制的抽烟，他走起路来已经变得气喘咻咻。尤其到了冬天的时候，高原的干燥和寒冷更令病情加重。

黑建尝试着给一位老领导打了个电话。这位老领导说，作为领导，就是为专家服务的，你有什么事情，你尽管说。黑建说到了他的肺气肿，说到了他想回到这座故乡的城市的想法。领导沉吟了半天，最后说，安排一个闲职，到省政府参事室做个"参事"吧！

黑建是在一个夏天的日子离开肤施城的。

真要走了，他的心里很难过。从感情上讲，这里是他真正意义的故乡。自从许多许多年前，顾兰子一手拖着咪咪，一手拖着黑建，在额颅上顶着二轱辘眼镜的高发生老汉的率领下，打上清凉山的山门时算起，黑建已经在这座城市里生活了四十多年了。用他自己的话来说，从街上一路走过，肤施城的狗都认识他的。

那是一个凄清的早晨，一辆大卡车，载着黑建和他的妻子孩子，就要离开肤施城了。车厢里只有几样简单的家具，然后就是半车书。

街头上挤满了人，市民们来为这个文化人送行。有些晨练的人，知道了黑建要走，也停住脚步，站在街头挥一挥手。黑建落泪了，他说这场面，仿佛是他的葬礼的一次提前彩排一样。

顾兰子不愿走，她要去守常委院大蓝门背后的两孔窑洞，她还有一个小儿子，仍在肤施城，这个小儿子将照顾她。

大卡车开动了。人群中传来了哭声。那是顾兰子在哭。黑建说，等到西京城，安顿好了，我来接你。

西京城在黑建的面前，喧腾着它的富饶，它的繁华，它的古老，它的沉重。你好呀，故乡的城市，在没有我的那些日子里，你一切都好吗？当平原上湿漉漉的风吹来，当这座千古帝王之都进入他的视野时，黑建轻轻地喊道。

西京城距离高村的直线距离，不过五十公里。那条流经高村老崖底下的渭河，同样流经这座都城，宫墙里的那些脂粉有时候会从渭河里漂下来，一直漂到高村这一处河面。在高发生老汉的文绉绉的语言中，这条河不叫渭河，而叫禹河，或者叫"御河"。

但是在心理间隔上，西京城与高村的距离，要远上许多。高村人在太阳落山的时候，如果能见度好，会站在河岸上，以一种惆怅的、有些仰视的目光，望着那钟楼、鼓楼、城楼、箭楼翘起的楼角，猜度那里都在发生什么事情。

而如果村上的某一个人，偶尔进一次西京城，那么他在这西京城里的见闻，便会在高村人的口边挂上半年。而如果有哪一户人家，他的某一位亲人，在那辉煌楼阁下面工作，这户人家便会成为全村人羡慕的对象。

渭河是伟大的。它在创造出这座八百里冲积平原的同时，在大平原之上，造出这座千古帝王之都。而一部中国的历史，几乎有一半是这座都城的历史。

西京城是一个适宜于人居住的地方，富人在这里会生活得很好，穷人在这里也会生活得很好，各行其道，各得其乐，互不相扰。

在历史的年代里，这座城池除了承担它应当承担的历史责任以外，它还承担着一个特殊的任务。每逢灾年，荒年，兵乱，陕甘宁青新大量的饥民会涌入城中，寻一口饭吃，于是这座城市便敞开大门，慷慨地接纳了他们。那些西海固地面来的小孩子，来到城里，找一个回民饭馆，白天头戴一个小白帽做个跑堂的，晚上就囫囵着衣服，蜷成一团，在锅台前睡。他们后来一天天长大了，便结婚生子，留在西京城里，成为这里的人。这样的事情不在少数。

我们的黑建来到这西京城里，成为这个有着八百万市民的城市的一分子。他决定从社会最底层做起，从一个普通市民做起，似乎这样心里才能踏实一点，才能缩短高村和这座威严的有着坚硬的城墙的城市之间的距离。

单位在一座很大的楼上。那里给了他一个办公室。而住房得等，或者三年，或者五年，或者更长一点时间。

本来可以在办公室里凑合着住，但是黑建选择了买房。他手头的钱实在不多，那是高原史诗出版后的一点稿酬。这样，他坐了一辆出租车，在西京城转了大半天以后，在一个都市里的村庄中，找到了一套两室一厅的房子。

也就是，他手头的钱，恰好能够买下这个房子，于是他二话没说，将钱扔给了村长，拿到了这房子的钥匙。这样，这个三口之家在西京城里有了一个落脚点。

后来他知道了，这幢楼叫姑娘楼。这都市里的村庄中，姑娘们嫁出去了，不愿意离开，于是村上没有办法，只好盖了这么一座楼，让姑娘们居住。

这样的楼房当然是没有房产证的。

居住下来以后，黑建还知道了这里竟然是个有名的所在，它位于唐朝大明宫遗址的西沿。也就是说，这地方当年是贵妃研墨、力士脱靴、李太白醉写吓蛮书的地方。知道了这些，令以文化人自居的黑建，凭空地生出了一丝豪气。

不过那大明宫如今只剩下一个遗址，而那当年有着粉黛三千的后宫，如今是西京女子监狱，那监狱里如今也粉黛三千，不过都是些犯了重刑的女犯。"有本事的人才会进到那里面哩！"黑建听姑娘楼的姑娘们吵架时这样说。

西京城是一个大地方，比高村平原大，比肤施城大。黑建很快地就感觉到了这一点。他像一条奔流了很久终于抵达大海的河流一样，现在停止了咆哮，开始松弛下来，软软地将自己的水流摊开。

他在这座人的丛林中找到了许多他的同类,迅速地进入了西京文化人的圈子,他原先就认识他们,现在则成为他们中的一员。

一旦松弛下来以后,他便有些失重。在西京城最初的几年中,他迷恋上了麻将,迷恋上了饭局。他的身影出现在许多的场合。在这座温柔富贵的城市里,大部分的文化人大约都是这样活着的,因为并不需要做太多的努力,人就可以活下去。西京城真是一块福地。

这个家族人物的身上,大约一直都有一些赌性,高大如此,高二如此。感情炽烈,喜欢钻牛角尖,希望人生有不平常的际遇,是这种性格形成的原因。

而作为黑建来说,他本身就是一个极端的人。多年来的创作生涯,令他往往偏执于沉溺于某一件事情,久久不能自拔。

但是黑建很快就惊醒了。这惊醒的原因是顾兰子的到来,是顾兰子的生病。

一天夜里,他和他的批评家朋友、企业家朋友一起打麻将,到了十二点的时候,摊子散了,他打一辆出租车,穿越大半个城市,回到他姑娘楼的家。开门进去,只见屋子里所有的灯都开着,但是一个人也没有。他大大地吃了一惊。

母亲刚刚在这一天来到西京城,晚上刚刚为大家做了一顿饭,现在她的床空荡荡的,人不知道到哪里去了。

妻子也不在,孩子也不在。

黑建立刻想到母亲心脏病犯了,被送往医院去抢救了。他还马上判断出他们去的是一家平民医院,因为在此之前,他曾听妻子说过那家医院不错。

黑建重新下楼,打了个的,向那家医院奔去。医院抢救室的门口,灯火通明,黑建看见,他的妻子和孩子,互相搀扶着,站在抢救室的门口。

"给你打手机,你关机了!"妻子一句责备的话也没有说,她只轻声这样解释。

"母亲呢?"

"正在抢救!医生说,幸亏送来得早,再迟来半个小时,就没人了!"

听到这句话,黑建在那一刻感到羞愧,感到无地自容。

第五十四章　在平民医院里

顾兰子在那一年的春天，收拾行装，要回高村，准备清明节的时候，到高二的坟头上去祭奠。她在肤施城的自由市场上，买了些香火蜡烛，将它们装进高二当年出差时常提的一个大提包里。提包里又装了一些换洗的衣服，然后让小儿子将她送上火车，让女儿咪咪在家乡的那个车站接她。

她就这样回了一趟高村平原。从高村回来以后，黑建将她接到了西京城里。两居室的房子，风尘仆仆的顾兰子，只好和孙子在一个床上去挤。她计划在西京城里待上几天，再回肤施城去，或者，将高村那三间瓦房收拾一下，在那里度过自己的晚年。

"井里的蛤蟆，满世界转了一圈，最后还是觉得，自己那井里好！"她说。

旅途劳顿，她有一些累。亲人们相见，她又有一些激动。而她一生最擅长的事情是做饭，因此来到这西京城黑建的家里以后，坐不住的她，又手一洗，走进了厨房里。

这样她累病了，心脏病发作了。

这个从黄河花园口被一场大水冲出家门口的女儿，这大半生走了许多的路，经过了许多的坎坷，她的命真大，许多的亲人都死在她的前边了，而她居然能奇迹般地活着。

她是多么的卑微呀！

她像路边的一棵被人践踏的小草一样，无声无息、无香无臭地活着。她的一生永远没有主见，永远受人摆布。在高二还活着的那些年代，她是为高二而活着的。而当高二突然撒手长去以后，她的人生突然失去了目标和目的。

她没有娘家，她也没有哥哥弟弟，在这个世界上，她是孤零零的一个人。也许在她的白日的遐想中和夜来那沉沉的梦中，她许多次地梦见过她的黄河花园口故乡，那情形就像每一个离乡背井的河南人曾经的那样。但是她不说，因为她总是将自己的心思藏在肚子里，还因为在这个世界上很难找到一个人在认真地听她说话。

她有着极高的智商，这一点高二在世时，已经觉察到了，而黑建在后来与她相处时，也觉察到了。黑建说，可惜母亲没有文化，是个睁眼瞎子，这样起码有一半的世界，在她面前是黑的。因为是黑的，她对那一半的世界充满了恐惧。如果她有文化，哪怕只有景一虹那种并不算高的文化，那么，"顾兰子"这名字，本该是一个女明星或者女部长的名字。

没有文化，令她的智慧，或者心智，没有得到充分的发展和成熟。她永远是一个穷人，她永远在浮萍无定中生活，而一旦她有一些可怜的积蓄的时候，她一定想办法要将这些坛坛罐罐打碎，从而令自己重新回到赤贫的位置，回到卑微的位置。

这大约也是一些河南人的性格。

在来到西京城的那个令人激动的夜晚,积劳成疾的顾兰子被送进了医院。她在医院里待了四十天。这四十天的治疗花光了黑建的所有的积蓄,其间曾经因为医药费用完停了三次药,但是黑建东挪西借,终于把她从死亡的边沿拉了回来。

那一年春天的天气,像打摆子一样,忽冷忽热。西京城里,许多人都病了。平民医院的心肺病治疗区里,住满了人。病房里住满以后,还有许多病人住在楼道里。

有一位老妇人,有着少女式的尖下巴,一张小巧的白里泛灰的脸,身材很好,穿一件青色的风衣。如果不是她头上的灰白参半的头发,你会把她当成一个少女的。

她是在半夜来的。比顾兰子晚到了半个小时,而顾兰子占走了病区的最后一张床位。因此她只能被安排在楼道里。而楼道上,也一张挨一张挤满了加床,因此她被安排在大厅与楼道过渡区的那块空地上。她的铁床头上挂了"加床36号"字样。

她刚被送进医院时,曾经发出过凄厉的叫声。但是在早晨时,叫声已经没有了,她已经被折磨得筋疲力尽。只见,一个呼吸器罩在她的鼻子和嘴巴上,气流正往进猛烈地灌着。她的袒露的胸前,安了三个起搏器,一个在左奶的下方,一个在右奶的下方,一个在小腹上。有一个护士,两手按着她的胸脯,像在按一个坚硬的物体一样,使尽全身力气,一按,又一按。每一按,能看见那监视器的针头跳动一下。如果不按,那跳动就又停止了。老妇人的头顶、脚底,则插满了针头,那是在输液。

黑建是在顾兰子抢救过来以后,病情稍有稳定以后,早晨去药房拿药时,看到这一幕凄凉的图景的。

不知道老妇人是哪里人,什么职业。不过从她的那张小巧的脸形看,她大约是南方人,而她脸上那种高贵的受难者的表情,以及虽然灰黑参半,但仍然梳理得一丝不苟的头发,表明她是个知识女性,也许是个站了一辈子讲坛的女教师。当然,她的身份不会太高,因为这是一家平民医院。

正在抢救中的老妇人,全身被扒光了,活像一只被扒光了皮、送到实验室解剖台上的兔子。她已经没有了羞耻之心。或者说,她已经没有了意识。平日,那些她努力遮挡的部分,现在被无情地扒开,暴露在围观的人群的目光之下。最初,当护士将她的上衣撅开,露出乳房,将她的裤子抹到小腿以下,以便插那些仪器时,一个大约是这个老妇人的妹妹模样的人,还在这些仪器被插上以后,伸出手,象征性地拽一拽衣服,试图遮住那些不雅部分。后来,随着时间的推移,这病人的家属也麻木了,在医生的折腾中,那些不雅部分无遮无挡地露在大庭广众之下。

围观人群中的黑建,在匆匆一瞥中,看见了那老妇人的阴毛,和那阴毛下面曾经留下快乐记忆的洞穴。这阴毛有一半是灰白的。黑建在那一刻突然明白了,白色其实是死亡的同义词,过去岁月中所有那些对苍苍白发的赞美词,其中其实都有一种虚伪和自欺欺人的味道在内。

黑建用手捂住了自己的眼睛。他转过身去,大声地叫道:"让她去死吧,求你们了!她一动也不动,应当已经死了呀!"

听到黑建的话,病人家属们互相望了一眼,没有说话。只有正在忙活的护士,好像是在对黑建说,又好像自言自语地说:"她的大脑已经死亡了。不过心脏还在跳动。而心脏是否跳动是判断死亡的医学标准。所以,没有办法,我们还得抢救!"

黑建的神经再也承受不了了,他逃了出来,而第二天早晨,当他再去送饭的时候,"加床36号"那个地方,只剩下空荡荡的地面。母亲顾兰子说,昨晚又整整折腾了一夜,直到天明,这位老妇人才终于撒手走了。

　　在那个乍暖还寒的春天里,这个病区死了不少人,包括一个和顾兰子同住一个病室的室友。但是让人震动最大的还是楼道里死去的那个"加床36号"。

　　顾兰子目睹了这个老妇人抢救的全过程。她很害怕,眼睛里充满了恐怖,她用乞求的口吻对黑建说,把我送回家吧,让我凉凉地死在家里的床上吧!你们真的孝顺我,那就不要折腾我,给我最后留一点面子吧!

　　顾兰子躺在病床上,脸上没有一丝血色,苍白得就像一张纸。当她说着这些话的时候,她是多么的无助,多么的可怜呀!

　　黑建同意顾兰子的这些话。那就是说,实在不可救药时,他绝不让母亲受罪,一定让她安安静静地去走。但是黑建说,现在这个病情,还不到说这种话的时候,顾兰子也许还可以救活。

　　顾兰子害的是冠心病,病情已经诊断清楚了,现在医院能够做的事情,是为她吊针。一瓶一瓶的盐水吊下去,希望她的病情能够回头,希望奇迹在她的身上出现。

　　顾兰子终于活过来了。她能够活过来的原因大约是由于黑建的祈祷。

　　黑建附在母亲的耳边说:"你要努力地活下去,活到21世纪。哪怕让21世纪的阳光,有一缕照耀在你的身上,也好!这样你就可以骄傲地对人说:我是一个活过两个世纪的人了!"

　　病房里,母子两人在窃窃私语,像在酝酿一个伟大的阴谋似的。

　　不过这个阴谋是得逞了。顾兰子活了过来。顾兰子迈过了这个坎。

　　当21世纪的阳光透过窗户,斜斜地照射在病床上的时候,顾兰子苍白的脸上出现了红晕。她坐起来,对黑建说,她这一生害过两场大病,一场是1958年大炼钢铁那一次,一次是这次。上一次是高二救了她的命,这次则是黑建。

户外的阳光是多么的灿烂呀!顾兰子想到户外去晒一晒太阳。这样咪咪推着车儿,他们来到了户外。阳光下,顾兰子要咪咪拿一个小镜子来,她要整修整修一下自己,还要咪咪帮她铰一铰头发。

而黑建这时候做的事情,是半跪下来,抱起顾兰子的一只脚,脱去脚上的袜子,为母亲剪脚指甲。那是一双解放脚,当年小时候曾经缠过,后来放开了,所以叫解放脚。脚很小,脚指头弯了回来,朝向脚心方向。这样,脚指甲剪起来很费事,但是黑建还是在吭哧吭哧地剪着。

在女儿为她剪头发、儿子为她剪脚指甲的同时,黑建的妻子来了。她从随手挎包里拿出一对金耳环,这是专门上街为顾兰子买的。她说,那个凄惨的黄龙山故事她听黑建讲过许多次,那两个亲家母为顾兰子各穿一个耳朵眼的故事,也叫她落泪。因此她一直有为顾兰子买一对耳环的想法,她说,这两个耳朵眼此生如果不能戴一次耳环,那会是一件很大的遗憾,也是儿女们的一次失职。

她的话令所有在场的人感动。

两只金耳环在顾兰子的两只耳朵上晃动着,在这早春的阳光下晃动着,金光灿灿,顾兰子的脸上显出一种幸福的表情。

"送我出院吧,孩子!"顾兰子说,"从此我跟着你住,给你做饭,补一补心。唉,我这一生什么事也不会做,就会做饭!"

谷粥撑得成了大肚皮的小孩子，在高村的东墙根打了一阵瞌睡，一睁眼，发现自己已经是老头了。"江湖居士闲处老"，你会有这种感觉。你开始变得健忘，熟悉的人，熟悉的事，到了嘴边，你却怎么想也想不起来，怎么说也说不出来。你必须先进入那一种景况，然后沉沉的记忆才会被唤醒，于是事情脱口而出，人名脱口而出。

五十岁的时候，你的头发和牙齿已经开始掉了。当掉第一颗牙齿的时候，你在那一刻会有一丝伤感。人老原来是从牙齿先老的呀！托一颗牙齿在手中，你会想，这个物什是谁呀？它刚才还是我的一部分，和我一起去接受荣辱，但是现在说一声走，它就走了，成为一个独立的东西了。捧着这牙齿，你不知道该把它放在哪里才好。最后你想，它最好的去处是垃圾筒，那么让它走吧。

五十岁的时候，你大约还有一点恋旧。那些老柜子，老桌子，旧衣服，旧鞋，你搬一次家带一次它们。而在你的腰间，永远地衿着一根马镫革，那是白房子时代的东西，是作为骑兵，向你的马告别时，从马鞍子上卸下来的一件纪念品。你舍不得扔掉它，尽管有许多次换新的裤带的机会，你最后还是衿上了它。也许那些用得久了的物什是有灵性的，只是我们不知道而已。

五十岁的时候，你当年的万丈雄心会慢慢消退。你明白了这个世界上的许多事情，不是你一厢情愿所能达到的。你明白了远处那虚幻的美景也许还不如家乡小河沟的那平庸的景色。你吃遍了天下的山珍海味之后，最后发现你的肠胃，它最喜欢的吃食是母亲顾兰子做的那一碗手擀面。而你那行尸走肉般的身体，你这北方人的身体，你这中国人的身体，在试过各种或流行或不流行的行头之后，它最适宜穿的是一件用最普通的面料做成的对襟青布衫子。而你的脚下，最适宜穿的是一双家做的老布鞋。

五十岁的时候，随着越往艺术殿堂的深处走，你的心会越来越凉,你心目中那种崇高感和神圣感会越来越少,因为你发觉庙堂里供奉着的许多活着的和死去的神,都令人生疑,都是造神运动的产物。

五十岁的时候,你会有一颗感恩的心。感恩这个世界生了你,让你能够享受这春天的花,秋天的果,夏天的凉风,冬天的白雪,早晨的每一次日出和黄昏的每一次日落。感恩你这大半生遇到了许多好人——我这一生注定将会遇到一些重要人物。感恩你经历了许多事——我这一生注定将会经历许多不平凡的事情。

五十岁的时候,你会突然在某一个早晨眼前豁然一亮,变得我行我素。这一亮大约是由一个叫伍子胥的古代人物引起的。伍子胥破楚以后,将楚平王的尸骨刨出来,鞭尸三百。这时旁边有人说,伍将军,你要注意影响呀,别人会怎么说你呀,后世会怎么评价你呀!只见这老伍,把白发一搔,胡子一捋,慨然说,别人爱怎么想就怎么想,爱怎么说就怎么说,我都这一把年纪了,还有几天活头哩,我怕毬哩!

五十岁以后的黑建,在这座北方大都市的滋养下,他的心智一天天地成熟起来,他的心灵空间明显地扩大了。他在不停地写作,把他对世界的认识和概括告诉别人。而在从事文学创作的同时,他的兴趣还涉猎到许多的领域里。比如绘画,比如对中亚史的关注,比如对他的高村平原故乡的考证。

一切都那么自然,并不是刻意要去做些什么,而是生活找到了你,要你这样,你只是顺应它们的需要,去做就是了。

黑建在一夜之间突然成了画家,连他自己都不明白是怎么回事。那唯一的解释是,在那漫长的艰苦的文学劳动中,在那漫无边际的文学想象中,他的胸中积满了块垒,那些文学具象在他的胸中喧嚣着,要求寻路而出,于是我们的黑建只好顺应它们的愿望,用手中的一支秃笔将它们援笔引出。

西京城里,人们为高参事举行了一次画展。画展取得了成功。黑建有些惶惑,他感到自己像在做梦。画展开幕式上,当鞭炮响过以后,黑建有一个即席发言。他用浓烈的乡音说:

"我的母亲顾兰子不识字。我都写了22本书了,母亲却一个字也没有看过。于是有一天我说,让我画一张图画给你看吧!顾兰子属鸡。今年是她的本命年。所以新年伊始的时候,我画了一只大公鸡贴在母亲床头。那大红公鸡迎着太阳,高视阔步,引颈长歌。画的两边还拟了一副对联。上联说:玉猴一步三叩首祈福祈禄祈寿;下联说:金鸡一口三啼鸣早安午安晚安。横批再加上'甲申乙酉'字样。母亲看着这幅画,喜不够,爱不够,早上爬起来睁开眼看,晚上睡觉前看。

"我的绘画,是将自己胸中的那些具象,借助水墨向外喷溅。古人说'块垒在胸,不吐不快',我的绘画正应了这话。我这大半生到过许多地方,看见过许多雄伟的风景,我还写过大量的小说,脑子里塞满了诸多大俊大美惊世骇俗的文学形象。它们呼喊着要从我的胸膛里夺路而出。而我,只是顺应它们的愿望,给它们让出一条路而已。

"比如说吧,我画过《阿尔泰山的成吉思汗之鹰》。那山,那草原,那西伯利亚冷杉树,那我的《白房子传奇》中出现过的鹰隼,当它们与西征欧亚大平原的一个伟大名字联系在一起时,便有了某种神奇感和崇高感。如果,你给这画上再题一句:'这样的山冈正是为这样的雄鹰准备着的;而这样的雄鹰正适宜在这样的山冈栖息',然后将它送给远行的朋友,于是它便成为一件最好的礼品。

"又比如,你给一张不大的画面上,画上三幅人身蛇尾图案。

第一幅图下注解说，这是二十年前一位著名陕北民间剪纸艺术家为笔者画的，她的墓头上已长出萋萋荒草。第二幅图下注解说，这是十年前笔者在新疆高昌古城一座汉屯边将军墓中见到的，专家说这叫《伏羲女娲交媾图》，乃中华民族最早的生殖崇拜图腾。第三幅图下注解说，这是两年前中日美英法德六国科学家组成的人类基因破译小组破译出的人类基因密码图，即著名的蝌蚪图。这些话说完了，最后再聒噪一句：三幅图案何其相似乃尔，呜呼，中华古老文明中有多少大神秘，我们真不知道！

"再比如，我到香积寺去拜佛。茶间，我请本昌高僧为我解惑。本昌师伸出十个指头，说出'佛观一钵水，八万四千虫'一句偈语。于是我据此，画出一个一手高托着讨饭钵，一手拎着根打狗棍的托钵僧形象。旁边再加一行脚注，说明这图画的来龙去脉，并试图解释这'佛观一钵水，八万四千虫'的意思。

"还比如，'花开见佛'这四个字，我常写，但是不知道出处。今年五月我去九华山，才知道这是一个安康籍的和尚叫怀让的说的。九华山祖师问众弟子，何时可见我佛。众弟子皆不能答。唯独安康籍弟子叫怀让的脱口而出：花开时可见我佛！祖师遂传衣钵给怀让。怀让后来创净土宗，成为一代宗师，世称七祖怀让。'花开见佛'亦成为佛家一句偈语。于是我先画一个仰头望天的青年和尚，再画满天飘飘落下的莲花，再画一束自上而贯下的徐悲鸿式的、王子武式的柳絮。那柳絮在和尚的一侧，自上贯下，穿越整个画面。

"以上是五例。类似这样的题材构思，这几年堆积起来，我已经有三百多个了。它们都已经变成了画，现在就在我的房间里堆着。夜来翻开它们，我常常觉得很奇妙，有一种化大千世界为掌中玩物的感觉。

"中国画讲究用墨用水用笔。所谓的墨分五色,锋出八面。一个丹青高手玩到最后,其实就是在用墨用水用笔上去分高下了。开始时的我,只注意自己的倾诉,只注意到画面上的大和谐,而不去计较笔墨。后来在画《托钵僧》、在画《花开见佛》时,我表达思想之外,则更注重到线条的书法用笔,注意到水墨的干湿浓淡。这一着意而为之,果然大见效果。而我则从丰子恺的追随者变成了林风眠的追随者,又从林风眠的追随者变成了石鲁的追随者。

"但是我从骨子里讲还是一个小说家,画画在我只是余事而已。诗不能尽,溢而为书,书不能达,变而为画,如此而已。这十六个字也许能够说明我染指画坛的缘故吧!至于我自己,我懵懂不知,我只能听命于愿望的指引,听命于手中的一支秃笔,而已而已!"

高参事的发言,赢得了阵阵掌声。上面那些话,是他准备好的稿子,照稿子念的。念完以后,意犹未尽,于是又挥舞着手臂,即席讲道:

"法国有个大作家叫大仲马。大仲马临死的时候,摸着自己口袋里的两个铜板说,巴黎这座城市,真是不错,我从乡下来的时候,带了五个铜板,现在花了大半辈子了,你看,还剩两个。大仲马大约就是我这个年龄的时候走的。看来,人是不是到了这个年龄时,都会有类似的感慨呢?

"就我来说,我觉得西京城待我真是不薄,给我饭吃,给我衣穿,还给了我这么多高贵的朋友,况且,还容忍我提着一支秃笔,四处涂鸦!"

人们用长时间的掌声,为这位真实的人、深刻的人、朴素的人喝彩。人们说他不但是一位艺术家,还是一位思想家。为他带来喝彩的还有他那浓重的一口乡音,人们说这个人走过那么多的地方,经历过那么多的事情,但是一口土得掉渣的乡音,至今未改。

而作为黑建来说，这次画展带给他最大的收获是，他又增添了一大拨朋友。尤其叫人高兴的是，那些当年的白房子时期的战友，如今在这个画展上相逢了。

原来，当年那一火车拉去的新兵中，有一些人复员或转业后，辗转来到了这座故乡的城市里。黑建的画展，报纸上登了消息，电视上播了预告，于是他们相约，集体来到画展的现场，来为黑建捧场。

黑建和他们热烈地拥抱。

战友们大部分都下岗了。有一位战友，当年部队的炊事员，如今下岗以后，在破产了的工厂的门口开了个烤肉摊。于是画展结束以后，他们到这个叫"老班长烤肉摊"的地方去吃烤羊肉串。

吃着烤肉，喝着烧酒，他们谈论着那些当年的事情。只有从白房子岁月过来的人，才会说起那许多事情的细枝末梢。那是共同的经历。一个战友说道，当年幸亏那场中苏大规模冲突没有继续，如果那冲突继续的话，此刻在一起喝酒的这些人，说不定都在一个烈士陵园里埋着。

这句伤感的话引起大家久久的沉默。它让这一群年过半百的人们，在这一刻的心贴得更近了。

一个人说，从电视上知道的，那块五十五点五平方公里的白房子争议地区，已经在最近一次的中哈边界会谈中，划归中方。看来我们当年的坚守还是有点意义的。原则上讲，由谁来占领的地方现在就划归给谁。

于是这些面目沧桑的老兵们举杯，为自己的那青春和激情的白房子岁月，为这块争议地区回到自己祖国的怀抱里而干杯。干杯中不由得有人轻声哭泣起来。

就在这烤肉摊上，在这黑建画展举行的那天，这些老兵们约定，抽出身子来，重返一次白房子。

第五十六章　男人嘴大吃四方

> 我的枪呢，我的枪呢，
> 不知在哪一座仓库里烂成枯枝；
> 我的马呢，我的马呢，
> 怕早在哪一个合作社里拉上了犁。
>
> ——郭小川

这样算了一个日子，这些年过半百的白房子老兵辞别家人，踏上重返白房子的旅途。

他们每个人都为自己的重返，设计过许多浪漫。比如黑建，他就计划骑马去，因为在西京城居住的日子里，他曾经发现过自己当年骑过的那匹马。那马也复员了，它如今在郊区的一家生产队里拉粪车，也就是说，整日穿梭在这座城市的小街背巷。"你如何沦落到今天的境地的，哦，我的高贵的朋友！"黑建抚摸着他的马，眼

第五十五章　化大千世界为掌中玩物

　　说话间，高参事来西京城赴任，已经十年。十年一觉长安梦，赢得白发初上头。论起年岁，他该已经五十多岁了。人一上五十，就会明白许多事情。你不到明白的年龄，你不会明白，你只有到了这个明白的年龄，你才能明白的。

　　五十岁的时候，你会觉得这个世界，不像二十岁时那么一地阳光，也不像三十岁时那样悲观失望，亦不像四十岁时那样一步一险。那么五十岁时的世界是个什么样子的呢？回答是，它就是事物本来的那个样子，或者用高发生老汉的话来说，就是"世界上的一切都没有道理，它的发生就是它的道理！"如此而已。熙熙攘攘，皆为利来，攘攘熙熙，皆为利往，几千年的人类都是这样走过来的呀，那么就让它继续走好了。你可以成为参与者，也可以成为旁观者，但是你没有必要成为评判者。

　　五十岁的时候，你会突然觉得世界如一场梦幻一样。一个被苞睛有些潮湿。

他们最后是开了一辆中型面包去的。他们从西京城出发，第一天到了兰州，第二天到了嘉峪关，第三天到了哈密，第四天到了乌鲁木齐，第五天到了克拉玛依，第六天到了哈巴河，第七天，来到了边境线上的白房子。

辽阔的中亚细亚草原，一群群的黑色伊犁马在吃草。"做一匹种马是多么的幸福呀！你看草原上布满了它的子孙！"黑建说。但是，同车的老兵，一位曾当过八一伊犁军马场场长的战友说，你这种想法很危险，你要知道，一匹公马，成为种马的概率只有百分之一，而被骟掉的可能性是百分之九十九。

鹰隼在飞翔着，它好像是专为草原而生的。一会儿，在视力所及的极高极远的天际，御着气流，平展双翅在平稳地飞翔，一会儿，突然又俯冲下来，一群一群，在他们的车前车后翻飞。"那苍鹰又在天边遨游，它莫非生在那战乱的时候？"望着它们，黑建想起这不知是谁的两句诗。

路途中，他们遇到了一座又一座的坟墓，而尤其是进入额尔齐斯河流域后，这样的古老坟墓群更多一些。

在草原那辽阔无垠的绿色草浪中，有时会兀立着一个高大的石人。面容斑驳，举目望天。据说，那是突厥人的。人们说，这草原石人的用途有三个，一个是作为通往高山牧场的路标，一个是一个部落与另一个部落之间的界线，第三个用途，则作为游牧的突厥人，在这里定期举行祭祀的一个标志。

而在那荒凉的黑戈壁、白戈壁或红戈壁中间，你会发现有一大片零乱的土坟。那坟堆很小，葬埋得很仓促，坟头上没有石碑，仅仅只有用白杨木做的小小的木牌。这是兵团人的坟墓。兵团人给这坟墓也有个名字，叫"十三连"。

一个团队通常只有十二个连队的建制,所以人们把死去的人不叫死去,叫"调到十三连去了",并且把这中亚细亚荒凉原野上的兵团人的坟墓群,叫"十三连"。

每天清晨,会有司号员吹起床号,而到了日落黄昏,司号员会吹熄灯号。并且,如果有什么国内外大事发生,人们会来到这"十三连",架起高音喇叭,向长眠在地下的人们报告。

黑建一行的中巴车,就是穿过这样的一座一座的石堆、一座一座的墓地,到达白房子的。

在行走的过程中,当走近每一片墓地的时候,他的心都会猛烈地跳动起来,血压升高。他在那一刻感到,不论是哪一片石堆,哪一座坟头,那里葬埋着的都是自己的祖先,他的身上奔流着他们的血液,他是他们打发到21世纪阳光下的一个代表。

是的,他不仅仅属于高村,属于那一片乡间公墓里的一个后之来者,他也属于许多支奔流的血液的一个综合。

往日,在西京城居住的这些年月里,每年清明节的时候,黑建都要回一趟高村,去给父亲上坟。如果母亲身体那一段时间好些,他还要带上母亲。这成了他为自己定下的一个原则。

他说,这世界上有许多的热闹,这些热闹不缺我一个,而如果那一天我不去,父亲的坟头会冷清的。

在父亲的坟头上,在这一群密密匝匝的坟墓中,黑建凭着在坟头上弯着腰忙活的那些人,判断着这坟墓是谁的,是他的哪一个先人的,他在那一刻对这渭河平原上星罗棋布的村庄的形成,对聚集在这乡间公墓里的亡人的如何来到这里,常常想有探个究竟的念头。

而当听说,随着西京高新区的建立、发展,高村平原已经被纳入高新区规划图中,也许在不久的某一天,高村,以及高村四周的这些古老村庄,就将消失,就将被从大地上抹掉的消息后,黑建的这想探个究竟的念头就更为强烈。

这些古老村庄是从山上下来的,是从西边来的。一代一代的人都这么说。

前一个说法,即从山上下来的这个说法,应当说是确凿的。因为渭河入黄处还未疏通的年代,关中平原是一片汪洋,正是因为大禹疏通了河口,水才泄下去了,而八百里秦川显露了出来,于是先人们从山上一步一步地往下撵,一步一步地逐水而居,最后定居在这渭河的老崖沿上。

至于后一种说法,大约也是有一定根据的。

人们说,他们是西域的一个古族,以游牧为生。有一天,他们游牧到陇东高原一个被称作礼县的地方,在那里建立了一个小小的王朝,他们把自己的王朝叫"秦",他们主要做的事情是为周王室养马。后来,他们向往东方,于是便顺着渭河,一直往下走。最后,来到渭河与泾河交汇的那个地方,重新建起他们的都城。他们将自己的都城叫"栎阳镇"。这个栎阳镇距离高村十五华里,隔着渭河可以望见它。

栎阳镇在八百里秦川的中心,是这块冲积平原最为富庶的地方,好比是八百里秦川的"白菜心"。但是这个地方虽然富足,虽然视野开阔,但是无险可倚,很容易受到攻击。

于是他们弃了栎阳镇,顺着渭河,向来路上走。走了不到一百华里的地方,见到一座高山,叫嵯峨山,是泾河进入关中平原的垭口,于是决定在这渭河以北、嵯峨山以南,重新建都。山之南为阳,水之北为阳,这样他们把自己新建的都城叫"咸阳",意思说都在阳面。

他们在咸阳城里居住了许多年。后来,觉得这块地面有些狭窄,并且这渭河的阻隔也妨碍了他们向东发展,于是越过渭河,将都城建在秦岭下面的一块更为宽阔的地面上。

他们将这又一次新建的都城叫"长安",祈求天下长治久安。

这是渭河平原上的一段故事。这就是从栎阳镇,到咸阳城,再到西京城的秦王朝的三次迁徙。

而如果包括最初的甘肃礼县、最初的自西域而来,这些秦人的迁徙史当有五次。

那么我的那小小的村庄,卑微的村庄,古老的村庄,有可能将来消失的村庄,它与这搬迁史有关吗?

也许无关,这一个同姓同氏族的部落群,是后世麇集到这里的。也许有关,它们是历史大潮汐最后留下来的一处处积水洼,它们是历史的莽撞的脚步忽略了的几处浅浅的脚印。

如果是这样的话,那么,高村的乡间公墓里埋葬着的这些人,高村的现在还鲜活地生活在21世纪阳光下的这些人,他们真的是来自那遥远的西域,那苍茫的北方之北吗?!

当中巴车在一望无垠的中亚细亚地面飞驰的时候,当一座一座的坟墓群从黑建的眼前一掠而过时,黑建这样想。

他试图为自己此刻的那种大人类情绪寻找到一点根据,为他那千里万里之外的遥远高村的由来寻找到一点出处。当然这种无凭的猜测仅仅只是无凭的猜测。

说话间白房子到了。

在茫茫的天宇下,在灰蒙蒙的戈壁滩上,在阿尔泰山西侧,在额尔齐斯河右岸,矗立着一座孤零零的白房子要塞。

当年的时候,白房子的顶上,有一根烟囱。那烟囱一日三次,向天空升起直直的、细细的炊烟。那情形正如浪漫曲里所唱到的那样:哨所一日三次,用炊烟扬起手臂,向祖国问安——早安、午安、晚安。

有一圈矮矮的、厚厚的黑色碱土围墙,将这白房子围起。围的圈子稍大一些,圈子里有个篮球场,有个马号,有个战士厕所,有个干部厕所——那干部厕所在偶尔有军区文工团、或兵团文工团来边防站慰问时,则临时改成女厕所。

黑色碱土围墙也起着掩体的作用。一米厚的围墙上面,布满了射击孔。

院子里栽着一些树木,篮球场被剪得整整齐齐的冬青围定。这冬青冬天会被积雪排成一道雪墙。此外还有杨树、榆树和沙枣树。最奇异的要数那棵野苹果树了。它与《白房子传奇》中的那个边界故事有关。

白房子的一侧,有一口井。井口上竖立着一根直的木杆,木杆的顶上再横担一根木杆。这个中世纪式的波斯式的吊杆,每天都在那里吱吱呀呀地吊水。

那时的大门,在正东方向,面对阿尔泰山。记得,大门外边有几个突出的沙包子,沙包子上长了些暗红色的红柳。兵团的那个腼腆的邮差小伙子,每隔一个礼拜,就站在沙包子上,吆喝着叫挡狗。载着黑建的处女作《给妈妈》的杂志,就是他送来的。

那时的瞭望台,在靠近界河的地方。

瞭望台距离界河大约有五百米远。它是木质的,高三十米左右,通体发黑,肩一天风霜,孤零零地站在那里。遇到刮大风的时候,瞭望台会像一个醉汉一样,在空中摇晃。迎风一面的牵引钢丝,绷得笔直,背风一面的牵引钢丝,则软蔫蔫地弯成一个弧形。

在一个明亮如昼的中亚细亚式的白夜中,这一群白房子老兵回到了白房子,迎接他们的是后来的驻守者们的热情招待,还有那响彻天空的"亲爱的老班长,你后来过得怎么样"的高音喇叭声。

一切都改变了，院子、树木、汲水井、瞭望台、门的方向、碱土围墙、马号，等等的等等，都改变了原来的样子。毕竟那一切都是三十多年前的事了。

而最为显著的变化，是当年那座阴森、冰冷、充满死亡气息的要塞，如今已经为祥和、安谧和平庸所取代。连长和指导员都是20世纪90年代初入伍的兵，他们告诉老兵们说，如今这里已经是没有任何争议的中国领土了，是和平睦邻边防。

黑建推算了一下连长和指导员的年龄，他们应该是在他当兵的那一年出生的。也就是说，当黑建抱着火箭筒趴在碉堡里的时候，在那遥远的内地的某一个村庄，一个婴儿诞生了。一些年后，他们长大了，来到白房子，成为连长，成为指导员。

黑建希望能找到他当年使用过的火箭筒。连长说，那种6940火箭筒已经过时，不再装备部队了。连长说话的时候，记起弹药库里还有这么一个火箭筒的模拟训练器，于是让文书去拿。那模拟器拿来了，是钢塑的，很轻，少了许多的庄严感。黑建把它在肩头上扛了一下，做个立姿射击动作，又放下了。

后来，黑建骑着马来到那个业已废弃了的木质瞭望台前。他试图上去，但是当上到第三层的时候，脚踏板没有了，于是黑建只好放弃上到顶上的念头。

旷野上的它显得多么的孤寂呀！它已经被废弃了，但是还没有倒。它孤零零地立在那里，苍老、疲惫、通体乌黑。它没有了重负，反而更沉重了，这是为什么呢？

最后，这个步履蹒跚的白房子老兵，终于在界河边上，找到他的那个碉堡。

碉堡也已经被弃用了。这碉堡该是1962年伊塔事件后修筑的，除了朝向三个方向的射击孔是水泥的以外，整个碉堡用圆木和木板堆成。它在一个沙包子的顶上，一大半为沙包子所遮掩。有一道交通沟，顺着戈壁滩，从白房子一直通到这碉堡里面。

黑建像一个走了漫长旅程的旅人一样，倚着身子，坐在这碉堡上。他感到自己是这么的累，好像身上的骨头就要散架似的。

中亚细亚的白夜，宁静而又美丽，给眼前的一切罩上一层虚幻的白光。坐在碉堡上的这个老兵，眼泪哗哗地流下来，止也止不住。而在他的前面，芨芨草滩闪烁着白光，沙枣树呢喃作响，一颗星，其大如斗，正从阿尔泰山那黑色的峰顶，缓缓向中天移动。

黑建从这座废弃了的碉堡里，捡下一个木片，他说要把这木片带回家里去，放在博古架上，作为永久的留念。

这群老兵在白房子要塞待了三天，然后离去。当最后一眼瞭望那片苍茫的天地时，黑建对自己说，我把白房子，把自己的一段过去留在这里了，我将因此而获得解脱。当我下一次重返白房子时，我将会是以一个旅行者的轻松身份出现的。

在高参事在白房子逗留的那几天，上级主管部门要组织一批作家艺术家到基层挂职，深入生活。高参事回到西京城以后，他们征求他的意见。高参事说，让我到西京城的高新区去吧，看看那里的人们是怎么生活的。

第五十七章　乌托邦梦想

就在一些年前高二的灵柩从肤施城拉到高村平原，行将下葬的那一刻，从理论上讲，这块名曰高村平原的地方，它的三千年的农耕时代已经结束，按照西京市的规划，并报国务院行政区划部门批准，它现在的名字叫"高新第四街区"。

那一年，那一天，北京召开关于在全国一些地方设立高新技术产业开发区的会议，计划在全国范围内，四处布点，首先设立一批高新区。榜样就是美国硅谷、日本筑波、印度班加罗尔、中国台湾的新竹。西京市见状，积极响应，踊跃报名，这样，获得了批准。他们将建立一座高新区，成为国家首批七个园区之一。

西京市的高新区，将分四步发展。一期工程紧靠西京城，利用一个已经搬迁了的老机场的跑道，在那里竖起旗帜。二期工程，三期工程，四期工程，滚动发展，依次展开。高新园区全部完成后，它将成为一个占地一百平方公里，拥有雄厚资金支持，旗下拥有一万家左右的大中型企业的庞大经济体。

高新区之所以选定高村平原作为它的未来的第四街区,原因之一是它距离西京城很近。在人们过去的印象中,高村平原是一个遥远的、偏僻的地方,其实现在看来,它并不遥远,也不偏僻,它距离西京城中心的那座钟楼,直线距离才不过五十公里,高速路一通,半个小时即可到达,而如果城市地铁修到那里,时间会更快一点。

原因之二是这块高村平原,是一个较为独立的空间。我们知道,渭河在这里绕了一个"几"字形的弯儿,从而令这块空间成为平原上的一个死角。现在,政府计划在这"几"字形的两个90度角上,各修一座渭河大桥,这样,封闭的局面就会被打破。

那第三个原因则是,高村平原靠着一条渭河,河流可以给诸多的工厂提供工业用水,并且排泄经过净化处理的废水。

现在讲究跳跃性发展,这个一期工程、二期工程、三期工程、四期工程之间,地理上并不连贯,东一块,西一块,南一块,北一块。其实这也是没有办法的事情,哪里的地好征一些,地块相对大一些,完整一些,园区就向那里扩展。好在高新区是一个整体,可以均衡统筹,所以从全世界范围内招商引资引来的项目,可以建议商家厂家,分散到各个园区中去。

所谓的高新区是一个什么概念呢?

各地对它的理解都不尽相同,各地的社情也都不尽相同,各地的发展模式也都不尽相同。而对于西京人来说,他们的高新区是这样的:

它其实是西京人的一个乌托邦梦想。

鉴于在计划经济向市场经济转型期存在诸多艰难和阻力、负重与因袭,西京人设想,能不能辟出一块地面,让它成为国中之国,成为城中之城，成为一个经济运行独立体，然后在它的外圈，即这一百平方公里的外面，像孙悟空用金箍棒画一个圆一样，筑上一道防火墙，从而让体制的各种有利于经济发展的因素进来，而将体制的各种惰性因素，挡在防火墙之外。

就在我们的高二的葬礼，在遥远的高村平原上，吹吹打打地进行的时候，上面所说的这些事情已在酝酿。几个月之后，麦熟时节，在西京城的南郊，西京高新区正式挂牌成立。

成立大会不是在高村平原召开的。因为高村平原上这将近一百个村庄的征地搬迁，还是一些年以后的事。当时这仅仅只是规划而已，而规划要落实到具体实施上，还有待时日。所以，那大会是在一期工程的所在地，老飞机场旁边的一块麦田里进行的。

麦子已经收割了。地里满是埋住人脚面的麦茬。现在，人们将这些麦茬推倒，将地边上那些巨大的垃圾坑填平，推出道路。然后，在麦茬地的一角，用圆木搭起一个高大的台子。台子的前面，五颜六色，用高高的竹竿挑起各色彩旗。高新开发区宣告成立。国家科委主任，一个戴浅色墨镜的老头，挥动铁锨，为高新区埋下第一块基石。

西京市的市长，一个身材魁梧的西北汉子，站在主席台上说，全球工业化进程，好不好，都市化进程，好不好，地球到底是圆的，还是平的，仅凭我们的智慧，现在还无法做出判断。但是，我能判断得出的是，我们必须做出改变，我们必须跟上这种工业化、都市化进程，以便适应于时代的发展，以便造福于我们西京城的百姓。

市长说到这里，长叹一声说，我们必须改变，不改变不行呀！我这里举一个例子，昨天有个南方来的房地产老板找我，他告诉我说，在我们这座城市里，要盖一栋商品住宅楼，从招标取得土地后盖第一个公章起，到最后楼盘盖起，盖房产证那最后一个公章止，这一个一个关卡下来，一共要盖多少个公章呢？市长说到这里伸出三个指头说，信不信由你，要盖将近三百个！这是什么意思呢？这就是说，这每一次盖章都为掌权人提供了一次用权的机会，同时也提供了一次腐败的机会。

市长说，那房地产老板告诉我，你知道要把这三百个公章跑下来，有多难！有两种人特别难说话，一种是快要退休、想要抓紧时间捞一把的老干部，一种是那些出身农村、刚刚毕业的大学生，这些大学生不知道自己这个公章的含金量有多大，就是不盖，捏住个拳头让你猜，我们耽搁不起呀，耽搁一天就是多少万。唉，你痛快一点，说个数吧，钱一扔，我们过这个关口。唉，直到最后，把你折磨够了，水也挤出来了，才盖公章放行。

市长说，这位房地产老板来找我，是为这么一件事。地刚征下，楼盘的图纸刚在工地上铺开，八字还没见一撇哩，卫生防疫站来了，对着图纸，他们拿个计算器嘀嘀嗒嗒算了一算，说，每平方米放一包老鼠药，三天一换，一共放五年，按你们这楼盘的面积计算，一共得放多少多少克老鼠药，折合人民币五万元。说罢，打个发票，要这老板交款。

市长说，他当时听了很生气。他立即给卫生防疫部门打电话，要他们查一查，看这事是谁干的。市长说，告诉他吧，就说我说来，不要刚逮来个猪娃，就按到案板上去杀，起码，你们得待这猪出槽了，有点膘了，能剐上几斤肉了，再杀不迟吧！

市长说，所以说，这就是高新区成立的目的之一，要打一道防火墙，不准这些庸俗作风进来。当然，高新区以发展高新技术产业为主，但是在创业初期，为了积累资金，滚动发展，可以适当地先搞一些房地产开发。如果搞房地产开发，我建议，咱们一个公章走到底，也就是说，取得土地使用权以后，盖个公章，启动，等到楼盘盖好了,办房产证时,再盖一个公章,结束,画上句号。不知道这样行不行?

市长说,咱们这里是穷地方,穷到骨头里了。所以,我不能给你们更多的资金支持,那么,先给十万吧,不要笑话,这算是启动资金。不过,我们可以给政策。现在我宣布,先给西京高新区两项政策。

这第一项,就是高新区管委会作为市政府的派出机构,有行使市政府部分职能的权力。也就是说,工商、税务、环保、监测、工程验收、公安、消防、交警等等在进入高新区以后,要接受双重领导,变条条管理为块块管理,即你们的主管部门和高新区管委会的双重领导。同时,在任命这些职能部门的第一责任人时,要取得高新区管委会的同意和认可。如果说可能,比如说质检程序、土地征收和招标事项、办房产证的问题等等,高新区自己审批。

这第二项政策,就是给你们土地。中央给省上每年的土地使用指标,省上将百分之七十给了西京市,市政府决定,省上每年给市上的土地使用指标,市上将拿出百分之七十给高新区。这些土地从农民手中征来以后,将主要用于招商引资,盖公用厂房,以及房地产开发等。

市长最后说,其实,我们所做的所有的努力,还是希望能在西京城建一个西部最大的高新技术产业开发区,令这里成为中国的硅谷,中国的班加罗尔,中国的筑波,中国的新加坡工业园。最后的较量是科技的较量,我们要集一个省、一个市的科技力量和人才资源优势,把这里建成中国西部产业高地,建成中国西部增长热点。

太阳也许将从西部升起!

市长的话讲完了。

他的讲话得到了热烈的响应。台子底下的掌声响成一片。大家纷纷议论说这块麦田是一个梦开始的地方。这块刚收割过的麦田里，群情激奋。风从终南山方向吹来，麦田里的几十面彩旗呼啦啦地飘着。高新区的第一批员工和入驻高新区的第一批企业家，衷心地感谢市长的真诚、胆魄和远见卓识。

市上派了一位副书记兼任管委会主任。

他叫华琪虎，是一个实干家，阅历丰富，富有开拓精神。此刻，接过市长的话头，他做了就职演说。华琪虎说，这是一个变革的时代，是一个出现奇迹的时代，在世界上是你中有我、我中有你的时代，是全球经济一体化的时代。谁不变革，谁不创新，谁就要被时代抛弃。我们不能再耽搁自己了。我们要冲破传统的管理模式，从这块麦茬地起步，建一个全新的市场经济的试验区。

那么，台子底下的这第一批员工又是从哪里来的呢？

高新区的中层，是从市上各大企业选派出来的具有开拓精神的中层。那情形就像来这里搞一个大会战似的。而高新区广大的员工，则是通过电视、报纸上的招聘启事，应聘而来的。他们很多是大学里来的教师，而这些大学教师来的时候带着使命，就是来创办校办工厂。

这些员工们原来都有一份不错的工作，生活安定，工作也体面。但是由于受到了时代大潮的冲击，他们不愿意就此平庸地度过一生，他们觉得自己的才华和能力还没有做到资源最大化，他们觉得那原单位不舒服，憋气，他们希望找一个平台来实现价值，迎接挑战，于是辞了公职，前来应聘。

这些员工嫁与东风，把自己交给了不确定的前途。他们成为来高新区报到的，西京城的第一批白领。

第五十八章 三千具尸体、三千种无奈、三千件传奇

戏台子算是搭好了,主角们该登场了。那么,入驻高新区的第一批企业家,又都是些什么人呢?他们又是怎样一夜间从西京城的各个旮旮旯旯里钻出来,聚集到高新区的旗下的呢?

"你问我们吗?我们是一船打老婆的人!"有一个企业家,这样调侃自己。

见大家不明白,他说了个西方幽默。

他说,在大洋彼岸的西方,有这么一个地方,有这么一个人,这个人有一个爱好,就是打老婆。上帝生气了,就说,你再敢打老婆,我就要惩罚你。这个人听了,有些怕,一段时间没有敢打老婆。可是,不打老婆,又手痒。于是,有一天按捺不住了,又揪住老婆的头发,把老婆打了一顿。打罢以后,他终日坐卧不安,等待上帝惩罚。可是好些日子过去了,平安无事,上帝的惩罚并没有降临到他头上。这人放心了,于是就乘船到海上去旅行。谁知船行到

海的中央，突然远处风浪大作，乌云滚滚，上帝站在云头上，要把这艘船掀翻。这个打老婆的人见了，吓坏了，脸色煞白。他跪在甲板上说，亲爱的上帝，尊敬的上帝，你要惩罚，就惩罚我一个人吧，不要连累得满船的人都遭殃。这时候只听上帝说，你以为我把你们这一船打老婆的人，凑到一起，容易吗？

"首先入驻高新区的民营企业家，就是这样的一船人！"这位企业家解释说。

这位企业家叫弓一凡，我们的故事，可能还会在后面的某一个地方遇到他。

在"文革"结束，改革开放伊始，这些人便应运而生，纷纷下海。到高新区成立，到高新区挂牌设区，入驻进来前，他们已经在社会上闯荡了十多年了，从而完成了他们的资本原始积累。这十几年中，他们人人都有一本创业史和心酸史。最初，他们被称做投机倒把分子，遭人白眼，接着，地位稍有提高，叫"个体户"或"个体经营户"，而到高新区成立的这个历史阶段，这些下海的"弄潮儿"，已经开始有了一些社会地位，他们被称为民营企业家。当然在以后的发展阶段，他们的地位随着经济实力的增长，还会得到进一步的提高，他们将被称为"私企老板"，称为"红顶商人"。他们的企业会被称为"非公企业"。而到最后，当民营经济在全国占到百分之六七十，而在这个内陆省份占到百分之五十以上时，他们将成为时代英雄，被称为"新阶层"，成为"先进生产力"的一部分。等到他们的事儿做大了，领导不请自来，往他们身边一站，说我是先进生产力的代表。

须知，在这块被称为"八百里秦川"的渭河平原，在这块东方农耕文明的发祥地，在这块农耕文明建立起来的大堡子中，长期以来是羞于言商的。辉煌的西京城，它是农耕文明建立起来的最为辉煌的都城，世界的东方首都，在这里，对商人的轻蔑是一种几千年的传统。

什么叫"商人"？一个叫"周"的王朝从这块平原出发，跨过黄河，在中州平原的一个什么地方，打败了历史上的商朝。他们霸占了商朝的王公贵族们的土地，把他们赶出家门。于是，这些失去土地的商朝遗民们，为了糊口，便做起了小本生意。挑一个货郎担子，担一担萝卜，从东村卖到西村，从南村卖到北村，挣一点蝇头小利。田野上正在劳作的农民，直起身子来，手一指，将这些从地头路畔匆匆而过的担着担子、摇着拨浪鼓的人们，叫作"商人"。于是，这个称谓有了，这个职业有了，这个阶层有了。这个职业就从那时候延续下来，延续成现在的"新阶层"。

那第一个入驻西京高新区的民营企业家叫刘芝一。他是西京城里下海较早的那一批人。也就是说，在入驻高新区之前，他已经在社会上闯荡了十多年了，掘得了第一桶金。那天的挂牌设区仪式，继市长讲完话以后，管委会主任讲完话以后，这刘芝一代表民营企业家讲话。

他的口音是普通话、陕西话和河南话的混合体。这告诉人们的是他的祖籍是黄河那边中州平原的人。他的父辈们是黄河花园口决口的难民吗？或者，是在另外的兵荒马乱的年月中来到西京城的吗？这些都不重要。重要的是相对于这些西京城的土著，这些人身上具有更多的商业意识。

八百里秦川又称关中平原，而与它毗邻的东边河南、山西的一部分，历史上称为关东，与它毗邻的西边甘肃、宁夏的一部分，历史上称为关西。"关西大汉，击节而起，慷慨悲凉"，那"关西"该说的就是甘肃平凉、天水，宁夏固原一带。所以，它们从来就是一个文化板块。

伟大的西京城，在历史的岁月中，它从来就是一个偌大的收容站。黄河的每一次决口，都会将大量的中州平原的人冲到西京城来。所以在西京城的人口中，河南人大约占到四分之一。自然，流离失所、离乡背井的他们，绝大部分人都是从西京城的最底层做起。

刘芝一最初是一个普通的工人，下海前，在西京城的一家食品厂开货车。如果不是这个时代，也许他将每天开着个半旧的小货车，出东门，进西门，跑南门，走北门，在西京城里的大街小巷转悠，直到无香无臭无名无姓地了此一生了事。社会给了他机会，他开始折腾，做一些小本生意，有的做成了，有的没有做成。后来，他用祖传秘方，生产出了一种叫"热宝"的风湿膏。

"热宝"行销几年后，有了一些市场份额，为刘芝一带来了一定的财力。钱就是胆，这样，他便可以干大一点的事情了。这时候，他瞄上了一项高新技术，这技术就是全球卫星定位系统。刘芝一是民营企业家，他的这项研制，主要是用于民用。他想，中国有那么多汽车，如果给每一个汽车上装一个卫星定位系统，他这个机器的使用量就是个天文数字。这东西还可以装在小孩子身上，那么小孩子就不怕丢了，而中国有多少个小孩子呀！这东西还可以装在家中那些贵重收藏品上，小偷要是偷了，用卫星定位系统一测，就知道那东西现在在哪里。

这时西京高新区成立，刘芝一率先报到。他渴望从这里享受到政策优惠、税收优惠，从这里招聘到一批社会精英、专门人才，从这里寻找到国家火炬计划的支持资金以及银行贷款。此刻的他，雄心勃勃以图霸业。

刘芝一后来从西京高新区出发，漂洋过海，将他的研发中心设立在美国硅谷，待全球卫星定位系统研制成功，取得专利后，又携带资金，重回西京高新区，向更为广阔的领域发展，成为一个经济大佬。这是后话。

这入驻高新区的诸多人物中，还有一位，我们认识，他就是在肤施城的批斗会上，走上台去，打了高二一记耳光的那个学生领袖。他现在的名字叫王一鸣，他学生时代叫什么，我们还记得，就是叫景红卫。他大约父亲姓"王"，而"一鸣"是取《史记》中"不飞则已，一飞冲天；不鸣则已，一鸣惊人"的意思。

他也有着十分奇特的经历，说出来有点像天方夜谭。不过话又说回来了，这一船打老婆的人中，每个人都有着他们的经历，而且一个比一个奇特。

"文革"中，他是造反派头头。三结合革委会成立时，作为学生代表，他进入革委会，做了县革委会的副主任。"文革"结束，清理整顿，这样他被清理出来，到一个生产队去蹲点劳动。这时候东南沿海的深圳特区成立，人们纷纷到那里去淘金。他明白，他的人生刚刚开始时，政治前程实际上已经结束。既然前面的路已经堵死了，那么他不能老死隆中，他得开辟另外的人生道路。这样他只身离开肤施城，先是坐汽车，接着坐火车，到了深圳。

开始的时候，一切都不顺。他试着做过一些小生意，结果都赔了。灰心丧气、举目无亲的他，决心离开深圳，重返肤施城。买完火车票，身上只剩下两块钱了，他计划上火车后，就用这两块钱买一包方便面，泡着吃。

火车就要开动的那一刻，他想起他叫王一鸣，不能对不起自己这个名字，于是突然改了主意。他记得毛主席好像说过这样的话："世界上许多事情的成功，往往在于再坚持一下的努力之中。"于是，他决心继续留在深圳，即便饿死，也要饿死在这个南方城市。

王一鸣张开手，将车票一撕两半，从车窗口扔出去，从而不给自己留一点后路，然后下了火车。有一句老话叫"否极泰来"。那时候深圳火车站正在维修，从火车站到有出租车的地方，大约有二百米的距离。许多第一次来深圳的人，下了火车两眼墨黑，找不到出租车，急得团团转。王一鸣一想，这是个商机。于是走到商店，一块钱买了个纸箱子，五毛钱买了一支毛笔，五毛钱买了一瓶墨水，然后将纸箱子撕开，在上面大大地写上"接站"二字。这样，又来到火车站，这样，像模像样地将旅客从火车站往出租车停车位上引。这一天下来，他引了四十个客人，一个客人一块钱，也就是说，这一天他挣了四十块钱。

王一鸣见这个事能做，于是又雇了几个人一起做。一年后，从火车站到街上的道路修通，不需要接站了。这时王一鸣已经攒了好几万块钱。

走到街上，腰包里揣着几万块钱的王一鸣，看见商店里在卖草莓。买主倒是不少，但是很挑剔，一再问新鲜不新鲜。王一鸣想，什么是最新鲜的草莓呢？那就是自己亲手从棵子上摘下来的那颗呀。这样脑子一转，来到一个园艺场。他将这几万块钱甩给园艺场，做订金，让他们栽上几万盆草莓。草莓成熟的季节到了，王一鸣到街上去推销，那广告词是：让你在第一时间吃到自己亲手摘取的草莓！深圳市的市民们，见这东西新鲜，于是纷纷抢购，形成一种时尚。将一盆草莓棵子带回家，成熟一颗，吃一颗，那情形真是既浪漫又别致。这样，几万盆草莓便被抢购一空。一盆草莓是十五元，这样，王一鸣一笔就攒了三四十万。

攒完这笔钱，走到大街上，王一鸣双手插在裤兜里，吹着口哨，不免有些自得。这时路边的报刊亭里，有人在喊叫"好消息"。王一鸣不听也不由他，于是只好凑过去，问是什么好消息。买份报纸，原来报纸上有一条海关的启事。启事说，南山港拉来了一船名牌运动鞋，都是单脚，现在作为废品，作价处理，每只五十元。

王一鸣觉得大买卖来了。他想，虽然是单脚，但是只要能找到厂家，就不愁另外的一只脚配不起来。如果配齐，这一双名牌运动鞋，就可以卖到几百块，甚至上千块。主意拿定，我们的王一鸣便毫不犹豫地揣着钱，来到南山港，将一货船的左脚鞋，全部吞下。

人说鸿运来了，挡也挡不住。正当王一鸣四处联系，寻找原产地厂家的时候，不出一个礼拜，报上又登了一条海关的启事。启事说又来了一船单脚鞋，这次却是右脚。王一鸣听了，一刻也不敢停，信手招了一辆出租车，赶到南山港，又将这一船右脚鞋买了。有货在手，他雇了些人，配对，配好以后，又批发，又零售，闹了个热火朝天。王一鸣这次是大发了。

王一鸣加盟西京高新区，主要是看上了这里的土地资源和商品住宅楼市场。他有多少资金呢？这是个商业秘密。他只说，他的自有资金是有限的，但有一大批合作伙伴，并且，他也有香港资金融入的背景。所以，如果要在西京城开辟楼盘市场，他可以调动大量的资金。

有钱人办事，反而不花钱或少花钱。王一鸣取得土地，就花了很少的钱。他先在深圳的股票市场上，廉价收购了一个空壳上市公司，然后用这个空壳，和高新区进行土地置换，这样三倒葫芦两倒瓢，花一点钱，就把一大片地拿到手了。商界的话，这叫玩"空手道"。

在这一船人中，还有一批来自西京城的各个高校的企业。这些企业在这个时期叫"三产"，也就是说叫"第三产业企业"。学校早在"文革"时，就办过一些工厂，叫校办工厂，那时有个五七指示，号召办这种工厂。到了改革开放开始，上边又号召社会上各机关各单位各学校大力发展第三产业，于是这些校办工厂又改制，成为"三产企业"。这种企业为数不少。高新区办企业，最初的时候有个口号，叫作"一靠老乡，二靠老外，三靠老九"。这"老乡"是指乡镇企业，这"老外"是指外资企业，港台企业也混在一起说了，这"老九"即是这种校办工厂转型而来的"三产企业"。

西京城里有的是高校，有的是军工企业，有的是部属科研院所，人才济济藏龙卧虎。有才能，有技术，带有科研成果的人，比比皆是。到了高新区，成果就落地，发芽，开花结果。

在这一船人中，还有一批是来自西京城各大企业所派生的子公司或分公司，它们是以试验性质进来的，先探进来一只脚，试试这市场经济的水深水浅，如果办得好了，成功了，就继续办下去，如果不成功，再缩脚回来，重回老体制。

这就是这一船人的情况。

这就是高新区旗帜竖起，旗下最早汇集起来的这些民营企业家的情况。

有人做过统计，从高新区挂牌设区到15周年纪念时，在区内注册的企业达到九千多家。而在这九千多家企业中，有三千家悲壮地倒在了市场竞争的大潮中，成为三千具尸体，那每一具尸体倒下去时的姿势都各个不一；另有三千家，处于半死不活的状况，或正束手待毙，或正等待转机，奋力突围；最后有三千家，艳阳高照，莺歌燕舞，成长为经济小巨人，甚至长成参天大树，进入中国企业五百强。它们为国家带来了税收，为老百姓提供了就业。西京高新区成为中国西部最大的经济增长热点，其经济总量，占到西京市经济总量的四分之一。

那三千具悲壮的尸体令人唏嘘不已。这些尸体中，有许多是那些国有大企业派往高新区的子公司或分公司。由于产权不明晰，这些企业在发展起来以后，风头正盛之时，总公司便采取釜底抽薪的办法，或者抽去流动资金，或者调换领导，将这些企业拦腰斩断，等到成了一具尸体了,大家都高兴。

这些尸体中,还有一部分是那些高校来的"三产企业"。这些本来可以成为尖端科技领头人的创新企业,也是由于产权不明晰,一旦发展起来后,立即被院校采取同样的办法,将它们搞垮。

这里有一个呼延教授,是个1957年被错划的右派。"文革"结束后,被学校从精神病院接回来。你能干什么呀,课肯定是教不成了,现在上级号召办"三产",你就领两个青年教师,到高新区去办"三产"吧,算是给上级有一个交代。这样,呼延教授便领了几个人,到高新区注册了一个厂,生产电器上用的一种被俗称为"电子魔块"的小盒子,这技术在当时是世界顶尖水平。

第一年干下来,年终盘点,这个小企业挣了三十多万。三十多万在当时是一个大数目。呼延教授很高兴,把这个小企业的所有人都叫过来,按人头平均分,叫他们揣了钱回家去过个滋润年。

这事惹出了祸。教授刚回到学校,就被学校保卫处抓起来了。当然,三个教师都被抓起来了,关进黑屋里。校方说这叫私分国有资产。关到大年三十,校方说,放你们几天假,回家过年,这事还没完,等过了初五,再把你们抓回来,听候处理。

那教授回到家中,又害怕又生气,年也没有过好。正月初五那天,几个老同学聚会,教授越说越气,席间又多喝了些闷酒。饭局散了后,他晚上没有回家,直接到高新区那幢企业家楼里,开了自己办公室的门,一根绳子,吊死在了门框上。

这事一出来,另外一个教师说,打死我也不出来了,外面就是有座金山,我也不去淘了,让我回到学校,安安稳稳教自己的书吧!

那第三个教师,他叫弓一凡,是个风流倜傥、爱说个笑话的人。前面那个"打老婆"的西方幽默,就是他说的。这家伙晚上坐在家里抽闷烟,市长来看他,市长坐到半夜,还迟迟不走,于是这青年教师说，你走吧，市长，我明白你为什么不走！告诉你吧，呼延教授自杀的消息，我已经知道了，你是怕我受不了压力，也去自杀。你放心吧，我不会自杀的，非但不会，还想再往大了折腾。我现在想的是下一脚该怎么踢。我想辞了公职，筹集些资金，自己办个民营公司，把"电子魔块"这东西，继续做下去！

市长听了，这才放心地走了。

第二天，市计委姚主任从小企业扶持资金中，为这位青年教师拨出二十万元，高新区创业中心又资助十万元。于是，高新区又一家民营公司成立。

而教授的女儿呼延临风，在葬埋了老父亲之后，来到高新区，这位刚毕业的大学生，放弃了更优越的机会，来这里应聘做了白领。

这是我们那个年代的故事，我们那个年代的传说。

第五十九章　村庄的最后的日子（一）

　　风暴在天空经过久久的酝酿，终于形成一场倾盆大雨。随着高新区的跨越式发展，这块平原将被鲸吞入腹。它的田园牧歌的时代从此结束了。

　　高村就要消失了。

　　不独独是高村，渭河南岸这几十个上百个古老村庄都将消失，都将从地图上抹掉，从民政部门的注册上抹掉，不留任何痕迹。这里将被高楼大厦所取代，被工业专用厂房所取代，被纵横交错的街道及街心花园所取代。它现在的名字已经不再叫高村平原了，新的城区规划图中，它将被叫作"高新第四街区"。

　　这些村子大都是同姓村。在数千年来的沧桑岁月中，村庄像一种叫作"扒地龙"的野草一样扒着这渭河沿儿上，经年经岁，经雨经霜。这里走马灯一样走着一代又一代的人物，演绎着一个又一个的故事。在我们的小说中，老崖畔上的这户高姓人家的故事，这些人物，只是这平原故事、村庄故事中的一鳞半爪。如今这些村庄，这些故事，这些人物，都将被残忍地抹掉，像风一样地刮去，从大地上消失，从人们的记忆中消失。

你看见过这些古老的、笨重的、冒着炊烟的村庄，被从大地上连根拔掉时，那悲壮的情景，那大地的战栗和痛苦吗？

那些所谓的宅院，或者间半庄子，或者三间庄子，或者五间庄子，它们在推土机轰轰隆隆的声音中被推成一片旷野。宅院上面那些土坯房、砖瓦房、水泥结构的二层楼房，也在这轰轰隆隆的声音中被推倒，那些青砖绿瓦随着房屋的轰然倒地，变成不值一钱的建筑垃圾。

搬迁的公家人说，这一处地面将建成一个高新区，成为距离这里不远的那个千古帝王之都的高新区的一个分园区。公家人还说，这叫工业化进程，是一种世界潮流，谁想阻挡它谁就将被远远地抛在时代进程之外，一步撵不上，步步撵不上。这叫代价，虽然是痛苦的代价，是感情的代价，但是，非付出不可。这是政府行为。

负责高村平原搬迁的公家人叫李年馑。这是一个我们熟悉的名字。"年馑"这两个字，和20世纪60年代初那一场大年馑有关，和平原上的官道上过来的那一男一女有关，和高发生老汉摆在大槐树下的茶摊有关。那是一段平原的记忆。那一段记忆对我们来说似乎还是恍若昨日。

年馑原先是这一块地面的镇长，这块地面被纳入高新区版图以后，他成为搬迁负责人，而一旦第四街区建成，他将是第四街区的管委会主任。

在拆迁动员大会上，公家人年馑用手指着这脚下的平原说：

农耕文明的时代正在结束，这是你不得不面对的严峻现实。是工业化进程产生了巨大的财富，是城市化进程产生了巨大的财富。你必须面对这一点，尽管这种面对叫人一时半会接受不了。

譬如说吧，这块土地如果以三千年的耕作时间来计算，也就是说，从那个叫后稷的周人的农业官在这块土地上动第一锨土起计算，三千年了，这块土地产生了多大的剩余价值呢？临到1949年新中国成立前，这里的土地一亩地一年的收益，是三十块钱。那么再往前，它大约连三十块也不到，尤其是动第一锨土那时，则更少些。那么新中国成立后，这块土地的产出又是如何呢？新中国成立后我们经过了精耕细作，加上有了渠灌和井灌，加上籽种的改良，加上两年三熟的耕作方法，截至我们这一阵说话时，它一亩地的年产值是两千块钱。

这样我们算了一遍后，我们悲哀地发现，三千年中，我们的先人们东山日头背到西山，一生流血流汗地劳作，满打满算，这块土地一亩地三千年中只产生了几十万块的剩余价值。

那么，这块土地通过征收，纳入高新园区以后，通过挂牌招标拍卖，这样，厂房用地，它一亩可以拍卖到三四十万，而商品房用地，它可以拍卖到一百万，二百万，有些地块好的，比如这临着渭河的高家渡，甚至可以拍卖到八百万。也就是说，就在那拍卖槌敲响的那一秒钟，土地一次变现，它在一瞬间变魔术般所产生的价值，将是三千年来全部耕作所产生的价值的许多倍。

年馑说，仅就这些，这还不是全部。

他说，那些通过招商引资招来的外资台资国资企业，将为我们提供源源不断的税收，将为我们的子女提供许多的就业机会，从而加快这座城市的现代化步伐。

像当年动员打土豪分田地，动员土地入社，动员公社化大食堂，动员联产承包责任制，动员土地承包六十年不变一样，这个公家人现在做了类似的动员。

最后他说，希望父老乡亲们顾大局，识大体，帮助政府把这个搬迁工程搞好。

还有什么可说的呢？所有的村民们听了，都默默无语。

所有的村民都在协议书上签字画押，领取了房屋拆迁款和每亩地或两万或三万或八万的土地补偿金。从领取的那一刻起，从签字的那一刻起，这房屋，这村庄，这道路，这树木，这耕地，这村子中间那座绿汪汪的涝池，这村子东头那座一年四季吱吱呀呀作响的水车，还有村子西头那条哀恸地流淌着的河流，实际上就已经不是高村人的了。高村的人们将搬到平原的尽头，南山底下一个安置小区中去。

协议书上说，必须在这一年的春节前搬走。上级也指示说，春节前必须完成这项搬迁工程，因为这笔搬迁经费必须在年底前花出，还因为已经招来跨国公司要在这高村平原上奠基。和农民打交道是一件最叫人头疼的事，刚才还红口白牙说定的事情，也许一迈身子，就又变卦了，就又死活赖着不走了。所以说好春节前搬，就只能是春节前搬。

高村平原上，一些人家搬走了，还有一些人家没有搬。

没有搬的人家，跪下来对公家人说，让我再在这祖传的老宅子里过个大年吧！把老先人的魂影从坟里接回来，在老宅子里过个团圆年，春节一过，大年初一，不等太阳冒红，我们就动身了。

公家人听了，也动了感情："谁叫故土难离哩！这样吧，你给我写个保证书吧！大年初一早晨，太阳冒红，推土机准时来，管你屋里有人没人，闭着眼睛推！"

村子里的大部分的树木，也都在这被推倒之列。

在我们亲爱的平原上，每一个村子，其实都是被一大堆各种各

第五十九章 村庄的最后的日子（一） 423

样的树木包围着的，远远看去，像一个葱茏世界。

那一个一个争着出头的树冠，冲向天空，树冠与树冠的缝隙中，露出瓦房或厦房的山墙那蜡黄色的三角，露出宅院那一溜子用黄土夯成的土墙。每当夜来，树影婆娑，平原上的小风吹过，杨树叶啪啪拍手，槐树叶喃喃细语，柳树呢，柳树婀娜着身子，在风中像美人一样摇呀摇。这时候如果有月亮，月亮像一个大车轮子一样，从平原的东头升起来了，它缓慢地行驶到平原的当空，那月光会像摊煎饼一样，将它的蛋黄色的银辉摊满整个高村平原。

这些树一般树龄都不会很大。树到了一定年纪，三把粗了，四把粗了，一搂粗了，就该派上用场了。槐树用它来做车辕、车轱辘，大平原上那千百年来吱吱呀呀跑着的牛车，就是用这坚硬的槐木做的呀！枣木用它做棒槌，每天傍晚，女人们亮着光脚片，围着涝池洗衣服，嬉戏着，棒槌声响成一片。还有那香椿和臭椿，香椿的嫩芽儿香甜无比，臭椿的嫩芽儿则臭不可闻，不过它们成材后，都是做门窗的上等的材料。还有那榆树，细的可以做檩，粗的可以做梁，那榆树皮、榆树叶还是灾荒年间人们哄肚子的一种物什。至于桐树，这从中州平原上传过来的树种，它生长期快极了，一年就可以冒高一丈，而一旦成材，它会被很快地锯倒，用作棺材。村上又有一位老人要走了，粗木匠来锯板，细木匠来打棺，让他睡着这四页瓦，或八大扇，去入土为安吧！

不过给村子里的人们留下深刻印象的，或者说，被这隆隆的推土机推倒的最为可惜的，却是那些果木树。"果木树"，这是一个叫人一听就流涎水的称谓。"想吃两个大银杏！"这是高发生老汉拿腔捏调地说出的一句口头禅，后来成为村上人取笑这户人家的一个谈资。谁家的后院，靠近粪坑的地方，有几钵石榴树，谁家的前院，靠近水道的地方，有一棵银杏树，谁家的大门口，又有一棵桑葚树，村上的每一个孩子在成长为大人的阶段，大约都有几次，晚上翻墙进去偷嘴吃的经历。

村东头的引水大渠旁边，长着一棵柿子树。这柿子树的下半截身子上，结的是指头蛋儿一般大小的小柿子，人们叫它"软枣"，那树冠上结的，才是真正的牛心柿子，到了秋天，那拳头大的柿子红了，像挂了一树的红灯笼。

满树的柿子是在秋天成熟的。一场秋风一场秋雨之后，青色的柿子像变戏法一样，突然变成橘黄色的了。这时候白天太阳一照，晚上严霜一杀，则又变成了凝重的赭红色。主人家在拿柿子，口里念叨着"七月核桃八月梨，九月柿子红了皮"的那代代相传的歌谣。是的，这叫"拿"柿子，或者叫"卸"柿子，而不叫"摘"柿子。"摘"这个字眼太轻浮了，太俗气了，太平凡了，而"拿"字或"卸"字，有一种庄严的、沉重的、神圣的、虔诚的感恩心理在内。

那些"拿"下或"卸"下的柿子都到哪里去了呢？是分给四周村子里那些七大姑八大姨亲戚陆人了吗？或是酿醋用了，或是偷偷地挑到集市上去卖了？在那段柿子收获的日子里，全村人都在嘴里流着涎水，思考这个问题。但是，一年一年过去了，他们从未得出过答案。

那家的男人，在卸柿子的时候，通常不卸净，而是给柿树那高高的顶梢，留下来那么几十个。不是主人家够不着，而是他故意留下来的。那几十个柿子又红又亮，它们会在树梢上一直待到深秋，甚至初冬。

那男人说，这些留下来的柿子是还给树的，以示谢恩。如果卸净的话，树会生气的，那样，来年它就不会好好结了。那情形，就像给鸡窝里要放一个"引蛋"一样。而村上的人，在流着涎水看着这些柿子在逐个减少时，发现它们其实是被那些在平原上空游弋不定的老鸹吃掉的,"我把柿子留给了柿树,而柿树又将柿子献给了老鸹!"树的主人这样解释说。

如今,这些被叫作"果木树"的东西,也将要被铲除了。

然而,村子里最令人敬畏的或者说最著名的树木,还不是这些果木树,而是那些已经有了一大把年龄的老槐树。

这样的槐树已经不多,也就是十几棵吧!它们在村子里一些老宅子的门口骄傲地站着,装点着高村的苍老与沉重。正像村子里还有一些为数不多的老人一样,这些高龄的树木立在那里,成为一道平原上的风景。

它们本该也是会被伐倒,从而用作世俗的用途的,或打牛车,或做房梁,或做犁辕,或做棺木的,可是,拥有这棵树的主人疏忽了一下,错过了给它们派上世俗用场的机会,而当有一天一觉醒来,为这棵树想事的时候,走到树跟前,绕树三匝,连连摇头,因为这树已经不能动了。

或者说是树心已经空了,只剩下来个单皮,那材料是用不成了。或者说是平原上两只不常见的鸟儿,在高高的树杈间做了一个窝,母鸟正在孵蛋,公鸟正在觅食,"莫要伤了这一对鸟夫妻,莫要伤了它们的蛋,那样会造孽的,唉,对它们来说,等一个季节也不容易!"于是树的主人摇摇头,放弃了伐树的想法。或者这树在夏天的打雷闪电、呼噜白雨之后,一枝大树股被拦腰击断了,而那炭黑色的断裂处,从糠了心的树身中,钻出一条吐着红信子的白蛇来,于是人们对这棵树,产生了敬畏和惧怕,不敢再动它了。

有一户人家,院子里就长着这样一棵老槐。这是一院三间庄基的四合院,上房、门房和两边的单面厦房,站在四边,将这棵树围在宅院当中。那树树影婆娑,庞大的树冠,将这家宅院护得严严实实。为什么要伐它呢?伐的原因是因为这家三兄弟要分家。树伐倒了,从这棵老树的树身上流出来的不是白色的树液,而是红色的血液。那血液腥臭腥臭的,将整个村子都熏臭了。兄弟三人大惊失色。从此以后,这户人家败落了,人丁开始不旺。

高村的搬迁,那些年龄轻的树木将被砍掉,那些果木树也将被砍掉,那些大树、老树、有灵性的树,也将被砍掉。这些老树虽然有一些老资格,但是树龄毕竟很大了,即使搬迁出去,也很难成活了。

只有一棵树,它虽然古老,但是长得很旺。南山底下,紧挨着安置小区的地方,一个民营企业家正在筹建一个类似关中民俗村那样的平原公园,他看上了这棵树,要将它搬走,栽在那平原公园的大门口去,用它镇宅。

这就是长在黑建家门口的那棵老槐。

那棵在这里吊打过高大媳妇的古槐。

那棵高发生老汉在这里摆过茶摊的古槐。

那棵阅尽了平原一百年世事沧桑的古槐。

第六十章　村庄的最后的日子（二）

　　长在黑建家门口的这棵古槐，是高村最壮硕、最古老、最招人眼目的一棵树了。它有多大年岁了，我们不知道。村上最年长的人说，打从他们记事时，这棵古槐就长在那里了。这么许多年来，很奇怪，它竟然没有太大的变化，只是树的老皮更粗糙了一些，斑斑驳驳，树冠上，老了一些树枝，又新发了一些树枝。再就是，它经历过几次雷击，树的一根大股，在雷击时齐茬断了，像人断了一条手臂一样。那断茬处，黑乎乎的，像烧焦了的痕迹。

　　人们说这棵树之所以旺，是长在一条水脉上。地底下的东西我们看不见，但是据说有一条一条的水脉，从平原的四处向渭河里渗去。这话大约是有根据的。要不，为什么人们打井时，打在水脉上了，这水就旺？还有，那渭河涨水时，为什么家里面的吃水井，水位会升高，水会变得浑浊起来呢？

　　这树大约还有一些灵性。

记得当年雷击这棵树时，高发生老汉还在世。记得，从那空了的树身子里，突然钻出两条白蛇来。那树上有一个鸟窝，这两条蛇顺着树爬了爬，最后钻进鸟窝里，不出来了。吓得正孵蛋的一对鸟夫妻，不敢进窝，绕着树叽叽喳喳乱飞。发生老汉那时还年轻，脱了鞋，往手上吐两口唾沫，再把腰间的布腰带紧了紧，然后倒爬着上了树，用木锨将那两条蛇挑了下来。随后，趁蛇还在地上瘫着的时候，掰开嘴，给它们嘴里灌了些烧酒。这样做是为了将蛇灌醉，叫它们不记得回家的路。然后，倒提着蛇，把它们扔进老坟里去了。

如今，在这个高村的拆迁工程中，最后挖掉的是这棵树。

这棵大树将要享受一个极高的礼遇。它将要被带着一圈大根，和一大坨根上的土，被运到遥远的南山底下的民俗村去，那里会像供奉一位老人一样将它供奉起来。那里，大门口恰好缺少一棵树。人们已经在那里挖好坑，等待着这棵树的驾临。

拆迁是一件大事，所以，拆迁办主任年馑，曾经给黑建哥打过一个电话，希望他能回来看一看。黑建那时候，正在外地考察，正行进在死亡之海罗布泊古湖盆里。

我们前面说过，黑建在有一段时间里，突然痴迷于对中亚史的探究。那一段，他沿着农耕线与游牧线的交汇地带，正在进行考察。以西京城为圆心，他绕着长城线在走一个圆，如今恰好走到罗布泊。

随着对中亚史的深入探究，黑建正在明白一个道理，这个道理就是，东方文明和西方文明，从来就是两个蛋壳里孕育出来的不同的文明，东方永远学不来西方，西方也永远学不来东方，唯一可取的只是相互借鉴而已。

它们有两个大不同。第一个大不同是，一个是游牧文化的产物，一个是农耕文化的产物。世界三大古游牧民族，雅利安游牧民族,古阿尔泰语系游牧民族,欧罗巴游牧民族,其中前两个都消失在了历史的进程中,而欧罗巴游牧民族则从马背上走下来,开始定居,开始以舟作马,驶向更为广阔的海洋。而我们知道,东方文明是农耕的产物,伟大的西京城是东方文明营造的最大的一个堡子。所以,东方与西方,是两个不同的人种,两种不同的文化背景。

第二个大不同是,人类第一次跃上马背,是距现在三千八百年前的事情,是东方的牧羊人匈奴人最先跃上马背的。有了马作为脚力,人类才有可能完成跨越洲际的迁徙,文明板块之间才有可能互相沟通。而我们知道,按照史学家为我们提供的说法,人类的历史可能有三百万年。这样我们知道了,东方和西方,它的隔绝史长达二百九十九万年之多,而它的沟通史仅仅只有不到五千年。在漫长的黑暗的年代里,它们都是在各自的蛋壳里孕育和发展,所以,从来就是两个东西。

而在这两个"大不同"的背景下,东方文明又不单单是纯粹的农耕文明,而是农耕文明和游牧文明相互冲突相互交融的产物。

黑建在他的记事本上说:"每当这以农耕文化为主体的东方文明,走到十字路口,难以为继时,这时候,胡笳声声马蹄嘚嘚,游牧民族的马蹄便越过长城线,呼啸而来,从而给这个停滞的文明以新的'胡羯之血'。"

正当我们的黑建或站在罗布泊那干涸了的古湖盆,或站在风蚀雅丹地貌之上,或站在楼兰古城那废弃了的佛塔旁,或面对小河公墓千棺之山那碧眼金发的两千年前美女木乃伊,做着上述的想象时,他接到年馑的电话。

好不容易,他才把自己的思路,从眼前的景物,从那无边的想象中收拢回来,而回到他的故乡地,那遥远的高村。

他问这打电话的人是谁。对方说是叫年馑。他问这年馑是谁。

对方笑起来，他说从公家人的角度讲，这年馑是高村平原这一块地面原先的镇长，现在的拆迁办主任，而从私人关系的角度讲，年馑是你的亲爱的弟弟。

黑建不记得家族里面，有个叫"年馑"的人，他有些疑惑。这时对方说，黑建哥，你还记得1961、1962年那场大年馑吗？你还记得在高三的热炕上，生下的那个南山杨郭镇的孩子吗？

黑建这时候记起他是谁了。他的心里一热。他记得在高二的葬礼上，他们曾经见过一面。

黑建吟哦了一下，抱歉说自己不能回去。平日以"天下为家"而自居的他，以"世界公民"而自诩的他，这时候甚至觉得用这么一件小事打搅他有些不应该。接着又觉得这样想不对，你不管走到哪里，那地方永远是你的根呀！这样一想，于是改口说，你们征求一下顾兰子的意见吧，如果老人家想回去看一看，身体又还可以支撑，就请咪咪陪她回一趟吧。

这样，在村庄的搬迁中，在这棵大树的搬迁中，顾兰子回来了。在挖掘大树那围观的人群中，我们看到了她的衣冠周正的身影。

她却把这当作一件大事，当作很大的一件事情来对待。

黑建后来分得了新的房子，三室一厅，这样为顾兰子辟了一个单间。已经十多年了吧，顾兰子随黑建一家一起居住。她每年一春一秋，都要害两场病，打两场吊针，医生说她的心脏已经肿得像牛的心脏一样大，但是她仍然奇迹般地活着。在这里她每天为黑建做三顿饭，她又找到了自己的服务对象。

村庄搬迁的那些日子，她每天晚上都在做梦。"牛是亲人马是信，梦见骡子交鸿运。"梦中醒来后，她常常会这样说。她这一生，到过许多地方，经历过许多事情，但是这一段时间她所做的梦，永远是在渭河边的那个村子，永远是她六岁时在高家渡的第一次亮相。

六岁的黄河花园口的难民顾兰子,随着父母,跟着蝗虫一样的逃难队伍,从官道那个方向迤逦而来,穿过村子,向渭河的高家渡走去。一个高村的大男孩,手里拿着一个蒸馍,踏着口歌而来。那口歌说:"墙上一枝蒿,长得渐渐高。骑白马,挎腰刀。腰刀长,杀个羊……"

这个梦她反复地做过许多次,每次醒来,脸上都会像害羞的小姑娘一样,一边一团红晕。这天晚上,她又做了这个梦。早晨醒来,红晕还停在脸上,思绪还停留在梦中,这时候接到了年馑的电话。"我去看一看!蛤蟆还是觉得它的那个井好!"顾兰子说。

这样,她先到小区的门口买了一些香表,等着一会儿为高二、为父母高堂上坟用。香表买回来了,然后回到家中,梳头,换新衣服,等着车来接。

闲言不说。

树开始挖了。黑建家的那棵著名的老槐树,现在开始挖了。

木匠们爬上树梢,将那些蓬蓬松松的树枝锯掉。民工们现在顺着公家人绕着树撒下的那个白圈,正在一锨一锨地掏土。戴着白帽的医生,在树还没有动身之前,正把一些针头给树身扎着,扎进去以后,再吊上盐水瓶。几台起重机,已经开来,现在像围着一头猛兽一样,围着这棵大树。塔吊那长臂伸出来,戴着安全帽的工人们,正在把钢丝绳往树身上绑,等待着那将大树连根拔起的时刻。

那些锯树股的木匠和刨树根的民工,其实都是这个村子或邻村的人。不过自从拿了土地赔偿金,签名画押的那一刻起,他们实际上已经成了失去土地的农民了。连高村这个地名也将失去,又何况他们。他们现在是公家人用工钱雇来干活的。

即便是带上再大的一坨土,仍然会有树根被斩断的。老百姓们说过，树冠有多大，树的根系就会摊多大的地盘。如今，树根被一根一根地砍断了，坑越挖越深了。

平原上的人们，把这斩断不叫"斩断"，而叫"斩"，就像秦腔戏中那个《斩单通》《斩秦英》的"斩"一样。他们嫌"斩断"这两个字太文雅，太女气，而这个"斩"字，生倔硬挣地说出，短促的语音中有一种血淋淋的感觉。

那被"斩"的根系中并没有像人们传说中的那样流出红血来，而是流出一种黏黏糊糊的白色乳汁。那乳汁不停地流着，把周围的黄土都弄湿了。那戴白帽的医生掏出胶布，将那些断裂处包扎起来，不让乳汁再流出。

坑挖得有半丈深了。这个枣核状的根系已经挖到了底部，民工们的镢头和铁锨都快要碰到一起了。这时，一个民工用锨朝土里探了探，说："这树没有主根，看来是栽上去的！"

最后，是起重机开始吊树。

哨子在嚁嚁地吹着，四台吊机一齐伸长了手臂，钢丝绳慢慢地变直，后来则在吃力以后，嘣嘣地响。"起——""起——"的号令声压倒了四周围观者的嘈嘈声。

大树慢慢地动了。

它先像一个喝醉了酒的北方大男人一样，突然一个趔趄，趔趄之后试图站直，接着果然站直了。但是随后，随着钢丝绳那嘣嘣的响声，它全身像筛糠一样哆嗦。哆嗦了一阵以后，最后，它脱离了大地。

随后，四台起重机移动起来，将树举着向一个平板车方向挪动。最后，几经折腾，这棵高村的老槐便被平放在一个有着长长车厢的平板车上了。放在车上以后，人们还用大绳将它死死绑紧，像在绑一具尸体。

平板车发动了，大树慢慢地退出了人们的视野，大树慢慢地消失在平原的尽头。

而在西边，在渭河的那个方向，在千古帝王都西京城的那个方向，一轮将沉的夕阳停驻在苍茫的西地平线上，它将红光洒向这个已经消失了的村子，这一片光秃秃的原野，这一群无所依傍的人们。

那夕阳的红光是如此的哀伤。

第六十一章　第四街区

几年后一个秋高气爽的日子，黑建领着孩子，回家乡去祭祖。孩子在西京城上完大学以后，到外地去上研究生，他就要离开了。黑建对孩子说，抽出时间，陪我回一趟高村平原吧，对你来说，那里是一个陌生的所在。你既不在那里出生，也没有留下任何记忆，履历表上的"出生地"一栏，也不是那里。但是对于我来说，对高村平原有着太多的记忆，那里甚至可以说就是我的一切，所以我想带你回去看一看。以后如果没有我了，你就把它忘掉，从而成为一个完整的城里人吧！

汽车从西京城的中心，直接上了一座穿越城市东西的高架快道，然后欢快地一直向东。半个小时的行程之后，下个出口，过收费站。然后，沿着一条一直向北的宽阔路面，进入昔日的高村平原，今日的高新第四街区。

这条路十分的宽阔，应该是十六车道吧。八条车道上行，八条车道下行。马路中间,还栽下了许多的城市风景树,从而组成一个十公里长的绿荫长廊。这条端南正北的公路,直抵渭河"几"字形的河湾的那个顶点。然后在"几"字形的那两个尖角,各修了一条跨河大桥,一条直通西京飞机城,一条通往北山的煤炭基地。而整个这个"几"字形的河湾,人们沿着河的东岸修了一条河滨路。道路在老崖底下,沿着河蜿蜒而行。

而这昔日的平原上,田园牧歌、青砖绿瓦已成历史,如今,它被一座接一座钢筋水泥森林般的建筑物所取代。

当然还有一些空地,但这些空地,要么是已经招标出让了,厂家现在将它用蓝色的屏障围起来,等待后续资金;要么是街区管委会故意留下来的预留地,因为有几个大的招商项目正在商谈、跟踪,一旦签约以后,商家就要来看地。

行驶在昔日的平原上,黑建现在要奔去的,是高村岗子上那片坟地。这片坟地就是当年生产队在落实上级"不要让死人与活人争地"的政策时,平了各户人家的祖坟,从而在这里建立的那个乡村公墓。

从理论上讲,这片坟地也在搬迁之列。甚至管委会已经在报纸上发了搬坟启事。启事的口气很严厉,说如果一个时间界限内没有搬迁,那么这些坟将作为无主坟处理。而它最终之所以能保留下来,则完全出于第四街区管委会主任年馑的周旋。

年馑虽然不是本地人,但是,他毕竟是在高村的热炕上出生的,是高发生老汉三百块钱买来的那只母羊的羊奶奶大的,他对这块土地同样有感情。那年馑,采取一种变通的办法,将这岗子上的三十亩苜蓿地,连同苜蓿地头的坟堆,竞拍给了一个民营企业家,然后,又到民政部门,为这位企业家办了个在这里设一个"安灵苑"的手续。这样,企业家便在这地里,修了些园子,起了一座高楼，用作西京城的人在这里安放骨灰。作为回报，企业家同意不惊动地下已经掩埋的那些人们，让那些坟头继续存在。

随着第四街区的建立，高村平原上昔日的一切，都荡然无存了，只有这一片坟地存在。包括我们上面说的那许多的高村的故事，平原的故事，也都像一阵风一样地刮走了。这块土地上正在等待着创造新的传奇。

年馑早早地就在地头等他们了。车停在了坟地东头，离坟地还有一段距离，黑建让车停下来。"文武官员到此下马！"他说。

乡间公墓中，老崖上这一户族人家的那一簇墓堆，黑建是熟悉的，因为他年年清明节的时候，都要陪着顾兰子到这里扫墓。如今，那一簇墓堆中，高大也已经归位，占了北边长子的那个位置。这样，老弟兄三个得以团聚。高发生老汉和高安氏的坟头，在他们的头顶，而他们老弟兄三个，正像小时候一样，偎依在父母的脚下。

高大是在渭河下游那个村庄，活了很久很久以后，才去世的。去世时寿终正寝，子孙绕膝。临终前，高大挑了一张自己的遗像，让他们设灵堂时用。那是关中子弟兵高大，当年在黄河那边的中条山，与小日本大战时拍下的照片。照片上的人，一身戎装，英气勃勃。高大说，八百关中子弟兵，八百名咱们的乡党，被日本人逼到了黄河边，集体跳河淹死了。他命大，没有淹死，他后来的这么多年是多活下来的。

临去世前，他曾雇了一辆小车，到西京城找过黑建一次，说是想吃一碗老孙家羊肉泡。黑建于是将他领到小区旁边的老孙家分店里，吃了一顿。临走的时候，又拿了一罐绿茶孝敬他。高大去世之前，打着饱嗝，对自己吃这一碗羊肉泡很满足，并且将那筒绿茶，不给别人喝，自己也舍不得喝，只是公家人逢年过节来慰问他时，才给泡。他说公家人口细，时兴喝这东西，咱平头百姓，有那老胡叶子漱口，就不错了。黑建去奔丧的时候，听了这话，很难过，觉得自己应该给老人家多拿一些茶叶才是，又觉得老人家是奔老字号来吃羊肉泡的，他只是领到了一个分店里，如是想来，不觉有几分遗憾。

黑建领着孩子，加上年馑，先给这五座坟头上压纸。将两张黄表纸，放在坟尖，又从地上拣些土疙瘩，将纸压上。这是告知地下的亡人，说晚辈披麻戴孝，来看你了。压完纸，然后从大到小，不分亲疏，一个坟头一个坟头地去祭奠。

每个坟头前面，都有个红砖做成的佛龛。黑建跪在那里，孩子也学黑建的样儿，跪着。年馑也算高家的一口人，他自然也跪着。先点上三炷香，当香插上以后，开始烧纸钱，纸钱熊熊地燃烧着，烟雾中，他们磕三个头，然后转向下一个坟头。

轮到给高二上坟的时候，除了完成上面那些礼仪外，黑建还从口袋里，掏出两支烟，一支自己用那燃烧的黄表纸点着，放在嘴边抽，另一支，丢进火堆，算是给一生嗜烟如命的父亲，敬上一支烟。

五座坟都上完了，礼仪结束后，黑建从车上拿下一串鞭炮，将手中的烟给儿子，让儿子用炮仗点着。于是，这一处冷清的坟地里，响起一阵噼噼啪啪的声音。

临离开墓地时，懂事的孩子，拿起手机，让黑建以坟墓为背景，为自己照了一张相。

一行人上了车。年馑让自己的车，跟在后边，他现在也挤在了黑建的车上，为他带路，介绍情况。坐在车上，年馑说："轻松一点吧，黑建哥，生生灭灭，往往来来，一代一代都是这样过来的。现在，咱们到管委会的水晶楼去看一看吧！你每年清明回来扫墓，都行色匆匆，还没有到我的办公室去看一看呢！"

这样，车上了路。离坟地渐远，车好像也变得轻松起来。年馑在车上指路,不到十分钟的工夫,他们便来到了那著名的水晶楼下面。

水晶楼大约是第四街区最高的一座建筑了。第四街区管委会,就在这楼上办公。它不独独是一座楼,而是由几座裙楼,再加上一个不大的绿荫广场组成。它的正式的名字叫梦想广场,表明这里是一个梦开始的地方,不过第四街区的企业家们,喜欢叫它水晶楼,因为那楼的外砌,不知是用什么材料做成的,夜晚在实施城市"点亮工程"中,大楼通体透明,像是灰姑娘翘起来的那只水晶鞋。

这里正是那个"半路里"的地方,而那座拔地而起的水晶楼,正是建在黑建出生时那三间瓦房的上面,当年那被拔走的老槐树的上面。

正当就要举脚迈向水晶楼的那一刻,黑建偶一回头,往老崖畔的方向一看,突然,他被一种景象吸引住了。一个穿着白色西装裙的年轻女子,正手扶着栏杆,侧着身子站在那里,凝望着眼前的渭河。

她的头发向后盘起,绾成一个高髻。这是一种流行在19世纪法国宫廷中的发型,高贵、典雅。那头发大约是染成一种黄褐色的,或者说并没有染,而是被阳光照射的缘故。总之,有一层淡淡的、金黄色的光晕罩在这头发上,或者说一直罩满她的全身,只是颜色深浅不一、斑斑驳驳而已。

她是侧着身子的,斜对着渭河,往上游看。只露出半边小脸和鼻子那尖尖的轮廓。那脸上不知为什么充满了一种与她的年龄不相称的哀伤,好像全世界的苦难,此刻都在她一个人的身上似的。

"她为什么如此的哀伤呢?哀伤时的她,是多么的深刻呀!"黑建在心里想。

这一幕情景叫黑建陡然想起了他的老祖母。高安氏有事没事的时候,总喜欢一个人站在那个位置,以这样的表情,以这样的姿势凝望着渭河。比如她在唾星四溅地骂街之后,会一个人在这里静静地待上许久,然后再回去进入那世俗的生活。比如在那次打了饭罐、挨了皮鞭之后,她也是站在这里,牵着黑建的手,长久地、长久地注视着渭河。

年馑告诉他,这姑娘叫呼延临风,是这座楼、这个广场的物业总管。她就是这个样子的,一个人常常站在这里发呆,一站就是大半天。这大约与她的经历有关。她父亲叫呼延教授,是高新区的第一批创业者。她父亲死的时候,是她到办公室去找的,那是半夜,推开门,只见一个人直挺挺地吊在那里,身子已经发硬。这一幕大约给姑娘以很深的刺激。

黑建走过去,和呼延临风打招呼。那姑娘,从沉思和凝望中惊醒,她有些不好意思。她问年馑主任,要不要为客人准备午饭。年馑说,高参事这次来,不是公务,是个人行为,一切由他招呼就是了。他想陪高参事到园区转一转,看一看那些企业家。姑娘见年馑主任这么说,就匆匆地点了个头,回水晶楼坐办公室去了。

现在,黑建来到了呼延临风当初站立的地方,从这里向渭河望去。

他记得,高安氏当年把这不叫"看",而叫"观"。高安氏嫌"看"这个字太单薄,没有味道,她说她不是"看",而是"观",是秦腔戏中"我正在城楼观风景"的"观"。

渭河的壮观景象叫黑建吃惊。渭河以十华里宽的扇面,正在平缓地、威严地、仪态万方地从眼前流过。那一河泱泱之水,蓝极了,就像电视上所说的那"更深的蓝"一样,晶莹剔透,如梦如幻,也许只有在童话中,或者在我们的梦境中,才能见到这样的蓝。在那烟波浩渺一碧万顷中,成群的白鸥在飞翔,一会儿掠过水面,一会儿又飞翔在空中。游人们乘着画舫一样的机动船,一只一只驶过。

"这是渭河吗?"黑建有些呆了。

年馑解释说，管委会在渭河经过第四街区这一段行程中，拦河修了座橡胶水坝，让水在这里多停留一会儿，从而造出这一片人工水域。这是西京城"大水大绿"工程的一部分。

"如果渭河发水，会怎么样呢？"

"水小的时候，它会从这河面的一侧流过，丝毫不影响这一片人工水域，如果水再大些，那么，它会从橡胶大坝的上面漫过去。所以，一切都很安全。"

"这就是我记忆中的、家门口的那条渭河吗？"黑建还是有些惶惑。

年馑建议他，到这水晶楼的28层的楼顶去看。那里有一个观景台，从那里可以将这十平方公里的第四街区，尽收眼底，可以俯瞰渭河在这一段的全部行程，包括看到河上那两座跨河大桥，从这里还可以看到平原两边的南山、北山，如果天气晴朗，甚至还可以看到西京城的一部分。

这样，他们乘着电梯，来到了楼顶，然后在这里，欣赏音乐，观赏风景，并用了一顿简餐。

这灰姑娘的水晶鞋的尖尖的鞋尖，这个被叫作观景台的地方，是一个旋转式的空间，像个茶秀。坐在那里，喝着茶，眼睛瞅着窗外，这楼就自己旋转起来了。几分钟时间旋转一圈，于是外边的风景，历历尽收眼底。两个女孩子，正在弹钢琴，据说她们是音乐学院半工半读的学生。

正是午饭时间，很多人来这里用工作餐。

原来，这座水晶楼上，管委会办公，只用了几层，而大部分的楼层，用以出租。能在这里面办公，是一种身份，因此，在这座楼上，聚集了西京城的大部分商界名流，经济巨鳄。公司的机构设在园区里，总部则设在这座水晶楼上。适逢饭时，他们来这里吃个简餐。

一个老板，很奇怪，他吃饭的时候，不是坐在椅子上，而是双脚跳到椅子上，然后蹲下吃。他吃的那饭是面条，碗里只有三根，但是又宽又长，装满了一碗。那面条叫"裤带面"，是老百姓的吃食。这老板的装束，也是农民打扮，对襟的衫子，黑布鞋，猛一看，绝对是个农民。不过他可不是个农民。或者说如果是农民的话，绝对是一个著名农民。黑建认得他的，本市一家参加全国职业联赛的篮球队，就是以他的企业冠名的。

　　还有一个老板，适中身材，西装革履，一身整洁。这老板，黑建却也认识。他原来是陕南地面的一个小裁缝，第一次出门到上海，花三十块钱买了套廉价西装，觉得这东西挺好，穿起来很排场，心想时代要发展，将来的人们，恐怕都会以穿西装为时尚吧。于是回到小城，先办了个裁缝铺，给小城人做西装。后来一步一个脚印，发展到西京城。而在成为高新区旗下企业以后，蓄久成势，日渐做大，先后挤垮国营服装厂和军转民服装厂，成为这个行业的西京第一。

　　还有一个企业家，是个少壮派，坐在那里，只顾自己吃饭，偶尔会用不耐烦的目光，看着这周围的人。这小伙子，他的父亲是大学教授，来高新区创办了一家高科技产业。那老教授，研发出来的产品是手机天线。最早，中国人使用的手机天线，几乎都是进口的。这教授说，我是给海军潜艇研发天线的，一百多米深水使用，要造这手机天线，小事一桩。于是把自己关在实验室，一个礼拜之后，样品出来了。产品批量出来，迅速占领市场。目下，中国人使用的手机，百分之八十用的他的天线。老教授如今功成身退以后，高新区的第二代企业家，登台亮相。

　　还有一位头脑光光的企业家，黑建也有似曾相识之感。后来想起来了，这人当年是西京城里一个江湖郎中，在街头摆地摊卖膏药，三十年风水轮流转，现今成为一名医学专家，药企老板，并且从某大学弄来一个教授的头衔。英雄莫问出处，是不是这样？！

正当黑建看得都有些呆了，这时一位老板用搪瓷托盘端着四菜一汤，找位置坐，结果坐到了黑建对面。来人穿着一身半旧不新的运动服，脚下蹬着一双半旧不新的旅游鞋，留个寸头，身材适中。他的装束、气质，又与上面的各位，有些不同。来人叫刘芝一，我们见过的。

那么，这个入驻高新区的第一家企业的老板，他这十五年来的道路又是如何走过来的呢？

他后来携妻偕子，去了美国，在美国硅谷，利用当地的科技资源和人力资源，办了一家工厂，实施他的GPS计划。三年以后，GPS工程项目研制成功，该公司并在美国纳斯达克和中国上海股市同时上市。这时的刘芝一，雄心勃勃，带着工厂、科研人员和产品的国际认证，准备重回西京高新区，开始大批量生产、投放和占领广阔的中国市场，但是这时候遇到了困难，或者说受到了阻力。

这阻力主要来源于政府干预。政府认为，这种GPS全球卫星定位系统，涉及国防安全，由一家民营企业生产，显然是不合适的，而由一家有着涉外背景的民营企业生产，则更不合适。

政府的这种考虑是有它的道理的。而聪明的刘芝一也就同意了政府的收购方案，旋即退出这个项目。

不过刘芝一并没有受到多大经济损失，或者用他的话来说，打了个平手。那政府收购，给了一部分收购金，这笔资金不少。这笔资金以外，公司在上海股市上市，圈了四个多亿人民币，在美国纳斯达克上市，又圈了一亿四千多万美元，因此，这项GPS项目，虽然花费了大量的人力财力，折腾了好些年，结局还是划算的。

现在在中国地面上奔驰的汽车，广泛使用的这个GPS卫星定位系统,正是刘芝一的公司研制的。不过,那是第一代产品,现在用的是国防工办企业生产的换代产品,与刘芝一已经没有任何关系了。

羽翼渐丰的刘芝一,这时又将目光从美利坚转向了欧罗巴。那时欧元区刚刚建立,欧元作为统一货币,正开始在欧洲大陆逐渐流通。刘芝一决心拿着这笔钱,去欧元区赌一赌,做一把投机生意。

三年后,随着欧元的日益坚挺,日渐升值,刘芝一挣了个盆满钵溢。他决心回国继续他的企业家事业。他将妻子在美国西海岸安顿好,让她一边读书,一边陪孩子读书,自己口袋里揣了七亿欧元,回到西京。

刘芝一回到西京高新区,踢的第一脚是买断了西京城最大一家商场百分之五十一的股份。这样他实际上成了这家商场的老板。他在水晶楼上租了一间简陋的办公室,操控商场,并且故伎重演,又将这家商场操作上市。

他踢的第二脚,是在高新区境内建立一家贵族医院。

这一脚却没有踢好。刘芝一在国外多年,对国情已经有些生疏,他忽视了西京城的中产阶层只是极小的一部分,而大量的医疗消费还是公费医疗和医疗保险。经营几年后,他觉得势头不对,连年亏损,于是急忙改制,准许公费医疗和医疗保险进入,将它申请为平民医院。接着,又将这投资七亿人民币的医院,无偿交给民政部门,交给阳光基金会,算是做了一件善事。

黑建在西京城中,与刘芝一有过几次接触。一次是当年刘芝一做药时,他参与过一些宣传活动;一次是当年建医院时,他曾去看过那医院的石膏模型。几次接触,都给他留下了很深的印象。记得当时他说,这些人的脑子像电脑一样,他们对中国的经济运行体制,熟得像自己家里一样,在这计划经济与市场经济双轨制运行的国情下,如鱼得水,运筹帷幄。黑建感慨说,空中到处飘的是钱,但是这钱不往你我的口袋里飘,而往刘芝一的口袋里飘,是因为他有让钱往口袋里飘的理由。

刘芝一踢的第三脚,更为厉害。他说,21世纪是能源的世纪,最后的较量是能源的较量,谁占有了能源资源,谁就取得了主动。

基于这种思路,他悄没声息,轻车简从,神龙见首不见尾,在大西北陕甘宁青新跑了大半年,收购了四家煤矿。每家煤矿按目前的市场价值估算,值二十个亿,这样四个煤矿下来,就是八十个亿。

如今,见刘芝一也上楼来吃饭,年馑主任打个招呼,问刘总最近忙什么。刘芝一说,他在美国订购了一架飞机,准备过两天去接。年馑问,买飞机干什么。刘芝一答,来来去去美国,太麻烦了,他想有一架私人飞机,啥时想走就走,这样方便一些。黑建这时听了,插话说,听说现在飞机降价了,陈仓那个地方有个民营企业家就买了一架,听说三四百万就够了。

刘芝一听了这话,有些不悦,他说三四百万,那叫飞机吗,叫儿童玩具还差不多。他说他这飞机,一亿三四千万。黑建见说,就说这么大的飞机,往哪里停呢?刘芝一说,停在香港,打个电话,它就飞过来了。黑建说,那驾驶员怎么办呢?听说养个驾驶员,得花好多钱。刘芝一说,用的时候临时租,香港有那么个机构,包括驾驶员,包括飞行线路,只要你给个电话,一切都安排得妥妥帖帖。

这样他们一边说着,一边吃饭。

刘芝一吃饭,有个习惯,就是一边吃饭,一边翻饭桌上那乱七八糟扔着的杂志报纸。见到有兴趣的文章,便偷偷撕下来,瞅服务员不注意,往自己的屁股底下塞。这样一顿饭吃完,饭是什么味道,他不知道,而屁股底下,已经压满了一堆纸片。饭吃完,他抬屁股走了,跟班的秘书迅速地将这些纸片塞进黑皮包里,然后去撵他。

黑建想,这是当工人时候留下来的习惯。刘芝一处处高人一着,大约与他不断地补充自己有关。

吃罢饭,离开这观景台,年馑请黑建去他的办公室休息休息。他问黑建,下午怎么安排。黑建说,他的姑姑,一个叫桃儿的女人,嫁到当年镇政府的所在地了,他想到那里去看一看。另外,当年他的爷爷高发生老汉,从一个叫庙底的地方,糊里糊涂地买了一只母羊回来,从而害苦了全家,纯粹是出于好奇,他也想到那地方去看一看。

年馑在高村长到七岁时,才回的杨郭镇,后来工作以后,又在这块地面领导村庄搬迁和土地征用,所以黑建说的这两个地方,他都知道。

年馑说,你恐怕要失望的,那些村子早就搬迁了。你说的那前一个地方,当年是公社所在地,后来又改成乡政府、镇政府所在地,现在呢,是一家大公司,叫"亚洲公路",你说的那后一个地方,当年是一座城隍庙的庙址,现在是一座高尚住宅小区,叫"巴比伦世纪城"。这样吧,既然黑建哥想看,下午我就带你去吧!

第六十二章 乡里人桃儿与城里人杏儿

平原上的女儿家是苦命的,不过大约数我们的桃儿的命最苦。她也去过那黄龙山,小时候就受了不少的苦。从黄龙山逃出一条命以后,回到渭河平原。她小时候没有名字,大家叫她"四女"。亡命黄龙山,要在那石堡镇设治局登记人口。此时正在逃荒路上,发生老汉信口曰曰,就说给她栽个名字,叫"逃"吧。所以她最初是叫"逃"的。后来上了高小以后,她自己改成个桃杏的"桃"。

在我们的叙述中,她一直是一个被忽略的人物。记得,我们只记录了她两件事。一件是她领着黑建,到岗子上去偷苜蓿的情景;一件是在早年那场不幸的婚姻中,高安氏拖着黑建,去那个村子的那户人家,去还那240块钱礼钱、去取回桃儿的包袱的情景。

她后来嫁到了公社所在地的这个村子。男人有些耳聋,被机器震坏了,在西京城里当工人,她则在家里,参加生产队劳动。人们把这种家庭,叫"一头沉"家庭,这种家庭的女人们,既当女人又当男人，凭一己之力支撑起这个家庭。桃儿这一辈子，干成的第一件事情，是将公公婆婆孝敬到入土为安为止，她干成的第二件事情，是一口气为这个工人生了四个女儿。

女儿生下以后，桃儿便一个一个，将她们抚育大，考上学校，然后送她们走出这块平原。四个女儿中，她给家里留下了一个，给孩子招个上门女婿，算是顶门立户，延续香火。农村妇女的劳累，是没有尽头的，桃儿接下来的事情，是挨家挨户行走，为女儿抱孩子，两条腿，一年四季城里乡里奔波着。真是劳碌命！

出事的那一天，她抱的是老四的孩子。孩子大约刚过周岁，缠在人身上。桃儿领回家里来看管，这样还可以兼顾家里这一头。中午的时候，她抱着孩子，走在镇政府那条简陋的街道上。街道上静悄悄的，没有一个人，只有一辆丑陋的四个轮子的拖拉机，停在路边。

正当桃儿抱着孩子，从拖拉机旁边经过时，那拖拉机突然在没有人搬弄的情况下，自己发动起来了。拖拉机突突地响着，来追桃儿。桃儿见了，抱着孩子使劲跑。那拖拉机则在后边，穷追不舍，风驰电掣般压过来。桃儿见了，赶紧横跨一步，跳过街道旁的下水沟，跑到人行道上去。谁知，这钢铁怪物穷追不舍，继续追上来，大轱辘蹦过下水沟，撞倒了一棵树，继续向桃儿追来。

就在那胶皮大车轮无情地碾向桃儿的那一刻，桃儿大叫一声，拼尽全力将怀里的孩子扔出去一丈多远，然后，自己伸出双臂，死死地拖住了这拖拉机的胶皮轱辘。

那拖拉机嘣嘣两声，终于不再蹦跳，它熄火了。

黑建是在中午午睡时，突然接到英的电话，急忙赶回来的。桃儿睡在她亲手盖下的房子里，身上穿着女儿们平日退下来的旧衣服，几颗不合适的假牙，龇着，脸像一张白纸，劳碌一生的身子，体重大约不到八十市斤。"亲爱的姑姑，你今天终于得闲了！"黑建流着眼泪说。

看着大门口停着的那辆被族人们扣下的拖拉机,那丑陋的东西,黑建想,这些如草芥如蝼蚁的卑贱生命,他们竟是被这丑陋家伙以这样的方式结束的,真叫人于心不甘。要死在车轮底下,来辆奥迪,来辆别克,来辆本田雅阁,也好,想不到竟是这丑陋的拖拉机。

这样,平原上又一个女人死了。老崖上这一户人家中,这一代人中的三子一女也就全部过世。只留下他们的配偶,高大、高二、高三的遗孀,然后还有桃儿那退休回乡的丈夫,还活在人间,没滋没味地过着他们最后的日子。

高桃儿走后,七七斋斋还没有过完,她所在的这个村子即开始搬迁,同样搬到南山下面去了。镇政府也随之撤销。这个村子大约是这十平方公里地面,最后一个搬迁的村子,镇政府在协调着将所有的村子都搬迁以后,最后在撤销前,将自己搬迁。

那条自高速路直通渭河畔的十公里林荫大道,占据了这个被拆迁村子的一部分地面,而另一部分地面,建设了一个名叫"亚洲公路"的企业。桃儿曾经千百次地走过的那条简易街道,现在拓宽,改造,修地下水管道,成为与十公里绿色长廊成九十度直角的一条支路。

一座高大的典式楼,拔地而起,这是"亚洲公路"的办公大楼。有一条长幅红布,从大楼上垂下来,上面写着"欢迎×××总统莅临指导"字样。典式楼的一侧,是一大片平房式厂房,那叫通用厂房,据说是目下世界流行的一种厂房模式。有一股淡淡的沥青味,从那厂房里飘出来,不很浓,但是有一种焦煳味。

"亚洲公路"的首席执行官,一个风姿绰约的大美人,站在大门口,领着公司中层,迎候高参事年馑主任一行的到来。年馑主任介绍说,这是孙总,孙杏儿。

她叫孙杏儿,身高一米七五,体重四十八公斤,上身很随意地穿着一件T恤，下身穿着一条裤角十分夸张的裙裤。说起话来，喜欢用祈使句，一口普通话十分纯正。黑建这大辈子，见过不少那种心高气傲、颐指气使的女人，今天见了这孙总，才明白自己平日所见的，只是一些村姑而已。这种女人，天生是为那些英雄们而生的，宛如华伦夫人之于卢梭、约瑟芬之于拿破仑一样，一般的泛泛之辈，在她们面前，头脑会断电，唯一能做的事情，是唯唯诺诺、唯命是从而已。

孙总刚刚在她的办公室里，接待完来华访问的伊拉克总统，从总统先生的手里，拿下一笔伊拉克重建的大订单，此刻，她正处于一种高度兴奋中。

"我把中东的一个大市场拿下了！"孙总用这样的开头，继续着她兴奋的心情。

伊拉克总统来中国访问，西京城是他必去的一站，因为这地方，也就是高村平原的尽头，有个秦始皇兵马俑。这天，参观完了兵马俑，总统先生说，西京高新区有个"亚洲公路"，他想到那家公司去看一看，于是，陪同他的当地政府官员赶紧联系孙总，让她做好接待。西京市的市长听了，也觉得这是个莫大的面子，嘱咐"亚洲公路"，将这作为一件大事来办。

被内战战火搅得焦头烂额的伊拉克总统先生，如何知道这里有一个"亚洲公路"，有个孙杏儿女士呢？这源于几年前在北京召开的非洲56国国家元首峰会。

原来，非洲地面上的所有高速公路上的沥青，都是"亚洲公路"给铺设的，孙杏儿曾经率领她的团队，在非洲原野上干过三年。却说，在北京峰会举行期间，非洲国家的元首们一致提议，要邀请"亚洲公路"、要邀请孙总作为嘉宾参加。有没有这么个公司呢，有没有这么个孙总呢，主办方半信半疑，于是在全国各地寻找，终于打听到，西京高新区有这么一家企业，有这么一个孙总。于是，电话通知西京城，请孙杏儿急赴北京，作为特邀嘉宾参会。

这样，孙杏儿便赶赴北京，风光了一回。在大会上，接受了由那些非洲国家元首集体签字颁发的荣誉证书。这样的女人好像专门是为这样的大场面而出生的，所以，颁奖仪式上，孙杏儿落落大方，笑容可掬，加上她个头又高，能压住台，又招眼，惹得我们的那些非洲兄弟们，人人瞪大了个眼白很多的大眼睛。

伊拉克属亚洲国家，但与非洲毗邻，所以伊拉克总统虽然没有参加那次峰会，但是关于中国的"亚洲公路"、关于孙杏儿的神话，也传到了他的耳朵里。

伊拉克总统可不是个寻常人物。他到来的这一天，高新第四街区，三步一岗，五步一哨，围绕着"亚洲公路"这座典式楼，禁止一切与这次接待无关的车辆通行，甚至这典式楼地下车库的所有车辆都被拖走，以防有汽车炸弹爆炸事件发生。

好个孙杏儿，除把这座大楼，用五颜六色的旗帜，用从楼顶直垂下来的大幅标语，装饰一新，营造一片气氛外，她还在她的大办公室里，老板桌的后面墙壁上，挂上一幅她在非洲工作时的大幅照片。

那照片上，孙杏儿穿着一件带襻带的牛仔工作服，脚蹬一双长筒的橡胶雨靴，手提一只沥青桶，莽荒的非洲原野，奇形怪状的大树，还有闯进镜头来的非洲大象，做这张照片的背景。

据说，总统先生在这张照片下看了很久，询问了很久。

孙杏儿告诉他，这是铺设非洲某一条重要公路后，铺设完毕时她的纪念照。她请总统先生注意照片上的女主人公的头发，那头发被沥青糊满了，这沥青糊在头发上以后，得用柴油来洗，半个月洗下来，一日一洗，一桶柴油，一半成了沥青了。

这位首席执行官为总统先生莅临"亚洲公路"，准备了一份特殊的礼物。

这礼物就是这家公司最新研制的刚刚获得国际认证的最新产品。

这是一种具有四种功能的一次性铺设公路机械,一次驶过,公路建成。首先,第一种功能,是耕松土地,然后碾平;第二种功能,是铺上防渗隔膜和石子;第三种功能,是车后面的三十二个喷油嘴,将煮得滚烫的沥青均匀地洒在路面上;第四种功能,叫滚压机构,将沥青压平,将路面压平。

"亚洲公路"自主研发的公路机械设备,已经有六项获得国际认证,这是第七项。本来,这产品并不是为伊拉克重建专门研发的,而是应邀为新疆罗布泊新建的钾盐矿业研发的,但是孙杏儿急中生智,为了讨得总统先生高兴,为了能从他手里拿到一份大订单,孙杏儿说,这是本公司为伊拉克重建专门研发的。

总统先生很感动,他想不到在遥远的中国的一个内陆省份,还有一家民营企业,如此念念不忘伊拉克人的苦难。

而尤其重要的是,上述这些话是由一位这样的女士口中说出的,换言之,如果这首席执行官是一位男士的话,相信这些话不会有这样的震撼力。

随后,总统先生亲自坐上这台机械,开着它在院内转了两圈,然后吩咐随行的原总理、现任重建部长,签下一份大订单。

伊拉克总统临告辞时说,这是他有生以来最高兴的一天。

而留着大胡子的总统侍卫长,在告别时,手拄军刀,单膝跪下,亲吻着首席执行官的鞋子。

他说了一句阿拉伯话,在场的人没有听懂。后来,据随行的中国翻译事后给人说,侍卫长是说,细细的,长长的,啧啧,一个人的腿竟然可以长得这么美。

年馑主任催促高参事走。他说还有下一家,那个"巴比伦世纪城"的董事长王一鸣,已经在那里恭候多时了,让人家久等不好。而作为黑建来说,他还是兴犹未尽,这个女人叫他着迷,这个女人的故事,更叫他着迷。

黑建想,这孙杏儿,肯定不会是土著,西京城的地面,是出不了这种女人的,给人感觉,她好像是从飞机上掉下来的一样。另外,这个"亚洲公路",技术含量如此之高,这里面肯定也有许多的原因在内。

年馑说,"亚洲公路"如同前面谈到的那个"电子魔块"一样,也是西京一所著名大学当年的"三产企业",学校派了一对教授夫妇,来办这个厂,其间,也曾发生过几次产权纠纷,那情形,和"电子魔块"十分相似。在中国,要干成一件事情,也真不容易,那些悲壮地倒下的,也是英雄。直到后来教授夫人去世,孙杏儿接手,经过产权公证,"亚洲公路"才成为名正言顺的民营企业。

年馑说,这是"亚洲公路"的情况,至于孙总自己的身世,让她说吧!

孙杏儿确实是坐飞机,高空降落,从深圳来到这西京高新区的。她说在她来这儿之前,只知道有西京这么个地名,好像是在遥远的大西北,至于到底在哪里,她从来没有来过。

她出生在石家庄。祖父祖母是民国时期的公派留学生,留法。她的父亲是石家庄一所大学的教授。她的第一次婚姻,是和军队的一名高干弟结婚。"他漂亮极了,高大英俊,白马王子一个,像唱歌的费翔!"杏儿说。

婚变出现在第三个年头。住宅小区里的一位姑娘,由父母领着,腆着肚子,来找这个"费翔"。那愤怒的父亲手里提着一把斧头说,你老公把我女儿的肚子搞大了,你说这事怎么办?"费翔"吓得躲在小屋里不敢出来。"有什么大不了的事情呢?咱们坐下,面对面理论。世界上的事情,没有摆不平的,它总该有个往出走的法子才对!"杏儿说。

三方于是坐下来理论。孙杏儿说,两个办法,一是舍财消灾,我们赔偿,你说个数目;二是如果他真的喜欢你的女儿,那我腾笼换鸟,拔脚走人。说完,把"费翔"从小屋里叫出来。

理论到最后,那"费翔"见杏儿这样说,竟像个大孩子一样哇哇地哭了,他说:"我说,我配不上你,你太强了,在你面前我永远有一种自卑感。我不想一辈子活在你的阴影下,也许,那种小家碧玉的女人更适合我!"

杏儿想不到事情会是这样一个结局,她勉强地笑了笑,站起来,为这个大男孩子擦了一把眼泪,说:"好吧,那我走人!腾开这个位置,你们俩好好地过吧!"说罢,简单地收拾了一下衣物,背个旅行包,提了个手提电脑,离开了石家庄。

杏儿来到了改革开放前沿的深圳。她在石家庄的时候,就炒股票挣了些钱,到深圳后,又挣了些,等到觉得这些钱足够自己舒服地过下辈子时,便在海边买了一套公寓,住下来,每天做的事情,就是坐在花椅上,打着一把遮阳伞,看海。

深圳蛇口工业区的主任,这一天来打搅她。这主任是西京人。他说,在遥远的大西北,有一个叫西京城的地方,他的女老师遇了一场车祸,死掉了,现在,老师夫妇办的那家公司,也快要死了,得赶快去救。救公司之外,还要救人,那男教师精神崩溃,快不行了。

主任这是做媒。杏儿听了,当时没把这事当个事情,但是碍于情面,就说她给领导个面子,走一趟吧,权当是一次旅游。杏儿说,那天我穿了件带襟带的拖地长裙,高跟凉皮鞋,大大的一个遮阳帽,宽边眼镜,嘴唇、手指甲、脚指甲都涂得血红,我想用这身夸张的行头,把季教授这老东西吓住,叫他断了念头,这样我也好回去有个交代。

谁知道季教授一见杏儿，死气沉沉的眼睛，突然亮了。接着就死死地黏住杏儿不放，最后终于逼得杏儿就范。

孙杏儿说，别人说我是看上了老季的公司，告诉你吧，公司账面上一分钱都没有了，老季不会理财，几十万流动资金，妻子去世后，都让人套走了。他那家里，更是脏得让人下不了脚。这教授很怪，从来不洗衣服，衣服穿脏了，就往床底下一扔，再拿脚一踢，衣服又脏了，再从床底下找一件比身上这件干净些的。一年四季，就这么轮换着穿。

"你真的敢要我！"杏儿问。

"敢！非你不娶！"季教授回答。

"那好吧，咱们去登记吧！"孙杏儿无可奈何地说。

到了办事处，一查户口，原来这季教授比孙杏儿，不是像介绍人说的那样大八岁，而是大了整整十八岁。

孙杏儿拍了拍自己的脑门，一咬牙说："十八岁就十八岁吧！论起来也是一件好事，至少，他那一把身体，不适宜出去拈花惹草了！"

就这样，登记结婚，孙杏儿成为季教授的续弦，成为"亚洲公路"的首席执行官。杏儿先从自己的股票上，割肉拿出一部分，给员工发工资，稳定人心，接着，又动用法律手段，将流散的资金悉数收回。接着，自主研发，申请专利，四处出击，扩展业务，终于将一个濒临倒闭的企业，重新纳入竞争机制。接着，接了几个大订单，一个是将西京城通往兰州城的柏油路面，翻修一遍（主要是为了防止路面翻浆，在沥青与石子之间，铺上三层防渗膜），一个是将广州至深圳高速公路的路面，承包下来，一个是走向国际市场，把业务做到非洲。"亚洲公路"原在高新一期，至这时，业务量增大,公司扩张,于是求得管委会帮助,在第四街区购买了一块好地皮,将总部搬到这里。一期的公司旧址,留做房地产开发。

孙杏儿是个绝对聪明的女人,在公司蓬勃发展的同时,家务事也处理得极为妥帖。她先驾着车,到南山底下选好一块墓地,然后选一个黄道吉日,将原先存放在家中的女教授的骨灰盒,迁到这里入土为安。嗣后,年年清明节,便带着季教授来这墓前祭奠。到了地方,礼毕之后,她便对季教授说,你有什么委屈,你就给你妻子诉苦吧!说完,一个人静静地走到山坡上,在那里等上半个小时,然后弯回来,扶起季教授离开。这样到了第七个清明节,这天,半个小时以后,她来搀季教授,只听季教授说:"我也老了,明年就不来了。你一个人好自珍重吧!"听了这话,孙杏儿明白,季教授的心结终于解开了。

孙总的故事讲完了。

最后她说:"当年,我稀里糊涂地嫁给季教授这老东西,总觉得是一种盲目,后来才明白,不是盲目,是季教授身上有一样东西吸引了我。季教授是个宝,你们明白吗?这个亚洲最大的公路大学的名教授,他身上有很多资源,如果能让他身上的资源最大化,如果科技能够转化为生产力,那将会释放极大的能量,那将是一件叫世界为之震惊的事情。所以说,创造亚洲公路神话的,不是我孙杏儿,而是季先生!"

"能让我见一见季教授吗?这是怎样的一个人物呢?"黑建热烈地说。

孙总一口答应了下来,她说:"他就在隔壁坐着。每天都是这样,望着天花板,一言不发,也不知道脑子里在想什么。大家也知道他这习惯,不敢轻易去打搅他。他是知道你们来的,我事先给他说了,只是他生性怕见领导,见了领导,腿打哆嗦,手足无措!"

"我们不是领导!"黑建说。

孙杏儿见说,便走到楼道的一个小房间门口,敲敲门。一会儿工夫,只见一个有些虚弱的、举止有些迟钝的、未老先衰的书呆子走出房门。他举步蹒跚,心不在焉,两只眼睛,像在黑暗中呆得太久了,突然遇到光亮一样,睁得很大,瞅了半天,终于将焦距对准了来宾。

"我在想一件事情,想了半年了。公路建筑学理论不能支撑它,我正在哲学领域里为它寻找理论支撑。喂,人们,你们是我的思考中的那些虚构的人物呢,还是真实生活中的人物?"这位老教授喃喃地说。

第六十三章 在巴比伦世纪城

这样他们一行,便辞了季教授孙杏儿夫妇,重新上路,去看那巴比伦。下了楼后,告辞时,黑建多看了两眼孙杏儿身上那件T恤衫。

孙杏儿说:"高参事,你不要看,这不是什么名牌。员工们也这样看我,我说,这是从刘总刘芝一的商场买的便宜货,三十块钱一件,员工们还不相信!"

黑建见说,便打趣地说:"穷人和富人,那区别不是在服饰上,而是在骨子里。富人,即便不穿衣服,那气质上,也会透出一丝富贵气来;我们穷人家的女人,即便把名牌挂满一身,都总让人觉得,不知道哪里会冒出一股穷酸!"

说着话,他们上路。

车上,瞅着站在门口为他们送行的季教授孙杏儿夫妇,年馑说,高新区内,这种夫妻公司,为数不少,这也许是中国国情。夫妻公司、兄弟公司、姐妹公司、朋友公司等等,创业初期,许多民营企业，都是以这样的形式开始的。这在创业初期有它的优势，但随着企业做大，很多问题就会出现，这种家族式企业管理模式，在一定程度上制约了企业的进一步发展！

而作为黑建来说，他其实更关心的是那些已经消失了的村庄的情况。听着年馑的话，听着他介绍那些被疏散和安置的乡亲们的情况，他打趣说，年馑主任这是往前看，而他这是往后看。

年馑见问，于是说，搬迁的村民们，他们都得到了最好的安置。这块平原上的村庄，基本上都被安置在南山底下的安置小区中去了，那里建成了一个庞大的居民区，从而成为西京城的一座卫星城。

年馑说，当这些村庄，当年像摊煎饼一样摊在平原上的时候，似乎很大。但是，如今进入安置小区后，一幢高层，甚至可以装得下两到三个村子。

他说，乡亲们基本上还是以原先的同姓村的形式，聚在一起的，不过，过去的村民小组，现在叫居委会。大家生活得还都好。甚至比那些没有搬迁，现在还在土地上劳动的人，都要好。拆一还一，这些农民过去的房屋，按平方米算，就很大，现在换成楼房，因此有了很大的住宅面积，往往原先分了家的父子重新住在了一起，从而腾出一个单元，用以出租。这出租给他们带来一部分收入。拆迁办还给每个当年的农业人口留下三分地的口粮田，村上组织，管委会帮助，在这些口粮田上盖上了通用厂房，一平米每月三十元，出租给厂家，这样又可以给村民带来一些收入。

他说，农民的身份变了，从过去靠两只手在地里刨食吃变成了房主，有的还成了企业的股东。这股东之说，就是说将一部分的土地，不是采取征购的方法，而是让农民采取入股的方法，售让出土地。这样农民便依附在这些企业身上了，年底参与分红。企业越发展，农民得益越多，企业一旦倒闭了，农民还可以把这些地再收回来。

他说，村庄拆迁时，宅院庄基地，给了些征购费，土地又给了征购费，因此，每个农户，家里大约少则会有二三十万，多则会有四五十万，现在再加上上面所说的那些收入，因此，用村民自己的话，小日子还是过得很"倭也"的。

"倭也"是一句土语，大约还是一句古语，雅言。黑建觉得"倭也"这句话很熟悉，很亲切，就是想不起它的意思来。年馑说，"倭也"就是"谄活"的意思。黑建还是不明白，这"谄活"是什么意思？年馑说，这"谄活"是"囊哉"的意思。那么"囊哉"又是什么意思呢？黑建更是不懂了。年馑见了，笑话说，黑建哥这是离家日久了，发生老人家在世时，肯定没少在你耳畔噪噪这些土话，不过那也难怪，当你身处这块土地上的时候，才能想起这些话，离开三天，就有些记不得了。

年馑说，"倭也""谄活""囊哉"是一个意思，用北京人的话说，大约叫"滋润"，用现在流行的新名词说，大约叫"幸福感"或"幸福指数"。不过，较之前者，它们给人造成的感觉还是不一样的，前面那些关中话，像平原上的老房子、老槐树、老坟一样，有一种厚实感、庄严感，后面那些经过打磨的外地话和现代语言，则有些轻浮和油滑。

"它们都将不可避免地消失了！语言是环境的产物，是这块土地自然而然地生长出的一种植物，它是依附着土地而生存的。它甚至简直就是土地本身。所以，它的消失将是永远的消失！"黑建这样说着，似有无限感慨。

问起搬迁区孩子们的教育情况，年馑主任说，一切都安排得很"倭也"，能想到的都做到了，区内新建了十几所平民小学和一所平民中学，用作村民孩子和进城打工的农民工孩子的义务教育，另外，还建了几所贵族中学，用于那些外籍工程师、企业老板和白领阶层的孩子们的教育。当然，村民和进城务工人员的孩子，也可以上这贵族学校，不过，学费对于他们来说，是有一些太高了。

他们就这样说着话，车开向巴比伦世纪城。这林荫长廊上的车辆不算太多，街区较之它的首期园区，较之西京城老城区，也显得有些冷清。年馑解释说，第四街区中，人气还是有些不够旺，白领们白天在这里上班，晚上就开着车，回老城区去住了。管委会出钱，将西京城里几路公交车的线路，延长到了这里。大约，随着城区的发展，随着高新区内几个年产值过百亿的大企业的崛起，这里的人气会慢慢旺些的。

说话间，巴比伦世纪城到了。

一座占地数千亩、气势恢宏的庞大建筑群出现在他们面前。

迎着他们这一面的，是巴比伦世纪城的大门。四座摩天大楼，以两座为一个双子星结构，手挽手拔地而起。两座楼与两座楼之间，用两条环状的圈梁连起，圈梁下面，就是世纪城那象征性的大门。那圈梁，加上四座楼，成半括弧形向外扇出，显示出一种向世界挑衅的气派。

四座楼房的后面，是一幢接一幢错落有致的楼盘。这些楼盘环绕着一个人工湖矗立。那人工湖的旁边，是一个世纪广场。

大门口停了许多的车，这些车除了公家人通常使用的奥迪、别克、桑塔纳之外，别的车他都叫不上名字。他听年馑介绍说，那种车叫宝马，那种车叫丰田霸道，那种车叫凯迪拉克，还有一种车型很奇怪，类似装甲车那样的又笨又重的家伙，年馑说那叫路虎，前面带两个羝角的叫公路虎，前面光秃秃不长羝角的叫母路虎。

看着这些车，年馑想起来了，他说今天是周末，高新区有个高新企业家协会，每逢周末的时候，一群私企老板，常常会轮流做东，而今天，大约是轮到这世纪城王一鸣了。

一个穿着有些奇特、面目清秀的女孩子,站在大门口迎候高参事和年馐主任一行。那女孩子,身穿一身"文革"期间流行的那种红卫服。那种服装,其实是当年那些爱美的女孩子们,仿照女军装,用黄色的或者草绿色的的确良自己裁剪出的一种具有时代特征的衣服。小翻领、宽裤、白球鞋,肩上再挎上一个黄挎包,臂上挽一个红袖章。记得,当年风华正茂的咪咪,就有一张这样站在天安门城楼下、金水桥边,手捧一本红宝书的照片。

这小女孩子当然没有挽红袖章,也没有背黄挎包,捧红宝书,但是看到她那身装束,黑建还是在那一瞬间,眼睛有些潮湿。

女孩显然是王总的秘书,只见她嘴唇动了动(耳机电话)。于是,一个大脑袋剃得精光,身穿一身中山服,脚蹬一双圆口布鞋的大老板,乐呵呵一面大笑,从门厅里走出来,伸出两只大手,握住高参事的手。

"这就是王总,王一鸣,当年北京赴陕北三万名插队知青中的一个。如今中央好几位领导人,都是他插队时的同学。王总大约是目前中国数一数二的大房产商,上海、北京、海南、深圳,都有他的楼盘!"年馐主任介绍说。

"给人打工!给人打工!"王一鸣打断年馐主任的话,咬着京腔说。

王一鸣又说:"年馐主任不必多介绍了,我和高参事是多年的老朋友、好兄弟,我的底细他最清楚。我看,咱们还是先看楼盘,再到'公社食堂'用餐吧!今天恰好高新企业家协会来宰我!"

黑建见到王一鸣,自然也很高兴,山不转水转,他想不到今天能在这里,遇到这位当年肤施城里叱咤风云的人物。他早就预言过这位老兄绝非池中之物,他会有一番大前景。英雄莫问出处,他过去不叫王一鸣,他也不是什么北京知青,而是讨了个北京知青做老婆，如此而已。"世界真小！"他想。

黑建只这样想来，并没有说，因为是场面上的事，所以脸上也没有太多亲昵的表情。他也毕竟是个有一些历练的人了。他只紧紧地握着这位兄长的手，握了很久。在心里面，他还记得印刷厂那三年，记得景一虹对自己的疼爱。

这样他们便进入小区参观。住宅小区内禁止车辆通行，有几辆类似观览车那样的、不带篷顶的车驶了过来，于是他们便坐上车，开始参观。小区的一期工程，楼盘已全部售出。除了一些户型，被温州炒房团、杭州炒房团、上海炒房团买了，毛墙毛地闲置在那里，等着升值之外，大部分的户型，都被当地人买了，而买房的当地人中间，有五成以上是陕北人。

陕北人这些年随着煤炭、天然气、石油的开发，涌现出一批有钱户，这些人一群朋友相约，开着路虎、路霸，来到巴比伦，对着一幢楼，从上往下胳膊一伸，手一指说，这一绺子我们兄弟们买了，说罢现场交钱。陕北人嫌那个银行卡，不怎么可靠，他们的钱，是用麻袋装着的。这时，从这路霸或路虎上，拖下个大麻袋，麻袋鼓囊囊的，住售楼处一扔，说：你数吧，数够你的，剩下的是我的！

这是一期的情形。

二期工程，一堆楼盘，正在建设中。高高低低的半截子工程中，几台起重机正高扬着手臂，在不停地转动。据王总介绍说，房地产虽然在一些南方省份、沿海城市，遇到严冬，但西京城的房地产业，本来就没有涨起来，所以经受挫折不大，而此刻正在回暖之中。他的这二期工程，楼花已卖出一部分了，现在如果不是故意捂着不卖的话，恐怕早就告罄了。

在他们参观的途中，这座巴比伦世纪城中，突然所有的路灯，所有的地灯,所有的建筑物上的霓虹灯,一下子亮了,于是这个所在,给人一种虚幻的、不真实的感觉。

"年馑主任布置的,这叫城市点亮工程!"王总说。

结束了住宅小区的参观,王一鸣现在邀请他们到"公社食堂"去用餐。"吃个便饭喂喂脑袋吧!"他说,这里来了些企业家,大家在一起,唱唱歌,跳跳舞,喝喝茶,用个简餐,除了生意上的事情不准说以外,别的什么都可以谈。

所谓的"公社食堂",是依着门厅那四座摩天大楼而附设的一个大餐厅。王一鸣当年还叫景红卫的时候,当过一阵子公社书记,大约,"公社食堂"这个名字,也是出自他的创意吧!

进了写有"公社食堂"字样的餐厅,里面很大,偌大的空间又分割成许多独立的餐厅。那些独立的餐厅,也都有各自的称谓,小小的红牌子上面写着:大队部、小队部、支书室、政治队长室、贫协主席室、妇联主任室、民兵连长室、饲养室、保管室、养鸡专业户、五保户等等这些字样,给人的感觉,像走进了过去的某个年代。

企业家们就餐的那个餐厅,也有一个名字,餐厅门口挂着的牌子上写的是"知青室"。

里面是一个很大的空间,地面上铺着栽绒毯,撑着很多的小圆桌。没有开电灯,只有每个小圆桌上点着一支蜡烛,然后就是地面上有一排一排微微发光的地灯,将圆桌象征性地隔开。

食品很丰富。这是自助餐。一个拱形的桌面上长长一溜,中间一隔,一半的地方,是中式的十几个饭煲,大部分是热菜;一半的地方,是西式的各种茶点、色拉、黑面包,大部分是凉食。还有靠墙的一角,一个头戴高帽的兰州师傅,正在就着锅滚水,拉牛肉拉面。那汤锅的旁边,放着些小火锅,如果客人点了羊肉火锅,服务生会将火锅送过去,摆在圆桌中间,将火点着。

他们进去的时候，一个老板正在麦克风前纵论天下。他们便在角落里找了个圆桌坐下。企业家中有人站起来，要打招呼，年馑主任摆摆手，表示不要惊扰大家。王总是东道主，要招呼场面，他握着黑建的手说，咱们是世交，以后多走动，说罢，招呼场面去了。

那正在讲话的民营企业家，说起话来语惊四座。他说，他的公司，学日本人的品牌意识，德国人的严谨态度，美国人的创新精神，学到手后，然后打败他们。他说，世界上哪国人最聪明，中国人！微软公司光姓张的中国科学家就有五百多个，你想想，那里的华裔科学家，该有多少。他说在美国，90%的人脚下穿的鞋子，都是中国制造，而在澳大利亚悉尼的海滩上，十三个姑娘撩起裙子，亮出屁股，其中有十二个姑娘的底裤，亦是中国制造。

这位叫郭总的人还说，再过最多二十年，中国将成为全世界的敌人。见大家惊愕，他说，这话是怎么说呢？是这样说：不久前，中国的GDP，首次超越德国，位于世界前三，前面还有一个日本，一个美国，以现在这样的增长速度，二十年后，将极有可能成为世界第一；不过这成为世界第一，得有个前提，那就是人民币与美元的汇率，要达到五比一。

"这个老总的话有些大！应当讲和谐，讲共生，讲大包容！"黑建低声对年馑主任说。

年馑在他耳畔悄悄说，郭总是个陕北人，绥德满堂川的，陕北人说起话来，往往气粗！黑建说，这我理解了，陕北人天生就是政治家，说话做事，有一种以天下为己任的帝王意识。

郭总讲完，下一个抢过话筒的，却是个五大三粗、一脸福相的关中冷娃，这人不谈经营，不谈政治，却大谈起了佛经。他说，什么是佛，佛是开悟了的众生；什么是众生，众生是还没有开悟的佛。此语一出，同样是语惊四座。

年馑主任介绍说,这位你也千万不能小觑,别看他不识字,只会写自己的名字,只认识男厕所女厕所,他可是这高村平原上,土著中最大的民营企业家。世事就是这么日怪,一肚子文化的人,前瞻后顾,啥事都做不成,做成事的人,往往是这些没文化的人。

在这样的场合里,在这样的气氛中,也许最适宜做的事情是唱歌。所以,等那位手腕上缠着佛珠的天然气老板,话刚一说完,大家便起哄着,要一位歌唱家唱歌。

这唱歌的不是请来的歌手,而是西京城里最有名的一位歌唱家,央视青歌赛的大奖得主。这歌唱家最近与一位大企业家结婚,这次聚会,大老板携她而来。于是,在大家的起哄下,她站起来唱歌,而在歌声的旋律中,大家起身翩翩起舞。

这位女歌唱家唱的,大约是苏联著名歌曲《莫斯科郊外的晚上》,歌声深情、真诚,充满一种怀旧的情结。她的歌声勾起大家的许多往事。此一刻,在这个叫"知青窑"里聚会的人们,大多有过老三届的经历、"文革"的经历、插队落户的经历,在他们的少年时代和青年时代,他们的父辈的口中,哼的正是这样的曲调。

这次聚会的东道主,巴比伦世纪城的王总,首先按捺不住了,他霍地站起来,单臂一伸,请女歌唱家留步,和他合唱一曲苏联歌曲《小路》。

王一鸣拿过另一个话筒说,他当年当公社书记时,有一天,从公社一块玉米地畔经过,突然听到从玉米地的深处,传来一阵忧伤的歌声,歌声充满了幽怨。那是谁在歌唱呢?他听呆了。他在地头足足等了有半个小时,只见,一个北京插队女青年头戴一顶草帽,拿着锄头,粉红色的确良衬衣扎在裤子里,一边锄着一人多高的玉米棵子,一边到了地头。

一条小路曲曲弯弯细又长，
一直通向迷蒙的远方。
我要沿着这条细长的小路，
跟着我的爱人上战场。

　　王总说完开场白以后，开始唱了。一个成年男人的声音，沙哑、低沉，无限悲凉。他大约此刻想起了许多事情，所以眼睛有些潮湿。
　　当唱到叠声部分时，男女们一起唱，声音拖得很长，很舒展，充满了无尽的哀伤，将那俄罗斯女孩含着眼泪的微笑，表现得淋漓尽致。

纷纷雪花掩盖了他的足印，
没有脚步也没有歌声。
在那一片宽广银色的原野上，
只有一条小路孤零零。

　　这段是那女歌唱家在唱，她的嗓音里有某种母性的东西，像一只温情的手在抚摸着这些老男人历经沧桑的心灵，从而令满场这些平日自命不凡目空天下的男人们，眼睛变得湿润起来。
　　第二段的叠声部分，也是王总和女歌唱家一起唱的，而当第三段开始时，在场的所有的人，都情不自禁，用手打着节拍，和他们一起唱起来：

在这大雪纷纷飞舞的早晨，

战斗还在残酷地进行。
我要勇敢地为他包扎伤口,
从那炮火中救他出来。

一条小路曲曲弯弯细又长,
我的小路伸向远方。
请你带领我吧,我的小路呀,
跟着爱人到遥远的边疆!

在这样的歌声中,在这样的旋律中,在摇摇曳曳如梦如幻的烛光下,许多人的眼睛都湿润了。我们的黑建也眼睛湿润了,他注意到了他的旁边坐着的那个叫弓一凡的"电子魔块"老板,那个喜欢用"一船打老婆的人"来比喻这一群体的清华大学的高才生,竟然用手捂着脸,轻轻抽泣起来。

后来他们还唱了许多的俄罗斯歌曲。《喀秋莎》《红莓花儿开》《共青团员之歌》《列宁山》《第聂伯河》等等。

有一首歌,黑建当年在肤施城时,曾经听一位北京知青哼哼过。那男知青穿着一件褪了颜色的大蓝棉袄,两手把棉袄的两个大襟一抻,放在胸前,然后佝偻着腰,耸着肩膀,一边走一边摇头晃脑地哼唧着:

在乌克兰——辽阔的——原野上
在那清清的小河旁
长着两棵美丽的白杨
那是我们亲爱的故乡
……

白杨树叶飘落地上

　　那知青只会唱这两句半,因此黑建也就只逮了这两句半。

　　那歌子里有一种刻骨铭心的哀鸣,这哀鸣这些年来一直盘绕着他。他不知道这是什么歌名。今天晚上,他是知道了,这歌就叫《第聂伯河》,是话剧《保尔·柯察金》的主题歌。

　　后来,他们辞别了这一群处在怀旧气氛中的人们。当年的景红卫,今天的王一鸣,牵着黑建的手,将他送出大门,又送了很远很远,然后委托秘书,那个穿红卫服的小姑娘,让她随年馑主任一起,把高参事送到高速路口的收费站。

　　月亮升起来了,照耀得满世界如同白昼。这是那大平原的月亮。

第六十四章　平原公园

在终南山与高新第四街区的接壤处，有一座新建的西京城的卫星城。一大片高高低低的楼房中，安置的是从高村平原上迁移过来的村民。

在土地被征用了以后，他们离开了自己的生身热土，被安置到了这里。在土地征购完毕后，按照政策，被解决了城镇户口，从而成为西京城的市民。而过去的村民小组，也变成了街道委员会，镇政府则变成了办事处。

这批新市民目前还对自己的城镇市民身份，很不适应。一旦没有了土地，他们突然发觉自己什么也不是了，在物欲纵横的现代潮流面前，仿佛有某种畸零人的感觉。

过去的他们曾经是怎样地自负呀！

门前有一片肥沃的土地，为他们提供着春耕秋收，提供着在田野上劳动的快乐。他们有的是使不完的力气，这力气只有在繁重的体力劳动中，才能赢得尊重。而现在，空有一身膘，反而成了累赘。在过去的年代里，家门口卧一条狗，于是这一处官道，这一处地面，你便有了一种主人的感觉、君王的感觉。而现在，城里禁止养狗，住楼房禁止养狗，而即便同意养宠物狗，但是那狗，也叫狗吗？真正的狗，就应当是那种"好狗照三家，好汉照三庄"式的铁链子拴着、见了生人龇牙咧嘴的大犬。

在既往的岁月中，"城镇户口"这个字眼，曾经是如此的具有诱惑力，那时候跳出农门，通常只有两条路，一是考大学，一是当兵。那些年月，如果村子里，谁家有个在城里工作的人，那这户人家的老爷子，走起路来手都背在后边（比如高发生老汉），而村子里那些漂亮姑娘最大的愿望，就是找一个户口本在城里的人，哪怕找个傻子、瘸子也愿意。

但是，如今，当握着这蓝皮的户口本的时候，大家觉得，一切都不是那么回事。大家丝毫没有一丝神圣感和神秘感。倒是从此，失去了土地，失去了那种"日出而作，日入而息"的生活节奏，人们变得不踏实，对自己的以后，多了许多的忧虑。

安置小区中的一部分人，拿出自己得来的那些为数有限的钱，开始瞎折腾，做点小本生意，买辆出租车，在街区里开个洗脚房，等等。而大部分人，茫然无措，伸伸懒腰，不知道自己该干什么才好。于是楼底下支了许多麻将桌，小区里搓麻将的声音从早到晚，不绝于耳。

他们的孩子，这些脱离土地的青年们，一部分在第四街区办的技校里，经过速成班培训，成为区内企业中一些做简单技术工作的蓝领。而另外一部分孩子，穿起制服、皮鞋，做了这些企业的门卫、保安。当然，还有一部分孩子，什么也不做，正在变成西京城中的闲人。须知，这个西京城，自古以来，就是个出闲人的地方。

也许，要真正成为西京城里的一个市民，要真正进入和融入西京城的主流社会，那还需要几代人的努力。

在毗邻安置小区的旁边，有一个占地三百亩的"平原公园"。那地方除了时常来些老城区的人以外，小区的这些新市民，也常常在那里打发自己的时间。

这座平原公园，是一个好事的民营企业家出资建造的。他最早的创意，是建一个关中民俗村，从而将那些正在消失的各种农具，各种房屋建筑，各种习俗礼仪，农民穿的大裆裤，姑娘穿的偏襟袄、绣花鞋，诸如此类的东西，都搜集到这里，从而给后世留下一点作念。

建设途中，觉得"关中民俗村"这名字太俗、太农民，于是学城里人，将它建成"农耕文明博物馆"。建成以后，又觉得"农耕文明博物馆"这名字太空泛、太夯口，和周围的环境格格不入，民居就是民居嘛，充什么斯文，"装贼不像个溜娃子"，于是定名叫"平原公园"。

这公园一半在山坡上，一半在平地里。三百亩方圆围墙，被几万根拴马桩围定。或者换言之，用收购来的拴马桩，做了这平原公园的围墙。

拴马桩是高村平原上，那些家境殷实一点的人家，大门口当年的必备之物。一根斑驳古老的石柱，石柱顶上，或雕刻着一头口里含着铃铛的狮子（含铃铛的是公狮子，不含的是母狮子），或雕刻着一个骑在马上手里捧着仙桃的猴子（马上封侯），或雕刻着个胖大和尚、托钵高僧，或雕刻着个连中三元得了功名衣锦还乡的秀才举子。

那东西叫拴马桩。人们给那桩子上找个部位，凿个窟窿，用来拴马、拴牛、拴驴、拴猪、拴羊。在高村地面，记得老崖上的这户人家,当年家门口也有这么一根。不过到了我们叙事的年代,这东西已经逐渐脱离了世俗的用途,竖在家门口,仅仅是作为一种摆设。

老宅子既然没有了,村庄既然没有了,这东西自然也就无所附着,成了个无用之物。这民营企业家是个有心人,他先将高村平原上这些物什,尽数收购,接着,又面向整个关中,一个村子一个村子地踏访、扫荡,出价或三百,或五百,或一千,或两千,或一万不等,终于收来这号称三万根的拴马桩森林。

平原公园的山门,建在一个高坡上。从这高坡上望去,昔日的高村平原尽收眼底。那山门口,有一棵老槐树,用作镇宅之物。这树我们实在是太熟悉了。这棵树,就是黑建家门口那棵老树。

经历了太多的世事沧桑,这棵老树依然没有显露出丝毫的老态。大约是由于在搬迁时,没有伤及它的主根,而那盘根上又带了一大坨的土,况且这大树的树身上,又被穿白大褂的医生吊了几瓶盐水,所以它依旧那么茁壮、厚重和高傲。

而由于是站在半山坡上的缘故,所以显得比当年在高家渡时,更为从容,更为伟岸,更为剽悍,从而成为这一处地面的一道雄伟的风景。看哪,春天一树繁花,夏天一树绿荫,秋天一树果实,冬天树叶落了,一身筋骨。

这棵大树守护着山门。

而山门两侧,是这位民营企业家从平原上收购来的那些明清年间、民国年间的老房子。这些房子的窗棂上刻着花,屋檐上有着瓦当,那照壁上,还有一些砖雕。这些房子通常是从一个完整的宅院里搬迁来的,所以有二进和三进。

而在这公园的三百亩的面积中,栽了些风景树,造了些回形路,盖了些仿古的楼阁。这是一个免费公园。来往公园的人们,在经过半年时间的磨合之后,最后在公园的四个角上,形成了四个唱歌的群体。

东南的那个角上,一堆人在唱秦腔。东北的那个角上,一堆人在唱豫剧。西南的那个角上,一堆人在唱美声。西北的那个角上,一群年轻人在唱流行歌曲。

在唱秦腔的那一拨人中,我们常常发现耀的影子。

耀就是高三的儿子、黑建的堂弟,就是那个在高二的坟头前面,抑扬顿挫,高唱一折秦腔名折《苟家滩》的那个人物。黑建认为,他的亲爱的堂弟耀所唱的秦腔,才是真正的大秦之音,是从这块亲爱的故乡平原上自然而然地生长出来的庄稼。他比西京城里的那些名角们都要唱得地道,唱得正宗,城里人把秦腔唱走音了,唱转音了。

耀不懂谱,也从来没有跟谁学过谱,但是,他抓起一把二胡来,咯拘两下,就会拉了。只要秦腔唱声一起,他的二胡就跟上了,而且音调很准,绝无差错。

这叫五音不通的黑建,很是崇拜。他觉得耀简直是个天才。为了表示对耀的崇拜,他画了一幅画给耀,那画面上耀伸长脖子,青筋暴起,正在慷慨而歌,一棵沧桑古槐做他的背景。那画的标题叫《听堂弟耀唱秦腔名折〈苟家滩〉》。这耀本身是个木匠,他将这画在城里裱了,自己动手做了个镜框,将画镶上玻璃,挂在墙上。

耀他们这一群吼秦腔的二不愣后生,是聚在一个凉亭里的。这东南一角,筑了个假山,假山顶上,盖了个古典风味的凉亭。这凉亭底下,最初大约只聚了不多的人。大家起哄,叫耀唱,耀扯开嗓子一吼,于是人越聚越多,越聚越旺。这平原公园一角,就被唱秦腔的给占了,一拨走了,一拨又来,从早到晚,红火热闹。

那最红火热闹的,却还是在晚上。人们成立了一个"平原公园自乐班",每当晚上,便将横幅挂起,横幅下面,放上一套扩音设备,拉二胡的、板胡的,敲梆子的,击木鱼的,打响锣的,填镲镲的,顺台阶坐定,于是高手登台,一个一个,轮流在这里吼上一嗓子。

耀一般是晚上来。白天,他肩扛一把木匠用的锯子,骑辆自行车,在高村第四街区转悠,寻个零活,每到晚上,饭一吃,嘴一抹,就提着把板胡兴冲冲地来了。他人缘好,秉承了高三的秉性,大家公推他为"平原公园自乐班"的副班头。

而在公园东北一角唱豫剧、听豫剧的那一拨人中,我们常常发现一个面目慈祥的老太太。这老太太端一个小凳,离这热闹人群稍微远一点,然后,支棱起耳朵,做个忠实的听众。

老太太坐在那里,双手规矩地放在膝盖上,四肢蹴成了一个疙瘩。听着这豫剧,人舒服得好像死了一样,一动不动,两只眼睛也闭得紧紧的。

当老太太偶然被什么事情惊扰了,打个激灵,从她的那幸福感中惊醒时,她的面庞上会出现一种羞涩的表情,睁开的眼睛里会流露出一种童养媳的目光。

这叫我们认出她了。

她就是我们的亲爱的顾兰子。

这一刻,坐在平原公园的东北角,听着豫剧《朝阳沟》的顾兰子,大约已经很老很老了,不敢说上百岁了,起码也是七老八十了吧!一个人,能活到这么大的年岁,本身就是一件伟绩。而对于饱经沧桑的顾兰子来说,更是一件伟绩。我们掐指算一算,她的手里,抬埋过多少人呀!

我们知道,顾兰子在丈夫高二去世后,又回到肤施城,住了些年。20世纪最后一年的夏天,她提着高二当年出差时带的大包,里面装了些旧衣服,乘火车到西京城来看黑建。然后,到了西京城的那天晚上,心脏病突然发作。这是一场大病,这场大病叫顾兰子差点走了。

黑建拿出他的全部的积蓄,用于母亲看病。他又一次感到了人的无助。病床上,他对顾兰子说,你努力地活下来吧,哪怕活到21世纪开始的第一天,再离开人间也好,这样你就可以骄傲地对人说:我是一个活过两个世纪的人了!

当21世纪的第一缕阳光,透过病房的窗户,照在病床上顾兰子那像床单一样苍白的脸时,黑建哭了。

顾兰子就这样活了下来。从此顾兰子就住在黑建家里,靠药物维持,不能高兴,不能生气,不能感冒,不能劳累。她就这样奇迹般地又维持了这么些年。

老太太这么些年,所以能奇迹般地活下去,还有一个重要的原因。

这原因就是她不断地为自己定出新的生活目标。最初她说,让黑建的孩子考上大学,我再死吧!黑建的孩子考上大学后,她又说,让咪咪的孩子结婚后,我再死吧!而现在,她又给自己定了一个新的目标,那就是有一天,黑建的孩子把媳妇领回家,让她看一眼,那时再死!

老太太提出,要住在南山下的安置小区里。黑建拗不过老太太,也只好从城中心搬到这里,陪老太太一起住。

当年顾兰子回河南时,高安氏曾经许诺,黑建出生时盖的那三间大瓦房,永远是顾兰子的。所以,在拆迁安置返还中,这三间大瓦房所换来的单元房,就还归顾兰子的名下。

黑建则拿出稿费来,在这个楼层上又买了一套,然后装修时将两套打通,这样就可以住下了。而这里离市中心也不算太远,黑建上下班，也不算太麻烦。何况他不坐班，只有事的时候到单位去一下。

黑建将这两套房子，统一装修，给房子取了斋号叫"高家渡"。房子完全是中式风格装修。进得门来，是一溜往外挑出的橡头，橡头上挂着一串串红辣椒。客厅的中间，象征性地挖了口井，井上面架着个辘轳。靠阳台的那个地方，从市场上买来些金黄色的玉米棒子，搭成一个塔状。客厅正中摆了一套茶具，当然那喝的不是老胡叶子了，而是铁观音或者普洱或者午子仙毫了。

在这样的环境中，黑建觉得自己的心灵很安静，就像仍然在村子里居住一样。缺少的只是那棵大槐树。不过，他家的那棵老槐树，就在不远处的公园门口站着。老槐树那高大的剪影夜夜进入黑建那沉沉的梦中。

家中能有一位老人是一件幸福的事情，黑建深深地感觉到了这一点。顾兰子还能做饭。黑建每一次要出去应酬时，就说，你先给我做一碗面吃吧，宴会上的饭我吃不惯。黑建在文章中说，我吃遍了天下各种最好的吃食以后，才发觉，最好的吃食其实就是母亲做的一碗清汤面。

我们的顾兰子，将在平原公园那豫剧自乐班铺张扬厉的旋律中，走向她的归宿。她在这里，认识了许多的河南老乡，这使她觉得自己并不孤单。这些老乡的身世，大部分和顾兰子一样，是那次黄河花园口决口时，流落到陕西来的。他们甚至占了西京城人口的四分之一。有一次，顾兰子还遇见了一个她同村的人。那大姐甚至比顾兰子的年龄还要大，所以记得许多事情。听了顾兰子的描述，她说，我是前顾村的，你是后顾村的。

黑建曾经许多次地建议，希望领着母亲回一次河南老家，但是每次即将成行的时候，母亲就突然病重了。母亲说，我已经老了,没有力量面对那一段苦难了。于是黑建只好作罢。而黑建自己在某一次去北京出差的时候,从商丘下车,前往扶沟,到那个前顾村、后顾村去看了一眼。黄泛区依然还保留着它当年的一些模样,村子的外面还有那一湾一湾的积水洼,农民犁地的时候要绕着积水洼行走。

而黄龙山的白土窑,顾兰子也不愿意再回去看它一眼了,那里是她的伤心之地。倒是黑建有几年清明节的时候回去了那里几次,祭奠他的母系家族。村上的一个老户说,你的父亲,那个叫高二的人,解放初的时候,每年清明节都要来祭祀,后来工作忙,这事也就淡了。白土窑住的是花园口决口时,河南扶沟县逃荒而来的难民,而顾兰子住的那个安家塔,是河南鄢陵县逃荒而来的难民。当地政府要将高家当年住的这几孔窑洞,修一个纪念馆。黑建说,不要给我修,就修一个河南花园口难民纪念馆吧,给窑洞顶上的大路上修上一溜雕像,塑上河南难民担着担子、推着小车、拖儿带女一路逃荒的情景,再写上一溜大字:每一条道路都引领流浪者回家。

在平原公园,那个坐在小凳上听着豫剧的顾兰子,有时候会从她的假寐中突然醒来,两眼放光,她自言自语地说,那场花园口决口发生在1938年6月9日的早晨,水头真大呀,黑压压地,像商丘城城墙一样,朝平原上压过来,朝顾村压来。那一年她六岁。

有时候她会笑起来,如果黑建在她的旁边,她会对黑建说,你的老爷爷的骨殖也是埋在黄龙山的,你爷爷是个逛尿,往黄龙山走的时候,他的毛驴背上搭着一个褡裢,褡裢里面叮咚叮咚,一直有个什么东西在响,像在唱歌;大家问他,你这里装的是什么,你爷爷不言传,等到了黄龙山,将褡裢从驴背上卸下来,往出一倒,原来是一褡裢的人的骨殖。原来你爷爷那次亡命黄龙山,是不打算再回高村了,他在临行的那天晚上,从高村的老坟里,把他大的骨殖挖出来，要带走。

顾兰子还说，你的老爷爷就埋在白土窑沟对面的那个山坡上，不知道他的坟现在还在不在。听到这话以后，黑建在某一年清明回到黄龙山白土窑的时候，去那片山坡看了看，山里面修梯田，那地方早就变成一道一道的梯田了。

顾兰子所以要从城中心，搬到这安置小区来住，是因为她心中，有一个小秘密。这就是，她不想火葬，人都死了，还受一回疼，这叫她接受不了。她知道如今的高新第四街区，当年的高村平原上，还留有一片墓地，而在这坟墓群中，有一个叫高二的亡人身边，还给她留了一块位置，在等她归来。

她对孩子们说，我死了以后，你们不要声张，就说我还没有死，然后把我装进车子，悄悄地拉到坟地里，埋了了事。如果你们心里下不去，如果你们想红火热闹一番，那么，过三年祭祀时，再闹吧！

她说，到时候请上两台戏，一台秦腔乱弹，一台河南梆子，对着唱，不光让我听，也不光让高二听，要让地底下高村的那些老先人们，都亮起耳朵，张大嘴巴，眯上眼睛，流着涎水，好好地过足一回戏瘾！

夕阳像一枚偌大无比的大图章，停驻在西京城水晶楼那灰姑娘的高翘的足尖上。而月亮，那照耀了大平原千年万年的月亮呀，它从平原的东头升起来了。霎时间，日光和月光，交相照耀着这座古老的、沉重的、苦难的城市。唉，一代又一代的人们哪，走马灯一样从这大平原上走过，从这关中道上走过，从这千古帝王之都的一百零八坊走过，演绎着他们的故事。悲苦应当是他们的常态，而幸福和安逸也许只是插曲。这一方人类族群就这样走着，进行着他们堪称伟大的生存斗争。而新的一代人物正在不可遏制地成长起来，要开始他们的表演、他们的功造。但是，叙述者已经没有力量描写他们了，或者换言之，那些新的描写，已经超出本书所能承载的范围了。

2005年春天动笔

2008年5月29日完稿于西安丰庆公园一条游客坐的长椅上

2009年4月12日改定

后记

有一些老故事,在我的心中已经埋藏了很多年。那是我的家族故事。那故事中有着许多的传奇和令人不可思议的斑斓色彩。它们已经成熟得快要从树上掉下来了。你不摘,它们就会掉的。果子掉在地上,然后消失,就像被大地吞噬,或者被大地重新收回一样。当我的父亲去世的时候、大伯去世的时候、姑姑去世的时候,他们都对我说,你说过你要写这些老故事的,但是你没有写,难道你也会像我们一样,将这些嚼头带进棺材里去吗?说完这些话以后,他们就永缄其口了,然后留下我还在这世上说话。

我是一个写故事的人。我写过很多的故事。当我将我的家族的这些故事讲给别人听的时候,人们会说,这是最好的故事呀,好过你讲过的所有的故事。这样我明白了,我应当将它们写下来。可是在写作的途中,我又对自己的劳动产生了深深的怀疑:劳碌的人们有必要听你讲那些陈芝麻烂谷子吗?人们有什么理由要耐着性子听你嚼舌,听你讲那八竿子都打不着的事情？于是我又对自己失去了信心。

这时候我到一个被称为"高新区"的地方去挂职。这样，我结识了许许多多的所谓高新人物，我看到了全球工业化的进程中，一个一个古老村庄被从地皮上抹掉的悲壮的情景。我在那一刻很震撼，我突然明白了，那些村庄正是我的村庄呀！古老，古老到地老天荒；斑驳，斑驳到满目疮痍；疲惫，疲惫到不堪重负；温馨，温馨到如同童话。于是这些村庄和我的记忆中的村庄便连为一个整体，这样它们便有了被讲述的理由。

而高新那些人物，那是一群怎样的人物呀！那是我们的文学长廊里从来没有出现过的人物。机敏，张扬，收大千世界于眼底，疯狂地从社会上掠夺着财富，在掠夺的同时又为社会创造着巨额财富。他们走马灯一样在这个被称为"高新区"的地面上穿梭着，今天一夜暴富，明天中枪倒下，后天咸鱼翻身东山再起。他们真是一群全新的人物。而我在这些人物身上，嗅到了我故乡的气息，他们大约就是从我的那个小小的村庄走出去，一直走到今天的那些人。当然，他们不可能都是从我那个村子走出来的，但是，他们一定来自另外的村子，因为中国本身就是一个农业社会，一个大堡子。

这样，这些村子，这些人物，帮助我把记忆和"现在进行时"联系在了一起，于是我明白，我的思考成熟了，我的时代纪事可以进行了，我将要用一个长篇所拥有的恢宏、庄严的翅膀和利爪，完成这一次飞翔。

我给我的这次飞翔取过好些的名字。比如叫《在我们百年之后，谁是为我们向隅而泣的女人》。比如叫《村庄崇拜》。比如叫《中国乡村记忆》。比如叫《饥饿平原》。比如叫《高新四路》。比如叫《后稷的村庄》等等。而到最后，当我的思考成熟之后，我给它定了个名字叫《生我之门》。

我们的古人曾以惆怅的口吻说：生我之门即死我之门。这里说的是女人，或者再直白一点说，是指女人的生殖器。而我给这个长故事所取的这个名字，有上面的意思，又多于上边的意思。

它有三个含义。狭义讲，是指我的母亲，这个平凡的卑微的如蝼蚁如草芥从河南黄河花园口逃难而来的童养媳。广义讲，是指我的村庄，或者说指天底下的村庄。再广义讲，是指门开四面风迎八方的这个大时代。

飞翔吧！完成一次《生我之门》的飞翔。如果现在不飞，那就永远不要飞！

我从2005年的春天开始写起，到2008年的夏天结束，其间断断续续，折腾了三年多的时间。我不知道自己能不能扛起这样一个大题材，但我明白自己得去做。我有时候甚至有些极端地认为，自己来到世上，也许就是为写它而来的。

最后的冲刺阶段，是从2008年的元旦那一天开始的。我关掉了手机，不再和世界有联系，就像现在说的那种"活埋疗法"，或者像过去说的那种"闭关"一样，躲在家里写作。

我每天烧三炷香，一炷香的燃烧时间接近一小时，在袅袅青烟中，在一种宗教般的沉迷气氛中，我伏案写作，那些人，那些事，那些奇奇怪怪的家族人物，像鬼魂一样奔来眼底。他们成为我作品的一个个主角，并且佑护我来完成这部平原史和家族史。

较之当年写《最后一个匈奴》，我的体力已大不如前了。那时我倚马可待，一天最多的时候写到一万四千五百字。现在，在写《生我之门》的时候，我给自己限定的字数是每日三千字。也就是说，一炷香的时间写一千字。

而到后来，当2008年春天开始的时候，我是到小区旁边的公园写的。每天早晨，我提个小包，里面装一支钢笔，一瓶墨水，一沓稿纸，然后出门，像农民上工一样，到公园里找一个旅人坐的长条凳，然后铺开稿纸。

在写作的途中，我常常会停下来，以忧郁的目光看着周围那些嬉戏的人们。那一刻我的心中会涌出一种潮水般的柔情，胸口会涌出一种基督般的疼痛，耳畔会轰鸣着诗人叶赛宁的诗句：

> 金黄的落叶堆满我心间，
> 我已经不再是青春少年。
> ……
> 天下的芸芸众生啊，你们生生不息，
> 我愿你们永远美好繁荣！

写到"5·12"汶川大地震那一天，这本书已经只剩下最后的四章了。那天早晨，在这个公园中，我一直到中午十二点半，才收笔回家。回到家里，母亲做了一碗面，我吞下后倒去午睡。后来地震发生了，妻子把我从迷糊中唤醒。大楼摇晃得很厉害，摆幅超过一米。我家住在十八楼，摇晃中，妻子爬到大门口去开门，我则抱住一个墙头，母亲在后面抱住我的腰。摇晃中，母亲跌倒了，趴在地板上。后来妻子打开门以后，我挽着母亲，从十八层的楼梯上跑下。

地震后的第二天，我做的第一件事情，是将已完成的手稿部分装进一个大信封里去，在信封上写上"《生我之门》高建群"字样；那未完成的部分，则写上目录。然后，我给几个亲戚朋友打电话，告诉他们这事。我没有多说什么，但是接电话的人都明白，一旦这楼在余震中成为废墟了，他们将寻找它，然后帮助它面世。

我做的第二件事情则是，继续提着那个小包，去公园写作。

那个公园后来在小说中成为这个平原公园的原型。

我完成了。当画完最后一个句号的时候，我从稿纸上抬起头来。望着这世界，我的脑子里轰鸣的还是叶赛宁那几句话，并且伴着一种潮水般的柔情和基督般的疼痛。

在写作《生我之门》的日子里，世界上发生了许多的事情，但是对于作者来说，最重要的事情当是《生我之门》完成了。他对亲人们有了一个交代，他对曾经挂职的"高新区"有了一个交代，他对关心和爱护自己的那些尊贵的朋友们有了一个交代；尤其是，他对自己有了一个交代。

最后，我还想对所有的故去的和健在的亲人们说，我因为爱你们，才写你们的，如果我的叙述有什么不合适的地方的话，那责任不在你们，而是我的笔力不逮的缘故。

最后，我还想对这个世界说，中国文坛有一件大事要发生了，让我们做好接受它的心理准备。

书中的人物高发生老汉在临死时说："我的官名为什么叫'高发生'，我现在明白了——世界上所有的事情都没有道理，它的发生就是它的道理！"发生老汉的话，同样适用于这部小说的酝酿与创作过程。它发生了，仅此而已。

末了，需要说明的一点是，在手稿完成、找人打印出来，广泛征求意见时，几乎所有的人都不认可《生我之门》这个书名。他们各人有各人的理由。这就促使我得另外寻找个书名。

后来我想，索性就叫它《大平原》吧。大平原哪，我们世世代代在它的怀抱里出生，我们世世代代在它的怀抱里死亡。它承载和覆盖了全书，承载和覆盖了我们的所有痛苦和欢乐。

2008年9月2日于西安

高建群小传

高建群，男，汉族，1953年12月出生，祖籍陕西省西安市临潼区。国家一级作家，著名小说家、散文家、画家、文化学者，"陕军东征"现象代表人物，被誉为当代文坛难得的具有崇高感和理想主义的写作者，浪漫派文学"最后的骑士"。历任陕西省文联第四届、第五届副主席，陕西省作家协会第四届、第五届、第六届副主席，陕西文化交流协会名誉会长，西安交通大学、西北大学客座教授，西安航空学院人文学院院长，大秦印社名誉社长等。享受国务院政府特殊津贴。被《中国作家》杂志社授予当代最具影响力的作家，陕西省委省政府授予终身艺术成就奖等。

其代表作有《最后一个匈奴》《大平原》《统万城》《遥远的白房子》《伊犁马》《我的菩提树》《大刈镰》等。长篇小说《最后一个匈奴》在北京研讨会上引发中国文坛"陕军东征"现象。据此改编的35集电视连续剧《盘龙卧虎高山顶》在央视播出。《大平原》获中宣部"五个一工程奖"，名列长篇小说榜首；《统万城》获新闻出版广电总署优秀图书奖，名列长篇小说榜首，其英文版获加拿大"大雅风"文学奖。高建群也是第一个在凤凰卫视"世纪大讲堂"演讲的内地作家。

高建群履历

1976年，以组诗《边防线上》踏入文坛。

1987年，以中篇小说《遥远的白房子》引起文坛强烈轰动。

1989年，担任延安地区文联（代）主席兼《延安文学》主编。

1993年，当选为陕西省作家协会副主席。

1993年，长篇小说《最后一个匈奴》出版，被誉为中国式的《百年孤独》，陕北高原史诗。

1993年至1995年，挂职黄陵县委副书记，专职创作，其代表作《最后一个匈奴》即为挂职期间所作。

1997年，参与央视十频道开播策划，并与周涛、毕淑敏共同担纲央视纪录片《中国大西北》总撰稿。该片荣获中宣部"五个一工程奖"。

2002年，当选为陕西省文联副主席。

2005年至2007年，挂职西安高新区党工委委员、管委会副主任。长篇小说《大平原》即在此期间酝酿成型。

2013年7月，被聘为西安航空学院文学院首任院长。

2017年9月，被聘为西北大学丝绸之路研究院研究员。

2020年5月，被聘为大秦印社名誉社长。

2020年7月，西安高新区文联成立，当选为第一届主席。

高建群创作年表

《边防线上》（组诗）：发表于《解放军文艺》1976年8月号，责任编辑：李瑛、纪鹏、韩瑞亭、雷抒雁。

《0.01——血液与红泥》（诗歌）：发表于《延河》1979年2月号，责任编辑：汪炎。

《将军山》（诗歌）：发表于《延河》1979年8月号，责任编辑：闻频。

《杜梨花》（短篇小说）：发表于《延河》1980年2月号，责任编辑：杨明春。

《很久以前的一堆篝火》（散文）：发表于《延安日报》1984秋，责任编辑：杨葆铭。

《人生百味》（诗歌）：发表于《星星》诗刊1985年，责任编辑：叶延滨。

《五月的哀歌》（叙事诗）：发表于《叙事诗丛刊》1985年，责任编辑：潘万提。

《现代生活启示录》（系列散文）：发表于《文学家》1985年，责任编辑：陈泽顺。

《新千字散文》（散文集）：1987年，陕西人民教育出版社出版，约稿编辑：陈续万，责任编辑：赵常安。

《遥远的白房子》（中篇小说）：发表于《中国作家》1987年第5期，约稿编辑：朱小羊，责任编辑：陈卡。《中篇小说选刊》《小说选刊》《小说月报》《新华文摘》《解放军文艺》等进行了转载。2013年，台湾风云时代公司出版繁体单行本。2014年，陕西师范大学出版总社出版简体单行本。

《给妈妈》（诗歌）：发表于日本《福井新闻》1988年3月17日，责任编辑：前川幸雄。

《骑驴婆姨赶驴汉》（中篇小说）：发表于《中国作家》1988年第6期，责任编辑：杨志广。

《伊犁马》（中篇小说）：发表于《开拓文学》1989年第3、4期合刊，责任编辑：叶梅珂。2007年，四川文艺出版社出版单行本。

《老兵的母亲》（中篇小说）：发表于《中国作家》1989年第5期，责任编辑：杨志广。

《雕像》（中篇小说）：发表于《中国作家》1991年第4期，责任编辑：杨志广。

《为了第一个猴子开始的事业》（创作谈）：发表于《解放军文艺》1991年第8期，约稿编辑：周政保，责任编辑：丁临一。

《东方金蔷薇》（散文集）：1991年，陕西人民教育出版社出版，责任编辑：田和平。

《陕北论》（散文）：发表于《人民文学》1991年，责任编辑：韩作荣，《散文选刊》转载。

《你们与延安杨家岭同在》（散文）：发表于《人民文学》1992年第6期，约稿编辑：崔道怡。

《史诗与二十世纪》（创作谈）：发表于《文学报》1992年5月，责任编辑：李俊玉。

《达摩克利斯之剑》（短篇小说）：发表于《青年文学》1992年第10期，责任编辑：康洪伟。

《最后一个匈奴》（长篇小说）：1992年，作家出版社出版，责任编辑：朱珩青。

1994年，香港天地图书公司、台湾汉湘文化发展公司分别于香港、台湾出版繁体版。2001年，中国青年出版社出版。2006年，北京十月文艺出版社出版，2016年再版。2012年，长江文艺出版社出版，2014年再版。2012年，台湾风云时代公司再版繁体版。2013年，太白文艺出版社出版。2014年，陕西师范大学出版总社出版《最后一个匈奴》（手稿版）。2014年，陕西人民出版社出版《高建群图画最后一个匈奴》。

《我从白房子走来》（文学自传）：发表于《陕西日报》1993年6月，责任编辑：刘春生。

《出国的诱惑》（中篇小说）：发表于《延安文学》1993年第2期。

《我如何个死法》（散文）：发表于《美文》1993年第7期，责任编辑：刘亚丽。

《一个梦的三种诠释形式》（中篇小说）：发表于《飞天》1993年第5期，约稿编辑：孟丁山，责任编辑：刘岸。

《家族故事》（中篇小说）：发表于《漓江》1993年，约稿编辑：王蓬。

《祭奠美丽瞬间》（散文）：发表于《文友》1993年，责任编辑：王琪玖。

《茶摊》（中篇小说）：发表于《延河》1993年第7期，约稿编辑：陈忠实，责任编辑：张艳茜。

《白房子人物》（系列散文）：发表于《西北军事文学》1994年第2期，约稿编辑：王久辛，责任编辑：张春燕。

《匈奴与匈奴以外》（创作谈）：1994年，陕西人民教育出版社出版，策划编辑：张继华，责任编辑：刘孟泽。

《张家山幽默》（短篇小说系列）：发表于《延河》1994年第4期、第9期，责任编辑：张艳茜。

《陕北剪纸女》（散文）：发表于《美文》1994年第9期，责任编辑：刘亚丽。

《女人是巫》（散文）：发表于《女友》1994年第8期，责任编辑：孙珙。

《大顺店》（中篇小说）：1994年，陕西人民出版社出版。1995年，发表于《小说家》第1期，约稿编辑：闻树国。1995年，改编为同名电影，北京电影制片厂出品。

《六六镇》（长篇小说）：1994年，陕西人民出版社出版。2007年重新修订，易名《最后的民间》由文汇出版社出版。

《丹华的故事》（系列散文）：发表于《深圳风采》1994年第10、11期，约稿编辑：吴重龙。

《马镫革》（中篇小说）：发表于《小说家》1995年第2期，约稿编辑：闻树国。

《女人的要塞》（散文）：发表于《女友》1995年第2期，责任编辑：孙珙。

《古道天机》（长篇小说）：1998年，中国文联出版社出版，责任编辑：叶梅珂。2007年重新修订，易名《最后的远行》由华龄出版社出版。2011年，陕西人民出版社再版。

《愁容骑士》（长篇小说）：1998年，中国文联出版公司出版。2000年，广州出版社再版。2000年，台湾逗点公司出版繁体版。

《我在北方收割思想》（散文集）：2000年，四川文艺出版社出版，责任编辑：林文询。

《穿越绝地——罗布泊腹地神秘探险之旅》（散文集）：2000年，湖南文艺出版社出版，责任编辑：龚湘海。2014年，修订后易名《罗布泊档案：罗布泊腹地探险之旅揭秘》由陕西师范大学出版总社再版。

《白房子》（小说集）：2002年，陕西师范大学出版社出版。

《西地平线》（散文集）：2002年，上海人民出版社出版。

《惊鸿一瞥》（散文集）：2002年，群众出版社出版。

《胡马北风大漠传》（散文集）：2003年，上海东方出版社出版。2008年，在台湾地区发行繁体版。

《刺客行》（小说集）：2004年，太白文艺出版社出版，责任编辑：韩霁虹。

《狼之独步：高建群散文选粹》（散文集）：2008年，东方出版中心出版。

《大平原》（长篇小说）：2009年，北京十月文艺出版社出版。2016年该出版社再版。2012年，台湾风云时代公司出版《大平原》（繁体版）。2014年，陕西师范大学出版总社出版《大平原》（手稿版）。

《统万城》（长篇小说）：2013年，太白文艺出版社出版，责任编辑：韩霁虹，2016年该社再版。2013年，台湾风云时代公司出版《统万城》（繁体版），责任编辑：陈晓琳。2014年，陕西师范大学出版总社出版《统万城》（手稿版）。

《独步天下》（书画集）：2013年，陕西人民出版社出版。

《生我之门》（散文集）：2016年，未来出版社出版。

《我的菩提树》（长篇小说）：2016年，北京十月文艺出版社出版。

《相忘于江湖》（散文集）：2017年，北京时代华文书局出版。

《大刈镰》（长篇小说）：2018年，三秦出版社出版。

《我的黑走马——游牧者简史》（长篇小说）：2019年，陕西师范大学出版总社出版。

《中国文化密码》（图文集）：即将由陕西师范大学出版总社出版。

《来自东方的船》（散文集）：即将由陕西旅游出版社出版。

《丝绸之路千问千答》（文化读本）：即将由西北大学出版社出版。

社会评价

我劝大家注意，高建群是一个很大的谜，一个很大的未知数。

——著名作家　路遥

我一直想找机会请教一下高先生，匈奴这个强悍的骁勇的游牧民族，怎么说消失就从人类历史进程中消失得无影无踪了。

——著名作家　金庸

大家说高建群骄傲、自负、目空天下。我这里想说的是，中国这么大，有这么多人口，如果没有几个像高建群这样自信心极强的作家，那才是不正常的。

——中国社会科学院文学研究所研究员　蔡葵

春秋多佳日，西北有高楼。

——著名作家　张贤亮

高建群是一位从陕北高原向我们走来的略带忧郁色彩的行吟诗人，一位周旋于历史与现实两大空间且从容自如的舞者，一个善于讲庄严"谎话"的人。

——中国作家协会副主席　高洪波

　　高建群的创作,具有古典精神和史诗风格,是中国文坛罕见的一位具有崇高感和理想主义色彩的写作者。《大平原》把家族史兜个底掉,看后让我很感动,也很心痛,唤起我对故乡、对农村的情感,唤起我强烈的根的意识。我没想到高建群在"潜伏"多年之后突然拿出如此有分量的作品。

——中国作家协会副主席　高洪波

　　《大平原》有内在的惊心动魄,写家族的尊严、生存的繁衍史,实际上是写我们民族强韧的生命力。这部长篇淋漓尽致地发挥了书写"命运"的优势,不是写一个人的命运,而是写了三代人的命运,厚重感非常强。

——著名评论家　胡平

　　高建群对《大平原》中的女性人物都满怀敬意和温情。为了家族立足,高安氏骂街骂了半年,成为一道风景。用这种方式起到的威慑作用,来捍卫高家人生存的权利。顾兰子是书中的灵魂式人物,也是这部书苍凉的体现。

——著名评论家　雷达

　　《大平原》基于高安氏、顾兰子等乡村女人的坚韧形象,这部新"乡土女性小说"中女人比男人强,乡土文明决定了女性在乡土生活里面所具有的支配性。

——著名评论家　孟繁华

《最后一个匈奴》进京的盛况如在目前。27年了，它远远跳过速朽期！27年了，它的风采依旧！27年了，人们——特别是陕西读者没有忘记它，了不起啊！

——著名文艺评论家　阎纲

　　作为延安的一位文艺战线上的老战士，听到介绍，《最后一个匈奴》这部长篇小说写了大革命时期以来的三代人的命运，直到现在的改革开放时期，这还是过去没有人写过的重要题材，我很高兴！我祝贺这部作品出版，并获得成功！

——原文化部副部长、中国文联党组副书记　陈荒煤

　　27年前，《最后一个匈奴》在北京引发轰动一时的"陕军东征"，至今在文学界仍是一个历史性的重要话题，一段难忘的记忆。

——《人民文学》杂志原常务副主编　周明

　　高建群的《遥远的白房子》，给我们许多启示，它也许预兆了小说艺术未来发展的某些趋势——难道，小说艺术在经过了几百年的艰难探索，它又回到讲故事这个始发点上了吗？

——北京师范大学教授、中国当代文学研究会理事　蒋原伦

　　如果不把《最后一个匈奴》这部中国当代文学的红色经典，变成一部电视剧，那是我们影视人的羞愧。

——央视著名制片人　李功达

《大平原》能拍一部大电影。我把中国的导演,脑子里过了一遍,最合适的这个导演叫吴天明。《大平原》中描写的那些事情,我全经历过。我父亲是解放后第一任三原县委书记,我自小就是在那一片土地上长大的。

——著名导演　吴天明